今夜月未央

章勇 著

成都时代出版社
CHENGDU TIMES PRESS

图书在版编目（CIP）数据

今夜月未央 / 章勇著. —— 成都：成都时代出版社，
2025.4

ISBN 978-7-5464-3393-6

Ⅰ. ①今… Ⅱ. ①章… Ⅲ. ①长篇小说－中国－当代

Ⅳ. ① I247.5

中国国家版本馆 CIP 数据核字 (2024) 第 026923 号

今夜月未央
JINYE YUE WEIYANG

章勇 ／ 著

出 品 人　钟　江
责任编辑　唐莹莹
责任校对　敬小丽
责任印制　江　黎　陈淑雨
封面设计　宁　萌
装帧设计　书点文化

出版发行　成都时代出版社
电　　话　（028）86742352（编辑部）
　　　　　（028）86624841（图书发行）
印　　刷　成都蜀通印务有限责任公司
规　　格　170mm×240mm
印　　张　29.75
字　　数　410 千
版　　次　2025 年 4 月第 1 版
印　　次　2025 年 4 月第 1 次印刷
书　　号　ISBN 978-7-5464-3393-6
定　　价　98.00 元

当智商和情商高于常人，颜值就是一个赠品；当灵魂有了深度和温度，美貌就只是附加值。不管你生于何时何地，都会如约变老，这是人生的规律。但花重锦官城，今宵月未央，只有才华和气质，才能让你永远保值。

目录

CONTENTS

第一章

晚春的成都，褪去初春的寒冷，也就进入了鲜花盛开的时节。此时既无寒意，又不燥热，是这个大都市一年中最美丽、最舒适的季节之一。作别了秦岭和大巴山挤压过来的雾霾，屏蔽了冬日与初春合谋的干燥，空气中弥漫着湿润的、清新的各种植物的清香，特别是芙蓉树经过冬天的严酷考验、春雨的辛勤洗礼，长出一片片嫩生生、绿油油的新叶，处处生机勃勃，春意盎然。

章懿华家阳台外这两棵芙蓉，比其他灌木长得更茂盛一些。虽然开花的日子还早，但它们仿佛按捺不住暗香浮动的心情，将枝头伸到窗棂上呢喃絮语。这是章懿华几年前到郊区的苗圃买来的，他对它们有着不一样的感情。一大早，他就站在窗前与它们对望。微风吹来，树叶沙沙作响，犹如琴瑟之声，使他有一种沁入心底的惬意。在章懿华的记忆中，每年八九月，这两株芙蓉早晨初开时呈白色或粉红色，中午逐渐变为深红色，傍晚则成紫色。它们没有在花开初期就把色彩完全暴露出来，而是把自己的美丽深藏于内心，然后一点点、一滴滴地流露出来，使每一种美丽都得到完美的绽放。一种花在一天之内有如此变化多端的美丽，实属罕见，因此，章懿华给它们取了一个"三醉芙蓉"的美名。

章懿华退休前在《巴蜀日报》担任总编辑，一双眼睛深邃、明亮，仿佛两颗葡萄镶嵌在眼眶里，有一种不动声色的穿透力；鼻梁笔直而挺拔，面部轮廓分明，蕴藏着坚定与沉稳的气质；言谈之中不乏儒雅睿智，但又不是那种文质彬彬、弱不禁风的书呆子。他最大的爱好是学习，几十年如一日地喜欢读书，把读书视为陶冶情操、补充精神钙质的重要途径，书对他而言就像空气一样不可或缺。在朋友中，他有一句"名言"："如果不读书，左边脑袋是面粉，右边脑袋是水，一想问题，就满脑袋糨糊。"因此，他知识面广、见识多，朋友们借用当时社会上对知识分子的贬称，将"老九"这顶帽子戴在他头上。高兴的时候称他"老九"，不高兴时就在前面加一个"臭"字，叫他"臭老九"。

章懿华对人真诚，人缘不错，尤其是与易天雄、孙向东、舒中胜这几个毛根儿朋友，情同手足，他们曾经相约，退休后抱团养老。因此，退休之前，他们就商量将房子买在一起，做邻居。但由于各自家庭收入和选择住房户型的不同，几人并没有住进同一个小区。好在章懿华与孙向东住的芙蓉花园，与易天雄所在的丽晶花园隔街相望，敞开嗓门就能喊醒对方。舒中胜的家在西郊河对岸的锦都花园，离前面两个小区稍微远一点，但也仅仅是一箭之遥，相距不过一二百米。所以，他们最大的愿望就是能经常在一起吹壳子、摆龙门阵，重温儿时的记忆。现在，前三人已经退休，开始安度幸福的晚年；舒中胜虽然还在为自己的民营企业奋斗，但他是董事长，管大事不管小事，也有足够的时间与几个老朋友相聚。

前两天，他们哥们儿几个约好携家属到永陵公园广场唱歌跳舞，结果被辖区综合行政执法队劝离，说他们制造噪声，影响了市容和周边安宁。在回家的路上，几个哥们儿垂头丧气，十分郁闷。路过一家茶铺时，章懿华看见里面坐满了一边喝盖碗茶，一边有说有笑打麻将的中老年人，他眼前突然一亮，问大家："喜不喜欢打麻将？"易天雄反问他："成都人谁不喜欢打麻将？"舒中胜甚至夸张地说："三天不打麻将，我就心发慌、手发痒。"章懿华笑了，对大家说："我在想，今后，我们能不能像茶铺里这些人一样，没事也凑在一起喝茶打麻将？"易天雄一拍脑袋："哎呀，我咋个没有想到呢！"舒中胜讽刺易天雄说："你嘛，脑袋里糨糊多，脑花少，你都能想到，岂不水上浮秤砣？"孙向东受到启发，两眼放光，开心一笑："鞭炮两头点——响（想）到一块儿了。"易天雄听后将声音提高了八度说："瞧，咱们孙猴子是货真价实的事后诸葛亮！"

孙向东退休前是巴蜀大学数学学院教授，在高等数学方面颇有建树。尽管他满腹经纶、学富五车，但吃什么都长不胖，几十年如一日地瘦得像一根竹竿，大家就赐给了他"孙猴子"的外号。实际上，他与大闹天宫的孙悟空一点儿不像。他是那种不主动惹事，但有事决不退让的人，见易天雄拿他来开玩笑，也就反击说："易莽娃，你这是屎壳郎打喷嚏——满嘴喷粪！"

易天雄正要反驳，章懿华不想他们再打嘴仗，拉了他一把。

舒中胜见大家对打麻将都有热情，就说："其实，我早就有喊你们一起打麻将这个想法。之前没有说出来，是怕哥几个说我没有品位，所以一直憋在肚子里。不瞒哥几个，我就经常陪客户打麻将。打麻将既能摆龙门阵、谈业务，又能加深感情，一举两得。"易天雄赞同说："这是两面铜锣一齐打——响（想）在一起了嘛！"孙向东更是从体育运动的角度来阐述自己的观点："打麻将只要不赌博，以娱乐为目的，就是一项很好的体育运动。现在全中国乃至全世界参与打麻将的人，比参与其他任何一项娱乐活动的都多，甚至国家已将它纳入体育比赛项目。"章懿华也从文化层面上进行解释："麻将不仅集益智性、趣味性、博弈性于一体，而且具有智力竞技的运动魅力和内涵丰富、底蕴悠长的文化特征。最重要的一点，据说打麻将还能防止或减缓老年痴呆，有益身心健康。"孙向东补充说："外地人来咱们成都，说在飞机上都能听到麻将声。'成都人不是在打麻将，就是在去打麻将的途中。'

这句话虽然有些夸张，但它反映了我们休闲之都、娱乐之都的文化魅力。"易天雄显得特别开心："打麻将是一项老少皆宜的娱乐，哥几个在一起吹壳子、打麻将，等于瞌睡碰枕头——对路。今后，哥几个没事就在一起搓麻将，把舒大老板的'不义之财'扒出来，归还给农会！"舒中胜两眼圆睁："你易莽娃是癞疙宝想吃天鹅肉——痴心妄想！有没有本事，咱们牌桌上见！"

易天雄从小胆大如虎、力大如牛，性格十分豪爽，从不记仇——有仇当场就报了。因此，朋友们就给他取了一个绰号——易莽娃，实际上，他是张飞穿针——粗中有细。舒中胜挖苦他，他立即反唇相讥："舒胖娃，你别以为自己长了一身膘，财大气粗，三圈麻将下来，我保你骨瘦如柴！"

舒中胜从娘胎里出来就像年画中的胖小子，脸上有肉，脖子上有肉，手腕上的肉也是一圈一圈的。孙向东说自己吃什么都长不胖，舒中胜却恰恰相反，喝水都要长膘。因此，他就得了这么一个外号——舒胖娃。

章懿华连忙纠正说："记住，咱哥几个打麻将是为了娱乐，决不涉及赌博，如果怀着赌博的想法打麻将，那就失去了娱乐的目的。"易天雄赶紧解释："我是逗舒胖娃玩的！咱们好歹是退休干部，咋个可能搞赌博呢？"舒中胜哭笑不得："你这个老小子，就喜欢跟大爷我较劲！"易天雄嬉笑着说："谁叫你是地主老财呢！打土豪分田地是我们穷苦老百姓最开心的事嘛！"

章懿华见自己的提议得到了大家的认可，便一锤定音："哥几个如果都赞成，那就这么定了。明天，我就去买麻将机，地点嘛，就在我家里。"易天雄笑着拍章懿华的肩膀："老九不愧是老九，连'作案地点'都整醒豁了！"章懿华作样给易天雄一拳："去你的！"

第二天，章懿华开车到城北家具城订购了两台麻将机，商家承诺今天送货上门。所以，与其说他是站在窗前观赏花期还未到的芙蓉，不如说是在盼望送货的工人早点到来。

大约十分钟后，一辆货车驶进了小区，在章懿华的指挥下，两个工人一会儿就将麻将机搬进了屋里。

　　他家阳台宽敞，采光与通风都不错，麻将机也就有了最佳的安身之处。这时，舒中胜、孙向东、易天雄按照昨天的约定，陆陆续续来到了他家。在工人安装和调试麻将机的空隙，章懿华让孙向东给其母亲打电话，易天雄通知其岳父袁大爷，舒中胜邀请他父亲舒大爷，一起来陪岳母娱乐。大家习惯称章懿华的岳母为白婆婆，称孙向东的母亲为孙婆婆。

　　麻将机调试好后，三位耄耋老人也到了。章懿华请三位老人和岳母白婆婆坐一桌，随即殷勤地给他们斟上茶，并将开水瓶放在旁边。

　　安排好"客人"之后，章懿华才坐到另一桌。

　　这时，他那三位老哥们儿不用他招呼，已经启动麻将机，洗好了牌。于是，大家开始谈笑风生，娱乐起来。

　　按照事前的约定，打健康麻将，只娱乐，不赌钱，用扑克牌计分。但是，才打一圈，舒中胜与易天雄就心不在焉了。章懿华提醒他俩："舒老板、易处长，你们能不能认真一点？"

　　舒中胜毫不讳言地反问道："我说章总编，你拿四两棉花去纺（访）一纺（访），当今天下，哪有打麻将不数这个的？"他用手做数钱的动作。

　　易天雄也附和道："对头，不宰地主老财一刀，我心里就不舒服，瞌睡虫就跑出来了。"

　　孙向东抚摸着山羊胡子，一脸严肃地说："你易莽娃身为国家干部、人民警察，咋个也喜欢赌博？"

　　易天雄不干了，扯着大嗓门："我说孙猴子，你好歹是退休教授，咋个拿着草帽当锅盖——乱扣帽子？划分赌博与娱乐是有杠杠的！我们以娱乐为目的，输赢不过几块钱，不构成赌博。"

舒中胜有易天雄帮腔，也就更加理直气壮："你孙猴子鸡脚神戴眼罩——假充正神！咱易天雄同志可是堂堂正正的国家处级干部，人民警察，他对赌博的解释，就是权威解释。"

易天雄听舒中胜这个话，觉得有些不对劲，但又不好直接反驳，便自我解嘲道："舒大老板，你别往我脸上贴金，我早就是退休的暴蔫子老头儿了。"

舒中胜觉得用扑克牌计分打麻将就像小孩过家家，没意思，一把推开面前的麻将，站了起来："不来一点刺激的，我实在提不起精神，你们玩吧，我在旁边打瞌睡陪你们。"

孙向东见舒中胜离开了麻将桌，这个牌就没法打下去了，便征求章懿华意见："老九，是不是来点小刺激？"

章懿华则将眼神递给易天雄，想听他的意见："天雄，如果来点小刺激，比如一、二、四、六、八，八块钱封顶，算不算赌博？"

易天雄从事警察工作多年，虽然不是治安警察，但对治安管理处罚法烂熟于心。他说："赌博与娱乐的区别主要有四点：一是从主观方面看，是否以营利为目的，它是构成赌博罪的主观要件。群众娱乐以休闲消遣为目的，则排除在外。二是从主体上看，群众娱乐多是在家庭成员、亲朋好友间进行。三是看是否从中抽头获利，构成赌博罪客观上以'聚众赌博''开设赌场'或'以赌博为业'三种行为为限。四是看彩头量的多少，根据个人、地区经济状况及公众接受的消费水平而定。我们以娱乐为目的，输赢在一两百块钱，自然就算不上赌博。"

舒中胜听了易天雄这一番话，等于有人为自己撑腰，于是指着旁边那桌正在打麻将的老人，郑重其事地说："如果打这种老孃儿麻将都叫赌博，那真是十亿人民九亿麻，还有一亿在观察。"章懿华听了易天雄的解释，也就放心了，对舒中胜戏谑道："舒胖娃，你输了可不许哭鼻子啊！"舒中胜轻蔑地说："笑话，我是差钱的人吗？何况我还有大名扛着，即使输了，都能赢回来。"易天雄笑道："舒中胜同志，你笛子独奏——自吹！我们几个过去不是没在一起打过麻将，有老九和孙猴子在，你哪次不是孔夫子搬家——净是书（输）？"舒胖娃撇了一下嘴巴，反唇相讥道："易莽娃，你别门缝里瞧人，我舒中胜今天就叫你长长见识。"说着，他重新回到了座位上。

旁边，章懿华岳母等四位老人的桌子面前，也摆着一块两块的人民币，他们开心地玩着麻将，三位客人不停地恭维白婆婆。

孙婆婆感慨地说："你女婿人好，你真有福！"白婆婆动情地说："我女婿就像我亲儿子一样，巴心巴肝地对我好！那天去永陵公园唱歌跳舞被禁之后，他说我除了弹琴唱歌，又没有其他爱好，就喜欢搓麻将，搓麻将又找不到地方，所以就专门买了麻将机。"袁大爷恭维她："白婆婆，这都是你前世修来的福哇！"白婆婆得意地笑着："可不，我女婿就是我的福星！"孙婆婆也感叹地说："我真羡慕你！"舒大爷耳朵不好，但他隐约听见大家是在夸白婆婆，也附和道："怪不得大家都说你是快乐婆婆，你真有福气！"白婆婆打着哈哈，笑得眼睛都快眯成了一条缝："你们不也一样吗？儿女都有孝心！"

这时，门突然被推开了，进来一位面容冷漠得像寒冰，却不失精致与美丽的姑娘。她是章懿华的女儿章晓白，看见阳台上摆了两桌麻将，仿佛宁静的家变成了公共娱乐场所，喜欢静谧的她顿时火冒三丈，砰地将门关上，然后很不客气地走过来，冲着父亲吼道："爸，你咋个把家变成赌场了？"

章懿华赔着笑脸解释："女儿，请你注意用词！我们这是打健康麻将，跟赌博没有关系！"易天雄也客气地说："晓白，我们这不是赌博，是娱乐、消遣。"章晓白扫了一眼桌上的钞票，以为自己没错，得理不饶人："易叔叔，你还是退休警察，咋个是非不分呢？沾钱就是赌博！你可不能知法犯法！"

易天雄被章晓白的话呛了一口，哭笑不得，真不知道该如何跟她解释，只好站起来悻悻地说："好，叔叔不玩了，回家了。"孙向东和舒中胜顿时面面相觑。

大家不欢而散后，章懿华强压住怒火，提醒女儿："晓白，你的理解太偏激了！"章晓白愤愤地说："我不想别人说我们家是赌场。"章懿华目送众人离去的背影，再次给女儿解释："我们这是健康娱乐，跟赌博没有一毛钱的关系。"章晓白不依不饶，指着父亲桌前的零钞，以为证据确凿，说："我都看见了，就是赌博，还说没有半毛钱的关系！难道要把银行搬到家来做筹码，才叫赌博？"

白婆婆走过来劝道："晓白，你爸爸说得没错，我们就是娱乐而已，真的跟赌博没关系！"章晓白正在气头上，见外婆也跟着爸爸一起唱反调，语言更刻薄："外婆，你咋个也为老不尊，参与赌博啊！"白婆婆没想到外孙女说话如此尖酸刻薄，气得浑身发抖，反问道："你……你骂我……骂我为老不尊？"章懿华严厉地训斥女儿："晓白，你这话过分了！我们在家打'小麻将'，你进屋就摔门不说，还这样没礼貌地骂你外婆，实在不像话！"章晓白委屈地说："你们把家变成麻将馆，聚众赌博，难道还要我给你们点赞不成？"白婆婆气得语无伦次："你……你……咋个这么……这么不讲道理呢？"章晓白理直气壮地说："是我不讲道理，还是你们不讲道理？"白婆婆开始教育孙女："你平时说话没高没低，我都没跟你计较，因为你从小失去了妈妈，我们都让着你，但你不能永远都没大没小啊！当着那么多客人发脾气，人家背后会说你缺少家教。"

"呜呜……"章晓白哭了，"这么多人在我们家聚众赌博，难道还要我拉起横幅，扯起嗓子欢迎？是不是要把我吵死了，你们才高兴？"

离开章家后，孙向东把不悦都发泄到舒中胜身上："就怪你，说好不打钱，你非要来点刺激不可。这下可好，一帮退休老头，被小丫头骂得灰头土脸。"舒中胜也被气得不轻，说："晓白这丫头从小失去妈妈，她的脾气都是'臭老九'给惯的。就在她家打打小麻将嘛，用得着这么大发雷霆吗？如果是我家娟娟这样对待长辈，我非一巴掌将她扇到墙上巴起，抠都抠不下来！"易天雄冷笑一声，揭他老底："吹啥壳子！你上次在大慈寺远洋太古里给那个女的买包包，被娟娟撞见，她不是把你骂得狗血淋头，把那个女的直接给撵走了吗？我说你呀，牙缝里插花——嘴上漂亮。"孙向东附和道："就是嘛，还是你自己告诉哥们儿的，那次你家娟娟可没给你面子啊！别孔明夸诸葛——自夸！"

舒中胜耸了耸肩膀，好像是要抖掉记忆中的不悦："桥归桥，路归路，这是两码事！我说易莽娃、孙猴子，你俩咋个哪壶不开提哪壶呀！我老人家就只有这么一点点爱好，能不能大发慈悲，不说这个？"孙向东警告他："你这个爱好可是要命的！当初你进班房，就是栽在女人身上，你不能好了伤疤忘了疼！何况都这么一大把年纪了，我劝你还是收敛收敛！"舒中胜自嘲道："江山易改，本性难移。我就这么点小爱好，已经戒得差不多了！"孙向东无可奈何地摇摇头："你呀，不撞南墙心不死，撞了南墙也不死心！我都不晓得该如何说你！"舒中胜听不下去了："孙猴子，你别跟我鸡脚神戴眼罩——假装正神！那天我看见你在春熙路与一个服装店女老板打得火热，我还没有向'倒起喊'检举你，你可得小心！"

孙向东赶紧捂住舒中胜的嘴，并四处张望说："你别张起嘴巴乱说，那是我的学生。"舒中胜戏谑道："哪有老师跟学生那么亲热的？你当我脑壳被门夹了？"易莽娃来兴趣了，问舒中胜："真的吗？你瞅见了？"舒中胜不容置疑地回答："那还有假？我亲眼看见的！"易天雄冲着孙向东坏笑道："看不出来啊孙猴子！你啥时也好这一口了？是不是在家被'倒起喊'压迫得喘不过气来，也想学舒胖娃了？"易天雄说的"倒起喊"是指孙向东妻子殷笑英。殷笑英有一句口头禅："我说错了，你把我的名字倒起喊！"她这个名字用四川话顺着念与倒着念都同音，因此，这几个哥们儿也就给她取了"倒起喊"这个绰号。孙向东连忙辩解："我们仅仅是师生关系，不是你们想象的那样！"

舒中胜骂易天雄："易莽娃，你这个屎壳郎！说孙猴子就说孙猴子，咋个把我拉来垫背，是不是皮子痒欠揍？"易天雄笑道："男人有钱就变坏，这是千百年来的真理！我不经常敲打你舒大老板，怕对不起党和人民！至于孙猴子嘛，长期在'倒起喊'的高压政策下过日子，在外面偶尔耗子别手枪——起一点打猫儿心肠，谅他也不敢真枪实弹地干。"孙向东"哼"一声，正色道："易莽娃，你说啥乱七八糟的呀！"易莽娃告诫道："据我了解，现在翻船的官员和老板，十有八九都是栽在女人身上，你们年纪都不小啦，还是趁早收心吧！"舒中胜无奈地苦笑着："能不能换一个话题？"

孙向东赶紧响应，将话岔开："现在的年轻人工作紧张，压力大，晓白下班回家看见一帮老头儿老孃儿聚在家里，闹哄哄地'砌长城'，不给好脸色，可以理解。"

易天雄突然开窍，问二人："既然孩子不欢迎我们在家里搓麻将，我们可不可以跟老九商量一下，找一个塌塌，开一家茶楼。如果弄得好，不仅可以自娱自乐，还可赚一点小钱来打平伙，咋样？"孙向东表示赞同："这个主意好，不但能保障我们哥几个能经常在一起吹壳子，还可倡导健康麻将，用实际行动抵制赌博行为，如果有了社会影响，甚至能促进麻将进入体育运动比赛，一举多得！"易天雄突然又为难起来："我担心，这个塌塌不好找。"舒中胜思索了一下，对他们说："我在西安北路那个会所，你们都去过吧？"易天雄回答："去过啊！"孙向东是聪明人，悟出了舒中胜的意思："你是想——"

舒中胜直接告诉他俩："那里离这儿不远，这几年生意很淡，如果你们有兴趣，不妨去考察一下。"孙向东要的就是他这句话："我也有这个意思，但你舒大老板不开腔，我又不好开口。你那个会所，环境、地点，都不错。"易天雄笑了："就是嘛！你是生意人，《百家姓》读掉头个字——开口就说钱，你不吭声，我们咋个好意思提呢！"舒中胜爽朗一笑："我们是啥子关系？"三人同时伸手击掌，异口同声地嚷道："穿开裆裤的朋友！"

舒中胜笑罢，认真地提醒二人："不过丑话说在前，亲兄弟明算账！场地我出，房屋改造和设备添置，你们负责。分成嘛，四六开，我六，你们四，咋样？"孙向东回答说："我们不以营利为目的！只要能敷得起走，就行！"易天雄不满地望着舒中胜："你是王小二做买卖——尽打如意算盘。"舒中胜有苦难言："你不能让我高价买来低价卖——尽做赔本事嘛！"易天雄瞟着他那张大脸，讽刺道："赔本的买卖，你舒大老板会做吗？"舒中胜故意叫穷："易大处长，你别挖苦我，我做的都是一两分钱的生意，本小利微，赚得起赔不起。"易天雄取笑他："现在的有钱人，跟俄罗斯套娃一个样！都是财神爷要饭——装穷。"

孙向东接过话来，说出自己的想法："我想，老九一定会同意开茶楼这个想法。关于投资与分成的问题，我们跟老九商量一下再说。"舒中胜像换了一个人似的，满脸严肃地说："对，你们也别急着回答，抽空跟老九商量好了再告诉我。"

第二章

　　章懿华没有想到女儿对打麻将如此反感，居然骂他聚众赌博，甚至骂外婆为老不尊，在气头上的那一瞬间，他真想扇她一耳光，让她懂得尊重老人。养不教，父之过，他有责任和义务教育女儿，不能让她骄纵任性，被人戳脊梁骨。但冷静下来后，从女儿那个角度来想，她反对在家里打麻将也有一定的道理。她从小喜欢静、喜欢独处，在单位上了一天班回家，疲惫的她需要放松心情，不被打扰，结果家里突然冒出两台麻将机，一群老人在那里闹哄哄的，她一时无法接受，说一点过激的话也在情理之中。自己购买麻将机之前，为什么没有征求一下她的意见呢？自己做得确实有些欠妥。想到这里，他主动检讨说："好了，女儿，爸爸考虑欠妥，以后不再在家里打麻将了，好不好？"

　　章晓白见父亲改变了态度，并且主动检讨自己，内心得到了安慰，破涕为笑说："这就对了嘛！我爸爸一直是有理想有抱负的人，咋个会沉溺于赌博之中呢？"章懿华向她解释："女儿，爸爸真不是赌博。国家体育总局制定的《中国麻将竞赛规则》指出，麻将运动不仅具有独特的游戏特点，而且具有益智性、趣味性、博弈性，是我国传统文化宝库中的一个重要组成部分。"章晓白执拗地说："话虽然没错，但有几个人是将麻将作为体育运动来对待的？它早已沦为一种赌博工具了。"章懿华耐心地说："没错，长期以来，由于麻将的弊端被极度放大，社会上普遍存在'谈麻色变'这个问题。即便现在对麻将没有像改革开放前那么禁锢了，但在全中国，甚至全世界，群众参与度很高的麻将，至今没有像围棋、象棋、桥牌等一样，被全面列入正式的体育比赛项目。这说明，一方面，人们对麻将的误解已经根深蒂固；另一方面，我不否认，很多玩家自身也存在问题，打麻将就是为了赢钱，或者为了混时间。实际上，这恰恰忽视了麻将的益智性、趣味性，特别是预防或减缓老年痴呆的功能。"章晓白直言不讳地说："爸，我看您退休了，没事干了，打麻将就是为了排遣寂寞。还有外婆，您就是为了混时间。"

外婆终于插上了话："我弹琴、唱歌，你说我影响你休息；我打一会儿麻将，你又骂我赌博、为老不尊，你这丫头太霸道了！好像这个家，就是你一个人的，我们都得听你的，就不能让我们有一点自己的空间？你在单位还是中层干部，咋个这样自私自利呢？"章晓白不解地说："外婆，我只是请您不要在我休息的时候弹琴、唱歌，并没有禁止您在其他时间弹琴、唱歌，请您不要误会。"外婆有自知之明，她说："我现在老了，弹琴、唱歌都很吃力，也弄不动了。物业也告诫说弹琴唱歌的声音大了，会影响邻居休息。你爸爸说打麻将益智健身，还能预防或减缓老年痴呆。真的，我坐上麻将桌，感觉记忆力明显要好一些，之前很多想不起来的事情，打了麻将下来，有时候就想得起来了。"章晓白哭笑不得："外婆，您这完全是心理作用，没有科学依据。如果真像您说的，打麻将如此神奇，恐怕国家早就将它列入体育比赛，广泛推广了。"

章懿华不同意女儿的观点，告诉她："你还真别说，这是有科学依据的。有调查发现麻将活动对大脑具有一定的活性化作用，对于预防老年痴呆具有一定的作用。"

白婆婆与女婿一唱一和："我看电视上的专家也说老年人适当打打麻将，有益身心健康。"

章晓白听了爸爸对打麻将的介绍和外婆的切身体会，觉得他们说的也有一些道理，也就退让一步，苦笑着说："既然你们对打麻将这样热衷、这样执迷不悟，还说能预防或减缓老年痴呆，如果我再反对，岂不成了不孝之女？但希望你们向我承诺两点。"章懿华毫不犹豫地说："请讲！"章晓白认真地说："第一，不许在家里打麻将，影响正常的生活秩序。"父亲点了点头："我保证做到。第二呢？"章晓白用一种严肃的口吻说："以娱乐为主，不许赌博。"父亲坚定不移地回答："我们本来就没有赌博嘛！这两点，都能做到。但我也给你提一个要求。"章晓白似乎知道父亲要说什么，本来想不答应，但刚才父亲做了承诺，她也就硬着头皮，轻描淡写地说："说吧！"

章懿华知道女儿是一个鬼精灵，已经猜到自己要老生常谈，但他还是要谈："听着，抓紧找对象！"章晓白狡黠地笑着："嘻嘻，我就知道您要说这个。"外婆也关切地劝导她："你已经三十岁了，老大不小了，得抓紧，趁我还能走动，让我抱抱重孙。"章晓白羞怯地回答："外婆，您说啥呀！我再大，在你们面前，还是孩子呀！"章懿华郑重地告诉她："我和你外婆都是认真的，男大当婚女大当嫁，你不能不当一回事！"章晓白嬉皮笑脸地反问道："你们是想把我早点嫁出去，然后就没有人干涉你们打麻将了，对不对？"章懿华纠正她："瞧你说的，这是啥话呀！关心儿女的婚姻大事，是父母的责任和义务嘛！"

章晓白耍赖地反问道："如果我不答应呢？"白婆婆已经与女婿形成了默契："你不答应，你爸刚才的保证，就等于没说。"章晓白口是心非地说："我答应你们还不成吗？"章懿华爱怜地拍了拍女儿的肩膀："你呀，真是我们家的刁蛮公主！"

其实，章晓白是一个孝女。这天晚上，她躺在床上像煎锅盔一样，翻来覆去，总是睡不着。她扪心自问：是不是关心爸爸太少了？他打牌纯粹就是为了打发时间？说什么麻将是健康益智活动，都是喜欢打麻将的人给它贴的漂亮标签。爸爸退休前是报社总编辑，有那么多记者、编辑和部门主任围着他转，像一个引力巨大的磁场。退休后每天在家买菜做饭，照顾我和外婆，岂能不寂寞？

　　章晓白一度认为自己的爸爸是世界上最好的爸爸。妈妈生下她不久就去世了，如果不是满屋子都是妈妈的照片，她甚至连妈妈长什么样子都不知道。爸爸不仅又当爹又当妈，一把屎一把尿将她带大，而且把她当掌上明珠宠爱。小时候，她要什么爸爸就给她买什么，她想吃什么爸爸就给她做什么，或带她去下馆子，她几乎没有感觉到单亲家庭的不幸。爸爸不仅是好爸爸，而且还是世界上最好的女婿。外公去世后，外婆一个人生活，他心疼外婆没人照顾，把外婆接来和他们一起居住，像对自己的亲生母亲一样孝敬。就连左邻右舍都说像她爸爸这样的人，别说现实生活中少见，就是网上也搜索不到。还有，妈妈走了三十年了，爸爸一直没有再婚，按照现在的择偶条件，他形象气质俱佳，有房有车还有社会地位，又堪称暖男，不愁找不到对象。殷笑英阿姨多次给他介绍对象，都被他拒绝了。她甚至亲眼看见爸爸原单位那些妇女和年轻女子对他既敬仰又爱慕，但他从来没有动过心，总是与她们拉开一定的距离，不越雷池一步。她不止一次听那些阿姨和姐姐问她："你爸爸好严肃哟！在家里也是这样吗？"她每次都得意地回答她们："不！我爸爸在家挺和蔼的！"那么，爸爸为啥不再婚？明白人都晓得，他是为我和外婆着想，怕娶来一个陌生女人，给我和外婆穿小鞋，导致家庭不和。

　　章晓白认真地思考了一个晚上，认为爸爸现在爱上那该死的麻将，是身边长期没有伴，退休后的失落感和寂寞惹的祸。现在，自己早就是成年人了，不应该还像小时候那样自私，担心后妈虐待自己，应该鼓励爸爸找一个老伴，让他有充实的感情生活。

　　第二天早上，她趁爸爸出门买菜的机会，把自己的想法告诉了外婆，争取外婆的支持。外婆也说早有此意，并且多次给她爸爸提过。于是，她与外婆达成共识，把给爸爸介绍老伴作为家庭目前的中心工作。当然，章晓白没有说出自己的真心话，也就是说，她隐瞒了帮爸爸找老伴，是想把他从麻将桌上拉回来，帮助他戒掉"赌瘾"。

　　章懿华在部队养成了早起的习惯，即使后来转业到地方工作多年，他都没有忘记这个光荣传统。哪怕头天晚上熬夜写文章或加班审稿，他第二天也是雷打不动地六点起床。起床后他会出去跑步，并将当天的菜买回家。这已经成了习惯。

　　见到爸爸回来，章晓白就将自己的想法讲给爸爸听，外婆也在一旁敲边鼓，说也是她的主意。于是，婆孙俩一起给他做工作。章晓白说："所谓老伴，就是人老了，需要有一个陪伴。没有陪伴，人就孤独、寂寞，衰老得快。"岳母与章晓白一唱一和："有了老伴，就有人为你分担家务，你就不会像现在这样累。"章晓白体贴地说："您看嘛，天不亮就出去买菜，多辛苦啊！"白婆婆接过话说："对头，每天都这样，外人不心疼，妈还心疼呢！"章晓白甚至站在政治的高度进行劝导："爸，您平时常说，家里要讲民主，现在该将民主落到实处了吧？"

　　章懿华听婆孙俩口吻惊人地一致，知道她们是商量好了的，笑道："民主是要讲的，但也要讲集中。"他岔开话反问女儿："晓白，这是你的主意吧？"章晓白挺起胸脯回答："不，这是我和外婆的民主决策。"章懿华却开门见山地指出："民主，应该是集中指导下的民主，或民主基础上的集中。女儿，请你记住，你现在操心的不该是爸爸的事情，而是你自己的事情——婚姻大事！这才是当务之急，你不能把这个顺序颠倒了！这是我与你外婆早就达成的民主共识，不能朝令夕改！"他又征询岳母的意见："妈，您说是不是？"老人觉得女婿说的也蛮有道理，点头回答："是！"

　　章晓白对外婆的表态大为失望，她眨着大大的眼睛："外婆，您咋个转眼就变成墙头草了？"老人说的是真心话，也就不遮掩："你爸爸说得也在理嘛！"章晓白从鼻子里"哼"了一声："爸爸找老伴的事，也是大事！"章懿华摇摇头，给女儿讲道理："我们现在要解决的是主要矛盾，主要矛盾解决了，次要矛盾也就迎刃而解了。"章晓白从小在父亲的熏陶下，也是熟读诗书，对辩证逻辑也不陌生，她仿佛看见了一线希望，立即抓住不放："爸爸的意思是，我的个人问题解决了，就说您找老伴的事情？"

　　章懿华点点头，一本正经地回答："对！这是原则，原则不能破！"章晓白紧绷着面孔，翘着嘴，遗憾地斜视着父亲："说了半天，您就是固执己见嘛！您还说家庭民主，我看您就是袖口里的手电筒——只照别人，不照自己。"章懿华有理有据地给女儿指出："你这是偷换概念，犯了逻辑性错误！"章晓白知道在理论上说服不了父亲，便开始耍女孩子的脾气："反正我不管，见到与您合适的阿姨，我就带来跟您见面！"章懿华严肃地望着女儿，伸出手指点着她的额头："你呀！总是这么任性！"章晓白闪身躲开，撒娇说："有其父必有其女嘛！"

　　第二天，章懿华的一个朋友在省美术馆举行个人画展，他们几个老哥们儿应邀去捧场。吃过早餐，他便离开小区向着太阳升起的方向走去。行至东顺街口时，一个衣衫简陋的老人跪在地上，双手撑地，向过往行人磕头，希望好心人给他一点施舍。章懿华见他满头银发，脸上的皱纹像核桃皮上的纹路，一只腿只有半截，十分同情，从身上摸出一张十元钞票递给他，老人感动得连忙磕头作揖。

　　舒中胜与妻子胡丽萍来到原四川电视台大楼前，迎面走来两个衣着简朴、五官秀丽的女娃儿。她俩见到大腹便便的舒中胜，先给他行了一个鞠躬礼，然后说："叔叔，我们是学生，钱包丢了，饿了一天，叔叔能不能施舍一点饭钱？"舒中胜见二人面容姣好，但有气无力，顿时产生怜香惜玉之心，大大方方掏出一张百元大钞递给其中一个姑娘，对她俩说："快去吃饭吧，别饿坏了身体！"姑娘感动得把头点得像啄木鸟："谢谢叔叔，谢谢阿姨！"走出不远，胡丽萍悄悄埋怨丈夫："刚才那个老人有残疾，你一毛不拔；对着两个漂亮女娃儿，你倒是挺大方的，出手就是一百块！"成都人习惯称姑娘为女娃儿，北京叫闺女，济南喊妮子，长沙称丫头，桂林呼妹仔，都是对姑娘和年轻女子的地方称谓语。

舒中胜向妻子解释："你没听她们说吗？一天没吃饭了，怪可怜的！"胡丽萍酸溜溜地反驳道："那个残疾老人，可能几天都没有吃饭了，你咋个不可怜？我看哪，你是只对美女可怜，老毛病不改！"舒中胜申辩说："你呀！见风就是雨，就喜欢把醋当饭吃！"胡丽萍告诫道："我不是吃醋，是担心你老毛病又犯了！"

夫妻俩正在你一言我一语地争论，孙向东与妻子殷笑英来到了他们身边。殷笑英快人快语，她跟舒中胜打过招呼后，便夸张地对胡丽萍说："丽萍，人家说女大十八变，越长越好看，我看你呀，几十年了，一点没有变，还跟当女娃儿时一个样——漂亮！还要不要我们活呀？"胡丽萍也不吝啬褒扬的语言，赶紧回道："笑英啊，我早已人老珠黄，今非昔比！你是我们同学中出了名的美人胚子，我正想请教你，你即使素面朝天，也依然光彩照人，有啥子秘方？快讲给老同学听听！"殷笑英哈哈一笑，反问道："丽萍，你说的都是你自己吧？我这个黄脸婆可不敢当！"

这时，易天雄与妻子袁圆也走来跟他们打招呼。袁圆问殷笑英："笑英，你笑得这么开心，是不是捡到啥子宝了？"殷笑英又是一阵哈哈大笑："哪能捡到宝呀！丽萍给我脸上抹胭脂，我又不会开染坊，已晕头转向找不着北了！"易天雄乐呵呵地跟众人打过招呼后，对舒中胜和胡丽萍调侃道："舒大老板和胡大明星，你们一个财大气粗，一个名冠天下，今天双宿双眠，难得一见啊！"胡丽萍不等丈夫搭话，接过话说："易大处长，你今天来给我们保驾护航，不会收保护费吧？"易天雄戏谑道："能给歌唱家和大老板当保镖，我是三张纸描个人脑壳——好大的面子！当然啰，舒大老板如果能开仓放粮，别忘了跟兄弟们分享！"说着便示意舒中胜给他烟抽。舒中胜一边掏出中华烟递给易天雄，一边讽刺道："你易大处长拿着国家的俸禄，还要在我们纳税人身上刮油，还有没有天理？"易天雄振振有词地说："我是担心你为富不仁，才替天行道，是想让你不犯或少犯错误！"胡丽萍拉住袁圆的手说："袁大夫，你是啥子时候给你们家易处长的舌尖安的弹簧呀？既损人又利己！"袁圆颔首笑道："哪敢呀！你们是大歌星、大企业家，我们家天雄是在给你们上油彩呢！"舒中胜反驳道："易莽娃啊，实际上是乌鸦笑猪黑——光看别人黑，不见自己黑！"易天雄讥讽道："不对，舒大老板是乌鸦身上抹石灰——想变白鸽！"孙向东见章懿华在前面向他们招手，赶紧提醒道："瞅到没有，老九就在前面，别说了，快走吧！"

他们这个朋友的美术作品是抽象艺术。进入展厅，如同进入一个由绚烂色彩交织而成的迷幻空间。绘画、雕塑、装置，以一种看似不经意，实则是经过精心设计的姿态呈现在观众眼前。画家希望观众能沉浸其中，去发现属于自己的惊喜。章懿华认为这是一个"有意味的空间"，移步换景，山外见山，看得津津有味。但除了章懿华和孙向东以外，其他人包括喜欢书法的舒中胜都毫无感觉，易天雄和几位女性更是如坠雾里云山，索然无味。展厅还没有走完，他们就催促章懿华回去，说与其在这里浪费时间，不如打麻将过瘾。

在回家的路上，之前找舒中胜施舍的那两个女娃儿，又在前方向路人乞讨。胡丽萍一眼就认出了她们，不由得发出一声冷笑，对丈夫说："看见没有，她们根本不是你想象的那种人，是在将乞讨作为谋生的手段！"舒中胜略带歉意地扫了妻子一眼，说："我上当了！没想到当今社会竟然有这样的年轻人！"停顿了一下，他盯着易天雄说："我说嘛，今天刚出门就遇到易莽娃，我就在想，会不会是背时曹操遇蒋干？瞧，果然倒霉透了顶！"易天雄刚才看画展看得兴致全无，本来就心烦意乱，舒中胜拿他来取笑，正好一身癞子没地方擦，与舒中胜斗嘴也就有了乐子，于是接过话说："就是嘛，刚才看画展闭眼听见乌鸦叫，现在睁眼看见你这个扫把星，能不倒霉吗？"舒中胜骂骂咧咧地说："这是说你自己吧？林子大了，啥子鸟儿都有！"殷笑英接过话问："咋了，舒大老板被两个小女娃儿给耍了？"胡丽萍叹了一口气，悻悻地答复她："可不，那两个女娃儿说钱包丢了，他一出手就给一百块。"舒中胜耸耸肩，懊恼地说："哪个晓得她们这样不要脸嘛！"殷笑英心直口快地嘲笑他："恐怕不是她们不要脸，而是你太怜香惜玉吧？"易天雄又找到了讽刺舒中胜的机会："岂止是怜香惜玉哟，我看哪，咱们舒大老板多半是耗子别手枪——起了打猫儿心肠！我找他要一支烟，他骂我刮他的油；美女找他乞讨，他出手就是百元大钞！这说明啥？说明舒大老板重色轻友！"孙向东幸灾乐祸地戏谑道："拿钱买教训，也算是一件好事。"舒中胜苦笑一声，自嘲道："你们说得都不靠谱，只怪本大人太仁慈、太善良了！对付易莽娃这种人，今后只有猎枪，没有好酒！"章懿华没有附和，而是换了一个角度，正经地对大家说："当今社会急流勇进，沉渣泛起，要想不上当受骗，就要把眼睛睁大一点。睁大了眼睛，才能透过现象看本质。"孙向东表示赞同，解读道："老九从哲学高度、社会层面来分析，我们都应该引以为戒。"

　　舒中胜从商几十年，善于察言观色，很少被人骗，今天却栽在了两个黄毛丫头手上，他感到莫大的羞辱。他走到两个女娃儿面前，板着脸指责她俩："你们年纪轻轻的，学啥子不好，为啥偏偏要学骗人的把戏？"之前接受舒中胜施舍的那个女娃儿急忙回答："叔叔，请您听我解释——"舒中胜冷若冰霜，打断她的话："还有啥解释的？你们之前说一天没有吃饭了，我给了你们钱，结果还在这里骗人骗钱。这不是明摆着的吗？利用别人的善良之心，实现你们敛财的目的，这是败坏社会风气、坑蒙拐骗的无耻行为！"胡丽萍也接过话来谴责她俩："你们还有啥可说的？当着大家的面，说呀！"女娃儿被训斥了一顿，现在才有了解释的机会，坦然自若地说："叔叔阿姨，请你们莫生气，我们先向你们道一声抱歉！我们是中医药大学的学生，今天到街上来扮演饥饿者乞讨，是在做一个社会调查，想用两个小时的时间，统计一下有多少路人会对危难者给予帮助，以此检验社会人的爱心。调查表明，虽然有不少人对此无动于衷，甚至指责、羞辱，但也有很多像叔叔阿姨这样善良仁慈、出手相助的好人。这些钱能还的就还了，找不到人的都会捐给慈善机构，帮助那些真正有困难的人。"女娃儿说到这里，从身上掏出那张百元钞票还给舒中胜："谢谢叔叔阿姨，谢谢你们的爱心！"听了女娃儿的解释，在场的所有老人都愣住了，尤其是舒中胜和胡丽萍，他们万万没有想到两个女娃儿是放下脸面在进行社会调查。舒中胜十分尴尬，连忙道歉："对不起，叔叔错怪你们了！"胡丽萍更是羞红了脸，对两个女娃儿刮目相看："阿姨误解你们了，请原谅！"其中一个女娃儿摆了摆手："为了调查数据的准确性，所以没有提前告诉叔叔阿姨，才造成了误会。"

　　章懿华深受感动，自我检讨道："看来我们落伍了，总认为年轻人对老年人不理解、不支持，实际上我们对年轻人又理解多少、支持多少呢？"孙向东也深受震动："是啊，一代人有一代人的思维方式，一代人有一代人的处世哲学。我们不能完全拿老年人的逻辑去要求年轻人。"易天雄用调侃的口吻自嘲道："我们自己一身毛，还说别人是妖怪！惭愧啊惭愧！"

第三章

　　孙向东是几个朋友中家庭人口最多、最热闹的一家，除了母亲和妻子，还有儿子、儿媳妇和孙子，是上有老、下有小，货真价实的四代同堂。他退休后除了偶尔参加一些社会活动，基本上都是在家给妻子殷笑英打下手。殷笑英则一门心思在家操持家务，是典型的家庭主妇。退休之前，她在西部战区总医院当护士长，是那种性格开朗、热情泼辣的女强人，与孙向东稳重儒雅的性格截然相反。因此，退休护士长在家里也就习惯将退休教授当护士来使唤，从而维系她退休前的权威。

　　他们的儿子孙阳光在一家保险公司任职，儿媳妇乔翠莲在市图书馆上班，孙子叫豆豆，尽管还是学龄前儿童，但他的智商与情商很高，是一家人的宝贝。

　　孙向东爱美，没事就在阳台上伺候花花草草，将陶渊明"采菊东篱下，悠然见南山"的风景移到家里，让美丽和舒适陪伴自己。他的妈妈孙婆婆虽然五音不全，却喜欢川剧，此时老人又唱起了《三娘教子》中的阴调："倚哥儿已知错泪流满面，听为娘说往事牢记心间……"乔翠莲在图书馆养成了喜欢安静的性格，即使丈夫孙阳光鼾声很低，她也经常指责他。因此，听祖母沙哑地唱川剧高腔，她感到像针尖刺耳。但婆婆殷笑英在家里说一不二，乔翠莲在家也就少言寡语，有什么不满也不发泄出来，而是指使儿子豆豆出面干预。她向豆豆耳语了两句，豆豆就跑过去拉住曾祖母的手说："祖祖别唱了，豆豆不喜欢！"孙婆婆疼爱曾孙子，也就不再唱了。

吃过晚饭后，孙向东一家人坐在沙发上看电视。孙向东看了一会儿就打起了瞌睡，孙阳光接连换了几个频道，都没有搜到他喜欢的节目，不由得嘀咕起来："这电视台能不能在广告中插播一下电视剧呀？"乔翠莲悻悻地说："你就别奢望了，耐心看广告吧！广告是电视台的灵魂，电视剧仅仅是点缀！"

"怪不得传统媒体要被新媒体取代！"孙阳光放下遥控器，也像妻子那样拿起手机看短视频。

孙婆婆在逗豆豆玩，只有殷笑英在一边织毛衣，一边以"一家之主"的口吻，不时发出"权威"的声音，一会儿问孙阳光买的活性炭放到新房里没有，一会儿说时间到了，请婆婆吃降压药，再就是问大家明天吃啥子，她一早去菜市场买。总之，只听见她一个人在那里问这问那。

豆豆跟曾祖母在一起玩了一会儿，没兴趣了，又去找爸爸孙阳光。孙阳光被短视频上陈佩斯和朱时茂的小品逗得哈哈大笑，将儿子推到乔翠莲身边："请妈妈陪你玩。"豆豆拉着妈妈的手摇着："妈妈，你别看手机了嘛，陪我玩！"乔翠莲正被手机上的什么内容吸引着，撇开儿子的手，悄悄对着他耳朵说："豆豆，妈妈不空，去找你爷爷。"

孙向东不知什么时候已经发出了均匀的鼾声，被豆豆摇醒后，他睡眼惺忪地问："豆豆，你要干啥？"豆豆拉着爷爷的手说："我要骑马儿。"孙向东摸着豆豆的头，为难地摇着头："爷爷老了，爬不动啦！"豆豆不理解，嚷道："我就要骑马儿嘛！"孙向东瞅了一眼儿子孙阳光，一语双关地说："爷爷被你爸爸当马儿骑了几十年，你也要把爷爷当马儿骑，爷爷可不是马儿变的哟！"

孙阳光知道父亲话中有话，干脆挑明说："爸，您血压高，有骨质增生，颈椎也有问题，劝您不要打麻将，都是为了您好，说话干吗含沙射影呢？"

孙向东板着脸说:"如果对我好,就应该支持我打麻将。"孙阳光耐心地开导父亲:"爸,您还是一个大学教授,是有文化的人,干吗将自己混同于那些把'一'字认棒槌的人呢?干其他啥子不好,比如书法、绘画,多高雅、多有情趣,为啥偏要打麻将?!说轻一点,俗气、没品位!说重一点,那是赌博、好逸恶劳!您不脸红,我都替您脸红!"

孙向东气不打一处来,大声训斥儿子:"你这是啥子逻辑!简直就是不懂装懂、幼稚无知!你知道吗?麻将是国粹,是我们中华民族的一项伟大发明!喜欢打麻将的人,遍及长城内外、大江南北的每一个角落,各年龄段、各文化层面的人都易懂、易学。它早已被日本、韩国、新加坡、欧美作为一项体育运动进行普及,受到了越来越多人的喜爱,没有任何一项游戏和运动,能有麻将参与的人多。这说明啥?说明它具有广泛的群众基础,具有其他体育项目不可替代的优势。"

孙阳光见父亲生气了,赶紧赔着笑脸道:"爸,我没有否认打麻将的人多,普及率高。我这是为您好,担心打麻将影响您身体健康。"

孙向东消了消气说:"你如果真心关心老子,就应该听我说,而不是想当然。不瞒你说,不打麻将,我闲着就要打瞌睡。为啥会这样呢?我专门请教了你袁圆阿姨,还有你妈妈,她们是医务工作者,最懂养生之道。她们都说,人上了一定的年纪,就会出现脑萎缩,如果不做适当的运动,瞌睡就会不请自来。像我们这个年龄的人,做其他体育运动体力又跟不上,只能做轻微运动。你看你妈妈,她为啥没事就打毛线?那是她手上有事做,大脑就灵活。打麻将不仅能锻炼手指,促进体内血液循环,还能激发大脑活动,有预防脑梗、脑血栓、脑萎缩和阿尔茨海默病的作用,是一项具益智性、趣味性的运动。"

孙阳光不相信,侧过脸问母亲:"妈,您说真话,打麻将真有这些好处吗?"

殷笑英点点头:"你爸说得没错,专家都是这样解释的。你爸喜欢打麻将,就让他打呗！你何必为难他呢？"

乔翠莲不想听他们说这些，既不想夹在中间说丈夫的不是，又怕说话不慎得罪公公和婆婆，干脆起身捧着手机去卧室，却被殷笑英叫住："翠莲，你说我说得对不对？"

殷笑英习惯在家呼风唤雨、指手画脚，乔翠莲本想躲开，结果却被点名发表意见，由于一直在看手机，不知婆婆说的是什么，问道："妈，您说啥呢？"

殷笑英对乔翠莲心不在焉的样子显然不满，但又不便发怒，只得重复说："我劝阳光，你爸喜欢打麻将，就让他去打。"

乔翠莲敷衍道："妈说得对。"

殷笑英对乔翠莲的回答并不太满意，她想让更多的人对自己的观点给予支持，以此显示她的权威，便问婆婆："妈，您说呢？"

孙婆婆接过话说："阳光啊，婆婆不会说大道理，但我告诉你，我们这些上了年纪的人为啥都喜欢打麻将。那是因为闲着就会闲出毛病来，坐到麻将桌上，精气神就来了。"

孙向东为了说服儿子，让他对麻将有更多的了解，从而支持自己，进一步介绍道："我们打的是健康麻将、活力麻将，每盘最先的赢家，都能起身走动，有短暂休息的机会，这就避免了传统麻将坐着不动、一和到底、易于疲劳的弊端。阳光啊，你说，这样的运动，爸爸喜欢它，何错之有？你一口一个没文化，一口一个赌博，爸爸听起来，实在太刺耳了！"

孙阳光听罢父亲一番话，终于受到一些触动，换了一下口气："我希望您劳逸结合，每次打麻将的时间不要太长，适可而止。"

孙向东的怒气终于消了："阳光啊，你放心吧！活力麻将是一种健康、娱乐、运动的游戏模式，有时间限定，你想长都长不了，爸爸自有分寸。"

孙阳光的手机响了，是装修公司老板打来的，他问对方："刘老板，有啥事？——哦，房子已经装修归一了，那太好了，辛苦您了！请问啥子时候可以收房？——装修尾款啊，等我验房后就付给你！"他收起手机，高兴地对家人说："刘老板说房子已经装修好了。"乔翠莲早就想搬出去住了，急忙问丈夫："我们啥子时候搬家？"孙阳光孝顺地说："听爸爸妈妈的意见。"殷笑英建议说："新装修的房子有甲醛，对身体不好，先敞开吹吹风，等你们把家具买好后，再测一下有没有甲醛，莫慌嘛！"孙阳光问父亲："爸，您的意见呢？"孙向东答："你妈说得没错，等房子敞一敞再说！"

孙向东话音刚落，有电话打来，显示是"谢老师"。这个有姓无名的联系人是他特意标注的，他非常清楚对方是谁，脸上不由得露出一丝不易察觉的慌张。他随即瞟了殷笑英一眼，见她在低头织毛衣，并没有注意自己脸上表情的变化。他挂断电话站起来，假巴意思在接听电话，实际上是在自言自语："谢老师，嗯……你说的是一个学术问题，数学界至今没有定论。——你想跟我讨论？我家里在放电视，很吵，你等一下，我到房间里接听。"说着，他向卧室走去。进入卧室后他轻轻将门推来关上，然后迅速拨通对方的电话："紫婧，你刚才给我打电话了？"

电话中传来一个女人温柔的声音："是啊，您在干吗呢老师？"

"刚看完《新闻联播》。"他脸上的表情随即灿烂起来，问道，"紫婧，有事吗？"被称为紫婧的女人娇滴滴地反问他："没事就不能给你打电话吗？"他赔着笑脸解释："不是这个意思，只是我现在——"他停顿了一下，想了想说，"有点不方便。"对方"咯咯咯"笑了几声，心领神会地说："好吧，我就不打扰您了，明天见！"他顿时如释重负："好，我明天去找你。"

舒中胜那天"揭发"孙向东在春熙路与服装店女老板打得火热之后，孙向东心里就仿佛有十五个吊桶打水——七上八下。他倒不是担心舒中胜会出卖他，将这个秘密泄露给殷笑英，因为他们毕竟是铁哥们儿，除非刀架在脖子上，舒中胜一定会守口如瓶的。而是，他自己都不知道为什么这些日子总想去见她，如果没有见到她，心里就像丢了什么东西，具体是什么，他又说不清楚。

"谢老师"根本不是什么老师，是他多年前的学生，姓谢名紫婧。她大学毕业不久，就嫁给了一个煤老板。这个煤老板五官和脸型都有些寒碜，但他身家过亿，轻而易举就将孙向东教过的学生中最漂亮的谢紫婧弄到了手，气得曾经追求过谢紫婧的一个男同学诅咒煤老板不被汽车撞死也会遭遇瓦斯爆炸。殊不知煤老板每天乘坐的是专职司机开的迈巴赫防弹车，即使发生车祸将对方撞得人仰马翻，他也会安然无恙。再说，他是动嘴不动手的大老板，即使井下发生瓦斯大爆炸，也伤不了他一根头发，谁见过西装革履的大老板到井下作业？

煤老板与谢紫婧结婚那天，孙向东受谢紫婧邀请，去香格里拉大酒店见证了他们盛大的婚礼。说实话，孙向东也是见过世面的高级知识分子，但还是被煤老板豪华的婚宴所震撼。宴会厅金碧辉煌、流光溢彩。政界高官、社会名流、商界巨贾，各种经常在报纸电视上抛头露面的人物悉数到场。他们喜气洋洋、笑逐颜开，如果不是四处可见的大红"囍"字和煤老板身着笔挺的黑色西装、谢紫婧身披紫色婚纱站在他们的巨幅婚照前恭迎嘉宾，你还以为是在召开一个什么"高大上"的盛会。那一瞬间，孙向东在心里发出了"有钱真好"的感叹！

哪知好花不常开，好景不常在，没过多久，孙向东就听说煤老板喜新厌旧，爱上了电视台一名当红主持人，抛弃了谢紫婧，但不知是真是假。那天，他陪章懿华到春熙路文轩书店参加一个作者的新书分享会。其间，他拿起书来翻了几页，书籍封面装帧精美，内容却不堪卒读，让他一下就想起了"金玉其外、败絮其中"八个字。所谓新书，不过是给废品收购站提供对口资源。

他在那里如坐针毡，实在找不到什么词汇来给予恭维，可对方却大言不惭地畅谈创作经验，脸皮厚到足可与北较场那道成都保留最完整的老城墙一比高下。而个别红得发紫的所谓文学名家，不知是得了多少出场费，还是本身就是睁眼瞎，居然口沫飞溅地对新书大加赞扬，什么"划时代作品""引领当代文学走向""拓宽了文学语境""刷新了读者对世界的认知"……总之，什么好听就说什么。一叠擦屁股都嫌它粗糙的文字垃圾，居然被捧得起码应该获得茅盾文学奖，斩获诺贝尔文学奖也实至名归，难怪读者对当今各种所谓获得大奖的图书不屑一顾，认为某些文学评奖不过是圈子里的人互相吹捧而已。谁听说我国四大名著当初获得过什么奖？而那些曾被翰林院奉为圣经或典故的长卷，坊间还有何人记得？孙向东听了一会儿就浑身起鸡皮疙瘩，谎称家里有事提前离开了会场，独自到春熙路闲逛，哪知却在梦丽莎女装店与昔日的女学生谢紫婧不期而遇。

谢紫婧曾经十分崇拜孙向东，尤其欣赏他的博学和在我国高校首创的数学建模教学活动，即建立数学模型来解决生活中的实际问题，提高学生的应用能力。她甚至对老师暗示过她的倾心和爱慕。

一个健康的男人能博得一个年轻女子的好感，说他一点不动心，那是骗人的鬼话！坊间流传一个说法：美女是祸水，男人都想要；视金钱如粪土，所有人都在争着做粪土收藏家。这个话显然有些偏激，但也反映了社会的某种现象。孙教授是高级知识分子，头上顶着"师道尊严"四个字，他必须恪守职业道德，不能与学生有违反校规的行为，这一点，他还是铭记在心的。因此，他婉言谢绝了谢紫婧刚刚萌动的心。

现在时过境迁，孙向东已不再任教，谢紫婧也早为人妻，师生邂逅，没有了往日的拘束和顾虑，自然十分亲热。在孙向东眼里，此时的谢紫婧短衣短袖，身姿轻盈，腿长腰细，前凸后翘，犹如熟透的水蜜桃，尽显成熟女人的魅力。她还未到不惑之年，在高档化妆品的装扮下，显得比实际年龄年轻许多，说她二十多岁不为过，说她三十岁出头也没人怀疑。她脸呈椭圆形，眼睛睁得大大的，闪着黝黑的光亮，四周隐约可见海水之蓝意，修眉端鼻，两颊微现一对梨涡。尽管是白天，店外阳光正好，但店内为了展现女装的色彩和款式，依然开着明亮的灯光，反射过来的灯光映在她脸上，更显得她肤色晶莹，柔美如玉。虽不及妙龄少女的明艳绝伦，但神色间却多了这个年龄段的成熟与妩媚。孙向东看着自己当年的女学生，仿佛是在欣赏一件珍贵的艺术品，不禁发出由衷的赞美："紫婧，你还是这么漂亮，好像岁月没有在你脸上留下一丝痕迹。"谢紫婧抿嘴一笑，谦虚地说："老师过奖了！紫婧已快奔四十的人，不如当年啦！"孙向东看着她的眼睛，认真地说："我说的是真话，绝不言过其实。"谢紫婧也不回避老师的目光，从头到脚打量了孙向东一番。孙向东今天出来参加别人的新书发布会，也算是有备而来，他的头发自然而卷曲，鬓角有稀疏的白发，但并不见苍老，反而给人一种阅历深藏其中的感觉。他五官端正，一双剑眉下一对细长的眼睛，虽然瞳孔不大，但却聚光，让人一不小心就会沦陷进去。鼻头比常人略高，仿佛在有意彰显知识分子的狂傲不羁。面部虽然不是雕刻般分明，但还是有棱有角，有一种俊美流露出来。特别有意思的是，他蓄着齐白石和张大千一样的胡须，修剪得又很整齐，好像是他学识渊博的载体。厚薄适中的嘴唇笑起来露出整洁的牙齿，有一种令人目眩的活力荡漾其中。谢紫婧收回目光，用眼波扫了店外一眼，考虑了一下措辞，盈盈一笑说："老师依然英俊硬朗，还是跟当年一样风度翩翩！"孙向东轻轻摆摆手说："紫婧真会说话！岁月不饶人，我有自知之明。"

俗话说，情人眼里出西施，师生俩久别重逢，互相欣赏，在彼此眼里都是赏心悦目的形象。

接下来，谢紫婧告诉老师这家服装店是她在经营，请老师到里面坐，也就是店里一个较为隐蔽的空间，专门为那些舍得大把花钱的顾客设置的贵宾室。她给老师冲了一杯海南炭烧咖啡，与老师迎面而坐，打开了话匣子。

交谈中，谢紫婧证实她与煤老板已经分道扬镳两年多，自己至今未再婚，并关心老师的生活情况。孙向东没有说妻子殷笑英在家里一手遮天，让他闷闷不乐，更没有说他与妻子性格不合产生的矛盾与隔阂，他更多的是当听众，认真倾听谢紫婧诉说前夫的背叛和心中的愤懑。临别时，谢紫婧请他有空就到这里来坐，说她喜欢和老师在一起聊天，目光中全是流溢的柔波。

说来也怪，从此以后，孙向东一有空闲，甚至没有空闲也会创造空闲，鬼使神差地来梦丽莎女装店与谢紫婧聊天，常常不知不觉就到了中午。每每这时孙向东就给殷笑英打电话，谎称在学校办事不回家吃饭，然后与谢紫婧有说有笑地到附近餐馆共进午餐。一来二往，孙向东感觉自己年轻了一二十岁，与她一日不见如隔三秋。

一个老男人喜欢一个年轻女人，要想进一步发展，那是需要谋略的。孙向东是聪明人，他自然懂得这个道理。女人天性爱美，喜欢把自己打扮得漂漂亮亮的。谢紫婧自己开着服装店，衣服自然不需要他去操心，他便隔三岔五地买一些化妆品和首饰之类的东西送给她，尝试敲开她心灵的大门。别说，还真有效果。每次收到他的礼物，谢紫婧都十分开心，脸上笑得像盛开的花儿一样。有一次旁边没人，谢紫婧接过他送的珍珠项链，突然像闪电一样给他一个吻，然后宛如一个快乐的天使"咯咯咯"地笑着跑开。孙向东猝不及防，先是一愣，接着心里像喝了蜜一样甜。如果不是突然有顾客跨进店来，他可能会追上去把她抱在怀里。

打这以后，孙向东就看殷笑英这里不顺眼，那里不顺眼。初期像徐庶进曹营——一言不发，后来就鸡蛋里挑骨头——故意找岔子，不是嫌殷笑英炒的菜咸了或淡了，就是骂她啰唆。总之，殷笑英里里外外都与他格格不入。殷笑英可不是逆来顺受、任人宰割的女人，你看不惯我，我还看不惯你呢！当初恩爱得令人羡慕的一对夫妻，也就出现了旷日持久的冷战。当然，除了这老两口自己，他人一概不知，就连朝夕相处的儿子孙阳光和孙向东母亲也都被蒙在鼓里。孙向东不愧是久经世故、城府很深的成熟男子，他把这个隐蔽工程做到了极致。

第四章

　　五月的西郊河畔绿草如茵，芍药花在微风中轻轻摇曳，空气中弥漫着淡淡的清香，令人心旷神怡。易天雄一早沿着河边跑了几圈，然后选了河畔一块空地，也就是地铁宽窄巷子站西口旁边的宽敞之处，开始练习盘破门拳术。盘破门拳术吸收了北派的一些技法，桩式接近北派，长于内圈寻打，可以"手打人，脚亦打人"。因此，形成了"形如北派而内里仍是南派"的打法特点。同时，盘破门走盘灵活，步法快捷，开合大方，且逼敌时点多面广，故又形成了"形如打外圈，而内里仍注重打内圈"的打法特点。易天雄从小练习盘破门拳术，经过几十年的修炼，加上在部队学习的擒拿格斗术，他的拳术虽然说不上炉火纯青，但也是相当熟练。

　　易天雄一边习武，一边呼吸新鲜空气。突然，一个年约三四十岁，面庞像刀削一样阴森可怕的家伙拎着皮包飞奔而来。他身后一个五十多岁的中年男子气喘吁吁，边追边喊："抢包啦，抓住他！"其他人见状唯恐躲闪不及，易天雄却站在路中间，眼疾手快，轻轻一抬腿，抢匪便踉跄倒地。没想到这家伙迅速弹跳起来，从腰间拔出一把匕首向易天雄刺来，易天雄闪身躲开，对方再刺，他再躲开。对方恼羞成怒，挥舞匕首乱劈乱刺，易天雄躲闪不及，手臂不幸被划伤一条口子。他忍住疼痛，飞起一脚踢中对方手腕，将匕首震落在地，然后使出黑虎掏心拳，将对方击倒在地。

抢匪知道碰上硬茬了，连忙求饶："大叔，您放了我吧！"易天雄身为警察，岂能放过他？瞪着一双铜钱一样的大眼怒斥道："死到临头才掉泪——晚啦！"于是，在追上来的中年男子和众人的协助下，易天雄将抢匪押送到了附近的西安路派出所。被抢劫的中年男子姓张，在协助警察做完笔录后，坚持要将易天雄送到医院去治疗，易天雄说一点小伤，没有必要去医院，就到附近诊所包扎一下即可。但张先生说已经出血了，容易感染破伤风。易天雄便随张先生一起来到了附近的四川省妇幼保健院。

　　二人刚跨进大门，就见到孙向东和殷笑英带着孙子从医院做完儿保出来。孙向东和殷笑英看见易天雄负了伤，不由得大吃一惊。孙向东问他："你这个铁打的身体，咋个一早就挂了彩？"殷笑英也十分惊讶："谁吃了豹子胆，竟敢在老虎嘴里拔牙？"易天雄轻描淡写地回答："遇到一个小混混，给我开了一个小窗口，正凉快着呢！张先生担心我感染破伤风，硬要陪我来医院治疗。"孙向东和殷笑英原以为这个姓张的就是那位肇事者，听了易天雄介绍，才知误会了。张先生进一步解释说："我是省健康麻将筹委会秘书长张俭，正在筹办四川首届健康麻将邀请赛，由于赛期临近，一早便带着主管单位的批文和现金，准备去联系赛场，结果遇到抢匪。易先生见义勇为，令我十分敬佩。"易天雄哈哈一笑，说道："张飞吃豆芽——小菜一碟，不足挂齿！"他突然似有所悟，问道："您在组织麻将邀请赛？"张秘书长回答："对头！"易天雄乐了，遂将孙向东介绍给他认识："这是我的好朋友孙向东，他是巴蜀大学数学学院教授，几何学与数学领域的专家，对数字非常敏感，打麻将就像掉了毛的刷子——板眼多。你们举办麻将邀请赛，正好给他带来了施展牌技的机会。"张秘书长十分惊喜，握住孙向东的手激动地说："幸会幸会，孙教授！"孙向东也客气地表示："认识您很高兴！"张秘书长热情地说："我们就是想通过比赛，发现一批人才，展现我们四川麻将大省的竞技实力。

真是踏破铁鞋无觅处，得来全不费功夫。我代表筹委会欢迎孙教授参加比赛，同时，请您对我们的工作给予指导和帮助。"孙向东轻拂着山羊胡子，谦虚地说："那是易处长对我的鼓励。我平时打麻将的机会不多，竞技技术水平只能算一般。我和天雄有一个朋友，他曾经是《巴蜀日报》的总编辑，擅长运用易经的阴阳布局和奇门遁甲法，能较好预测上家和下家，甚至对家需要的牌，几乎是出神入化，他才是高手。"张秘书长不由得喜出望外："我早就听说国外运动员在研究易经，并将易经上测天、下测地、中间测人的战术运用到麻将竞技运动之中，一直无缘学习，没想到在咱们成都就有这样的奇才，真是高手在民间。"

孙向东与殷笑英最近在打肚皮官司，如果不是带孙子来医院做儿保，他们不会走到一起。殷笑英见他们谈得投机，跟易天雄打了一个招呼，就带着豆豆回家了。

张秘书长趁医生给易天雄包扎伤口的机会，主动加了孙向东微信，并互相留了电话号码，他还给孙向东介绍了比赛的特点和规则。分别时，张秘书长恳请易天雄和孙向东及他们的朋友章总编别忘了跟他联系，提前报名参加预选赛。

易天雄和孙向东来找章懿华，迎面见到白婆婆哼着"解放区的天，是明朗的天……"乐呵呵地从家里出来。易天雄向她打招呼："伯母，您唱得真好听！"白婆婆谦虚地笑道："老啦，牙齿关不住风了，见笑啦！"孙向东恭维说："我每次见您老人家都很开心，从未见您发过愁！"白婆婆自豪地又是一笑："大家都叫我快乐婆婆，开心是自然的啦！"易天雄赞扬道："笑一笑十年少，怪不得伯母一点不显老！"白婆婆又哈哈一笑，自嘲道："还不老啊？土都快埋到脖子啦！对了，你们是找懿华吧？他在家，你们去吧！"

二人来到章懿华家门口按响门铃。章懿华开门一看，是两位老哥们儿，急忙将他们让进屋里。

章懿华见易天雄臂膀上包扎着纱布，问他怎么了。易天雄是那种典型的乐天派，轻松地说破了一点皮，说着就用没受伤的那只手，不客气地拎起开水瓶，欲倒水喝。章懿华急忙夺过水瓶，帮他将水倒进杯里。易天雄接过杯子，敞着大嗓门说："渴死我了，渴死我了。"孙向东夸张地说："天雄差一点去见马克思了。"然后将知道的情况像竹筒倒豆子一样告诉了章懿华。章懿华一听，转过身来告诫易天雄："天雄，你别以为自己还是当年那个侦察兵，能对付几个人。现在，你已经是老年人，不能再逞强了，要注意保护自己！"

"呵呵！"易天雄爽朗一笑，反驳道，"你还好意思说我，你上次在琴台路看见城管与个体商贩抓扯，冲上去劝架，不也是被别人把脑袋开了一个天窗吗？"说着就去摸章懿华的头，揭他的伤疤。章懿华推开易天雄的手，不想旧事重提："那都是几百年前的皇历了。"易天雄抓住不放道："去年才好久嘛！不也是退休之后的事？"孙向东习惯性地抚摸着山羊胡子，老练持重地说："你们两个都以为年轻时学过拳术，又当过侦察兵，喜欢打抱不平，但别忘了，你们已经老了，身子骨再也不能跟从前相比了！"章懿华诚恳接受老朋友的批评，表示歉意："好，今后一定注意。"接着问道："你们俩今天一起来找我，一定是有啥事吧？"易天雄快人快语："当然有事了！向东，你来说！"

章懿华示意他俩到沙发上坐，孙向东摆了一下手："不坐了，就两件事。一是舒胖娃主动提出，将他那个会所交给我们改建成茶楼，他出场地，改建费由我们哥三个负责。营利分成按四六开，他六我们四。"章懿华一听，不假思索地表示同意："好啊！茶楼搞起来后，哥几个今后就不愁没有娱乐的地方了。如果经营有方，还可以赚点小钱，我们可以一起出去旅游。这是一箭双雕的好事，我赞成！向东对数字敏感，你先测算一下，然后征求一下舒胖娃的意见，他是生意人，需要我们投入多少资金，他最有发言权。"孙向东提醒他说："改建费用，舒胖娃不再投入，赢利后他占大头，你咋个看？"易天雄也告诉他："舒胖娃是生意人，刚出窑的瓦盆———一套一套的。丑话说在前，我们不能让他吃亏，但也不能让他把我们吃了。他是有钱人，我们仅有一点退休金。"章懿华会意地笑了，分析道："他那个会所我们都去过，当时装修是用了心的，也就是说，花了他不少银子。前几年受疫情影响，很多会所都是赔钱赚吆喝，他主动提出由我们出资改建，是实现双赢的好主意！我们将它改建成茶楼，主要是将一些大房间隔成包间，然后添置部分设备，茶杯茶壶等用具也有一些，重点是购买麻将机，添置部分空调。房子是舒胖娃的，后期不存在租金，开支主要是水电费和服务员工资。"孙向东听了章懿华的一番分析，点头说："老九做啥事都考虑得较全面，所以我们来找你拍板。"易天雄也表态说："对，千锤打锣，一锤定音，我们就等你定夺！"章懿华谦虚地说："咱哥几个一起商量，如果都没啥意见，就这么办呗！"孙向东表示赞同："好，这事就这么定了！天雄，你来说说另一件事——麻将比赛的事。"易天雄推辞道："还是你告诉老九吧！"于是，孙向东将张俭秘书长的话原封不动地进行了转述。章懿华一听，顿时喜出望外："没想到天雄见义勇为，遇到了我们四川健康麻将筹委会的张俭秘书长，真是因祸得福啊！参加比赛，必须熟悉比赛规则。"他突然想起什么，说："对了，我这里有一本张俭先生的著作。"他转身走进书房，在书架上取下一本书，递给孙向东："《活力麻将》对我们成都地区'血战到底'的竞技技术进行了全面的分析和研究，我刚读完，收获不小。建议你们也抽空读一读，对我们打成都麻将很有帮助。"孙向东迅速翻了几页说："我一定认真拜读。"易天雄恍然大悟道："怪不得，那天在这里打麻将，我发现老九的牌技像千里马长翅膀——突飞猛进，原来是有秘密武器。向东，你快点看完交给我啊！"

孙向东提醒章懿华："张秘书长说，四川首届健康麻将邀请赛不久将在成都举行，他希望我们报名参加预选赛。现在，我们缺乏比赛的实战经验，如果要参加，务必提前做好准备。"章懿华点头道："事不宜迟，你们如果没事，我们现在就去找一家麻将馆，研究研究。"孙向东赞赏道："不愧是军人出身，雷厉风行！"易天雄支持说："我来给你们当陪练，如果得了奖，军功章有你们一半，也有我一半。"章懿华关心地问道："你手臂负了伤，恐怕不行吧？"易天雄自问自答道："军人的特质是什么？轻伤不下火线！既然要参加，就要拿冠军！"章懿华感动地说："你还真把它当作一场战斗来对待？"易天雄充满信心："还记得咱哥几个从小的誓言吗？"章懿华和孙向东齐声坚定地回答："生当作人杰，死亦为鬼雄！"

三人来到河畔，接连去了几家茶坊，麻将室都是座无虚席，甚至还有人在旁边观战，可见爱好麻将的人之多。章懿华不由得感慨地说："难怪有人断言，百年成邑，千年成都，麻将之城，非成都莫属。"

他们行走在西郊河畔，几只白鹤在浅水觅食，悠闲自在，见他们走近，突然展翅而飞。他们找了几家茶坊，居然没有一张闲置的麻将桌，三位老汉不由得有些扫兴。情急之下，章懿华决定冒一次险。他说："晓白上班去了，到我家去吧。"孙向东心有余悸，怕碰到章晓白惹她不高兴，但又找不到合适的地方，也就只好同意了。易天雄也是心有芥蒂，但想到章懿华家麻将机闲着也是闲着，也不再表示反对，斗胆说："咱们就学关公赴会——单刀直入，铤而走险一次吧！"

四方麻将还缺一人，易天雄说他给舒中胜打电话。

舒中胜住在旁边的锦都花园。这个小区是市中心居住环境与物业服务都堪称上乘的民居，正好符合舒老板的财力和身份。最近几年，许多达官贵人和富商巨贾都喜欢附庸风雅，舒老板也不例外，不知何时也迷上了书法。

他的住宅宽敞、明亮，装修十分考究，卧室地面铺西班牙实木地板，墙体贴法国玻璃纤维壁布，客厅地面镶嵌诺贝尔高级瓷砖，墙裙用的是意大利石材，家中全部用菲律宾红木家具，装修风格既时尚、前卫，又豪华、尊贵。

舒中胜在宽敞的书房练习书法，模仿的是王羲之的《兰亭序》。书圣王羲之东晋永和九年（353）在浙江绍兴兰渚山下以文会友，写下的这一"天下第一行书"，自从面世以后，历代书家纷纷取法效仿。可以说，《兰亭序》就像一座取之不竭的宝藏，上到传世的书法名家，下至喜欢书法的一般爱好者，都能在其中找到属于自己的雅趣。时间虽远，但它魅力不减。直到现在，它仍然像图腾一样存在。

此时，妻子胡丽萍正在隔壁房间吊嗓子，锻炼肺活量和扩展音域。

胡丽萍曾是四川省歌舞团独唱演员，能进入省歌舞团当演员，形象自然对得起观众。她眉清目秀，长相甜美，虽然已经退休，但岁月在她脸上并没有留下太多的烙印，尤其是一对杏眼依然炯炯有神，仿佛能说话传情，整个人给人气质高贵、优雅、耐看的印象。她跟殷笑英一样，退休后在家当炊事员和后勤部长。她最大的特点是擅长营造温馨，并不时给家里制造浪漫氛围。所以，舒中胜的日子过得舒适而惬意。

舒中胜父亲八十多岁，身体较胖，喜欢拳术，那模样有点像摔跤运动员，但听力不好，两只耳朵基本上是摆设。吃过早餐他便在阳台上练习太极拳，一招一式有板有眼，一看就已经练习了多年。

舒中胜与妻子膝下有一个女儿，名娟娟，是本地航空公司的空乘小姐，长期跑国际航线，在家的时间不多，今天恰逢她休息。舒娟娟不仅继承了父母优秀的基因，而且青出于蓝胜于蓝，也就是说，她五官比爸爸妈妈都漂亮。她天姿国色一样超凡脱俗的容貌，在美女如云的航空公司也是出类拔萃。她不但聪明、乖巧、懂事，还非常孝敬老人。她知道妈妈唱歌需要润嗓子，便冲了三杯茶，首先端了一杯给爷爷，然后端着两杯茶，递给妈妈一杯，用甜美的声音赞赏道："妈妈的歌声，真是不减当年！"

面对女儿的夸奖，胡丽萍却有自知之明，她说："妈妈老了，音域就窄了，高音部分也缺乏亮度啦！"在女儿的心中，母亲永远是最棒的，舒娟娟称赞说："不，在我眼里，妈妈永远完美无瑕，不仅人美，歌也美！"胡丽萍笑了："你就会宽妈妈的心！"接着，她对女儿说："快把手上的茶给你爸爸端去吧！"舒娟娟对妈妈莞尔一笑，端着茶杯来到隔壁房间，一边将茶杯递到父亲手上，一边欣赏墨迹未干的书法，用夸张的口吻说："远看像王羲之的真迹，近看像王羲之的真迹，闭着眼睛还是王羲之的真迹。爸爸，王羲之如果在天有灵，说不定会嫉妒你呢！"舒中胜常常为聪明漂亮的女儿自豪，听到她别开生面地称赞自己，心里比喝了蜜还甜。

这时，易天雄打来电话，问他在干啥，他回答在练习书法，易天雄讥笑道："你又在玩狗脚迹啊！我们有事找你，现在、马上、立即到老九家来！"舒中胜在电话里问："啥子事，这么急，不会是你家房子着火了吧？"易天雄反唇相讥说："你家房子才着火了，着大火了！叫你来，别再燕子垒窝——磨磨唧唧！"说完也不解释就将电话挂了。

舒中胜不愧是铁哥们儿，他接完电话就往外走。胡丽萍问他去哪里，他说去老九家。胡丽萍不悦地嘀咕道："我说你啊，三天不见老婆都无所谓，一天不见那几个铁哥们儿，你心里就发慌。"舒中胜也不讳言："谁叫我们是毛根儿朋友呢！"胡丽萍问他："中午回家吃饭吗？"舒中胜讨好地回答："夫人在家，我岂敢不回来？！"胡丽萍嗔怪道："老了还这么贫嘴！"但她心里却很享受。

章懿华带着两个哥们儿回到家里，为了避免上次的尴尬，他说："晓白中午一般都不回家，但以防万一，我们十一点半之前结束'战斗'。"为此，他拿出时钟，将闹铃设置在十一点三十分，也就是女儿即使中午下班回家，他们也不会有碰见的时间。

舒中胜敲开章懿华家门，易天雄将他让进屋里，见他气喘吁吁，上气不接下气，便跟他开玩笑说："舒老板，你是不是体积大，跑不动了？"舒中胜不干了，回击道："易莽娃，你不要乱开腔！大爷我在家聚精会神练习书法，你叫我现在、马上、立即来，我是一路小跑赶来的，何况我体积大，地球对我的吸引力也大嘛！"易天雄打击他说："啥子书法哟，不就是狗脚迹吗？狗站在粪堆上——显高，还好意思拿出来说！"舒中胜眼睛一瞪："你也不撒泡尿照照自己，脸红筋胀的，多半也是刚进屋。"章懿华赶紧打圆场说："哥几个想搓麻将了，所以突然请你来。"舒中胜听说是打麻将，不由得担心地问："如果晓白下班回来碰见，哥几个的脸往哪里放？"章懿华十拿九稳地说："她中午一般都不回家，再说，我已经将闹铃设置好了，十一点半前结束'战斗'。"

舒中胜注意到易天雄手臂上缠着纱布，伸手在他肩上轻轻拍了一下，口头上是关心，实际上是拿他取乐："你这是咋个了，不会是在床上不老实，被你家袁大夫一脚蹬到地上将膀子报废了吧？"易天雄对他做了一个怪相，骂道："茶壶里的开水——滚开！"想想还没有到达报复的效果，又补充说："你那绿豆大的眼睛，只会门缝里看人——把人看扁。我这是见义勇为，为民除害挂的彩！不信，你问向东！"于是，孙向东便将易天雄如何负伤的情况做了实况转述。舒中胜听完，一切都明白了："这么说，你们把我叫来打麻将，是让我当陪练啰？我才不当陪练呢！我今天一定要打败你们，到时候去参加比赛！"章懿华完全支持："你能夺冠，我求之不得！"

接下来，他们开始一边打麻将，一边熟悉比赛的相关规则。孙向东介绍说："根据张秘书长的提示，首届四川麻将邀请赛，实际就是我们平时打的'血战到底'，去掉'中、发、白'字牌和'东、南、西、北'风牌，只用筒、条、万三色牌，一共一百零八张。比如开局：掷一次骰子，按照点数大小确定庄家，大为庄。庄家再掷一次骰子，确定抓牌数。每人各摸十三张，庄家摸十四张开始比赛。"

章懿华接过话说："按照'血战到底'的打法，每局庄家为上一局第一个和牌的玩家，如果上一局有玩家'一炮双响'，则放炮玩家为本局庄家。是不是？"

"对头！"孙向东点了一下头，继续解释，"比如规则：做牌的时候，游戏玩家必须筒、条、万的三色牌中任意打缺一门牌才能和牌。"舒中胜觉得一点也不复杂，说："这跟咱们平时的打法差不多嘛！"孙向东进一步解释："没错，按照《中国麻将竞赛规则》，每打完赛制规定的四圈或两圈为一局。一局或一局至数局结束、产生本桌晋级名次的全过程为一个轮次，一个轮次为一个晋级赛段。"

章懿华根据自己的理解，补充说："一局比赛结束时，各位运动员持有的分数，根据比赛的规定，不带入下局比赛计分，即各局得分单独计算，各局得分总和为总局分。"孙向东表示赞同："完全正确，总局结束，即表示本轮次结束。总局得分决定本轮次第一名或前两名标准分数。"

易天雄是爽快人，他喜欢简单明了："我看没有多复杂嘛！会打成都麻将，就小葱拌豆腐——一清二白！"舒中胜自以为是地说："打麻将，我认为输赢关键是手气，手气好，不想赢都难！"章懿华纠正道："俗话说，打麻将三分技术七分运气。但运气对桌上的玩家来说基本相同，不可能只有一家好，也不可能总是一家不好。所以，从结果来看，取胜的关键还在于三分的技术。"

孙向东支持章懿华的观点，他说："如何将拿到手的这十三张牌通过摸牌、打牌、碰牌和开杠等方式使其尽快形成听牌，也就是'下叫'状态，最终和牌即取胜，无疑既要讲究方法，同时又需要策略。"章懿华嘴角轻扬，露出一丝浅笑："麻将打得好否，关键是如何将手上零乱的牌张快速、合理地组合形成下叫的状态。换句话说，下叫之前打牌以玩家的技术和判断为主，而下叫后能否和牌运气的成分相对大一些。这跟咱们当年插队到农村时种庄稼差不多，耕地播种是关键，但施肥除草也必不可少。"易天雄哈哈一笑，赞赏道："老九这个比喻生动形象！"

第五章

天有不测风云。刚才还晴朗的天空，突然乌云密布，转眼之间雨滴就落到窗上。一阵风吹来，窗户上就出现了一行行晶莹的水珠。

在城南高新区人来人往的一栋写字楼里，员工们或忙于在键盘上敲字，或忙于低头写写画画，总之大家都很忙。这是一个紧张而有序的集团公司。在挂着"设计部"门牌的办公室里，章晓白正在聚精会神地对一张图纸进行修改。电话铃突然响起，她抓起电话接听，电话里传来老板的声音，她赶紧回话："我是章晓白。——好，董事长。"她放下电话便往外走，路过工程部门口，遇到一个与她年龄不相上下的英俊青年，对方是工程部主管吴远征。他亲昵地跟她打招呼："晓白，这个周末有空没有？"章晓白边走边回答："现在还说不准。有啥事吗，小吴？"在单位里，大家习惯称她晓白，她也习惯称眼前这位小伙子小吴。

吴远征热情地邀请她说："周末晚上娇子音乐厅有一个音乐会，我想请你去欣赏。"章晓白敷衍地答道："到时候再说吧。"吴远征依然热情不减："那我等你电话。"章晓白显然不太积极："可能没有时间呢！"

章晓白来到董事长办公室，敲了敲门，里面传来一位中年男子的声音："请进。"章晓白推门进去，董事长万钢正在翻阅设计图纸。他五十多岁，国字脸，目光深邃，两道剑眉又浓又黑，面容威严庄重，但笑起来却亲切、和蔼。万钢身着藏青色西装，一看就是一位精明能干的国企领导。他指着其中几页图纸说："你看，这里还差一张，是咋个回事？"章晓白侧身一看，果然缺了一张，她说："对不起，董事长！我昨晚带回家去加班，搞了一个通宵，可能掉在家里了。"万董事长听了章晓白的解释，并没有因为她的疏忽而不高兴，反而体贴地说："辛苦你了，请你回去将它带来，我下午要去北京总部开会。"章晓白毕恭毕敬地说："好，我现在就回去拿。"

章晓白骑着电瓶车回到小区，雨已经停了，她将车停在车棚，老远就看见爸爸和几位叔叔又在打麻将，她顿时气得脸色发青，恨不得冲进屋将麻将桌掀翻，但转念一想，万一自己又误会了呢，先观察一下再说。她蹑手蹑脚来到窗下，屏息聆听了一会儿。

"老九，你点炮啦，该你出血啦！"舒中胜兴高采烈的声音震耳欲聋。

章晓白气得在地上跺了一脚。爸爸承诺不再在家里打麻将，结果自己上班去了，他们又在家里摆开了"战场"。看来他们打麻将已经上了瘾，就像抽大烟一样，不给一点猛药，他们不会清醒。她想，是冲进屋去将麻将桌掀翻，大闹一场，还是报警，叫警察来制止？她明知爸爸他们打牌不构成赌博，但为了促成警察出警，她故意夸大其词，想用这种极端方式震慑几位老人，从而制止他们在家里打麻将。于是，她躲到一边，拨打 110 报警。

一会儿，两辆摩托风驰电掣而来。

警察敲开了章懿华家的门。

一名警察在外守门，两名警察冲进屋里，厉声吼道："把手举起来，人动钱不动！"

结果，桌子上摆着总共不到 50 元钱的"赌资"。

警察抱歉地说："我们接到电话报案，说你们聚众赌博，结果……你们这是家庭式娱乐，对不起，误会了。你们继续娱乐，不打扰了。"

大家虚惊一场，继续打牌，但好心情荡然无存。

章晓白见警察悻悻地从屋里出来，急忙上前询问："请问警官，情况如何？"

警察不悦地扫了她一眼，告诫道："人家是正常娱乐，没有赌博。今后可不能这样浪费警力。"

章晓白本来想用这种特殊的方式教训爸爸他们，结果自己反被教训，顿时感到无地自容。警察驾驶摩托走后，她蹑手蹑脚打开门，悄无声息地回到自己房间，在书桌上的一叠工程设计草图中，找到那张定稿的图纸，然后神不知鬼不觉地离开家，骑上电瓶车，风驰电掣地返回公司。

白婆婆在小区花园里散步，瞅见章晓白疾驶而去，想叫住她，已经不见了她的影子。

章晓白从万董事长办公室出来，迎面又遇到吴远征，吴远征关切地问她："是不是被董事长骂了？"她本来就不高兴，立即回道："你才被骂了，从头骂到脚！"吴远征碰了一鼻子灰，不解地说："今天吃啥药了？"接着提醒她说，"别忘了，周末晚上去娇子音乐厅。"她不再与他搭话，回到自己办公室，将门关上，抓起电话熟练地拨了一串号码，问道："德璋哥哥，我是晓白，你忙不忙？"易德璋在电话里问她："有啥事吗？"章晓白说："你晓不晓得，最近你爸爸和我爸爸没事就聚在一起打麻将，讨厌死了！"易德璋似乎知道父亲与几位叔叔的爱好，反问道："不会吧？他们几个老哥们儿退休了，没事凑在一起打打小麻将，纯粹是娱乐，不是赌博。"章晓白不容置疑地说："我亲眼看见他们在赌钱！"易德璋谨慎地问："你看见他们赌钱？输赢大吗？"章晓白没有说实话："大不大我不知道，但桌子上放着钱。"易德璋在公安局上班，知道认定赌博需要一定的标准，问道："最大面值是多少？"章晓白只能如实回答："一块的和五块的。"易德璋放心了："那构不成赌博，你用不着担心！"章晓白不高兴了："你咋个也这样认为？"易德璋追问："谁还这样认为？"

章晓白回避了易德璋的追问，说："这你不管，见面再跟你说！"与易德璋通完电话，她又拨打舒娟娟的手机号码，对方关机，她自言自语："是不是还在天上飞，没有落地呀？"接着，她又拨打孙阳光的号码，急急忙忙地说："阳光哥哥，我是晓白，你接电话方便吗？——方便啊，我告诉你，孙叔叔和我爸他们最近打麻将上瘾了，有空就聚在一起赌博！"孙阳光十分震惊："啥，我爸和章叔叔他们在一起赌博？"章晓白十分肯定地说："对头，都被我发现两次了！"孙阳光焦急地说："那不行，赌博是万恶之源，是违法犯罪行为，必须制止，让他们悬崖勒马！"

有了孙阳光哥哥的支持，章晓白顿时有了底气："就是，我最讨厌赌博了！你说咋个办，阳光哥哥？"孙阳光沉思片刻说："我先问一下我爸爸，然后我们再抽空一起商量一下，采取什么措施进行制止！"章晓白脸上露出了笑容："好的，阳光哥哥！我等你电话。"

警察上门来抓赌，结果虚惊一场，几位老哥们儿在那里猜：这是谁报的警呢？

易天雄将手指关节掰得咯咯响，懊恼地说："谁这么缺德，居然叫来警察，让我们卖木脑壳被贼抢——大丢脸面。"孙向东并不生气，他反向思维："我看哪，塞翁失马，焉知非福。我们打健康麻将，受法律保护，警察不是还赔礼道歉了吗？"舒中胜哈哈一笑，讥讽孙向东："话虽然这样说，但面子却丢大了。刚才警察一声怒吼：'把手举起来，人动钱不动！'我看你都吓得快尿裤子了。"孙向东蔑视地盯着舒中胜，倒打一耙道："你说的是你自己吧？"舒中胜做了一个扩胸动作，夸张地说："不瞒你们，我老人家从来没有因为打麻将受过惊吓，那一瞬间，我的小心脏都快停止跳动了。"易天雄嘲笑道："说你听见猫叫身子抖——胆小如鼠，都是抬举了你，简直就是树叶落下怕打破头——胆小鬼！"舒中胜做了一个怪相，说："你别打肿脸充胖子！你胆子那么大，当时不也惊慌失措，乖乖地把手举了起来，跟王连举和甫志高差不多。"

章懿华并不觉得紧张，他说："我们打健康麻将，属于家庭娱乐，根本不构成赌博和违法。配合警察调查，是每一个公民应尽的义务。"他若有所思地说，"至于惊动警察上门抓赌，我判断十有八九还是晓白的恶作剧，她想用这种极端方式，阻止我们在家里打麻将。"说到这里，他突然想起一件事来，问舒中胜，"咱们改建茶楼的事，看来要抓紧。舒大老板，你的会所，啥时候能交出来？不能只闻楼梯响，不见人下来啊！"舒中胜爽快地说："你们把钱凑齐了，随时都可以去改建！"章懿华谦虚地说："你在这方面比我们内行，我之前请向东咨询你大概需要多少投资，你算出来没有？"

孙向东接过话来，说："我正想跟你和天雄说呢，中胜已经告诉我，大概要六十万元。"这出乎易天雄预料，他问舒中胜："需要这么多啊？你舒大老板腰缠万贯，不把大洋当钱看，拔一根毛都比我们身体粗，我们哥三个都是吃退休工资的'贫困户'，可不能跟你比啊！"舒中胜不高兴了，解释道："瞧你说的，这改建是你们负责，我又不沾一分一厘。投资全部由你们掌控，我只是做义工。投入的预算，是我叫投资部白给你们帮的忙，而且是按照最低标准精打细算得出的数据。现在的材料费，特别是人工费噌噌地往上涨，我担心六十万还打不住呢！如果不相信我，你们自己算，我不能费力不讨好啊！"

章懿华连忙站出来打圆场："天雄是跟你开玩笑，哪有不相信的呢！天雄，你快给舒大老板下一个矮桩吧！"易天雄见舒中胜生气了，连忙自我批评："就是嘛，经济上的事我十窍通了九窍——一窍不通！相信你，就像相信党一样，你心眼可不能比针尖小啊！再说，我这人不太懂音乐，所以时而不靠谱，时而不着调，你不要往心里去啊！"

第六章

夜幕降临，华灯初上，西郊河畔的观赏灯随着有规律的音乐节奏闪烁，将永陵公园这一段南北走向的河流与宽窄巷子的夜晚装点得如梦似幻、瑰丽迷人，犹如一位妖娆、多情的少妇，在夜色下缓缓而行。东西贯穿的实业街上，车流和人流川流不息，又给这座千年古城带来了强大的活力。

章晓白骑着电瓶车驶入小区回到家里，见外婆躺在按摩椅上养神，她放下挎包换上拖鞋，跟外婆打了一声招呼："外婆，我回来啦！"然后径直向厨房走去。往日这个时候，爸爸正在厨房上演"锅碗瓢盆交响曲"，此时厨房里却鸦雀无声，没有一点人间烟火的气息。她回到客厅问外婆："爸爸呢？"外婆回答："不晓得。"章晓白急忙掏出手机给父亲打电话，语音提示对方已经关机。她顿时有一种不祥的预感，在客厅走来走去。她心里想：会不会是我今天报警抓赌，让爸爸丢了面子，他想不开，发生了意外？

她急忙来到小区中庭找爸爸，遇到熟人就问见到她爸爸没有。见所有人都摇头，她便一路小跑来到西郊河边，一边向行人介绍爸爸的身高和长相，眼神一边向河里搜寻。突然，她发现河里有半截像衣服一样的白色漂浮物，不由得心惊肉跳。她记得爸爸今天穿的就是白色衬衣，不会是……她的心顿时提到了嗓子眼。她不顾危险，走到河堤边上细看水面，谢天谢地，不过是一块白色编织袋残留物。她不再多想，慌忙拨通孙阳光的电话，焦急地对他说：

"阳光哥哥，我是晓白，你在哪里？——在单位加班呀，我爸爸不见了，你能不能不加班了？——对，赶紧回来帮我找一找。——啥子原因，等一会儿再告诉你。——我担心他寻短见。——好，我沿着河边找，你回来直接到西郊河与锦江汇入口那一段看一看。——嗯，好！"她给孙阳光打完电话，又给易德璋打电话求助："德璋哥哥，我爸爸不见了。——电话早就打了，关机，打不通。——我正在河边找他，你快来帮我一起找找。——啥原因见面再说，快来！请你沿着西安路寻找，我往实业街搜寻。"她给两个哥哥打完电话，一边东张西望，一边自言自语："爸爸会去哪里呢？"她想进一步扩大寻找范围，又给舒娟娟打电话，舒娟娟说她刚下飞机，即使机场高速公路不堵车，她开车回家也要大半个小时。

　　孙阳光放下电话便急忙开车来到河边，躲开电子眼的监视范围，将车停靠在西郊河与锦江交汇处的桥头右侧，到河边东瞧瞧西瞧瞧，没有发现异常情况，返回车里，准备顺着锦江搜寻。这时，一位交警突然闪出来，告诉他这里严禁停车，掏出罚单就要填写，孙向东赶紧赔着笑脸表示歉意："对不起，我刚停下来寻找失踪老人，前后不到一分钟时间，我现在就离开！"交警见他态度诚恳，也就收起罚单再次警告："这里全路段禁止停车，赶紧开走！"孙阳光满脸赔笑地说："谢谢警官！"随即一轰油门，绝尘而去。

　　易德璋接到章晓白的电话也不敢大意，沿着西安路东张西望，一路小跑，跑了一段感觉有点慢，干脆扫了一辆共享单车，骑着车沿路寻找。从十二桥路返回后，他在实业街与长顺街路口碰见了章晓白。他把自行车停在街沿锁好，两手一摊，表示一无所获。这时，孙阳光刚好开车来到这里，他停下车，耸了耸肩，也表示无功而返。他请二人上车后，急忙问章晓白："究竟是咋个一回事？"易德璋也说："章叔叔咋个说不见就不见了呢？"章晓白便将上午报警抓赌的事向两个哥哥讲了一遍。易德璋听完便批评她说："不是哥哥说你，你咋个这样荒唐呢？老人在家打打小麻将，很正常的事情，你咋个报警抓赌呀！这不是让老人把脸丢大了吗？"孙阳光却不这样认为，他说："通过报警给几位老爸敲敲警钟，阻止他们赌博，也未尝不可，但不至于就寻短见吧？"易德璋说："章叔叔从来没有受过这种羞辱，想不开，发生意外也不是没有可能！"章晓白焦急地说："那现在咋个办？"易德璋提醒说："我们现在盲人骑瞎马一样地找，不会有啥结果。我建议先报案。"孙阳光表示赞同："对，我们这就去派出所报案，借警方的力量碰运气，说不准就有消息。"章晓白觉得这个主意好："对，咱们去派出所。"于是，孙阳光开车载着二人直接来到了西安路派出所。章晓白焦急地向值班警察介绍说，她下班回家就不见父亲，打他电话又关机，找遍了附近也不见人影，希望警方立案侦查。值班警察回答她："你报案可以，但没有证据证明你父亲受到他人侵害，失联还不到 24 小时，是否立案侦查，请听候通知。"警察说完，就去接待其他群众去了。

　　他们从派出所出来，孙向东说："要等 24 小时后才决定是否立案，菜都凉了。"章晓白不悦地说："对头，如果能证明有人身危险或受到侵害，那我们自己就解决了，还用得着报案吗？"易德璋冷静而客观地说："如果没有这样一个规定，报案就立案出警，公安机关有再多警力都不够用。"章晓白有点讽刺意味地说："德璋哥哥，你真不愧是警察，说话都偏向警方。"易德璋诚恳地回答："我说的是大实话，绝没有偏袒的意思。"孙阳光突然问易德璋："你刚从家里出来，易叔叔在家吗？"易德璋回答："在呀！"孙阳光提醒道："你问易叔叔没有，他晓不晓得章叔叔的下落？"易德璋回答："我问了，他也搞不醒豁。"章晓白说："阳光哥，你问一下孙叔叔，看他晓不晓得。"孙阳光急忙给父亲打电话，随即就接通了，他开门见山地问："爸，您在家吗？——说啥？您不在家，那您在哪里？——在舒叔叔公司会所？——

章叔叔在不在？——你们在一起呀！哎呀，可把晓白吓坏了！您将手机递给章叔叔，晓白要跟叔叔通话。"章晓白接过电话喜极而泣："爸，您咋个把手机关机了？急死我了！——您说啥？——手机没电了，自动关机？！——现在都几点了，您还不回家？让我心都急出火来了，我们现在开车去接你们！"跟父亲通过电话，章晓白悬在心上的石头终于落了下来。

"谢天谢地！只是虚惊一场！"易德璋提醒章晓白，"今后，再不能做这种蠢事了！如果警察误以为他们是赌博，真把几位老人抓到派出所关起来，你哭鼻子都来不及！"章晓白委屈地说："我爸之前答应我，说不再在家里打麻将，我今天中途回家，结果发现他们又在家聚众赌博，我当时气得肺都快炸了，就没想那么多，只想吓唬一下他们，哪知差一点闯大祸了。"孙阳光接过话道："晓白，你这样子做确实有点过头了。吃一堑长一智，记住，今后不能再这样子折腾了，好在仅仅是虚惊一场。"章晓白愧疚地点点头说："好，记住了！"她接着提醒道，"两位哥哥，等一会儿见到我爸，假装不知道这桩事啊，他们还不知道是我报的警呢！"

易德璋调侃道："你做了错事，还让我们给你打掩护，咋个感谢我们？"孙阳光附和说："对头，我在单位加班，还没有吃晚饭，你就惊风火扯地把我叫出来，我在河边还差点被交警处罚。你说，等一会儿请我们吃啥？"章晓白赔着笑脸说："谢谢两位哥哥！但今天不行，改天再请你们！"

说话间，汽车已经驶进舒中胜公司会所，三人下车进入大厅，章懿华和孙向东刚好从里面出来。易德璋走上前，礼貌地向两位长辈颔首问候："叔叔好！"章懿华开心地说："你们三个孩子一起来接我们，太阳打从西边出来了，不胜荣幸啊！"他问女儿，"晓白，你是担心我们走丢了吗？我们还不至于老得那样糊涂嘛！"章晓白上前挽住父亲的手，岔开话说："爸，这么晚了，您咋个还不回家？"章懿华兴奋地告诉女儿："我们打算将你舒叔叔这个会所改建成茶楼,这不,我和你孙叔叔今天来实地考察。"章晓白不解地问道:"你们都退休了,还搞茶楼干啥?"孙向东解释说:"晓白呀,你不是反对我们在家里打麻将吗?等茶楼改建好了,我们几个老哥们儿就有娱乐的地方了。"孙阳光顿时警觉起来:"爸,今后你们就在这里打麻将?"孙向东说:"对头,我们几个老哥们儿退休了没事就凑在一起,一边娱乐一边吹壳子,很巴适呢!"孙阳光说:"爸,我不是跟你说过吗,只有好逸恶劳的人才喜欢打麻将,你一个堂堂大学退休教授,干啥不好,偏偏喜欢麻将!就不怕掉价吗?"

孙向东愠怒道:"你说啥混账话!打麻将是好逸恶劳?我那天就给你说过,麻将是我们的国粹,是我们中华民族的一项伟大发明,全中国有三分之一的人爱好打麻将,全世界有五分之一的人喜欢这项娱乐活动,照你小子这个说法,全世界都在好逸恶劳?所有娱乐活动都是好逸恶劳了?"孙阳光见父亲生气了,让步说:"我不跟你讨论这个问题,但警察抓赌,十有八九都是抓打麻将的赌徒。"章懿华纠正道:"阳光啊!个别人利用麻将进行赌博,这是不争的事实,但我们不能就此否定麻将的健康、娱乐功能。这就像菜刀是厨房必不可少的工具,但有人却将它作为行凶的武器;枪支掌握在正义者手中,是捍卫和平的利器,但落入非正义的暴徒手里,它就是涂炭生灵、滥杀无辜的凶器。所以,一切事物都是辩证的,我们不能以偏概全、一概而论!要善于用辩证法和两点论看待问题。"章晓白反驳说:"阳光哥哥说得没错,你们干啥不好,为啥偏偏喜欢麻将呢?比如琴棋书画,多高雅,多有品位,多么符合你们这些知识分子的身份和形象!"章懿华耐心地解释道:"你们年轻,还不了解老年人的特点。人年纪大了,就把世事看淡了,功名利禄都不放在眼里了,就喜欢老哥们儿凑在一起叙旧、摆龙门阵,但单纯地怀旧、吹壳子,时间久了就容易疲劳、乏味,而聚在一起打麻将,一边活动大脑和手指，一边畅所欲言，既是加深友谊的一种方式，又能益智。所以，麻将就成为许多人尤其是老年人自觉或不自觉的一种爱好，请你们不要'谈麻色变'，以为我们都是老糊涂，堕落了。"

章晓白找不到更好的理由来反驳父亲，只好说："还没吃晚饭呢，快回家吧！"

章懿华回家告诉岳母，他们准备合伙投资改建茶楼。

章晓白仍然表示反对，说没有打麻将的地方，创造一个地方也要打麻将，责怪父亲赌瘾太大了。

岳母听说改建茶楼要投资，也不太赞成。但章懿华给她解释，将闲钱用来投资，不仅能钱生钱，比让它躺在银行吃那低得可怜的利息强数倍，而且能保证大家今后在一起娱乐不受干扰，还能给左邻右舍以及社会上其他人提供休闲娱乐场所。章晓白见父亲态度坚决，嘴上没反对，但心里依然抵触；岳母听说茶楼改建好后能有打麻将的地方，也不再反对。

易德璋回到家里，开口就问母亲："您知不知道我爸爸与几位叔叔投资改建茶楼的事？"母亲说她知道。易天雄骂儿子说："你想告老子的黑状啊！"易德璋说："我只是问问妈妈，实际上我也支持啊！今后一家人周末去茶楼娱乐，其乐融融，何乐而不为！"易天雄开怀大笑说："你不愧是国家干部、人民警察，懂得孝敬老人，像我的儿子！"袁圆不悦地瞪他一眼："他本来就是你儿子嘛！"易天雄憨厚地笑着，也不反驳。

孙阳光家是母亲殷笑英做主，他知道如果母亲不支持，父亲想去合伙投资茶楼就不能兑现，回家第一件事就是将他知道的事情告诉母亲。但他不知道母亲正与父亲闹矛盾，母亲一反常态地说："你爸的事情我不管。"孙阳光一听，顿时大失所望，也就不好再干预，孙向东投资茶楼也就没有了阻力。

殷笑英嘴上说不管丈夫的事，但吃饭的时候，孙向东发出了轻微的咀嚼声，她又开始管了起来。她就是这样一个人，总想家中每个人都尽善尽美："你能不能把嘴巴闭着嚼？像我这样，不要发出声音。"孙向东觉得她当着儿子和儿媳妇的面指责自己，太不给他面子了，顿时没了胃口："你哪来那么多废话！我又不是和尚，你也不是尼姑。吃饭没有声音，那不成了在庙子里修行？"殷笑英克制了一下自己的情绪，耐心地给他解释："声音不是不能有，但不要把两块嘴皮啪嗒啪嗒地翻动，很不雅观。你没看见网上说吗？这样不卫生！"孙向东感觉被当头打了一棒，气愤不已："这是一个人的生活习惯，你不能处处用自己的生活方式要求别人。何况几十年了你都没有说，现在对我这也看不顺眼，那也看不惯，是不是嫌我碍着你了？"殷笑英自认为是善意提醒，却反被数落，心里像堵了一块石头："我这是为你好，你咋个狗咬吕洞宾，不识好人心呢？"听她将自己比作狗，孙向东更觉受到了羞辱，马上反驳："有你这样好心的吗？整天跟我过不去，简直就是一个管家婆、长舌妇！"殷笑英一听就火冒三丈。"管家婆"和"长舌妇"在四川话中是指那些爱管闲事、粗俗鄙陋的女人，是骂人不带脏字的贬称。殷笑英将筷子狠狠地撂到桌上，噌的一声站起来，一只脚踩在板凳上，居高临下地吼道："反了你了孙猴子，蜀狗吠日，居然骂我管家婆、长舌妇！"孙向东也不甘示弱，将筷子重重往桌上一扔："你不仅是管家婆、长舌妇，还是一个母夜叉！"殷笑英见他得寸进尺，居然把自己比作《水浒传》中杀人不眨眼的孙二娘，气得脸上两个深深的梨涡变成了愤怒的旋涡，双手叉腰，破口大骂："你个瘦猴子，阴森鬼！跟你在一起我倒了八辈子的霉，这日子没法过了！"孙向东也不嘴软："没法过就拉倒！"殷笑英脱口而出："拉倒就拉倒，谁怕谁！"

孙婆婆赶紧劝告儿子："向东，你少说两句！要凶到外面凶，不要对自己老婆凶！"豆豆抱住奶奶的腿胆怯地说："奶奶，我怕。"孙阳光早已放下碗站起来，拦住脸红筋胀的父亲，怕他和母亲打起来，大喝一声："别吵了！想让左邻右舍看笑话是不是？"他把父亲拉到一边，接着说："爸、妈，你们能不能各自少说两句？别为鸡毛蒜皮的小事争个没完没了！"孙向东平复了一下心情，对儿子说："你看见了的，是她先挑起来的。"殷笑英见他还在争输赢，又补了一句："我上辈子造了啥子孽哟，好心被当驴肝肺。"孙阳光将父亲拉到客厅，将他按到沙发上坐下，劝道："爸，您是大老爷们儿，就绅士一点嘛！"孙向东懊恼地喘了一口粗气："大老爷们儿就该受委屈，是不是？"孙阳光赔着笑脸，解释道："我不是这个意思！您先坐下，喝口水，消消气。"他安顿好了父亲，又去劝母亲。孙向东在沙发上垂头丧气不到一分钟，又站了起来，他在那里坐立不安，干脆开门出去了。

这时，身上的手机响了，他正在气头上，本来不想接，拿出手机见是谢紫婧打来的，他犹豫了一下还是接了。谢紫婧问他在哪里，他说在小区花园里散步。谢紫婧问能不能陪她一起吃晚饭，她娇滴滴的声音，顿时像春风一样拂走他心中的愁云。他走出小区，招来一辆出租车来到春熙路，下车后直奔梦丽莎女装店。

谢紫婧见老师转眼之间就来到了自己面前，十分开心："老师真快，走，我们一起吃饭去！"孙向东在家里本来就没有吃饱，受到谢紫婧热情的邀请，也就有了食欲，爽快地说："好！"谢紫婧随即给服务员吩咐了两句，就像一只快乐的鸟儿，与老师一起离开了服装店。

孙向东在妻子那里受的窝囊气，顿时被谢紫婧的温情逐渐驱散，使这个自认为心灵受伤的男人，有一种被温馨沐浴的愉悦，就像在大海上漂荡的一叶扁舟，遇到了宁静的港湾。他脸上的阴霾已被笑容取代，也就与自己当年的学生，今天的红颜知己，一起来到附近的钟水饺餐厅，选了一张靠墙的餐桌，安顿自己已经不知不觉偏离航向的心。

孙向东离开家后，孙婆婆摇摇头也离开了餐桌。

　　乔翠莲吃过晚饭，像往日一样没有帮婆婆收拾厨房，带着豆豆出去散步了。屋里只剩下殷笑英和孙阳光母子两人，孙阳光问母亲："妈，您最近咋个老跟爸过不去呀？"殷笑英一边收拾残汤剩饭，一边回答儿子："谁跟他过不去了？你不是没有看见，我好心提醒他两句，他就跟我扛起，一副要不完的样子！好像我怕他似的。"儿子开导母亲说："不是谁怕谁的问题。爸是一个很要面子的知识分子，几十年养成的生活习惯，你过去都没有帮他改正，现在年纪大了，要改过来不是更难吗？"殷笑英听儿子这样解释，没有再反驳。

　　殷笑英刚收拾干净厨房，袁圆便来约她去散步。她心情不好，借口说要准备明天的早餐，不想出去。袁圆劝她说："家务事是忙不完的，咱们出去走一走，回来做也不迟。'饭后百步走，活到九十九'这句话还是你告诉我的。"孙阳光知道母亲是在生父亲的气，没心情出去，赶紧接过话说："妈，您跟袁阿姨去散步吧，我来准备明天的早餐。"儿子这样说，殷笑英就再没有不陪袁圆散步的理由，也就脱下身上的围裙交给儿子，临出门又回头提醒道："蒸馒头的面我已经发好了，翠莲和豆豆喜欢吃甜的，别忘了加白糖。"孙阳光在厨房里回答："好嘞，您放心吧，妈！"

　　袁圆见殷笑英闷闷不乐，只顾低头走路，关心地问她："你气色不好，是不是哪里不舒服？"殷笑英是心里有什么都写在脸上的女人，想瞒也瞒不住："没有啥不舒服的，就是我家那死老头子，最近总是跟我扛起。一点鸡毛蒜皮的小事，他都不依不饶！"袁圆提醒她说："我还不了解你吗，多半是你不依不饶吧？向东在他们几个哥们儿中算是性格最好的人了。如果遇到我们家那个炮筒子，你才知道，啥子是针尖，啥子是麦芒。"殷笑英不这样认为，她说："我看你们家天雄性格开朗，对你百般呵护。还有章懿华，他当初对白琳娜，那可是捧在手里怕她摔了，含在嘴里怕她化了，才不像我们家那个阴森鬼，自私自利，一点不懂得体贴老婆！"袁圆不同意她这个说法，对她说："我们女人总爱拿自己的老公和别人的老公做比较，是因为你爱他，总希望自己喜欢的风格或气质能在老公身上得到完美体现！可是，你不晓得，这样的方式老公不但不会接受，反而怀疑你是不是喜新厌旧、嫌弃他了。"

殷笑英实话实说："自己的老公，当然喜欢他符合自己的审美要求，如果他不对自己的胃口，在一起多别扭啊！"说到这里，她也不隐瞒自己的密友，干脆说出内心的感受，"凭我的直觉，他可能有外遇，喜欢哪个女人了。"

袁圆淡淡一笑，不以为然："不会吧，这么一大把年纪了，他哪还有这个精力？"

殷笑英叹了一口气说："你不知道，我过去说啥子，他都言听计从，最近跟他说话，他不是敷衍了事，就是跟我抬杠。"

"可能是你长期太霸道了，总以自己为中心的原因吧。对男人哪，要像放风筝。你把线拉得太紧，它会断；线放得太松，它就跑了。要掌握好一个度。再说，线断了也别慌，你见哪个断了线的风筝有好下场？不是挂在树枝上，就是挂在高压线上，都没有好结果！"袁圆接着问她，"曾子航的《男人是野生动物，女人是筑巢动物》这本书，你看过吗？"殷笑英摇摇头说："我整天上伺候公婆，下伺候孙儿，中间还要伺候儿子和儿媳妇，哪有时间看书哟！"袁圆说："俗话说，活到老学到老，抽时间多读一点书没有坏处。曾子航在书中告诉女性朋友，如果自己的老公欣赏漂亮女人，那是男人的本性，你就当他是没有完全进化好的雄性动物，不必在意，他们不会轻易离开自己的家，这是真的。所以，改变不了老公，就试着改变一下自己，也算是给爱情保鲜，让夫妻生活更甜蜜！"

殷笑英不同意她这个观点："我书没有你读得多，但我相信自己的直觉，如果他真的在外面有了相好的，我也不拦他，我殷笑英从娘胎里出来就不是依附别人的女人。俗话说，强扭的瓜不甜，他想分手，我就跟他拜拜。"袁圆也不同意殷笑英这个说法："老夫老妻了，没有必要怄气，要多沟通。其实，幸福很简单，就九个字：有家回，有饭吃，有人等！所谓的岁月静好，不过就是油盐柴米的充实和始终有人把你挂念。"

她俩说话间，章懿华和易天雄向她们走了过来。章懿华主动跟她们打招呼："你们两姐妹在说啥呢？"他扫视了四周一眼，又问道，"笑英，向东呢？"殷笑英不悦地说："谁知砍脑壳的到哪个塌塌去了！"章懿华听她这个口气，猜想她在生孙向东的气，问道："你们两口子是不是吵嘴了？"易天雄大大咧咧地说："反了这个孙猴子，居然敢惹护士长生气，等我见到他，非拿一块豆腐让他撞死在西天取经的路上不可！"袁圆对丈夫嗔怒道："甭说塞边打网的废话，管好你自己！"易天雄嬉皮笑脸地说："我这不是逗笑英开心嘛，瞧，笑英已经笑了！"章懿华对殷笑英说："生气容易衰老！笑一笑十年少……"他话还没说完，手机突然响了，见是远在古蔺的蒲大侠的来电，他赶紧接听，"大侠，你好啊！——啥子，你们一家人要到成都来？太好啦！多年不见，我可想死你了！——大概啥子时候来？——好的，我明天一早就去给你们找出租房。——你放心，这事包在我身上。——咱哥俩之间还客气啥？——天雄啊，他正好在我旁边呢！还有笑英、袁圆也在，你跟他们说吧！"

易天雄的声音总是比别人洪亮，接过手机就热情地嚷道："大侠呀！你这个土行孙，终于冒出来了，你让我梦里吃黄连——想得好苦哟！——啥子？等我们帮你把房子租好，你就到成都来？敢情好！你们一家到成都来打工，咱们几兄弟，就可以经常在一块儿吹壳子、喝酒了！——客气啥呢！咱兄弟，谁跟谁呀！这不是张飞吃豆芽——小菜一碟吗？——对头，还是那句话，你我兄弟，不能两只耳朵——生死不见面。——好，好，来了就好！你赶紧腿上绑轮子——快点来！等你来了，咱们一醉方休！——好！——好！倩倩要跟袁圆和笑英说？我把电话给她们。"

袁圆听到是郑倩倩的声音，也非常激动："倩倩呀，我和笑英经常都在提起你呢！——你也很想我们？——是啊，咱们上山下乡在一起的日子，一辈子都不会忘！——你们来成都打工？早就该来了！——没问题，我和笑英随后就去帮你和侄女联系工作。——咱们姐妹之间，甭客气！——好，你跟笑英说。"殷笑英拿起电话，更是异常兴奋，咯咯咯地笑个不停，刚才脸上的乌云，顿时无影无踪："倩倩，你这个贵人，终于想起姐妹了！——我们盼你，早就把眼睛望成绿豆了。——这么久了，你也不来一个电话！——我嘛，一天到晚在家当饲养员，上喂老下喂小，中间还要喂儿子和儿媳妇，整天忙得像打仗一样。——你们来了就好，有空咱们姐妹就可以在一起摆龙门阵了。——客气啥呀，你和侄女打工的单位，我和袁圆抓紧去联系，你的事就是我们的事。——不说见外的话！大侠还想跟老九说两句？好，我把电话给老九。"

章懿华仍然沉浸在与老战友即将重逢的喜悦之中，热情不减："大侠，赶紧来吧！哥几个都很想你。——向东在成都，中胜也在成都。——好，我代你向他们问好。——我和天雄明天一早就去给你们找房子。"

章懿华平常是早晨六点钟起床，今天心里有事，五点多就醒了。按照昨晚与易天雄的约定，他匆匆吃过早餐，与易天雄在小区门口会面后，便急不可待地来到附近的房屋中介公司，寻找性价比较高的出租房。中介公司经理十分热情，将附近小套二出租房全部介绍给了二人。章懿华和易天雄去了一个又一个小区，结果都无功而返。相中的房子租金太高，租金不高的又看不上。他们接连跑了两天，才勉强看好其中三套住房。于是，中介小姐又领着他俩到实地查看。最后，他俩对西青路青羊小区一套底楼带花园的小套二较为满意，因为蒲大侠在边境保卫战中负过伤，行走都要拄拐杖，对没有电梯的住房，只能考虑一楼。章懿华随即拍下照片和视频发给蒲大侠，请他们拍板决定。

在回家的路上，章懿华将蒲大侠一家即将来成都的消息电话告诉孙向东。

孙向东此时与谢紫婧在电影院看电影，俨然像一对忘年恋人。他捂住手机说：
"知道了，我现在不方便。"然后迅速挂断了电话。"向东在干吗呀？神秘
兮兮的。"章懿华对孙向东的答复不解，自言自语了一句。易天雄想起那天
舒中胜说孙向东在春熙路与一个年轻女人打得火热，警察的职业习惯使他不
由得敏感地说："这老小子，不会是阎王奶奶害喜病——怀鬼胎了吧？"章
懿华不知道易天雄的弦外之音，没有细想，接着便给舒中胜打电话，一方面
是转告蒲大侠对他的问候，另一方面想征求他对当下出租房租金的意见，毕
竟他是搞房地产开发的老板，他对房地产租赁市场更熟悉，哪知舒中胜说他
在开车去峨眉山的路上。章懿华听说他在开车，立即打住说："你开车，我
就不说了，等你回来再说，注意安全！"

第七章

　　天下四大佛教名山之一的峨眉山位于乐山市境内，重峦叠嶂、钟灵毓秀，是一处集自然风光与佛教文化于一体的国家级山岳型风景名胜，誉称"峨眉天下秀"。

　　在峨眉山金顶，舒中胜和妻子、女儿随游人一起从缆车上下来，沐浴着金色的阳光，心情好极了。舒中胜张开双臂，夸张地模仿电影《闪闪的红星》中还乡团团长的动作，气吞山河地喊道："我胡汉三又回来了！"胡丽萍用肘碰了丈夫一下，责怪道："好人的话不说，专挑坏人学！"舒中胜自嘲道："我这是吐肺气，增加肺活量，拿胡汉三来寻开心！"胡丽萍给丈夫示范说，你应该像我这样唱："穿林海跨雪原气冲霄汉……"她唱完这一句，对丈夫说："你看，多豪迈、多精彩！"丈夫狡辩说："杨子荣这段唱词虽然豪迈，但没有胡汉三霸气！"妻子娇嗔道："诡辩！"

　　舒娟娟迈着轻快的脚步，早已走到了前面，她快乐无忧地向父母挥手说："这里好美呀！"舒中胜来到女儿身边，也感慨地说："确实很美！女儿，来，爸给你拍一张。"他看了一眼女儿，说，"对，头再抬高一点。好，'极目向未来'，这个表情很到位。"他给女儿拍完照，又招呼妻子说："丽萍，这个角度好，快过来！"见妻子摆好姿势后，他提示说，"把头低一点，身体再前倾一点，表情可以深沉一些，好极了，就这样，'望断天涯路'。"

舒娟娟见父亲给母亲拍完照，建议说："爸，来，我给你拍一张。"父亲笑道："我就不拍了，我今天是你们母女俩的专职摄影师。"

一家人移步向前，舒中胜瞧了瞧说："这个背景不错，女儿，来，爸给你留个影。好，回头三十度，笑灿烂一点，很好，'回眸一笑百媚生'，太棒了，比范冰冰演的杨玉环还漂亮。"他赶紧叫胡丽萍说，"丽萍，来。对，就是这个位置，把双臂伸开，向前移动半步，让阳光从指缝射出，拥抱明天，好极了！"接下来，舒中胜或叫女儿和妻子摆各种造型，做各种表情拍照，或自然抓拍，或请游人帮他们拍"幸福一家亲"的合影，尽情地享受假日。

在金顶俯视，只见云雾似海，时而波涛汹涌，时而风平浪静，变幻无穷。苍茫的云海，似雪、如棉、若锦，厚厚的，无边无垠，似能让人仰卧、让人行走、让人驾驭。微风轻拂，一缕缕薄雾涌来亲吻面颊。如此绮丽绝美的风景，难免让人产生去拥抱、去飞翔的遐想。

一个中学生模样、神色忧郁的小伙子见舒中胜一家在舍身崖金刚嘴"佛曰：'不可'"护栏旁边拍照留影，也用手机在这里拍了几个空镜头，犹豫片刻后，他将手机递给舒中胜，请舒中胜帮他拍一张。舒中胜接过小伙子的手机，对着取景框做出拍摄状。突然，小伙子越过护栏，欲往下跳，胡丽萍不知从哪里来的勇气，箭步冲上前去拉住他，舒中胜也随即冲过去帮忙，死死拽住小伙子的手。舒娟娟先是愣了一下，接着也奔上前协助妈妈和爸爸。

就在小伙子命悬一线之际，景区工作员及时赶到，终于阻止了他跳崖。

小伙子得救了，但他仍喃喃自语："我不想活了，没脸再活了。"

原来小伙子是高中毕业生，因为高考落榜，便对未来感到绝望，遂想轻生。胡丽萍为抢救小伙子，手臂在护栏上剐出了一道道血痕，她忍着伤痛，安慰小伙子说："你还年轻，人生的路还很长。你应该在哪里跌倒，就从哪里爬起来！"小伙子绝望地说："我对不起我的妈妈。她为我高考操碎了心，结果我却不争气。我实在没脸活下去了，你们就让我去死吧！"

原来小伙子是在单亲家庭长大的孩子。

胡丽萍深知，一个母亲一旦失去自己的孩子，将多么伤心和痛苦，她真想狠狠地扇他一耳光，把他从糊涂中唤醒。她严厉地告诫他："你以为自己一死了之就轻松了、解脱了，你想过没有，你妈妈含辛茹苦把你养大，是为了什么？"

小伙子两眼呆滞地望着眼前这位阿姨，露出一脸的无知。

胡丽萍语重心长地说："她希望你健康成长，长大成人！"她拍拍小伙子的肩膀，鼓励他说，"你高考失败了，应该爬起来！用十倍、百倍的努力，提高自己的学习成绩，去迎接下一年度的考试！不能绝望，走自暴自弃的路！"

小伙子羞愧地低下了自己的头。

舒中胜也提醒小伙子说："何况，人生的道路有很多，即使不读大学，照样可以参加工作，照样可以一边工作一边通过自学获取知识，在努力与奋斗之中实现自己的人生价值。"胡丽萍为小伙子整理了一下衣服，接着说："你用逃避的方式对待挫折，对待一次考试的失败，说明你是懦夫、是逃兵！对你妈妈、对社会极不负责！"她越说越激动，甚至愤怒，"你以为你死了，你就解脱了？你想过没有！你妈妈咋个办？她眼睁睁地看着自己辛辛苦苦养大的孩子，因为考试成绩不理想轻生，你说，她不难过吗？如果你妈妈悲痛欲绝，也跟着想不开，那么，你害死的就不仅是你自己，还有你妈妈……"

小伙子之所以轻生，是认为觉得自己对不起养育他的母亲，眼前这位阿姨的最后一句话，刺痛了他脆弱的神经，他顿时清醒了，含着眼泪战栗道："阿姨，您甭说了，我错了！"说完向胡丽萍、舒中胜和在场围观的人深鞠一躬，然后羞愧地逃了。

舒娟娟轻抚着母亲受伤的手臂，问道："妈妈，痛吗？"胡丽萍不想女儿为她担心,轻松地说:"皮外伤,不痛!"实际上,哪能不痛呢!她是不想在女儿面前表现出自己的脆弱。

舒娟娟努起小嘴,轻轻地吹母亲手臂上的血痕,佩服地说:"妈妈,您刚才真勇敢!我当时都吓傻了,您却反应那么迅速,真让我刮目相看!"

这时,一个儒雅的青年男子打开手机录音功能,走上前问胡丽萍:"请问您贵姓?"胡丽萍微笑着答道:"免贵姓胡。"青年男子突然欣喜地说:"我突然想起来了,您就是著名歌唱家胡丽萍女士,我观看过您的个人音乐会。"胡丽萍谦虚地答道:"那都是过去的事了。"青年男子连忙自我介绍:"我叫郝林,是省报记者。"他用新闻记者敏锐的眼光打量了一番旁边的舒中胜和舒娟娟,敬佩地说:"你们一家人是出来旅游的吧?刚才,我全程见证了你们见义勇为的英雄行为。请给我几分钟时间,谈谈你们抢救他人、不顾自己生命危险的内心感受。首先,请胡女士谈一谈。"胡丽萍不假思索地说:"哪有什么感受啊!完全是出于本能。"郝林感动地说:"这更加说明,您内心的强大与高尚,为了抢救他人,有舍生忘死的精神!您难道不知道,您稍不留神,就有坠入悬崖的危险吗?"胡丽萍直言道:"如果还给自己考虑的时间,那孩子可能已经没了!"

郝林更加敬佩,转身对舒中胜说:"先生,我见您是第二个冲上前的抢救者,您的动力,是什么?"舒中胜问他:"说真话,还是假话?"郝林笑道:"当然是说真话啦!"舒中胜实话实说:"不瞒你说,我可没有你想的那么高尚,我见夫人冲上去了,我是担心她被惯性拉下山崖,才不顾一切跟上去的。"郝林说:"您太谦虚了!"

舒中胜见围上来的游客越来越多,急忙拉住妻子和女儿的手,边走边说:"不说了,我们走啦!"郝林在后面追着喊:"还没有采访完呢,请等等!"舒中胜回过头来,一语双关地告诉他:"你去采访景区工作人员吧,这是他们该做的事情！"

他们一家人甩掉记者后，来到了四面十方普贤菩萨金像跟前。

四面十方普贤菩萨金像高 48 米，重达 600 多吨。48 米的高度代表阿弥陀佛的 48 个愿望。"十方"一是意喻普贤的十大行愿，二是象征佛教中的东、南、西、北、东南、西南、东北、西北、上、下十个方位，意喻普贤无边的行愿，能圆满十方三世诸佛和芸芸众生。

舒娟娟牵着妈妈的手，像一只快乐的鸟儿，一边绕着金像转，一边对妈妈说："通过刚才这件事，今后，我要重新认识妈妈了。"舒中胜调侃道："可不，今后，你要把你妈妈，像眼前这尊普贤菩萨一样供着。"胡丽萍赏给丈夫一记花拳："你说啥呀，老不正经的！"舒中胜也不恼怒，十拿九稳地说："女儿，你就等着看吧，你妈妈见义勇为的事迹，明天就会成为本地新闻的头条！"舒娟娟为有这样的母亲而骄傲，昂起头说："我妈妈的勇敢精神，本来就值得提倡嘛！"胡丽萍害羞地说："你们父女俩，当我是笑料啊？"

一个中年男子从万年寺就尾随在他们身后，他见胡丽萍停下脚步仰头在那里盯着佛像看，舒娟娟一个人围着普贤菩萨转圈圈，便凑上前提出给舒娟娟相面，说能测前世今生和未来，吹得神乎其神。舒娟娟没有搭理他，该男子继续纠缠，称相面不准分文不取。舒娟娟反问他那么会相面，咋个不算算自己呢？说完咯咯一笑，牵着妈妈去了观景台。

母女俩站在观景台眺望远方，欣赏美景，又开心地摆着各种造型，留下自己的倩影。

相面先生遭到舒娟娟讥笑，不由得露出尴尬的神色，盯着母女俩看了半天，然后将目光停留在舒中胜脸上。见舒中胜打完电话，他挡在舒中胜面前，察言观色地说："先生，您天庭饱满、地阔方圆，俺一看您就是大富大贵之人，但您万贯家财，最终可能会落入他人之手。"舒中胜不由得一惊："你瞎说啥呀！"相面先生自信地说："俺相面几十年，不敢说百分百准确，但八九不离十。"舒中胜轻蔑地告诉他："你们这些江湖游人，都喜欢这样说。"相面先生也不生气，露出一脸的诚恳："如果俺相面不准，分文不取；如果俺说得有理，您随手赏一点饭钱即可。"舒中胜对他依然蔑视："你走吧，我才不信你那一套！"说完就往观景台方向走。相面先生很有耐心，继续循循善诱："如果不是您面相富贵，曾经有过一劫，就是您请俺，俺也不会泄露天机。"

舒中胜不由得一怔，停下脚步问道："你说我曾经有过一劫？说来听听。"相面先生抓住了舒中胜的心理，心中窃喜，继续说道："您印堂宽大，智能和器量都是人上之人，不愁大富大贵。但您印堂有皱纹冲破，说明您运气不顺，颇为劳碌，曾引起争端、受过挫折，注定有一次牢狱之灾。不过您命中有贵人相助，故已化险为夷。"舒中胜觉得他言之凿凿，顿时对他高看一眼，停下来说："那你就给我相面一把。"相面先生走到舒中胜跟前，像煞有介事地对着他耳语，然后又指着观景台那边照相的胡丽萍和舒娟娟，指手画脚了一番。舒中胜顿时大惊失色，望了一眼观景台上的老婆和女儿，也不给母女俩打招呼，失魂落魄地向山下走去。相面先生追上他，用手比画着说："老板，您还没有给俺赏钱呢！"舒中胜从身上摸出一张钞票，扔给了他。

胡丽萍照完相，见丈夫不辞而别，急忙跟上去喊他："中胜，你咋个走了呀？"

"爸爸，您还没有在这个景点跟我们合影呢！"舒娟娟也在后面呼叫。

舒中胜不耐烦地说："我不舒服！"胡丽萍追上来想摸摸他额头，检查他是不是感冒发烧了。舒中胜推开她的手，厌恶地说："摸啥呀！"舒娟娟不解，关切地问道："爸，您咋个啦？刚才还好好的。"胡丽萍生气了："你爸可能吃错药了。"舒中胜反咬一口："你才吃错药了！"自从被相面之后，他仿佛变了一个人，搞得胡丽萍和女儿丈二和尚摸不着头脑。

此时的舒中胜心情十分糟糕，他像一个输得精光的赌棍，驾驶着奥迪A8在成乐高速路上狂奔，脑海里不时浮现出相面先生那巧舌如簧的嘴脸和他人七嘴八舌的议论，同时叠化出胡丽萍和舒娟娟被变形或丑化的容貌。他超过一辆又一辆汽车，不知是在与谁赌气还是与哪一辆车竞赛，总而言之，他驾驶的奥迪A8已经变成一匹脱缰的野马，失去了理性。但前方两辆大型货车却偏偏占据左方超车道和中间车道，并排在高速路上高速行驶，完全没有理会后车的喇叭声和车灯双闪的信号。舒中胜几次超车都未能如愿，心情更加烦躁不安。他顿时做出了一个错误的选择，从右边慢车道去超车，结果慢车道前方也有载重车辆！眼看就要车毁人亡，幸好他经验丰富、技术娴熟，奥迪A8良好的操控性也助了他一臂之力，他迅速向左变道，中间车道前方近距离也没有车辆，这才躲过了一劫，但却吓得妻子和女儿心惊肉跳、花容失色，发出刺耳的尖叫声，他也被吓出了一身冷汗。

汽车恢复正常行驶之后，胡丽萍忍不住吼道："你不要命啦！"舒娟娟也忍不住责怪父亲："爸，这样太危险了！"舒中胜知道自己刚才上演的夺命一幕都是自己的错，他无话可说，也就放慢速度，恢复了正常行驶。

这是一个金色的早晨，穿过云层的阳光像一条条金线，纵横交织地把浅灰、蓝灰或白色的云朵缝缀成一幅壮丽的图案，将夏日的天空装点得令人陶醉。这时，太阳已经成为天空的主宰，将阳光从芙蓉树密密层层的枝叶间投射下来，在地上洒满铜钱一样的光斑，在没有树荫遮蔽的地方，阳光就像金色的纱幔铺满大地。章懿华缓缓行走在小区的环形路上，与熟悉的邻居互道早安。

他养成了每天这个时候到小区报箱取报的习惯，今天拿到报纸一看，顿时被一行通栏标题与图片新闻吸引，边走边念："歌唱家胡丽萍见义勇为、舍己救人"。

　　读完新闻，他发现这条新闻的作者竟然是自己的爱徒郝林，知道胡丽萍舍己救人并没有生命危险，悬在喉咙的心才回到了肚子里。他急忙给孙向东和易天雄打电话，将新闻内容向两位好友"实况转播"，并约他们到舒中胜会所相见。挂断电话，他又给舒中胜打电话，向他询问胡丽萍的伤情，因为报纸上放大的照片显示胡丽萍的手臂伤势不轻。舒中胜接到电话后对老朋友的关心与问候道了一声谢谢，轻描淡写地说胡丽萍没事，就要挂电话。章懿华急了，对他吼道："报纸上说你们一家舍己救人，并将丽萍负伤的照片都登出来了，你咋个说没事呢？"舒中胜依然不以为意："我说没事，就真的没事！"章懿华不解地问道："你咋个了？这不是你的风格呀！"

　　他俩不仅从小在一块儿长大，而且上山下乡又同住在一个屋檐下，后来舒中胜考上财经大学离开了农村，章懿华也参军入伍到了云南边疆。舒中胜大学毕业后被分配到成都工作，之后下海经商，他父亲当时在税务局担任副局长，通过他父亲的人脉关系，舒中胜在生意场上如鱼得水，年纪轻轻就成为富甲一方的商界精英。但他没经住女秘书的诱惑，与她从上下级关系变成了情人关系。女秘书得寸进尺，要求舒中胜与胡丽萍离婚明媒正娶她，被他拒绝后，女秘书恼羞成怒，状告他侵吞国有资产，结果他被判了几年有期徒刑。刑满释放后，他吸取了教训，重操旧业后利用过去的关系和父亲的人脉资源，又东山再起，在成都商界再次受到瞩目。他与章懿华相处了几十年，无论是脾气、性格、爱好，还是为人处世，章懿华对舒中胜可以说是了如指掌。舒中胜一向喜欢夸大其词，尤其是对荣誉，习惯用放大镜来看，月亮上的光都会往脸上贴。今天省报头条刊登了他和家人舍己救人的新闻特写，这对他们家是很大的荣耀，他居然无动于衷，仿佛与他没有多大关系。记得当年他将自行车借给章懿华骑了一次，芝麻大小的一件事，他都经常挂在嘴边。现在判若两人的态度，实在出乎章懿华预料。想到这里，章懿华也不再多说，丢给他一句话："我们现在就去会所找你，不要走啊！"

"唉——"舒中胜挂断电话，躺在老板椅上长长地叹息了一声，不知该不该见自己的老朋友。他现在有一个说不出口的苦恼，这个苦恼虽然还未被证实，但长期以来一直在困扰着他，使他每次想起来都十分难受。这是他的隐私，也是他的心病，昨天在峨眉山上被那个相面先生无意间提醒，直接戳到了他的痛处，使他过去的疑虑、担心、羞愧、愤懑，像龙卷风一样铺天盖地袭来。他痛苦得几乎喘不过气来，甚至都不知道自己昨天是怎么将汽车从峨眉山开回成都的。

是的，从昨天到现在，他一直在痛苦之中挣扎。那么，是什么秘密让这个历来性格开朗、口若悬河的男人，突然沉默寡言，像是换了一个人，且多年来隐藏得如此之深，再无第二人知晓呢？在证实之前，他还不想告诉任何人，哪怕是他最好的朋友。

想到这里，他夹着黑色皮包，急匆匆走出会所，钻进临时停靠在门前的奥迪车，一轰油门，疾驰而去。

舒中胜前脚刚走，章懿华后脚就到了会所，孙向东和易天雄也紧随其后赶到。他们径直来到董事长办公室，只见大门紧锁，不见舒中胜影子。

吃了闭门羹，章懿华急忙给舒中胜打电话，不客气地问道："舒大老板，你到哪里去了？"舒中胜抱歉地说："对不起，老九，我在开车。临时有点急事，我先出去一趟。"说完就挂断了电话。章懿华收起电话，耸耸肩，对孙向东和易天雄说："他说临时有点急事。"易天雄急躁地说："我给他打电话，把他叫回来。"章懿华劝住易天雄："他在开车，就不要打扰他了。"孙向东纳闷地说："这家伙咋个搞的，说好了在办公室等我们，咋个说走就走？"易天雄接过话说："他有啥急事？我看他八成是猪鼻子里插大葱——装象（相）。或许，又被哪个女人给叫走了。"章懿华善解人意地说："他是董事长，还在位置上，不像你我几个退休老头。理解万岁！"孙向东说："也罢，我看报纸上说自寻短见那个学生是越过护栏往下跳，有护栏挡住，可能胡丽萍伤势并无大碍。"易天雄提议："干脆，我们到他们家去，看看胡丽萍。"

"他来电话了。"章懿华的手机突然响了起来，他以为是舒中胜打来的，掏出手机一看，却是蒲大侠的电话。他一边接听，一边告诉两位好友："大侠打来的。"易天雄关切地问道："他们啥时候出发？"

孙向东与蒲大侠是表兄弟关系，那天章懿华将蒲大侠一家人要到成都来打工的消息告诉他时，他与谢紫婧正在电影院玩暧昧。回来见到章懿华和易天雄时，他谎称自己当时在辅导一个考研的大学生不方便说话，章懿华也就信以为真，没有追究。易天雄本就喜欢开玩笑，加上警察的职业习惯养成了不轻易相信人，他趁机敲打老哥们儿："不会又是春熙路那个女学生吧？我看你眼睛上出芽——不是好苗头！"孙向东心里有鬼，不敢惹火烧身，也就用"狗嘴里吐不出象牙"来搪塞易天雄，没有让他再说下去。现在蒲大侠打来电话，孙向东与他既是亲戚又是好朋友，自然十分关心，也在一旁问道："大侠什么时候来成都？"

章懿华在电话里问蒲大侠："我和天雄帮你们看的那套房子，感觉咋个样……租金每月2600元，房东说不能再相因了，如果不是受房价调控影响，她不会开这么低的价，还说我们捡到了炮和。——可以呀！那就这么定了。——咱哥们客气啥呀，对我们来说，不过是举手之劳。——你想开一个家电维修店？——那我们再去给你找一个铺面。——不用，等你来了再找啊。——嗯，那好吧。——向东和天雄都在我旁边，你跟他们说两句吧！"他把手机递给孙向东。

孙向东接过电话亲热地说："表哥，好久都没有你的消息了，听老九说，你们一家人要来成都，我就天天盼着你们来。——关于琪玫的工作问题，阳光已经跟他们保险公司老总说好，来了就到他们公司面试，合适就上班。——不用谢，这是应该的。——现在，就等你们早点来。——天雄在我旁边，你跟他说吧！"

易天雄接过电话，开心得合不拢嘴："大侠呀！你们终于要来了，我是滚水泡米花——甭说有多开心！对了，倩倩告诉你没有？袁圆托她曾经的一个同事帮忙，暂时安排倩倩到妇幼保健院当护工。——谢啥呀，咱哥们儿是一根绳子上的蚂蚱，谁跟谁呀！——要得，等你们买到高铁票就告诉我。还是那句话，脚踏车挂飞轮——加快来！"

第八章

　　今天是周末，为了让蒲大侠一家人来成都打工有安身之处，章懿华和易天雄前几天马不停蹄地四处寻找出租房，现在蒲大侠及其家人都认可了他俩看中的那套房子，这事也就算基本落实了。

　　吃过早餐，章懿华来到小区附近的房屋中介公司，预付了半年的租金。之后，他便如释重负，有了考虑其他事情的时间。现在，他的当务之急是为女儿找对象。听说人民公园有一个相亲角，到那里相亲的人不少。因此，他给女儿打电话，请她跟自己一起去公园瞧瞧。章晓白还在睡懒觉，听父亲要带她去人民公园相亲，差点没把大牙笑掉。她说："老爸您真想得出来，居然要把女儿送到大庭广众之下去推销，那不是等于打女儿的脸，骂我嫁不出去嘛！"章懿华说不是这个意思，男大当婚女大当嫁，去瞧一瞧等于逛公园，广泛撒网，重点捕鱼，又不掉价，有啥顾虑的？章晓白说："要去您自己去，我不去！"接着，她调侃说，"您正好去给自己找一个老伴，消解退休后的孤单。"说完，她继续倒头睡。父亲见女儿"油盐不进"，也就不再劝她，想自己先去侦察一下再说。于是，他扫了一辆共享单车，转眼之间就到了人民公园。

　　相亲角并非成都的专利，其他城市也隐藏着这样一个神秘的地方，比如北京的中山公园、朝阳公园，上海的人民公园，广州的天河公园……但在成都，首屈一指的非人民公园莫属！

人民公园是成都人的专属后花园，既能赏花观鱼，又能湖上游船。当阳光灿烂的时候，喝盖碗茶的人、看冲茶表演的人、采耳的人更是集聚于此，享受"偷得浮生半日闲"的舒适与安逸。

章懿华来到人民公园往里走，看到一条小道上挤满了来来往往的人群，喧闹声此起彼伏，热闹程度堪比菜市场。跟菜市场不同的是，这里没有瓜果蔬菜，有的是清一色的A4纸。它们挂在花台和树枝上，铺在平地和斜坡上，上面将个人的户籍、房产、收入等情况写得清清楚楚，就像商品一样明码标价，等待"买家"。现场虽然看起来声势浩大，但到场的基本上不是相亲者本人，而是其父母。

许多老人还拿着子女的个人资料，在相亲角走来走去，像移动搜索器一样不放过每一个可能跟自家子女般配的对象，把慈禧太后流传在世的两句诗"殚竭心力终为子，可怜天下父母心"表现得淋漓尽致。

章懿华刚到这里，一个五十多岁的妇女凑上来，像谍战剧中地下工作者接头一样问他："你家是男娃儿还是女娃儿？现在是啥子情况？"章懿华虽然没有思想准备，但反应较快的他随即像对暗号一样说："女娃儿！"对方听说是女娃儿，仿佛遇到的不是与她接头的同党，转身就走。但另外一位大妈耳朵很尖，赶紧走过来，开门见山地问："多大年纪？"章懿华回答她："三十岁。"对方悻悻地说："年纪大了，跟我家娃儿不般配！"章懿华正往前走，又围上来一对老年夫妻，女的见章懿华仪表堂堂、身高体壮，说好像在哪里见过他。她老公一拍脑袋说："对了，你莫不是电影演员胡军？"章懿华摇着头说："我不是，我姓章。"对方赶紧赔着笑脸说："你真的太像胡军了。"

女的见章懿华长相英俊，猜想他女儿形象与气质都不会差，便把他当作猎物一样追："你家女娃儿是属鸡的吧？我家男娃儿属牛，鸡牛正好八字相合。"章懿华默算了一下，问她："你儿子是八五年出生的，今年三十八岁了？"
对方开心地说："对头，我家娃儿三十八岁，你家娃儿九三年的三十岁，年
纪很般配。"章懿华没想到对方对年龄、属相如此烂熟于心，猜想她是这里
的常客。他嫌弃对方孩子比晓白年纪大不少，听她说完就想离开，对方却热
情地追问道："请问你家女娃儿身高、体重、学历，在啥子单位上班？"章
懿华只好回答说："孩子身高一米七，体重九十八斤，硕士研究生，在国有
企业上班。"对方喜出望外，更加热情地说："太有缘分了，我家男娃儿身
高一米八五，体重一百六十斤，也是研究生学历，在政府机关上班，他们条
件很般配呢！"章懿华听对方这样介绍自己的孩子，觉得除了年龄稍大点以外，
其他条件都还可以，不由得止步问道："有孩子照片吗？"对方老伴赶紧从
身上摸出一张彩色照片递给他。

　　章懿华接过照片一看，眉头顿时紧锁在了一起，心里想：你们生孩子的
时候莫非在看电影《十五贯》？孩子贼眉鼠眼的，活脱脱像现代版的娄阿鼠，
这咋个能符合女儿的审美标准呢？

　　对方想看章懿华女儿的照片，章懿华说没有。对方想要电话号码，章懿
华婉言谢绝说记不到。对方见章懿华把话说到这个份上，知道他没有相中自
己的娃儿，也就知趣地离开，继续寻找下家。

　　章懿华一边走，一边看挂在树枝上或铺在地上的资料。突然，一位打扮
入时的中年妇女走过来与他搭讪，并用欣赏的眼光打量他。章懿华猜想对方
把他当作相亲对象本人来看了，赶紧解释说自己是来为女儿相亲的。对方也
就不再向他放电，转而变得庄重起来，接着对他说："正好，我家男娃儿也
未婚，今年三十三岁，身高一米七八，体重一百五十六斤，研究生学历，在
一家事业单位上班，月薪上万，有车，有住房，还有铺面。"这位妇女对儿
子的介绍，与之前那位老人的介绍好像商量过一样，都是简明扼要、直奔主题，

还增加了几个能体现资产价值的指标。从内心来说，他对这位妇女如此现实的"抛售"儿子有些反感，但看到铺在地上和挂在树枝上那些像卖身契一样的A4纸上的广告词都大同小异，也就释然了。他没想到自己活了大半辈子，还不知道今天的婚姻市场居然如此现实。所有的物质条件、身高体重、家庭情况都毫不掩饰地摆在台面上，有关理想、道德、情操、爱好等精神层面的东西则被屏蔽在外。

女人见章懿华陷入了沉思，以为自己娃儿的条件已经打动了他的心，饶有兴趣地问道："请问您家女娃儿的情况呢？"平心而论，章懿华认为对方儿子的外在条件是不错的，如果人品好，形象也不差，他还是觉得与晓白般配，便"入乡随俗"地将女儿的情况向她做了介绍。

这位妇女本来对章晓白的条件很满意，但听说她也是硕士研究生，似乎嫌她学历太高有些犹豫，遂问章懿华女儿的长相。章懿华自豪地说形象没的说。对方一听女娃儿长得好看，等于加了不少筹码，弥补了高学历的"缺陷"，不由得来了兴趣，紧追不舍地又问："女娃儿在单位具体做啥工作？"章懿华答道："工程设计。"对方一听，顿时像泄了气的皮球——瘪了："咳，一个要经常加班的职业，还要我家娃儿伺候。"说完便头也不回地消失在了人群之中。章懿华本来以为"踏破铁鞋无觅处，得来全不费功夫"，没想到现在的男方不仅不喜欢高学历的女娃儿，还对工作可能加班的女娃儿如此挑剔，真是大惑不解。他现在也不急着回答那些找他搭讪的家长，只看、只听、不说，把自己当作收音机。

这时，走来一位外貌还算不错的小伙子，仿佛一件稀世珍宝，瞬间就成为现场的焦点，遭到了大爷大妈的"围追堵截"："你现在好大嘛？""要朋友没得？"小伙子是误入"歧途"，赶紧声明自己不要朋友，仅仅是路过，随即逃之夭夭，哪知引来众人一阵嘲笑："瓜兮兮的，扯把子路过！""不耍朋友跑到这里来干啥子？""想占欺头，打干呵嗨嗦！"

看到小伙子的遭遇，章懿华暗自庆幸晓白没有来，否则会落得同样的尴尬。他进一步发现，这里除了父母提供的真实资料外，还有一些手握更多男女信息的幕后操盘手——婚姻中介公司。

一位大妈告诉他："面前仅放一份材料的，一般就是父母给自家子女相亲的；面前有几份的，可能是帮其他家长的；如果面前摆了十几份，甚至几十份的，多半就是婚介。"婚介就是线下版的"男女信息数据库"，无论你想找什么条件的对象，他们都能迅速从脑海中筛选出合适的来。如果你想自由挑选，那么你还可以加入由紧跟网络潮流的大妈组建起来的相亲群，不过群基本都是由婚恋网站操控，上传与查阅资料也并非免费。

有趣的是，在这里代替女儿相亲的父母，对身高挑剔的程度，足可与选美标准媲美。其中一段对话，让章懿华在一旁忍不住哑然失笑。

"你家男娃儿好高哦？"

"一米七左右。"

"左右？是左还是右？"

"大概就这么高。"

"大概这么高，就是没得一米七哈，算了算了，少一毫米都不得行！"话音未落，这位老太太就扬长而去，不给对方留一点商量的余地。

那些为儿子选对象的父母，则将女娃儿身高普遍锁定在一米六至一米七。其中的原因，一位中年妇女给出了答案："如果是一米六以下，那就有点矮了，主要为下一代基因着想，如果高过一米七，那又太高了，我们娃儿就'压力山大'。"

通过那些推荐资料与相互交流，章懿华还发现一个非常实际的问题，那就是在机关和事业单位以及银行上班的女娃儿普遍受欢迎。多数家长都要求女娃儿有稳定、清闲的工作，公务员、教师、会计、出纳最吃香，而像机械、护士、新媒体、设计策划这些需要常年加班的职业则没有多大市场。对学历的要求，男性是越高越受欢迎，当然，戴着啤酒瓶底镜片和秃头的曰夫子除外。女性则不一样，大部分家长对女娃儿的要求以本科为佳，学历越高，反而越不被待见。特别是女博士，毫无疑问成了鄙视的对象，有的父母甚至自降女儿身价，要求小伙子本科就可以。一个老太婆跟章懿华闲聊，振振有词地说："女娃儿要那么高的学历干啥？又不求她赚钱养家，只要她顾家，不在外面晃，家和才能万事兴。"传统对女性的要求，决定了学历高、赚钱多而繁忙的女娃儿并不会成为很多家庭的首选。相反，男娃儿哪怕忙得脚不落地，但只要能赚钱，就是香饽饽，成为追捧的对象。怪不得之前那位妇女听说章晓白是搞工程设计的，立马逃之夭夭。

章懿华在这里闲逛，真是大开眼界，长了见识。世俗与实际已经成为两座冰山，全面挤压了单纯的空间，牢牢压在了年轻人身上，要想摆脱这个桎梏，没有基本的物质做支撑，即使有足够的智慧和胆量，也很难实现。这就是现实的冷漠与残酷！

章晓白难得睡一个懒觉，趁周末也就多睡了一会儿，起床后匆匆吃了早点，对外婆说她有事出去一下，就独自离开了家。

外婆在家里闲得无聊，便来到琴房，揭开罩在钢琴上的丝绒布。琴面已积满厚厚的灰尘，她找来毛巾将它擦掉，然后坐下来弹奏。也许是很久未练习，指法已生疏；也许是年龄不饶人，力不从心，结果一曲未弹完，她就失去了兴趣。"唉——"老人扫兴地长叹一声，自嘲道，"真是老了，不中用了！"

老人闷闷不乐地来到小区花园里，碰巧遇到几个熟悉的老人，其中一位精瘦的老太太说："快乐婆婆，我那天看见您女婿买了两台机麻，咋不邀请我们去您家搓两把？"另一位坐在椅子上打瞌睡的胖老头一听"搓两把"，顿时睡意全无，蒙头蒙脑地问："切哪个塌塌搓两把？"另一位瘦小的老头取笑他说："瞧您这出息，一听说打麻将，瞌睡虫都跑了！"那个弯腰驼背的老头很会说话，乍一听，是在告诉胖老头，细细品味，他却是在套白婆婆的话："快乐婆婆家里刚买了两台机麻，正愁没人去开光呢，我们切闹热一下！"这些老人，不知是口齿不清还是方言太重，不时将去说成"切"。胖老头睡意全无，兴奋地嚷道："快乐婆婆，走吧，到您家搓两把！"

"哼哼！"白婆婆苦笑两声，解释说，"我可没有答应啊！"那个瘦小的老头故意为难白婆婆："咋个，巴倒烫，不欢迎啊？"白婆婆摇摇头，有所顾虑地说："我倒没啥，就是我那孙女，她对打麻将恨死了。"那个弯腰驼背的老头一双眼睛滴溜溜地转，说："怕啥呀！我看见您孙女一早就出去啦！"胖老头为白婆婆壮胆说："咱们几十岁的人了，还怕她小女娃儿不成？何况您一向都是凯爽的人，今天咋个成了夹夹客？去吧，快乐婆婆！"精瘦的老太太替白婆婆出主意说："就搓几把，过几盘新机麻瘾就行了，等一会儿我还要回家给蝗虫们做饭呢。"胖老头附和道："对头，我家孩子等会儿也都要梭回家，闹热个把钟头就散伙。"白婆婆开始动心了，妥协道："那说好，就搓几把。"她抬起手腕看了一下表说，"现在九点半，咱们十一点钟结束。"

"要得！十一点钟就整归一！"

"去吧！闹热闹热！"

"慢，我有一事请大家帮忙！"白婆婆最后恳求说，"我孙女各方面条件都不错，但还没有遇到合适的对象，如果各位邻居发现有与她般配的小伙子，别忘了介绍。"

"要得，要得！"

于是，一群耄耋老人高兴得像过节一样跟着白婆婆往家里走。

自从那天去峨眉山旅游回来后，舒中胜与胡丽萍便大眼瞪小眼，互不搭理，表面上相安无事，背后却在暗暗较劲。舒大爷耳朵不好，感觉不到儿子与儿媳妇之间感情出现的裂痕。舒娟娟是一个聪明的女娃儿，从峨眉山归来，她直接去了机场，等她飞完两个航班回家，见父亲沉默寡言，母亲也少了欢声笑语，感觉到家里气氛不对。但她误以为父亲在生意场上遇到了什么麻烦，想问他，但见他没有与自己交流的意思，也就不想自讨没趣。

舒娟娟昨晚在电话里与章晓白约好今天去逛商场，她用过早餐就挎上单肩包准备出门，母亲问她中午回家吃饭不，她模棱两可地回答说："等一会儿看晓白咋个说，如果不回家吃饭，我提前给您打电话！"临出门，她与在练习书法的父亲打了一个招呼："爸，我出去了啊！"舒中胜头都未抬，从鼻孔里"嗯"了一声，算是给女儿答复。胡丽萍来到书房想跟他说什么，但他对她视若无睹。胡丽萍很不满意，忍不住问他："自从峨眉山回来，你就变了，变得我都不认识你了。你究竟咋个了？"舒中胜白了妻子一眼，那目光冷得像冰一样令胡丽萍发寒。她不由得有些怒了："你说呀！"舒中胜继续写字不理她。胡丽萍急了，干脆揭穿说："在金顶，我看见那个江湖道人一双贼溜溜的眼睛，一直盯着我们一家人看。后来我与女儿去观景台照相，他把你叫到一边去叽叽咕咕了一阵子，再后来你就对我们母女俩不理不睬，他究竟给你灌了啥迷魂汤？"

舒中胜也被逼急了，丢下毛笔，没头没脑地冒出一句话来："做了啥，你还不晓得吗？"胡丽萍还真是一头雾水，问道："我晓得啥？"舒中胜觉得还没有到摊牌的时候，敷衍道："你自己想想吧！"说完走出书房，摔门离开了家。胡丽萍愤怒地自言自语："莫名其妙！"

舒中胜夹着皮包，迈着四方步来到停车场自己的轿车面前，刚要拉开车门，身后突然传来瓮声瓮气又凶神恶煞的吼声："不许动，把手举起来！"他以为遇到了抢匪，吓了一跳，本能地护住自己的皮包。

易天雄、孙向东就像从天上突然掉下来一样，出现在舒中胜身后。易天雄一只手顶住他的后背，另一只手去夺他的皮包。

"老实点！敢动，我就废了你！"声音是从鼻腔里发出的，舒中胜根本不知道是易天雄在恶作剧，吓得面如土色，但并没有主动将皮包交出。当易天雄一把夺过皮包，跨步出现在他面前，他才知道是被戏弄了，一手扶着汽车，一手捂住胸口，夸张地说："你这个老小子，吓死我了。"随即就给易天雄一拳，继续说，"心脏病都快被你吓出来了！快说，咋个赔偿我老人家的精神损失费？"易天雄哈哈大笑："你不是电线杆上插鸡毛——好大的掸（胆）子吗？给你开一个玩笑，你就尿裤子了？"舒中胜夺过皮包，又赏给易天雄一拳："你这个老不正经的！就会欺负你大爷。"

易天雄也不生气："你从峨眉山回来，我就没见你开心过，我怀疑你的笑神经被普贤菩萨给掐断了，我来给你接上。"舒中胜总算平静了下来，反唇相讥道："谢谢你的——狼心狗肺！"孙向东告诉舒中胜："今天，我们是专门来告诉你，蒲大侠一家人最近几天就要到成都来了。"舒中胜问："他们咋个过来？"孙向东回答说："高铁。"舒中胜在这些问题上还是仁义的，赶紧问："需要我安排司机去接吗？"孙向东体谅地说："你管着那么大一个公司，少不了事情，接人的事，就包在我和天雄身上。"

易天雄喜欢取乐，抢过话来说："我和向东的车仅仅是代步工具，没有你的奥迪 A8 体面，如果舒大老板闲得发慌，开着你那百多万的豪车去接大侠，他一家人说不准会乐得合不拢嘴。"舒中胜苦笑道："我是为了做生意撑门面，实际上啊，在城里开车，我还喜欢开小型车，到啥子地方停靠都方便。对了，他们来成都，准备玩多长时间？我来安排一次聚餐。"

孙向东回答说："他们来打工，不走了，老九和天雄已经在青羊小区帮他们租了住房，打工的单位，殷笑英和袁圆也为他们联系好了。他们到那天，我们在永陵路北京烤鸭店给他们接风，到时你带着老婆孩子来参加就是了。"舒中胜认为自己没有为大侠做一点事情，有点愧疚，于是说："你们把后勤工作都做好了，那接风买单，算我的。"孙向东摇摇头说："不用，你大驾光临就是了。"

易天雄认为舒中胜是大老板，不能让他混同于普通老百姓，就半开玩笑半认真地说："不对，舒大老板家财万贯，单不埋，但酒可以带两瓶来，尤其是那些过了期的名酒，丢了多可惜！"舒中胜笑道："好，酒由我带！两瓶够不够？"易天雄想敲他"竹杠"："如果你多带几瓶过期的年份酒，我们不反对。"舒中胜打击他说："就你喜欢敲诈勒索我老人家！我一直没弄醒豁，你易莽娃当初是咋个混进警察队伍的？"

孙向东解释说："据说是老九的哥哥相中了他，把他作为缉毒警察特招进入公安厅的。"舒中胜"追究责任"道："这么看来，将一个'温其久'式的坏人安插在我们公安队伍里，不仅老九的哥老倌脱不了爪爪，老九也难辞其咎。"孙向东公正地说："舒胖娃，你和易莽娃打嘴仗，不能把老九拉来垫背啊！"舒中胜嘴上狠狠地打击了易莽娃一下，见他不再反驳，也就心满意足地笑了。

第九章

　　章晓白已经提前到达太古里，她向舒娟娟挥手打招呼，舒娟娟走上前与章晓白手挽着手，像一对亲姐妹一样边走边聊。

　　她们来到一家商场门口，章晓白停下脚步说："对了，娟，你们一家人在峨眉山上舍己救人的事迹，报纸都登了，真让人佩服！"舒娟娟自豪地说："是我妈妈第一个冲上去救那孩子，如果稍慢一步，那孩子就没命了。"章晓白满怀敬意地说："没想到丽萍妈妈这么勇敢！报纸上说，你也冲上去死死拉住那孩子的一只手，你就不怕坠下悬崖吗？"舒娟娟回忆道："当时哪会想那么多呀！见妈妈冲上去了，我也就奋不顾身跟着冲了上去。好在那里有护栏，我们在护栏里面，掉不下去。"章晓白松了一口气道："真是谢天谢地，有惊无险。今后啊，你和阿姨还是要小心一点。那围栏在悬崖边上，长期风吹雨淋，如果风化了、不结实了，后果不堪设想。"

　　舒娟娟赞同："现在想起来，我还真有点后怕。我妈妈死死抓住那孩子，手臂被围栏勒出了一道道血痕。"章晓白关切地问道："对了，娟，你手臂受伤没有？"舒娟娟轻描淡写地回答："只有一点小剐擦。"章晓白急忙说："你把袖子挽起来，给我看看。"舒娟娟不以为意地说："就一点点，不用看。"章晓白硬将她的手拉过来，把她的衣袖往上挽，一看，顿时惊呆了："瞧，还说一点点剐擦，这么深的伤痕，要多久才能愈合呀！很痛吧？"舒娟娟坚强地回答："不痛！比起我妈妈的伤，我这根本不算啥。"章晓白不由得肃然起敬："看来，我对你和丽萍妈妈，从此要刮目相看了。"舒娟娟谦虚地说："别再说了，我都脸红了。我们换一个话题好不好？上次你说，章叔叔总是催你找对象，有点眉目没有？"章晓白却反过来问舒娟娟："你呢？我看你们机组那个飞行员，好像对你就蛮有意思。"

舒娟娟冷静地回答说："他是离过婚的，我不会考虑。"章晓白笑道："你的思想还像三星堆那些青铜一样古老啊！"舒娟娟认真地说："我妈妈说过，凡是离婚的男人和女人，都是有故事的，就像一张白布，上面画过画，不管咋个清洗，都会留下岁月的痕迹。当两个人相处甚好，那痕迹就不明显。但长期在一起，难免有磕磕碰碰，一旦有磕磕碰碰了，那痕迹就会暴露出来，时间越久，那痕迹就越明显。所以，我不想找有过故事的男人，更不愿找离婚的男人。"

章晓白觉得她的话有道理，表示欣赏："娟，你这个比喻，有点意思，我还是第一次听到。"舒娟娟发现章晓白岔开话题了，赶紧提出抗议："咋个说着说着又扯到我身上来了，还是说说你吧！你不能总是忽悠章叔叔，遇到合适的，就应该毫不犹豫地抓住，向阳光哥哥和德璋哥哥学习，早点脱单！"章晓白说："你都没脱单，还催我脱单！"舒娟娟说："我并不是不想脱单，只是上帝还没有将我心中的白马王子送到地平线。或许，他还在外太空遨游，不想在地球上出现。"章晓白附和道："没错，我要给丘比特一个差评，箭射得不准，偏离了我的心。白马王子始终不见，遇到的都是'青蛙'，要想脱单，难哪！"她接着说，"你知道吗？我现在最关心的不是自己的个人问题，而是我老爸的事情。我老爸退休后，整天就陶醉在麻将之中，我想他之所以那么喜欢麻将，是因为他离开工作岗位之后有失落感，身边又没有人陪他，他就将希望寄托在了麻将上，将麻将作为自己感情的寄托。我现在最大的心愿就是帮老爸找一个老伴，把他从麻将桌上拉回来。娟，请你帮我发动一下朋友、同事，请他们帮我留点心，如果有与我老爸年龄相当的女士，给他介绍介绍。"

舒娟娟说："依我看哪，你还是先抓紧考虑自己的个人问题吧，不能让章叔叔整天为你的事操心。不是我打击你，晓白，老年人的黄昏恋，急不得！因为他们经历的事情多，考虑问题就比我们年轻人慎重，恐怕你忙活了半天，他们都无动于衷，要相信缘分，相信水到渠成。"章晓白不高兴了："你是不想帮我了？"舒娟娟实话相告："我当然想帮，只怕帮不上。"

两姐妹一边逛商场，一边闲聊。从太古里出来，又不由自主地来到了春熙路步行街，朝梦丽莎女装店走去。谢紫婧见两个女娃儿来到自己的服装店，急忙迎上前，热情地给她们推荐新款。谢紫婧的嘴像抹了蜜一样甜，夸她俩形象好、肤色好，身材和气质也好，一来就让店里蓬荜生辉，店里的女装，就是专为她们这些白领量身定做的。舒娟娟见她口齿伶俐、巧舌如簧，赞赏她说："老板这么好的口才，完全可以到电视台去当主持人。"谢紫婧也不讳言："不瞒两位小姐姐，我曾经就在电视台混过几天饭吃。"

舒娟娟笑道："果然没有猜错！"章晓白也附和道："怪不得这么能说会道，我们不买都不好意思了。"章晓白和舒娟娟试穿了几套衣服，最后一人选了一套到收银台结账。

谢紫婧叫店员将衣服打包好，亲自交到舒娟娟和章晓白手上，笑盈盈地说："欢迎两位小姐姐经常来光顾！"

二人走出梦丽莎女装店，又一边走一边聊，章晓白问舒娟娟知不知道舒叔叔将会所拿出来改建茶楼，供几位叔叔打麻将的事。舒娟娟说知道，几位叔叔当初将住房买来挨在一起，就是为了退休后能经常在一起聚会。章晓白说她最讨厌打麻将，几位叔叔干啥不好，非要在一起打麻将，真不理解。舒娟娟告诉她，不要小看麻将，它的影响力不是一般大。不仅咱们中国人喜欢，成都人喜欢，而且欧美很多国家的白领也很喜欢。一些西方发达国家的老年人爱好打麻将，中年人、年轻人也对麻将不排斥。她飞国际航线，在纽约、巴黎、伦敦、柏林等大都市，发现还有专门组织打麻将的协会或俱乐部。章晓白听了舒娟娟的一番介绍，不由得对麻将有了新的认识，但内心还是不接受。她说："恐怕即使地球人都喜欢打麻将，我也不会喜欢。"舒娟娟咯咯咯地笑道："你呀，从小就有点固执，年轻人，老顽固！"章晓白不干了，举起手来要打她："好啊，你骂我，看我咋个收拾你！"她说要收拾自己的好姐妹，实际上是给姐妹挠痒痒。

二人停止打闹后，舒娟娟问章晓白还逛不逛商场。章晓白说有一份设计图纸还需要修改，改天再逛。舒娟娟说今天已经有了收获，那就回家吧。

章晓白一开家门，傻眼了，阳台上黑压压的一片，不仅两桌机麻坐满了人，旁边还围满了看热闹的老人，吵吵嚷嚷的比太古里和春熙路还热闹。这哪里是家呀！她气愤得两眼都要喷出火来了，也顾不上换鞋，冲过去，恨不得将麻将机一把掀翻。她知道她掀不动麻将机，于是挥手一扫，将麻将扫翻，散落一地。

在场的老人顿时大惊失色，还没等大家反应过来，章晓白厉声呵斥道："请离开我家，离开！听见没有？我家不是赌场！"一群老头老太太没想到女娃儿如此厉害，吓得惊慌失措，赶紧夺门而出。

"怪不得找不到对象。"

"这么泼辣，谁敢娶呀！"

外婆见众人离去了，这才回过神来，准备给孙女解释，怯怯地说："晓白……"章晓白脸色发青，暴怒地说："我说了，不许在家里打麻将，您也答应我了，为啥欺骗我？"外婆内疚地喊道："乖孙女……"章晓白咬着嘴唇，捂住脸，气得眼泪直往外流，失去理智地说："不许叫我孙女，我没有你这样的外婆！"

外婆气得语无伦次："啊……你……"老人话还没说完，踉跄一步，晕倒在地。

章晓白本来不想理睬外婆，见此情景，急忙上前去扶她，结果扶不起来，她惊慌地喊道："外婆！外婆！"没有反应，吓得她赶紧掏出手机，颤抖着拨了120："120吗？我是实业街芙蓉花园小区，请快来抢救老人……"然后又慌张地给父亲打电话，惶恐地说："爸爸，外婆晕倒了，您快回来！"

父亲一听，心里不由得一紧，但他处乱不惊，镇定地提醒女儿："赶紧打120！"章晓白回答说："已经打了。"

"你先给外婆掐一下人中。我现在就回来。"章懿华正在人民公园相亲角与一家婚介公司的女老板交谈，接到女儿的电话后，他一边走一边叮嘱女儿。

婚介公司老板紧跟在他身后，迅速递给他一张名片，热情地说："有空来找我，我们店里有很多优秀男娃儿。"章懿华接过名片，头也不回地说："好的。"随即一路小跑离开了相亲角。

章晓白跟爸爸通完电话，就急忙给外婆掐人中，老人还是没有反应。她惊慌失措、六神无主地走到窗前，焦急地望着小区大门口。

一辆120救护车鸣着警笛疾驶而来。

章晓白协助医务人员将外婆抬上急救车。

章懿华边走边给女儿打电话："救护车来没有？"

"来了，已经在车上了。"

"哪个医院？"

章晓白问旁边的医生后，告诉父亲："省医院。"

"晓得了！"章懿华见到一辆出租车驶来，招呼它停下，急忙钻进车里，告诉司机："省医院！"

章懿华来到医院急诊室，医生正在抢救老人。他在走廊上问女儿，外婆是因为什么原因突然病倒的。章晓白简单地将经过给父亲说了一遍，愧疚地说："都怪我。"父亲气愤地说："给你说过多少次，不能任性，不能任性，为啥还不改呢？！如果你外婆有个三长两短，我看你后悔都来不及。"章晓白终于醒悟地表示："我今后再也不敢了。"父亲见女儿流出了悔恨的泪水，也就不再批评她。

经过医生一番紧张的抢救，老人终于死里逃生。医生从抢救室出来，说幸好送得及时，现在生命体征已经恢复，但毕竟年纪太大，还需要住院观察。随即给老人开了入院通知书，叫父女俩去为老人办理住院手续。

父女俩开始在医院忙前忙后，轮番照顾老人，章晓白终于尝到了任性带来的后果。

舒娟娟与章晓白分手回家后，便收拾行李准备去上班。她到书房给正在练习书法的父亲打招呼："爸爸，我上班去啦！"舒中胜见女儿主动来跟自己告别，碍于情面，从鼻子里哼了一声："好，你去吧！"他没有像往日那样叮嘱女儿在机上注意安全，落地后来电话，而是依然将视线放在桌面上，继续挥动手中的笔。见舒娟娟欲离开，他突然想起什么，告诉她说："你飞行回来，我们一起去医院体检！"舒娟娟答道："我们公司每年都要检查身体，用不着！"舒中胜跟她解释："单位体检一般都是普通检查，项目简单，我们公司为了员工的健康，准备给大家做一次全面体检，听我的，没错！"舒娟娟明白了父亲的意思，爽快地说："好的，爸爸！"

胡丽萍见女儿拖着行李箱即将出门，不由得眼眶发热，忍不住抬起手擦眼睛。舒娟娟扶住母亲的肩膀，撒娇说："妈，您咋个搞得跟生离死别一样啊！不就是正常的上班吗？"胡丽萍噙着眼泪送女儿到门口，对她说："现在国外疫情依然反复无常，国际航班存在极大的风险，你千万要小心，务必戴好口罩，勤洗手，注意保护自己。"舒娟娟点点头，回答母亲说："您放心吧，妈妈！我又不是小孩子，这些注意事项我懂，您用不着担心！"胡丽萍疼爱地说："你是我的心头肉！儿行千里母担忧，我能不担心吗？"舒娟娟宽慰母亲说："好！女儿记在心里了！"胡丽萍这才放心地说："你走吧，到了给我打电话。"舒娟娟乖巧地在母亲额上亲吻一下："再见，妈妈！"她拖着行李箱走到地下停车场，将行李箱放进自己的宝马 320 轿车后备箱，然后缓缓驶出小区。

胡丽萍送走女儿来到书房，径直走到丈夫面前，她再也容忍不了他对自己冷若冰霜的那副样子，问他："你究竟咋个了？整天不说一句话！"舒中胜冷漠地扫了妻子一眼，反问道："你让我说啥？"胡丽萍坦荡地说："你心里想啥，就说啥，不要藏着掖着！"丈夫鄙视地盯着妻子："我怕说出来，你脸没地方搁。"胡丽萍冷笑一声："笑话！我没做任何伤天害理的事情，脸咋个没地方搁？"舒中胜欲言又止："还是不说为好。"丈夫越是吞吞吐吐，胡丽萍越想叫他把话吐出来："你究竟在搞啥鬼？说呀！"舒中胜阴冷地哼了一声："还是那句话，我怕说出来，你脸没地方搁。"胡丽萍坦然自若地说："我也还是那句话，自己行得端走得正，没有啥见不得人的！"舒中胜见妻子不问出结果不罢休，终于忍不住几天来的愤怒，像一头蒙羞的猛兽，撕下掩盖在脸上的面纱，单刀直入地问道："你说，孩子是谁的野种？"

面对丈夫突如其来的恶毒质问，胡丽萍先是愣了一下，接着浑身发抖，被羞辱得火冒三丈，抬手就给他一记耳光，骂道："混账话，你血口喷人！怪不得这几天像谁挖了你祖坟一样，整天清风黑脸！告诉我，你是不是又遇到哪个小妖精，想用这种卑鄙手段来陷害我？"舒中胜从未见过妻子这样怒不可遏，他被一记耳光打得眼前全是金星。他捂住自己的脸，咬牙切齿地问她：

"你敢做亲子鉴定吗？已经不止一个人对我说娟娟一点不像我。"胡丽萍抑制住自己的愤怒，说道："咋个不敢？心中无冷病，不怕吃西瓜，做就做！"舒中胜要的就是她这句话："那好，等娟娟回来，咱们就去做。"胡丽萍心无杂念，正告道："居然怀疑自己的亲生女儿，你的良心被狗吃了！"舒中胜见妻子对此镇静自若，突然产生一种顾虑，缓和了一下口气："做亲子鉴定，我们先不给娟娟说，只是你我晓得就行了。"胡丽萍表示无所谓："随你的便！但结果出来后，你必须改变花心的老毛病，保证永不再犯！"舒中胜认为妻子这个要求一点不过分，赶紧表态："我早就断绝了与其他女性的非正常交往，如果你发现我再犯，我愿意净身出户，家里财产全部归你。如果娟娟是我的亲生女儿，你想咋个打我骂我，我决不还手、决不还口！"胡丽萍终于松了一口气："好！这是你摸着胸口说的。举头三尺有神明，你要说到做到！"舒中胜认为这是与妻子在订立口头协议，既然是协议，就应该约束双方，这是他做生意的经验，于是反问道："如果娟娟不是我的，那咋个办？"胡丽萍自从与舒中胜结婚后，对他一直死心塌地，自认为没有做过任何对不起他的事情，她心里干净得可以打开来看，毫无顾忌地说："你想咋个办就咋个办，我决无怨言！"舒中胜放心了："好，就这么定了！"

第十章

　　章懿华和易天雄开车到成都火车东站接蒲大侠一家人，结果蒲大侠为了省钱，改乘了长途汽车。他们一家到达新南门汽车站后，换乘市内公交车，按照章懿华之前提供的地址，直接来到了金牛区青羊小区。好在袁圆与殷笑英在那里帮他们打扫卫生，蒲大侠一家人才没有吃闭门羹。

　　章懿华和易天雄却扑了个空，直到袁圆在电话中说大侠一家已经到了，易天雄和章懿华才急忙往回赶。哪知驶到一个十字路口，一辆牌照不清的水泥罐车无视交通信号灯横穿马路，差点直接将章懿华驾驶的轿车撞飞。二人被吓得头皮发麻，章懿华忍不住骂了一句脏话："王八蛋！"

　　为了给蒲大侠一家接风洗尘，孙向东、孙阳光和易德璋、章晓白等都在永陵路北京老前门烤鸭店包间等候。

　　易天雄见到蒲大侠，第一句还是那句老话："哥们，我做梦吃黄连——想你想得好苦啊！"蒲大侠亲昵地在易天雄胸膛擂上一拳，说："我跟你一样！"章懿华与蒲大侠猛击一掌，说："三百六十五里路，在与不在，都在想念中！"然后给蒲大侠一个熊抱，蒲大侠眼圈一红，禁不住泪水盈眶。孙阳光很不理解，问父亲："他们咋个见面就哭了？"孙向东解释说："男儿有泪不轻弹，只是未到伤心处。他们是出生入死的战友，你没有那种经历，当然理解不了。"

"对不起！我来迟了！"直到开席，舒中胜才拎着两瓶五粮液与胡丽萍一前一后赶来。易天雄一本正经地说："你是大老板，日理万机，可以理解！"舒中胜给了易天雄一个白眼，将酒递给旁边的服务员，握住蒲大侠的手，热情地说："大侠，你们早就该来了，兄弟伙经常念叨你呢！"蒲大侠用胳膊夹住拐杖，腾出手来抹了一把激动的泪水，双手紧紧握住舒中胜的手："我也想哥们儿啊！"

章懿华扫了一眼大家，招呼说："哥们儿姐们儿都到齐了，来，大家坐下吧。"

儿时的伙伴与战友虽然有电话来往，但几十年不见，大家都非常激动。袁圆告诉郑倩倩，她和殷笑英帮她联系好了去妇幼保健院妇产科做护工的事情。郑倩倩抱着殷笑英和袁圆的肩膀，激动得泪水盈眶："谢谢两位好姐妹！"孙向东说："阳光给琪玫也联系好了工作，到保险公司上班。"孙阳光补充道："先面试，通过的话就到一线跑保险业务。"蒲大侠和郑倩倩对大家的支持与帮助表示感谢。蒲琪玫嘴甜，赶紧说："谢谢阳光哥哥！"蒲大侠早就在电话里说过，他准备租一个铺面修理家用电器，这样，一家人的工作也就基本有了着落。

但是，就像鲁迅与闰土重逢一样，尽管章懿华、易天雄、孙向东和舒中胜对蒲大侠一家人十分热情，把他当作亲兄弟一样对待，但蒲大侠自卑，有意拉开距离。因为他们一家与在座的几位老同学、老战友相比，各方面的差距已经不是一般的大。因此，除了感激的话，他们都不知道说啥好。他们的女儿蒲琪玫则不然，好像大都市才应该是她这只鸟儿栖息的地方，在酒桌上显得很开心、很活跃，与几位哥哥姐姐仿佛一见如故。

初夏的成都风和日丽，十分舒适、宜人。这天是黄道吉日，几位老哥们儿早就选定早上八点茶楼改建开工。章懿华、舒中胜、孙向东、易天雄一早就一路谈笑风生地来到现场，装修工人也准备好了拆墙工具。时针指向八点整，章懿华用目光征询了一下三位哥们儿的意见，然后一声令下："开工！"工人们随即挥舞大锤，将一堵墙砸倒，拉开了施工的序幕。

随后，改建工作便按照设计图纸逐项展开。

章懿华提醒施工负责人，要给工人强调，务必注意安全。之后，他告诉几个哥们儿，他的岳母今天出院，他要去医院接她回家，施工就有劳哥们儿费心了。易天雄问需不需要他一起去接伯母，章懿华说不用，他去去就回，转身便开车直奔医院。

章懿华到达医院时，章晓白已经办完出院手续正扶着外婆从住院大楼出来。为了减少对女儿上班的影响，章懿华先将章晓白送到单位，然后再开车回到小区。

邻居老人们在小区中庭花园看见白婆婆康复归来，纷纷嘘寒问暖。

章懿华将行李拿回家放好后，回到中庭跟岳母打了一声招呼，然后走路去工地。一路上不断有熟人跟他打招呼，他都礼貌性地与对方寒暄或招手示意。

此时，改建茶楼的工地上一片喧嚣之声，有的工人在拆除吊灯，有的工人在用电钻开线槽，有的工人拿着灰刀在铲墙，总之，工人们在紧张地忙碌着。舒中胜和孙向东、易天雄在现场观看。工人们按图索骥，也就没他们什么事，舒中胜提议到他办公室去坐坐。

章懿华来到施工现场，看了一会儿，与施工负责人聊了几句，然后给舒中胜打电话，问他们在哪里。舒中胜说："在办公室，你回来得正好，我们都在等你，咱们去搓几盘要得不？"章懿华抬起手腕看了一眼手表，回答说行。

他们来到河边一家茶铺，包间已经坐满，他们就围坐在过道一台机麻前，一边玩牌一边摆龙门阵。

章懿华提醒哥们儿说："大侠他们刚从农村来到城市，人生地不熟，我们哥几个是老成都，别忘了多给他们一些帮助。"易天雄赞同道："对头，我已叫袁圆给他们送了一些生活用品去。"孙向东也说:"是啊,他们刚到一个新的环境,怕不适应。我昨天去他们家,跟大侠摆了半天的龙门阵。大侠说铺子已经找好了。"章懿华建议说:"今后我们的电器坏了,就交给大侠,维修费用嘛,一分钱都不能少给。"孙向东点头说:"对,咱们尽可能给大侠创造收入。"舒中胜表态说:"我已经告诉大侠和倩倩,家里缺啥,或者需要用车,随时吭一声。"章懿华分析说:"大侠和倩倩下乡后,在农村待了那么多年,太不容易了。现在城里的生活和观念已经发生了很大的变化,为了让他们能尽快适应新的生活,我们务必从各个方面给他们提供帮助。"

孙向东感叹地说:"当初大家插队到农村,抱着广阔天地大有作为的理想,积极响应扎根农村一辈子的号召,结果大侠和倩倩刚有了孩子就恢复了高考,我们不是考上大学离开了农村,就是参军入伍告别了生产队,倩倩为了孩子,被迫放弃了个人的理想,实在令人惋惜。"易天雄同情地说:"有人说,我们这一代最倒霉的有两种人:刚有孩子就恢复了高考,刚参加工作单位就宣告倒闭。这些事大侠和倩倩都遇到了,可以说喝凉水塞牙缝——倒霉透了。"

章懿华动情地说:"就是,大侠和倩倩真的太不容易了!大侠在保卫边疆战斗中失去了一条腿,倩倩有了孩子无缘高考,结果孩子又夭折了,人生遇到这样的挫折,换成任何人都很难面对,但他们很坚强,一直自食其力,不向国家伸手,不给政府添麻烦。"舒中胜推心置腹地说:"大侠与我们是几十年的铁哥们儿,一句话,他的事就是我们的事。"章懿华对舒中胜这句话表示赞赏:"中胜说得太对了,大侠一家人现在处于困难时期,他们家的事,就是我们哥几个的事!"孙向东积极响应:"好,咱们就按老九的提议办!"

他们一边打牌一边摆龙门阵,易天雄突然想起什么,对章懿华说:"老九,我们原来单位有一个离异妇女,有房有车,我哪天介绍她和你认识一下?"章懿华冷笑一声,答道:"你拉倒吧,我才没这个兴趣呢!"舒中胜嘲笑易天雄："易处长，你以为章总编是收废品的吗？还'二锅头'呢！长相一般般的未婚女子，他都不一定瞧得上！"孙向东接过话说："老九的眼光高着呢，我给他介绍了几个女子，他都不来劲，连面都不跟人家见！"他捡过一张牌说，"碰！"易天雄恍然大悟："我晓得了，老九是想老牛吃嫩草，找一个年轻姑娘来伺候自己！"他抓起孙向东打出的牌说，"杠！"舒中胜也取笑道："对头，牛老了，牙口不好，喜欢吃嫩草！这是自然法则！"章懿华对此嗤之以鼻："你们说啥乱七八糟的呀！不瞒哥几个，我现在对找老伴真没兴趣！"易天雄才不相信呢，他说："那是白琳娜太漂亮，你们当初感情太深，如果能碰到跟白琳娜一样年轻貌美的，你一样顶不住！"章懿华不同意易天雄这个观点，他说："你们别以为老伴年轻漂亮就好！人老了，找老伴需要的是相濡以沫、白头偕老，不是找花瓶！"接着，他岔开话说，"不要说塞边打网的废话了，我现在最想的不是自己找老伴，而是想拜托哥们儿，帮我一个忙。"易天雄爽快地答道："咱哥几个还用客气吗？你竹篙进巷子——直来直去！"章懿华诚恳地说："我家晓白年龄不小了，你们看到合适的男娃儿，帮她介绍介绍。"易天雄大包大揽地说："还用说吗？这件事包在我身上！"

突然，停电了，麻将机无法启动，舒中胜提议打手搓，章懿华建议今天到此为止，改天再玩。易天雄积极响应，说他肚子早就在唱"空城计"了。于是，几个老哥们儿便离开了茶坊。

易天雄回到家，袁圆已经做好午餐。易天雄斟上两杯酒与岳父对饮，夸奖袁圆做饭就像出了土的笋子——冒尖。袁圆知道丈夫的潜台词，戳穿他说："你嘴皮子抹白糖——说得甜，就是想让我给你当免费炊事员嘛！"易天雄笑容满面地说："不，袁大夫是戴着乌纱弹棉花——有弓（功）之臣！"袁圆嘴上不悦，心里却很高兴，也还给丈夫一句歇后语，"你是风箱的嘴巴——光会吹！"易天雄赔着笑脸对妻子说："我向毛主席保证，说的都是大实话。

老婆，你真的太能干了！"接着，他就说，"吃完饭，莫忘帮我把换下来的衣服洗一下！"袁圆知道丈夫是"口蜜腹剑"，假装生气地说："你一夸我，我就知道肯定吃亏，果不其然。"易天雄嬉皮笑脸地说："老土了吧，袁大夫，'夸'字本来就是大'亏'嘛。"然后，他突然转移话题，一本正经地问妻子，"对了，你介绍倩倩去妇幼保健院做护工，她干得咋个样？"袁圆回答："我与笑英上午约好了，下午就去看她。"易天雄放心地说："老九一再叮嘱，大侠他们一家人刚从乡下来到城里，我们要多关心他们！"

妇幼保健院住院部妇产科内，郑倩倩正在忙前忙后地照顾一位待产孕妇。她热情的服务、亲切的笑容，让待产孕妇脸上流露出满意的神色，忍不住说："郑阿姨，你休息一下嘛，不要太累了。"郑倩倩报之一笑说："我不累。"

走廊上，袁圆和殷笑英朝着妇产科走来。袁圆问殷笑英："社区组织老年模特儿表演队，丽萍通知这两天要去排练，你去吗？"殷笑英为难地答道："我那个孙儿很缠人，不知脱不脱得开身。"袁圆鼓励她说："尽量去吧，你不去我也不去！"殷笑英只好说："我争取吧。"

二人来到妇产科门前，保安拦住不让进去，袁圆拿出手机正要给郑倩倩打电话，碰巧看见廖医生抱着医嘱从里面出来。廖医生曾是袁圆的下属，两年前才从西部战区总医院转业到这里，袁圆就是托她给郑倩倩安排的护工工作。袁圆问她："廖医生，正忙啊？"廖医生客气地说："哎呀，是两位首长啊，稀客稀客！"袁圆谦虚地说："啥手掌脚掌啊，我们早就是退休老太婆了，只是来看看郑倩倩。"殷笑英接过话说："给您添麻烦了，廖医生！我们这位老同学干得咋个样？"廖医生笑盈盈地说："首长永远是首长，这是规矩，一生都不能变！首长介绍的人，就是呱呱叫！大家对她的印象都不错！"说罢，她邀请道："请两位首长到我办公室去坐吧。"袁圆善解人意地说："你在上班，我们不能打扰你工作。在这里看一眼倩倩就走。"廖医生明白老领导的意思，说："请两位等等。"她转身回到产房，悄悄告诉郑倩倩，外面有人找。郑倩倩客气地给待产孕妇请假说："李老师，我出去一下，马上就回来。"孕妇对她放心地说："您去吧，郑阿姨。"

袁圆和殷笑英看见郑倩倩身着护工统一的工作服，又戴着口罩从里面出来，差一点没认出她。郑倩倩一见到她俩就感动地说："两位老同学专门来医院看我，这叫我咋个谢你们啊！"殷笑英本来想拉住郑倩倩的手说话，但想到她是在为孕产妇做护理，担心将外面的细菌传给她，立即将手缩了回来："倩倩，刚才廖医生对你的工作给予了很高的评价！"郑倩倩谦虚地说："我还做得不够好，是廖主任对我的鼓励！再说，我不能给两位老同学丢脸呀！"袁圆听郑倩倩称廖主任，这才知道廖医生已经晋升了，于是抱歉地对廖医生说："我还不知道廖主任已经升职了，真是抱歉！"廖医生谦虚地说："没有首长过去对我的培养，哪来我今天的进步呀！在首长面前，我永远是小兵。"殷笑英快人快语："廖主任这么谦虚，还会进步！"廖医生笑容可掬地说："谢谢首长吉言！"袁圆提醒郑倩倩："在工作上有啥子不懂的地方，多向廖主任请教。"郑倩倩点头说："请你们放心，我免不了要给廖主任添麻烦的。"殷笑英抱拳对廖医生说："拜托了，廖主任！"袁圆也说："廖主任，我们把老同学托付给你了啊！"廖主任连忙表态："请首长放心吧，小廖决不辜负首长的信任！"

孙阳光与乔翠莲终于迎来了乔迁之喜。

对普通老百姓来说，拥有一套称心如意的住房，是人生的一件大事。孙阳光与妻子通过自己的努力和父母的资助，今天即将如愿以偿入住新房，满脸都是笑容，别提有多高兴、多开心了。一大早，孙阳光和乔翠莲就将被褥等进行打包，虽然他们今后的家离父母家只有两三公里的距离，但要装车运送这些生活用品还是需要用绳子捆紧实。孙向东和殷笑英则忙前忙后帮他们将这些东西拎到客厅，等待搬家公司来搬运。尽管父母对孩子一家三口要搬离自己的家依依不舍，但孩子成家立业了就不可能永远和父母住在一起，就像大雁长出了翅膀，迟早要去飞翔，拥有自己辽阔的天空。子女也觉得长期与父母在一起居住，被老人的羽翼永不怠倦地呵护，难以锻炼出翱翔苍穹的翅膀，他们更渴望独立的生活。加上两代人生活习惯的不同，本来没有矛盾也会因为相处中的磕磕碰碰而出现隔阂。常言说，距离产生美，两代人分开居住，也就不会被生活中那些鸡毛蒜皮的事所影响。

搬家公司按照约定时间到达后，没费多少工夫就将搬运的东西有序地装到了车上。孩子一家三口搬走后，父母的家顿时显得宽敞明亮，但随之而来的却是寂寞和冷清。好在这样的时间并不长，第二天下午，孙阳光就给家里打电话，希望爸爸妈妈代他去幼儿园接豆豆。此时，孙向东正鬼使神差地向着谢紫婧的梦丽莎女装店走去，殷笑英接到儿子的电话，便乐颠颠地赶去幼儿园。

殷笑英来到幼儿园门口等了一会儿，老师便将豆豆交到了她手上。殷笑英牵着豆豆有说有笑地回家，迎面走来两位戴着口罩，穿着"培训"校服的胖男瘦女，瘦女递给殷笑英一份招生简章，说："我们致力于下一代培养，帮助家长不让孩子输在起跑线上。"殷笑英质疑道："你们呵我嗦！现在国家正在取消培训机构，你们咋个还在招生？这不是知法犯法吗？"胖男打消殷笑英的顾虑说："没错，国家正在规范培训机构，打击非法招生。但我们是经教育主管部门特许保留的优质培训单位，请阿姨放心。"说着，他用手指着招生简章上的批文和批号："你看嘛，我们拥有合法资格。"殷笑英浏览了一下招生简章，看到了教育机关的红色大印，也就不再怀疑对方的资质，问道："你们主要培训啥子？"瘦女严肃认真地答道："过去学龄前儿童侧重培养英语，现在教育部要求加强幼儿母语教育，即语文学习。我们拥有本市最优秀的语文教师，采取一对一的教育模式，助力学龄前儿童夯实语文基础。"殷笑英心里想，豆豆即将步入小学，如果能赢在起跑线上，对他今后的成长大有益处，不由得问道："你们咋个收费？"胖男诚恳地说："我们是国家机关主管的培训单位，以社会效益为己任，不以营利为目的。免费试教三次，如果家长满意，再签订培训协议。每周一、三、五幼儿园放学后，培训一个小时，一学期一千六百六十元。"殷笑英在心里盘算了一下，每周三个学时，每月十二个学时，以一学期五个月计算，六十个学时，才一千六百六十元，很划算嘛！于是有了兴趣："培训费咋个这么相因？"瘦女笑道："刚才不是给您介绍了吗，我们是国家主管的培训机构，不以营利为目的。"殷笑英不由得动了心，问道："你们的培训地点在哪里？"瘦女抬手一指，说："就在那栋大楼里。阿姨要不要让小朋友去体验一下？"殷笑英心里想，试教不收费，等于输液打针做皮试，有效果就参加，没效果就拉倒，也就同意说："好吧。"来到大楼门前，瘦女牵着豆豆的手欲往楼里走，豆豆却不愿意，抓住殷笑英的手说："奶奶，我不去，我要跟您回家！"殷笑英劝孙子说："豆豆乖，听奶奶的话，去试试，很好玩的。"豆豆还是不愿跟着那个瘦女人走，嚷道："不嘛，我想回家看动画片！"殷笑英继续劝导孙子："豆豆听话，去听老师讲一会儿，很快就回家。"豆豆一脸无奈，只好一步一回头地跟着瘦女往楼里走。殷笑英想跟着进去，瘦女做了一个拒绝入内的手势说："为了不影响小朋友集中精力学习，请阿姨在这里等我们，学习完我就将小朋友交到您手上。"胖男为了打消殷笑英的顾虑，对她说："阿姨，您如果不放心，我就在这里陪您。"殷笑英认为对方说得有道理，也就站在大楼外等候。那个胖男站在殷笑英旁边，继续向路人吆喝，散发他们的培训资料。

　　胖男见一对年轻夫妇牵着孩子过来，急忙迎上前去宣传，热情地跟随他们逐渐走远。殷笑英突然觉得心里不踏实，跨进大楼问保安："请问，刚才有个带着小孩进去的瘦小的女娃儿，她们的培训学校在几楼？"保安说："我们这栋楼里没有培训学校。"

殷笑英一听，顿时汗毛竖立，紧张地对保安说："遇到拐卖儿童的骗子了。"她问保安这栋楼里有几个出口，保安听说有人拐卖儿童，告诉她说，本来有东、西、南三个进出口，现在封闭了南门的，只有东、西两个进出口。受过部队训练的殷笑英虽然惊慌，但并未失措，她请保安用对讲机向东门喊话，刚才是否看见一个瘦女人带着一个小男孩离开。东门保安回答说，有一个女人带着小男孩刚走。殷笑英接过对讲机告诉保安，那个女人是拐卖儿童的，恳请他协助去将小男孩追回来。保安是一个充满正义感的退伍军人，听说小孩被人贩子带走了，随即就追了出去，殷笑英也赶紧从西门直穿东门，飞奔而去。

幸好发现及时，东门保安没有跑多远，就看见那个瘦女人将豆豆抱进了一辆停在路边的白色长安面包车，但等他追上时，面包车一轰油门绝尘而去。他记下车牌号赶紧向110报警，恳请警方追踪拐骗儿童的这辆白色长安面包车。殷笑英一路狂奔来到保安身边，得知保安已经通知警方追踪带走豆豆的面包车。保安很负责，提醒殷笑英那辆白色长安面包车车牌较厚，不排除安装了换牌器。殷笑英一边向保安道谢，一边又给110打电话，通知警方那辆白色长安面包车可能安装了换牌器。殷笑英打完电话，拔腿就沿着保安指的方向追去。

章懿华从天然气公司缴费出来，见殷笑英气喘吁吁地沿着街边奔跑，问她咋了，殷笑英急忙将豆豆被人贩子拐骗到了白色长安面包车上的情况向他做了简述。章懿华叫殷笑英赶紧打电话给亲朋好友，请大家从四面八方追寻这辆汽车，他扫了一辆共享单车，沿着清江西路飞驰向前。

警方接到保安和殷笑英的报警与提示后，已经通知各个路口注意拦截白色长安面包车，殷笑英通知的亲友大军，也从四面八方出发，对白色长安面包车进行地毯式搜寻。

拐骗豆豆的车辆果然安装了自动换牌器，瘦女人一边指挥胖男沿着出城方向，即章懿华搜寻的前方疾驶，一边注意观察周围的情形。她知道保安没有追上他们后，一定会报警，所以出了一环路就叫同伙将车驶进小巷子，躲开警方的搜索。但魔高一尺，道高一丈，她低估了警方的力量。警方通过天眼早就将这辆作案车辆锁定了，胖男瘦女自以为可以逍遥法外时，一辆警车已经拦截在前方路口。尽管他们上车后就脱掉了"培训"的校服，发现警方后丢下盗劫车辆和豆豆转身就跑，但这对胖男瘦女目标太明显，他们刚弃车跑出不远，就碰上骑车赶来的章懿华，加上从他们身后追来的警察的喝令声，章懿华判断这两人就是作案的男女，于是下车将单车一横，胖男猝不及防，踉跄倒地。章懿华随即像老鹰抓小鸡一样将那个瘦女人摔倒在胖男身上，胖男自知斗不过眼前这位老汉，爬起来向章懿华下跪，磕头求饶："大叔，您饶了我吧！股市大跌，我炒股亏得倾家荡产，才被逼如此。"章懿华怒不可遏，骂道："瞧你这个熊样，这个德性，自己早就跌破发行价了，还怪股市！"胖男继续求饶说："大叔，您放了我吧，我求您了！"章懿华对拐卖儿童的家伙历来十分不齿，愤怒地骂道："这是你自找的，我想你父亲生你的时候一定罪孽深重。否则，你不会出来伤天害理！"这是他第一次这样骂人，甚至连这小子的父亲一起谴责，他认为这小子太缺德、太缺乏教养了，子不教父之过。

这时，警察追上来将两名作案嫌疑人当即擒获，送到附近的派出所。章懿华从警察手里接过豆豆，将他抱在怀里，同时给殷笑英打电话，请她到派出所来做笔录。

殷笑英得知豆豆安然无恙，急忙赶到派出所，抱着豆豆悲喜交集，眼泪禁不住流了出来……

第十一章

　　自从白婆婆带着邻居在家里打麻将差点被章晓白气死之后，她再也不敢在家里打麻将了，邻居们也不再奢望到她家里去。白婆婆看着麻将机，却不能使用，只能干瞪眼。这天，章懿华吃过早饭又与易天雄到茶楼工地上去了，白婆婆一个人在家里闲得无聊，就来到小区外面，与孙婆婆坐在石凳上闲聊、晒太阳。

　　两个推销商品的女娃儿嘴巴像抹了蜜一样甜，一口一个婆婆、一口一个奶奶地与两位老人套近乎。热络一会儿之后，她们以免费领东西向两位老人宣传，请她们到公司去坐一坐。白婆婆和孙婆婆禁不住诱惑，很快就动了心，在她俩热情的搀扶下，走进了西安路与槐树街交界的一栋宽敞的大楼里。

　　两位老人受到了比亲孙女还贴心的尊重与照顾，所有工作人员的脸都笑得像花儿一样灿烂，婆婆长婆婆短地忙前忙后，为她们端茶递水，热情伺候。

　　他们请两位老人签名和登记身份证号码之后，让她们听了一节"课"，听完送给他们每人一包茶叶、一包饼干和一个玻璃杯，并请她们明天再来，说明天送的东西更多、更值钱。

　　天上掉馅饼的好事，让两位老人乐不可支。

　　章懿华从茶楼施工现场回到家里，刚喝了一口茶，岳母便笑容满面地哼着小曲，拎着一袋礼品回来了。章懿华问她买了啥东西，岳母乐呵呵地告诉他是免费领取的，随即将东西拿出来给他看。章懿华见是几样不值钱的低劣产品，提醒岳母说："妈，您是不是被忽悠去参加商品推销了？"岳母笑盈盈地说："啥商品推销哦，是那些孩子赠送的，她们可热情啦！一口一个奶奶、一口一个婆婆地叫，把我和孙婆婆的心都焐热了。"章懿华告诉她："天下没有免费的午餐！越是热情越说明有陷阱！"岳母自信地说："你妈又不是文盲，是不是骗子，我还分辨不出来吗？"章懿华告诫道："现在的骗子比狐狸还狡猾，比老鼠还精，他们不会把'骗'字写在脸上，俗话说小心驶得万年船，您一定要多留一个心眼儿！"岳母依然乐呵呵地说："你放心吧，这些道理妈懂！"

两人正说着，章晓白回家了。她拿起外婆放在桌上的东西仔细看着，这些东西既没有商标，又没有产地，还没有生产日期，标价却高得惊人。她严肃地对老人说："外婆，您瞧，这些东西都是'三无'产品，尤其这一盒食品，小心吃了拉肚子，我给您扔了！"老人赶紧夺过来，小心翼翼地放进柜子里："我的小祖宗，这可是你外婆辛辛苦苦听了半天课获得的奖品，咋个能随便就扔了呢？你这丫头片子怕死不敢吃，外婆一把老骨头的人，吃了死不了！"章晓白急了："外婆，您咋个越老越倔啊！人家说听人劝得一半，我说了不能吃，您就听我的嘛！"章懿华也帮着女儿劝岳母："妈，晓白说得有道理，食品这种东西不能开玩笑，吃进肚里万一发生什么，麻烦就大了！"老人终于有点动摇了："那我先喂点给猫猫吃，猫猫吃了没问题，我再吃，这下你们可以放心了吧？"章晓白无可奈何地摇着头说："真拿您老人家没办法！"

门铃响了，章懿华去开门，见是易天雄，请他进屋，准备去给他沏茶。易天雄摆摆手，递给章懿华一张照片说："这是北京下派到我们公安厅的一位后备干部，研究生学历，人也长得精神，正好晓白也在，你们看一看，如果线头穿进针孔里——对上眼了，给一个时间，我来安排见面。"章晓白虽然对谈对象不积极，但易叔叔主动关心自己的个人大事，她嘴上还是表示感激："谢谢易叔叔关心！"

章晓白接过照片瞧了瞧，顿时瞪大了眼睛："易叔叔，您是不是把我当恐龙了，给我介绍这样一个青蛙？"易天雄不懂章晓白的意思，问道："啥恐龙、青蛙呀？"章懿华笑了，向他解释说："恐龙是指丑女，青蛙是比喻长得不咋个样的男人。"易天雄明白了，哑然失笑道："我看他很精神，前途无量，才给你推荐，没想到你看重的是外表啊！"章晓白不以为然，笑道："如果对不起观众，再好的前途又有啥用呢？"易天雄耸耸肩，给自己一个台阶下："叔叔知道了，你首先是以貌取人，等见到潘安和宋玉那样的帅小伙，我再给你推荐。"章晓白纠正说："不，我希望的是德才兼备的白马王子，易叔叔！"

豆豆那天有惊无险之后，殷笑英就再也不敢掉以轻心了。俗话说，吃一堑长一智，从这以后，她对任何事情都开始谨小慎微起来。虽然儿子并没有过多地责怪她，但越是这样，她越是内疚，每天去幼儿园接送豆豆，她都小心翼翼，不敢再出任何差错。

孙阳光和乔翠莲原以为搬到新家之后会轻松、自由，不再听母亲唠叨，可以尽情享受一家三口的快乐，但没过两天就发现，既要上班又要负责豆豆的起居和幼儿园接送，每天都忙得筋疲力尽。尤其是幼儿园五点钟就放学，他们下班都在六点以后，即使路上不堵车赶到幼儿园也接近七点钟了，别说是买菜回家做饭，光是接豆豆回家都忙得不可开交。所以，夫妻俩打算请一个保姆。他们到附近闻名遐迩的黄瓦街保姆市场一打听，一个包吃包住的保姆一个月工资至少是五六千元，高的则达七八千元，甚至上万元，除此之外还要给中介公司 20% 甚至更多的介绍费。明明有不少保姆在市场上候着，但中介公司的人在那里守着，根本不让客户接近保姆，保姆即使想与客户当面接洽，也迫于中介的淫威不敢上前，这里完全是被中介垄断了。

　　尽管乔翠莲不想与婆婆住在一起，不愿看到婆婆那双对她处处提防和监视的眼睛，但有限的收入又让他们无力支付保姆的工资，也就勉强答应丈夫请婆婆搬到他们家来居住。孙阳光将自己的想法告诉母亲后，殷笑英并没有当即答应。从内心来说，她对乔翠莲的自私自利实在看不惯，不想与他们住在一起，眼不见心不烦，但她经不住儿子的诉苦和劝说，加上近来与丈夫孙向东之间互不搭理，也就答应了儿子的请求，搬到儿子家住，留下孙向东和母亲在芙蓉花园小区生活。

　　这对于孙向东来说，真是求之不得，他现在没有老婆的监视，与谢紫婧的交往就更频繁了。两个互相欣赏的男女在一起交往多了，自然会产生依恋，有了依恋也就顺理成章有了肌肤之亲。孙向东与年轻貌美的谢紫婧在一起，感受到了从未有过的刺激与快乐，逐渐产生了与妻子殷笑英离婚的念头。而殷笑英整天忙于照顾儿子一家，完全不知情。

　　殷笑英在儿子家任劳任怨，孙向东却在与谢紫婧逍遥快活。

　　一天早上，乔翠莲从冰箱里拿出一些殷笑英刚从菜市场买回来的蔬菜和猪肉，将其装进一个塑料袋后便牵着豆豆出门了。两人出门不久，殷笑英便打开冰箱来看，发现备用的菜又没有了。她知道儿媳乘送豆豆去幼儿园，将这些东西顺路送回娘家了。她不想责怪乔翠莲这种行为，但见到儿媳三天两头往娘家搬东西，尤其是打乱了她的计划，心里多少有些意见。儿子孙阳光问她找啥，她说她还要到菜市场去一趟。孙阳光早就知道妻子有拿东西回娘家这个习惯，心里也不悦，但他不愿看到母亲与妻子为这点小事闹矛盾，因为她俩都是他最亲的人，他大度地劝道："她拿就等她拿吧，您用不着怄气！眼不见心不烦，多一事不如少一事！"殷笑英没好气地告诉儿子："她又不提前打招呼，害得我一早去了菜市场，现在还要去跑第二趟！"孙阳光说得很轻松："您就当锻炼身体嘛！"母亲反问道："说得轻巧，捏根灯草！有这样锻炼身体的吗？"孙阳光不想再与母亲讨论这些无关大局的事情，岔开话说："妈，蒲叔叔女儿好像对我们单位兴趣不大，工作没有热情。"殷笑英说："琪玫这丫头可能有点好高骛远。你将她推荐到公司上班，已经尽力了，妈晓得！"孙阳光放心地说："妈晓得就好！"

果然，蒲琪玫在保险公司上了几天班，就厌烦了这项工作。她不想整天赔着笑脸去求人买保险，给孙阳光发了一条短信，就离开了保险公司。她认为自己年轻、漂亮又聪明，何愁找不到工作。她心高气傲地到宁夏街人才交流中心去应聘，结果问了几家应聘单位，都碰得鼻青脸肿。

章懿华路过宁夏街人才交流中心，见蒲琪玫从里面出来，热情地与她打招呼，问她："琪玫，今天没上班吗？"蒲琪玫说她已经没有在保险公司上班了，准备到另一家企业去应聘。章懿华提醒她说，年轻人有闯劲难能可贵，但一定要脚踏实地，一步一个脚印往前走。蒲琪玫会意地说："我知道，谢谢叔叔！"

这些日子，章懿华一直把为女儿找对象作为一件大事来对待。可是，章晓白却心不在焉，总是找各种理由来敷衍他。

现在的年轻人，在事业上，往上看，喜欢攀比，有不懈追求的心，但对婚姻却不来劲。章晓白都三十岁的人了，一点也不着急，只要催她，她要么说自己还年轻，要么说闺密、同事或亲戚朋友都还没有脱单，好像脱单就是落伍了，与当下青年的主流生活格格不入。父亲虽然不能完全说服女儿，但他依然坚持自己的思路，想让她尽快交上男朋友。

章懿华按照那天在人民公园相亲角婚介公司老板名片上的地址，没走多远就找到了她的婚介公司。老板很热情，一边请他坐，给他斟上一杯热气腾腾的三花茶，一边笑得比阳光还灿烂，说她们公司是本土会员最多、影响最大的婚介公司，成功率非常高，大叔来她们公司是来对了地方。但她告诉章懿华，请她们介绍对象，首先必须成为会员，成为会员的条件，一是填写个人真实资料，二是缴纳会费。

尽管会费不低，但为了女儿的幸福，章懿华还是毫不犹豫地缴了会费。

缴了会费后，婚介公司老板说："如果有与您女儿合适的人选，我们就安排他与您女儿见面。请您抽空将女儿的照片拿一张来，放进她的档案里，便于其他人对她有直观的了解，成功率会更高。"

章懿华请老板将已登记的未婚小伙子的档案拿来看一看，由他先筛选一下。老板说要看他人的档案资料，必须是VIP。要成为VIP，还需要交一笔钱。

章懿华没有想到现在婚介公司的套路这么深，八字没有一撇就交钱，缴了钱还不能看个人档案，他有一种被人牵着鼻子走的感觉，但为了女儿的婚姻大事，他还是又掏出了自己的钱包。

章懿华翻看完未婚男性的资料，却没有找到一个中意的，但跑了这么一趟，还交了两次钱，总不能无功而返吧，他最后还是用手机拍了两个"矮子中的高子"的资料，准备拿回去推荐给女儿。

章懿华问老板："你们还有没有更优秀的男娃儿？"

老板收了钱，就没有之前那么热情了，脸上的笑容也没有之前灿烂了，她漫不经心地说："高帅富的男娃儿，现在不愁找不到对象。大哥，您的眼光不要太高，只要异性搭配，合适就可以了。"章懿华一听，十分不悦，心里想：你这是什么话呀？都说挑对象，就是要挑选嘛！找对象都不挑选一下，只要异性搭配就成婚，那岂不成了原始动物？但他还是克制住自己的不满，换了一种表达方式，告诉她："我女儿各方面条件都不错，总不能找一个与她相差太大的人凑合吧？"老板还是那句话："等有合适的，我们就第一时间通知您。"

章懿华从婚介公司出来，在街沿上与爱徒郝林迎面相遇。郝林是他原来在报社任总编辑时的记者。小伙子思想敏锐、文笔不错，章懿华对他十分器重，准备重点培养他。但报社是宣传舆论重地，中层干部的任命不是报社领导班子就能拍板决定的。他还没有来得及提拔这位得力干将，就离开工作岗位，退休了。因此，他对这位爱徒有一种好钢没有用在刀刃上的遗憾。

　　郝林见到老师十分开心，说很久没有见到老师了，硬要请他去馆子吃饭。章懿华盛情难却，便跟着小郝走进了旁边的"老四川火锅店"。

　　重口味的四川火锅，很对师徒的胃口，他们边吃边聊。章懿华首先称赞了郝林写的《歌唱家胡丽萍见义勇为、舍己救人》主题鲜明、人物突出，是一篇好特写，可以参加全国好新闻评选，为评职称奠定基础。郝林谢谢老师鼓励。三杯酒下肚，两人开始袒露心扉。老师对爱徒说："你身边年轻的朋友多，如果有与我女儿条件相当的未婚青年，不妨给我推荐一下。"郝林多次见过晓白，知道她各方面条件优越，虽然对她有爱慕之心，但自认自身条件不配，不敢自荐，于是说："好的，老师，我记在心里了。"章懿华见小伙子满脸憔悴，猜他有什么心事，几次欲言又止，但最终还是关切地问他是不是遇到了啥子麻烦。郝林惭愧地告诉他，今天来这里，正想找老师，但又无颜见老师。章懿华不由得诧异地问他到底怎么了。郝林痛心地说，最近几年新媒体对传统媒体的冲击太大了，大有取而代之的势头。自从老师退休后，报社就像王小二过年，一年不如一年，自己只能在报社混日子，但又不甘心荒废了业务，就与几位志同道合的同事创办了一家新媒体，前景十分看好。不过，新媒体初创期间没有名气，需要刷流量扩大知名度，现在流量是新媒体做强做大的关键，自己之前的积蓄已经用完，现在捉襟见肘……

　　章懿华听出了郝林的弦外之音，为了打消他的顾虑说道："你就说吧，不要不好意思。"郝林于是鼓起勇气说："我现在已到了山穷水尽的地步，只能厚着脸皮求老师，能不能借一笔钱给我救急。按照我们团队现在的努力，不到一个月，就能赶上或超过其他新媒体平台，成为行业翘楚，到时连本带息还给老师。"章懿华助人为乐是出了名的，他在报社任职期间，属下有什么困难或难题都愿意找他，所以郝林才斗胆向恩师开口。郝林的业务能力和创新能力一直被章懿华看好，现在郝林厚着脸皮来求他，他也就毫不犹豫地表示给予支持，当即就用手机将银行卡上的五十万元养老金转给了郝林。

郝林顿时感恩戴德，信誓旦旦地说一个月内连本带息还给老师。

章懿华与郝林分手后，没有急着回家，他又去茶楼施工现场转了一圈。

章晓白下班回来，路过章懿华之前去过的那家婚介公司，见到门前那块醒目的婚介招牌，突然眼睛一亮，一步跨了进去。女老板见章晓白眉清目秀，唇红齿白，身材高挑，容貌不俗，顿时喜出望外，一张不再年轻的脸笑得比花还灿烂，仿佛见到财神爷降临一样喜上眉梢，立即将她迎进店里，习惯性地为她端茶让座。

章晓白却告诉老板不用倒茶，她不是来找对象的，而是来替父亲找老伴的。

女老板失去这么优质的资源，虽然有点失望，但看到生意送上门，还是相当开心的。她从与章晓白的交谈之中，猜想女娃儿与之前那位老汉是一对父女，父女俩本人都没有找对象的愿望，但她没有点破，而是热情地接待章晓白，巧舌如簧地向章晓白吹嘘自己公司婚介的成功率，按照之前对章懿华登记建档的要求，叫章晓白又走了一次完全相同的程序。

章晓白饶有兴趣地选了几位自认为与父亲般配的中年妇女，认真记录下了她们的情况，然后踩着鼓点一样的步伐，离开了婚介公司。

章懿华从茶楼施工现场回到家里，急忙将两个小伙子的资料拿给岳母看。

白婆婆戴上老花眼镜先看了资料，然后又对相片左看右看一番，叹了一口气说："嗐，这两个男娃儿都配不上咱们晓白。"

章懿华赞同岳母的眼力："我是想抛砖引玉，督促晓白对自己的个人事情上点儿心。"

白婆婆乐了，放下老花眼镜说："你这个当爸爸的是用心良苦啊！但愿这丫头能理解。"

正说着，章晓白回家了。章懿华趁热打铁，将手机递给女儿，请她看看两个小伙子的资料。章晓白扫了一眼，心不在焉地说："老爸，这都是啥子人啊？您是愁女儿嫁不出去吗？把什么歪瓜裂枣都往女儿身上推，难道不怕别人寒碜您？"

白婆婆接过话说："晓白呀，你老大不小的了，是应该考虑一下自己的事了！"

这些日子，章晓白一直在想一个问题，老爸为啥那么热衷于麻将？不就是因为退休了，闲下来了，时间多了，内心孤独，又找不到地方倾诉，就把麻将作为倾诉感情和打发时间的对象吗？她设想，给他找到老伴了，生活有了伴侣，他就会老老实实待在家里。因此，她转守为攻，撒娇道："外婆，您别跟着老爸一起掺和，我还年轻，自己的事情自己清楚。当务之急，是该给我爸爸找一个老伴。过去，我小，老爸担心给我找了后妈虐待我，一直单身一人。现在我早已成年了，老爸完全可以放心地找一个老伴，安度晚年。您说是不是？"说着，她从包里拿出手机，将刚才在婚介公司为父亲挑选老伴的视频放给外婆看，想取得外婆的支持，再双管齐下，说服父亲。

"是，是，你爸爸又当爹又当妈，一把屎一把尿将你带大，难得你这样明白事理，我支持！"白婆婆又戴上老花眼镜，仔细地端详视频中的女人，对其中一个给予肯定说："这个穿玫红衣服的妇女，形象和气质都还不错！"

章晓白得到外婆的支持，仿佛有了尚方宝剑，立即将视频播放给父亲看："爸，您看嘛，这个阿姨形象、气质和个人条件都挺好的，外婆也觉得不错，您可以考虑一下，见个面。"

章懿华瞟了一眼，冷笑一声，嗔怒地对晓白说："你这孩子，咋个没有正形呢！现在是说你的事情，之前你也答应了的，咋个往我身上扯！"

章晓白不这样认为，她说："我是认真的，等老爸找到了老伴，我就一定去处对象。"

章懿华不容置疑地说："你这孩子，咋个给爸爸讨价还价呢！我再说一遍，你的个人问题解决之前，就不要说我的事情！"

章晓白不吃爸爸这一套，为了增强自己的话语权，她赶紧拉拢外婆，希望与外婆结成统一战线："外婆，您说，我爸爸是不是应该找一个老伴？"

白婆婆虽然已是耄耋之年，但并不傻："要我说啊，你们父女俩，都不要推辞，应该同时并举、与时俱进，让我见到双喜临门。"

章懿华笑了："妈妈不愧是人民教师出身，说话滴水不漏。但是，当务之急，还是晓白的个人问题，我们必须分出什么是轻、什么是重，什么是缓、什么是急。把主要矛盾解决了，再说次要矛盾。"说到这里，他推开女儿手中一直放视频的手机，正色道，"我还是那句话，你的婚姻大事落实之前，不要再给我说找老伴的事！"

第十二章

西青路社区广场上灯火辉煌、乐声缭绕，辖区老年模特儿表演队在一丝不苟地排练。社区领导知道胡丽萍是省歌舞团退休演员，决定由她担任领队。胡丽萍推辞说："您找一位年轻点的姐妹嘛！"领导说："就你最年轻，而且最专业，领队非你莫属。"胡丽萍推辞不掉，只好勉为其难。

在这支队伍里，胡丽萍、殷笑英和袁圆的形象和气质明显比其他老人好一些。随着《春江花月夜》的乐声响起，老人们精神矍铄地迈开舞步，身姿轻盈、步履稳健，从各个角度展现老年女性的魅力，围观的群众兴趣盎然地欣赏着、赞叹着，沉浸在都市之夜快乐的氛围之中。

都市的夜晚五光十色、丰富多彩，都市的白天车水马龙、热闹喧哗。

章懿华他们改建茶楼的施工在如火如荼地进行着。这天，按照分工，章懿华到西大街苏宁电器旗舰店选购空调机，易天雄负责在工地监督施工，孙向东去八一家具城预订麻将机。

章懿华一早去选订空调机回来，路过蒲大侠刚开业几天的家用电器维修店，碰见一个客户正在与蒲大侠争吵。这位客户指着蒲大侠骂骂咧咧："你会不会修电视机呀？我拿回家放了一晚上就坏了！"蒲大侠满口方言俚语，但不失客气地说："你送来维修时只有嘶嘶声没有影子，我昨天给你整归一后，放给你瞅过，你都说巴适了，才弄回家的。现在你乌二麻杂说一箩筐话，顶啥用？我劝你跟斗儿扑爬回家把它抱来，我再给你整就是了，不再收你一分钱！"对方生气地说："刚修好就坏了，我不能又搬来搬去的，你应该上门免费维修。"蒲大侠依然客气地说："我一个人在这里，脱不开身。幺弟，请你莫再弯酸我了，快回家把它弄来吧！"对方又说："我今天非要你上门维修，如果不答应，我就投诉你！"章懿华看不下去了，劝告对方说："这位兄弟，请您理解一下，蒲师傅在保卫边疆作战中失去了一条腿，行走不方便，铺子里又只有他一个人，是不是请您辛苦一下，赶紧回家把电视机抱来。蒲师傅已经答应给您免费维修，您就少说两句吧！"对方虽然有些生气，但听说眼前这位师傅是保卫边疆时落下的残疾，顿时改口说："对不起，师傅，怪我眼拙，不知道您是人民的功臣，我现在就回家把电视机抱来。"

那位客户走后，章懿华问蒲大侠，刚才这样的客户多不多，蒲大侠说，成都人大都随和，不欺生，像他这种扯筋、过场多的客户还是大姑娘坐花轿——头一遭。章懿华又问他生意咋个样，蒲大侠说将将就就，抹得过去。章懿华问他："琪玫已经没有在保险公司上班了，你知不知道？"蒲大侠大吃一惊，骂道："这死丫头，咋个不吭一声就梭走了？我和她妈都还被蒙在鼓里呢！"章懿华说："我是在人才交流中心门口偶然与她相遇，她说去另一家企业应聘。"蒲大侠叹一口气道："死丫头，总是这山望着那山高，我真为她捏一把汗！等她回家，看我不骂她个狗血淋头。"章懿华劝老战友说："年轻人嘛，只要不是得陇望蜀、好高骛远，有理想有追求是好事，我们做父母的应该支持！"蒲大侠叹一口气说："老九，你不晓得，这孩子从小就是小姐的身子丫鬟的命，尖屁股坐不稳板凳，我和倩倩为她嘴皮都磨破了。她年纪不大，做事总是没名堂，想一出是一出。现在翅膀长硬了，更是想咋个飞就咋个飞，我真拿她没办法！"章懿华担心孩子涉世不深，上当受骗，提醒老哥们儿说："你也不要过多地责怪她，现在的年轻人逆反心理重，一定要注意方式方法。"

蒲大侠点头说："你放心，我晓得分寸。"章懿华告诉他："向东和天雄知道我从苏宁电器回来要路过你铺子，他们说办完事也过来看你。"蒲大侠动情地说："我们一家人来成都打工，给几个哥们儿添了不少麻烦，我真不知道哪个谢你们！"章懿华笑道："瞧你说的，咱们是患难之交，是生死与共的战友，用得着客气吗？"大侠回忆道："对头，想起我们插队时穷得叮当响，没有吃的，看到鸡毛掸子都流口水，去偷鸡摸狗解嘴馋，差点被公社武装部部长逮住。特别是在保卫边疆的战斗中，在敌人的雷区，我们从死人堆里爬出来的那些日子。想到这些，我心里就热得跟开了锅一样。这一生，我最幸运的就是结交了你们几个铁哥们儿！"

二人正聊着，孙向东来了，他刚落座，易天雄也跨进了铺子。易天雄一见面就热情地问道："大侠，来成都后习惯吗？家里还缺啥？跟哥们儿说！"蒲大侠点头道："习惯习惯，啥都不缺。"孙向东也关心地问蒲大侠："生意咋个样？"蒲大侠回答："托你们的福，还将就！"易天雄提醒他说："大侠，咱们几个不讲礼！"章懿华接过话说："对头，我刚才还跟大侠说，咱既是哥们儿又是战友，不要这样客气，搞得跟外人似的！常言道，长期在一起同甘共苦的，才是莫逆之交。你是我们枪林弹雨中一起走过的伴儿，不管别后身在何处，我们的感情永远不变。"蒲大侠腼腆地笑了，说："好，我装在脑壳里了！"易天雄感慨地说："自从大侠来后，不知咋的，这几天，我不是梦见哥几个插队时的那些经历，就是想起当兵深入敌后，刀尖上舔血吃的那些日子，满脑子都是当年的情景。"蒲大侠也说："对头，那时年轻气盛，吃一肚子响雷，拉的都是炸弹，胆子够大的！"章懿华说："可不，现在很多军人，当兵几十年都没有上过真正的战场，我们哥几个入伍不久就遇到打仗，接受血与火的洗礼，不是到老虎头上拔毛，就是在狼嘴里夺食，真是惊心动魄啊！"易天雄回忆道："还记得我们到敌后侦察吗？返回那天突然遭到敌人埋伏，龟儿子敌人倚仗人多势众，子弹像热锅炒豆子一般啪啪啪袭来，金佑郡牺牲了，罗班长光荣了，大侠负伤了，我和老九轮流背着大侠撤退。大侠怕拖累我们，挣扎着从我背上梭下来，为我们挡子弹、做掩护……"蒲大侠接过话说："当时真他妈危险啊！老九强行将我背起就跑，龟儿子敌人吃了亏，恨不得将我们生吞活剥，莫不是老九胆大，声东击西将敌人引开，我们的脑壳当场就成了开瓢的西瓜！"章懿华沉浸在回忆之中，他说："敌人打红了眼，我们也不是吃素的，但敌人太多了，在那生死关头，大侠顽强地靠在岩壁上，一把将我推开，一边还击敌人，一边喝令我们撤退。我想冲过去背你，你却掏出手雷说'不许过来，你再过来，我就光荣给你看'，没办法，我们只能含着眼泪撤退。"易天雄激动地告诉孙向东："如果不是大侠用生命来掩护我们，我们可能都去见马克思了。"章懿华动情地说："我们安全了，大侠却落入敌人之手，受尽摧残和屈辱。我们侦察分队能带着情报安全返回，给首长制定战略决策提供依据应该归功于大侠！"孙向东感动地说："怪不得老九听说大侠要到成都来打工，放下电话就四处去找房子，只有用生命和鲜血凝结的友谊才这么深厚。舒胖娃那天还嫉妒地说，我们与老九和易莽娃是穿开裆裤就在一起的朋友，好像还不如你们与大侠的感情深！"

蒲大侠不见舒中胜，忙问道："中胜呢，咋个不见他？"章懿华解释说："他是老板，就一个字——忙！不知他今天又到哪里忙去了。"

舒中胜确实很忙，此时他正带着单位员工在医院做一年一度的身体检查。与往年不同的是，今年他与妻子胡丽萍瞒着女儿舒娟娟，叫她也一起来体检，理由是可以对身体做较为全面的检查。

趁女儿体检时，舒中胜走进了挂着副院长牌子的办公室。

副院长秃头，戴着钛金边框眼镜，五十多岁，他见舒中胜进来，立即起身伸出白皙的手，笑眯眯地说："舒大哥无事不登三宝殿，今天到我们医院来，莫非有事要吩咐老弟？"看得出，他对舒中胜很客气，他们之间不仅熟悉，而且还有较深的交往。舒中胜紧紧握住秃头副院长的手说："不瞒老弟，我今天来，还真有一件事情要拜托你。"秃头副院长热情地说："大哥尽管吩咐。"他见舒中胜在环顾左右，便领会他的意思，将门轻轻关上，说："大哥请讲！"舒中胜叹了一口气，欲言又止。秃头副院长眼镜背后那一双眼睛骨碌碌地转，也不问舒中胜，只等他自己开口。舒中胜终于鼓起勇气说："有一个心病，折磨我很久了。今天，我想请老弟帮一个忙。"秃头副院长疑惑地问："大哥，您啥子心病呀？"舒中胜又唉声叹气了一下，鼓起勇气说："我那女儿，她长得既不像我，也不像她妈，我怀疑，我被戴了绿帽子。"秃头副院长是一个聪明人，他明白舒中胜的意思："您是想做亲子鉴定？"舒中胜点头说："对！我想做亲子鉴定，又不想让她本人知道。"秃头副院长问他："孩子来了没有？"舒中胜回答："来了。我今天带着员工来做年度体检，把她叫来了。"秃头副院长瞪着他那双透着狡黠的眼睛，为难地说："我们现在一般不做这项检查，成年人还要求本人签字。"舒中胜也不是傻瓜，他会意地说："你托我进口的那批医疗设备，辛苦费，按照你之前的要求再加一成。"

　　装的人不一定腹黑，但腹黑的人一定装。秃头副院长显然是这样一个腹黑的家伙，他故意说："做这项检查，我要冒很大的风险呢！"舒中胜咬咬牙说："我再给你加一成，这批进口医疗设备，就当我是帮忙，一分钱利润都不赚。"秃头副院长似乎考虑了很久，点点头说："为了大哥，我就冒这个风险了。"舒中胜心里想："你他妈的就是想多吃回扣嘛！给老子装什么蒜！"但他没有直接摊牌，毕竟是自己在求人办事："我在这里，先向老弟道谢了。"接下来，他将女儿的名字和身份证号码写来交给秃头副院长，然后向外走去。秃头副院长也不送，对着他的背影说："这事包在老弟身上，大哥慢走啊！"

舒中胜离开秃头副院长办公室，禁不住啐了一口："啥玩意儿，就他妈认钱不认人！"

章晓白下班回家，路过婚介公司，尽管父亲对找老伴没有兴趣，甚至严词拒绝，但晓白之前在婚介公司交了钱，她还是不死心，暗自想："上次帮父亲相中的阿姨，父亲只瞟了一眼，可能是嫌对方长得不好看，与妈妈差距太大，心里无法接受。今天我去挑一个形象好的阿姨，说不定父亲会动心呢。"于是，她跨进店里问女老板，有没有长得好看一点的阿姨，女老板搬出一叠资料放到桌上，说："最近来了一批新会员，你自己挑选吧。"章晓白选了几位中年妇女的资料和照片仔细看，最后拍下其中一位秀外慧中的阿姨的资料，又询问了老板一番，并请她跟这位阿姨联系，联系好了打电话给自己。

章晓白刚走一会儿，章懿华和孙向东、易天雄就来到婚介公司门口。章懿华叫他们先回家，他去看有没有晓白男朋友的人选。

女老板热情地接待他，明知故问："您上次带回去的资料，女儿有中意的没有？"章懿华向她摇摇头："如果有她相中的，我就不会来了。"女老板又问："您女儿的照片带来没有？"章懿华将晓白的照片递给她，老板一看，不由得一愣，自己果然没有猜错，他们真的是一对父女。章懿华捕捉到了女老板脸上变化的神情，两眼直视着她："你认识我女儿？"

老板开婚介公司是为了赚钱，不是搞慈善，她明知他女儿不想找对象，但她绝不能将这个秘密告诉他。她假装咳嗽了一声，掩饰自己不经意间流露出的怪异神情："不认识。"章懿华不悦地看着她，说："这么多天过去了，咋个不见你给我女儿推荐的对象呢？"女老板搪塞道："您要求那么高，我不能随随便便就给您介绍啊！正好现在新来了一批会员，您自己来挑选吧！"章懿华知道女儿的要求，拿着资料翻了半天，总算找到一个自认为可与晓白般配的小伙子，他用手机录下对方的资料，兴冲冲地离开了婚介公司。

章懿华回到家，章晓白像一道风一样飘到他面前，岳母也笑嘻嘻地跟在她身后，婆孙俩好像已经商量过，要告诉他什么事情。他笑了笑，主动问道："瞧你们婆孙俩这个表情，莫非有啥喜事？"章晓白神采奕奕地说："就是有喜事，请老爸猜猜。"章懿华眨了一下眼睛，故意问她："是不是你找到男朋友了？"章晓白把头摇得像拨浪鼓："不是不是！再猜。"章懿华肯定地说："是你晋升了，还是涨工资了？"章晓白神秘地笑了笑："与我没关系，是您的事情。"

章懿华心里明白了，主动把话岔开："那一定是……我们申请开办茶楼的营业执照批下来了？"章晓白脸色一变，一抹乌云涂在脸上："老爸，您脑子里咋个总是离不开茶楼、麻将呢？"章懿华不想掉进女儿设置的陷阱里，干脆把话挑明："不猜了，对我来说，肯定不是啥好事！"岳母不想为难女婿，直接告诉他："晓白到婚介所，又给你物色了一个老伴，我看对方的形象、气质和个人条件，比先前的都好！"章晓白打开手机，递给父亲看，父亲连瞅都不瞅一眼，反问道："你们婆孙俩啥时候穿一条裤子？"章晓白不悦地板起脸道："爸，你说这个话，可不像一个报社大总编啊！我们是好心好意给你找老伴，咋个说我们穿一条裤子了呢？"章懿华正色道："晓白，你不了解我与你妈妈的感情，除了你妈妈，我这一生不会再爱另一个女人。"

章晓白沉浸在了久远的回忆之中，缓缓说道："我听外婆和丽萍妈妈、笑英阿姨不止一次讲过您与我妈妈的动人故事，从家里墙上几十年不变地挂着妈妈的各种照片，我就知道您与妈妈的感情很深很深。但是，我出生不久妈妈就去世了，近三十年来，您含辛茹苦把我养大成人了，就应该兑现妈妈临终前您给她的承诺。"外婆接过话来，附和道："对头，你答应过琳娜，她去世后，不能为了她单身一辈子，遇到合适的女人，务必娶回家来，替她照顾你。"

　　章懿华走到白琳娜的遗像前，凝视着她那水汪汪的眼睛："没错，我是向琳娜承诺过，但我这一生，恐怕再也不会遇到适合自己的人了。所以，请妈妈和女儿不要再为难我，如果非要我找老伴，还是那句话，等晓白的婚姻大事落实之后再说。"

　　章晓白是一个聪明的女娃儿，见父亲态度如此坚决，她知道再说也是白说，突然心生一计，狡黠地抿嘴而笑："好吧！"没想到话音刚落，她手机突然响了，见是一个陌生电话，她就掐断了，可对方很执着，又打了进来。她犹豫了一下，接通后没好气地问道："你找谁呀？——哦！——对不起，实在对不起！"她的表情顿时变得比翻书还快："阿姨，您到了呀！我现在出去接您！"她收起手机，抱歉地对父亲说："爸爸，刚才给您看的这位阿姨，中介已经通知她来了，请您跟她见一面好吗？"父亲一听大吃一惊，训斥道："你咋个没经我同意，就将别人请到家里来呀？"章晓白拉住父亲的手，撒起娇来："爸，你就答应我吧！人家来都来了，你就见一面嘛，我求您了。"说完牵着父亲的手又拉又摇，使尽浑身解数恳求他。

　　"看在你人大面大的脸上，我就答应你一次，下不为例啊！"父亲禁不住女儿纠缠，又想到对方已经专门赶来与自己相见，如果将其拒之门外，不合礼数，只好勉强答应。章晓白开心地笑了："谢谢爸爸！"随即像一只快乐的鸟儿，欢快地飞出了家门。

　　一会儿，门开了，章晓白领着刚才照片上那位妇女跨进了屋里。

　　客观地说，这位妇女的形象和气质是配得上章懿华的，也足见章晓白的审美能力。她五十岁出头，身高一米七左右，满头青丝，偶有几根白发，可能是来时脚步匆匆或心情激动，两鬓的细汗将青丝贴在脸上，看起来有一点点倦容，但精心勾画过的柳叶眉十分耐看，两眼大而有神，岁月的风霜在脸上刻下的沟壑，仍然掩饰不住她曾经的美丽。身上玉兰色的衬衫有浅显的白花，将她丰腴的身体衬托得恰到好处，使人一下就会联想起"半老徐娘""风韵犹存"

这两个成语。她肩挎一个皮质的心形米色软包，一条坠性不错的象牙白直筒裤，配上一双溜尖的棕色半高跟皮鞋，显得她的腿笔直而修长。她看上去不仅高雅脱俗，而且还有几分书卷气。她进屋后对着站起来的章懿华浅浅一笑，不卑不亢地将手伸向他："您就是章先生吧？我的情况想必您已经晓得，我就不再自我介绍了。"她说话温文尔雅，柔美动听，趁章晓白给她端茶的机会，用眼角的余波迅速扫了一眼客厅和餐厅，见客厅里挂满了一个漂亮女人的相片，猜想是主人的前妻，眼眸里流露出一丝不屑，见室内干净整洁，她又迅疾投放出欣赏的神色，然后向站在一旁默默打量她的老人莞尔一笑："伯母好！"白婆婆对她点头一笑，急忙吩咐女婿："懿华，赶紧请客人坐呀！"章懿华伸出手来，做了一个请坐的姿势，对方抿嘴一笑，声音颇为温柔："谢谢！"然后笔直地端坐在沙发上，很淑女地将双腿斜着弯曲在一起。章晓白知趣地挽着外婆的手，对妇女嫣然一笑道："请阿姨和我爸爸慢慢聊。"然后与外婆离开了客厅。

中年妇女盯着章懿华看了一眼，恭维道："章先生，您比我想象的年轻。"章懿华对这个突然来访的相亲对象没有心理准备，不知道说什么好，也就顺口答道："你也是。"对方有备而来，说话也就落落大方，直奔主题："我们都是过来人，我也就不客气了。对您的条件我很满意，只想问您两个问题，不知是否介意？"章懿华见对方形象端庄，说话轻言细语，口吻也坦率诚恳，似乎对她颇有好感，笑道："不介意，请讲！"对方礼貌地点点头："谢谢！"她略作思忖，说道："恕我直言，您的条件这么好，为啥妻子去世那么多年了，一直没有再婚？"她的话像是一枚石子投进章懿华的心里，立即泛起了他心中的涟漪，他将目光从她身上移到墙上，停留在白琳娜的照片上："您来之前，我才跟女儿讨论了这个话题。"

"哦？"她饶有兴趣地望着他，"这么凑巧？"章懿华的目光仍然停留在亡妻的照片上："我与前妻的感情很深。插队到农村前认识并相爱，尽管命运将我们抛到两个完全不同的地方，但我们鸿雁传书，感情的温度只升不降。后来恢复高考，我们相约报考北京的大学，并如愿以偿。哪知邻国突然反华排华，竟直犯我领土，杀我同胞。位卑未敢忘忧国！在边关告急之时，我们毅然放弃上大学的机会，投身到保卫边疆的战斗之中，经过血与火的考验，我们有幸活了下来。后来，她一病不起，查出患了白血病，经过抢救和治疗，终于化险为夷，结果女儿生下来不久，她就离开了我们。"对方同情地望着他，两只眼睛蒙上了一层阴影："真是怪可怜的。"章懿华深情地接着说："我曾一度对生活失去信心，但为了女儿，我咬紧牙关挺了过来。虽然妻子离开了我们，但她的音容笑貌却时时刻刻活在我心里。"对方赞赏地对他说："您是一个对感情负责的人！"章懿华沉浸在对亡妻的怀念之中："你说怪不怪，她虽然已经离开我二三十年了，但我还经常梦见她，好像她还在这个家里，有时半夜醒来，仿佛她就站在我床前，深情地望着我……"对方刚才还微笑地听他讲述内心的感受，突然感觉背心有一股冷风吹来，顿时花容失色，惊讶得说不出话来。章懿华没有去注意她面部表情的变化，他不动声色地起身，依然一往情深地说："尤其是逢年过节和她的忌日，好像她又回到了这个家，跟墙上这些照片一样，对着我笑，对着我哭，对着我诉说离别的痛苦……"女人听得毛骨悚然，失态地站起来，对他摇着手说："别说啦！章先生，我好害怕呀！"她踉跄地往外走，与进屋时的姿态判若两人。

章懿华也不送，将一只手举起来定格在空中："慢走啊！"

结果，这位不速之客只提了一个问题，还没来得及提第二个就被吓跑了。章懿华望着她消失的背影，脸上露出了一丝不易察觉的狡黠——他是故意将对方吓走的。

第十三章

章晓白和外婆躲在卧室里虚掩着门，一直在偷听父亲与那位阿姨的对话。刚开始章晓白认为两人互相欣赏，可能有戏，但听到后来，她总觉得爸爸的话有点跑题，当听到对方说"好害怕"，随即大门打开又关闭的声音时，她知道完了，爸爸将对方吓跑了。她和外婆赶紧回到客厅，她埋怨父亲说："爸，您看您，这么好一个阿姨，干吗不拣好听的说，讲一些吓人巴沙的话，把人家吓走了！"章懿华掩饰不住内心的欣喜和得意，一本正经地回答女儿："没有啊，我说的都是实话呀！"章晓白又不傻，她一眼就看穿了父亲的心思，哭笑不得地撇着嘴说："爸爸真是一个老奸巨猾的——狐狸！"父亲也不生气，对女儿哈哈一笑："知我者，女儿也！"外婆的听力不如年轻人，在卧室里没有听清女婿与那个妇女说的话，现在听父女俩不着边际的对话，一头雾水，惋惜地说："懿华，这么好一个女人，你就让她走啦？"章懿华自我调侃说："人家没有相中我，自然就走啦！"老人叹了一口气："哎呀，真可惜！"章晓白给外婆解释说："您别听爸爸说，是他故意将人家吓走的！"

章懿华认为上半场戏已经结束，现在该演下半场了。他拿出手机将他挑选的小伙子给女儿看。章晓白这次表现出了少有的配合，不但没有拒绝，还答应父亲，她有空就与对方联系。章懿华一听，不由得喜出望外，开心地说："这就对了嘛！你老爸现在最大的任务就是让你早日脱单。"外婆见孙女今天这么爽快，心想女婿给孙女挑选的这位对象一定不俗，好奇地接过章懿华的手机，戴上老花眼镜，仔细地端详起来，赞叹说："不错不错，小伙子不仅形象好，还面善。"她把手机还给女婿，提醒孙女说："晓白，你要抓紧哟！"

章晓白腼腆地笑道："好的，外婆！"她话音刚落，手机响了，接起来一听，传来公司工程部主管吴远征在施工现场心急如焚的声音，说在隧道施工中出现涌沙冒水险情，问她如何解决。她一听，顿时大惊失色，吩咐他立即启用盐水冻结法。吴远征说已经采用了这个冻结法，但依然未能止住泥水涌流。章晓白知道险情比想象的还要严重，一边打电话一边焦急地往外走。

她告诉吴远征："赶紧将工人撤出来，实施液氮人工冻结法，形成止水屏障，务必排除险情。"吴远征在电话里为难地说："工人已经撤出隧道，但液氮人工冻结法是你才研发出来的新技术，我们还没有使用过。"章晓白提醒他说："我之前就告诉过你们，龙门山不比其他地方，地质异常复杂，务必做好液氮人工冻结的准备，将圆环形分配器和液氮运到现场，你们落实没有？"吴远征回答说："工地上已经准备了两个圆环形分配器，液氮也在卡车上。"章晓白走出小区大门，招来一辆出租车，钻进车里，告诉司机目的地，然后继续在电话里指挥吴远征："现在立即将那些超低温氮气输送到圆环形分配器内。我现在已经上车，往工地赶。"吴远征擦了一把额头上的汗珠，果断地表示："好，我们现在就按照你的要求办，盼你速来现场指导！"

龙门山隧道施工现场灯火通明，工人们在紧张地忙碌着，由于突然出现施工险情，施工现场负责人吴远征神情十分严肃，他按照章晓白之前介绍的方法，结合刚才她在电话中的要求，指挥工人将超低温氮气输送到两个圆环形分配器内。

出租车在公路上疾驶，但章晓白仍然嫌司机开得慢，催他快一点。司机说他一路上都是按照最高限速行驶，再快驾照就要被吊销了。章晓白实话告诉司机，隧道施工过程中出现了险情，她必须以最快的速度赶到现场处理。司机听她这样解释，知道事态严重，回答道："按最高限速行驶，很快就能到达。"于是，司机猛踩油门，汽车风驰电掣般向前疾驶。

在出租车后不远的宝马轿车里，董事长万钢也是心急如焚，他在电话里问吴远征："有人员伤亡没有？"吴远征回答："发现涌沙冒水的第一时间，我就将所有人员安全撤出了隧道。"万钢眉毛紧锁，又问他："险情排除没有？"吴远征诚惶诚恐地说："还没有！正在按照章晓白部长的要求，采取液氮人工冻结法。"万钢问他："晓白到了没有？"吴远征回答："可能快了。"他抬头看见一辆出租车疾驶而来，车里坐着章晓白，他兴奋地告诉万钢："章部长到了！"

章晓白从车里下来，吴远征如遇救星，紧绷的脸上露出一丝浅笑，赶紧带她向隧道口走去。这时，万钢的司机将轿车也直接开到了他们身后。

章晓白跟万钢打了一声招呼，便来到了隧道口，泥沙在他们脚下涌流，就像夏天的洪水，险情十分严峻，如果不及时遏制，之前的施工将前功尽弃。吴远征全然不顾生命危险，还想钻进隧道，章晓白一把拉住他，告诫道："按照这样的冒沙和出水量，隧道随时会塌方，而且液氮人工冻结法实施后，隧道内地层温度将下降到零下一百多摄氏度，是盐水冻结法降温的三倍，在几秒钟之内就可以将你冻成冰棍。"吴远征吐了一下舌头，立即止步。

这时，超低温氮气已经输送到两个圆环形分配器内，章晓白叫吴远征指导工人将它用滑车送进隧道，并叫操作员开启阀门。

分配器很快将液氮输送到盾构管片钻孔植入的冻结管内，并在管内环形空间形成循环，氮气于是通过钢管排到地面。

超低温的氮气经过这段"旅程"，不断地冷却隧道内地层。如此循环往复，隧道内周边地层随即变成了"铜墙铁壁"。

万钢在现场，目睹章晓白指导吴远征实施全新的冻结法，很快遏制了泥沙涌流，险情终于排除。

工人们全程见证了盾构史上的奇迹，立即欢呼雀跃。

吴远征感激地对章晓白说："谢谢你，晓白部长！"章晓白谦虚地说："这是我应该做的，要谢，你应该谢谢董事长，董事长那么忙，还迅速来到现场组织指挥，给我们吃了定心丸，增添了排除险情的力量！"吴远征会意地说："对头！出现险情后，我第一时间向董事长报告，董事长指示我立即将施工人员撤出隧道，叫我通知你赶到现场，才保证了在最短时间内排除险情。董事长处变不惊、临危不乱的定力，让我学到了不少！"

万钢笑道："你们两个别演双簧，给我戴高帽子！"吴远征讨好地说："人家都说我和晓白是你的哼哈二将嘛！"

万钢之前一直没有批评在现场负责施工的吴远征，一是知道龙门山隧道施工难度大、险情不可避免，二是担心年轻人压力太大影响排险工作，造成险情雪上加霜。现在险情排除后，他才质问自己的爱将吴远征："龙门山地质异常复杂，外国人多次断言在龙门山腹地开凿隧道是天方夜谭。但我们中国人不信邪，既有大胆的创新精神，又有恪守严谨的科学态度。设计部在晓白部长的带领下，经过反复攻关，研究出了液氮人工冻结法，解决了龙门山地带富含水层、容易涌沙冒水的关键难题。你作为工程部负责人，为什么没有严格遵循设计部的要求，采取最新的方法，而是按照习惯，使用盐水冻结法？"吴远征深知自己的工作存在失误，主动承担责任说："我错了！本想按照传统方法，为公司节约成本，结果低估了龙门山地质的复杂性、多变性，得不偿失，我愿意接受处罚！"万钢见吴远征态度诚恳，缓和了一下口气，语重心长地说："处罚不是目的，不断改进施工方法，科学施工、减少损失、避免人员伤亡才是硬道理！好在这次没有人员伤亡，险情也迅速得到了控制。

否则，我非罢免你这个现场负责人的职务不可！"吴远征像一个做错事的孩子，低眉顺眼地说："我接受董事长的批评。"

万钢见现场施工人员围上来听他讲，于是站到一块条石上，用洪亮的声音说："同志们，尽管你们使用的 TBM 掘进机被誉为工程掘进机之王，是当今世界最先进的隧道施工设备，但龙门山隧道地质错综复杂，施工难题层出不穷，每掘进 0.86 米就要更换一次损坏的刀盘，每天只能向前推进 3 到 4 米。换句话来说，你们是在啃硬骨头、打攻坚战。不仅如此，隧道建设的难度还时刻折磨着你们的身体和心理，隧道内气温高达 40 度，相对湿度达 90%，没有一丝风，进出一次和蒸桑拿无异，而前路未知的岩爆、突涌水、塌方等地质灾害，更是让人提心吊胆。但你们不畏艰难、不怕牺牲的精神，让公司董事会为你们深感骄傲和自豪。在这里，我向同志们道一声：辛苦了！"

"不辛苦！"工人们发出山呼海啸的声音。

"我代表公司董事会，向你们敬礼！"万钢是转业军人，他抬起手臂，向工人们敬了一个标准的军礼，接着说："同志们，请你们务必尊重科学、严格按照施工要求，确保施工安全，好不好？"

工人们再一次发出排山倒海的声音："好！"

万钢抬手一挥，就像当年在部队指挥千军万马一样下令："现在，请同志们继续施工！"

"是！"工人们立即四散而去，开始工作。

这就是领导！这就是领导艺术！

万钢回头望着章晓白，露出欣喜的神色说："今天，如果不采取你们研发的液氮人工冻结法，我们的施工将前功尽弃，后果不堪设想。小平同志说科学技术是第一生产力，真是颠扑不破的真理！我代表公司感谢你，章晓白同志！"章晓白腼腆地说："这是我应该做的。"万钢欣慰地说："实践证明，这个方法止水性好、安全性强，在任何水压状态下都能施工，能承受高水压，是地下工程抢险的良方。"他提醒吴远征说："四川盆地地层含水量大，地下施工容易发生险情。今后务必要提前布置液氮人工冻结法，它能更快、更安全、更灵活地形成止水屏障，排除险情。"吴远征立即双脚并拢，正色道："我一定吸取教训，董事长！"

　　章晓白的手机响了，是一个陌生男娃儿的声音，她向万钢和吴远征笑了笑，走到一边去接听，问道："请问你是谁？"对方在电话里自我介绍说："我在婚介公司看到了你的资料，想和你认识一下。"章晓白出于礼貌，没有否定对方，敷衍说："我现在很忙，没时间。"

　　俗话说，梧高凤必至，花香蝶自来。对方充满期待地说："不急，等你有时间，我再约你喝茶，好吗？"章晓白耐着性子答道："对不起，我最近很忙，可能抽不出时间。"对方依然热情不减地表示："那我等你，等你有时间再约。"章晓白不耐烦了，告诉他："实在对不起，我最近间歇性郁闷发作，生人勿扰，熟人不找。"对方生气了："神经病！"他听出她压根儿没有与他见面的意思，骂骂咧咧地挂断了电话。

第十四章

白婆婆躺在按摩椅上按摩，微微闭着双眼，沉浸在现代科技给予人体的关照和惬意之中。

章懿华在阳台上锻炼，只见他双手各握一个哑铃，先是将大臂贴紧身体，然后向上弯举小臂，上举时吐气，放下时吸气。之后，拿一个哑铃，身体打直，大臂紧贴身体，将哑铃内面朝向自己，向上做弯举，小臂画一个弧度。这样反复操作了十多分钟，直到大汗淋漓，他才用毛巾擦干汗水。稍事休息后，他去卫生间冲了一个冷水澡，回到阳台坐在一张椅子上，又开始翻看他爱不释手的《周易》。

《周易》是历史很久远的一部书，从"年龄"上来说，它是西方的《圣经》、印度的《奥义书》都难以比拟的。在我国漫长的历史长河中，《周易》为群经之首。《周易》成书历经了上古、中古、下古两千五百多年，由三位圣人共同完成。春秋战国时期，儒家、道家、墨家等各家学说兴盛，诸子百家争鸣，形成了一个思想文化繁荣的时代，而诸子百家思想都有一个共同的源头，那就是《周易》。因此，也就有了"中国的智慧在《周易》，《周易》是中国智慧源头"之说。

章懿华一会儿将目光投向室外那株芙蓉树，一会儿低下头来沉思。他跟往日一样，习惯在书页的天头地脚留下注释，或在笔记本上写下自己的感受。

　　白婆婆设定的按摩时间到了，她从按摩椅上下来，见女婿放下了书，走到他身边问道："懿华，你给晓白介绍的那个对象，他们见面没有？"章懿华起身回答说："妈，晓白这丫头说自己太忙，不仅在电话里敷衍人家，还说自己间歇性郁闷发作，直接把人家吓跑了。"岳母叹了一口气说："晓白这孩子可能是挑花了眼，对哪个都不满意。"章懿华分析道："她不是挑花了眼，而是没有将这件事情放在心上。"岳母又叹了一口气道："现在的年轻人哪，真不知道是咋个想的，这么一大把年纪了，居然一点不着急。"章懿华赞同岳母的说法，附和道："她总是以工作忙为借口，不把个人问题当作一回事。看来，我们还得催她一下。"岳母点点头："对头，不推她一把，她就永远在原地踏步。"

　　两人正在说话间，门铃响了，是孙向东和孙婆婆。

　　孙婆婆那天尝到了免费领取礼品的甜头，心里一直乐滋滋的，今天硬要拉着儿子孙向东陪她去领礼品，并说那些孩子诚恳、热情，绝对不是骗子。为了满足母亲的愿望，孙向东便跟着母亲来邀请白婆婆一起去。

　　白婆婆听说是去领免费礼品，顿时喜笑颜开，动员章懿华跟她一起去，说那些孩子热情得很，去了肯定不会失望。章懿华本来不想去，但孙向东朝他使眼色，意思是百闻不如一见，去看看他们究竟是如何忽悠老年人的。

　　章懿华和孙向东跟随两位老人来到推销处，果然受到了热情的接待。主持人介绍说，与他们合作的集团总裁，今天会给"爸爸妈妈、爷爷奶奶"更多惊喜。主持人巧舌如簧，在他的鼓动下，在场的老人们用山呼海啸般的掌声迎来了风度翩翩的女总裁。

　　女总裁上台首先讲了一个感人肺腑的励志故事。

　　她说："都知道，是父母用幸福的泪水和笑容迎接了我们的出生。当我们来到世上的那一刻，父母就多了一项繁重的工作——养育我们。尽管这是一个十分沉重的负担，但父母却无怨无悔。

"我出生在川东一个十分贫穷的农民家庭，出生的时候脚先落地，头被卡在里面，几个小时都出不来。我呼吸十分困难，医生拉着我的腿，朝下面使劲地抖。医生劝我妈妈：'放弃这个孩子吧！'但我妈妈没有答应，因为我是她心上的肉，她忍着剧痛说：'不，求您保住我的孩子！'医生抖啊抖啊抖，抖了一个多小时，我才有了第一声微弱的哭泣，就这样，我艰难地活了下来。等我上小学的时候，其他孩子都能流利地说话，我却结结巴巴地吐不出一句完整的话来。由于先天不足，我身体十分虚弱，在去学校的路上有一条沟，别人很容易就跨过去了，我却跨不过去，我又不愿意我的父母天天背着我去上学，我试着蹲下去，跳进沟里，然后再爬上来。我回头一看，我过来了。也许老天爷想早点告诉我，人生有很多磨难，但没有过不去的坎。不久，父亲在外打工，从脚手架上摔下来去见了阎王爷，使本来就贫穷的家雪上加霜，养育我的责任就全部落在了妈妈一个人肩上。中考的时候，我的分数在我们县里是第一名，我被一所重点高中录取了，妈妈将家里唯一的一只羊卖掉，给我交了学费，送到学校，为我铺好床。但校长发现我不会说话，是一个残疾人，他惊讶地看着我说：'咋个招来一个哑巴？'然后把我的行李扔到寝室外，指着我说：'你耽误了我们学校一个名额。就算你三年后考上了大学，也不会有学校录取你，你回去吧！'我妈当即就给他下跪，一跪就是一个多小时。我恨，我恨，我恨，但我又说不出来。我恨命运对我这样不公平，为啥子？为啥子？为啥子啊？我妈用双手捧着我的脸，对我说：'女儿，你听着，没有为啥子，抱怨没有用，书还要不要读？'我像啄木鸟一样点着头。我妈说：'咱们回家吧！一切靠自己。'

"后来，另一所普通中学知道我的成绩后，收下了我。我发奋学习，除了寒暑假帮妈妈干农活外，我把所有的时间都用在了学习上。功夫不负有心人，我的高考成绩在县上名列前茅，我真的害怕没有大学收我，就选择了一所偏僻的、离我家很远很远的大学，很幸运，我被录取了。我的辅导员是一位非常有爱心的老师，大学期间，是她帮我申请了助学金。大学毕业后，我和所有大学毕业生一样，面临着找工作这个难题，我天天跑人才市场，投了上百封简历，没有一家单位要我。记得最后一次，我很早很早就去排队，我排在最前面，然后面试的招聘官看着我，指着我说：'你话都说不伸抖，赶快走开吧，不要挡着后面的人，影响我们招聘。'从那以后，我再也没有去找工作。

"那天走在大街上，风很大，雨很大，我的眼泪跟雨水一起流，让我看不清这个世界，我心里非常非常绝望。但是，我要养活我自己，报答含辛茹苦养育我的妈妈！这个声音，回荡在我心里，砰砰地敲打着我。我想起了母亲的话，抱怨没有用，一切靠自己。我改变不了现实，那就改变我自己。我已经不在乎别人对我的看法，也不再抱怨生活，甚至不再难过。我去摆地摊，起早贪黑卖红薯、卖土豆、卖白菜，吃一顿饭当两顿。就这样，我坚持了半年，租下一间铺面，开了一个服装店，结果隔壁发生火灾，将我的铺面和商品全部烧毁，由于肇事者自己被烧死了，我一分钱赔偿都没有得到。

"后来，我又去卖蔬菜，结果城管把我们像兔子一样撵。我用所有的积蓄成立了一家电子商务公司，却遇到骗子，将我的商品骗了，我欠了一百多万元的债。但所有的委屈，所有的挫折，所有的痛苦，都埋藏在我心里，我说不出来，也不想说，抱怨没有用，一切靠自己。就这样，我坚持，坚持，再坚持，直到把我们的旗袍做到网上商城第一名，我们的电子产品也囊括了普通家用设备。

"我赚了钱，赚了不少钱，员工建议我去医院治疗，说不定能通过手术让我像常人一样说话。在大家的劝说下，我抱着试一试的心态，去了一家大医院。经过手术，老天爷开眼了，奇迹出现了，我能说话了，能像正常人一样说话了，我激动得泪如雨下。

"走到今天，我再回头看，看我走过的这些路程，这些挫折，原来都是老天爷对我最好的安排。世界犹如一面镜子，照射着我们的内心，我们内心是啥样子，这个世界就是啥样子。选择抱怨，我们内心就充满痛苦、黑暗和绝望。选择感恩，我们的世界就充满阳光、希望和爱。

"俗话说，羊有跪乳之恩，鸦有反哺之义。我们一点一滴的成长都离不开父母的扶持、社会的帮助。因此，我们应该懂得感恩，懂得感谢父母、回报社会。滴水之恩当涌泉相报。我唯一的亲人是我妈妈，我把妈妈接到身边，孝敬她老人家。我们公司现在研发的高科技产品，专门针对中老年人开发，能防治中老年人的各种疾病，希望能让更多的爸爸妈妈不被疾病缠身……"

她很会煽情，演说的能力不亚于那些口若悬河的主持人。她先以一个残疾女孩的身份赢得老人们的同情，接着宣传他们的产品是针对中老年人开发的，能防治中老年人的各种疾病，随即承诺给现场每一位爸爸妈妈、爷爷奶奶赠送礼品。她说自己的妈妈还没有来得及享受她事业上的成功，就突然去世了，她组织研发的高科技产品就是为了感恩妈妈，现在，在座的每一位妈妈，都是她的妈妈，她想看看现场的爸爸妈妈是否把她当作自己的闺女。她请爸爸妈妈们把手举起来，谁的手举得最高、掌声最热烈，谁就能获得公司生产的保健品，还能获赠价值 6000 元的按摩器、保健枕头等"高科技"产品。

老人们兴奋得恨不能将手举到天上去，把巴掌拍得震山响，认下她这个"孝女"。其中两位老人，幸运地获得了保健品与价值 6000 元的按摩器，并被请到台上体验。主持人询问获得赠品的老人效果如何，拿人手短，吃人嘴软，两位老人收了赠品，自然对产品大加赞赏。

现场很多老人已经失去了理智。主持人询问大家想不想要赠送的以上保健品时，台下的老人们已经坐不住了！主持人随即将话锋一转，煽动说："为了验证爸爸妈妈、爷爷奶奶是否是真心喜欢女儿，请先交200元钱给工作人员，等一会儿工作人员会全额退还给爸爸妈妈、爷爷奶奶，并发一张代金券给大家。"当第二轮获奖老人上台验证产品的神奇效果后，主持人即与女总裁上演双簧戏，引诱老人们争先恐后地掏钱购买标价6000元，实际上值不了多少钱的"三无"产品。

章懿华和孙向东也不得不佩服"女总裁"编故事的能力和口才，但他俩没有那么好忽悠，赶紧拉着两位老人离开了发疯一样的现场。

不过，两位老人并没有死心，等章懿华和孙向东走后，她们急忙去约殷笑英和袁圆。殷笑英和袁圆说有事，没有跟他们一起去。她们又去邀请舒大爷和袁大爷，两位大爷闲来无事，也就跟着白婆婆和孙婆婆去了销售公司。

销售公司人声鼎沸，两位大爷经不住"孝女总裁"的忽悠，也掏钱买了一些"三无"产品。当然，他俩没有陷那么深，买的保健品要少一些。四位老人被忽悠后买了一大包"三无"产品，还以为捡到了相因。

章懿华与孙向东来到舒中胜会所检查茶楼改建的进度，易天雄指着正在刮泥子的工人说："他们技术不错，照这个进度，不到一个月就能完工。你们来得正好，几天没搓麻将了，我手都发痒了，咱们去搓几把吧。"章懿华说："我们三缺一，还差一个嘛。"孙向东说："我给舒胖娃打电话，看他在哪里，把他叫来。"

他们一边往河边茶铺走，一边等孙向东给舒中胜打电话的结果。孙向东说："舒胖娃到深圳出差去了，刚出宝安机场。"易天雄说："那咱们三个人玩。"章懿华说三个人玩麻将就像缺了一条腿的桌子，感觉怪怪的。正说着，易天雄看见张俭秘书长向这边走来，他热情地上前跟张俭打招呼："张秘书长，您这是到哪里去？"张俭与易天雄意外相逢，十分高兴，回答说："易处长，您好！没想到在这里碰见您，我正想通知你们，比赛时间提前了，请你们抓紧时间准备。顺便向你们透露，我们这次麻将邀请赛，已有全国多个省市的选手来电报名参加，请你们务必引起重视。之前在南京、杭州等地的几次比赛，我们四川这个麻将大省的选手，成绩都很不理想。"易天雄连忙将章懿华介绍给张秘书长："这是章懿华总编，我之前给您推荐过。"他随即又将张秘书长介绍给章懿华。

章懿华伸出手说："幸会幸会！"张秘书长握住章懿华的手说："久仰久仰！"章懿华兴奋地告诉他："张秘书长，你的大作《活力麻将》写得不错，我刚拜读完，受益匪浅。"孙向东实话实说："我正在读，归纳得很好。"易天雄不悦地对孙向东说："你看快一点，我还等着读呢！"张秘书长谦虚地说："献丑了，还希望你们不吝赐教。"易天雄客气地说："您是专家，我们哪敢呀！"接着又问道，"我们想到茶铺搓几盘，跟一个哥们儿打电话，他不巧去深圳出差了，不知张秘书长有没有空？"张秘书长答道："受巴黎麻将俱乐部邀请，我刚忙完签证的事，现在没事，正好轻松一下，向你们请教。"章懿华高兴地说："我们早就想找个机会向张秘书长学习，今天真是太巧了。"

于是，四人走进附近一家茶铺开始娱乐。说是娱乐，实际上是博弈。张秘书长想通过玩牌，检验一下章懿华与孙向东的技艺，章懿华和孙向东也想借此机会感受一下麻将竞赛组织者的水平。除了易天雄在说话调节现场气氛，张秘书长和章懿华、孙向东都十分谨慎，除了偶尔附和两句，精力都集中在了麻将桌上。

易天雄为了活跃气氛，讲了一个段子，他说："北京一位记者，听说成都是休闲之都，十有八九都喜欢打麻将。他不相信，专门飞到成都来采访，恰好是周末，他到街边茶铺去走访，打麻将的人很多；他到文化公园、百花潭公园等茶铺调查，麻将参与者更多。被采访者都回答喜欢打麻将。他不相信打麻将的人会有这么多，来到路边随机采访，迎面走来一位女娃儿，他问她最大的爱好是什么，女娃儿回答说是传统文化保护和现代工程建造。记者问她能不能说具体一点，女娃儿说，将一百零八种古建筑材料摆放整齐，从中挑选出十三种，丢掉没有用的，留下精华，运用现代工程技术，重新排列组合，展示给三位开发商看，如果验收成功，我的人生就达到巅峰。记者以为终于找到一位不喜欢打麻将的成都人了，对她大加赞赏，说：'你的爱好挺高大上的，能说得通俗一点吗？'女娃儿扑哧一声笑道：'打麻将啊！'"听了易天雄讲的这个段子，章懿华和张秘书长忍不住笑得前仰后合，就连稳重的孙向东也笑得合不拢嘴，说："真逗！太有意思了！"

　　仅打了两圈，张秘书长就十分佩服章懿华和孙向东，发自内心地赞赏说："你们果然是高手！俗话说，天外有天，人外有人，你们让我长见识了！下个月，请你们务必参加预选赛！我对你们充满了信心！"章懿华和孙向东表示一定按时参赛。

　　章懿华打完麻将回家，见岳母坐在沙发上哭泣，以为晓白又惹外婆生气了，不悦地对女儿说："晓白，你又使性子啦？"章晓白反驳道："爸，您咋个不问青红皂白就训斥我呀？"他赶紧倒一杯开水递给岳母，关切地问她："妈，您为啥伤心？"老人哭得更伤心，发出嘤嘤的抽泣声。

　　章懿华十分不解："妈，您说话呀！"老人这才止住哭声，说："我那个不争气的儿子，下岗后没有经济收入，到街边上摆摊卖小商品，被城管撵，他就跟人家动手打架，结果被抓到派出所，说他暴力抗法，打伤了执法人员。"

　　在章懿华的印象中，舅子白琳军性格腼腆，说话低声下气，是一个脚下有一只蚂蚁都怕踩死的老实人。突然说他暴力抗法，打伤执法人员，章懿华根本不相信："琳军文质彬彬的，咋个会打人呢？"他关切地问岳母，"被带到哪个派出所去了？"岳母抹着眼泪说："在岷江市滨江路派出所。"章懿华安慰岳母："妈，您别难过，我去看看。"岳母擦干眼泪说："我跟你一起去。"章懿华体贴地告诉她："路途较远，又常堵车，您身体也不太好，就不用去了。"说完，他对章晓白说，"晓白，你在网上搜一下，看有没有热心人发的视频。"章晓白点头说："好的，我现在就到网上搜一搜。"章懿华拿起汽车钥匙，一边往外走，一边打电话请易天雄跟他一起去。

章懿华集中精力开车，易天雄坐在副驾驶座跟岷江市公安局打电话。汽车风驰电掣地行驶在蓉昌高速路上。

达到目的地后，二人下车，走进岷江市滨江路派出所。所长很年轻，可能不到四十岁，见到易天雄，客气地跟他握手，请他和章懿华到办公室坐。斟上两杯茶后，所长简单介绍了案情经过，他说："今天一早，白琳军在街边摆摊吆喝，跳楼价处理出口转内销的服装，引来路人抢购，不仅妨碍了交通，而且影响了市容。执法人员要求他立即停止销售，并迅速撤离。但他拒不执行，执法人员帮助他撤离，他不但不配合，还出手殴打执法人员，随即被执法人员带到了我们派出所。我们查看了执法人员拍摄的现场录像，情况基本属实。"

章懿华听到手机微信发出消息提示音，想是女儿传来了视频，急忙打开。视频中，数名城管人员围攻白琳军，将他打翻在地，并用脚猛踢。章懿华不由得勃然大怒，将手机递给所长："所长，请您看，这是网上的视频，这哪里是在执法呀！简直就是一群暴徒！"所长看后也对白琳军的遭遇表示同情，说："真不像话！遗憾的是，这个视频不太完整，不能作为断案的证据。"章懿华提醒道："虽然视频不完整，但个别城管人员可能存在暴力执法可供你们参考，因为它与城管提供的现场录像截然相反。"

易天雄表现出少有的冷静，不动声色地问所长："请问所长，天眼的记录调出来没有？"所长说："你们坐一会儿，我去看看。"所长走后，章懿华打开视频给易天雄看，易天雄一看，再也坐不住，噌的一下站起来，忍不住愤怒地骂道："他奶奶的，明火执仗地违法！"

所长回来了，他歉疚地说："对不起，让你们等久了。刚才调取了天眼监控视频，执法人员提供的录像仅是一面之词，你们反映的情况基本属实。"他接着说，"有关人员执法粗暴、简单，白琳军看见自己的商品受到损失，与对方拉扯，并互殴。根据《中华人民共和国治安管理处罚法》第十条第一和第三款之规定，决定对白琳军给予警告，对殴打白琳军的两位当事人行政拘留三日，如果不服，可以申请行政复议。"

章懿华悬在空中的心终于回到了原来的地方，抱拳向所长致谢说："谢谢所长同志，我们现在可以去见白琳军了吗？"所长笑道："当然可以！"他接着补充说，"我们已经和有关执法单位进行了沟通，他们说那两个带头殴打行政相对人的害群之马是临时工，已准备将其辞退并永不录用。"

得到这样的处理结果，章懿华和易天雄都感到不虚此行，再次向所长致谢！

接下来，章懿华跟着所长去了滞留室，随即带着白琳军离开了派出所。

白琳军苍白的脸上残留着一道道血痕，尽管做了认真的清洗，还是清晰可见。他垂头丧气，一副落魄相，但眉宇之间还是看得出，这是一个五官端正、气质不俗的中年男子，不愧是白琳娜的弟弟。他一见章懿华就忍不住哭了，抽泣着说："谢谢姐夫，谢谢姐夫！如果不是您出面，我今天就出不来了。"章懿华连忙摆手说："不是我的面子，是你天雄哥熟悉滞留程序，派出所秉公执法。"白琳军连忙向易天雄点头称谢："谢谢天雄哥！谢谢天雄哥！"

易天雄望着远方白雪皑皑的山峰，摆着手说："我可一句话都没说，啥事都没干啊！"白琳军依然很有礼貌地向易天雄深鞠了一躬。章懿华提醒白琳军："这次是一个教训，今后一定不能冲动。你摆摊设点要合法合规，遇到检查，要主动配合，切不可鲁莽！"白琳军点头说："我晓得了，姐夫！"

章懿华语重心长地提醒他："当你遇到一件事，感觉无法解决，甚至已经影响到你的心情时，不妨停下脚步，换个角度，换种方法，也许事情就不会糟糕得不可收拾。"白琳军似懂非懂地问道："姐夫的意思是要冷静克制？"章懿华回答他："某些时候，让步不是软弱，相反，是机智和成熟。"章懿华望着天上涌来的一团乌云，接着说，"我送你一句话：命运负责洗牌，但玩牌的是我们自己！又要下雨了，你回家吧！"白琳军主动帮章懿华拉开车门："我记住了！姐夫、天雄哥，你们慢走！"

　　章懿华跨进副驾驶座，与白琳军挥手再见。易天雄已经坐进驾驶位，他戴上墨镜，像电影中那些行侠仗义的侠客，熟练地启动汽车，一轰油门，疾驶向前。

　　章懿华伸出手继续向站在路边的妻弟依依不舍地挥手，白琳军的影子越来越小，逐渐消失在公路的后方。

　　章懿华掏出手机给孙向东打电话，问他在哪里，孙向东说他在会所施工现场。章懿华说："辛苦你了，向东！我们正在返回的路上，一会儿见。"

第十五章

　　蒲琪玫在短视频平台上见到银海酒店在招聘服务员，马上扫了一辆共享单车骑着去应聘。工作人员问了她几句，便请她填写登记表，然后带着她左转右拐来到总经理办公室。总经理是一个风流倜傥的中年人，乌黑的头发梳理得油光水滑，苍蝇落在上面可能都要滑下来。他偷看了一眼蒲琪玫，见她花容月貌、身材高挑，心里十分满意，但他假装没看见，故作矜持地低头查看工作人员递给他的登记表。良久，他才抬起头来，打着官腔说："你只有中专文化，现在来应聘的都是本科以上毕业生。"蒲琪玫解释说："老总，你们的招聘说高中毕业即可呀！"总经理微笑着对蒲琪玫说："对头，我们招聘上是这样要求的，但现在报名应聘的最低都是本科生，还有研究生。这说明什么？说明僧多粥少，我们的要求也就水涨船高嘛！"

　　蒲琪玫离开保险公司后，到几个公司去应聘都碰了壁，她现在渴望工作，恳求道："老总，我虽然只有中专学历，但我可以边工作边学习，您就给我这个机会吧，我一定努力工作！"总经理想了想，松口说："你应聘的岗位是公关部，那这样吧，先试用一个星期，如果我们觉得你能胜任这份工作，再签劳动合同，好不好？"蒲琪玫立即表态说："好！好！"总经理随即对旁边那位工作人员说："你先带她到大厅，去做礼仪吧。"

　　礼仪，实际上就是迎宾小姐。工作人员向蒲琪玫交代了一番之后，便带她进入更衣室，换了一件漂亮的紫色缎面旗袍，然后两人来到大厅门口，蒲琪玫换下了正在值班的另一位姑娘。

旗袍作为经典的中国传统服饰，将含蓄与性感融为一体，充分展现了东方女性的风韵与优雅。缎面旗袍的包裹性尤其能凸显女性的身材与魅力，承载着独特的中国元素和东方审美，是中华传统文化的最美载体之一，也是世界服装的经典之一。

客人见到如此年轻貌美、婀娜多姿的女子笑立门口迎来送往，纷纷进来入住。

不知什么时候，总经理已经悄悄来到大堂。他端坐在一旁，看着鱼贯而入的客人，感到很有面子，露出了欣喜的笑容。

舒中胜打的来到银海酒店大门外，下车后领着一位大腹便便的客户欲进酒店，抬头一看，认出蒲琪玫，琪玫也认出是舒叔叔，两人相互寒暄了几句。

舒中胜送客户办理完入住手续，走出酒店，与琪玫打过招呼后来到街边，等候出租车。

舒中胜身高体胖，目标显眼，易天雄和章懿华从岷江市回来路过酒店，老远就看见了他。易天雄将车驶到舒中胜身边，嘎的一声停下："老板，请上车！"舒中胜见是两位铁哥们儿，顿时喜出望外，拉开车门坐下后问道："你俩这是要到哪里去啊？"易天雄故意与他调侃："我和老九专门来接你。咋个了，嫌老九这辆福克斯档次低，没有你的奥迪A8体面？"舒中胜摆手说："当初坐牛车马车我都不嫌脏，现在有处级干部为我当司机，我高兴都还来不及呢！"易天雄说："还好，你没有上朝不带奏折——忘本！我问你，从酒店出来，你是不是又带'小蜜'开房了？"舒中胜盯着他的墨镜，反唇相讥道："你这老小子，总是戴着有色眼镜看人，是不是风油精转世呀，这么爱说风凉话。我舒中胜一向遵纪守法，岂会干蝇营狗苟之事！"易天雄揭他老底说：

"那年你带着女秘书到酒店开房，不是没有被我撞上。"舒中胜苦笑道："那是多少年前的事了，你就不能找一点新鲜的来刺激我？"易天雄自我解嘲说："没有抓到你的新把柄，陈年老窖越喝越有味道嘛！"章懿华岔开话说："你是不是刚从深圳回来，送客户到酒店来入住？"舒中胜笑了："瞧，还是老九有眼力，公道客观！不像某些人除了会办'冤假错案'外，就没有做过一件利国利民的好事！"易天雄逗他说："我专门开车来接你，你居然打击我的革命积极性？那你下车吧！"舒中胜不跟易天雄斗嘴了，笑着问道："你们猜，我刚才在酒店看见哪个了？"易天雄鄙夷地瞟了他一眼："你的笑容，比阳光还灿烂，不会是见到财神爷了吧？"舒中胜不屑一顾地说："你这个老财迷，除了钱就想不到其他的了。告诉你吧——"他把声音拉得很长地说，"大侠的——女儿。"章懿华惊异地问："琪玫在这里上班？"舒中胜回答："对头，在酒店当迎宾小姐。"易天雄不解地说："她不是在保险公司工作吗？咋个才几天就跳槽了？"舒中胜摇摇头说："可不，现在的年轻人，真让我难以理解，好端端的单位看不起，跑到酒店来当迎宾！"章懿华若有所思地说："这可能就是代沟吧！那天我在宁夏街人才交流中心碰见她，就听她说辞职了。我后来问大侠，大侠说他还不晓得！"舒中胜突然想起来，又问道："现在街上人多车堵，你们开车出来，不会是兜风吧？"易天雄假装生气地说："你的耳朵需要修理了！跟你说了是专门来接你的，你没听清楚？"舒中胜笑道："鬼才相信你的话！"易天雄大大咧咧地说："信不信由你。"章懿华告诉舒中胜："我舅子遇到了一点麻烦，多亏天雄去帮我处理好了。"

汽车在车流中缓缓前行。

孙向东在会所施工现场监督施工，他嘱咐在卫生间做防水的工人，请他们做下水管四周的防水时细心一点。

工人用聚乙烯涤纶复合防水卷材铺接好后，孙向东见工人并没有按照自己的要求，将卷材剪一个圆孔套住下水管，然后用防水涂料填充缝隙，再次提醒对方。

易天雄将车缓缓开进会所停车场。

三人下车，走进会所，径直向施工现场走去。章懿华一边走一边喊："向东！向东！"没有听到回应，易天雄敞开大嗓门，吼道："孙猴子，你死到哪里去了？"卫生间传来孙向东的声音："易莽娃，你能不能文雅一点？我在这里！"易天雄望着孙向东，解释道："我声音不莽一点，你能回应吗？"

孙向东从卫生间出来，章懿华走上前说："辛苦你了，向东！"孙向东说："不辛苦！你们去岷江情况怎么样？"章懿华答道："多亏天雄出面，处理好了。"孙向东放心地说："那就好，那就好！"舒中胜却趁机"挖苦"易天雄："易大处长从来没有做过一件好事，今天总算破了一次例！说明易大处长跟新疆的片片馕差不多，面子大。"易天雄连忙反击说："我一个退休老头，哪来的面子里子哟！舒大老板被单布洗脸，那才是好大一个面子。我们很久没有打过土豪劣绅了，现在已经中午，哥们儿，是不是该让舒大老板开仓放粮呀？"章懿华赶紧说："今天中午我来请，大家说，吃啥子？"舒中胜说："咱们成都人，当然是吃火锅啰！"于是，他们来到成都久负盛名的蜀九香火锅店，准备大快朵颐。

舒中胜盯着孙向东的脸打量："你咋个越来越瘦了？"孙向东轻抚着自己的山羊胡子，回答："没有啊，我体重没有减少一斤。"舒中胜摇摇头："不对，你瘦得像根干豇豆，是不是'倒起喊'将你的骨髓都吸干了？"说完，他坏坏地笑道："年纪不小了，悠着点！"孙向东见他拿自己开心，立即反唇相讥："我是想瘦成一道闪电，照亮你这个猥琐的胖子。"舒中胜也不生气，自嘲道："我宁可胖得独一无二，也不愿瘦得像你这样可怜兮兮的！"

章懿华没有参与他们的调侃，而是拨通蒲大侠的手机，请他过来喝酒。

蒲大侠说："铺子离不开人，你们喝吧，我就不来了。"

银海酒店大门迎宾处，一个姑娘从里面出来与蒲琪玫交接班。蒲琪玫进入大厅，总经理起身对她说："到我办公室来一下。"

蒲琪玫走进总经理办公室，总经理请她坐下，然后给她倒上一杯茶："你今天表现不错！"蒲琪玫得到老板肯定，莞尔一笑："谢谢总经理鼓励！"总经理突然话锋一转："如果你表情再丰富一点，站姿再挺拔一点，那就更好了。"蒲琪玫起身说："请总经理指教。"总经理也就给她做示范动作，说："面对不同的客人，你可以露出不同的表情。如果年龄稍大、衣着较为传统的客人，你只需这样淡淡一笑，身姿自然弯曲，显露自身的谦恭；对年轻男性，你则不必弯腰，只需嫣然一笑，释放青春的魅力；对年轻女性，你可轻轻点头，嫣然微笑，展现亲和力。"蒲琪玫没想到简单的礼仪，总经理能做出这么专业的解释，不由得拍手称赞："总经理，你好专业、好精通啊！我记住了！"

蒲琪玫准备离开的时候，总经理在她肩膀上轻轻拍了一下："好好努力吧，我会特别照顾你的！"然后，他将油腻的脏手从蒲琪玫的肩上滑到腰上，最后停留在她的臀部上。蒲琪玫大惊失色，心里顿时明白了：这个臭男人刚才处心积虑的表演，都是为了增加我对他的好感，为满足他的色欲做铺垫，我可不是能随便欺负的女子！她本能地转过身来，顺手给了他一记耳光。这个好色的老板没想到蒲琪玫是一个不好欺负的姑娘，顿时惊得呆住了，但他镇静一下后色厉内荏地说："你……你咋个不识抬举？"他以为现在的年轻女子为了找工作都会委曲求全，哪知他低估了眼前这位姑娘。蒲琪玫愤懑地说："你看错人了，本女子不是你想象中的那种人！"随即拉开门，咣的一声摔门而去。

章懿华回到家里，问岳母接到白琳军电话没有，岳母已经恢复了往日的快乐，开心地说："你们刚离开岷江市，琳军就在电话里告诉了我。辛苦你了，懿华！如果不是你及时赶到，他这一辈子就毁了！"章懿华谦虚地说："主要是天雄帮了大忙，还有晓白在网上找到的短视频，也起了很大作用。"岳母说："我和晓白看了那段视频，都不敢相信城管会那样，简直就是和尚打伞——无发（法）无天！"章懿华告诉她："据说那两个带头殴打琳军的家伙是临时工，不仅受到了行政拘留三天的处罚，而且将被聘用单位开除，并永不聘用。"岳母说："这就好，恶有恶报！"

会所总经理办公室，舒中胜慵懒地躺在老板椅上跷着二郎腿闭目养神。突然传来敲门声，他直起身子，一本正经地说："请进。"一位容貌姣好、气质端庄的女子拿着一叠材料进来，毕恭毕敬地对他说："董事长，这是进口的那批医疗器材的结算单。"他接过来翻了翻，苦笑着摇了摇头，将它放在一边，然后拿起桌上的另一份文件，一边看一边在上面签下自己的名字。他最近经常感到自己体力不支，只要不是特别忙碌，坐在椅子上，他就会感到疲乏。刚刚他独自在办公室坐着，眼皮子一直打架，也就打了一会儿瞌睡。现在属下来办公室找他，他又强打精神，继续工作。

女子望着他欲言又止，没有离去的意思。舒中胜抬起头来，问道："牛会计，你还有事吗？"被称为牛会计的女子考虑了一下措辞，向他禀报说："这批进口医疗设备的报关通关税费，比上次增加了将近5%，但交付医院的价格不仅没有上涨，反而略有下降，加上给医院领导的辛苦费，利润几乎等于零，可否向医院适当提高一点售价？"舒中胜之前答应了秃头副院长，认为自己不能言而无信，于是答道："不用了，就当是稳定这个老客户，咱们做了一次义务劳动。"牛会计听老板这么解释，也就理解了他的苦衷，说："好，那就按您的指示办！我走啦。"舒中胜笑道："你去忙吧！"望着牛会计离去后虚掩的门，他拿起桌上的手机，拨通了秃头副院长的电话。听到对方发出了"喂喂"之声后，他问道："老弟，在忙啥呢？"秃头副院长打哈哈说：
"能忙啥，还不就是院里这些乱七八糟的事。"舒中胜打过招呼也就不再客气，
开门见山地问道："我拜托老弟的事，结果出来没有？"秃头副院长回答："大
哥，检验报告还没有出来呢，等有结果，我第一时间告诉您。"舒中胜嘱咐道：
"请老弟催一下啊，我等你消息。"秃头副院长表示："好的，大哥！"

　　舒中胜伸了伸懒腰，站起来活动了一下胳膊，从办公室来到大厅，见章
懿华、易天雄笔直地站在一旁看工人刷乳胶漆，他上前向两位哥们儿打了一
声招呼，责怪说："你们来了也不吭一声，在这里像木头一样杵着干吗？到
我办公室去坐着喝茶嘛！"章懿华说："我们也正想去找你呢，凭你的经验，
还要多长时间才能竣工？"舒中胜扫了一眼施工现场，说："着急啥呢！我
看啊，没有十天半月是完不了工的。"章懿华对他说："麻将协会张秘书长
刚来这里考察，说我们这个茶楼很有四川地方特色，今后可以考虑将比赛地
点放在这里。我邀请他茶楼开业时来讲话，他问什么时候，我说大概一个月，
他欣然答应了。"舒中胜问道："张秘书长呢？"易天雄接过话说："他刚走。"
舒中胜把握十足地说："你们告诉他，没问题！一个月之内，保证能交付使用。"
易天雄乐了："今后将这里作为比赛场地，就等于闹市区做买卖，不愁没有
客源了。"

　　"对头，有了稳定的客源，咱们就稳赚不亏！"舒中胜不见孙向东，接
着问道，"孙猴子呢，咋个不见人？如果他在，咱们又可以在一起搓麻将了。"
易天雄嘴快，惋惜地说："他最近在跟'倒起喊'扯筋，已经分开住了，我
担心这两口子弄不好会散伙。"章懿华不知道孙向东与殷笑英在闹矛盾，顿
时有些吃惊："不会吧？笑英性格直率，里里外外一把手，向东性格内向，
忍耐力强，两人互补，老夫老妻拌几句嘴，不至于说散伙就散伙吧？"舒中
胜不这样认为，他说："孙猴子经常流露出对'倒起喊'的不满，说'倒起

喊'在家里一手遮天，他已经受够了。"他突然神秘地对章懿华说："老九，你还不晓得，我已经两次发现孙猴子和一个漂亮女娃儿在一起了，凭我老人家的经验，孙猴子可能喜欢上对方了，十有八九要与'倒起喊'拜拜！"章懿华第一次听说孙向东与殷笑英的感情出现裂痕，而且多半是孙向东的原因，不由得为他捏一把汗，说："见到向东，我们应该劝劝他，切不可朝三暮四，丢了晚节。笑英是一个很不错的女人，他离开了笑英，会后悔的！"

第十六章

"我才不后悔呢！"孙向东与谢紫婧在锦江边上散步，望着比自己年轻二十多岁的谢紫婧，他深情地说，"有梦想不足以使一个人到达远方，但到达远方的人一定有梦想。通过这段时间与你相处，我感觉自己年轻了许多，仿佛恢复了青春的活力，对人生的追求、对感情的想象，好像就在眼前，我打算随后就跟她提出离婚，然后和你永远在一起。你愿意吗？"谢紫婧动情地说："我当然愿意啰！花开一春，人活一世。该珍惜的珍惜，该抓住的抓住，宁可错过事情，不可错过人生。与你相爱，是我的选择！"孙向东拉住她的手，感动地说："紫婧，你真好！"谢紫婧说："自从跟前夫离婚后，我就一直在寻觅，寻觅这个我梦寐以求的结局。"孙向东想到自己都是六十多岁的老人了，还是有些担忧："我比你年长二十多岁，你将来会不会后悔呢？"谢紫婧充满爱意地说："孙中山和宋庆龄相差二十七岁，张艺谋与陈婷相差三十一岁，杨振宁与翁帆相差五十四岁，他们不是都很幸福吗？所以说，年龄不是问题，相爱才是关键！曾经相遇，胜过从未碰面。那天，你说跟她在一起像一杯白开水，没有激情；跟我在一起，你快乐得落泪。你给了我一滴热泪，我就看到了你心中全部的海洋。不管今后是什么样子，既然选择了远方，便只顾风雨兼程。我不去想身后会不会袭来寒风冷雨，既然目标是地平线，留给世界的只能是背影。"孙向东赞赏地说："你喜欢浪漫，心被牵动了，行动就无须理由。你真是一个勇敢而可爱的女性！"谢紫婧说："于丹说，恋爱是想一个人的心，爱情是吞一个人的心，婚姻是拴住一个人的心。爱上你，是我的自由，请你打开窗口，让我的灵魂与你相拥。"孙向东充满向往地说："我的心早已经向你敞开！我相信，你牵着我的手，闭着眼睛走，也不会迷路。"谢紫婧说："你这句话很有诗意，让我想起了陈明演唱的《枕着你的名字入眠》。'我把我的心交给了你，我就是你最重的行囊。从此无论多少风风雨雨，你都要把我好好珍藏。'"孙向东说："我也喜欢这首歌。'你把你的梦交给了我，你就是我牵挂的远方。从此无论月落还是晨起，我日夜盼望你归航。'"谢紫婧含情脉脉地望着孙向东，说："既然我们找到了适合自己的伴侣和生活方式，我们就活出精彩，做最棒的自己！"孙向东完全沉浸在了久违的感觉之中："是啊，真正的内心强大，就是活在自己的世界里，而不是活在别人的眼中和嘴上。人生在世，就是要有自己的梦想，有自己快乐的憧憬！"

俗话说，近朱者赤，近墨者黑。孙向东与年轻的谢紫婧在一起后，他的思维与语言也年轻了许多。也许是被她感染，也许是为了迎合对方，他好像真的回到了青春时代，不像是年过花甲的老人。

他们来到江边一条长椅上坐下，望着缓缓东流的江水，心里无比激动。谢紫婧旁若无人地倚靠在孙向东的肩头，满脸都是幸福和甜蜜。

孙向东的手机响了，他本来不想接，但见是章懿华的电话，他知道章懿华没事不会打电话，只好接通问道："老九，有事吗？"章懿华没好气地反问道："咋个了，没事就不能给你打电话？"孙向东意识到自己的问话有些欠妥，赶紧补充道："我不是这个意思，我现在有事情，等我忙完，再给你去电话，好不好？"章懿华实话实说："不好！我是不是打扰你的好事了，你不想跟我多说？我只想问你，你最近是不是遇到一个女娃儿，就想把殷笑英甩了？如果真有这个情况，我劝你冷静一点，千万不要犯糊涂，笑英可是一个好女人！"孙向东解释说："老九，你不清楚，我和殷笑英的矛盾由来已久，在电话里三言两语说不清，等见了面，我再告诉你。——对不起！我现在正忙，不跟你多说了！"他说完将电话挂了，自言自语地说："这个老九，真是较场坝的土地——管得宽！"他搂着谢紫婧的肩膀，满含歉意地说："紫婧，对不起啊！影响你的情绪了！"谢紫婧像一只突然被惊吓的兔子，眨着长长的睫毛，问道："老九是谁呀？你好像很尊重他，不敢将我们的事情直接告诉他。"孙向东回答说："他是我几十年的铁哥们儿，老婆去世几十年了也没有再婚，是一个思想比较保守的布尔什维克。"谢紫婧戏谑道："他会不会是听说我们相爱了，嫉妒你了？"孙向东模棱两可地说："也许是吧，咱们甭管他！"说着将她揽到自己胸前，在她额上吻了一下。

　　章懿华被孙向东挂断电话后颇为不悦，冲着易天雄和舒中胜耸了耸肩，两手一摊道："看来你们说得没错，向东可能真有外遇了。人一旦坠入情网，不管处于啥子年龄段，往往都不能自拔！"易天雄像智者一样点点头："俗话说，清官难断家务事，你也用不着操心。孙猴子如果真的有了打猫儿心肠，别说你我拉不住他，就是十头牯牛，恐怕都拉不回来！"舒中胜笑了，赶紧给自己"平反"："过去，你们总喜欢拿我来取笑，特别是你易莽娃，常把我荷尔蒙过剩挂在嘴上，把我作为茶余饭后打击的对象，现在看见了吧，我早就金盆洗手，安分守己，跟风流韵事一点儿边都不沾了。孙猴子才是隐藏得最深的老狐狸，别看他瘦得像干豇豆，躁动的心却大得惊人。"易天雄可没有那么容易被糊弄，他一本正经地说："你呀！别忙着给自己贴金，是不是花心大萝卜，要剖开你的胸膛才能看到。"舒中胜不满地在易天雄肩上拍了一巴掌："你呀，永远改不了在门缝里瞧人的臭毛病！"易天雄反击："谁叫你有那么多把柄落在我们手里呢？"章懿华不想听他们再说下去了，赶紧打住："甭扯闲篇了！好几天不见大侠，走，咱们到大侠铺子里去坐一坐。"

舒中胜说他跟一个客户约了谈业务，时间马上就要到了，他就不去了。

蒲大侠铺子里冷冷清清，门可罗雀，他闲着没事干，就上网搜索招聘信息，看看有没有适合自己的岗位。见章懿华和易天雄走来，他不想让朋友看见自己的窘态，赶紧关闭电脑，起身相迎："老九、天雄，你们来啦，快进来坐！"章懿华见铺子里没有顾客，也没有摆着需要维修的家用电器，本来想问生意是不是不好，但考虑到大侠自尊心强，怕让他难堪，也就换了一个说法："最近生意咋个样？"蒲大侠不想让哥们儿为自己担心，说："还将就！"易天雄也发现铺子里没有人气，但他性格直率，就没有考虑那么多，单刀直入地指出："将就啥呀！我看人影子都没有一个，怕是只赚吃喝不赚钱哟！"蒲大侠连忙解释："现在天气热了，生意是要淡一些。不过，养家糊口还是没问题。"章懿华体贴地表示："有啥困难，你就直接跟哥们儿说，能帮得上忙的，我们一定尽力！"易天雄接过话来，附和道："老九说得对，咱哥几个是生死之交，不是外人，用得着我们的，你千万莫客气！"蒲大侠憨厚地笑道："晓得，晓得！"章懿华岔开话说："倩倩在医院干得咋个样？"蒲大侠脸上顿时露出了笑容："袁圆和笑英专门给她们科主任打了招呼，倩倩干得蛮好的，收入也不错。"

医院妇产科住院部内，郑倩倩忙前忙后地照顾待产孕妇。一会儿搀扶大肚子的孕妇去洗手间，一会儿为她倒开水，并将杯子递到她手上，一会儿照顾她补充营养液。忙完之后又将之前升高的弹簧床摇下，扶着孕妇躺下，将空调被给她盖上，并将被角拉来掖在她身体下。

廖主任在几位医生和护士的陪同下来到病房查房，在病床前询问孕妇的情况时，目光不经意间落在了郑倩倩身上，看见她对孕妇如此细心、体贴，脸上露出了满意的笑容。查完房之后，廖主任叫郑倩倩到她办公室去一下。

郑倩倩来到廖主任办公室，廖主任告诉她："郑大姐，大家对你的护理工作给予了很高的评价，整个妇产科，就你的态度和服务质量最好。"郑倩倩谦虚地说："我还有很多做得不好的地方。"廖主任肯定地说："你已经做得很好了。之前，我跟你说，抽时间去参加育婴师培训，情况咋个样了？"郑倩倩回答说："报告主任，已经培训结束，并通过了考试，取得了育婴师资格证。"廖主任满意地笑道："好钢用在刀刃上！我建议，过一段时间你改做月嫂，好不好？"郑倩倩知道月嫂的收入比一般护工高很多，自从上次袁圆和笑英来医院看望她之后，廖主任就叫她留心月嫂的服务和参加育婴师培训。因此，她仔细观察、揣摩，认真学习、领会，早就掌握了产妇的护理流程并考取了育婴师资格证，就等领导这句话。但她是聪明人，年轻时当过公社妇女主任，如果不是革委会主任垂涎她的美貌，想占她的便宜被她严词拒绝了，她可能已经成为当地甚至更大政治舞台上的一个人物。不平凡的经历让她具备了处变不惊的应对能力。廖主任安排她今后做月嫂，她没有表现出十分的惊讶，而是充满信心地回答领导："我一切听从主任的安排！"她这个回答，廖主任听起来十分满意，对她颔首道："好！那你去忙吧，大姐！"廖主任第一次省去了郑倩倩的姓氏，虽然仅仅是随意的一句话，但对郑倩倩来说，这让她格外欣喜，因为这表示廖主任已经把她当作亲人或自己人来对待。于是，郑倩倩用甜甜的笑容回馈给廖主任："那我走啦，主任！"

郑倩倩已经很久没有这么开心快乐了。在回家的路上，她不由得轻松地哼起了她们年轻时流行的歌曲："蓝蓝的天上白云飘，白云下面马儿跑……"

郑倩倩回到家里，见女儿躺在床上愁眉不展，她快乐的心情顿时就没了。

她问女儿找工作的情况，琪玫没有向母亲说实话，更没有将在酒店遭到老板咸猪手的委屈告诉母亲，敷衍说还没有找到满意的单位。郑倩倩说医院现在还需要护理人员，叫女儿也去试一试。蒲琪玫说给人做护理是低三下四的差事，她才不去呢。郑倩倩说凭劳动力吃饭，不下贱，并告诉女儿自己已经考取育婴师资格证，准备下个月就做专职月嫂，做月嫂的收入可以上万。蒲琪玫说她年纪轻轻的才不去考那个育婴师，给别人当奶妈呢！别说上万，就是十万、百万，她也没兴趣。

女儿长大成人了，有自己独立的见解和想法了，不管母亲怎么说，她都不为所动。

蒲琪玫是一个性格十分倔强的女娃儿，从她给酒店总经理的那一巴掌，就能看出她不是逆来顺受、唯唯诺诺的软柿子。她不想在家里听母亲唠叨，翻身起床，随即就离开了家，留下母亲在身后无奈地摇头。

蒲琪玫从手机里找出之前挑选的一家国有大型公司的地址，急匆匆赶去应聘。负责招聘的人力资源部的工作人员见她身材、容貌和谈吐都不错，对她很热情，有意将她招进公司，但当她看到蒲琪玫仅有中专文化时，顿时大失所望。不过，她并没有放弃眼前这位形象与气质出众的姑娘，有了龚自珍"我劝天公重抖擞，不拘一格降人才"的想法，她知道自己做不了主，便请蒲琪玫等一下，将蒲琪玫的简历拿到走廊深处一间办公室，征求主管领导的意见。

过了一会儿，这位工作人员带着失望的神色回来告诉蒲琪玫，领导认为大学本科毕业是底线，没有例外，只能遗憾地将蒲琪玫拒之门外了。

蒲琪玫垂头丧气地离开了这家公司，漫无目的地在街上闲逛。突然，她看到广告栏上有一家私人企业在招聘，门槛很低，高中毕业即可，她立即赶去应聘，结果老板刚见面就想吃她的豆腐。她真想骂他，但话到嘴边，她还是咽回了肚里。

逃出虎口不能再入狼窝，想起上次去酒店的教训，她转身就走。她忽然发现，人在倒霉的时候，喝水都要塞牙。她感到一种少有的失落，怅然若失地往家走。这时，一个贩卖假证件的妇女来到她身边，向她兜售假文凭。她本来不想理对方，但对方像狗皮膏药一样黏住她。想起几次去应聘，都因为学历低而被淘汰，出于好奇，她问了对方一句，这个妇女便紧跟着她，不停地向她推销。蒲琪玫禁不住对方的花言巧语，与她来到一个偏僻的地方，购买了一本伪造的大学毕业证。

蒲琪玫又一次来到宁夏街人才交流中心，见广告栏上张贴着一家航空公司的招聘信息，便记下招聘地址，回家后立即上网搜索"应聘空乘"的经验和注意事项，赶紧熟记于心。

第二天一早，她急不可待地来到招聘现场。此时天气晴朗，阳光穿过薄薄的云层洒在大地，微风吹来，令人神清气爽。参加应聘的姑娘们个个天生丽质、灿若云霞，给人"淡妆浓抹总相宜"的印象。仿佛这里不是在招聘空乘，而是在举行一场盛大的选美比赛。尽管现场美女如云，但蒲琪玫柳眉杏眼、面容俊俏，身材高挑、婀娜多姿，在人群中还是十分抢眼。她今天有备而来，通过出色的外形和沉着的应对，当场获得考官的一致好评，请她回家等待通知。

蒲琪玫得到考官的肯定后心花怒放、喜不自禁，仿佛天更宽了、地更阔了，阳光配合她的心情也更加灿烂了。还有让她开心的是，她在这里碰见了同来应聘的高中同学——闺中密友林秋兰。两人异地相逢，格外亲热。她们有一种梦想成真、理想即将实现的激动，手牵着手来到一家咖啡馆，要了两杯价格最低的咖啡，端起杯来互相祝福、互相勉励，憧憬着穿上美丽的空乘制服，拉着漂亮的空乘行李箱，款款走进空中客车的情景。

章懿华原以为会所改建茶楼花不了多少钱，没想到这两年建筑材料费和人工费噌噌地上涨，工程尚未竣工，他们投入的资金就花了个精光，装修顿时停工待料，成了半拉子工程。

为了筹措装修资金，章懿华首先想到的是爱徒郝林。他算了算时间，借钱给郝林已经整整一个月了，郝林还没有把钱还给他。他仿佛与爱徒变换了角色，小心翼翼地拨通郝林的电话，说自己急需用钱，迫不得已才给他打电话，用商量的口吻，甚至低声下气地对他说自己投资改建的茶楼等米下锅……

结果，郝林告诉他，自己的合作伙伴半路将资金抽走了，他们创办的新媒体平台，尚无盈利，暂时无钱还给他，请他宽限一点时间。

爱徒郝林不仅没给他一分利息，现在连本金也无力偿还。

"唉！"谁叫他是自己的爱徒呢，章懿华只能自认倒霉。

他现在唯一的办法就是将单位当初分给他的那套福利房卖掉，可这套房子租给客户的租期未满，他打算忍痛赔偿违约金，收回来出售。但女儿章晓白坚决反对，并责怪父亲头脑发热，居然想放弃出租房稳定的收入，去做不可预见的投资。她悄悄把房产证拿到单位，锁进抽屉里，让父亲在家里翻箱倒柜都找不到房产证。

孙向东这些天刚忙完一件大事，那就是他连章懿华、易天雄、舒中胜和蒲大侠等几个铁哥们儿都没有透露一声，悄悄地与妻子殷笑英办理了离婚手续。也就是说，他铁了心地要与殷笑英离婚，然后与谢紫婧共浴爱河，连给朋友们劝和的余地都没有留一点。拿后来易天雄的话来说：这猴子够阴险的，已经成精了！

一般男人提出离婚，女人都非常痛苦，认为男人有了外遇抛弃自己，吃了天大的亏，不仅要口诛笔伐对方是陈世美，是丧尽天良的负心汉，还要上演一哭二闹三上吊的戏码，闹得满城风雨，搞得男人灰头土脸，甚至狼狈不堪都不肯罢休。很多女人甚至还有一个不成文的处置方法：你不让我好过，我也不让你好活，跟你耗时间。拖，也要把你拖死！直到最后发现这些软硬兼施、死缠烂打的方法都不奏效时，才反目成仇，竭尽全力把房产或存款抢到手里。按照孙向东与谢紫婧的预想，殷笑英能从他手里拿多少钱就会拿多少钱，不把房子过户到她名下是不会罢休的。一句话，离婚这场战役打下来，她不能人财两空、便宜了孙猴子！然而，结果却颠覆了孙向东的想象，也超出了谢紫婧的预料。

孙向东向殷笑英提出离婚，殷笑英竟然异常镇定，就跟平湖秋月一样宁静，只淡淡地说了一句话："我知道你迷上了一个小妖精，与我离婚是迟早的事，但我告诉你，最终后悔的不是我，而是你！"她既不与他争钱财，也不与他争房子，反倒让孙向东十分过意不去，主动将巴蜀大学分给他的那套福利房过户到她名下，还将自己私自攒下的钱给了她五十万，以示自己的愧疚和对她的补偿。当然，将存有五十万的银行卡交给殷笑英的时候，谢紫婧不在场，孙向东也没有跟她说。

父母离婚的消息，最终传到了儿子孙阳光的耳朵里。他气得咬牙切齿，要去找父亲理论，尤其是想教训那个第三者，他认为这个谢紫婧是造成他父母离婚的罪魁祸首。他恨不得将她痛打一顿，让她满地找牙，以泄自己的心头之恨。

小伙子气冲冲地来到父亲的住处，这个曾经温暖如春的家，承载了无数欢乐与幸福的屋子。见奶奶孤独地坐在阴暗的角落里叹息，仿佛一个多余的人，他心里五味杂陈，亲热地对老人说："奶奶，我回来啦！"老人见孙儿突然出现在眼前，像久别重逢一样欣喜地对他说："阳光，你终于回家了，奶奶想死你啦！"他心里一热，泪水顿时模糊了眼睛。他扶住奶奶的肩膀喃喃地说："奶奶，我也想您啊！"说罢，他问道："我爸爸呢？"奶奶叹了一口气，眼角不由得掉下几滴老泪："自从你们搬走后，你爸爸经常不在家，我也不知他去哪里了。"

屋子里没有欢乐，没有笑声，冷冷清清的，像冰窖一样冷寂，让孙阳光这个小伙子不由得打了一个寒噤。这个寒噤，突然让他清醒和冷静下来，产生一种深深的后悔。他后悔自己不该去买那套房子，不该买到房子后马不停蹄地装修，装修好后急不可待地与父母分开居住。如果自己还与父母住在一起，也许父母就不会离婚，那样每天都还能见到把自己一手带大的奶奶，四世同堂，多好啊！

他心里想，尽管妻子乔翠莲有一些毛病，但毕竟是小毛病，不至于影响家庭和睦的大局，而且她也在慢慢改正。尤其是搬出去住后自己与翠莲每天忙于上班，儿子豆豆无人照顾，才切身体会到了父母的不易。母亲去了自己家里后确实解决了两人的后顾之忧，母亲与乔翠莲的矛盾也在日益减少，完全能消除与调和。而现在突然冒出来的这个狐狸精，则是家里出现裂痕乘虚而入的侵略者，是不折不扣的外敌，自己与她没有任何可调和的余地。因此，他希望劝说父亲与狐狸精分道扬镳，重新回到妈妈身边。

孙阳光想到这里，便拿出手机给父亲打电话，结果传来"你拨打的电话已关机"的冷冰冰的声音。

此时，孙向东与谢紫婧正在一家酒店的餐厅包厢里共进烛光晚餐。为了不被电话打扰，他们关闭了手机，尽情享受二人世界。可以说，谢紫婧是一个为了完美和浪漫而不择手段的女人。她幻想着与孙向东风风光光、体体面面地举行盛大的婚礼：酒店要万达瑞华——成都首家七星级大酒店，要聘请电视台当红主持人来做司仪，要邀请亲朋好友来参加，共同见证她的幸福时刻。她还有一层与前夫较劲的意思：别以为你有几个臭钱就了不起，你毕竟是一个又老又丑还没有文化的商人，我现在与一位学富五车、德高望重的知识分子在一起，甩你几条街。

孙向东则不然，他想低调处理，像大雪落地一样悄无声息。虽然谢紫婧年轻貌美、气质超群，每次与她在春熙路上行走都有很高的回头率，甚至让那些与自己同龄的老人和年轻得多的中青年人哈喇子流一地，极大地满足了他的虚荣心，但自己毕竟已不是年轻人，何况他与谢紫婧都是再婚，没有必要大操大办，让众人皆知。他认为只需到婚姻机关登一个记，两人再搬到一起住就完事了。再说，他与殷笑英离婚时给了对方五十万元的补偿，来酒店前，章懿华又在电话里说改建茶楼要追加二十万元资金，如果再在高档酒店举办婚礼，还要花一大笔银子。所以，他不想大办婚宴、铺张浪费。但谢紫婧不知道他内心的顾虑，虚荣心助长着她的热情，她坚持要举办婚礼，档次越高越有面子，规模越大越开心。因此，谢紫婧施展她所向披靡、无坚不摧的媚功，一声又一声娇滴滴地叫着老公，一声又一声深情地叫他亲爱的，说自己就这么一个小小的心愿，将他一步一步地推进温柔的陷阱。别说老男人了，恐怕坐怀不乱的柳下惠也经不住谢紫婧这种缠绵悱恻的攻击。孙向东最终投降了，遂了谢紫婧的心愿。

孙阳光打不通父亲的电话，便想到了章懿华，说不定章叔叔知道父亲在哪里。但章叔叔的电话接通之后，他得知章叔叔也在找父亲，猜想父亲正与那个狐狸精在一起，故意关闭了手机。想到爸爸妈妈与章叔叔、易叔叔、舒叔叔等从小在一块儿长大，又一起上山下乡，妈妈跟章叔叔还是同年入伍到云南边疆的战友，几家人的关系一直亲密无间，孙阳光便直截了当地问章懿华："章叔叔，您晓不晓得，我爸爸妈妈前两天离婚了？"章懿华一听，并没有很吃惊，因为这件事在他的意料之中。舒中胜之前说两次看见孙向东与一个漂亮女娃儿在一起，可能已经喜欢上了那个女娃儿时，他还以为舒中胜是捕风捉影，拿孙向东来取乐或垫背，以此让大家淡忘舒中胜拈花惹草的过去。但后来自己在电话里好意提醒孙向东，他不以为意的答复和敷衍的态度，使章懿华顿时明白了，舒中胜所言并非空穴来风。孙向东是一个高级知识分子，他隐忍不发的性格早就养成了不动声色的处世风格，就像易天雄形容的那样，孙向东走路几乎不发出声音，像训练有素的地下工作者。他把婚姻视作个人的绝对隐私，做事深思熟虑，既不想告诉别人，更不想有人来干预。他犹如一辆急速向前行驶的列车，正在沿着自己的轨道驶向目的地，根本不会听取任何人的意见和建议，包括他最好的朋友。对此，章懿华只能在心里为他祈祷，但愿他不是一时冲动。想到这里，他冷静地问孙阳光："你从哪里得到的消息？准确吗？"孙阳光肯定地说："我同学在婚姻登记中心工作，他告诉我的，而且今天下午，我爸与那个叫谢紫婧的女人，已经迫不及待地去办理了结婚手续。您说，我爸一大把年纪了，去找一个比他小那么多的女娃儿，他不嫌丢人，我还嫌呢！"章懿华一听，顿时明白了，但孙向东离婚与再婚的速度，还是大大超出了他的想象。

世界上几乎所有的子女，都希望父母白头偕老，恩爱一生。孙阳光给章懿华打电话，气愤地将父母离异、父亲再婚的"噩耗"告诉章懿华，可见孙阳光对父亲的所作所为是极力反对的。章懿华认为，这个时候不能火上浇油，激怒孙阳光，只能委婉开导，平息他心中的怒火，于是对他说："阳光啊！我理解你的心情，但你也不要太生气。天要下雨，娘要嫁人，做子女的用不着过多地操心，父母的事情就让他们自己去处理吧！"孙阳光心里揣着一团怒火，接受不了这个现实，对章叔叔的劝导自然不能接受，他咬着牙狠狠地说："我管不了那么多，那个谢紫婧就是一个狐狸精，她破坏了我们的家庭，我是不会放过她的！"

孙阳光知道父亲走到这一步，章叔叔也拿不出啥子办法来阻止，向章叔叔道了一声再见，就挂断了电话。

敲锣听音，打鼓听声，听孙阳光最后这句话的口吻，章懿华担心他有过激的行为，急于找到孙向东，劝他与儿子好好交流与沟通，避免年轻人头脑发热，发生意想不到的事情。但他给孙向东打电话，还是打不通。

孙向东终于开机了，他现在急需用钱，不仅要节流，更要开源。之前，巴蜀大学数学院提出返聘他回校任教，被他谢绝了。另一所高校校长聘请他任客座教授，也被他推辞了。自从与谢紫婧相爱后，他感觉到了从未有过的快乐，仿佛自己年轻了许多，但他的钱包也减轻了许多。谢紫婧追求时髦，喜欢过体面的生活，肩包用爱马仕，手袋选 LV，香水喷香奈儿，化妆品用雅诗兰黛，手表戴劳力士……一句话，她花钱如流水，根本不去考虑节约，与勤俭持家的殷笑英根本不在一个维度。孙向东每月一万多块钱的退休金，哪里经得起她大手大脚地挥霍呢！但是，情人眼里出西施，孙向东喜欢她、宠爱她，也就愿意为她花钱，愿意支持她像贵妇人一样打扮。

为了满足娇妻的购买欲，孙向东现在找钱的欲望就像鳄鱼张开的嘴巴，但他没有其他的特长，唯一的本事是在高等数学上有较高的造诣。他不好意思请求巴蜀大学返聘，但另一所大学的校长是他的得意门生，他给对方打电话也就毫无顾虑。由于他在我国数学界名气不小，尤其是由他首创的数学建模教学活动在业界占有一席之地，现在各个学校都在高薪聘请拔尖人才，有他这块金字招牌为学校撑门面，他那担任校长的学生自然求之不得。

为了爱情，为了娇妻，为了他现在的生活，孙向东又重返学校，披上"教袍"，开启了他新的生活模式。好在他这个教授是"客座"，不到学校坐班，也不担任具体的教学任务，仅仅是偶尔到学校做一次报告，搞一些讲座，或者合作研究一个项目。

第十七章

　　章懿华没有打通孙向东的电话，便随即拨打了易天雄的号码，告诉他改建茶楼还需要追加一点资金。

　　易天雄妻子袁圆虽然退休了，但她是主任医师、心脏内科专家，退休后仍在私立医院发挥余热，收入不菲。她对家中的事、单位的事认真负责、精益求精，在家人和患者中口碑极好，但对不属于她的事情，则缺乏热情与积极性。当然，作为一名退休军医，见到危重病人，她还是义无反顾的。因此，易天雄家境较为殷实，儿子易德璋又听妈妈的话，妈妈支持，儿子也顺水推舟。所以，易天雄追加投资，也就轻而易举，不费吹灰之力。

　　这样下来，唯一头痛的就是章懿华了。

　　但是，天无绝人之路，在章懿华一筹莫展之际，舒中胜知道他是将钱借给了爱徒——那个在峨眉山采访过自己的省报记者，这笔钱对方迟早要归还，也就主动提出借给他二十万元，为他解燃眉之急。改建茶楼的工程，又紧锣密鼓地动了起来。

　　一架波音 747 客机停靠在 M 国国际机场。

　　机舱内，年轻帅气的飞行员兼机长高天翔与舒娟娟在一起交谈。从高天翔的目光中，不难看出爱慕之情，而舒娟娟似乎并不在意，她那碧潭一样的眼睛虽然又大又亮，但始终宁静如水、波澜不惊。

高天翔进入驾驶舱后，舒娟娟给另外两位空姐说了几句什么，然后恭立机舱两侧，笑迎鱼贯而入的乘客。最后一名乘客进入机舱后，她们关闭机舱，帮助乘客放置行李。少顷，机舱内响起舒娟娟甜美的声音：

"女士们，先生们：

"欢迎您乘坐由 M 国 lSJ 国际机场前往成都的本次航班。本次航班的飞行距离是 9681 公里，预计空中飞行时间 14 小时 15 分。飞行速度平均每小时700 公里，将于当地时间明天下午 6 点 50 分抵达成都双流国际机场。

"为了保障飞机导航通信系统的正常工作，在飞机起飞和下降过程中请不要使用手提式电脑，在整个航程中请不要使用手机以及其他电子设备。

"飞机很快就要起飞了，现在由客舱乘务员进行安全检查。请您坐好，系好安全带，收起座椅靠背和小桌板。请您确认您的手提物品是否妥善安放在头顶上方的行李架内或座椅下方。

"本次航班全程禁烟，在飞行途中请不要吸烟。

"如果您需要任何协助，请通知空服人员。我们将竭诚为您提供及时周到的服务。"

波音 747 客机腾空而起，不断攀高，转眼之间就像一只银燕消失在天际。

机舱内，舒娟娟胸前那枚红色的党徽熠熠生辉，激励她热情地为旅客服务，赢得了旅客不断的"谢谢"之声。

飞机平稳地降落在成都双流国际机场。舒娟娟和其他空姐们拉着行李箱进入机场空乘人员专用通道，顺利完成了这次飞行任务。

蒲琪玫没有接到航空公司的电话，心里没底，又去宁夏街成都市人才交流中心碰运气，看有没有企业招聘。突然，她接到航空公司电话，通知她明天去机场路航空大楼复试。她欣喜若狂，立即走出人才交流中心，展开双臂，像一只快乐的鸟儿，做了一个飞翔状。

舒娟娟和其他空姐们通过安检处，取下口罩，露出如花似月的面容，轻松地舒了一口气。

他们乘坐机组专车回到公司基地，下车后，高天翔大步流星来到停车场一辆黑色奔驰 E300 轿车前，看见舒娟娟走来，向她招手，然后打开车门，邀请她上车。舒娟娟莞尔一笑，轻摇玉指，温婉谢绝，然后走到前方她的宝马320 轿车跟前，按动遥控钥匙，将行李放进后备箱。

此时，夕阳在西边的天际燃烧，将它火焰一样灿烂的霞光洒满大地。正是晚餐的时候，舒娟娟知道爸爸妈妈都在家里，掏出手机拨通了妈妈的电话，甜甜地对她说："妈妈，我回来啦！"胡丽萍听说女儿安全回来了，紧绷的脸上露出放心的笑容，亲昵地说："我们等你回家吃饭！"舒娟娟体贴地说："妈妈，你们先吃吧，不用等我！我开车回来不堵车都要半个多小时，何况现在正是下班高峰期。"胡丽萍坚持说："我们不饿，等你回来一起吃！"舒娟娟也坚持说："妈妈，你们不要饿着肚子等我，好吗？"说完，她钻进驾驶室，熟练地发动汽车，驶出停车场。

高天翔驾驶车辆在路上缓缓行驶，从后视镜里看见舒娟娟的车驶来后，他主动让到慢车道，等舒娟娟的车超过自己之后，紧紧跟在她后面，充当她身后的安全气囊和保镖。直到目送舒娟娟驶入锦都花园之后，他才调转车头疾驶而去。

第二天一早，蒲琪玫和林秋兰兴高采烈地来到机场路航空大楼。她们看见一个个神采奕奕、亭亭玉立、身着统一服装的空姐在大厅走来走去，用一种居高临下的目光扫视前来应聘的姑娘们。蒲琪玫和林秋兰望着这些"捷足先登"的大姐大，既露出羡慕的神色，又不屑一顾。蒲琪玫心里想：别神气，要不了多久，我就跟你们一样，说不定，还能超过你们！

没有想到的是，蒲琪玫和林秋兰临进考场才知道复试是笔试。笔试对这两个脸蛋漂亮笔头不太漂亮的女娃儿来说，无疑是一场严峻的考验。但事到临头，她们又不能打退堂鼓，只有硬着头皮上。更让蒲琪玫没有想到的是，监考官之一，居然是舒娟娟姐姐。

笔试期间，舒娟娟总是用鼓励的目光扫视应聘的姑娘们，尤其是蒲琪玫与她偶尔对视的时候，舒娟娟的目光让蒲琪玫感到十分的温暖。

交卷的时间到了，舒娟娟拿起蒲琪玫的试卷，认真浏览了一下，脸上露出了一丝浅笑。

有娟娟姐姐暗中鼓励，蒲琪玫感觉自己成绩应该不差，但她还是放心不下，打电话问娟娟姐姐。舒娟娟见身旁没有其他人，高兴地对她说："你的答卷虽然不会得高分，但通过的可能性很大，你就回家耐心等待吧，一周后结果就出来了。"

蒲琪玫欣喜若狂，俏皮地亲了手机一口，对娟娟姐姐表示感谢，然后得意忘形，跳起来做了一个大鹏展翅状，结果落地时崴了脚，乐极生悲。

她一瘸一拐地回到家，还是抑制不住兴奋，将喜讯告诉了爸爸妈妈，蒲大侠和郑倩倩异常高兴。蒲大侠甚至拿出酒来，提前为女儿庆贺，但郑倩倩却有一种幸福来得太快的不祥预感，匆匆吃过晚饭，她就急忙赶回医院去上班了。

章懿华从家里出来，站在小区外的路灯下举目四望。他与易天雄、舒中胜在电话里约好，晚饭后在这里会合，然后一起去看望蒲大侠。这时，他发现孙向东一身周吴郑王的装束，拎着一个黑色皮包低头走来。他眼睛不由得聚焦起来，盯着孙向东仔细打量，只见孙向东改变了长期保留山羊胡子的习惯，将胡须刮得一干二净，头发还焗了油，微卷的头发打理得黝黑发亮，好像波浪在翻滚，在灯光下十分抢眼。他看上去年轻了许多，晃眼一看，还以为是一个年轻人。当然，他走近了，额上的沟壑还是掩盖不住岁月的沧桑。章懿华不知道，孙向东现在这个打扮，完全是按照谢紫婧的审美标准精心设计的。她想通过对孙向东外形年轻化的处理，缩短与她年龄上的差距，从而粉碎她是这个老男人"小蜜"的闲言碎语。因此，眼前孙向东的装束是谢紫婧的杰作，是他们领取婚姻合法证后焕然一新的见证。章懿华站在原地伸出手来将他拦住，问道："向东，你这是到哪里去？我找了你几天都没有找到你。给你打电话，你也三言两语就将我打发了。"孙向东停下脚步，饱含歉意地说："对不起！老九，我被学校返聘了，这段时间实在是太忙太忙，这不，今晚就有一个讲座，要去给学生上课呢。"易天雄走过来，一把夺过孙向东手上的皮包，声若洪钟地挖苦他："孙大教授，你白天上课，晚上也不放过。是不是坐在钱眼里摸钱边——财迷心窍了啊！"孙向东苦笑一声，难为情地说："现在花钱的地方多起来了，不把老骨头熬出油来，没法过呀！不像你易大处长，有主任医师发挥余热为你赚票子，你只负责抱着手乐享其成！"易天雄坏笑着，用刀刃一样的目光从他脸上划过："谁叫你老牛吃嫩草，找一个花钱如流水的主呢！你这是猴儿戳蜂包——自讨苦吃嘛！"章懿华沉吟片刻，打断易天雄的话，问孙向东："对了，向东，你和笑英不吭一声就把婚离了，也不给哥们儿打个招呼，是不是怕我们阻拦你呀？"易天雄接过话来，直言直去："就是嘛，笑英那么巴适一个女人，你居然忍心将她抛弃。我真怀疑你脑袋进水了，平路不走钻刺窝——自找苦吃！"孙向东不这样认为，解释说："我之所以没有提前告诉哥们儿，就是怕你们会这样说。"他叹了一口气，把话岔开道："只有自己的脚才知道鞋的大小。我承认笑英是一个心地善良的女人，但她在家里太霸道了，一手遮天，根本不把我放在眼里，长期在一起生活太恼火了。你们根本不了解我内心的痛苦，我是林冲火烧山神庙——被逼上梁山了！"章懿华深邃的目光落在孙向东的脸上，仿佛他的目光已透过孙向东的表情，插进了孙向东的内心："我知道，家家都有一本难念的经！你和笑英之间的摩擦，由来已久。尽管我们是铁哥们儿，也管不了你家里的事，"他随即将话锋一转，"但你也没必要瞒着我们嘛！俗话说，三个臭皮匠，顶个诸葛亮，离婚这么大的事情，不说商量，你总得告诉我们一声啊！再说，你娶一个年龄小那么多的女娃儿，今后是你照顾她，还是她照顾你？这些都要考虑好！"易天雄大大咧咧地讥笑道："我看哪，孙猴子是想赶时髦，老牛吃嫩草！"

舒中胜不动声色地走了过来，嬉笑着说："人老了，牙齿不好，喜欢吃嫩草，这是人的天性，对不对，孙教授？"孙向东对着舒中胜笑一笑，点了点头："你还真别说，与年轻人在一起，感觉自己就是要年轻很多。至于将来谁照顾谁，只要有感情，我看并不重要，重要的是，是否有幸福的感觉！"易天雄咂着嘴，蔑视地盯着孙向东和舒中胜："啧啧啧！当衣服买酒喝——顾嘴不顾身！"章懿华若有所思，顺着孙向东的思路说道："幸福的标准，因人而异。但只有时间才能对幸福与否做出检测！"舒中胜嘴上帮孙向东打圆场，实际上是居心叵测地转移矛盾，因为他长期被几个哥们儿拿来洗脑壳，现在有了孙向东来垫背，他暗自高兴："孙教授有鲜嫩的青草吃，口感好，心里舒服，何乐而不为呢？"易天雄瞟了舒中胜一眼，知道他是不怀好意，并没有将他排除在外，依然将他作为连带打击的对象："这下有戏看了，你们两个脏水倒阴沟——同流合污了！"舒中胜没想到易天雄不上他的当，赶紧反咬一口："我说易莽娃，你是吃不到葡萄说葡萄酸吧？"易天雄反应也不慢，反击道："我不吃葡萄，不管它酸不酸，但你冬天的大葱——叶黄根枯心不死，小心旧戏重演！"章懿华知道易天雄和舒中胜在一起，打嘴仗取乐是家常便饭，若任由他们说下去就没完没了了，赶紧打住话说："不要把话扯远了，咱们是几十年的铁哥们儿，我希望有啥子事情互相多沟通，能帮上忙就帮忙，帮不上忙，就安慰。"易天雄还是忍不住数落孙向东，认为他不够义气："我看哪，孙猴子就没有把我们当铁哥们儿，把婚离了不吭一声，把一个女娃儿娶回家了，也不请我们喝两杯。不仅是阴森鬼，还是夹夹客！"孙向东连忙表示抱歉："我正要告诉哥们儿，我和谢紫婧已经定了，这个月16号在万达瑞华大酒店举行婚礼，请哥们儿来捧场！"易天雄听他这样一说，也就转怒为喜："这还差不多。"说着便将皮包还给了孙向东。

　　章懿华想起孙阳光之前说的那些话，不愿孙向东与儿子的关系搞得水火不相容，提醒孙向东说："你跟阳光沟通过没有？他对你与谢紫婧的结合，好像很抵触！"孙向东又是长叹一声："唉！这小子一根筋，刚才还在电话里跟我吵了一架。"章懿华劝告道："你们毕竟是父子，千万不要把感情搞僵了！"

　　"我知道！"孙向东抬起手腕看了一眼夜光表，"我走了，改天再说。"

　　望着孙向东离去的背影，章懿华摇了摇头，轻轻地叹了一声："唉！"易天雄也摇了摇头，且忍不住啐了一口："这么一大把年纪了，还瞎折腾，何苦呢！"舒中胜不同意他这个观点："人家找了一个年轻貌美的女娃儿，你不要嫉妒嘛！"易天雄冷笑一声，又啐了一口："笑话，我易天雄这辈子跟'嫉妒'两个字是鸡狗做邻居——老死不相往来！"章懿华自言自语："人各有志，不能强勉，但愿向东有一个幸福的晚年！"

　　章懿华和易天雄、舒中胜来到蒲大侠家，寒暄一会儿，章懿华便直奔主题，问他："现在收入咋个样？跟我们说真话。"由于经营实在惨淡，蒲大侠不得不实话相告："真不好意思，现在一般家用电器都在隔三岔五地搞促销，价格越来越相因，很多人都是喜新厌旧，宁肯买新的也不维修，客户越来越少，每个月的收入只够交铺面租金。"章懿华早就料到他生意不好，来之前就做了安排，告诉他说："茶楼马上要开业了，我们几个老哥们儿已经商量好，打算请你去茶楼上班。"蒲大侠听说叫他去茶楼上班，知道这纯粹是哥们儿对他的照顾，他不想成为哥们儿的累赘，没有表态。易天雄见蒲大侠犹豫不决，便直言直语："大侠，你咋个钉锤当成哑铃玩——举棋不钉（定）啊！"蒲大侠惭愧地低下头，半晌才抬起头说："哥几个处处为我着想，我一张老脸不晓得该往哪里搁。"舒中胜急了，冲着蒲大侠说："这不是你的风格呀，大侠！"章懿华知道蒲大侠心里在想啥，干脆一锤定音道："大侠，你别婆婆妈妈了，就这么定了。你租的铺面可能还没有到期，赶紧把它转让出去。茶楼开业，你就来上班。"

第十八章

茶楼开业了。

章懿华提议取名"芙蓉茶楼"。芙蓉是成都市的市花，因五代后蜀主孟昶宠爱花蕊夫人，在宫苑城墙上遍植木芙蓉，成都因此得名"蓉城"。章懿华想通过自己的微薄之力，扩大木芙蓉的影响。

芙蓉茶楼硬件装修古色古香，极具川西民居风格；软装饰呈现两个特点，一是摆放知青到农村插队的物件，二是带有军旅情怀。除了品茗，茶楼业务主打棋牌室，既有消费低廉的大厅，又设有十六个包间，分别冠名芙蓉、银杏、牡丹、岚竹、桂花、晚春、仲夏、金秋、冬至、天府、高新、青羊、锦江、金牛、成华、武侯等，可以满足各类消费者的需求。大厅和每个包间都张贴醒目的告示：健康娱乐、严禁赌博。

此时，茶楼外两侧摆着新鲜的花篮，姹紫嫣红的花朵娇艳欲滴、芳香四溢，一派生机勃勃的景象。挂在花篮上的红绸上写着"生意兴隆""财源广进"等祝贺词，地上摆满了五颜六色的气球。这些气球连成一片，像一个个牵着手轻轻舞动的小精灵，又如一张张胖嘟嘟的笑脸，在微风吹拂下，簇拥在一起窃窃私语。

章懿华、舒中胜、孙向东、易天雄和蒲大侠衣冠楚楚地一字排开，站在茶楼台阶上，向陆续到来的嘉宾和客人频频挥手致意。这时，章懿华见一位满头银发、精神矍铄的老人在秘书和司机的簇拥下来到现场，便急忙迎上前与其握手，邀请他到台上去。老人客气地摆摆手，表示自己站在台下即可。章懿华出于礼貌，请他一会儿讲话，老人依然摆摆手："话我就不讲了，你去忙你的吧！"随即与旁边几位鹤发童颜，一看也是身份不俗的老人交谈。章懿华也不勉强他，与几位老人颔首致意后回到台上，抬起手腕一看，时针指向十点钟，他示意亭亭玉立站在主持台前的舒娟娟：可以开始了。于是，舒娟娟手持移动话筒跨前几步，发出银铃般清脆悦耳的声音："尊敬的各位领导、各位嘉宾、各位朋友，大家上午好！芙蓉茶楼开业庆典，现在开始。首先，让我们用热烈的掌声，有请四川省健康麻将协会张俭秘书长讲话。"她轻移两步，用优雅的手势邀请张秘书长到主持台来，然后将话筒递给他。

张秘书长接过话筒，客气地向舒娟娟点了点头，又向大家笑着鞠了一躬，开始发表讲话：

"尊敬的各位领导、各位嘉宾：夏末秋初，在这暑气渐退、秋风送爽的日子，芙蓉茶楼开业了，我谨代表四川省健康麻将协会表示最诚挚、最热烈的祝贺！

"我本人十分喜爱品茶，虽不是专家，但也常以茶会友，在茶香中品味人生百态。

"中国的茶文化历史悠久，有茶的地方就有浓郁的文化底蕴。芙蓉茶楼不仅在茶的选择上有独特的品位，在装修上也富有文化气息。既有军旅情怀，又有乡村情调，既有亲切的怀旧气氛，又有浓浓的历史韵味，正好与茶有着浑然天成的统一。

"如今，人们在吃喝上已经不再追求奢华，而是追求一种高雅的格调和气氛。而饮茶品茗正是人们对精神生活的一种追求和向往，茶楼便是人们在百忙之中给心灵寻找的休息场所。在生活的奔波之外，约上两个知己，到茶楼品茗谈心，可谓人生的一件快事。

"茶是知己，可以品出喜怒哀乐；茶是人生，可以品出悲欢离合；茶是良师，可以教人度过美好一生；茶是益友，可以让我们的心灵得到慰藉。所以，能品到茶，品到好茶，无疑很惬意。一边品茶一边娱乐，就不得不提麻将。作为我国文化精髓之一的麻将，在咱们中国尤其四川，是群众参与度最高的娱乐项目之一。所以，倡导健康麻将，通过麻将健身益智，防止老年痴呆，已成为广大群众尤其是老年朋友的共识。

"近年来，欧美和亚洲一些国家已经将麻将作为体育比赛项目，逐渐推广，引来了越来越多的爱好者参与。我国作为麻将的发源地，世界上参与这项活动人数最多的国家，反而还没有将麻将纳入体育竞技之列，不能不说是一种遗憾。目前，我们正在筹建四川省首届健康麻将邀请赛，我宣布，下周的今天，预选赛就在这里举行！"

听说预选赛选定在芙蓉茶楼，章懿华带头鼓掌，全场顿时爆发出热烈的掌声。

张秘书长听掌声停止后，接着说：

"借芙蓉茶楼开业之际，我们希望通过健康麻将活动，选拔或发现一批麻将竞技人才，促进麻将体育比赛的发展。

"以上是我对茶和麻将的感悟。如果你没有这种感悟，可以到芙蓉茶楼来寻找；如果你有，可以到芙蓉茶楼来与我们切磋。

"我的话讲完了，谢谢大家！"

舒娟娟接过话筒，轻启朱唇，表示谢意："感谢张秘书长热情洋溢、精彩纷呈的讲话！现在，我们用热烈的掌声，请芙蓉茶楼执行总经理、巴蜀日报社原总编辑章懿华先生致辞。"

章懿华接过话筒，向大家鞠了一躬，热情而不失风度地说：

　　"尊敬的各位领导、各位来宾，女士们、先生们，大家上午好！

　　"今天，秋高气爽，祥云送瑞。在各界领导和朋友们的大力支持下，在我们几个老哥们儿和员工的不懈努力下，经过几个月的精心筹备，我们终于迎来了芙蓉茶楼的吉日良辰，请允许我代表茶楼全体员工，向光临庆典的各位领导致以崇高的敬意，向各位来宾表示热烈的欢迎，向到来的各位茶友和牌友表示诚挚的感谢！

　　"刚才，张秘书长对茶文化和麻将娱乐与运动做了精辟而新颖的诠释，对我们茶楼给予了充分的肯定。他的讲话让我们大开眼界、如沐春风、倍受鼓舞！让我们再一次用热烈的掌声，对张秘书长的讲话表示感谢！"

　　待掌声停止之后，他接着说：

　　"在毗邻风景秀丽的百花潭公园、文化公园和永陵公园的西安路，芙蓉茶楼虽然并不起眼，但我们坚持诚信经营的理念，希望以洁净的环境、优质的服务、丰富的茶种，努力吸引众多儒雅之士的目光，让芙蓉茶楼成为大家洽谈生意、款待亲友、休闲娱乐的理想场所。

　　"群贤毕至，少长咸集。开业伊始，难免服务不周，但为使每一位来宾都能寻一方精神栖息之地，品一杯浓酽佳茗，悟一段别样人生，我们将竭尽全力。

　　"'半盏清茶，观沉浮人生；一颗静心，看清凉世界。'我们希望，芙蓉茶楼能成为大家怡情悦性的修身之所、健康娱乐的理想之地。'淡中有味茶偏好，清茗一杯情更真'，我们希望，这里能成为大家友谊升华的依托地。

　　"'三千茶农做好茶，无尽芳香送福祉。'恰逢周末，为答谢各位来宾，今日品茶、打牌全免费，并备有糕点和水果供大家品尝。请大家卸掉生活的压力，收获幸福的人生。

　　"最后，我祝各位来宾尽兴品茶，健康娱乐，谢谢大家！"

舒娟娟被章叔叔殷切、诚挚并富含文词雅句的讲话感动了，愣了一下才想起主持，赶紧恢复镇定的神态说："让我们用热烈的掌声，感谢章总编热情诚恳、精彩异常的致辞。"随即，她将笑脸转向自己的父亲："现在，让我们用热烈的掌声，有请四川中胜实业有限责任公司董事长、芙蓉茶楼总经理舒中胜先生宣布——"

舒中胜从女儿手中接过话筒，轻轻咳嗽一声试了试音，挺胸收腹，用高八度的声音敞开嗓门："现在，我宣布，芙蓉茶楼——正式开业！"

随着他一声令下，服务员立即踩爆气球，噼里啪啦的爆炸声此起彼伏，响彻四方。平日里听起来有些刺耳的爆炸声现在却十分响亮、悦耳，尤其是对他们几个哥们儿来说，简直就是天籁之音！他们辛辛苦苦，出钱又出力，通过几个月的共同努力，终于实现了自己的梦想。

章懿华、舒中胜簇拥着几位德高望重的老领导、老首长走进茶楼，毕恭毕敬地安排他们进入天府包间，一个身着蓝花楹色工作服的女服务员急忙彬彬有礼地端茶递水，将麻将机电源接通。孙向东、易天雄领着张秘书长一行人来到银杏包间，另一个女服务员也赶紧给他们沏上香茶，接通麻将机电源。

章懿华、舒中胜和孙向东、易天雄分别安排好领导和贵宾后，便退出包间，去接待其他嘉宾。

装修一新的茶楼就像巨大的磁场，吸引了众多品茗者和喜欢麻将娱乐的消费者。章懿华岳母、孙向东母亲、易天雄岳父、舒中胜父亲和之前陪章懿华岳母打麻将的那些老人也陆续进入茶楼，大家谈笑风生，自由组合，开始打麻将、喝茶、摆龙门阵。

统一身着蓝花楹色工作服的服务员热情地给客人端茶递水。

蒲大侠满脸堆笑地伫立在收银台，眼观六路，耳听八方，不时提醒服务员给在大厅的客人续水或更换水壶。见服务员忙不过来，他就拄着拐杖，拎着水壶给客人送去。

　　开业第一天顾客盈门，这对几位投资人来说是最大的安慰。虽然此时没有盈利，只赚吆喝不赚钱，但这样的营销手段必将赢得顾客的好感，有利于为茶楼吸引和稳定客源。果然，客人都纷纷称赞他们是良心商家，电话通知亲朋好友来茶楼聚会。一传十，十传百，不断有客人慕名而来，使整个茶楼人气旺盛，充满了欢声笑语。

　　见此情景，章懿华和几个哥们儿高兴得合不拢嘴。他们在大厅里转了一圈，遇到熟悉的人就主动打招呼，寒暄几句，或征求客人的意见。见客人把大厅几乎坐满了，又有大侠在收银台招呼新来的客人，他们没什么事了，便进入专门为自己设置的芙蓉包间。

　　易天雄最近几次和章懿华、孙向东在一起打麻将，明显感到与他们之间的差距越来越大。刚坐下，他就请他们一定要传授一下经验。舒中胜也想提高牌技，表示赞同。作为铁哥们儿，章懿华和孙向东自然毫无保留地将自己所学告诉二人。

　　章懿华一边摸牌，一边侃侃而谈："打成都麻将，我的感受有五点：一是保留的牌，比如保留条子，可以先打一张没有用的，让对手迷糊。如果按照规定张打法，此法则不可取。二是必打牌可以放上一会儿，不断变换出牌程序，让对手摸不清路数。三是如果不兴'刮风下雨'，有三张相同的牌，先碰后开杠，多长分，默不作声卡断三家。四是条件不成熟千万不要做清一色。五是有对子尽量全碰，以便'刮风下雨'。"

　　孙向东在陌生人面前言语不多，很谦和，但与几个铁哥们儿在一起，用不着谦虚，他补充说："打麻将一定要有一个好的心态，不要急于求成，欲速则不达。有三个顺口溜：一是打牌和牌靠手气，对此说法要同意；二是打牌不要去赌气，计较输赢太小气；三是搓牌本是求乐趣，别因手气发脾气。"

章懿华呷了一口茶，志在必得地说："打麻将有三条术语，一定要记住：一是卡下家、防对家、顶上家，这样就有望洗白三家。二是敌不现，我不现；敌不现，我现就完蛋。三是先消根，再打缺，最后再做清一色。"

　　易天雄豁然开窍："没想到打麻将有这么多说法。'敌不现，我不现；敌不现，我现就完蛋'这句话很像老人家《论游击战》的观点嘛。显微镜下看细菌———一目了然！"

　　舒中胜也觉得很有意思，颇受启发："卡下家、防对家、顶上家，这样就有望洗白三家，很有《孙子兵法》的味道。"

　　蒲大侠不知什么时候拎了一壶水进来，听到章懿华传授的经验，也感慨起来："先消根，再打缺，最后再做清一色。这跟当年连队指导员讲的辩证法，先解决主要矛盾，再解决次要矛盾异曲同工！有意思，太有意思啦！"

　　章懿华说得高兴，不由得浮想联翩："对头，不要小看这麻将，学问大着呢！我发现，麻将对应易经八卦数像理的原则成牌，打麻将就像是在推演易经八卦，表面上是你放炮我和牌，而实际上通盘都在教育我们如何做人、做事，用牌局为我们昭示面对人生际遇变化应有的心态和对策。"

　　孙向东赞同章懿华的观点，进一步生发开来："老九说得极是！比如'杠上炮'，昭示的就是乐极生悲的道理。开杠本来是好事，但遇到好事一旦不注意防范风险，就可能变为坏事；而'暗七对'，讲的则是否极泰来的玄机。一手牌互不相连非常糟糕，但大可不必灰心丧气，顺势耐心操作，同样可以做成大牌。"

　　舒中胜若有所悟，眼睛突然一亮："照此说来，'海底捞月'不就是告诉我们，任何时候都不要放弃希望，持之以恒、坚持到底也有可能称心如意吗？"

　　易天雄也似有顿悟，开始触类旁通："那么，'不求人'岂不就是独立自主、丰衣足食的立场和作风？'全求人'则是化敌为友、有容乃大的君子胸襟？他奶奶的，这打麻将还真是学问不浅！打了几十年的麻将，才知道过去和尚拜堂——全是外行！现在总算晴天下大雪——明明白白了！"

章懿华说得兴起，开始眉飞色舞、口若悬河："没错！由于麻将内置融合了群经之首、大道之源的易经八卦精髓，它丰富的学习性、深邃的哲理性，特别是早已广为人知的趣味性、益智性，一直以来作为'最中国'的国粹，易学易乐，在国内外受到最广泛的青睐。在人口老龄化日益突出的今天，越来越多的老年朋友喜欢上了麻将，麻将成为大家休闲娱乐必不可少的项目。"

孙向东也来了兴趣，引经据典地告诉大家："一位伟人曾经指出，我国对世界的贡献，除了四大发明，还有三大功绩：一是中医，二是《红楼梦》，三就是麻将。"

舒中胜深有体会地说了自己的感受："难怪我们这些上了年纪的人都喜欢打麻将，因为闲着就会打瞌睡，就会闲出毛病来。坐到麻将桌上，精神就来了。"

章懿华神采奕奕、自信满满地接着说："我们四川地区特别是成都地区，习惯打的这种活力麻将，也就是'血战到底'，每盘最先的赢家，都能获得起身走动、短暂休息的机会，这就消除了传统麻将坐地不动、一和到底、易于疲劳的弊端，所以能广泛流传。"

几个老哥们儿一边玩牌，一边交流经验，章懿华突然想起什么，问道："对了，昨天说好，今天茶楼开业，请几位嫂夫人和弟妹来捧场，咋个不见她们的影子？"

易天雄一拍脑袋，赶紧解释："哎呀，瞧我这个记性！先前忙于招呼客人，忘了告诉你，昨晚上社区突然通知袁圆她们，说今天是一个好日子，请她们演出去了。"

果然，西青路社区广场上，"最美不过夕阳红"的演出吸引了众人的围观。一支身穿红黄渐变色表演服的老年舞蹈队，刚在《春天的故事》音乐声中缓缓谢幕，由胡丽萍领队、殷笑英、袁圆等队员组成的老年模特队，便在轻松愉快的《春江花月夜》乐声中徐徐登场。你别说，经过一段时间的排练，身着紫色旗袍的胡丽萍等人展现出的风采，俨然一支训练有素的职业模特队，观众不时对她们的表演发出惊叹的声音。只是领队胡丽萍脑子里总是想起一句话："孤单，是一个人的狂欢；狂欢，是一群人的孤单。"她自始至终端庄有余，笑容不足。

　　章懿华、易天雄不知什么时候悄悄来到了表演现场。

　　这些老姐妹走起模特步来风姿绰约、体态优美、有模有样，可谓城市一道别具一格的风景。现场观众忽视了岁月在她们脸上留下的沧桑，看到的是醇美的气韵、晚霞红似火的魅力。

　　章懿华和易天雄为她们精彩的表演带头鼓掌，围观的群众随即热烈响应，现场顿时爆发出经久不息的掌声。

　　秋天是成都一年中最舒适的季节，阳光收敛了它暴热的性格，变得像少女一样温柔和妩媚。雨过天晴，天空仿佛刚清洗过一样露出久违的蓝色，一群大雁将一个"人"字写在城市的上空，展现出它们生命的活力。微风轻拂，不冷不热，不仅吸引天南海北的游人到这里观光，也让本地人频繁结伴郊游，去呼吸大自然的新鲜空气。即使蒲琪玫她们租住的青羊小区是一个老旧小区，绿化环境不尽如人意，但也有自己的秋天，庭院里那棵孤独的桂花散发出的芳香，更是令人感到温馨、惬意。

　　蒲琪玫出生在泸州市古蔺县桂花场，从小在桂花树下长大，对桂花情有独钟。她站在院子里做了一个深呼吸，将桂花醉人的芬芳吸入肺里。也许是心情好，萌发了郊游的兴趣，蒲琪玫打电话给闺密林秋兰，约她到新都桂湖去赏桂花，去收集秋天的景色，然后将它塞进记忆的行囊。并说如果航空公司通知她去上班，她就没有现在这么自由了。林秋兰也开心地说她也喜欢桂花的那抹暖黄，像极了徐志摩《沙扬娜拉》中回眸一笑的温柔和娇羞。于是，二人一拍即合，赏桂花去！但林秋兰在电话里告诉蒲琪玫，新都毕竟在郊外，她不想跑那么远。她说，百花潭公园就有大片大片的桂花，花香馥郁清甜，让人一秒沉醉。蒲琪玫听说百花潭公园也有很多桂花，离家又近，走路只要十多分钟，也就欣然答应。

她们高高兴兴地来到百花潭公园。果然，园区内金桂、银桂、丹桂等各种桂花挂满枝头，游人如织。秋风吹拂，花香沁人肺腑。二人以桂花为背景，互相拍照留影，分外开心、快乐。

她们留下了一个又一个青春的倩影，大口吸着浓郁的花香。心满意足之后，林秋兰问蒲琪玫接到航空公司通知没有，蒲琪玫说还没有。林秋兰又说："天天盼通知，我心里都快急出火来了，你能不能给娟娟姐姐打个电话，问她一下，啥子时候能出结果？"蒲琪玫说："我跟你的心情一样，盼通知都快盼疯了，昨天才问了娟娟姐姐。"林秋兰急不可待地说："闲着也是闲着，你再问她嘛，说不定就有消息了呢！"蒲琪玫说："好吧，我现在就给姐姐打电话。"

舒娟娟此时正在双流机场一处登机口，她接到蒲琪玫的电话，理解她焦急的心情，对她说："我即将飞往 M 国。录用通知是公司人力资源部负责。这样，我把人力资源部的电话告诉你，你直接打电话问他们。"

蒲琪玫按照舒娟娟给的电话号码打过去，对方请她耐心等待，过两天才能公布聘用名单。得到这个答复后，蒲琪玫吐着舌头做了一个无可奈何的表情，林秋兰也耸耸肩，做了一个只有听天由命的怪相。

除了耐心等待，她们别无他法。

殷笑英拎着菜从青羊小区菜市场出来，与蒲琪玫迎面相遇，她热情地跟蒲琪玫打招呼，蒲琪玫也亲热地叫笑英阿姨。殷笑英关切地问她找到工作没有，蒲琪玫满怀信心地告诉阿姨，去航空公司应聘空乘已经通过了复试，现在就等通知了。殷笑英对蒲琪玫说："空姐这个职业挺好的，娟娟就在航空公司，今后你们姐妹俩就有伴了，祝贺你！"蒲琪玫乖巧地谢过，见她拎着那么多菜，抢着去帮她。殷笑英说："不用，你快回家吧！"

蒲琪玫走了，殷笑英望着她踩着欢乐鼓点一样离去的背影，羡慕地自言自语："年轻真好！"

殷笑英拎着大包小包的东西回到家里，豆豆跑上前叫嚷着饿了。她赶紧将在小区门口香酥园买的一包雪花糕递给他。豆豆接过来说了一声"谢谢奶奶"，就熟练地撕开包装袋吃了起来。殷笑英进入厨房一边系上围裙，一边提醒孙子："豆豆，只准吃两小块充饥，不能多吃！"豆豆老练地回答奶奶："我知道，吃多了，等一会儿就吃不进主食了。"殷笑英伸过头怜爱地望了一眼孙子："豆豆懂事，乖！"

每天黄昏是殷笑英最忙碌的时候。她认为儿子和儿媳妇中午在单位忙碌，午餐仅仅是填饱肚子，没有多少营养，晚餐便想给他们改善一下。虽然营养学家说晚餐不宜吃得太饱太好，不利于消化，但对于上班族来说，午餐在外面吃得清淡，晚餐若还是简单对付，身体垮了怎么办？因此，她总是把每天的晚餐做得较为丰盛，她在厨房这个家中的舞台，不厌其烦地上演锅碗瓢盆交响曲。

自从与孙向东离婚后，她就把儿子和儿媳妇的家当作自己的家，实际上这又不是她的家。过去在自己家里她当家做主，对所有人都可以发号施令，虽然不能主宰一切，但也可以说是有呼必应，说话也就不太注意。现在搬来与孩子住在一起，她感觉自己的身份突然变得怪怪的，甚至有一种寄人篱下的感觉。她多次想跟儿子提出来，自己搬出去住，但看见儿子和儿媳妇每天早出晚归，孙子豆豆没人照看，她话到嘴边又咽了回去。再说，儿子孝顺肯定不会同意，还会责怪她不该跟他爸爸离婚。

是呀，孙向东提出离婚，是有第三者插足，她本来可以大吵大闹，坚决不答应，把那个不要脸的狐狸精撵走。但她既没有吵也没有闹，甚至还很配合地办理了离婚手续，让谢紫婧轻而易举地就将丈夫从自己身边夺走。就连袁圆和胡丽萍知道后都骂她太便宜了那个小妖精。一个眼里容不得沙子的女强人，居然在关键时刻做出了许多弱女子都不容许的事情，完全不符合她的性格。实际上，她们并不了解她内心的想法。她是一个自尊心很强的女人，是一个甚至有些骄傲和自负的女性：你看不起我，我还看不起你呢！

殷笑英独处的时候，突然像变了一个人，开始反思自己，并进行严厉的自我剖析，就像当初在部队周末班务会上一样，一丝不苟地做自我检查。她想，如果仅仅与孙向东水火不相容，有可能是两个人的问题，一个巴掌拍不响嘛！与儿媳妇乔翠莲也处不好，问题是不是出在自己身上？

她从小性格耿直，是那种"风风火火闯九州"的角色，又在部队待了半辈子，也就把自己培养成了货真价实的炮筒子，说话直来直去，很少过脑子，结果与丈夫闹得各奔东西，和儿媳妇也搞得剑拔弩张，弄得心里别扭不说，还左右不是人。"唉！是不是该收敛一下自己争强好胜的性格？或者干脆睁一只眼闭一只眼？"

殷笑英一边在厨房里忙碌，一边在脑子里将往事回放，不知不觉一桌丰盛的晚餐就做好了，儿子和儿媳妇也下班回家了。孙阳光一进屋就闻到了菜香，看到餐桌上摆着他喜欢吃的麻辣跳水兔、乔翠莲情有独钟的酸菜鱼、豆豆百吃不厌的臊子蒸嫩蛋，他知道妈妈是用心良苦，考虑到了他们一家三口的口味。又看到桌上唯独没有她自己偏爱的咸烧白，不由得为妈妈的无私奉献精神感动得心里暖暖的："有妈在家真好，一回家就能吃现成！"

于是，一家人围坐在一起吃饭。殷笑英不时为豆豆舀蒸蛋、夹肉，自己却只拈素菜，好像她的筷子与肉类无缘，总是与它们擦肩而过。乔翠莲的筷子却像长了眼睛一样，在菜碗里翻过来覆过去地搜寻，仿佛要把肉类一网打尽。孙阳光很懂事，也很看事，时不时将肉夹到妈妈的碗里。殷笑英就像是转运站的工人，随即将它搬运到豆豆的碗里。孙阳光感到鼻子有点发酸，劝她："妈，你不能只吃素菜，要荤素搭配。"殷笑英平静地说："电视上说老年人多吃蔬菜有益健康，我喜欢吃蔬菜。"豆豆提醒奶奶说："奶奶，我们老师说，吃了肉才有力气。"豆豆将碗里的肉夹给她，乔翠莲却呵斥儿子说："小孩子埋头吃饭，少说话。"孙阳光不悦地对妻子说："豆豆说得没错，你吼他干啥！"乔翠莲没有理会丈夫："豆豆，快吃，吃完我带你出去耍。"

第十九章

　　万达瑞华大酒店宴会厅张灯结彩，喜气洋洋。舞台屏幕上在滚动播放孙向东穿着笔挺米色西服、谢紫婧身披洁白婚纱在兴隆湖畔秀恩爱的剪影。通往舞台正中临时搭建的花廊两侧摆满了百合花和满天星，这两种象征百年好合、心心相印的鲜花暗香浮动，温馨可人；空中飘荡着莎拉·布莱曼演唱的《斯卡布罗集市》，如梦如幻的歌声营造出人间仙境的气氛，让人误以为这是一个充满欧式浪漫情调的室外婚礼。

　　客人谈笑风生地来到宴会大厅外的迎宾处，孙向东和谢紫婧彬彬有礼地热情地接待客人。

　　礼仪小姐手上的果盘装着精美的喜糖和中华香烟，客人俯身签名或送上红包之后，夫妻俩就将喜糖和香烟递到客人手上。

　　章懿华、舒中胜、易天雄和蒲大侠西装革履地迎面走来，孙向东立即将谢紫婧介绍给四位哥们儿认识，并告诉谢紫婧："这是我最铁的哥们儿。"谢紫婧仰起雪白的脖子，好奇地问道："说来听听，有多铁？"舒中胜哈哈一笑，反问她："你老公的胎记在屁股上，你知道不知道？"谢紫婧扑哧一声笑了，笑得花枝乱颤。易中胜补充说："我们是穿开裆裤就在一起的朋友，晓得不？"谢紫婧掩嘴而笑："真逗！"几位哥们儿除舒中胜见过谢紫婧外，其他人都是第一次与她相见。章懿华扫了谢紫婧一眼，双手抱拳："恭喜恭喜！"

　　在他们眼里，此时的谢紫婧经过化妆师和造型师的精心打扮，真是风情万种、貌美如花：淡粉色华衣裹身，外披白色纱裙，露出羊脂般洁白的颈项和迷人的锁骨；一对若隐若现的玉乳仿佛从中间剖开的西瓜扣在胸脯上呼之欲出，将成熟女性前凸后翘、婀娜多姿的魅力全部集于一身；裙褶如雪月光华轻泻于地，蜿蜒三尺有余，使其步态雍容华贵、轻盈如云，又有几分脱俗之美；瓜子型的白嫩脸蛋上微微泛起两朵红晕，宛如刚开放的一对琼花，释放出肌如白雪、艳若桃花的娇嫩之态；簇黑细长的柳叶眉，似画非画，一双流盼生辉的眼睛黑白分明，荡漾着阅人无数的机敏；鼻子小巧，高高地挺着，樱唇薄如羽翅，红而不艳；额前耳鬓束着几根白色和粉色相间的嵌花垂珠发链，偶尔有那么一两颗不听话的珠子垂下来，无形中添加了一份俏皮，掩饰了岁月留下的风尘；手腕上戴着一个乳白色的玉镯子，温润的羊脂白玉散发出柔和的光泽，与一身浅素的装扮相映生辉；脖子上挂着一根白金细项链，隐隐约约透露出与众不同的色韵，整个人好似一只随时可能飞起来的仙鹤，又似清灵透彻的冰霜瑞雪。

　　舒中胜虽然见过谢紫婧两次，但都是与客户在一起，与她距离较远，没有细看。现在面对面站在一起，她又是经过精心的打扮，他不由得眼前一亮，抑制不住地对她发出"啧啧啧"的惊叹："小谢真是貌美如花、楚楚动人哪！"易天雄也被她的美貌惊呆了，加上他本来就喜欢拿孙向东打趣，也就夸大其词："小谢是西施坐飞机——美上天了！孙教授艳福不浅哪！"蒲大侠不会说话，笨拙地说："我说啊，表兄弟媳妇，比那个……那个广告上的明星还好看！"章懿华微微而笑，恭维道："男才女貌、才子佳人！"

　　孙向东递烟给易天雄，谢紫婧随即给他点烟，易天雄故意将打火机吹熄，谢紫婧点了三次都没有点燃。孙向东知道易天雄在故意捉弄娇妻，就把谢紫婧轻轻拉到旁边，故意骂道："甭给他点了，这老家伙比小孩还顽皮！等一会儿打火机都没气了。"易天雄哈哈一笑，收住笑容讥讽说："孙教授，你大喜日子都忘不了光荣传统啊！我看要不了几天，你就会把人家小谢往葛朗台家里带！"孙向东不想易天雄当着娇妻的面损自己，将他往宴会大厅里推："赶紧积一点德吧，我的易大处长！"说着便引几位哥们儿到主宾席就座。随即，他关心地问易天雄和舒中胜："袁圆和丽萍呢？怎么没有一起来？"易天雄见旁边无人，故意拉下脸骂他："你水仙不开花——装蒜嗉！她们跟殷笑英是闺中密友，你抛弃了她们的闺密，她们没有用唾沫给你洗脸，算是放过你了，还望她们来为你老牛吃嫩草拍巴掌？"孙向东自我解嘲道："不来也好，紫婧非要在这里举行婚礼，不含酒水，每桌一万二，算上礼金，平均下来多办一桌，我就要多亏一半的钱。"易天雄趁机打击他："我说你是葛朗台嘛，你还不承认，狐狸尾巴还是夹不住了吧？"孙向东悻悻地解释："我们是铁哥们儿，我才说真话，办这场婚礼，我亏大了！"他看见有熟人走来，赶紧走开："你们自己喝茶，我去接待客人了。"说着急忙迎上前去招呼刚来的宾客。

　　章懿华每到一个新的环境，都喜欢仔细观察一番，这是他当兵和从事新闻工作多年养成的习惯。通过短暂的观察，他发现大厅不下五十张餐桌摆有酒水。白酒是宜宾五粮液，红酒是摩尔多瓦葡萄酒。他悄悄算了一笔账，每桌宴席含烟酒和饮料，可能在一万五千元左右，加上婚庆公司的费用，这场婚礼下来，足足要花费接近百万。但为了满足娇妻的心愿，孙向东不得不忍痛付出，这需要他返聘回校夜以继日地讲授多少课时才能弥补这个损失啊！他禁不住感叹起来："够奢华、够壮观的啊！"蒲大侠附和道："对头，让我大开眼界了！"易天雄说得就有一点难听了："简直就是不惜成本。腐败，十足的腐败！"舒中胜讥笑易天雄："易大处长是不是看到孙猴子老牛吃嫩草，心理不平衡了？"易天雄瞟了舒中胜一眼，说："我没有心理不平衡，只是觉得孙猴子平时一分钱掰成两分钱来花，现在是死要面子活受罪。"接着，他又对舒中胜反唇相讥，"你舒大老板也是有钱人，是不是也像孙教授这样，补办一场婚礼？我看你呀，见到孙教授老牛吃嫩草，你哈喇子都把地湿透了。"舒中胜对着易天雄伸出一个拳头，一本正经地说："我这里有一样东西要还给你。"易天雄先是一愣，转瞬就明白了："是你自己的眼珠子吧？我刚才看见你哈喇子流出来的时候，眼珠子也滚落到地上了。"舒中胜见他没有上当，忍不住笑了："我真佩服你这个做警察的，太狡猾了！"易天雄自鸣得意地说："做警察的脑子里如果不多一根弦，狐狸岂不都跑掉了？"

几个老哥们儿说笑间，音乐声悄然换成了大家熟悉的《婚礼进行曲》，年轻漂亮的女主持人优雅地走上台，亲切地对大家说：

"尊敬的各位来宾，各位亲朋好友：大家好！我是主持人刘倩，一对佳偶即将走进这神圣的婚礼殿堂，在此，我谨代表新人及其家人对在座各位的到来表示衷心的感谢和热烈的欢迎！

"此时，我非常荣幸能和大家一起见证孙向东先生和谢紫婧女士的幸福时刻。

"通往幸福的温馨之路已经铺好，新郎新娘即将开始踏上他们的浪漫之旅，开启他们的幸福大门。现在，让我们用掌声有请新郎新娘登场！

"新郎带着最甜蜜的微笑，带着所有的虔诚和誓言，等待着一生所爱。新娘高贵美丽，走向她托付一生的亲密爱人。

"在美丽鲜花的映衬下，新郎新娘终于握紧了彼此的双手。执子之手，与子偕老，这是一个彼此约定的诺言。现在，让我们把目光集中到幸福之门，用掌声期待幸福之门打开。"

此时，一个年轻的身影突然抢先冲到鲜花扎成的"幸福之门"前，扯开嗓门对大家说："我是今天这个所谓婚礼的当事人孙先生的儿子。我们本来有个幸福的家，就是——"他指着正要登台的谢紫婧说，"就是她，拆散了我父母的婚姻，这是一个不要脸的第三者！"

现场所有人顿时惊呆了，谢紫婧更是花容失色，像被人当即泼了一瓢粪水，羞愧得恨不得在地上找条缝钻下去，但转念一想，不能便宜了这小子。她气急败坏地抢过旁边闺密的手机，慌乱地拨打110报警，声称有人破坏婚礼现场。孙向东先是呆若木鸡，接着喘着粗气，指着台上语无伦次地叫一旁的服务员："快……快……快把这个……孽障……拉走！"

章懿华他们看清了，突然冲到台上大闹婚礼现场的这个年轻人，正是孙向东的儿子孙阳光。他被服务员拖下台时，嘴里还在不干不净地骂着："第三者，不要脸的东西！"

孙向东站在那里手足无措，突然气往上涌，站立不稳，一头栽倒在地。章懿华见状急忙跑过去，一边给他掐人中，一边叫易天雄拨打120急救电话。

众目睽睽之下，警察鸣着警笛来把孙阳光带走了。

接着，急救车又鸣着警笛来到了现场。经过医务人员的抢救，孙向东苏醒了过来。谢紫婧见丈夫有惊无险，解气地安慰他说："你那个孽障，总算被带到派出所去了。"

听说儿子被警察带走了，孙向东忍不住掩面而泣。

易天雄悄悄告诉孙向东，孙阳光若因扰乱社会治安被处罚，后果将不堪设想。孙向东也知道，儿子如果被行政拘留，说不准会被单位开除。虽然这小子坏了自己的好事，让他尴尬万分，但俗话说虎毒不食子，他权衡了一下，儿子的工作与自己的脸面相比，儿子的工作更重要。他不想眼睁睁地看着儿子为此毁了前程，毕竟打断骨头连着筋。在几个老哥们儿的陪同下，他急忙向外走去。谢紫婧追上来叫他继续举行婚礼，他说他去派出所为孩子求求情。

谢紫婧一听，气得一把将披在身上的婚纱脱了扔到地上。

一场奢侈的婚礼，顿时像那些五颜六色的气球，从地上飘到了空中，看起来很漂亮，实际上空空如也，就像苏轼在《赤壁赋》中所感叹："浩浩乎如冯虚御风，而不知其所止。"空旷博大、凌空虚幻，转瞬便化作泡影不见了踪迹。

谢紫婧万万没有想到孙向东的儿子如此蛮横、如此不可理喻，居然大闹婚礼现场，让她蒙羞受辱，颜面扫地。更出乎她意料的是，孙向东——自己准备托付一生，与其白头偕老的男人——居然抛下她，撇下婚礼，跑去派出所为这个臭小子说情，要求对他免予处罚，这叫她情何以堪？"你口口声声说爱我，说我是你的心肝、你的宝贝，但在关键时刻，你就原形毕露了，根本没有把我放在心里。割舍不了、放心不下的还是你的儿子！"她越想越生气，和衣而睡，嘤嘤抽泣，不管孙向东如何给她解释，如何安慰她，如何呵护她，甚至舍出去这张老脸，不惜给她下跪，她都置之不理。她认为自己心中那一团熊熊燃烧的火焰，已经被一场暴风雨给熄灭了。这个明月当空、暗香浮动的夜晚，竟然成了这对"新婚"夫妻最难熬的时光。

第二天是一个秋高气爽的日子，金色的阳光穿过树梢洒进章懿华家里，给室内带来一片勃勃生机。章懿华每天坚持在阳台上用哑铃锻炼身体，回头见章晓白穿着簇新的套裙、肩挎坤包、哼着歌儿欲出门，见她少有这样开心快乐，他亲切地问："晓白，你今天这么高兴，到哪里去？"章晓白听到父亲突然问自己，不假思索地回答："一个闺密生了小孩，我跟娟娟约好，去买点礼物给她送去。"话音刚落，她发现不该跟父亲说实话，吐了一下舌头，想打自己的嘴巴，赶紧补充说："这个闺密年龄比我和娟娟都大。"章懿华不听则已，一听就有话说了："瞧，你闺密都有娃儿了，你还待字闺中，别人的事你很在意，自己的事却不操心。跟我说，你的事有进展没有？"章晓白故作镇定，俏皮地反问父亲："您说啥呀，爸？"章懿华一脸严肃地说："别给我装憨带宝，假装不晓得！"白婆婆从一旁走过来，提醒外孙女："就是找男朋友的事！我和你爸嘴巴都快说起茧子了，你还不当一回事。"章晓白扭了一下身子，撒娇说："整天就说这件事，烦不烦呀！"章懿华一本正经地说："你是我们家的宝贝，老大不小了，我们不关心谁关心？"章晓白赌气说："你们这么着急，明天我带一个来给你们见不就得了吗？"章懿华顿时笑逐颜开，但还是放心不下："说话算数？"白婆婆也笑得合不拢嘴："真的？"章晓白嘟着嘴回答："我啥子时候骗过你们！"章懿华乐了："这就对了嘛！"章晓白嗔怒道："哼！"

章晓白走了，章懿华高兴得像一个孩子般手舞足蹈，他来到妻子白琳娜的遗像前，望着她自言自语："琳娜，女儿有男朋友了，你听到后也高兴吧！我给家里来一个大扫除，干干净净接待女儿的男朋友。"说完，他用口哨吹起了当年与妻子共同喜欢的《游击队员之歌》。

章懿华和岳母得到晓白的承诺后，沉浸在喜悦之中，擦窗户、擦家具、扫地、拖地，忙得不亦乐乎。

第二天，章晓白果然兑现了自己的诺言。

实际上，她向爸爸和外婆承诺带男朋友回家之前，早就考虑好了。最近爸爸和外婆把她找男朋友的事几乎天天挂在嘴边，外婆说她嘴巴说起了茧子，章晓白耳朵何尝又没有听起茧子呢？她知道如果再不想办法应付一下，他们还会没完没了地说这件事。那么，到什么地方去找一个小伙子来充当男朋友呢？说实话，她整天忙于工作，不善交际，接触的异性很少，能扮演郎君的小伙子更是少得可怜。她扳着指头算来算去，唯一能胜任这个角色的只有单位工程部的吴远征。一是吴远征多次邀请她去看电影和听音乐会，显然他对自己有好感；二是她在工作上给过他很多帮助，请他来帮忙，他应该不会拒绝。

她给吴远征说了自己的想法，吴远征果然毫不犹豫就答应了。其实，吴远征早就在暗恋她，只是还没有向她表白。小伙子自然乐意，还设想假戏真做，将来成为她真正的男朋友。章晓白没有将吴远征直接带回家，因为她知道爸爸是一个非常睿智的人，担心吴远征与爸爸见面后被问出破绽，就邀请吴远征到她家附近的缘来茶房喝茶聊天。她给外婆打电话，请她和爸爸去帮她"参谋"，但提醒他们不要进入茶房，只能在远处偷看，不要给人家造成压力。

外婆接到电话后喜出望外，挂断电话就立即给女婿打电话。章懿华正在茶楼打麻将，听说后给几位哥们儿说有急事得赶紧回家，回家后与岳母一起往缘来茶房走。两人一路上笑得合不拢嘴，来到茶房对面，选了一个观察点。

搞战前侦察是章懿华的强项，他自然不会忘记带上侦察装备——望远镜。在望远镜里，小伙子浓眉大眼、鼻梁挺直，称得上是一表人才，言谈举止也符合他选择女婿的标准。女儿与小伙子在一起谈笑风生，十分投机，毫无拘束之感。

"不错，不错！"章懿华一边点头肯定，一边将望远镜递给岳母。

白婆婆眼睛里一片模糊，举着望远镜什么都没有看见："我咋个看不到呢？"

章懿华见岳母将望远镜拿错了方向，忍不住笑了，赶紧将望远镜掉过头来说："妈，这样才对。"

"很般配呢！"白婆婆举着望远镜舍不得放下，脸上笑出了无数个括号："要得，要得！"俗话说，丈母娘看女婿，越看越欢喜，这两人为章晓白相对象，也是越看越欢喜。

此时正逢初秋时节，秋天既是金色的季节，预示着成熟与丰收，也是一个多事的季节，早在唐代崔致远《前宣州当涂县令王翱摄杨子县令》一文中，就出现了"多事之秋"这个成语。章懿华他们几个哥们儿之前好事成双，现在倒霉事接踵而至，纷至沓来。

舒娟娟完成空乘服务从国外归来，就浑身发热、畏寒、呕吐、腹泻，同事将她送到医院发热门诊检查。检查结果显示她疑似病毒感染，当即被送进了传染病房。

胡丽萍接到女儿的电话，不由得大吃一惊，急得身上的汗毛都立了起来。她将这个不幸的消息告诉丈夫之后，又给女儿打电话，希望能得到女儿更多的消息，结果再也打不通。

"天哪！咋个这么倒霉呀！"胡丽萍惊闻女儿疑似病毒感染，心里焦急万分。她不知这个病毒的危害性多大，但既然被隔离了，一定凶多吉少。她心里那个急，只有做母亲的才能体会得到。打不通女儿的电话，她急火攻心，眼前顿时一片漆黑，昏倒了。本来不信神灵的她，捶胸顿足一阵之后，叫舒中胜陪她一起去文殊院烧香，祈求神灵护佑。尽管丈夫对她十分冷淡，但她认为自己没有做对不起他的事情，女儿遭遇飞来横祸，她还是希望他的肩膀能给自己靠一靠。台湾作家三毛借用贾宝玉的话说："男人是泥，女人是水，泥多了，水浊；水多了，泥稀；不多不少，捏两个泥人——好一对神仙眷侣。"她不求与丈夫是神仙眷侣，但在女儿不幸染上恶疾之际，她还是渴望与丈夫同舟共济。然而，舒中胜可不这样想，这些日子只要见到胡丽萍，他脑子里就浮现她不守妇道、与他人偷情的各种龌龊画面。娟娟是不是自己的亲骨肉，虽然秃头副院长还没有告诉他结论，但他内心的天平早已倾向于否定。因此，他虽然对娟娟感染病毒也颇为震惊，但并不痛心，也就不想去烟雾缭绕的庙子。

胡丽萍则不然，她犹如一只看着小鹿被毒箭射伤的母鹿，眼睁睁看着自己的孩子有被夺去生命的危险，即使豁出性命，也要去救自己的孩子。可是，眼前遇到的这个未知病毒，仿佛是一个万恶不赦的恶魔，你找不到与之对抗的武器，又不见它的踪影，你唯一感受到的就是痛苦和无能为力。但是，母爱，是世界上最伟大、最无私的爱，即使胡丽萍身体欠佳，她仍然坚强地撑着，独自来到了文殊院。

第二十章

文殊院位于成都市青羊区北较场东面的一条古街，始建于隋大业年间，康熙三十六年即公元 1697 年集资重建。它是国务院确定的全国佛教重点寺院之一，我国长江上下游四大禅林之首，是集禅林圣迹、园林古建、朝拜观光、宗教修学于一体的佛教圣地。

章懿华和白琳娜过去住在北较场军区大院的时候，胡丽萍和丈夫舒中胜周末经常到他们家去玩。北较场与文殊院毗邻，近水楼台先得月，他们自然而然经常来这里游览，只是当初无求于神灵，也就对文殊菩萨的尊容没有在意。

今天，胡丽萍带着明确的目的而来，也就是祈求文殊菩萨保佑女儿，自然对文殊菩萨充满无限崇敬。

在她眼里，文殊菩萨身披紫金，宝相庄严；右手持金刚宝剑，据说能斩群魔，断一切烦恼；左手持青莲花，花上有金刚般若经卷，象征无上智慧；坐骑为青狮，表示智慧威猛。文殊菩萨不仅目光炯炯、威仪棣棣，而且容光焕发、和蔼可亲。

胡丽萍请来香蜡，虔诚祈祷，寄希望于文殊菩萨显灵，将侵入女儿身体的病毒驱除干净。之所以说是请香蜡，而不是买香蜡，在佛家的眼里，"买"含有功利和俗气，"请"才能体现虔诚和真心。

舒娟娟被隔离的消息不胫而走，朋友们很快就知道了。章懿华、易天雄等铁哥们儿来舒家安慰舒中胜和胡丽萍。舒中胜与胡丽萍虽然有矛盾，但没有在朋友面前表现出来。他们言语不多，但应酬得体，章懿华和易天雄还以为夫妻俩为女儿伤心，所以不像往日那样热情、健谈。当大家离去后，两口子便无话可说，仿佛空气都凝固了。

胡丽萍忍受不了这种死一般的寂静，打破沉默问道："结果出来没有？"

舒中胜假装不知："啥子结果？"

胡丽萍说："你装啥子蒜，亲子鉴定呀！"

舒中胜回答："还没有。"

两人之前是同床异梦，现在干脆分床而卧，像两个互不认识的陌生人。

这是一个乌云满天的早晨，蒲琪玫望着窗外黑压压的天空，有一种不祥的预感。她躺在椅子上翻看一本《格调》杂志，但精力总是无法集中，她烦躁地在屋子里走来走去，突然想起应该主动给航空公司打电话。

电话"嘟嘟嘟"几声之后接通了，她报了自己的姓名和考号，对方的答复让她像被定海神针敲打了一样，顿时怔住了，脸色苍白。

电话中，对方严厉地指出她的大学毕业证书系伪造，对她这种弄虚作假的行为表示十分愤懑，告诫她今后不要再……

不等对方讲完，她就羞愧地将电话挂断了。她已经预感到了这样的结果。实际上，她心里这几天十分忐忑，她知道自己的文凭是假的，但希望能蒙混过关。知道了结果，她仰倒在床上掩面而泣，既有悔恨的泪水，又有命运不济的悲伤。

蒲大侠和郑倩倩见女儿精神萎靡、神色恍惚，从她断断续续的哭泣声中，知道她应聘空姐的事情泡汤了。

父母永远是儿女的坚强后盾！不论你是发达还是落魄，健康还是多病，漂亮还是丑陋，在某些情况下，路人可能会对你侧目而视，友人可能会离你远去，爱人可能会弃你不管，只有父母的心，永远不变，和你紧紧相连。他们永远以儿女苦为苦，以儿女荣为荣，以儿女幸福为他们最大的幸福。

蒲大侠和郑倩倩没有骂她，甚至连一句责怪的话都没有，相反，还一个劲地安慰她、鼓励她，因为她哭得很伤心，父母怕她伤心过度发生意外。年轻人的感情有时候就是这样的奇怪和难以捉摸，父母一句都没有批评她，反倒让她更加愧疚，认为自己对不起父母，哭得更伤心了，好像不把眼泪哭干誓不罢休。

父亲安慰她说：“东边不亮西边亮，干啥工作都是干，莫要自己跟自己过不去。”母亲鼓励她：“你现在有手有脚、健健康康，何愁找不到工作？”还将舒娟娟被查出疑似感染病毒的消息告诉她，说当空姐虽然表面上光鲜亮丽，但危险性比其他职业都高，每天接触四面八方的旅客，一不小心就会被各种病毒感染。

经过父母的一番安慰、劝导，蒲琪玫终于擦干了眼泪，像大病愈后一样从床上爬起来，对爸爸妈妈说：“请你们放心，我休息两天就没事了。”

孙阳光在单位加班，直到夜幕低垂时才走出公司大门，他刚发动汽车，还未驶出停车场手机就响了。是奶奶的电话，他急忙接听。孙阳光小时候，爸爸在大学教书育人，妈妈在军区总医院救死扶伤，他们都是为别人忙前忙后的工作狂，他几乎是由奶奶一个人含辛茹苦带大的。因此，他与奶奶的感情很深，即使自己成家立业后，他也不忘奶奶的恩情。他知道奶奶年纪大了，耳朵不灵，提高声音说：“奶奶，您慢点说，我听得见。——咋了？——狐狸精与爸爸又在吵架，吵得呜喧喧的，你是躲在卧室里给我打电话？——狐狸精本来就不是省油的灯，她跟爸爸吵不是坏事，他们吵得越凶，散伙的机会越大。——你说啥？谢紫婧拎着包包走了……奶奶，您多保重，我有时间就去看您！"

听说爸爸与谢紫婧在吵架，孙阳光不仅没有惋惜，反而幸灾乐祸，喜不自禁。他吹着轻快的口哨，开车回家了。虽然他上次因大闹婚礼现场被警察带走，但他却十分解气，等于是在最好的地点、最佳的时间，帮妈妈出了一口恶气，让那个不要脸的小三在众目睽睽之下颜面扫地。想起这个狐狸精当时一张脸气得像猴子的屁股一样红，他就觉得开心，他觉得达到了自己的目的。尤其是父亲在章叔叔、易叔叔他们的陪同下，及时赶到派出所向警察解释，为他求情，让他从内心深处感受到了血浓于水的父子亲情。

现在父亲与狐狸精吵架，说明自己大闹婚礼现场瓦解了他们本来不该有的所谓的婚姻。孙阳光越想越开心，回家后夸张地告诉母亲："妈，刚才奶奶在电话里说，爸爸和狐狸精又吵架了，而且吵得呜喧喧的。吵完架，狐狸精就夹着尾巴回娘家了。我看，他们这样三天两头地吵，要不了多久就会散伙。"殷笑英无动于衷地说："这都是你爸自找的，活该！"孙阳光却抑制不住兴奋地说："我巴不得他们早点分道扬镳，那样，您就可以跟爸爸重归于好，我们一家人就能团圆了！"殷笑英却拉着脸，摇着头，反问道："你以为你妈是捡破烂的吗？别人抛弃的，你妈还会要吗？"孙阳光劝道："妈，您不要生爸的气嘛！只要他们散伙了，爸回心转意了，你们结发夫妻在一起互相照顾，我就开心！"殷笑英并不开心，她说："你做梦吧，我才不想再和那个花心大萝卜在一起呢！"孙阳光提醒母亲说："您不是从小教育我要大度，要有一颗包容万物的心吗？咋个到了你这里，就变了呢？"殷笑英假装嗔怒道："好啊，你拿妈的矛刺妈的盾了！看我不打你这个贫嘴！"孙阳光咯咯咯地笑着闪开："妈算是答应我啰！"母亲也露出怜爱儿子的神色，但嘴上却不承认："我可没答应！"

这天夜里，殷笑英带着豆豆进卧室休息后，孙阳光也关闭了电视机，与妻子乔翠莲回到了主卧室。孙阳光开心地对妻子说："告诉你一个好消息。"乔翠莲问丈夫："啥子好消息？是涨工资了，还是发奖金了？给我！"孙阳光脸色一沉："你财迷心窍，一天到晚就想钱，当初咋个不去印钞厂上班呢！"乔翠莲并不觉得爱财不好，她理直气壮地说："人为财死，鸟为食亡，如果能去印钞厂上班，我才不会在图书馆整天与一堆破书打交道呢！"孙阳光不想与妻子再讨论这个话题，开门见山地对她说："我爸和狐狸精吵架了，这次吵得凶惨了。"乔翠莲扫兴地说："这算哪门子好消息？我还以为你涨工资了呢！"孙阳光不悦地说："每次涨那点工资，还不够塞牙缝！有啥高兴的？你想，爸跟狐狸精如果散伙了，妈就可以跟爸重归于好，这可是我最大的心愿。"乔翠莲突然开窍，想到了另一个问题上去："你妈和你爸如果复婚，你妈就可以搬回去与你爸一起生活。'纪委书记'走了，我头上就没有了紧箍，这倒是一件好事！"孙阳光不高兴地说："啥你妈我妈呀，是咱妈！记住，咱妈如果与咱爸复婚了，不是要妈离开我们，而是咱们一家人就可以像过去那样，大团圆了！"乔翠莲失望地问道："你是说，还要与你爸爸、奶奶一起生活？"孙阳光充满向往地说："对头，四世同堂！有爸妈在，有奶奶在，不管我们多大，永远是被宠爱的孩子，可以撒娇任性，生病时有人疼爱关心，他们像大树一样，为我们遮风挡雨，为我们撑起一片天空，给我们庇护，给我们温暖，给我们力量。你没听见歌里唱吗？有父母在，家就在，人生就有来处；父母不在，人生只剩归途！"乔翠莲不满地说："你心里就只有你爸妈，那我爸妈呢，你想过没有？"孙阳光不得不说："你三天两头回家，像一个运输大队长，把东西往你家里搬，我没有说你一句，还要我咋个样？"乔翠莲突然像一只头上长角的犀牛，红着眼睛说："我爸妈就我这么一个女儿，我送点东西回去孝敬他们，难道不该？"孙阳光不想与她斗嘴，换了一下口气说："不是不该，是要适可而止！"乔翠莲得理不饶人："怎么，拿你的东西，你心疼了？"

孙阳光解释说："我不是这个意思。"乔翠莲不依不饶："那是啥意思？"孙阳光听她把话越扯越远，赶紧挂出"免战牌"："唉，不说了，睡觉，明天还要上班。"乔翠莲愤愤地回答："你不想说，我还懒得跟你说呢！"她边说边将床头的灯关掉。孙阳光习惯性地伸手去抱妻子，乔翠莲在黑暗中掰开丈夫的手说："别碰我！"

昨夜下了一场毛毛雨，柔软的雨丝落在院里的桂花树上，给刚绽开的花蕾撒上一粒粒晶莹剔透的珍珠，使满树金桂芳香四溢、娇媚可爱。而那些开谢了的花朵则跑到湿漉漉的地面就地卧倒，与扑棱扑棱飞来的麻雀呢喃细语。天亮之后，金色的阳光穿过薄如羽翼的云层，将它的温暖投放到大地，风儿轻轻吹过，桂花的芬芳伴随阳光从窗外飘进室内，渲染初秋的美丽与芳香。妈妈在医院值班没有回家，爸爸一早就去茶楼上班了，家里只有蒲琪玫一个人。她吸吮着阳光的温润和桂花的香甜，脸上也就不见了往日的愁容。她洗漱之后在梳妆台轻施粉黛，对着镜子顾影自怜。手机突然响了，见是闺蜜林秋兰的来电，她接通就问："小姐姐，我想死你了。——你说啥？东方不亮西方亮，你又去找工作了？你真是一只辛勤的小蜜蜂。——我嘛，就是一点小感冒，已经好了。——我哪里都没去。——你说状态怎么样，就只有静态和动态两种状态。——静态，静态是睡觉；动态，动态就是翻身。哈哈哈！——你到我家来了？到哪里了？——你已经到家门口了？好，我现在就给你开门！"

蒲琪玫开门将林秋兰让进屋里，见她手上拎着水果，不由得露出责怪的神色："干吗破费呀！弄得好像我病得不轻似的。"林秋兰没有搭话，将水果放到茶几上，双手扶着蒲琪玫的两臂，端详着说："让我看看，病好了没有？"蒲琪玫甩了一下头，将刘海送到了额旁，挺胸收腹面对林秋兰："你看嘛，没事啦！"林秋兰见她容光焕发、笑容可掬，放心地说："没事就好！"

随即轻轻叹了一口气："没想到现在应聘空姐比选美还难！我被淘汰还可以理解，你条件这么好，又有娟娟姐姐暗中相助，也出局了。"蒲琪玫没有说自己落聘是因为文凭造假，即使面对闺密也难以启齿自己的丑行，她故作轻松地一笑，自我安慰道："看来通往成功的路还在施工中，暂时无法通行。"林秋兰附和说："是啊，都说沉默是金，对陌生人我一直都不怎么爱讲话，可依然还是穷光蛋。"蒲琪玫自嘲道："可不，我此时就像一只趴在玻璃上的苍蝇，前途一片光明，但不知出路在哪里。"

林秋兰觉得不能再说泄气话了，将马尾辫往后一甩，振作起精神，俏皮地说："伟人曰，前途是光明的，道路是曲折的。小女子只要努力了，就无愧于心。"蒲琪玫突然想起了什么，问林秋兰："对了，你不是说有家文化公司在招聘模特儿吗，咱们去试一试？"林秋兰回答："是呀，成都大地红文化公司在招人，只是……"她突然犹豫起来，担心地说，"我们都没有做过模特儿，会不会碰壁呢？"蒲琪玫胸有成竹地鼓励她："我看电视里模特儿表演，如果是正装，都是目视前方，双脚在一条直线上走；表演便装、休闲装时便放松一些，给人轻松自由感。"说着，她就在屋子里走起了猫步。林秋兰见蒲琪玫走得有模有样，不由得鼓起掌来："你啥时学的呀？走得这么好！"蒲琪玫解释道："没有学呀，女娃儿走路，本来就要这样挺胸收腹才好看嘛！"林秋兰受到启发，也开始走了起来，边走边说："我刚才来之前，也翻了一会儿书，说模特儿表演，最重要的就是眼神。眼睛是心灵的窗口，在目视前方的同时，眼睛适当向两侧看，像这样落落大方，给人一种随意的感觉，达到与观众自然交流的效果。"蒲琪玫走到墙面前，背部贴住墙壁，补充说："还有，我见电视上那些模特儿训练，很注重站姿，像这样紧贴着墙站立，脚跟、小腿肚、臀部、肩胛骨靠在墙上，提气，用胸部呼吸，使身体线条流畅，练出亭亭玉立的身姿。"林秋兰惊讶地说："我看呀，你不仅早就悄悄密密练过了，而且练得都可以当教练了！"蒲琪玫优雅地甩了一下马尾辫，开玩笑说："你这样给我上油彩，那就给我交学费嘛！"林秋兰眨着一对桂圆般的眼睛，颔首道："只要你把我教会了，我就请你吃麻辣烫。"蒲琪玫开心地说："好啊，我们不妨一起来练一练。"于是，两个年轻的女娃儿带着对未来的梦想，在屋子里走起了猫步。大概训练了四五十分钟，蒲琪玫对林秋兰说："咋个样，我们可以去碰碰运气了？"林秋兰也有了信心，点头说："好嘞，咱们走吧！"于是，两个如花似玉的女娃儿宛如快乐的鸟儿一样飞出了家。

成都大地红文化公司在城南高新区一栋写字楼里。按照公司在网上发布的地址，蒲琪玫和林秋兰乘坐地铁来到天府二街站，下车后，步行几分钟就找到了这栋大型写字楼。她俩进入写字楼，电梯旁的墙上标注着各单位所在楼层，整个七楼只有"成都大地红文化公司"一块铭牌，足见公司的规模和实力。果不其然，出了电梯，迎面就是公司的接待厅，接待厅外的玻璃墙上用电子显示屏将公司的经营范围做了全面的介绍，可以说是囊括了各种文化活动。不过，她们只关心其中一项，即企业信息发布与时装发布，包括模特选拔、培训、管理、推介、表演。

蒲琪玫和林秋兰相视一笑，对公司的经营范围、地理位置和办公环境表示满意，露出了向往的神色。她们随即跨进公司，前台小姐一眼就看出她俩是来应聘的，询问后请她们在旁边坐下，递上茶水，拿来两张应聘人员信息表交给她们。

蒲琪玫见表格里对文化程度没有特殊要求，如实进行了填写，并按要求贴上了一张一寸免冠照片。前台小姐收起表后，将她们领到总经理办公室。

蒲琪玫和林秋兰没想到，这么大一个文化公司的总经理居然是一位中年妇女。她鹅蛋脸，五官端正，齐耳短发，虽说不上特别漂亮，但神采奕奕，举止端庄大方，由内而外散发着高贵气质。也许是从事文化经营管理的原因，她身穿咖啡色套裙，美而不艳。见到蒲琪玫和林秋兰两位姑娘姗姗走来，她放下电话，起身做了一个请坐的手势，接过前台小姐呈给她的应聘表，迅速瞟了一眼，抬起头来亲切地问道："你是蒲琪玫？"蒲琪玫肃立在原地，彬彬有礼地回答："是。"总经理又问："你是林秋兰？"林秋兰也没有落座，毕恭毕敬地点头："对。"总经理随即问道："你们两个都是红军四渡赤水那里的人？"她的记忆力出乎两个女娃儿的预料，仅仅扫了一眼应聘表就记住了她们的姓名和籍贯，两位女娃儿不由得肃然起敬。蒲琪玫赶紧回答："是，我俩的家乡就在古蔺桂花场。"林秋兰恭维说："总经理记性真好！"总经理打量着两位姑娘的容貌和体形，显然对她俩的外貌给予了认可，和蔼可亲地说："我叫郑玉兰，她们都叫我郑姐。"她接着问道，"从你们的简历上来看，都没有模特儿的工作经历，是吧？"蒲琪玫回答："是，郑总。"接着诚恳地补充说，"我们可以学。"林秋兰也接过话说："郑总，我们可以边干边学。"郑总望着二人，笑了："我看你们的条件不错……"她想了想说，"这样，我和评委先看你俩走一下台，然后再说如何签约，好吗？"蒲琪玫和林秋兰不假思索地回答："好，郑总。"郑总莞尔一笑说："就叫我郑姐吧，这样更亲切。"

接下来，郑玉兰叫前台小姐将蒲琪玫和林秋兰带去演播厅，告诉演播厅做好走台准备，她一会儿就到。前台小姐把她俩带进演播厅，负责演播厅灯光和音响的师傅刚把设备准备好，郑玉兰就在五六个人的陪同下进来了。那位演播厅负责人见到郑玉兰进来，急忙跑过来向她报告，说灯光和音响都准备好了。郑玉兰回了他一个笑容，随即对蒲琪玫和林秋兰说："你们没有舞台经验，可能会紧张，把心情放松一点。我们主要是看你们的悟性和潜力。"她侧过脸对旁边一个"小分头"说："你是艺术总监，到后台去给她们做艺术指导。""小分头"会意地答道："是，郑姐。"她又吩咐那个唯唯诺诺的演播厅负责人："开始吧。"

　　蒲琪玫和林秋兰虽然没有舞台经验，但一点都不怯场，来之前又热炒热卖练习了将近一个小时，在音乐和灯光的烘托下，很快就找到了节奏和感觉，根本不像第一次上台表演的新手。按照艺术总监在幕后的指导，她俩一前一后出场，步态轻盈、亭亭玉立。并排前行时，珠联璧合、顾盼生辉，郑玉兰和几个评委坐在台下不时交头接耳。音乐结束后，评委们打破惯例站起来为她们鼓掌。郑玉兰更是爱才心切，掩饰不住内心的欣喜："太好了，完全出乎我的预料！琪玫、秋兰，你们说没有做过模特儿，是不是骗我的？"蒲琪玫和林秋兰同时把头摇得像拨浪鼓："真的，郑姐，这是第一次。""借十个胆子，也不敢骗郑姐呀！"两人听郑玉兰亲热地去掉姓氏称呼自己，也遵照她之前的嘱咐，没有再称呼她郑玉兰。

　　郑玉兰用目光与旁边几位评委对视了一下，大家都露出了欣赏的神色。郑玉兰惊叹道："我简直不敢相信，你们第一次表演，居然有这么高的水平。"蒲琪玫受宠若惊，忍不住掩面而笑，向郑玉兰解释道："如果说我和秋兰第一次走台还没有辜负郑姐对我们的期望，可能得益于我们从小到大都是学校的文艺骨干。"林秋兰补充说："琪玫一直是我们的舞蹈队队长。"郑玉兰终于理解了："怪不得，你们有这个经历。"旁边一位评委赞赏说："你们俩真是天生的模特儿！"另一位评委也称赞道："你们俩如果不做模特儿，真是太可惜了！"郑玉兰十分开心，一锤定音："我原以为要培训十天半月再跟你们签约，现在我宣布，立即签约，不能让其他公司把你们抢走了！对不对，小分头？"艺术总监露出一排洁白如雪的牙齿："郑姐慧眼识人才！"

　　蒲琪玫和林秋兰与公司签约后十分开心，当着大家的面没有将青春的活力尽情释放，走出公司办公大楼，金色的阳光沐浴在她们身上，她们浑身上下感到温暖，再也抑制不住内心的喜悦，相互猛地击了一掌，然后欣喜若狂地跳起来，用手指比着"V"字喊着"耶！耶！耶！"在一起欢呼。

欢呼雀跃够了，蒲琪玫喘着粗气，扶着街边的广告牌，提醒林秋兰："我饿啦。"林秋兰故意冲她做了一个鬼脸："你想让我交学费？"蒲琪玫故作正经地说："算你有记性，没忘老师！"林秋兰拉住琪玫的手，爽快地说："没问题，我请你吃麻辣烫。"蒲琪玫甩开林秋兰的手，体贴地说："我是逗你的，等上班领到工资再说吧。"林秋兰又拉住蒲琪玫的手，诚恳地告诉她："你放心，请你吃'巴倒烫'的钱还是有的。"蒲琪玫摇摇头说："别打肿脸充胖子！我还不晓得你吗，宁亏自己不亏别人！到我家下面条吃吧。等有钱了，我们再'腐败'。"林秋兰为闺密的善解人意大为感动，抿着嘴笑道："好吧！你先把刀儿磨快，等我拿到大洋，再'宰'我！"

之前屋漏偏逢连夜雨，船迟又遇打头风；现在风雨过后阳光灿烂，百花吐艳。蒲大侠女儿蒲琪玫顺利找到工作的当天，疑似感染病毒的舒娟娟被隔离治疗中，发热畏寒时有反复，最后确诊是输入性恶性疟疾，源自北美洲和非洲，找准病症对症下药，两周后也康复出院了。

舒娟娟安全回到家，胡丽萍像是见到女儿死里逃生一样激动，抱着她高兴得泪光闪闪，连说大慈大悲的文殊菩萨显灵了，改天一定要到文殊院去给菩萨磕头还愿。她那天到文殊院烧香拜佛，祈祷文殊菩萨保佑女儿健康平安之后，回到家里也不忘每天默默祈祷。她坚信是自己精诚所至，也是女儿命不遭罪。

舒中胜见娟娟平安归来，虽然对她的身世耿耿于怀，但亲子鉴定结果出来之前，他还是强颜欢笑，毕竟错不在她，即使她与自己没有血缘关系，也是胡丽萍的错。何况茶楼开业那天，省市几位老领导听章懿华介绍主持人是他舒中胜的女儿，都赞赏她漂亮能干，羡慕他有这样一位好女儿，很给他长了脸面，让他受到了众人的尊敬。因此，娟娟有惊无险地回到身边，他不能过于冷淡，也就假巴意思地对她问长问短，没有像对待胡丽萍那样充满敌意。

女儿是胡丽萍身上掉下来的一坨肉，她始终认为娟娟是她与舒中胜的爱情结晶，她与舒娟娟有说有笑，像久别重逢一样有说不完的话。母女之间嘛，没有任何忌讳，一会儿谈工作、谈理想，一会儿谈找男朋友的标准，谈女人的生理周期和生理反应。总之，海阔天高，无话不说，直到夜深人静才意犹未尽地回到卧室休息。

第二十一章

四川省首届健康麻将邀请赛预选赛在成都芙蓉茶楼如期举行。

麻将作为娱乐性最强、普及面最广、参与率最高的一项体育活动，在我国一些省市都有自己的比赛规则。但本届比赛，运动员来自全国各地，组委会按照世界麻将组织颁布的《麻将竞赛规则》，结合成都麻将"血战到底"的特点，提前制定了比赛流程和比赛规则，并召开了新闻发布会。为了保证选拔赛的公开、公平、公正，赛出好成绩，选拔好人才，规定选手在比赛过程中只能说四个字，即缺、碰、杠、和。比赛中，不管麻将运动员平常多么能言善辩，都只能忍气吞声当"哑巴"。不仅如此，比赛还有很多规定，比如不能跷二郎腿，不能敲打桌面，不能比手势，不能将手停留在五官。总之一句话，防止任何舞弊行为。

英雄争霸，逐鹿中原。

来自全国各地的选手齐聚一堂，盛况空前。张俭秘书长前不久出访法国麻将协会，向欧洲麻将锦标赛冠军露易丝介绍，中国成都有两位运动员，一位擅长运用易经八卦布局博弈，另一位长于用高等数学谋局厮杀。露易丝颇感兴趣，开赛前专门乘坐飞机来到成都。由于本届比赛没有邀请国外选手参赛，她只能在一旁观摩。

于是，成都麻将"血战到底"在四方桌上轮番上演精彩大戏。

经过 16 轮的激烈角逐，章懿华不动声色地以 260 分的最高分轻松获得预选赛第一名。宁波年轻选手萧珊珊外柔内刚，在成绩落后的情况下力挽狂澜，以 242 分的成绩斩获第二名。哈尔滨选手李尤佳势如破竹，以 241 分的成绩位居第三。泸州选手陈杰斩关夺隘、高歌猛进，最后因被抢杠而错失前三。孙向东一路披荆斩棘，锐不可当，在冲刺阶段大意失荆州，以 229 分获得本次比赛的第 5 名。舒中胜剑走偏锋，贪大求多，以 164 分进入前 150 名。易天雄竭尽全力，但因牌运不济，以 151 分的成绩勉强入围。

156 名选手经过一周的激烈角逐，从全国几千名选手中脱颖而出，获得决赛资格。本次预选赛打破了人们对麻将运动项目人员老龄化、输赢运气化、组织松散化的旧有认识，呈现出了选手年轻化、赛制竞技化、组织规范化三大特征，标志着麻将向着竞技化不断革新发展。

四川省首届健康麻将邀请赛预选赛顺利落下帷幕，组委会主席、四川省健康麻将协会张俭秘书长最后宣布，请胜出的 156 名预选赛运动员养精蓄锐，决赛将于一周后在四川省体育馆举行。

法国麻将运动员露易丝自始至终在赛场观战，章懿华虽然取得了第一名的骄人成绩，但她没有看出章懿华牌技的过人之处，反倒觉得这个中国男人成熟硬朗、英气逼人，言谈举止酷似法国家喻户晓的电影明星阿兰·德龙，对他颇有好感。对孙向东的牌技也没有恭维之意。在张秘书长邀请章懿华、孙向东、易天雄和舒中胜作陪，专门为露易丝举办的欢迎晚宴上，她说："麻将预选赛虽然落幕了，但芙蓉茶楼很中国的风格却在我脑海里过电影，我想到茶楼与章先生、孙先生重温一下'血战到底'的氛围，你们不会拒绝吧？"说完用热情的目光望着章懿华。

章懿华迎上她的目光，还给她一个灿烂的笑容，用《论语》开篇的一句名言回答她："有朋自远方来，不亦乐乎！"张秘书长是聪明人，他从这位心高气傲，曾经蝉联欧洲麻将锦标赛冠军的法国巴黎女郎观察章懿华和孙向东的眼神，猜想她可能对他们的牌技并不服气，借着参观芙蓉茶楼的机会，向他们挑战。他提醒她说："露易丝小姐，我已安排你明天去参观人间瑶池九寨沟，是不是去了回来再说？"露易丝摇着头用英文说："NO！"接着用半生不熟的中文说："夜生活，才刚开始，我们今晚就去茶楼，不影响明天去九寨沟！"张秘书长见露易丝小姐主意已定，不好拒绝，便将目光落在章懿华和孙向东的脸上，征询道："章总编和孙教授的意见呢？"舒中胜不等二人回话，主动接过话说："好啊！露易丝小姐既然对我们的茶楼感兴趣，我们欢迎！"易天雄早就从张秘书长那里知道了姑娘的底细，她提出来参观茶楼，是明修栈道，暗度陈仓，他正好可以见识一下外国麻将冠军的水平，也拍掌欢迎："好啊好啊，露易丝小姐如果免费为我们的茶楼打广告，那真是瞌睡碰着枕头——求之不得！"

露易丝不知易天雄话的意思，问张秘书长："这位先生说什么呢？"张秘书长幽默地给她解释："易先生赞美你像女神阿弗洛狄忒一样美，欢迎你去茶楼，给他们带去好运。"露易丝开心地笑了："谢谢先生！"她端起红酒，又分别敬了大家一杯。

宴会之后，张秘书长带着露易丝小姐来到茶楼参观，她对茶楼古色古香、富有年代感的装修风格颇感兴趣，不时给予赞赏。张秘书长知道她此行的目的，参观一圈之后，他提议在一起娱乐一会儿，这自然正中露易丝下怀。于是，章懿华邀请露易丝和张秘书长到天府包间坐下，示意孙向东和易天雄、舒中胜陪他们打麻将，易天雄和舒中胜知道自己的斤两，均摆手推辞，把章懿华和孙向东推到椅子上坐下。

露易丝不愧是蝉联欧洲麻将锦标赛的冠军，易天雄和舒中胜站在她身后，看她打牌跟自己很不一样，开局两圈几乎不碰上家的牌，两圈之后无人打"幺"，她摸着带"幺"的牌也不打出去，除了"下叫"后无牌可打，她几乎不出张，"划船"的水平足以和《洪湖赤卫队》的韩英媲美。

章懿华是露易丝的上家，孙向东是露易丝的下家。她发现章懿华打牌十分沉稳、娴熟，除了暗刻，几乎不碰下家的牌，极少给她创造多摸牌的机会。表面上他不瘟不火，风平浪静，实际上却处处暗藏杀机，对炮牌与和牌更是拿捏得准之又准。他那双鹰隼一般犀利的眼睛，好像能透视桌上的每一张牌，除非做大牌，他很少点炮，仿佛一桌牌都在他的掌控之中。因此，他的积分总是不动声色地增长，遥遥领先于三家。下家孙向东也不可小觑。他擅长"引蛇出洞"或"钓鱼"，他貌似打一张牌给你碰，实际上在等着你碰后打出他需要的牌，他总是在你暗自高兴的时候，出其不意让你兵败如山倒。

露易丝曾经有过一次失败的婚姻，虽然仅三十出头，但却比同龄人成熟，也许是前夫的酗酒和不学无术，强大了她的内心。她喜欢读书，甚至研究过中国的《孙子兵法》，懂得以静制动、敌不现我不现的战略战术。但与章懿华和孙向东两位高手过招，她却处处被动，惨遭麻将生涯滑铁卢。打了八圈，她输得一塌糊涂，让本来自信满满的她深刻领会到了中国麻将的博大精深，也对章懿华和孙向东刮目相看。

第二天，露易丝在张秘书长的陪同下去九寨沟旅游。这个被誉为人间瑶池、水中仙境的 AAAAA 级景区即使人头攒动、美不胜收，露易丝也未陶醉其中。大自然的美丽风景，时不时被昨晚与章懿华博弈的画面所取代，她那颗年轻的心，似乎已经被章懿华那深不可测的睿智所吸引。人们都知道法国女人是热情、浪漫、开放的象征，与英国女人的矜持与傲慢、日本女人的温柔与含蓄形成对比，这也许就是法兰西民族与日耳曼民族、大和民族的不同之处。置身在九寨沟如梦似幻的美丽景色之中，她的思维像头上蓝得透亮、白得透明的蓝天白云一样流转，不时向张秘书长打听章懿华的情况，从他的牌技、爱好到家庭，各种细节她都十分感兴趣。张秘书长以为这位年轻的法国女郎对章总编做如此深入细致的了解，是为了研究和掌握他深不可测的牌技，也就把章总编熟读易经，将阴阳八卦的布局与麻将的战术融会贯通等都告诉了她。然而，张秘书长对章总编的家庭、婚姻等一概不知，但露易丝却想知道，他只好当即跟有恩于自己的易天雄打电话，然后把章总编丧妻后一直未娶的情况告诉了她。露易丝听得饶有兴趣，特别是当听说章总编单身时，她那双美丽的大眼睛顿时发出了盈盈的波光。

而此时的章懿华却在想另一个女人，虽然他与她几乎没有一句交流的话，但从她不经意的眼神之中，他似乎看到了她内心的慌乱，她似乎也瞅到了他心中的惊喜。人类有一种没有语言的语言，这就是眼神。眼神的作用，在两性交流上尤为突出，自古就有"目成心许"，因此，眼神尽管不是有声的言语，却能让千言万语随心传播。特别是互有好感的异性，在旁边有人或彼此还未互诉衷肠的时候，能通过眼神相互窥探对方内心深处的奥秘，正如古罗马诗人奥维德所说："沉默的眼光中，常有声音和话语。"

章懿华想的这个女人不是露易丝，而是在麻将比赛中的对手——哈尔滨选手李尤佳。他没有想到世界上竟然有如此相似的两个人。她四十五岁左右，匀称的瓜子脸，皮肤光滑而富有弹性，一双大而灵动的眼睛仿佛蕴含着一汪蓝莹莹的秋水，眼角虽有两道细如发丝的皱纹，但排除了青涩和幼稚，更显成熟女人的魅力。眼睫毛很长，眨动的时候仿佛两把精致得不能再精致的小刷子，不动声色地清洁着心灵的窗户。鼻梁挺而直，看不见鼻孔，将内心的秘密深藏其中，与灵动的眼睛和扑闪的睫毛构成欲擒故纵的智慧。樱桃小嘴，笑起来露出一排洁白如雪、大小恰到好处的贝齿；面部表情流露出一种来自灵魂深处的高贵气质，整个五官精致得无可挑剔。她之所以能打动早就过了花甲之年的章懿华那颗被岁月包裹得严严实实的心，不仅仅是她的美丽与气质。世上漂亮和有气质的女人多的是，他在报社担任总编辑的时候，见过的美女数不胜数，没有一个能让他一见倾心的。为什么这个萍水相逢，甚至连一句话都没有交流过的中年女人能给他留下如此深刻的印象？不是别的，而是她与章懿华的亡妻白琳娜简直就是一个模子里刻出来的，既形似又神似，见到她第一眼时，他就惊喜得差一点叫出声来。道家说，每过一个轮回就会出现一个长相一模一样的人，白琳娜去世远不到六十年，居然世界上就有一个与她完全相似的人出现，这实在有些不可思议。尽管白琳娜的父亲是哈尔滨人，李尤佳也是在这个北国冰城出生，但如此巧合也实在让章懿华吃惊，莫非是他对亡妻的一往情深感动了月下老人，才让他朝思暮想的白琳娜重返人间与他相会？

可惜预选赛结束后就不见了李尤佳的身影，使他多了几分惆怅，甚至有些失落。他曾试图找张秘书长索要她的联系方式，平息心中激动的涟漪，但阴差阳错，在张秘书长为露易丝举行的晚宴上，他从这个外国姑娘火辣辣的目光中，似乎读出了超出友谊范围的内容。但她毕竟是外国姑娘，而且年龄比自己小那么多，他压根儿就不愿去多想。他心中的女神，现在只有李尤佳，仿佛丘比特的那一支金箭，已经穿过时间的长廊，在不经意间射进了他的心里，在这个月色朦胧、丹桂飘香的夜晚，他一直处于亢奋之中，整夜难以入眠。

这些日子，孙向东却很沮丧。自从与谢紫婧举行完婚礼后，他就没有过过一天好日子。婚礼上被儿子闹那么一出，谢紫婧仿佛变成了另外一个人，之前的小鸟依人、善解人意烟消云散、随风而去。他与她曾经立下的那些山盟海誓，苦心经营的爱巢，仿佛沙滩上垒起来的一座宫殿，一阵海潮之后就土崩瓦解、荡然无存了。尽管他给她做了比法国作家卢梭的《忏悔录》还多的解释，向她许下了与苏格兰诗人乔·摩根一样多的《保证》，她就是不领情，不肯原谅他。她说跟他说得再清楚、再明白不过了："你儿子婚礼现场都敢来大闹、来破坏，不知今后还会做出啥子惊天动地的恶行。"她甚至说，"我现在每天过得提心吊胆，算是被你们父子俩给害了、毁了。"

孙向东放下老脸给她赔不是，哪怕说破了嘴皮子，她也无动于衷。他感到这个女人的心，比寒冬腊月的冰霜还冷还硬。在昨天最后一圈的预选赛中，他本来可以取得更好的成绩，但心里一直想着前天夜里谢紫婧与他的争吵，以至于在冲刺阶段大意失荆州，结果屈居第五，这让他想起来就闹心。

从婚礼那天到现在，谢紫婧每晚和衣而睡，连身体都不让孙向东碰一下，这让孙向东耿耿于怀。她对他的生理需要置之不理，好像这个男人已经老了，她对他已经没有七情六欲了。之前，她可不是这样的。现在孙向东久旱无雨、饥渴难耐，渴望重温往日的温馨，也想通过身心的交流与融合，修复思想上的裂痕，提升感情的温度。结果，他是剃头挑子一头热。

这天傍晚，谢紫婧从女装店下班回家，一进门就提出了一个令孙向东哭笑不得的要求。她说："我准备把隔壁那个铺面租下来，你给我一笔钱，算是你对我伤害的补偿。"孙向东心里想：刚结婚夫妻关系就名存实亡，我没找你赔偿精神损失费就算是对你客气了。夫妻之间，你连基本的义务都不尽，还叫我给钱，你梦吧！孙向东没好气地说："我没有钱！"谢紫婧板着面孔质问丈夫："没有钱？你投资茶楼哪来的钱？"孙向东不悦地说："就不允许我想其他办法吗？"谢紫婧追问道："这么说，你是背着我藏私房钱了？"孙向东说："我的退休工资卡都在你手里，我哪里还有钱？"谢紫婧冷笑一声道："你现在返聘到学校上课，而且还是两所大学，你当我不知道？"孙向东愠怒道："我才开始上课，连钱的影子都还没见到！"谢紫婧有理有据地说："那你改建茶楼的追加款从哪里来的？"孙婆婆不想儿媳妇为难儿子，站出来给他解围："紫婧，那是我给他的，你莫生气！"谢紫婧斜着眼睛瞟了婆婆一眼，从牙缝里挤出话来："你一个老掉牙的人，哪里来的钱？你的钱还不是你儿子给的！"孙婆婆赔着笑脸说："我也是退休干部呀，几十年来积攒的呢！"孙向东耐心地向妻子解释说："真是我妈把她的养老钱借给了我！我现在返聘去上课，就是想找钱来还给她。"谢紫婧鄙夷地说："鬼才相信！多半是你们母子俩商量好来骗我！"孙婆婆低声下气地说："紫婧，你看我，这么大把年纪的人了，还会说假话吗？"谢紫婧恶毒地说："你说的假话还少吗？那天我回家，碰见你给孙儿打电话，就在背后下我的烂药，我还没找你这个老东西算账呢！"孙婆婆一直小心翼翼、如履薄冰地生活在儿子与儿媳妇的夹缝之中，生怕一不小心影响他们夫妻的感情，即使谢紫婧对她很不孝顺，她都一直赔着笑脸，没想到谢紫婧居然这样侮辱她，骂她"老东西"，她顿时气得浑身发抖："你……你……咋个能……这么说？"孙向东实在忍受不了她对母亲的这种恶劣态度，举起手来说："你竟然这样对妈说话！你信不信我扇你两耳光！"谢紫婧谅他没有这个胆量，将脸凑过去赌丈夫："你扇呀！"孙向东举起的手定格在空中，下不去："把你宠惯了，你以为我真不敢？"谢紫婧似乎把丈夫吃准了，肆无忌惮地挑衅说："我谅你不敢，姓孙的！"

"啪！"

人的涵养是有限度的！孙向东突然一股血液往上涌，脑袋瓜子顿时感到一阵麻木和胀痛，他再也抑制不住心中郁积多日的愤怒，顺手就给了她一记响亮的耳光。谢紫婧从来没有遭受过丈夫的暴力，先是蒙了，紧接着又哭又闹："你打我？你敢打我？你这个没良心的！"孙向东郑重地告诫她："做人要善良，不能尖酸刻薄。给你一巴掌，是让你长一个记性！"谢紫婧挨了打还被教训，她感到的不仅是委屈，更多的是羞辱、愤怒、仇恨，她像一座喷发的火山，疯了一样扑向丈夫："我跟你拼了，你个老不死的！"说着就与丈夫扭打在一起，声嘶力竭地说："我真是瞎了眼，嫁给你这个又老又丑的穷鬼！"孙婆婆看不下去了，急忙劝道："紫婧，别吵了，让邻居听见不好！"

谢紫婧才不管这些呢，她说："我就是要让邻居听见，堂堂一个大学教授，居然打老婆，欺负老婆。"孙向东不耐烦地说："你自找的！"

门铃响了，孙婆婆一边去开门，一边提醒他们："你们各自少说两句好不好？我的先人板板！别让外人看见笑话！"

第二十二章

　　来人是章懿华。谢紫婧仿佛遇到了救星，急忙向他诉苦："章大哥，你来评评理，他打我！你说，他还是一个男人吗？他比我大那么多，不但不疼我，还虐待我。"章懿华想息事宁人，自然要批评自己的老朋友："向东，你咋个动手呢？有话好好说嘛，动手打老婆可不好！"孙向东摇摇头，叹了一口气解释："她无理取闹不说，还侮辱我妈，不断地激怒我，她是咎由自取！"章懿华严肃地对谢紫婧说："这就是你的不对了，对老人要尊敬，要有孝心。"对二人各打五十大板后，他便当起了和事佬："一日夫妻百日恩！有啥误会，坐下来心平气和地沟通嘛，何必争吵打架呢？争吵打架不但于事无补，而且伤感情。俗话说，退后一步天地宽，礼让三分心气和。夫妻之间要宽容、谅解，多看对方的优点，做加法不做减法。夫妻之间不仅要有浪漫、甜言蜜语，还要互相尊重、互相包容，包容对方的缺点。既然走到了一起，不管对方犯了什么错误，只要不涉及原则问题，都应该原谅。因为你们是夫妻，是相爱的伴侣，能走到一起不容易！古人都懂得'百年修得同船渡，千年修得共枕眠'，我们现代人，难道还不懂得这个道理？"这位曾经的省报总编辑，在职时没少调解编辑、记者的家庭纠纷，他的经验是当夫妻在气头上时，简单两句话难以平息他们的怒气，只有多说几句，把话说动听一点，把话题扯远一点，才能冲淡激动的情绪，所以一口气说了一箩筐话。

孙向东怒气未消，他理直气壮地说："马丁说，原谅对方对你的一次伤害是包容，原谅对方多次同样的伤害就是纵容。哪怕再爱，人都不能丢开尊严和智慧。对爱人，可以包容，但决不能纵容。人都是贱脾气，你纵容他越多，他就会伤害你越深。"谢紫婧早就被丈夫那一巴掌激怒了，她已经听不进任何劝告，气冲冲地吼道："啥子马钉牛钉呀，全是信口雌黄、打胡乱说！你啥时包容过我，啥时纵容过我？每一次吵架，最后都是我让步，迁就你的是我，最后受伤害的还是我！这日子没法过了，我要跟你离婚！"章懿华赶紧劝她："紫婧，你冷静一点，不要冲动。牙齿与舌头都有磕磕碰碰的时候，夫妻之间发生误会在所难免。"谢紫婧脸涨得通红，气得喘粗气："没法过了！"她冲进卧室，将挂在衣柜的衣服抓来塞进皮箱，提着就要出门。章懿华拦住她说："紫婧，请你听我劝，千万不要意气用事！"谢紫婧推开章懿华的手，声嘶力竭地说："我受不了，再也受不了！"

孙向东早已失去了耐心，用同样的口气回道："你不要每次都把'离婚'挂在嘴上，好像离开了你，我就不能活！"章懿华耐心地劝道："你们两个都在气头上，务必冷静一点。"谢紫婧一边往外走一边丢下话说："我没法冷静，再也不想跟他在一起过了！"门被她猛地拉开后，弹在墙壁上发出"砰"的一声巨响。

清官难断家务事！章懿华望着谢紫婧离去的背影，摇了摇头。

孙向东一屁股坐到沙发上，抱头而泣。孙婆婆看见儿子痛苦的样子，不停地唉声叹气。章懿华坐到孙向东身边，劝道："赌气不是解决问题的办法，你应该去把她拉回来。舌头和牙齿都难免打架，何必跟老婆计较呢！"孙向东心事重重，痛苦不堪地说："我不是赌气，我是怪自己怎么摊上这么一个不讲道理的女人！"章懿华安慰他说："两口子吵架是家常便饭，你也不要把它往心里放。男人嘛，度量大一点，不跟老婆一般见识。"孙向东心灰意冷地说："我也想好了，这段婚姻本来就是一个错，她既然提出来散伙，我就成全她得了。"

宁拆一座庙，不毁一桩婚。这是中国人几千年来形成的传统观念，章懿华深谙这个道理，也就再一次提醒老朋友："婚姻不是儿戏，你一定要想好，切不可意气用事！"孙向东垂头丧气地说："我对这个女人已经失望了，不想再提她了。我现在心里很乱，你陪我出去走走吧！"章懿华自然乐意："好，我们到外面去走走，散散心，也许你心情会好一些。"

二人来到河边，此时夜色朦胧、树影婆娑，在河灯的辉映之下，本来应该有一个好心情，但妻子的离去，却让孙向东垂头丧气，他突然说想喝酒。章懿华说："好啊！去哪里喝？"孙向东说："我只想喝酒，到哪里都行！"章懿华不想走远了，建议到旁边的串串店吃串串。孙向东说好。

他们来到附近实业街钢管厂小郡肝串串店。这家小郡肝串串店最近在成都很受欢迎，每天都是顾客盈门，如果恰逢晚餐高峰期，更是要排队等候。好在此时已经过了上座高峰期，还有空闲座位，他俩选了一张四方桌。章懿华问孙向东："可不可以请天雄和中胜、大侠来陪你喝几口？"孙向东点了点头。章懿华立即给几个哥们儿打电话，易天雄和蒲大侠二话不说就答应了。舒中胜却迟疑了，章懿华问他："你在干啥，是不是脱不开身？"舒中胜回答说："我正在看书。"章懿华惊异地问道："我的舒大老板，你啥子时候喜欢看书了？"舒中胜解释说："你不是常说，如果不看书，左边脑袋是面粉，右边脑袋是水，一想问题就满脑袋糨糊吗？我可不愿意一脑袋糨糊。"章懿华忍不住大笑起来："哈哈哈，难得！真是一日不见，要刮目相看了！"说罢，他不容置疑地说："过来陪向东喝酒，不影响你看书！"

章懿华是朋友中的智多星、主心骨，他的话对他们来说就是"最高指示"。不一会儿，舒中胜、易天雄和蒲大侠也就陆陆续续赶来了。

　　舒中胜一见面就嚷道："今天咋个了，跑来吃小郡肝？"易天雄也感到不解："串串香是年轻人的最爱，我们几个老家伙凑在一块儿吃小郡肝，是大姑娘上花轿——头一回啊！"章懿华为了让气氛活跃一点，笑道："咱们这些老家伙，年轻的时候经济条件差，甜头没吃到，苦头倒是吃了不少！现在感谢国家政策好，退休后有生活保障，就应该啥子美食都尝一尝，不要输给年轻人嘛！"易天雄爽朗地笑着："嘿嘿，只要饱嘴福，我就钥匙挂在胸口上——开心！"舒中胜讥讽他说："你这个老小子，只要是吃炪和，就跟哑巴讨婆娘一样，说不出的高兴。对了，今天谁买单啊？"易天雄不容置疑地告诉他："你是地主老财，饿死的骆驼比马大！难道还要我们这些穷苦老百姓掏腰包？"舒中胜眼光的锋芒在他脸上冷冷地滑过，哼了一声："我就知道，只要有你易莽娃在，我就要出血。"章懿华赶紧声明："你们尽管吃，我来买单。"孙向东不同意，抢着说："不，我来买单，谁也别跟我争！咱们今天敞开嘴喝、敞开肚子吃，一醉方休、不醉不归。"蒲大侠很少言语，他知道自己有责任在身，立即阐明："我只能抿两口，等一会儿，我还要回茶楼盯着。"易天雄惊讶地摸摸孙向东的额头："嗯，发烧了，好像烧得还不轻！不给舒大老板这个地主老财的面子，抢着买单不说，还叫哥们敞开嘴喝、敞开肚子吃！你啥时候教授不当，改行做盘古王了？"他停了片刻，接着又戏谑道："虽然天下没有不散的筵席，但今天你请客，我保证陪你多喝一点、多吃一点。"孙向东也不跟易天雄斗嘴，端起酒杯说："来，喝酒！"话音刚落，他一仰脖子一饮而尽。

　　舒中胜却坐着不动，章懿华从锅里抽出几串煮熟的牛肉递给他。舒中胜似乎没有食欲，把它放在自己面前的盘子里。章懿华问他："你咋个不吃呀？"舒中胜说："我体重严重超标，医生叫我少吃多运动，注意减肥。"章懿华笑了："医生的话只能听一半，指望运动和节食减肥，也不一定完全靠谱。

你看八戒走了十万八千里天天吃素也没见瘦下来。"易天雄接过话说："对头，你不吃饱哪来力气减肥？"易天雄也递给舒中胜两根串串："快吃！"舒中胜也确实嘴馋了，接过来就大快朵颐："就是，不吃饱真没力气减肥！"他吃了几串菜，话也就多了起来："你们知道吗，我最近遇到了痛苦的三角恋。"

易天雄一听，顿时来了兴趣，戏谑道："瞧，有钱人就是容易犯八项注意第七项这个毛病。快坦白交代，和谁三角恋了？"章懿华意味深长地警告舒中胜："你不能好了伤疤忘了痛啊！"舒中胜知道他们想歪了，解释道："我这个三角恋啊，是我爱食物，脂肪爱我。"易天雄一听，感到被他要了，不悦地问他："你晓得胖子从18楼摔下来变成啥了吗？"舒中胜想想说："不晓得。"易天雄瞪着眼睛骂道："死胖子！"舒中胜自知上当了，反击道："你呀，狗嘴里吐不出象牙！"说完，他们忍不住哈哈大笑，但孙向东没有笑。

接下来，大家一边喝酒一边说笑，孙向东却只喝酒不说话。舒中胜不由得纳闷，问道："向东今天喝酒咋个这么爽快啊！该是遇到啥好事了？"易天雄也觉得奇怪："几十年了，孙猴子喝酒从来没有这么干脆过！"章懿华按住孙向东斟酒的手："少喝点，别喝醉了！"孙向东坚持还要喝，他说："我清醒着呢，老九！"易天雄神秘地笑着，调侃道："孙猴子，我们是不是该给你道喜啊？"孙向东望着他苦笑道："道哪门子喜？我是倒了八辈子霉！"舒中胜也有几分醉意了，岔开话说："你可不能这样说，论倒霉，恐怕是我最倒霉！"易天雄摸摸舒中胜的头顶，讥笑道："这里又没有长菌子，呵人嗦？"舒中胜本来想说他去做了亲子鉴定，但话到嘴边还是咽了回去："算啦，暂时不跟你说！免得你这张大嘴巴到处说！"蒲大侠见孙向东心事重重，关切地问他："兄弟，你咋个了？"易天雄自以为洞若观火，料事如神："他还能咋个！找了一个年轻貌美的女娃儿做老婆，心里美滋滋的，多半是有喜了呗！说，是男孩还是女孩？"孙向东没有搭话，举起酒杯又喝了一口。

章懿华夺过他的酒杯放在桌上："药不医假病，酒不解真愁，别喝了！"易天雄却拿起酒杯斟满酒递给孙向东："今天难得高兴，多喝一点没有关系！"孙向东端起酒杯又是一口干。

孙向东确实喝多了，抑制不住内心的委屈，开始诉起苦来："易莽娃总认为我老牛吃嫩草，羡慕我，嫉妒我。其实，我并没有你们想象的那么幸福。我是人前风光、人后落魄，日子过得一塌糊涂，尤其是有些事啊，让我羞愧难当，难以启齿。"章懿华提醒他说："你是不是喝多了，说胡话了？不要再喝了！"孙向东又干了一杯酒，语无伦次地说："我……我没有喝多，没有说胡话。"易天雄饶有兴趣地问他："那你说呀！"舒中胜也盯着孙向东已经发红的脸："说来听听。"孙向东将酒杯重重地放在桌子上，打了一个酒嗝："你看，首先是，我跟谢紫婧，相差20多岁，我只能努力地假装年轻去迎合她，但实在是累呀！她不体贴我不说，还嫌弃我妈年纪大了，不愿意去伺候，和我儿子阳光更是水火不容，甚至阻止我与儿子、孙子见面。在家里，她不做家务，也不心疼我，不管我讲课到几点回家，不管我多累，她都不关心。每次拌嘴，她只会耍脾气、使性子，跟我冷战，冷战到底。还有，她花钱真是大手大脚啊！好像我的钱，都是从天上掉下来的，衣服鞋子提包永远都缺，化妆品用一半就扔。我现在就担心一个问题，等我老了，我的一切如果都由她做主，我可能有戴不完的绿帽子，将来她再拿着我的财产嫁给别人，我想想都觉得冤得慌，觉得可怕呀！我现在真的是非常想念殷笑英！我好后悔，后悔当初贪恋美色，不顾母亲和儿子的反对娶了她，也许这就是报应！今天，她再次提出离婚，我也不想再挽留，改天就去跟她解除婚姻关系。"

常言说，酒后吐真言，听了孙向东发自内心的一番感叹，大家都震惊了。

之前，章懿华一再劝孙向东不要冲动，不要因为吵闹就亮起婚姻的红灯，现在听孙向东说了自己的难言之隐，他仿佛看见这两口子本身就是两条平行线，只是在一个错误的时间、错误的地点产生了交会的错觉，但并没有真正相交在一起，成为人生不可分离的伴侣，在今后的道路上分道扬镳是迟早的事情。何况章懿华他们对孙向东与殷笑英分开一直心存惋惜。

章懿华心里想，很多老男人都喜欢年轻的，但喜欢归喜欢，关键是能把握得住吗？孙向东这番推心置腹的话说明了，夫妻还是原配的好！当爱情褪去了激情的外衣，婚姻归于平淡的深耕，两人还能握住彼此的手，那才是幸福，那才是感情的真正归属！难怪都说，半路夫妻很少能有同甘共苦、相濡以沫的，尤其是老夫少妻，两人在思想上、体能上有巨大的差异，要想白头偕老，谈何容易！

他们几个与殷笑英既是同学，又是上山下乡到大堰坝同住在一个屋檐下的患难兄弟姐妹，章懿华、易天雄、蒲大侠和殷笑英还是参军到云南边疆，在保卫边疆战斗中出生入死的战友。而且章懿华和殷笑英还有一个公开的秘密，那就是殷笑英曾经追求过章懿华，章懿华因为深爱白琳娜才拒绝了殷笑英。但他一直认为殷笑英是一个心直口快、重情重义的好女人。章懿华对感情的忠诚和坚定，殷笑英也深表敬佩。因此，他们不仅没有因爱生恨，还结下了常人没有的纯洁友谊。易天雄也曾暗恋过殷笑英，只因孙向东抢先向殷笑英发起爱情攻势，章懿华又为他们牵线搭桥，才作罢。这就是说，在那个特殊的年代，他们彼此之间都是非常了解、非常信任的朋友和战友。对孙向东抛弃殷笑英与谢紫婧结合，他们本来就不看好，想劝阻孙向东，只是孙向东先斩后奏，将生米煮成了熟饭，几个铁哥们儿才无能为力。

现在，孙向东萌发了与谢紫婧离婚的念头，从内心来说，章懿华是支持的。但刚结婚不久就离婚，未免草率、不慎重。再说，中国人尤其是文人，从骨子里就认为劝和不劝离，章懿华即使有这个想法，这个时候也不好开口。他只能再次劝孙向东冷静，切不可冲动，因为婚姻毕竟是人生大事，这么大一把年纪了，经不起折腾。

易天雄和蒲大侠是急性子，他俩才不管那么多，听说孙向东有离婚的想法，都鼓励他不要婆婆妈妈，要离就趁早，要像快刀斩乱麻一样干脆。易天雄端起酒杯一饮而尽，半开玩笑半认真地告诫孙向东："如果不抓紧一点，不小心弄出一个小猴子来，你就猫抓糍粑——脱不倒爪爪了。"蒲大侠也骂骂咧咧地说："我一看这个姓谢的就不是一盏省油的灯！她把你卖了，你还帮她数钱！"舒中胜给易天雄和自己斟满一杯酒，然后又要往章懿华和蒲大侠杯里倒，章懿华和蒲大侠都捂着酒杯，表示不能再喝了，他站起身来准备给对座的孙向东倒酒，孙向东主动将酒瓶接了过去。舒中胜望着孙向东手中的瓶子，把话说得更露骨："如果向东不说离婚，我把话烂在肚子里都不会说出来。这个女人你把握不住，仅看她那双媚眼，她摸过的大腿，可能比你摸过的酒瓶还要多！"

章懿华扑哧一声笑了，骂舒中胜："你这老小子，骂人不带脏字！"易天雄说得更难听："舒胖娃，你老太太喝稀粥——无耻（齿）下流！"舒中胜一本正经地辩解："我是话糙理不糙，不信，你们等着瞧！"

第二十三章

启明星还在天上眨着惺忪的眼睛，天空已经泛起淡淡的鱼肚白。秋风从窗户的缝隙挤进室内，给刚披衣坐起来的殷笑英送来一丝丝凉爽。她伸了一个懒腰从床上下来，为了不惊醒熟睡中的孙子豆豆，她没有开灯，蹑手蹑脚地到洗漱间洗脸、漱口，然后走出家门。

此时天空逐渐明亮，风儿吹过街边的行道树，发出沙沙的响声，仿佛在追赶她匆匆的脚步。她走进菜市场，与商贩讨价还价买了几样蔬菜，又买了一只鸡、一块猪肉，最后拎着大包小包回到家里，将它们分门别类放进冰箱，开始做早餐。

殷笑英做好早餐后，孙阳光和乔翠莲还没有起床，她望着墙上的挂钟，摇了摇头，走到主卧门前伸手想敲门，想想又将手缩了回来。她又去看了一眼挂钟，还是没有去打扰儿子和儿媳妇。她回到自己的卧室，叫醒孙子。豆豆揉着蒙眬的睡眼，嘀咕道："奶奶，我还没睡醒，还想睡嘛！"殷笑英亲昵地哄着孙子说："豆豆乖，豆豆要去幼儿园，老师多次表扬豆豆上学准时，还给你发过小红花，你要再接再厉！"豆豆得到鼓励，愉快地说："奶奶，豆豆已经长大了，我自己穿衣服。"

豆豆跟着奶奶走进厨房，趁奶奶不注意，跑去敲爸爸妈妈的门，学着奶奶的口吻喊道："起床啦！太阳晒到屁股上啦！"

孙阳光和妻子开门出来。孙阳光抱起儿子，亲吻他可爱的小脸蛋，豆豆躲开脸嚷道："爸爸胡子扎，我不要！"

吃过早餐，殷笑英忙着洗碗和收拾厨房。乔翠莲习惯性地从冰箱里拿出一些蔬菜和猪肉，放进塑料袋子里，牵着豆豆往外走。殷笑英打开冰箱，见冷藏室和冷冻室的蔬菜与肉类又被扫荡了一半，她摇摇头，长长地叹了一口气："唉——"

天空越来越湛蓝，也越来越高远，一轮红日从龙泉山方向冉冉升起，万道霞光穿过城市的高楼，辐射在宽阔的人民南路上，川流不息的车辆沐浴着金灿灿的阳光，这座千年古城又开始了新的一天。渐渐地，城市热闹起来了，章懿华等选手在阳光的照耀下，精神抖擞、意气风发地走进四川省体育馆。

四川省首届健康麻将邀请赛决赛在这里隆重举行。

156名选手个个精神抖擞、跃跃欲试。尤其是宁波选手萧珊珊、泸州选手陈杰，开战后攻城拔寨、一路领先，犹如两匹腾空飞奔的骏马，就连从九寨沟旅游归来静观其战的法国姑娘露易丝都以为萧珊珊和陈杰会荣登冠亚军宝座，不由得为她心中的白马王子章懿华暗暗捏一把汗。然而，几轮之后，章懿华、李尤佳和孙向东稳扎稳打，将比分追了上来。尤其是章懿华在手气不顺的情况下不急不躁，终变劣势为优势，横刀立马，连下数城，把一个个对手杀得人仰马翻。

最后，经过连续三天的激烈角逐，章懿华高歌猛进、气势如虹，毫无悬念地斩获冠军；李尤佳巾帼不让须眉，夺得亚军；季军落入孙向东之手。开赛前几轮遥遥领先的萧珊珊和陈杰在10轮之后春光不再，舒中胜和易天雄更是表现平平，名落孙山。在高手对决的赛场，既要看手气，更要凭实力，手气只能逞一时之能，实力才是保持胜利的法宝。

露易丝不愧是来自浪漫之都的热情女郎，在颁奖典礼上，在众目睽睽之下，她将一束早就准备好的红玫瑰献给章懿华，并在他脸上留下一个热情的吻。章懿华即使有处变不惊的定力，但在大庭广众之下被一位漂亮女郎亲吻，他还是受宠若惊、手足无措，露出一脸的窘态。这个香吻，这个精彩的瞬间，立即被在现场采访的郝林咔嚓一声留在了镜头里。等章懿华反应过来之后，已经不见了旁边的李尤佳。他与李尤佳虽然至今没有联系和交流，但在内心深处，他一直在寻找她，并产生了一种想与她接近的渴望，他甚至怕露易丝送给自己的鲜花和这个吻，破坏了他在李尤佳心中的形象，从而粉碎他美好的愿望。

记者们蜂拥而来采访章懿华，章懿华心里装着李尤佳，对采访没有一点兴趣，但又不能不顾新闻工作者的热情，他双手抱拳，微笑着向记者们表示致谢，然后冲出"长枪短炮"的围追堵截，四处寻找李尤佳，但李尤佳却像一股风，已经消失得无影无踪。

章懿华怅然若失地站在体育馆北门出口处张望，易天雄、舒中胜簇拥着孙向东来到他面前，非要叫他和孙向东请客不可。易天雄神秘兮兮地说："我们陪你打了几天酱油，现在你三喜临门，必须办展扎（自贡方言，意思为出钱请别人吃饭或为别人的事埋单）。"章懿华不解，问他："不就是运气好，得了一个奖嘛！哪来三喜临门呀？"易天雄坏笑着说："你当我们眼睛鼓起是二筒呀？露易丝小姐给你又献玫瑰又献吻，算不算一喜？你一双发绿的眼睛望着李尤佳，就像当年逮着白琳娜一样心花怒放，又算不算一喜？"章懿华故意叫苦说："哎呀，我的天哟！六月下大雪，我比窦娥还冤哟！"舒中胜咂着嘴，嫉妒地说："我就没搞懂，你这臭老九哪来这么好的狗屎运气。我身高一米八几，体重一百九十多斤，身家也不比你差，咋个就没有女人缘？你这老小子倒好，那么年轻漂亮的法国女郎，在颁奖台上就给你一个——"他做了一个亲吻的动作，"吧嗒，真甜、真香、真美啊！让我这个嫉妒，如果有一块豆腐，我真想撞死了！"易天雄坏笑着在舒中胜背上拍了一巴掌：
"你也不撒一泡尿来照一照，一天到晚贪吃贪睡，把天蓬元帅的活儿都干了，
你还指望天上的嫦娥下凡来伺候你？有一个胡丽萍死心塌地地喜欢你，你就
应该知足了，真是人心不足蛇吞象！"舒中胜听易天雄提起胡丽萍，心里就
像打翻了五味瓶，将他推到一边："去去去！这里没你的事！"接着，他故
作蹊跷状地对章懿华说："真他妈的神了！我看那个李尤佳，咋个越看越像
白琳娜呢！该不会是你故意将她冷冻在冰城哈尔滨，时机到了，重新让她复
活吧？"孙向东嘲笑舒中胜说："真是嫉妒之心有多大，联想之心就有多大！
我说啊，这就叫精诚所至，金石为开！"易天雄也拿舒中胜来取乐："舒大
老板不理解了吧？你如果把自己的花心大萝卜埋在土里，你家胡丽萍说不准
也会越活越年轻、越来越漂亮！"

在几个老哥们谈笑间，张秘书长拖着行李箱和露易丝走了过来。

"您好，孙先生！"露易丝操着半生不熟的中国话与大家打招呼，"您
好，易先生！您好，舒先生！"她热情地与他们打过招呼之后，含情脉脉地
望着章懿华，伸出手来主动与他握手："你今天太棒了！就像太阳神阿波罗，
我太崇拜你了！"她与其他人打招呼都称"您"，带着客气与距离，与章懿
华交谈，她改称"你"，怀着深情与亲切，"用中国话是怎么说的？挽狂澜
于……"张秘书长接过话说："挽狂澜于既倒，扶大厦之将倾。"露易丝点
点头，莞尔一笑说："对！就是这个意思！"章懿华谦虚地说："露易丝小
姐过奖了！"露易丝开心地说："我马上就要回国了，认识你们，我太高兴
了！"她转过头来对大家笑了笑，然后邀请章懿华："期待与你在巴黎相见！"
张秘书长解释说："不久，露易丝小姐她们将在巴黎举办欧洲杯麻将锦标赛。"
章懿华明白了，他说："很感谢你的邀请！"露易丝小姐调皮地向章懿华笑着，
说："我现在去机场，你能送我吗？"章懿华略有迟疑，易天雄却抢着替他

回答："他正有此意，祝露易丝小姐旅途愉快！"说着就将章懿华推着往前走。一个年轻小伙子来到张秘书长身边，对他说："秘书长，里边有人找您。"张秘书长趁机说："我正好还有事要忙，就有劳章总编了。"说着就将手上的行李箱交给章懿华，伸出手来朝露易丝说："再见，露易丝小姐！此行照顾不周的地方，请您多多包涵！"露易丝与张秘书长握手告别："谢谢张先生，期待与你们在巴黎重逢！"

于是，章懿华拖着露易丝的行李箱招来一辆出租车，拉开车门，伸出手挡住车顶，绅士地请露易丝上车。几个哥们儿站在一旁向露易丝挥手再见。望着驶远的出租车，舒中胜羡慕地说："老九真是老来俏，艳福不浅哪！"易天雄盯着舒中胜坏笑道："瞧你，哈喇子又流出来了！"

章晓白习惯了回家吃饭，现在爸爸和外婆去茶楼经常很晚才回家，尤其是最近几天爸爸一早就去省体育馆参加麻将比赛，来去匆匆，没有时间在家烧菜做饭，外婆做的菜又不对她的胃口，她接连吃了几天外卖，自然不高兴。她认为这都是该死的麻将造成的。虽然现在爸爸和外婆不在家里打麻将，她没有像之前那么抵触他们打麻将了，但依然反感。在电视里看到爸爸和孙叔叔获得四川省首届健康麻将邀请赛的冠军和季军，她不仅没有表示祝贺，反而嘲笑说他们执迷不悟、中毒太深。外婆却开心地说："你爸爸和孙叔叔为咱们四川人争光啦！"

当镜头停留在亚军李尤佳美丽的脸上时，白婆婆十分惊喜，指着电视屏幕说："晓白，这个女的好像你妈妈呀！"章晓白对妈妈没有一点印象，但母亲的照片她不陌生，只是电视上的李尤佳一闪而过，并没有引起她的注意，随口附和道："是吗？"外婆肯定地告诉她："就是。"

白婆婆见到女婿回来，欣喜地对他说："刚才电视里播放了你领奖的新闻，我真为你高兴！"章晓白却嘲笑说："赌博大王，是不是很开心啊？"

　　"偏见！无知形成的偏见，根深蒂固！"接下来，章懿华对女儿进行了健康麻将科普，但章晓白却捂着耳朵，嚷着不听不听。

　　见状，章懿华便说起了男朋友的事，章懿华认为女儿还是没有将男朋友的事情落到实处，或者说，她还没有将男朋友带回家来让他当面进行考察。那天虽然瞅见了他们在缘来茶房交谈，但毕竟是雾里看花，之后也没有了下文。现在茶楼开起来了，四川省首届健康麻将邀请赛也落下了帷幕，女儿的对象问题，又成了章懿华关注的焦点。他又苦口婆心地劝女儿："晓白，不要再拖了，尽快将那个小伙子带来与我们见见面！不要只闻楼梯响，不见人下来。"章晓白心不在焉地说："急啥嘛！等时机成熟了，我自然会让你们见面的！再说，最近工作很忙，没时间！"白婆婆扫了一眼章晓白，不满意她的答复："你呀，就会敷衍我们！"父亲冷冷地望着女儿，无可奈何地说："你敷衍我们的水平是越来越高了。"章晓白也不生气，反而快活地说："谢谢老爸夸奖！"

　　章懿华荣获冠军之后，几个哥们儿一直嚷着让他请客，恰逢郑倩倩又接到通知，从下周开始改做月嫂，双喜临门，章懿华便请大家到附近的人民食堂相聚。这天恰好轮到郑倩倩休息，蒲大侠和郑倩倩坚持邀请大家到他们家去喝酒。蒲大侠甚至说，如果不去他家，就是看不起他。话说到这个份上，章懿华只好答应。于是，章懿华来到菜市场，买了鸡鸭鱼兔等，并请商家按照他的要求宰好，大步流星地跨进蒲大侠家。蒲大侠见章懿华拎着这么多东西来，露出一脸不悦之色："说好我请客，你却把菜市场都搬来了，这不是寒碜我吗？"郑倩倩也责怪道："就是嘛！来就来嘛，咋个能让你破费呢！"章懿华赔着笑脸解释："咱哥们儿之间，谁买不是买，客气啥呢！来，一起动手，丰衣足食！"说着进入厨房，挽起袖子就与郑倩倩和蒲大侠奏响锅碗瓢盆交响曲。

　　朋友们在蒲大侠家欢聚一堂，让这个从边远的乡村来到大都市的普通之家，有了从未有过的欢声笑语。

白婆婆、孙婆婆每天与舒大爷、袁大爷约着到芙蓉茶楼打麻将，小区其他老人也跟着他们一起去娱乐，自然开心快乐，也就没有去"免费"领东西。但那些推销员依然热情不减，不时给她们打电话，盛情邀请他们光临。这些推销员知道老人们心地善良，不像年轻人讨厌与他人闲聊，接到电话就生气地挂断。他们掌握了老人的心理，也就得寸进尺，像膏药一样贴在老人们身上，一口一个爷爷、奶奶地叫着，使老人们心里热乎乎的。在老人们心里，年轻人也不容易，能给予支持就支持。

　　章懿华第二次见到李尤佳之后，李尤佳在他脑子里出现的频率也就多了起来，有时是她莞尔一笑的面容，有时是她冷静思考的神态，有时是她与白琳娜交替出现的画面。总之，他的脑海里常常被李尤佳占据。他都不知道自己为什么会对她这么思念，这种思念的感觉他很久没有感受过了，它是那样的亲切、那样的温暖、那样搅动他的思绪。他试图用理智的防火墙将它隔绝在外，或用理性的扫帚将它扫走，可越有这种想法，李尤佳的容颜就越发清晰，他知道自己是放不下她了。在千万人之中，他遇见了想遇见的人；在几十年的等待之中，在时间的无垠荒野里，没有早一步，也没有晚一步，两人刚巧碰上了。这个人，就注定要让他心神不定、昼思夜想。

　　同样，在遥远的哈尔滨，这个叫章懿华的男人的睿智的目光、不凡的气质、精湛的牌技，在领奖台上的潇洒和与她相视一笑的瞬间，也定格在了李尤佳的心里。李尤佳毕业于黑龙江大学中文系，在冰城一家文学杂志社做编辑。她不仅文学天赋极高，鉴赏能力很强，写得一手情深意笃的散文，以其新颖的立意、深刻的思想、优美的语言、细腻的感情，在散文界颇有名气，而且由于容貌出众，举手投足优雅，曾被很多人暗恋或追求。但是，大凡美丽动人又有思想的女性，眼光都很高，李尤佳也不例外。不管是政商名流，还是文坛翘楚，都很难入她的法眼，走进她的心里。不是她高傲，她只是不愿与俗人交好。所以，尽管她已经走过了四十五个春秋，依然待字闺中。她的业余时间除了写作就是打麻将。

开始，她对打麻将并不热衷，但后来她发现打麻将不仅可以培养缜密的思维，还可以培养全局观、注意力、推断能力，可开发大脑，防止老年痴呆。因此，她就逐渐爱上了这项简单的运动。爱因斯坦说："热爱，是最好的老师。"不同的人有不同的生活方式，但在生命的过程中，有了热爱和目标，也就有了快乐和新生的土壤，就能激发生命的智慧和潜能。她在打麻将中不断摸索、不断总结，发现打麻将是有章可循的，吃、碰、杠、和不能全靠运气，运气只能逞一时之能，策略和技巧才能保证长久制胜。于是，她总结出了一套打麻将的经验，渐渐地，她在当地麻友中有了一定的影响，这也更加激发了她对麻将的热爱。为此，她还应麻友的要求，编了一段顺口溜在坊间广为流传："打牌风格好，经常有人找；打牌风格丑，你来别人走。打牌打得精，说明思路清；打牌打得细，说明懂经济。打牌有怪招，说明素质高；输了不投降，竞争意识强。敢打单吊牌，肯定有后台；输赢都不走，能做一把手。打牌讲人格，作弊要不得；打牌都是友，不搞里外手。抓牌凭手气，出牌靠技艺；打牌讲文明，千万莫骂人。"

梦想是一场华丽的冒险，不管最终是否能到达彼岸，但拥有梦想并去追求它，就已经是一种成功。李尤佳热爱麻将运动，但并不阻碍她对异性的渴望。尤其是有文学情怀的女人，她对生命的另一半的热爱往往还要加一个"更"字。但造物主似乎总是跟她过不去，她苦苦地寻觅，却一直没有找到意中人。她在一篇散文写道："我曾经跟一个人在梦里无数次擦肩而过，衣服都擦破了，也没有擦出火花。"她说的这个人，显然是她理想中的爱人，他只停留在她的梦里，生活中并未出现。

她走过的路长了，遇见的人多了，经历的事杂了，不经意间，她发现人生最美妙的风景是内心的淡定与从容，头脑的睿智与清醒，而不是强求与凑合。天作之合、水到渠成，那是命运的馈赠。她没想到的是，她千里迢迢到成都参加麻将邀请赛，意外发现一个与众不同的男人。她觉得这个男人很面熟、很亲切，好像在哪里见过，但一时又想不起来，把她的思绪都差点搅乱了。因此，在预选赛中仅一分之差输给了宁波那位选手。赛后，她本来想与章懿华交谈，对他做进一步的了解，无奈她是刊物本期的责任编辑，早就提前购买了飞机票，要赶回去发稿，预选赛结束她就匆匆去了机场。好在她已经取得决赛资格，等几天就能重返成都。果然，一周之后，她就再度与他相逢在赛场。这一次，她有了近距离观察他的机会，但吸取预选赛的经验教训，她尽量克制自己的感情，等决赛成绩出来再想也不迟。

她突然想起来了，他不就是自己的梦中情人吗？他的睿智、风度、气质和外貌，与梦中那个男人的吻合。特别是他与她站在领奖台上相视一笑的那一瞬间，她感受到了火花在飞溅、血液在涌流。这种感觉只有在彼此欣赏、心灵相通的男人和女人之间才会出现。"众里寻他千百度。蓦然回首，那人却在，灯火阑珊处。"辛弃疾《青玉案·元夕》中的这一句词，简直就是专门为她留下的绝唱。她的惊喜程度，不亚于哥伦布发现新大陆，只能用"欣喜若狂"来形容。她深切地感受到人生不缺遇见，缺的是执着向前的决心和魄力。她兴奋地想找他好好聊一聊，如果他未娶，自己就义无反顾地嫁给他。相遇了，就不要畏首畏尾，瞻前顾后，唯有如此，一切才皆有可能。然而，令她万万没有想到的是，她正打算放下女人的矜持，主动去找他的时候，总编辑打来电话，说要撤下一篇反映退休老人生活的小说，补上采写新能源和清洁能源的报告文学，叫她立即赶到机场，并说机票已经帮她订好。

领导突如其来的决定，李尤佳不得不执行，因此，她还没来得及对梦中情人做进一步的了解，便急匆匆地离开了颁奖台。怪不得与她怀着同样心情的章懿华在体育馆内找她，却始终不见她的踪影。怅然若失的心情就像一场绵绵的秋雨，在两个心有灵犀的男女心中，开始遗憾地滴落。

第二十四章

　　章晓白站在一张宽大的施工设计图前，聚精会神地用铅笔在上面做标注，然后退后两步，给吴远征和工程部几位中层干部讲解。他们有的点头称是，有的在做笔记。这时，董事长秘书进来对章晓白说："章部长，董事长请你去他办公室。"章晓白对秘书点点头，表示知道了，转身对吴远征和众人说："这个问题就讲到这里！一定要按照设计图纸施工，有什么不清楚的地方，随时问我。"

　　章晓白来到万钢董事长办公室门前，虽然门敞开着，她还是很有礼貌地轻敲了两下。听到万钢"请进"的招呼后，她才走了进去。万钢放下手上的文件，抬起头来，兴奋地告诉她："总部援建非洲的工程非常顺利，社会效益和经济效益取得了双丰收。根据国家的计划和安排，总部准备派一家公司去巴基斯坦援建。鉴于你工作上的表现，总部来电，商调你到这家公司去担任设计部部长。"

　　章晓白从万钢董事长手上接过总部的商调函，并未激动，而是冷静地说："感谢董事长和总部对我的信任！如果这是商调，我想将这个机会让给其他同事。"万钢大惑不解，愣了一下，语重心长地告诉她："这可是一个千载难逢的机会，总部下属公司的很多人都想去，我是看在你对公司的贡献，找总部争取才得到的，希望你珍惜，并请你再认真考虑后答复我。"

章晓白刚回到办公室，吴远征就来了。他向她表示热烈的祝贺："听说要调你到援建公司当设计部部长，我真为你高兴！"章晓白却无动于衷地说："有啥值得高兴的，不就是到国外工作吗？我准备放弃呢！"小吴很不理解，提醒她："这是可遇而不可求的机会，你要珍惜！"

章晓白考虑的结果还是放弃。她想，自己如果出国了，这一去就好几年，年迈的外婆就全靠爸爸一个人照顾，爸爸现在也老了，她不忍心丢下两个老人独自去异国他乡。

章懿华在家打扫卫生，客厅的座机突然丁零地响了。他拿起话筒问对方找谁，一个陌生的声音问他："您是章晓白的爸爸吗？"他不知道出了什么事，赶紧回答："是，有什么事吗？"对方着急地对他说："叔叔，我们公司总部准备提拔晓白到援外公司去担任设计部部长，这是一个众人求之不得的机会，但晓白却想放弃，希望您做一下她的工作。"

章懿华想再问几句，可对方已经将电话挂了，让他感到好生蹊跷。

章晓白下班回到家，章懿华迎上前问她："听说你们单位准备派遣你出国工作？"章晓白不由得一惊："您从哪里得到的消息？"章懿华故意卖起关子："我搞了几十年的新闻工作，消息自然灵通啦。"章晓白迟疑了一下，猜道："多半是哪个给您打的小报告。"章懿华反客为主，用一种既定的口吻问女儿："你准备什么时候去报到？"章晓白大大咧咧地说："报啥到呀！我准备放弃了。"章懿华语重心长地提醒她："据说这是一个很多人翘首以盼的机会，你咋个要放弃呢？"白婆婆也走过来劝道："这可是一个好差事呀！晓白，你要考虑好哟！"章晓白不以为然地说："不就是出国吗？有啥稀奇的？"父亲不这样认为："出国虽然不稀奇，但到国外工作可以开阔视野、积累经验，为你今后的发展奠定基础。这是一个机会，这样的机会可遇不可求！"他干脆直接问女儿，"你放弃的理由是什么呢？"章晓白内心十分清楚为啥放弃，但到嘴上却轻描淡写："没有啥理由，就是不想去呗。"章懿华知道她的心思，一针见血地指出："你是担心走后，我和你外婆今后没人照顾，对不对？"白婆婆也对她说："我的事不用你操心，你应该把精力放在工作上、放在自己身上。"章晓白撒谎说："我并不是全为你们着想，而是我对出国压根儿就不感兴趣。"她还有一个十分充足的理由，说出来令人难以辩驳，"我们国家现在日益强大，我在国内为国家建设做贡献，也是老爸您过去经常教导我的呀！再说，鲜花不会四季开，清泉不能遍地流。德璋哥哥爱人刚出国留学时，他们一家人都开心得很。结果呢，德璋哥哥跟我说，他后悔当初支持她走。"

　　章懿华见女儿已经彻底打消了出国的念头，心里想再说也是白说，也就不再费口舌了，随即转移话题问她："你交往的那个小伙子，他姓什么？你还没有告诉我们呢。"章晓白见父亲不再勉强她出国，正准备松口气，但没想到父亲话锋一转，又抛出一个难题。不回答吧，不尊重；回答吧，又担心他穷追不舍，也就含糊地答道："姓吴，我们都叫他小吴。"父亲说："我和你外婆那天看你和他聊得拢，有共同语言，过了这么久了，进展如何？"章晓白敷衍道："还行呗！"父亲单刀直入地问她："什么是还行？"章晓白狡黠地答道："就是还在考察期嘛！"白婆婆接过话说："我和你爸对他都比较满意，你要抓紧！"章晓白颇为不解："你们仅仅走马观花瞧了一眼就说不错，是不是太草率了啊？"章懿华步步紧逼地说："既然如此，你就带他来与我们见见面，让我们增加对他的了解嘛！"章晓白�’着嘴巴不悦地回答："着啥急呀！时机成熟了，我自然会安排你们见面的。"章懿华开门见山地指出："你把这个事情定下来了，我们才放心。"白婆婆表示赞同："对头，我做梦都想抱曾孙子。"章晓白撒娇道："哎呀，看你们说的！哪有刚认识不久就谈婚论嫁的呀！你们是不是想把我早点嫁出去，然后就没人干涉你们打麻将了？"父亲立即纠正她这个观点："这是两码事！男大当婚，女大当嫁。你是我的宝贝女儿，我希望你能有自己的幸福。至于打麻将嘛，那是我个人的爱好，我曾经跟你说过，它是一项既能减缓老年痴呆又能益智的娱乐活动，现在不仅老年人喜欢打麻将，很多年轻人也喜欢。"章晓白还是没有消除她的偏见："照此说来，老年人打麻将可以理解。年轻人打麻将，我还是认为那是不务正业的表现！"

芙蓉茶楼里，易天雄一家四口正在"杀家搭子"，也就是打家庭麻将。易德璋一边拿牌一边说："我反对年轻人整天沉溺于麻将之中。但因为业务关系，偶尔应酬一下并没有错。周末，像这样陪爸爸妈妈和外公在一起打麻将，我就蛮开心。"易天雄赞同儿子的观点："就是嘛，周末一家人聚在一起，忙完了家务，如果不在一起搓几圈，只顾自个儿低头玩手机，那不成了太平间纳凉——死气沉沉？"袁圆狠狠瞪了丈夫一眼："瞧你，说些啥乱七八糟的呀！就不能拣点好听的来说？"

"好！"易天雄转移话题说，"那我来问你们，麻将是咋个来的，晓得吗？"袁圆摸起一张一筒打出去，胸有成竹地说："这还用说吗？郑和七下西洋发明的。在一望无际的大海上，郑和见水手闲得无聊，为了打发时间，他创造了这个游戏。根据风向分为东西南北，根据船具分为一到九筒，寒来暑往分辨春夏秋冬，经费规划为万。于是，麻将最基础的竹牌就由此诞生了。后来在不断演变中增加了数量，最终成了今天的麻将。"易天雄碰了妻子的一筒，打出一张二筒说："对头，这是一种说法！"袁大爷摸了一张牌，见没有用，打了出去接过话说："据我了解，麻将起源于中国，盛行于唐朝，本是江苏太仓护粮牌，用来记录粮仓捕雀者的奖励，分为筒、索、万三种。筒的图案源于火药枪的横截面，索是指用细绳串起来的雀鸟，万是赏钱的单位。这种牌渐渐具有娱乐作用，就逐渐发展成了麻将。"易天雄笑了，点点头说："老爸这又是另一种说法。"易德璋补充道："还有另外一种传说，麻将是根据水浒传中的英雄好汉来创建的。一百零八枚麻将牌对应着一百零八位好汉。比如九条代表着九纹龙史进，一饼则是黑旋风李逵。一百零八位好汉来自五湖四海，因此有了东西南北四个方位，他们又来自不同的阶级，于是又隐晦地添加上了发、白等等。最后据统计一共有一百三十六枚麻将牌，经人们不断改良之后，总数就有了一百四十四枚。"易天雄一边摸牌一边说："没想到，麻将起源最流行的三种说法，你们都晓得！"易德璋得意地说："天下人谁不知道呀！"易天雄卖起关子："还有一种说法你们可能都不晓得。打麻将离不开骰子，对不对？2015 年 10 月，《成都商报》报道，德阳市考古研究所在什邡元石镇城西村一个遗址中发现一枚萌态十足的骰子，这枚距今两千多年的夹砂灰陶骰子，跟咱们今天的麻将骰子一模一样，麻将起源于三星堆旁边的什邡，也不是没有可能。但是，麻将来由如何，都是没有准确考证的揣测。但不可否认的是，麻将是我国自古以来就有的民间传统娱乐方式，这是生成的骨头长成的肉——定了的。某些国家企图将它偷走，那是癞疙宝想吃天鹅肉，白日做梦！"

"不摆这个了，咱们谈点实际的。"袁圆转移话题，问易德璋，"儿子，你前段时间说婉蓉要回国，最近咋个没有消息了？"易天雄接过话说："就是嘛！你媳妇出国几年了，跟你这样耗着，我们啥时候才能抱孙子呀？"易德璋憨厚地一笑，孝顺地说："昨天与她视频聊天，说机票已经预订了，等几天就能回来。"袁圆笑了笑，说道："那就好。我们一家终于可以团聚了。"外公袁大爷问易德璋："你婆娘在国外是做啥工作的？"易德璋回答："CFA。"袁大爷不解，问道："CFA 究竟是干啥的？"易德璋耐心地向外公介绍："她在美国读博，学的是国际金融，已经取得 CFA 特许金融分析师证书，这个证书在全球被视为金融投资界的 MBA。"袁大爷听得眉开眼笑，连连说："不错，前途无量！"易天雄问易德璋："婉蓉拿到这个证书回国找工作，是不是铁人戴钢盔——保险？"易德璋自豪地给父亲解释："那是自然的。据说我国目前取得这个证书的人不足两千，不仅国内金融单位抢着要，即使在美国，它也被誉为'进入华尔街的通行证'。"父亲两只眼睛乐得像一对豌豆角："纳鞋不用锥子——针（真）好！"

袁圆则从另一个角度来提醒儿子："能找到一份好的工作固然好，但年龄不饶人，你们结婚这么多年了，还没有孩子，要抓紧！"易天雄附和道："对头！俗话说，不孝有三，无后为大。你看人家孙阳光，豆豆都上幼儿园了。你们呢，棉花落在油缸里——一点儿动静都没有。"易德璋自我开脱道："阳光哥比我大两岁，有孩子也正常嘛！再说，婉蓉要是不出国，我们可能也有孩子了。"袁圆爱怜地说："你呀，总是有理！"易天雄告诫儿子："你是咱们易家的独苗，我不想我们易家断子绝孙！"易德璋赶紧打消父亲的顾虑："爸，您尽管把心放在肚子里，我和婉蓉是传统的中国青年，不是丁克族。"袁圆摸起一张牌说："自摸，我和啦！"易德璋恭维母亲："妈，您手气好，真快！"易天雄摸起一张牌，用手指搓了两下牌面，断定是自己需要的牌，兴奋地说："开杠！"接着又摸一张牌，顿时喜出望外："哈哈，杠上花！"外公也笑逐颜开地说："我也和啦！"易天雄嘲笑易德璋："儿子，你孔夫子搬家——尽是书（输）哟！"袁圆一语双关地说："儿子，你落伍啦！"易德璋摸了一把自己的脑袋，憨厚地笑了。

西南财经大学的阶梯教室里，孙向东正在给学生讲高等数学。

他眼睛不大，但聚焦能力很强，目光中闪烁着智慧的光芒，他站在讲台上就像一位志在必得的将军，满脸都是威严和镇定，如数家珍地对同学们说："高等数学是大学必修课，也是考研的必考科目，所以对同学们来说非常重要。学好高等数学不仅能提高自己的逻辑分析能力，提高自己的思维严密性，同时对自己今后的研究也有很好的帮助，是进行研究学习的基础。那么，如何才能学好高等数学呢？首先是打好基础。对三角函数、几何、代数、概率要精通，最起码要熟练掌握基本的理论。其次是培养自己的逻辑思维。逻辑思维对学习高等数学非常重要，它是循序渐进、层层相扣剖析问题的能力。平时多观察身边的事物，多思考问题，甚至可以通过看悬疑电视、电影等，培养自己的逻辑推理能力。最后是要掌握学习技巧。任何学习都是有技巧的，如果找不到技巧，盲目学习只会事倍功半。比如微积分，要学会拆分，要理解基本函数，掌握导数理论等等。例如概率论，跟生活是息息相关的，要结合生活实际去学习和提高……"

同学们聚精会神地听孙教授讲课，对他讲的重点，有的在做笔记，有的打开了录音笔。总之，同学们想通过教授的讲解，找到解题方法、解题思维，从而更好地帮助自己提高高等数学的学习能力。

孙阳光家里，一家人吃过饭坐在沙发上看电视，但眼睛都没有放在电视屏幕上。孙阳光和乔翠莲在低头看手机，殷笑英一边逗豆豆玩，一边织毛衣，豆豆见奶奶没有专心陪自己玩，似乎玩腻了，转头去找爸爸。孙阳光在手机上查找什么，不耐烦地说："让妈妈陪你玩。"豆豆跑到乔翠莲跟前，拉着她的手说："妈妈，你来陪我玩！"乔翠莲盯着手机头也不抬，半天才慢条斯理地对儿子说："豆豆，妈妈有事，去找奶奶玩。"豆豆被妈妈支到奶奶面前，殷笑英只好放下正织的毛衣，陪豆豆搭积木。男孩子好动，图新鲜，玩了一会儿，他又厌烦了，将积木推到一边，去拉奶奶的手。殷笑英对豆豆说："你又想玩啥新花样？"豆豆说："我要骑马儿。"殷笑英摸着豆豆的头告诉他："奶奶身子骨老了，驮不动你啦！"豆豆不理解，嚷道："我就想骑马儿嘛！"殷笑英一语双关地说："你真把奶奶当牛马啊！奶奶的腰不好，不能陪你骑大马。"她又重新拿起身旁织着的毛衣，对豆豆说："去找你爸爸妈妈！"

孙阳光知道母亲的话蕴藏着对翠莲的不满，岔开话说："妈，你和我爸都有腰椎间盘膨出、骨质增生这个毛病，不能坐久了，今后不要再去打麻将了！"他总是有意无意地将母亲和父亲联系在一起，想下好心中那盘棋。母亲却并不领情，不悦地说："你别有事没事把我和你爸扯在一起！"她接着解释道，"我打麻将的时间并不多，但适量的麻将娱乐，有益于身心健康。"

哪有儿子不希望父母在一起的呢？从孙阳光大闹婚礼现场就不难发现，他一直想把父亲与谢紫婧拆散，让爸爸妈妈重归于好。因此，不管母亲如何回避父亲，他都坚持不懈地努力："我真不理解，特别是我爸，一个大学教授，是有文化的人，干点其他啥不好，偏偏喜欢打麻将。"

殷笑英给儿子解释说："你这就不懂了！没听你……章叔叔说吗？麻将是国粹，是我们中华民族的一项伟大发明，是我国的传统娱乐方式，有着其他体育项目不可替代的优势。你看咱们成，哪一家茶馆里没有人打麻将？你想，咱们成都是休闲之都，如果没有麻将，还能获得休闲之都这个美名吗？"

孙阳光赔着笑脸说："妈，你啥时跟爸和章叔叔他们一个鼻孔出气啦？我没有塌屑打麻将的人，我是巴心巴肝为您好，担心打麻将会加重您腰椎间盘突出。"

殷笑英告诉儿子："你放心吧，妈又不是傻子，会适可而止的。"

孙阳光突然想起什么，对母亲说："妈，你晓得不？我爸最近又返聘回学校上课啦！"殷笑英顿时变了脸色，冷冷地道："他返聘回学校，跟我一毛钱的关系都没有！"孙阳光开导说："妈，您也不能这样说！他毕竟是我的亲爸，我担心他太累了。"殷笑英不屑一顾地说："谁叫他老不正经，活该！"孙阳光理解母亲复杂的心情，趁机挖苦一下谢紫婧："千怪万怪，就怪那个狐狸精！那妖精不是省油的灯！多半是开销大了，入不敷出，爸才又返聘到学校去上课。"话说到这里，殷笑英还是想知道那一对"坏人"的处境，忍不住问道:"他们现在和好了吧?"孙阳光鄙夷地说:"听奶奶讲,我爸那天打了狐狸精一巴掌后,她就很少回家了!"殷笑英一听,大吃一惊:"你爸打了她?"孙阳光比着扇耳光的手势,夸张地说:"对头,我爸就是这样狠狠地给了那狐狸精一耳光,让她当场摸不着方向!"殷笑英感慨地说:"你爸从来没有动手打过人呀!"孙阳光开心地说:"爸平时走路都怕踩死蚂蚁,打那个狐狸精却毫不手软,说明狐狸精的好日子到头了!"

第二十五章

　　自古享有"扬一益二"美誉的成都，旅游资源丰富，交通条件优越，不仅具有独特的古城风韵和深厚的文化底蕴，而且还拥有远近闻名的综合性商业圈。要说成都最繁华的综合性商业圈，非春熙路莫属。这里商贾云集，店铺林立，创新的建筑风格和浓厚的艺术氛围，引领当今时尚潮流，充分展示现代、开放、活力的大都市形象。地处春熙路商业圈核心地段的梦丽莎女装店，每天都是熙熙攘攘、顾客盈门。

　　不能不说，谢紫婧是一个有商业头脑的女人，她选择在这里开店是颇有眼光的，虽然不能说每天赚得盆满钵满，但进账还是相当可观的。她叫孙向东拿钱出来将隔壁那家铺面租下来，扩大经营规模，一方面足见她的野心和经营头脑，另一方面她是想考验孙向东对自己的感情究竟是假还是真。但是，她高估了孙教授的经济实力，以为他是中国数学界的领军人物，腰包里的银子不在少数，她嫁给他不仅仅图一个教授夫人的虚名，更因教授的较高收入可以作为她坚强的经济后盾。结果，这老家伙吝啬得可以，也虚伪得可以，之前那些山盟海誓、甜言蜜语不过是昙花一现。他不仅没有助她一臂之力，还一而再、再而三地与她过不去。她赌他不敢打自己，结果这个臭男人，居然一点都不懂得怜香惜玉，抬手就给她一耳光。这一耳光将她对他的所有好印象全部打没了，就像夏天的一场洪水，将盛开在水中的美丽睡莲摧残得不见踪影，使她彻底清醒，对这个老男人完全死了心。因此，自从那天拖着箱子离开他家后，她就下了与他离婚的决心。

一对年龄相差十多二十岁的男女手牵着手走进店内。女人挑选衣服并试穿，男人为她拎着她已经相中的衣服和挎包，二人不停地在谢紫婧眼前秀恩爱，让本就落寞的她更加难过。一看那男人就是有钱的主，他对自己"老牛吃嫩草"很是得意，对女人挑选的衣服一概不反对，结账时出手阔绰，让那女人十分开心。

送走这对"财神"，谢紫婧心里五味杂陈，回想自己与孙向东在一起的日子，好像他只有一些小恩小惠，从来没有这样向自己大献殷勤过，她不由得十分失落，一颗心像掉进了寒冷的冰窖。此时，她的手机响了，听到是信托投资公司卓总经理的声音，她脸上的阴霾开始渐渐散去，撒着娇说："卓总啊！您最近到哪里去了？我给您打了几次电话，您都没有接。今天终于有闲，想起我了。——什么，您最近一直在国外谈一个项目。——谈好了！——祝贺您啊。——我嘛，还是老样子。——哎呀，讨厌，我哪有那么大的魅力呀。——我家那个老东西呀！我正准备与他拜拜呢。——好啊，我有的是时间。——今晚几点，在哪里？——六本木咖啡厅。——好的，不见不散！"接完电话，她不由得旋转了一圈，像一只即将飞出囚笼的鸟儿，脸上露出了抑制不住的笑容。

自从四川省首届健康麻将邀请赛预选赛在芙蓉茶楼举办后，芙蓉茶楼的名声便传到了四面八方，吸引了越来越多的茶友和牌友光顾。

这天，茶楼刚开门，几个不速之客就跨进了大厅，他们既不点茶，也不打麻将，吊儿郎当地坐在椅子上，用挑衅的眼神四处张望，其中一个猪腰子脸盘、鼻子扁平、眉毛和眼睛纠结不清的汉子盛气凌人地对蒲大侠嚷道："去把你们老板叫来！"蒲大侠客气地对他说："先生需要啥，请吩咐我就行了。""猪腰子脸"不屑一顾地吼道："我要找的是你们老板，不是你这个残废人，难道你听不懂人话？"他这句话很侮辱人，蒲大侠顿时气得牙齿咯咯地响。

"长这么一个熊样，还做出一副要不完的样子，说的就不是人话！"蒲大侠心里这样想，但嘴上却换了一个说法："别这么大声说话嘛，我小时候被狗吓过！"蒲大侠这句话虽然十分朴实，但也有侮辱性，算是他对"猪腰子脸"骂他的回敬。对方并没有感受到蒲大侠话中有话，高高在上地嚷道："快去把你们老板叫来！"蒲大侠不卑不亢地问道："不知先生要找我们哪一位老板？"对方轻蔑地扫蒲大侠一眼，讥笑道："真是庙小妖风大，池浅王八多呀！你们这个茶楼，难道还有几个老板？"蒲大侠见这家伙说话总是夹枪带棒，真想骂他："人类进化的时候，你妈躲起来了吗？养出你这样一个不晓得尊重别人的孬种！"但他没有说出口来，依然耐着性子向他解释："我们茶楼是几个朋友合伙开办的，我们都称他们为老板。"对方尖酸刻薄地耻笑道："原来是乌合之众啊！"蒲大侠看出来了，这家伙是故意来砸场子的。但他极力克制住自己的情绪，不跟他们一般见识，按照老九平时的说法，来的都是客，对付刁难的顾客，最好的化解方法就是笑脸相迎。因此，蒲大侠也不生气，依然笑容满面，但也绵里藏针地说："先生真会说笑！你不了解我们茶楼的老板，他们可不是社会闲杂人员。""猪腰子脸"不可一世地打着哈哈："听说你们老板很会打麻将，我们今天来，就是想找他们切磋切磋。"

正说着，章懿华、孙向东和易天雄从外面进来。蒲大侠拄着拐杖迎上前说："老九，你们来得正好，这里有几位客人找。"

章懿华淡然一笑，不失风度地跨前一步道："请问几位客人，有啥事找我们？"

"猪腰子脸"打量了章懿华一眼，又盯着墙上"四川省首届健康麻将邀请赛"冠军奖牌,开门见山地说:"听说你们前不久参加四川麻将擂台赛,打遍天下无敌手,我们今天专门来向你讨教。"

章懿华看出对方来者不善,但并不与其计较,与人为善、和气生财是他的经营策略,他和颜悦色地解释道:"先生误会了,我们从来没有参加啥子麻将擂台赛,更没有妄称打遍天下无敌手。几位先生如果有兴趣,请关注媒体报道,或者留下联络方式,欢迎一起去参加不久将举办的四川第一届麻将运动会。"

另一个嘴巴和耳朵几乎相连,也是一张尿包脸,他狂妄地说:"我们没有工夫等,弟兄们,你们说是不是?"同来的几个喽啰附和道:"哥哥说得没错!""猪腰子脸"大言不惭地说:"我们今天来,就是想找你们切磋切磋!"表面上是客气话,实际上是盛气凌人,他们并没有将章懿华放在眼里。

孙向东认为对方就是来叫板、踢馆的,未免太嚣张了,反问道:"如果我们不答应呢?""猪腰子脸"露出一脸凶相,威胁道:"既然你们开茶馆,摆下擂台,恐怕就由不得你们了。""尿包脸"帮腔说:"你们不答应,我们今天就不走了。"

对这几个飞扬跋扈的挑衅者,易天雄实在看不下去了,上前一步道:"懿华、向东,既然他们要强人所难,咱们也用不着拽胡子过河——牵须(谦虚)过渡(度),你俩就陪他们玩几把吧!"随即对章懿华耳语道:"我看他们是乌龟进坛子——自寻死路!"

于是,章懿华和孙向东与对方二人进入包间,双方各出一个裁判,打了八圈。结果对方根本不是章懿华和孙向东的对手,输得心服口服、脸红筋胀。

"猪腰子脸"像变了一副模样,羞愧得恨不能找个地缝钻下去:"我原以为自己有两把刷子,向老师讨教后才晓得自己把壳子吹大了,真不好意思。""尿包脸"临走前也一再表示:"如有冒犯之处,请两位大师多多包涵,大人不记小人过！"言辞之恳切、态度之友善，与之前判若两人，他自责道，"由于来时匆忙，没有来得及带见面礼，下次一定带上礼物来谢罪，请两位大师不吝赐教。"此人对章懿华和孙向东的心悦诚服、甘拜下风，让蒲大侠和易天雄在一旁忍俊不禁，像是看了一场免费的滑稽表演。

直到这群人灰溜溜地走了，蒲大侠望着他们远去的背影大笑不止，骂他们偷驴不成反被驴踢。孙向东也忍不住讥笑道："作为失败的范例，他们很成功！"易天雄更是笑得前仰后合，戏谑道："他们应该多晒太阳，晒黑了，就没人说他是白痴了。"蒲大侠补充说："哥几个没有瞅到，这帮人刚进茶楼时，一个个惊抓抓的，就跟呱呱直叫的癞蛤蟆一样，恨不得上房揭瓦。"章懿华也笑了，幽默地说："上帝把智慧洒满人间，唯独给他们撑了一把伞。"

直到这群人走远了，易天雄还抑制不住兴奋，急忙打电话给舒中胜，向他实况转播刚才那精彩一幕。舒中胜本来在家里闷得慌，听后忍不住哈哈大笑，说错过了这么精彩的一场戏，真是亏大了。他赶紧从家里赶来茶楼，说自己早就手痒了，想玩几盘。

舒中胜今天表现出少有的谦虚，坐上麻将桌就摇晃着硕大的脑袋感叹起来："我参加麻将预选赛时，自我感觉手艺还凑合，没想到决赛就不行了，跟老九和向东相比，真是小巫见大巫。"章懿华望着肥头大耳的老哥们儿，谦虚地说："你别给我和向东脸上贴金，我们不过是运气好点罢了。"孙向东眯缝着细长的眼睛，也自谦道："就是，我和老九可能是手气稍好一点而已。"易天雄不这样认为，他一本正经地指出："岂止是好一点，是好一大截。"舒中胜像啄木鸟一样点着头说："对头，拿咱们易处长的话来说，坐在飞机上钓鱼——差远了。"他接着补充道，"不瞒几个哥们儿，上次听了老九和向东介绍的经验后，我就很有启发，前几天跟客户在一起搓麻将，感觉就要好得多。今天，老九和向东务必再传授一下打麻将的技巧。"易天雄也用诚恳的态度请教道："你俩一定要再给我们讲一讲，切莫将秘密武器藏着掖着啊！"易天雄和舒中胜好像已经一起商量过，今天拿着锄头不刨出一点诀窍誓不罢休。

章懿华见两位哥们儿谦虚好学，自然喜不自胜，乐意将自己打麻将总结的经验和盘托出，但话到嘴边，他还是没有忘记谦虚："实际上，我也没有啥制胜秘籍，只是给哥们儿谈谈自己的体会。上次介绍了打麻将的总体思路，今天就谈一点具体的操作口诀。比如'中局以后少二八，必有对子手中拿'，啥意思呢？进入中牌之后，如果桌面上不见二八或少见二八，说明已有人抱住了对子。'八断九不见，必有好戏看'，当八万开杠或四张见熟时，九万盘中没有，那么必定有人抱对子和刻子，就要警惕有人听对倒或吊生张。'暗刻前后一条线，后期多半是炮弹'，如果自己手中有六万暗刻一副，当进入中盘之后，四、五万和七、八万都不是安全牌，这些牌打出去，要么被碰，要么见杠，要么点炮，出牌就要特别小心，能不打就不打。"

易天雄觉得章懿华这个口诀浅显易懂，十分受用，拍桌子赞赏道："概括得好！中局以后少二八，必有对子手中拿；八断九不见，必有好戏看；暗刻前后一条线，后期多半是炮弹。哈哈哈，娘挂闺女——记在心里了！"

舒中胜见孙向东没有说话，主动向他请教道："向东，该你了，莫要六月天戴手套——保手（守）哟。"

易天雄喜欢活跃气氛，尤其从小养成了与舒中胜打嘴仗的习惯，好像三天不与他斗嘴牙齿就会发痒。因此，他故意拿舒中胜来取乐："向东，瞅见没有，舒老板把耳朵都竖起来了，你就撇脱点说嘛！"

舒中胜知道易天雄是在拿他过嘴瘾，说他像狗，他不甘示弱，就像斗士听到了应战的召唤，立即用眼角的余光扫过易天雄嬉笑的脸，对他反咬一口："易莽娃不仅耳朵竖起来了，舌头也伸出来了，向东再不喂食，他就会跳起来咬人啦！"

孙向东忍不住笑了，不大的眼睛闪烁出机敏的光芒，饶有兴趣地说出了自己的见解："我的体会是，头一张牌不急着碰，先看看自己第一巡的摸牌牌运是好是坏。进入中盘之后，加杠也莫急，要环顾一下桌面，注意盘面的局势，确认杠牌的安全，否则就有被抢杠的危险。打熟不打生，病牌不出门。所谓病牌，就是生牌，容易放炮的牌；要打熟牌、低风险的牌。在麻将对弈中，要抑制胜者，帮助弱者。比如我就喜欢和老九的牌，老九也常将矛头对准我。"

易天雄听得眉飞色舞，不由得感叹道："向东这个观点，跟水泊梁山的杀富济贫有一拼！不欺软怕硬，不落井下石。"

章懿华接过话来，提醒大家："胜负乃兵家常事，不可胜时得意忘形，败时就垂头丧气。牌运好时，应尽量和牌，不要贪大，否则运气跑了，财运也跑了。相反，如果自己已经没有和牌希望了，就应该避开拿大牌者，让拿小牌者和牌或让庄黄。"舒中胜说："有时候，手气不好，要的牌摸不着，不要的牌打了又来，越打越没有信心，如何才能改变这种状况呢？"章懿华解释道："牌运好坏都是相对的，如果感觉牌运实在太差，可以采取三种办法。一是有对就碰，有叫就和；二是起来走一走，活动一下胳膊；三是去一下卫生间，洗一下脸或轻松一下，也许就能将运势改变，但也不是绝对的。关键还是要有胜不骄、败不馁的良好心态。"

几个哥们儿一边探讨打牌技巧，一边逗开心，不知不觉就到了中午时分。他们离开茶楼，各自返回家里。

这天难得天空放晴，能见度比往日高了许多，隐约能看见被云层切割出的一片片蓝天。一只银燕从远方飞来，近了一看，是一架国航的飞机。

走下旋梯的这位年轻女子，并不是舒娟娟，而是一张未曾见过的漂亮面孔。她昂首挺胸、气质高雅地拖着行李箱来到国际航班出口，看到易德璋，她兴奋地用英语喊道："Dear Baby！"易德璋见到对方，也条件反射地呼叫："Dear Baby！"他激动地走上前接过她的行李，她一头扑进他的怀里，旁若无人地拥抱他、亲吻他。不用说，她是易德璋的妻子，从纽约归来的周婉蓉。

易德璋驾驶汽车在机场路上疾驶，自豪地向妻子介绍她离开后成都日新月异的变化。

周婉蓉见车窗外高楼林立，为家乡的变化感到惊喜。但易德璋告诉她，机场路的变化还不是最大的，去高新南区和天府新区才会感觉到，成都之所以能跻身全国新一线城市之首，那真不是浪得虚名，是实实在在地用实力说话。

易德璋和周婉容回到家里，一家人见到周婉蓉都十分亲热，寒暄几句之后，袁圆和易天雄便赶紧到厨房忙碌。不一会儿，一桌丰盛的家宴便呈现在眼前，一家人欢聚一堂，频频举杯，笑声不断。周婉蓉对成都的发展变化赞不绝口，同时也对美国的经济复苏和华尔街的繁华进行了热情的介绍。酒至半酣，袁圆有意无意地提醒小两口，现在团聚了，生孩子的事情可以考虑了。但周婉蓉却巧妙地将话岔开，没有对父母关心的话题给予任何答复。

饭后，一家人坐在客厅看电视。周婉蓉看了一会儿，说要倒时差，想早点休息，易德璋便陪着妻子回到了自己的房间。

他们沐浴之后，本来久别胜新婚，会积极投入到男欢女爱之中，但周婉蓉却告诉丈夫，自己已经取得美国绿卡，这次回国并没有打算一直留下来，很快就会重返华尔街。易德璋不由得一怔，疑惑地望着妻子："你不是说好回国工作，从此结束我们天各一方的分居生活吗？咋个还要走？"周婉蓉解释道："没错，我们不能再过这种有名无实的夫妻生活了，我这次回来，就是想让你跟我一起去美国，趁年轻到国外去发展，去实现人生的理想。"易德璋对此并不感兴趣，他有自己的价值取向和生活定位，反过来劝妻子："我们国家改革开放以来取得了突飞猛进的发展，按照这个发展速度，不久的将来，我们就会赶上美国甚至超过美国。我们在国内有很多的朋友，有良好的人缘，熟悉国情、熟悉环境，一样可以发展，一样可以实现人生的理想和价值。而到美国去，我一个土生土长的成都人，别说是没有人脉关系，就连最基本的语言交流都有障碍，不要说实现理想，恐怕生存都是一个问题。"周婉蓉却用对现实中的某些不满来瓦解丈夫的心理防线："亲爱的，正因为在国内离不开人脉，有形形色色的关系网罩着，严重影响个人的进步与发展，我才不愿留在这里。特别是将来孩子上学、就业、升职，都要看别人的脸色，那是很痛苦的事情，你不为自己着想，也应该为孩子的将来着想！"易德璋没有被妻子的话打动，他坚持自己的立场："世界上没有真空的地方，凡是有人的地方，就有环境的影响和制约。我们不能抱着几十年前的老观念，还认为外国的月亮比中国的圆。"

周婉蓉的脸色顿时不好看了，她鄙夷地望着丈夫："没想到你还这么天真、幼稚，像未成年人一样单纯。法国科学家巴斯德说过，科学无国界。我们在国外用所学之长，不仅仅是为外国人服务，更是为整个人类社会服务。只要能生活得自由、幸福、开心，在国外，一样不影响我们热爱自己的祖国，一样是在报效自己的国家。"易德璋对此嗤之以鼻，立即反驳道："但你别忘了，当今世界，早已不是'科学无国界'的时代了。科学技术实际上已经被某些国家严格划分了国界。再说，当年德国占领法国后，身为法国人的巴斯德把母校波恩大学赠他的荣誉证书退了回去，人家用'科学无国界'来劝说他时，他便在'科学无国界'的后边又添上了一句'科学家有祖国'。这句话掷地有声、振聋发聩，已经被全人类认可。你是中国人，你的根在中国，你却把花和果实奉献给外国人，这样做对得起自己的根吗？树高千尺莫忘根，人若辉煌不忘恩，一个人不管有多少学识，不管有多大的能力，坚守初心，不忘祖国的培养，始终对自己的祖国心怀感恩之心，才能在人生的道路上行稳致远，无愧于自己。"周婉蓉认为丈夫说的都是废话，不能当饭吃，根本打动不了她："你这些大话、套话、漂亮话，谁都会说！是说给别人听的，不能当真，当真了，吃亏的就是自己。实践无数次证明，等你真的遇到困难的时候，能帮助你的只有你自己，别人都是指望不上的。俗话说，人往高处走，水往低处流，作为生活的个体，应该要有自己的价值取向和人生追求，绝不能人云亦云，随波逐流。"易德璋不这样认为，他说："不错，人应该要有理想和追求，但这个理想和追求应该积极向上，否则人就变成了行尸走肉。试想，哪儿有香味就往哪里走，哪里给的肉多就往哪里凑，这种做法在一些人看来是'禽择良木而栖'。但是，我们不要忘了，'人'和'禽'是不一样的，'人'一撇一捺写起来容易，做起来却难！一个人不仅要有物质上的追求，还要有精神上的追求，更要谨记对家国情怀的坚守。"

夫妻俩围绕出国与不出国争论了许久，谁也说服不了谁。这是两种不同人生观和世界观的碰撞，产生的是灼人的火花，结果只能不欢而散。

在另一个房间里，易天雄对妻子袁圆说："我看婉蓉好像对生孩子的事一点儿不来劲。"袁圆也有同感："我也发现，她没有备孕的准备。如果她有这个准备，就会婉言拒绝喝酒。在饭桌上，她对喝酒一点不推辞。"易天雄叹了一口气，打心里感到不悦："对现在的年轻人，我是大老粗看佛经——真不懂。"袁圆附和道："对头，趁我们现在还不是很老，他们有了孩子，我们还可以帮着带一带，等我们老了，就帮不上忙了。"

第二天，周婉蓉醒来仍不死心，第一句话就问丈夫："想好没有？跟我一起出国！"易德璋说："我还是那句话，希望你留下来，不要走了，国家正需要你这样的人才！"周婉蓉坚持己见："我也跟你说得很明白了，在哪里都可以做贡献！不要执迷不悟，死赖在这里。"易德璋依然耐心劝告妻子："我劝你留下来，为祖国效力！"周婉蓉去意已定，愤懑地盯着丈夫的脸："你以为美国绿卡很好拿吗？我费尽心力才获得纽约的永久居留权，请你珍惜我的努力！我这次回来，只有一个目的，就是要你辞掉工作，跟我一起到美国去。"易德璋的目光与妻子的直接交锋，坚定地回答："我对出国没有一点兴趣，请你尊重我的选择。"周婉蓉叹了一口气，痛心地说："你为什么就不尊重我的选择呢？"易德璋摇了摇头，打断妻子的话："当初你信誓旦旦地说，学成归来报效祖国，没想到完成学业后却变了，变得我几乎不认识了。"周婉蓉感到十分的不解和失望："你也变了，变得不再深爱我了。我不想让我们成为两条平行线，没有再相交的可能。我给你两天时间，你再认真、仔细地想一想。摆在你面前的路有两条：一条是跟我一起出国，去实现我们人生的理想和价值；另一条则是到民政局去解除婚姻关系，各走各的路。"

周婉容这段话，等于给丈夫下达了最后的通牒，易德璋咬着嘴唇，露出一脸的失望。

章懿华的岳母白婆婆昨夜着了凉，头晕，今天就没去茶楼打牌，独自一人躺在按摩椅上闭目养神。手机突然响了，对方自称警察，核对清楚白婆婆的姓名、年龄和地址后，对她说："老人家，有人利用您的银行卡进行洗钱，您已卷入一起贩卖毒品、涉嫌犯罪的案件之中。"

白婆婆大感不解，问道："我一个八九十岁的老人，咋个会卷入犯罪之中呢？你们是不是搞错了？""警察"证据确凿地说："我刚才已经核对了您的基本信息，现在我再告诉您的银行卡号……这是您的银行卡吧？"白婆婆找出自己的银行卡，惊异地说："请您再念一遍。"

"警察"再次说出银行卡号。

白婆婆确定后说："这是我的银行卡号。""警察"认真地说："现在，为了不让犯罪嫌疑人转移您卡上的资金，给您造成更大的损失，我们不仅要冻结您这张银行卡，而且要冻结您名下所有的银行卡。如果您要取钱，请您将银行卡内的资金转存到我们公安机关指定的账户上，您的取款密码不变，可以随时支取。"白婆婆开始紧张起来，但又颇感疑惑："你凭啥让我相信你呢？""警察"十分理解老人的心情，立即打消她的顾虑："我知道，您老人家是担心上当受骗。现在，电话诈骗的案件时有发生。为了切实保护人民群众的个人财产，特别是您这种善良老人的，尽快将犯罪团伙一网打尽，我们公安局成立了工作专班，请您记住下面的电话号码，具体事宜由工作专班负责，请您跟他们联系。"

白婆婆放下电话，顿时六神无主，看着刚才记下的电话号码，抱着试一试的心态开始拨打。电话接通了，话筒里传来录音播报："这里是市公安局反诈骗中心。案件咨询，请按1；案件受理，请按2；需要人工受理，请按0。"

老人按照提示，接通案件受理电话后，对自己涉嫌违法的说法信以为真。自己一辈子清清白白，到了老了突然飞来横祸。她越想越害怕，不知如何是好。与她通话的"警官"完全掌握她的心理，自报姓名和警号后，耐心安慰她："老人家，请您不用着急！只要您把银行卡上的资金转存到公安机关的账户上，不仅能保证您资金的安全，还能洗清您蒙受的不白之冤。"

老人几乎蒙了，拿笔迅速记下了"公安机关"指定的银行卡号。对方核对清楚后问她："您是使用手机转存，还是到银行自助取款机转款？"老人战战兢兢地回答："我用手机转款。"警官表示感谢："好的，谢谢您的配合！"老人打完电话，立即回到自己的房间，戴上老花眼镜，对照纸上的银行卡号，开始转款。

但白婆婆毕竟是有文化的老太太，在输入对方银行卡号，显示的是私人账户、个人姓名后，她心里产生了疑虑，不由得犹豫起来：既然是公安机关的卡号，就应该显示公安机关名称，怎么是个人姓名呢？难道他们指定的账号是个人的吗？

　　老人正拿不定主意时，章晓白回家了，她瞅见外婆神色慌张，急忙喊道："外婆，你怎么啦？"外孙女的突然出现，使白婆婆如遇救星，赶紧叫她："晓白，你回来得正好。公安机关查出我卷入一起洗钱犯罪案中，叫我将银行卡内的钱转存到他们指定的卡号上，我发现对方账户名是个人姓名，正愁不知咋个处理。"章晓白一把夺过外婆的手机，着急地问她："转出去没有？"老人惊异地说："我正在转，你就回来了，还没有转出去。"章晓白松了一口气，感叹道："我的天哪，幸好我回来得及时，否则，您就上当受骗了！"老人还是半信半疑："对方是警官，不像是骗子，我打电话核实了的。"章晓白苦笑道："现在最好骗的，就是您这样的老年人，怪不得骗子总是拿你们开刀，把您卖了，您还帮着数钱。您可能还不知道，别说是一般老年人，就是年轻人，如果警惕性不高，缺乏戒备心，都会上当受骗。我刚才还接到一条'社会保障局'的短信，说根据统一升级电子社会保障卡的规定，尚未办理电子社会保障卡，在接到短信24小时内，打开链接办理，过期将停止使用。瞧，这是骗子绞尽脑汁编的最新骗术，你一旦打开链接，他们就会一步一步地将你带入陷阱。如果发送短信的号码是五位数的公用号，而不是两个零开头的境外号，我都信以为真了。"

第二十六章

　　章懿华开门回到家，看见岳母脸色苍白，犹如大病一场，急忙关切地问道："妈，您感冒加重了？"老人悻悻地说："没有！刚才警察打电话来，说我涉嫌犯罪。"章晓白埋怨父亲："爸，外婆一个人在家，遇到电话诈骗了。好险哪，差一点，就差一点，她银行卡上的钱就洗白了。如果您在家，她就不会遇到这样的危险了。"章懿华却从另一个角度看问题："我说啊，你外婆今天如果跟我一起去了茶楼，这样的事情就不会发生。"说到这里，他提醒白婆婆说："妈，今后遇到类似的情况，您别急，先告诉我和晓白，让我们来辨别一下真假再说。"老人觉得丢了面子，不高兴了："怎么，你们认为我老了，不中用了，连真假都不会辨别了？"章懿华赔着笑脸解释说："妈，您误会了！您是多聪明的人哪！哪里不能辨别是非呢？我是说现在骗子太多，骗术五花八门，很多人都被骗得倾家荡产，别说您这种高寿老人，就是我这样退休不久甚至还未退休的中老年人，一不小心，也容易上当受骗。"

　　老人侥幸地说："我不是还没有被骗吗？"章懿华提醒她："现在骗术太多了。前不久我看到一条消息，就连一位退休干部，该是知法懂法的人吧？她都没有识破骗局。最近几年，国家有关部门推出以房养老的措施，与抱团养老、社区集体养老成为三种最有代表性的养老方式。本来这是一件利国利民的好事，但骗子却从中嗅到了骗机，打着以房养老的旗号，用高利息、高回报为诱饵，与中介公司、放贷公司勾结，精心设计骗局，结果将这个干部逼上了绝路，搞得她无家可归。"

章晓白借题发挥："外婆，您前段时间去听那些忽悠人的讲座，花重金买回来的那些东西，其实一钱不值。我真想给您扔了！"老人瞪着眼睛说："我的小祖宗，我警告你，你千万不能给我扔了啊！那可是我用血汗钱换来的，即使没有用，留作纪念也好嘛！"章晓白有了上次的教训，不敢再激怒外婆，朝她做了一个鬼脸："好吧，不扔，那是给我外婆留下的教训，留作永久的纪念！"白婆婆本来就是一个开心快乐的老人，被外孙女这一说，顿时逗乐了："你这丫头，看我怎么打你！"说着高高举起手来，落在章晓白肩上却比鹅毛还轻。

电信诈骗已经成为当今社会的一种公害，让人们防不胜防，就在白婆婆接到诈骗电话但化险为夷的同一时间，孙婆婆在家也经历了相似的一幕。

这天一早，孙向东乘坐地铁到大学讲课去了，留下孙婆婆一个人在家。

白婆婆没有来约孙婆婆去茶楼打牌，孙婆婆也就哪儿也没去，一个人坐在沙发上看电视。省电视台正在播放《道德与法》曝光电信诈骗，看着那些花样翻新的电信诈骗术，孙婆婆自言自语："缺德，专挑老年人下手，良心都被狗吃了！"

座机突然铃声大作，孙婆婆起身拿起话筒问道："喂，喂，你找谁？"对方在电话里很客气，轻言细语地问道："请问您是座机机主吗？"孙婆婆回答："对头！"对方恭敬地问她："怎么称呼您呢？"孙婆婆说："他们都叫我孙婆婆。"对方会意地一笑，告诉她："孙婆婆，我们恭喜您，您中大奖了！"孙婆婆喜出望外："你说啥？我中奖了？你等等，我去把电视声音关小一点。"她用遥控器将电视声音调小后，重新拿起话筒问道："我中什么奖了？"对方自我介绍说："我们是国家工业和信息化部家用电话管理总公司，为了庆祝中华人民共和国成立七十四周年，我们对家用电话用户采取摇号的方式进行抽奖，恭喜您获得大奖。奖品是一台上海荣泰健康科技股份有限公司生产的荣泰按摩椅，价值 19998 元，我们将免费送到您家。"孙婆婆不相信："哪有天上掉馅饼的好事？刚才电视里还在宣传，电信诈骗让人防不胜防，你们不会就是电视里播放的电信诈骗吧？"对方解释说："目前电信诈骗确实很多，让人防不胜防，但我们是国家电信公司，绝不可能做危害广大人民群众的事。我明确告诉您老人家，这台价值近两万元的荣泰按摩椅是您获得的奖品，免费送给您的，不收您一分钱。"孙婆婆开始动心了："真有这样的好事，不花一分钱就能获得价值近两万元的按摩椅？"对方信誓旦旦地保证："我们是国家公司，绝不是诈骗团伙，说话算数！"孙婆婆放松了警惕，开心地说："怪不得，今天起床就听到对面阳台的喜鹊在喳喳喳地叫，真是应验了那一句古话，喜鹊叫，喜讯到。"

对方认真负责地告诉老人："为了防止用户冒领、倒卖、欺诈的行为，请您老人家将住宅详细地址告诉我。"孙婆婆不是傻子，她的警惕性可高了，立即质问对方："你不是电信公司的吗，电话都能打进来，咋个还不知道我家的地址？"对方也不是傻子，马上解释说："当然知道啦！送给您老人家近两万元的奖品，如果不核对清楚，万一发错了，您老人家岂不把我们骂死？"孙婆婆笑了："你说得有道理，我活了八十多岁，还没有获得过这么贵的奖品呢！"说完急忙将家庭地址告诉了对方，说了一遍还担心对方没有记住，又重复了一遍。对方记下详细地址后，接着说："奖品送到后，需要您老人家亲自签收。现在，请您将真实姓名和身份证号码告诉我们。"

孙婆婆不由得又警惕起来："咋个还要真实姓名和身份证号码呢？"对方严肃认真地说："公司规定，一是要存档，二是奖品送到后，需要请您老人家亲自签收。"

"还要存档啊！你们这种认真负责的精神，真值得我们学习！"孙婆婆一边将姓名和身份证号码告诉对方，一边表示赞赏。对方记下后，以示慎重，又复念了一遍，接着说："除了座机号码，请留一个手机号码，以便送货人员能及时联系您。"孙婆婆连忙将自己的手机号码告诉了对方，又接连说了几声谢谢。接完电话之后，她喜上眉梢，赶紧用手机搜索"荣泰按摩椅"的资料。获悉这个按摩椅是国内一线品牌，很受用户欢迎，不由得异常兴奋。因为她腰椎经常不舒服，常叫孙向东给她按摩。有了这台按摩椅，她就可以像白婆婆那样，没事自己躺在上面按摩，不再让儿子费力。她越想越开心，走到窗前，不禁向着早晨传来喜鹊鸣叫的对面阳台道谢起来："谢谢你，喜鹊！"

过了一会儿，老人的手机突然响了起来，她按下免提键问道："请问你找谁？"对方回答说："我是快递公司的送货员，请问您是孙婆婆吗？"老人点着头说："我就是。"对方说："您是不是获得一台价值两万元的按摩椅奖励？"老人回答："对头，你咋个晓得？"对方说："老人家，我是快递公司的送货员，我负责将按摩椅免费送到您家。"老人没想到对方这么快就要将按摩椅送来，感动地说："谢谢，谢谢！"对方强调说："这台价值19998元的按摩椅是免费送给您的，运输费用也由我们承担，不用您老人家花一分钱。"老人兴奋地说："我晓得，我晓得！真不知道该咋个感谢你们。"对方顺口说："不用感谢我们，这都是国家改革开放好政策给大家带来的福利，要感谢，就要感谢国家。"老人完全赞同："感谢国家，感谢国家的好政策。"对方接着说："对，是国家政策好！这台价值近两万元的高档按摩椅，是免费送给您老人家的，但需要您向国家缴纳一点点个人所得税。"

老人突然愣住了。

对方好像就站在她面前眼睛盯着她一样："您老人家有文化、有爱国情怀,不会拒绝吧？"老人又愣了一下,但话说到这个份上了,她还能说什么呢？她试探性地问道："个人所得税是多少？"对方回答："不多,也就是奖品总价值的 10%——1999.80 元。个人所得税将全部上缴国库,也算是您老人家对国家的贡献。"

老人在心里盘算了一下,只花 1999.80 元钱就能获得一台价值近两万元的高档按摩椅,还是很划算嘛,也就不好意思再拒绝,回答说："我这就将钱转给你！"

在灯光绚丽的蓉城时装秀上,蒲琪玫和林秋兰犹如两颗耀眼的星星,变换着时装在 T 台上出现,引来摄影师不断地按动快门,拍下一张又一张令人惊叹的照片。台下不时爆发出热烈的掌声,并将赞美的语言和仰慕的目光投向蒲琪玫与林秋兰。

时装秀结束了,郝林手捧一束鲜花来到后台,双手递给蒲琪玫。

蒲琪玫轻摇玉指,予以拒绝。郝林手捧鲜花紧跟其后,不舍离去。林秋兰见他相貌不俗,并无恶意,也就给蒲琪玫一个眼色,示意她收下。蒲琪玫犹豫了一下,接过了鲜花,然后与林秋兰弯腰钻进接送她们的面包车。郝林待在原地目送面包车慢慢驶远。

汽车在都市的夜色中缓缓前行,沿途的酒店灯火辉煌,住宅楼窗户透出的灯光如渔火点点,营造出万家灯火的祥和氛围。

林秋兰与蒲琪玫在后排座位上交头接耳、窃窃私语："我看那个靓仔好像喜欢上你了。"蒲琪玫挠了一下闺蜜的腋窝："你说啥呀！"林秋兰咯咯咯地笑,蒲琪玫将手移开后,她止住笑声说："上次我们在娇子音乐厅表演,我就看见这个靓仔在台下对你放电。"蒲琪玫反唇相讥说："我咋个没有瞅见？他是在给你送秋波吧？"林秋兰反问："如果他是给我送秋波,那这鲜花咋个没有在我手上？"蒲琪玫趁机将鲜花塞到林秋兰手里："这不就给你了嘛！"说完，蒲琪玫抑制不住开心，也咯咯咯地笑了，笑声飘出车窗，在城市的夜空回荡。

孙婆婆天天盼着按摩椅送来，逢人就说她获得了一台价值 19998 元的按摩椅。她站在阳台上盼，甚至来到小区门口张望，凡是看到运送大件物品的人，她都去问是不是按摩椅。老人对获奖这事已经坚信不疑，她认为按摩椅随时都会送来。对按摩椅的期待，成了她每天生活的巨大动力。

这天早上，殷笑英发现自己刚去菜市场买的菜又被儿媳妇乔翠莲悄悄拿走了一半。她感到家里好像藏着一个贼一样的不舒服。她曾经反复提醒自己要睁一只眼闭一只眼，一定要忍，千万莫将不满的情绪表现出来。但晚上一家人在一起吃饭，她还是憋不住问道："我今天一早到菜市场买的菜咋个转眼就不见了？"乔翠莲轻描淡写地说："我顺路给我爸妈送去了，忘了跟你说。"殷笑英竭力克制自己的不悦："你捎回娘家我没意见，但该跟我打一声招呼，让我多买一点嘛！"乔翠莲理直气壮地回答："我不是还留了一些在冰箱里吗？"殷笑英耐心地说："为了保证蔬菜新鲜，我每天都是按一家人的菜量计划购买，你不提前说一声，让我到了做饭时才发现不够，这不太好吧？"乔翠莲感到十分的委屈："就拿几棵菜嘛！何必大惊小怪呢！"殷笑英感到一股血液直冲脑门，终于忍不住了："不是大惊小怪，我是提醒你，一碗水要端平！"孙阳光赶紧制止说："妈，你别说了！"乔翠莲不满了："我怎么没有端平？"殷笑英给她指出说："你三天两头把东西往娘家搬，啥时候从娘家拿过东西回这个家？"乔翠莲咄咄逼人地说："我爸妈就我这一个女儿，他们经济收入低，做女儿的孝敬他们一下，难道不应该吗？"殷笑英纠正说："你孝敬父母，不是不应该，但也应该有一个度。关键是你常常一声不吭地这样做，打乱了我的计划！"

孙阳光制止哪一个都不好,只好充当和事佬:"妈,翠莲,你们都别说了!不要为了鸡毛蒜皮的事情费口舌。"乔翠莲愤懑地说:"这不是鸡毛蒜皮的事!在我自己的家里还不被待见,随时都被人像贼一样防着,我早就受够了!"她越说越生气,干脆把话挑明,"过去在你们家里,我忍了,现在在我自己家里,还受这个窝囊气。今天,要么我搬回娘家去,要么……"孙阳光连忙劝导妻子说:"谁让你受气了?妈只是提醒一下你而已,干吗说伤感情的话呢?"他随即又提醒母亲:"妈,你能不能心胸开阔一点?不要为无足轻重的事伤了和气!"殷笑英被儿子指责,心里很难受:"看来我在这个家里才是真正多余的人,不用你们赶,我自己走。"说着,她回到卧室,三下五除二将自己的衣服和用品装进皮箱里,拎着就要往外走。孙阳光赶紧冲进屋里,夺过皮箱说:"妈,都是儿子不好,说话没有轻重,你千万不能走啊!"

豆豆过来拉住老人的手说:"奶奶,你不走!"看着豆豆可爱的样子,殷笑英抱起他,心顿时软了,眼泪瞬间湿润了眼睛。

此时,乔翠莲不仅没有体谅丈夫的难处,反而火上浇油:"你妈不走,我走好不好?"说着就要回房间收拾行李。孙阳光像一只腹背受敌的狮子,暴怒地对妻子吼道:"你别给我添乱!"

第二十七章

这是芙蓉花盛开的日子。

芙蓉花树高三米左右，碧绿的叶片犹如小孩的手掌，毛茸茸的，叶脉清晰可见。一阵风吹过，那些叶片就随风摇曳，待放的一簇一簇的花骨朵，犹如神话中的芙蓉仙子在翩翩起舞。它们刚长出花苞时，宛如龙爪一样半开半合，小小的花深藏不露，欲语还休。当萼片长到一定的程度，像彩墨在宣纸上慢慢扩散时，花蕾便脱颖而出，不到几天的工夫，就会尽情盛开，远远望去，一朵花就是一颗宝石。更为奇特的是，它们还会随着天气的变化而变化。如果是阳光灿烂的日子，就呈玫瑰红色，像极了热情的成都人；若是遇到阴雨天，就是白色，静静地独处一隅。

章懿华、孙向东和易天雄如约来到实业街街口，一路闲聊着向芙蓉茶楼走去，恭候在门前的服务员见三位老板同时驾到，立即优雅地腰弯欢迎："老板，早上好！"

章懿华带头领首致谢："辛苦了！"他们进入大厅后，一个女娃儿从收银台迎出来，笑盈盈地给他们请安："早上好，老板！"章懿华回礼道："早上好！"孙向东问道："舒董来了没有？"女娃儿用手指着里面的包间说："董事长一早就来了，在芙蓉包间等你们呢。"

芙蓉包间是他们四位合伙人的私属包间。房间里挂着他们从小学、中学、上山下乡、参军入伍，直到转业地方后的合影。这些照片有些已经像毛边纸一样泛黄，有的已经斑驳得模糊不清，但它们是四位老同学、老战友几十年友谊的见证。因此，这个包间一般不对外开放，仅供他们四人聚会使用。

易天雄听说舒中胜今天来得比大家都早，不由得戏谑道："舒老板向来是慢半拍，今儿太阳从西边出来了？"孙向东分析道："我发现他最近情绪有点不对头，话也变得少了，问他，他又不说。"章懿华冷静地说："现在做生意不容易，加上大环境不好，就更难了。他是不是生意上遇到啥子麻烦了？等一会儿问问他。"易天雄大大咧咧地说："其他人做生意难，咱舒大老板脑子灵光得很，人际关系又好，钱不会少赚，八成是钱多了睡不着觉。"

舒中胜在包间里听到了几个老朋友的说话声，尤其是易天雄的高音。他听得半清不楚的，迎出来说："易莽娃，你又在背后卖我烂药啊！"易天雄哈哈一笑："我是在给你上油彩，美化你呢！卖烂药的事嘛，是你们生意人的专利，我可没有这个本事！"舒中胜反唇相讥道："你呀，几十岁了，还改不了与我抬杠的习惯。你公鸡头上一块肉——大小也是个冠（官）嘛！咋个总把自己混同于普通群众呢？"

易天雄急忙张开扇子一样的手掌摇着："得了，舒大老板，请你打住，我早就是大耳朵老百姓了，跟官啥的，早就绝缘了。再说嘛，生姜脱不了辣气——本性难移，你舒大老板不也一样吗？"章懿华打趣说："我看哪，今天就不打麻将了，改成你俩的相声专场，咋样？"孙向东表示支持："我举双手赞同老九的建议。"

易天雄不干了，挖苦孙向东："你干脆举四只手赞成嘛，孙猴子！"孙向东板起脸斥责道："易莽娃，你今天八成是吃错药了，逮住谁就咬谁。"舒中胜见孙向东对易天雄"亮剑"，仿佛唱川剧帮腔，一下有了压制易天雄的优势，赶紧为孙向东助力："易莽娃，你赶紧缴械投降吧，免得成为人人喊打的落水狗。"易天雄也不生气，哈哈一笑道："你们两个，不就是一对屎壳郎滚粪蛋——臭味相投嘛！有啥子阴招，都使出来吧！"

孙向东讥讽道："你这只枯树上的知了，别自鸣得意了。俗话说，牢骚太盛防肠断，小心你家袁大夫一刀儿将你骗了，你的好日子就到头了。"舒中胜最近难得一笑，对易天雄说："易莽娃，你投降吧！我军优待俘虏。"易天雄瞪着一双大眼睛，露出一副凶相："你俩佛面上刮金——刻薄！"

章懿华见他们较劲得差不多了，赶紧鸣金收兵："好啦，嘴瘾过够了，咱们开始打麻将吧！来，搬庄！"他一边用手指按机麻选择键，一边问舒中胜："对了，大侠每天都来得很早，咋今天没见他呢？"舒中胜回答说："有一台空调出了问题，他在维修。"章懿华赞赏道："大侠有这个技术，给我们省了很多事呢！"

他们一边娱乐，一边摆龙门阵。章懿华问舒中胜："我看你最近情绪不太好，是不是有什么不顺心的事？"舒中胜女儿的身世之谜，是他的心病，但在得到证实之前，他不想告诉任何人，但内心的苦闷又难免流露在脸上。面对章懿华的关心，他有苦难言，只能故作轻松地说："没啥事！"

易天雄喜欢调侃，听舒中胜说没事，也就拿他来取乐道："舒大老板会有啥事？多半是又遇到哪个美女，耗子别左轮——起了打猫儿心肠！"舒中胜心里郁闷，也需要找点乐子释放，于是以牙还牙说："这是说你自己吧，易大处长！整天像一只闻到腥味的猫，跟贾琏偷想尤二姐一样咬着不放。"易天雄见舒中胜接招了，反击道："我一个退休老头，哪敢和你舒大老板相比哟！偷腥采花，都是你们这些有钱人的专利。"舒中胜也不示弱，找易天雄的软肋来攻击："你一个大处长，退休后啥事不干，养老金就上万，哪像我们这些苦命人，累死累活还得不到温饱。"易天雄也不嘴软，他擅长将舒中胜往坑里推："你不能太饱了！俗话说，饱暖思淫欲，饥寒起盗心。你要是吃得太饱了，就管不住裤裆里那玩意儿了！"

舒中胜斗不过易天雄，只好转移话题："啥子乱七八糟的呀！真是狗嘴里吐不出象牙！"易天雄自嘲道："狗嘴里如果能吐出象牙，岂不是孟获骑大象拜仙——成了妖怪！"孙向东觉得饶有兴趣，问易天雄："易莽娃，你哪来那么多歇后语呀？"易天雄故作神秘地回答："保密守则第二条，不该问的秘密，莫问！"

孙向东故作生气地说："去你大爷的！"易天雄抓住了孙向东的小辫子，正色道："怪不得国家要坚持提倡五讲四美。瞧，堂堂大学教授，高级知识分子，语言如此不文明，我不得不怀疑，现在说脏话的年轻人都是你教出来的。"孙向东反咬一口，恶狠狠地说："我还不是跟你易处长学的，以其人之道，还治其人之身。"

章懿华岔开话道："你别说，我发现天雄现在的歇后语，一套一套的，越来越顺溜了，简直就是一个歇后语专家。"舒中胜附和道："就是嘛，老九这个报社大总编，范长江新闻奖得主，也没有像易莽娃这样，一口一个歇后语，好像你易莽娃肚子里装的全是歇后语。"易天雄得到朋友们的夸奖，反而谦虚了起来："舒大老板过奖了！我这肚子里啊，除了食物，全是草。哪敢与章大总编、孙大教授、舒大老板相比哟！为了不让你们看见我肚子里的草，我除了打麻将，就喜欢抱着歇后语书本啃。久而久之，也就班门弄斧了。"说着双手抱拳，颔首道："见谅、见谅！小巫见大巫——矮了一大截。"

孙向东不由得对他刮目相看："古代雅典著名政治家梭伦说，活到老，学到老。咱们易处长，可以称得上我们退休老头中践行梭伦这句名言的楷模。"易天雄咧着嘴，憨厚地笑道："不敢、不敢，我不知道这句话是古雅典人说的，还以为是我国古人说的呢！"章懿华补充说："这句话出自梭伦之口，但我国古人也留下了相似的名言。比如荀子说，学无止境；程颐说，学者先要会疑；《礼记》载，学，然后知不足。难得天雄现在还这么刻苦地学习。"易天雄自嘲道："现在是网络时代，知识日新月异，如果不学习，岂不是拖拉机撵火车——老落后了。"

"唉——"孙向东长长地叹了一口气，满腹心事地说，"你倒是进步了，我可是落后了。"易天雄扫了他一眼，戏谑道："你叹啥子气嘛，有啥不开心的事，说出来让大家开心一下不就得了！"孙向东摇了摇头没有搭话。

章懿华关心地问孙向东："向东，你和谢紫婧现在究竟咋个样了？"孙向东又摇了摇头，叹着气回答："唉，还能怎么样？就这样耗着呗！"章懿华提醒道："耗着不是办法呀！男子汉大丈夫，大度一点，她毕竟小你那么多，你应该怜香惜玉，去把她接回家吧！"孙向东脸上冷漠得能刮下一层霜，说："她早就变心了，我去接她，岂不是自找其辱？我才没这么贱呢！"舒中胜担心地提醒他："那你总得想个办法呀！"易天雄劝道："人家说，老婆是拿来疼的，你倒好，挨打的狗去咬鸡——拿别人出气，这就是你的不对了！"

孙向东推心置腹地说："错！在感情问题上，只有自己的脚才知道鞋子是否合适。我现在算是弄明白了，老夫少妻，表面上风光，实际上不堪一击。不属于自己的浪漫，就像绑在线上的风筝，不管飞多高，总会有跌落的时候；不属于自己的感情，就像握在手里的沙子，不管握多紧，都会有流逝的风险；不属于自己的心动，就像上了发条的钟表，不管走多久，终会有停摆的一天。她现在就等着我去求她，或许逼着我主动提出离婚，这样就可在财产分配上掌握主动权。我熬过了激情燃烧的岁月，有时间来耗；她年轻，耐不住寂寞，不一定耗得起。"

章懿华不由得感叹起来："早知今日，何必当初啊！你一定要处理好这个问题。"孙向东胸有成竹地说："谢谢哥们儿关心，我知道咋个办。"

正说着，蒲大侠拄着拐杖进来了。他额头上留着维修空调机时不小心蹭的污垢。大家都盯着他看，他不知所措，问道："咋个了，认不倒啦？"易天雄扑哧一声笑道："你这个样，活像个大花脸。"章懿华建议蒲大侠说："你去洗一洗吧！"蒲大侠不好意思地说："对了，多半是空调上的灰恋上我这张老脸了。"

蒲琪玫开始在模特圈走红，成了一颗璀璨夺目的新星，报刊、电视台争相采访；郑倩倩做月嫂深受产妇欢迎，收入明显增加了。家庭资金有了一些积累，蒲琪玫贷款买了一套二手房。蒲大侠很知足、很开心，带着章懿华和舒中胜来房子里规划装修，征求他们对房屋装修的意见。

舒中胜搞过住宅开发，对房屋结构较为熟悉。他用指关节敲了敲电视墙，墙体发出了空响。为了扩大有限的室内空间，他提出了一些很专业的建议。比如，客厅较窄，原来的电视墙后是山墙，是双重隔层，他建议将其拆除，这样可以扩大面积。

对舒中胜的建议，蒲大侠频频点头，将之逐一记在了心里。

离开时，舒中胜问章懿华："向东是不是又上课去了？"章懿华回答："是。"他又问："这几天咋个不见你的大尾巴狼？"章懿华反问道："你说啥呀？"舒中胜诡异地笑道："就是那个与你寸步不离的跟班呀！"章懿华搣他一拳："你这个老家伙，见了天雄就抬杠，不见他又想他！你们俩真是生死冤家！"舒中胜感慨地说："就是嘛！没有他跟我较劲，我反而不舒服。是不是德璋那个洋媳妇回来了，他在家当火头军了？"章懿华叹了一口气说："唉，啥子洋媳妇呀，土生土长的成都人。出国留了几年学，就不想回来了，还逼着德璋跟他一起出国。不出国，她就要跟德璋离婚。"舒中胜不以为然地说："德璋这孩子是我们看着长大的，蛮优秀的，他那媳妇崇洋媚外，如果硬要离婚，就离呗！天涯何处无芳草，德璋还愁找不到老婆？"章懿华为难地说："话虽这样说，但德璋与人家毕竟是夫妻。听天雄讲，周婉蓉也很有才，已经考取了 CFA 证书。"舒中胜不解，问道："CFA 证书是干啥用的？"章懿华解释说："CFA 证书是特许金融分析师证书，被视为金融投资界的通行证，考取这个证书非常难。"舒中胜明白了："这个女人，厉害！"蒲大侠一直没有插话，听到这里，他禁不住有感而发："家家都有一本难念的经啊！"章懿华同情地说："可不，天雄一家人现正在为这事犯愁呢！"

"犯啥愁啊！"易天雄憋着一肚子窝囊气，在客厅里走来走去，他突然一巴掌拍在餐桌上："她既然不念你们夫妻之情，执迷不悟要留在国外，离就离呗！难道你离开这个崇洋媚外的女人，就找不到媳妇了？"袁圆瞪了丈夫一眼，训斥道："儿子本来就心烦，你还火上浇油！"她转过脸来，对易德璋和颜悦色地说："儿子，你还是再劝劝婉蓉吧！现在咱们国家发展这么快，她学的专业又好，留在国内说不定会更有前途呢！"易天雄坚持自己的观点："你这是妇人之见！她既然乌龟吃秤砣——铁了心，你再劝，也是蜻蜓点水鱼打花——没有用！"

易德璋赞同父亲的观点，他说："我已经反反复复跟她说了，国内现在急需拔尖人才，她回来后大有用武之地，可她就是不听，非要赶鸭子上架，让我跟她一起出国。我说，我在公安机关上班，工作稳定，薪水也不低，到国外语言不通，又没有特殊技能，一切都只能从零开始，等于自讨苦吃。"

袁圆关切地问道："她咋个说？"易德璋回答："就一个字，离！"易天雄最不愿受这种窝囊气，果断地说："离就离！我不相信，死了张屠夫，就没猪肉吃！"易德璋也干脆地说："我也是这样想的，一个连自己祖国都不热爱的人，我跟她出国后，她还能与我相爱一生吗？！"易天雄高兴地说："好样的，儿子！"

易德璋驾车载着妻子周婉蓉来到金牛区民政局婚姻登记处停车场，两人下车后径直走到离婚登记窗口，按照工作人员要求，递上有关证件。经核实和询问，两人没有子女和财产纠纷，调解无效后，办理了离婚手续。

昔日的夫妻，由于志不同道不合，转瞬之间便成了互不相干的人。但他们并没有像很多离婚夫妻那样，从此反目成仇。他们像一对普通的朋友，平静地走进一家餐厅，吃了一次分手饭，虽然没有了昔日的欢声笑语，但还是互相勉励、互相祝福。吃完饭，二人坦然地握了握手，然后义无反顾地各奔东西，消失在茫茫人海之中，感情从此归于零。

生活中的变数，很多时候都不是我们能预料到的，很多事情也并不是我们愿意去承受的，但是只要我们努力了，求得一份付出后的坦然，得到的也是一种解脱与自由。

金色的阳光从东边的窗户射进省政协宽敞的会议室，被镂空细花的窗帘筛成了斑驳的黄色和灰色的混合品，落在章懿华宽大的肩上，就好像一行行亮丽的古老文字。委员们正在聚精会神地聆听章懿华关于完善社区居家养老服务的提案。他首先用数据阐述了养老的必要性："第七次全国人口普查数据显示，我国 60 岁及以上人口有 2.6 亿人，65 岁及以上人口有 1.9 亿人，人口老龄化程度已高于世界平均水平。每家都有老人，每个人都会老，养老不仅是个人和家庭要面对的现实，也是全社会需要面对的问题。妥善解决人口老龄化带来的社会问题，事关国家发展全局，事关百姓福祉，需要下大力来应对。"接下来，他对完善社区居家养老服务的可行性和存在的问题进行了分析，"社区居家养老是适合我国国情的新型社会化养老服务模式，各地在推进社区居家养老工作过程中，探索出了许多行之有效的经验和做法。但是与日益增长的社区居家养老需求相比，我国的社区居家养老服务在法规、政策、体制等方面尚待进一步健全和完善，社区居家养老服务的管理水平和服务质量有待进一步提高。"最后，他就完善社区居家养老服务提出了五个方面的建议，"一是进一步完善社区居家养老服务法规政策体系，二是加强社区居家养老服务人才队伍建设，三是提高社区居家养老服务质量和水平，四是鼓励社会力量参与社区居家养老服务，五是探索建立长期照护保险制度。"

他的提案关乎民生，积极应对人口老龄化这个日益突出的问题，既有理论依据，又有很强的操作性，立即在会上引起了强烈的共鸣，得到了与会人员的普遍认同和积极支持。尤其是主持会议的政协领导对他的提案给予了高度的评价，表示随后将上报国务院有关部门。

会议圆满结束了。

章懿华走在宽阔的大街上，天空碧蓝如洗，灿烂的阳光从树叶间的缝隙落下来，形成一束束粗细不一的光柱，把随风摇动的林荫切得斑驳陆离。他心情很好，习惯性地哼起了他喜欢的歌曲："在那桃花盛开的地方，有我可爱的故乡……"

步行来到东城根街街口，他那双鹰隼般犀利的眼睛突然发现一个熟悉的女人——孙向东妻子谢紫婧。她坐在一辆奔驰轿车的副驾驶座等绿灯，亲昵地剥橘子喂开车的中年男人，男人顺势在她脸上亲了一口，她也在对方脸上回吻了一下，两人俨然不是一般的关系。他顿时想起那首不能登大雅之堂的诗歌《高凉村妇盼郎归情歌》中的两句诗："一双玉臂千人枕，半点朱唇万客尝。"像有一只苍蝇飞进嘴里，他感到一阵恶心，真想朝他们那个方向啐一口唾沫，但转念一想，为这种龌龊的事情怄气，反而降低了自己的身份。当信号指示灯由红变绿，那个中年男人驾车与谢紫婧驶出街口后，他迅速记下了奔驰车的车牌号码。他心里想，找机会一定要劝向东与这个不检点，不，应该是下贱、不要脸的女人一刀两断，分道扬镳！

想当初，孙向东苦苦追求殷笑英，发誓非她不娶，要与她白头偕老，结果他却抛弃了殷笑英，阴差阳错地与这个女人搅在了一起。难怪许多女人骂男人是喜新厌旧、见异思迁的动物，不能说骂得没有道理。反过来，女人中也不乏朝秦暮楚、水性杨花的败类。比如这个谢紫婧，她与向东结婚不久就红杏出墙，不知是她作孽，还是老天爷对向东的惩罚。好在向东最近已经有所悔悟，早知今日，何必当初啊！

　　章懿华一边往家走一边想，等见到孙向东的时候，该如何巧妙提醒他不能再与这个女人在一起了……

　　孙向东拎着讲义包出门前再一次提醒母亲，不要再寄希望于免费的按摩椅了，他们是骗子，就当是拿钱买了一个教训。母亲却摇头说，他们不是骗子，按摩椅可能还在运输途中。这下轮到儿子摇头了，他苦笑一下说："等几天我就去给您买一台按摩椅，好不好？"母亲坚持说不买，这台奖励的按摩椅说不准今天就会送来呢！

　　孙向东前脚刚离开家，孙婆婆后脚就来到小区门卫室，问保安见没见到送按摩椅的人。保安说："婆婆，您每天都来问，我早就记在心里了，只要他们送来，我就立即通知您。"孙婆婆一边说谢谢，一边走出大门张望，总想从车流中看到送货上门的货车，但她眼睛都望酸了，还是没有见到按摩椅的踪影。

　　白婆婆来到孙婆婆身边，请她一起去茶楼打麻将，孙婆婆说她在等按摩椅，对打麻将没兴趣。白婆婆告诉她说："你遇到的可能是骗子，不要再指望他们了。"孙婆婆根本听不进去，她说他们是电信公司的，不是骗子，她始终认为自己没有受骗。

　　白婆婆无奈地摇摇头，与走过来的另外几位老人一起去了茶楼。

　　孙婆婆依然站在小区大门外，执着地等待她的"奖品"，即使望酸了眼睛，她也无怨无悔。人，一旦上了一定的年纪，就容易固执得像火车栽进了山谷，你要想将其拉回正常的轨道谈何容易！

　　蒲大侠女儿蒲琪玫贷款购买的二手房开始装修了。按照舒中胜的建议，第一个步骤是拆墙，由于拆墙涉及房屋和工人的安全，章懿华请蒲大侠务必到现场监督。蒲大侠一早去茶楼安排好工作后，就急忙来到了装修房里。拆墙的师傅是一个满脸胡子的壮实汉子。只见他拿起大锤，甩开膀子就向电视墙砸去，哐当一声，墙体便出现了一个窟窿，他只连砸了几锤，电视墙就轰然倒下了。

　　"哎呀，我的妈呀！不会是钞票吧？"大胡子盯着用透明塑料纸包裹着的粉色的东西，惊愕地嚷了起来。蒲大侠凑上前仔细一看，果然是百元大钞，不由得惊呆了。

　　大胡子惊喜得两眼发光，手心发痒，对蒲大侠说："老板，你我发财了！"蒲大侠简直不敢相信自己的眼睛，"天哪，这么多钱，可能有几百万吧？"他一边感叹一边说，"八成是原房东吃了寡鸡蛋，记性都掉到帽子坡了？我通知她，让她赶紧来拿！"大胡子不这样认为，他说："这么多钱，谁能忘啊？我猜多半是赃款，之前的房东没有胆量拿走，是老天爷存心让我们发财。"

　　人的眼睛是黑的，心是红的，但眼睛一红，心就黑了。

　　大胡子瞪着一双血红的眼睛，兴奋地说："我们悄悄把它分了吧？"蒲大侠把头摇得像拨浪鼓，坚决不同意："既然你都说是不干净的钱，我们把它瓜分了，岂不更肮脏？"大胡子从没有见过这么多钱，自然禁不住诱惑，他说："现在神不知鬼不觉，就你知我知，我们各拿它一半，谁也不晓得！"蒲大侠虽然穷，但他不愿窃取不义之财，掷地有声地表示："要不得，抓到了是要砍脑壳的！"大胡子两眼露出凶光，恶狠狠地说："贪官们都不怕砍脑壳，你我平头老百姓，脑袋砍了碗大一个疤，怕个球！你如果装屎认熊不敢要，不吭声就是了！"大胡子说着就搬出一捆钱来，兴奋得忘乎所以，"啧啧，老子活了几十年都没见过这么多钱！"他又搬出一捆钱，放进装建筑垃圾的编织袋里，再次劝蒲大侠，"老板，你莫傻了，人为财死鸟为食亡，你胆子咋个比老鼠还小啊！"蒲大侠见劝他不住，勃然大怒，用拐杖拄着地，大吼一声："放下！"说着他就拿出手机大声道，"我报警了！"大胡子先是一愣，接着扑通一声跪在地上，恳求道："老板，我求您啦！咱们四六开，你六我四，好不好？"蒲大侠坚持说："我们穷，但要穷得有骨气！拿不义之财，是要遭天谴的！"说着就要打110报警。大胡子噌地跳起来，穷凶极恶地去抢蒲大侠的手机。

蒲大侠与大胡子顿时扭打了起来。

大胡子身强体壮，蒲大侠腿有残疾，他知道蒲大侠的软肋，先夺下拐杖，造成蒲大侠行动不便，然后跳跃着变换角度攻击蒲大侠。蒲大侠无法快速躲闪，接连挨了几拳。当然，大胡子并没有用尽全力，他只想要钱不想搞出人命。他将蒲大侠打倒在地，嘴里还不干不净地骂道："你这个老东西，这是不要白不要，你傻呀！"他一脚踩在蒲大侠身上，咬牙切齿地说："答应我，不报警，我就放了你！"蒲大侠不吃他这一套，倔强地说："得不义之财，是要掉脑壳的！"大胡子气急败坏地踢了蒲大侠一脚："你个死老头，咋个死不开窍呀！就不怕我弄死你？"

就在这紧急关头，章懿华、易天雄突然推门进来。蒲大侠见两位哥们儿从天而降，顿时喜出望外，赶紧说："这家伙见利忘义，快将他拿下！"章懿华和易天雄从小就喜欢舞棍弄棒，虽然现在年过花甲，但锻炼身体、练习擒拿格斗从未松懈，现在两人联手出击，别说对付一个仅有蛮力的中年人，即使再来几个没有经过特殊训练的打手，也是易如反掌。因此，章懿华和易天雄三下五除二就将大胡子打倒在地，然后将他胳膊反扭在身后，拎了起来。

易天雄厉声喝道："走！跟我们到派出所去！"大胡子听说要将他交给警察，顿时像泄气的皮球，挣扎着扑通一声跪倒在地，连忙求饶："你们饶了我吧！我上有老下有小，母亲八十多岁了卧病在床，我见钱眼开、财迷心窍，是想把钱拿回去给老母亲治病！请你们看在我老母亲的面上，饶了我吧，我给你们磕头！"说完像捣蒜一样磕头认罪。蒲大侠是穷人，知道人穷慌了就会铤而走险，虽然挨了这家伙几拳，但没有伤到要害，也就有了怜悯之心：

"把他放了吧！"章懿华也是穷苦人出身，年轻时母亲得了疾病无钱医治，深知人穷志短的含义。章懿华念他是一个孝子，也就松开了手，警告他说："君子爱财，取之有道！今后不许再这样财迷心窍了！"大胡子忏悔地说："我再也不敢了！"

人本来就是由动物进化而成，随着社会的进步和发展，很多人都具备了良好的品行，但也有那么一些人又变了回去。这种人易天雄见得多了，本来想坚持将他交给警方依法处理，让他重新做人，但看到蒲大侠为他求情，章懿华也心软，便放开手，一脚将大胡子踢开："滚！"

接下来，蒲大侠急忙拨打110报警，将情况做了扼要说明。

警方听说在墙壁中发现巨款，立马派出两辆警车和一辆银行的押钞车风驰电掣地赶来。领队是易德璋警官，他随即组织警察和银行工作人员对一捆捆现金进行清点，金额竟然高达2000多万元。之后，易德璋带领警官顺藤摸瓜，查出前房东丈夫是某机关分管基建的领导干部，他出差因车祸去世，其妻不知室内藏有巨款，遂将此房出售给了蒲琪玫。最后，警方将案件移交到人民检察院，检察院查出这个已故领导是一个贪污受贿达几千万元的巨贪。

鉴于蒲大侠举报有功，检察机关给予了他3万元的奖励。蒲大侠收到这笔奖金后并没有放进自己的口袋里，而是将它全部捐献给了古蔺县桂花场乡村小学。他的义举被省报记者郝林写成了长篇通讯刊发在报纸上，成为街谈巷议的热门话题。

第二十八章

　　窗前那两棵芙蓉树的花已经开了半个多月了，依然暗香浮动，娇艳欲滴。那些大小不同、形态各异、一日三色的花朵，远远望去就像一个个鲜艳夺目的绣球。章懿华站在花影横斜的窗前，感到心旷神怡，苏东坡先生赞美芙蓉的诗句浮现在脑海："千林扫作一番黄，只有芙蓉独自芳。唤作拒霜知未称，细思却是最宜霜。"

　　他品味着诗意，呼吸着清晨新鲜的空气，习惯性地做了几个扩胸运动，仿佛要把东坡先生的诗情揽入自己的怀里，让诗意与清晨的阳光一起陪伴自己。

　　他移步回到客厅，目光在不经意间落在了墙上已故妻子白琳娜的照片上。每次看到照片上妻子美丽的脸、亲切的笑容，他眼前都会闪现他们曾经相爱的画面：一起在富顺西湖边上漫步，一起在昆明海埂之滨踏青，一起躺在甘海子营区草坪上看斗转星移。

　　白琳娜不仅美丽动人，还幽默可爱。有一次，她说："我们一起数星星吧！"他说："好！"于是各数各的，最后报答案。

　　虽是月朗星稀，但有的星星忽明忽暗，有的转瞬即逝，两人数来数去都未达成一致。于是，她俏皮地说："数星星智商低了点，就数月亮吧！"他笑了，也顺着她的思路说："我常怕话说复杂了你听不懂，结果每次都低估了你的智商。"她将胳膊搭在他身上，陶醉地说："我发现你很坏，是为俘虏我而存在的。"他将她的手拉来放在自己的胸口，对她说："有人用一个眼神就能征服我，这个人就是你！"虽然时光已经过去了三十多年，但这些场景仿佛就发生在眼前或昨天。

他盯着白琳娜的照片看，看着看着，白琳娜的容颜叠现出李尤佳的面容：面若桃花，眼含秋水，笑容可掬。她的容貌和气质，简直就是白琳娜的再现。他觉得不可思议，世界上竟然会有如此形神皆似的两个人。"难道是琳娜不忍看到我的孤独和寂寞，拜托尤佳来给予我慰藉？抑或尤佳就是琳娜的化身，是造物主的安排？"

章懿华正在那里浮想联翩，沉浸在回忆之中，手机突然响了，见是一个陌生号码，他接通后误以为是骚扰电话正要挂断，但电话那头传来一个动听的声音："请问您是章懿华老师吗？"既然对方能说出自己的名和姓，声音又是如此亲切动听，那应该不是骚扰电话，他立即客气地答道："我是，请问您是哪位？"对方开心地说："我是哈尔滨李尤佳，您还记得我吗？"章懿华顿时又惊又喜，激动地说："哎呀，是尤佳呀！当然记得了！你怎么知道我的电话？"李尤佳咯咯地笑了两声："我是从张俭秘书长那里得到的。"章懿华自从在比赛场上见过她后，就对她念念不忘，早就想与她联系，苦于没有她的联系方式而深感遗憾，刚才还在那里想她，没想到她却主动打来了电话。他心中那个惊喜，简直无法言表，赶紧说："能认识你，我很高兴！"李尤佳也激动地说："很高兴认识您，章老师！"

真是心有灵犀一点通！

李尤佳接着赞赏道："章老师，您的麻将打得太好了，我想向您请教。"章懿华谦虚地说："你的牌打得比我更好，我正想向你学习呢！"李尤佳认真地说："不，章老师，我说的是真心话，您打得比我好！"章懿华亲切地说："你太谦虚了，尤佳，请不要叫我章老师，就叫我老章，或懿华，好吗？"
李尤佳心里想，他一开始就去掉了自己的姓氏，把自己当作熟悉的朋友，自
己自然应该缩短与他的距离，给他亲切的回应，于是开心地说："恭敬不如
从命，我就叫你懿华好了。"章懿华笑了："这就对了嘛，尤佳！"

两个情投意合的人穿越千山万水在电话里相逢，内心的渴望与期待就像
春花与秋月相聚、蓝天和白云相拥，没有陌生感和羞怯，没有面对面的拘束，
坦然自若，亲切随意。

接下来，他们就上次麻将邀请赛进行了回顾与交流，随即互相加了微信，
然后又聊了许久。谈社会、谈人生、谈理想、谈爱好，仿佛有说不完的话题，
聊不完的情趣，直到李尤佳说手机快没电了，他们才互道再见，相约改天再聊。

通过电话，章懿华心里像吃了蜜一样甜，笑容全部写在了脸上。他情不
自禁地用口哨吹着王靖文的《初恋的地方》，仿佛又回到了与白琳娜刚认识
的时候，眼前全是明媚的春光、美不胜收的风景。

这时，岳母从外面回到家里，高兴地对女婿说："懿华，今天天气好，
我很久没有见到琳军了，想去看看他。"岳母是一位知书达理的老人，很少
给女婿提什么要求。因此，她每次说什么，章懿华都尽量满足："好啊，正
好今天是周末，晓白也在家，我们一起到岷江去。"白婆婆顿时高兴得像一
个孩子，急忙向外孙女房间走去，推开门说："晓白，我们去岷江市，到
你舅舅家去！"章晓白从房间里出来，回答说："好，我也很久没有见到
舅舅了！"

章晓白搀扶着外婆向地下车库走去。

章懿华坐进驾驶室，发动汽车。章晓白体贴地对父亲说："爸，您坐在
旁边休息吧，我来开车。"

于是，父亲与女儿换了座位，一家三代人随即离开了小区。

章晓白驾驶着汽车在高速路上飞驰。白婆婆望着车窗外一闪而过的行道树，感慨地说："日子过得真快啊！一转眼，我已经两年多没有去岷江市了。"章晓白也异常开心，打开汽车天窗，将一只手伸到窗外，像一只振翅欲飞的鸟儿，快乐地说："我最喜欢一家人出去旅游，哪怕是去兜风，我都觉得是一种享受。"章懿华问章晓白："女儿，你最想去哪里？"章晓白快乐地说："我想去武陵源，去看如诗如画的仙境。"章懿华问岳母："妈，你最想到哪里去看风景？"白婆婆的回答出人意料："我哪儿都不想去，就想晓白将男朋友带回家里。"章懿华笑了："妈，你真幽默！"章晓白却不高兴了："外婆，你咋个三句话离不开这个呀？"老人笑道："你的个人问题不解决，我看哪里的风景都不美！"

　　不一会儿，汽车就驶到了白琳军住家门前。

　　白琳军住在一个破旧的筒子楼里，与岷江市那些繁华的街道、漂亮的高楼相比，他的住宅显然拖了城市的后腿。见到年迈的母亲跟着姐夫、外甥女来看望自己，他为自己的处境感到尴尬。家中除了一台电视机，几乎没有什么物件可与现代社会接轨。章懿华知道白琳军家庭条件差，但没有想到差到这个程度。他顿时感到一阵心酸，甚至在心里谴责自己。自己深爱的妻子的弟弟，居然还处在这样的境况中，自己有责任帮助他。

　　岳母看到儿子这番光景，更是忍不住老泪纵横："儿啊，你受苦了！"白琳军反过来安慰母亲："妈，我挺好的，您别难过！"章晓白也为舅舅的处境心痛："您有困难咋个不跟我说呀！"白琳军搓着一双粗糙的手，难为情地说："我一人吃饭，全家不饿，并没有你们想象的那么惨。"白婆婆拉住女婿的手说："懿华，请你一定要帮帮他！"章懿华点点头，坚定地说："妈，您放心吧，我会尽力的！"

　　白琳军感动地说："姐夫，您对我的帮助已经够多的了，真不好意思再给您添麻烦！"章懿华拍拍他的肩膀，亲热地告诉他："你我兄弟之间，莫要客气！"白琳军热情地说："姐夫、妈、晓白，你们在家坐，我去买菜，做饭给你们吃。"章懿华拦住他说："不用麻烦了，我请你们去吃馆子。"白琳军动情地表示："姐夫，你们大老远来，咋个能让您破费呢！我虽然穷，但请一顿饭还是请得起的。"章懿华安慰他说："你的心意我们领了，但单我来买，你就不要跟我争了。"章晓白懂事地说："买单的事舅舅和爸爸都免了，交给我。"

在章懿华与女儿和岳母去岷江市的同时，易天雄一家人来到了芙蓉茶楼，围着麻将桌一边打麻将，一边拉家常。

袁圆问儿子："你现在已经单身，是不是该考虑一下找女朋友了？"易天雄附和道："对头，周婉蓉耽搁了你这么多年，再不抓紧，好白菜都被猪拱了。"外公袁大爷也接过话说："你爸妈说得对，不能再拖了。"易德璋憨厚地一笑，孝顺地说："有合适的，我肯定不会错过，请爸妈和外公放心。"

易天雄想起了什么，对儿子说："晓白好像还没有男朋友，人也伸展，你们又从小在一块儿长大，彼此了解，你考虑过没有？"易德璋笑道："我们太熟悉了，没有那种感觉。"袁圆提醒儿子说："找对象，就要找熟悉的，因为熟悉，知根知底，过日子才踏实。"易天雄实话实说："晓白这女娃儿虽然个性有点强，但人品和形象可以，工作单位也不错，是纳鞋不用锥子——针（真）好！你可以考虑考虑。"易德璋也不讳言："晓白是不错，但我一直把她当妹妹对待。爸、妈，你们就不要再说了，好吗？"

袁圆嗔怪道："好，不说了，但你总得早点把对象带回家呀！"易天雄附和："可不是，你看人家孙阳光，儿子都上幼儿园了。你呢，还是揣子没毛——光棍一条。"易德璋自我开脱道："阳光哥比我大两岁，有孩子也正常嘛！何况我现在一人吃饱，全家不饿，多洒脱！"袁圆无奈地说："你呀，总是有理！"

易天雄不这样认为，一脸严肃地说："你是咱们易家的独苗，我不想我们易家无后！"易德璋笑道："爸，您放心，我不是独身主义者。俗话说，吃一堑，长一智，有过一次失败的婚姻，我会把握好的！"父亲慈爱地说："儿子，你不能只闻楼梯响，不见人下来啊！"儿子腼腆地笑道："我晓得，爸！"

舒中胜驾车路过医院，将车停在路边，心里想，娟娟的亲子鉴定结果咋个还没有消息呢？他不耐烦地给秃头副院长打电话，再一次催问。秃头副院长赔着笑脸说："大哥，我正要通知你呢，结果出来了。"舒中胜一听，顿时有种不祥的预感，悬在心上那一块石头不但没有落下来，反而堵在了嗓子眼，他提心吊胆地问道："结果……咋个样？"秃头副院长没有正面回答，反问道："您在哪里？"舒中胜回答说："我在你们医院大门外的车上。"秃头副院长讨好地说："大哥，您等着，我给您送去。"

秃头副院长挺着啤酒肚，屁颠屁颠地走出办公大楼，亲自将鉴定报告交给舒中胜。

舒中胜接过报告一看，结论栏写着"基因型不符合单亲关系"。他虽然早有这种预感，但见到白纸黑字的结论，仍像被泼了一瓢大粪在脸上，眼冒金星，脑袋里砰的一声像爆炸了一样。他觉得自己受了奇耻大辱，恨不得一把将报告撕个粉碎，扔到地上再踩上几脚。但转念一想，这是他打击报复胡丽萍的武器，也是这个女人对他不忠的证据，不能毁掉。可是，他又不想见到它，酸辣苦咸涩的滋味同时在他心里翻滚，使他难受到了极点。他将它揉成一团还不解气，又用手将它拍扁，然后塞进裤兜里双手抱脸就要往地上蹲，秃头副院长见状赶紧将他扶进轿车里，违心地说："报告虽然这样说，但仅供参考，您也不要太较真。"舒中胜跌坐在车里痛苦不堪，半晌才对秃头副院长说："你走吧，我没事了。"秃头副院长安慰他几句离开后，他振作精神，气急败坏地开车回到家里，见到胡丽萍就给了她一记耳光。胡丽萍被打得晕头转向，捂住一边脸说："你……"他也不说话，从裤兜里掏出那个被揉成纸饼的报告扔给她，恼羞成怒地说："你看吧！"

胡丽萍似乎明白了，急忙将纸饼展开，在"常染色体多态型检验结果"栏下，标注着若干英文字母和阿拉伯数字，在最后一栏里，写着"基因型不符合单亲关系。"她从来没有见过这样的专业术语，不解地问道："这是啥意思？"舒中胜这些日子对此做过深入研究，所以对这个术语一目了然，他恶狠狠地对她说："孩子是你的孽种，跟我没有一毛钱的关系！"胡丽萍顿时蒙了："咋个可能呢？"舒中胜早已失去理智，一把抓住胡丽萍的衣襟，暴怒地问道："你说，她是谁的野种？"胡丽萍上气不接下气地说："你……胡说……八道，除了你……还有谁？"舒中胜仍然气急败坏，一把将她猛地推开："不要脸的东西！之前不见棺材不掉泪，现在见了棺材还不掉泪！"胡丽萍踉跄后退了几步，站立不稳倒在了地上。她忍着疼痛从地上爬起来，捡起那份报告说："报告有问题，我没有做对不起你的事情！"舒中胜根本听不进她的解释，鄙夷地对她说："鬼都不会相信你的话！"她绝望了，愤恨地说："你不信算了！"说完扭头就出门，疯一样地直奔医院。她坚信这个报告是医院搞错了，希望医院实事求是地给予纠正。

她来到医院咨询处，询问检查报告有误找哪个部门。一个身着淡粉色职业套装的姑娘头也不抬地回答她："你去化验科问吧！"

她转身来到化验科，化验科外接受化验的患者排成了一条长龙。她走上前对化验员说："你们这个检查报告，肯定搞错了，请给予纠正！"化验员接过报告看了一眼，冷笑一声说："没错啊！"

胡丽萍理直气壮地说："你们绝对弄错了！"化验员将报告退给她，不耐烦地告诫她："你让开！"然后对排在后面的患者说："下一位！"胡丽萍坚信化验结果有误，她说："我去找你们领导。"

化验员见她走了，冲着她的背影跟旁边的同事说："这个女人自己做了见不得人的事，还好意思来问。"同事耻笑道："林子大了，啥子鸟儿都有。"

胡丽萍找到院领导办公区，恰好碰见秃头副院长往外走，她把他堵在门口，将检查报告交给他说："同志，你们领导在哪个办公室？我没有做过对不起我丈夫的事情，但你们的报告却说孩子不是他亲生的，请你们给我一个说法。"秃头副院长扫了一眼报告，赔着笑脸说："孩子是不是你丈夫亲生的，请去对你丈夫说。"胡丽萍恳求说："我希望你们能给我出一份准确的鉴定。"秃头副院长摇着他那油光水滑的脑袋，正色道："这个不能！你如果不相信我们的化验结果，可以再到其他医院做检查。"胡丽萍一听就知道这是推口话，不满地说："你们的结果有错，就应该纠正！"秃头副院长脸色一沉，告诫道："我还有工作要忙，请你让开！"胡丽萍拦住他说："你们用一份不实的报告破坏了我的家庭，你们要为自己的失误负责！"秃头副院长将脸拉得像一张马脸，满脸愠色地吼道："你不要胡搅蛮缠，影响我们工作！"胡丽萍十分委屈地说："你们检查有误，不予纠正，反而倒打一耙，还讲不讲道理呀？"秃头副院长知道这个女人迟早要被舒中胜抛弃，不用对她客气，便掏出手机报警："110吗？有人在我们医院无理取闹，请你们速来处理！"

一会儿，两个警察来到了跟前，听罢秃头副院长介绍，警察随即将胡丽萍送到了附近派出所。派出所值班警察看了胡丽萍递给他的检查报告，并向她详细询问之后，郑重地说："你对医院的亲子鉴定结果如果有质疑，可以申请重做，或到其他医院做检查，或者申请复议，不应该到医院去吵闹。"旁边到派出所办事的群众听后有的窃窃私语，有的哑然失笑，有的甚至讥讽道："这年头啥子怪事都有！""看着人模人样的。""真不要脸！"胡丽萍一听，肺顿时气炸了，与其争吵了起来："谁不要脸了？"一个满脸横肉的女人啐了一口说："谁不要脸，这不是明摆着的吗？"另一个尖嘴猴腮的男人鄙夷地说："对头，白纸黑字写着嘛！"胡丽萍气得浑身发抖："你们不要……血口喷人！"一个胖得像水桶的妇女轻蔑地说："自己不知羞耻，还好意思说！"胡丽萍遭到众人围攻，感到十分绝望，突然眼前一黑，昏了过去。警察见状急忙呵斥众人："你们别在这里瞎起哄！"他随即叫旁边一位女警察帮他一起将胡丽萍抬上警车。

第二十九章

胡丽萍被送到医院急诊室抢救，医生说属于突发性昏厥，没过多久胡丽萍便苏醒了过来。

此时已是黄昏，天上乌云密布，一场暴雨即将来临。舒娟娟拖着行李箱望了一眼黑得像要垮下来的天空，感到少有的压抑。一阵冷风吹来，让她打了一个寒噤，脸上完全没有了往日的笑容。

她带着一种不祥的预感打开家门，看见父亲在家里暴跳如雷，将她妈妈的东西扔在了地上，她十分不解，惊愕地问道：“爸，您这是怎么了？”舒中胜气急败坏地说：“我不是你爸！”舒娟娟顿时大惑不解：“您说什么？”舒中胜眼含凶光，愤恨地说：“我做了亲子鉴定，你不是我女儿！”舒娟娟犹闻晴天霹雳，愣了一瞬间，简直不敢相信自己的耳朵：“怎么可能呢？”

舒娟娟的手机响了，电话里传来母亲有气无力的声音。她焦急地问母亲在哪里，母亲回答在医院急诊室。她一听顿时心急如焚，扔下行李箱就往外跑。

天已经下起了雨。雨夹着风，风裹着雨，天地之间仿佛被风雨占领，对行人和车辆进行肆无忌惮的鞭笞。舒娟娟招来一辆出租车，迅速钻进了车里。

舒娟娟下车后，一路小跑来到急诊室，扶住软弱无力的母亲一边走一边问。母亲含着眼泪将全部经过告诉了女儿，最后又补充了一句：“我没有做对不起你爸的事情！”舒娟娟望着母亲那张像纸一样苍白的脸，想象着母亲昏厥之前受到羞辱的情景，知道母亲心里在滴血，在承受着世界上最沉重最痛苦的折磨，她的脸上也出现了从未有过的冷峻，心里也仿佛有针尖在刺。她掏出纸巾为母亲擦去脸上的泪水，安慰她说："妈妈，我相信您是无辜的！"得到女儿的安慰，母亲心里有了一丝暖意，点点头说："有你这句话，妈心里好受一些了。"

然而，雨夜才刚刚开始，暴风雨好像没有收敛的意思，母女俩顶着风雨回到家里。这个曾经温馨的幸福之家，此时已被失去理智的舒中胜作为发泄愤怒的场地。他犹如一个盛气凌人的暴君，又似一个输得精光的赌棍，见到胡丽萍和舒娟娟就像见到杀父仇人一样，声嘶力竭地吼道："滚！你们都给我滚！"他不仅抓起胡丽萍的衣服扔到她脸上，还一脚将舒娟娟的行李箱踢开，这似乎还不解恨，他凶狠地抛出撒手锏："姓胡的，你听着，我随后就跟你离婚！"他找不到发气的地方，又对着行李箱补了一脚。行李箱被他踢出去碰到沙发弹回来，失去平衡之后砰的一声摔倒在地。

胡丽萍自从与舒中胜结婚之后，就对他死心塌地，没有做过任何对不起他的事情，心里干净得可以敞开给丈夫用显微镜来看。所以，在给女儿做亲子鉴定之前，她毫不犹豫地与丈夫达成口头协议：如果女儿不是他亲生，他想怎么办就怎么办，自己绝无怨言！现在这个该死的鉴定结果居然打了她的脸，让她没有一点心理准备。给他解释，他根本不听；去找医院理论，又被扣上"医闹"的帽子送到派出所，还遭到几个不明真相的人羞辱。她现在是有口难辩、有苦难言，比窦娥还冤！她也不再解释，知道解释也没有用，就去房间收拾东西，见屋里一片狼藉，抓了几件自己的衣服塞进皮箱里就准备出门。舒娟娟见母亲要走，也扶起自己的行李箱，跑进卧室将常用衣物装进另一个箱子里，然后跟着母亲走出了家门。

舒大爷看见儿媳妇和孙女走了，埋怨儿子说："中胜，你这样做是不是太绝情了？"舒中胜认为自己被胡丽萍戴了几十年的绿帽子，含辛茹苦为别人养了一个"杂种"，他接受不了这个天下男人最最痛恨的耻辱，把牙齿咬得咯咯地响："绝情？如果按我的脾气，恨不得宰了这个姓胡的婊子！"他猛地将门推来关上，震得门窗发出咣当的惊恐之声。他似乎还不解恨，又朝大门踢了一脚，像是要把门彻底关闭，将胡丽萍给他带来的耻辱关在外面。可能是用力过猛伤着了脚尖，他忍不住尖叫了一声："哎哟！"脱去拖鞋，靠在门上抱着一只脚揉了起来。

　　风雨越来越猖狂，昏暗的路灯承受不住它的袭击，力不从心地眨着眼睛望着胡丽萍和舒娟娟落泪。在本来是点燃人间烟火、合家相聚正欢的时刻，这母女俩却站在街边，遭受着风雨无情的袭击，偌大一个都市，仿佛没有母女俩的栖身之处。其实，胡丽萍名下有一套八十多平方米的住房，那是当年单位分给她的福利房，由于房子陈旧又没有电梯，早就出租给了他人。现在事发突然，她和女儿只能暂时去找酒店栖身。

　　她们向飞驰而过的出租车招手，出租车司机好像都很忙，忙着送客人，无视这母女俩的存在，疾驶而过时，车轮激起的脏水溅在她们身上，无疑让母女俩雪上加霜。她们拖着皮箱走进一家连锁酒店，由于淋了太多的雨水，吹了太多的秋风，舒娟娟感冒了，开始发烧并伴有咳嗽。

　　早晨醒来，胡丽萍第一件事就是去给女儿买药，接连去了几家药店都还没有开门，她只好先到早餐铺买早点，结果女儿一点儿食欲都没有，勉强吃了一点也反胃呕吐了。等到八点钟后，药店才开门上班。凭胡丽萍的经验，女儿昨晚抢着提箱子，淋了雨水又被风吹，出现低烧和咳嗽是风寒感冒症状，她就买了治风寒感冒的颗粒冲剂和感冒胶囊。伺候女儿服药后，她便给租户打电话，说这个月租期就满了，准备将房子收回来。租户说正好他已经购买了新房，月底就搬走。

　　章懿华是一个文化人，文化人的骨子里往往都有一种傲气，那就是承袭"采菊东篱下，悠然见南山"的陶渊明之风，不为五斗米折腰。从岷江市回来之后，他一直忘不了舅子白琳军的处境，对他产生了强烈的怜悯之心，不得不向陶先生道一声抱歉，第一次厚着脸皮给熟悉的那些有权有势的官员和老板打电话，询问对方单位需不需要人，说自己有一个亲戚，下岗后想找点事情做。有的诉苦说他们单位也在裁员，没有闲置的岗位；有的听说是一个五十多岁的老男人，也婉言拒绝了。他接连打了几个电话，都被对方以各种理由给搪塞了，就连他曾经给予帮助过的老板，也表现出令他失望的冷漠。他深刻体会到了什么是人走茶凉，但想到舅子穷困的处境，他仍然放下尊严继续求人。

　　终于，有位老板答应可以安排白琳军去物业公司做保安。章懿华打电话征求白琳军的意见，白琳军不仅表示同意，而且还向他表示了由衷的感谢。身为姐夫的章懿华终于松了一口气，总算完成了岳母交办的任务，也算是对亡妻白琳娜的告慰。

　　舒娟娟感冒后咳嗽症状越来越严重，胡丽萍陪着女儿到医院挂了内科主任医师的号，医生诊断后建议舒娟娟立即住院治疗。但是，住院后接连输了几天液，高烧还是没有退下来，血常规化验结果显示白细胞升高、血小板减少，出现严重贫血。医生把胡丽萍叫到办公室，对她说："你女儿的病情可能比预想的更严重。"胡丽萍顿时紧张起来，怯怯地问："输了那么多液，她高烧总是退不下来，究竟是得了啥病呀？"医生严肃地说："已经给她做了骨髓穿刺，等检查结果出来后，才能正式确定。"胡丽萍一颗心不由得提到了嗓子眼："您是专家，凭您的经验，请告诉我，我女儿到底得了什么病？"医生谨慎地说："在检测报告出来之前，我不能妄下结论！"胡丽萍从他的表情上看，猜想他已经知道女儿患的是什么病，她急于了解结果，追问道："您是主任医师，您的临床经验丰富，对我女儿现在的症状，我想，您十有八九能做出判断。"

正说着，坐在电脑桌旁的助手向医生报告说："骨髓穿刺结果出来了。"说着起身让座。医生坐下后戴着眼镜看了看，对胡丽萍说："我判断得没有错，是白血病！"

"天哪！白血病！"

白血病是人体造血干细胞恶性克隆引起的肿瘤性疾病，属于血液系统疾病，俗称"血癌"，是发病率很高的血液疾病，往往出现贫血、感染、出血及器官浸润等多种不良表现。胡丽萍不知道这种疾病的症状，但她知道这个病是当前肿瘤疾病中最难治愈的一种，往往令人闻之色变，好友白琳娜就是因为这个病而去世的。因此，听说女儿得了这个病，她顿时大惊失色，眼前一团漆黑："咋个得了这个病呀？"主任医师肯定地点点头："现在，我们只能将舒娟娟转送到血液科做细胞遗传学检查和治疗。"医师一边在电脑上填写转送血液科的医嘱，一边安慰胡丽萍："现在治疗白血病的经验和手段已经很成熟了，只是骨髓配型相对难一点而已，你也不要太难过。"

屋漏偏逢连夜雨！

胡丽萍和女儿被舒中胜赶出家门后立足未稳，女儿因为淋了一场雨便久治不愈，现在查出是白血病，胡丽萍那柔弱的身躯所承受的打击可想而知。她跌坐在凳子上掩面而泣，仿佛天突然塌了下来，整个世界笼罩在了黑暗之中。她忍不住嘤嘤地哭泣，泪水从她指缝间溢了出来，浑身一阵一阵地抽搐，心里比被丈夫赶出家门还痛苦，直到医生的助手告诉她现在就将舒娟娟转送到血液科，她才忍住哭泣，擦干眼泪，强打精神回到女儿病房。

从内科转送到血液科，舒娟娟有一种不祥的预感，问医生自己究竟是得了什么病。医生和母亲都安慰她说，还没有确诊，请她不要担心。但舒娟娟是一个非常聪明的女娃儿，她见母亲的眼睛红肿，明显哭过，而且回答她时在尽量掩饰神色的慌张，她就主动说破："你们一定在隐瞒我，从内科转到血液科，肯定是血液病，血液病不是淋巴瘤、骨髓瘤，就是白血病……"她说到这里就说不下去了，闭着眼睛想关闭内心的痛苦，可眼泪根本不听她的使唤，像断线的珠子吧嗒吧嗒往下掉，她摇着头说："我怎么得了这个病呀？"胡丽萍见女儿如此难受，赶紧俯身抱住她，安慰她："女儿，你不要难过，这个病是能治愈的。"

舒娟娟得了白血病的消息传到了航空公司，公司领导十分重视和关心，有关领导第一时间来到医院慰问。她们机组那个英俊的飞行员也捧着鲜花来到她床前，含情脉脉地望着她，希望能为她分担病痛。

领导和同事走了，飞行员还留在舒娟娟身边对她嘘寒问暖。

胡丽萍为了不影响小伙子与女儿谈话，以打开水为由，拎着水瓶离开了病房，走时还不忘将门拉来虚掩上。她从飞行员看娟娟的眼神里知道了小伙子一定是喜欢上了自己的女儿，但她不知道小伙子是离过婚的人，更不知道娟娟对他没有那个意思。

舒中胜得知娟娟与他没有血缘关系，把胡丽萍和女儿赶出家门后，他没有向外透露一点风声。因此，章懿华和易天雄、孙向东、蒲大侠这几个铁哥们儿都被严严实实地蒙在鼓里。尽管易天雄与舒中胜一见面就喜欢抬杠，三天不通电话便会想对方，易天雄也一无所知。

张俭秘书长通知章懿华和孙向东，请他们跟他一同去哈尔滨参加冰城麻将邀请赛。章懿华在电话里分别跟易天雄和舒中胜打了一声招呼，就与孙向东登上了飞往哈尔滨的飞机。

孙向东坐的是 A 座，靠窗的位置，章懿华坐 B 座，位于中间，C 座是一位不认识的旅客。章懿华悄悄问孙向东："你现在与谢紫婧关系咋个样？"孙向东苦笑了一声，无可奈何地说："还能咋个样，耗着呗！"章懿华脑子里立即浮现出谢紫婧在车上与那个男人暧昧的一幕，他一改之前的态度，口气坚定地对孙向东说："不能再这样耗着了，要离，就抓紧！"在这个问题上，孙向东觉得这不是章懿华惯有的作风，他好像有话没有全部说出来，问道："你是不是看到了什么，或是听到了什么？"章懿华也不解释，斩钉截铁地告诉他："听我的，不会有错！"说完，他便闭着眼睛养神，孙向东见他不语，也就没有再追问。

哈尔滨地处东北亚中心地带，被誉为"亚欧大陆桥的明珠"，是第一条亚欧大陆桥和空中走廊的重要枢纽，也是中国历史文化名城、热门旅游城市和国际冰雪文化名城，被誉为"北国冰城"，有着"东方小巴黎""东方莫斯科"的美誉。郑绪岚一首《太阳岛上》的歌曲，曾让全国人民对哈尔滨充满向往。

章懿华曾到哈尔滨出席过全国新闻工作会议，与著名记者、作家、学者和中央电视台主持人等在太阳岛上晒过太阳；孙向东也来这里参加过学术会议，与多位数学泰斗在圣·索菲亚教堂留下了足迹。他们对这个美丽的城市并不陌生。但是，如今他们是赋闲在家的退休老人，因为热爱麻将运动远涉千里来这里参加比赛还是第一次。尽管天下麻将是一家，但各地有各地的竞技规则，比如清一色、十三幺在成都麻将中属于大牌，计分较高，而在东三省却截然不同，连和牌的资格都没有。因此，章懿华和孙向东必须入乡随俗，适应本土的游戏规则。好在章懿华和孙向东都是高级知识分子，接受新鲜事物快，读了两遍比赛规则就烂熟于心。

李尤佳接到章懿华到达哈尔滨的电话十分开心，她说："你难得来一次，我一定要好好招待你，带你去太阳岛上游览，去逛中央大街。"章懿华自然乐意。但李尤佳既要参加比赛，又要负责比赛的部分组织领导工作，章懿华为了不让她分心，建议比赛结束后再去那些地方，这样，李尤佳便可以将主要精力投入比赛之中。

比赛十分顺利。章懿华与李尤佳最终以 266 分的战绩同获冠军，孙向东以 253 分的成绩获得亚军。"南章北李"的名声顿时传遍大江南北。

李尤佳比赛期间身着紫红色职业套装，包裹性很强的服装将她高挑、匀称的身材体现得恰到好处，加上她精致的五官、优雅的气质，将职业女性的成熟与魅力展现得淋漓尽致。从开局到结束，她的牌技一直力压群雄，她既是记者采访的焦点，也是章懿华心中的亮点，他早就将她视作白琳娜的化身，望着她满眼都是欣赏与爱慕。孙向东虽然已经两次与李尤佳同台竞技，但这次他对她进行了仔细的观察，也惊异地发现，她与白琳娜的长相十分相似，如果说她就是风韵犹存的白琳娜本人，谁都不会怀疑。既然懿华对琳娜念念不忘、痴心不改，他就应该勇敢地去追求李尤佳。因此，孙向东叫章懿华千万千万不要错过这个机会，务必要与她培养出感情。殊不知，章懿华与李尤佳早就是互相欣赏、无话不谈的朋友，只是还没有将情侣这层关系捅破。当然，他们彼此心里都明白，如果没有意外，成为相亲相爱的伴侣只是时间问题。

章懿华与李尤佳同获冠军，就像两朵并蒂莲花，无形之中又加深了两人的感情。李尤佳在比赛之前说好要陪章懿华去太阳岛上游览、去逛中央大街，颁奖典礼结束后，她就带着他去游览了哈尔滨的"春熙路"——中央大街，领略了这条异国风情街的典雅华丽、高贵端庄，然后驾驶着她那辆深蓝色的奔驰 C 级轿车去了太阳岛。

二十多年前，章懿华和众多新闻界大咖曾下榻在附近的黑龙江电视台宾馆，欣赏过太阳岛上的风景，美丽的太阳岛给他印象最深的是一对又一对拍摄婚纱照的情侣，他满眼都是别人的幸福和甜蜜，自己仅仅是一个匆匆的过客，只有羡慕和祝福的份。而此时陪伴他的则是自己的心上人，是自己"失散"

多年重新回到身边的"初恋情人"。虽然岛上依然是青年男女留影的天堂、婚庆公司的打卡地，但在他眼里，那些年轻的情侣仿佛是他和李尤佳的投影，他们的欢声笑语代表着自己喜悦的心情。天空是那么的晴朗、那样的明媚，那水中的芦苇，摇曳的也不再是秋水长天，而是他心中积蓄已久的希冀。在李尤佳心里，苦苦寻觅多年的那个他，也不知不觉从天而降。如此浪漫幸福的场景就像歌唱家郑绪岚唱的那样："幸福的热望在青年心头燃烧，甜蜜的喜悦挂在姑娘眉梢，带着真挚的爱情，带着美好的理想，我们来到了太阳岛上……"

她俩在太阳岛上漫步，直到大赛组委会短信提醒晚宴即将开始，他们才三步一回头地离开太阳岛回到市中心。

晚宴是丰盛的，他们心中的幸福比晚宴更丰盛！

第三十章

　　章懿华和孙向东从哈尔滨载誉归来，相约回家放下行李后就去茶楼。

　　在哈尔滨的几天里，天空碧蓝如洗，几乎万里无云，仿佛伸手就能触摸到湛蓝的天空。回到成都却是浓雾蔽日，天阴沉沉的，犹如混沌初开，即使已经是上午九十点钟了，能见度还不足五百米，让人陡生沉重和压抑的感觉。

　　章懿华和孙向东来到茶楼，刚与易天雄和蒲大侠寒暄几句，就见一个又一个老板慕名而来，争相邀请二人去公司担任顾问。但章懿华和孙向东都以退休后只想清闲，没有更多精力参与社会活动为由婉言谢绝了。但其中一个姓钱的企业总裁却很执着，他和女秘书先坐在一旁喝茶，见到其他老板都走了，他才走过来对章懿华和孙向东说，他全程收看了中央电视台体育频道转播的比赛，对章老师和孙老师两位"大神"的牌技十分欣赏，愿以重金聘请二位去公司做顾问，并不会占用他们太多的时间。

　　章懿华对钱老板笑了笑，没有答复他，转身问易天雄和蒲大侠："怎么不见中胜？"易天雄把章懿华和孙向东拉到一边，悄悄对他俩说："舒胖娃家出大事了。"章懿华问出啥大事了，易天雄说："舒胖娃去做了亲子鉴定，娟娟不是他的孩子，一怒之下将胡丽萍和娟娟赶出了家门，现在母女俩去向不明。"

　　章懿华和孙向东顿时惊呆了。

章懿华连忙对候在一旁的钱老板说："我们一位哥们儿家里遇到了一点麻烦，关于受聘顾问的事，改日再谈。"钱老板满脸堆笑地说："我期待两位'大神'尽快来我们高新区宏府大厦。"他的女秘书赶紧附和道："我希望能早日拜你们为师。"说完偷偷给章懿华和孙向东抛了一个媚眼。章懿华假装没有看见，镇定自若地答道："等等再说吧。"钱老板依然充满期待："我们随时恭候！"说完就带着漂亮的女秘书走出茶楼，钻进了停靠在茶楼前的劳斯莱斯，在车驶离前他再一次向章懿华和孙向东发出了邀请。

　　章懿华站在门前目送钱老板走后，赶紧给舒中胜打电话，对方关机。他请蒲大侠照看好茶楼，立即和孙向东、易天雄马不停蹄地赶到舒中胜家。

　　章懿华按门铃，屋内没有反应，易天雄干脆用巴掌咚咚咚地拍门。拍了半天，在屋里拉二胡的舒大爷才闻声放下乐器，不慌不忙地来开门。章懿华知道老人耳朵不好，扯着嗓子问他："中胜在家吗？"老人摇了摇头说："不在。"易天雄也大声问老人："胡丽萍和娟娟在哪里？"老人叹了一口气说："更不晓得她们在啥子地方。"

　　章懿华和孙向东从哈尔滨归来的好心情，转眼之间就被舒家突如其来的不幸给击得粉碎。他们闷闷不乐地往回走，章懿华皱着眉头说："胡丽萍从来没有传出过绯闻，娟娟咋个会不是中胜的骨肉呢？"孙向东惋惜地说："知人知面不知心，胡丽萍年轻时那么漂亮，也不排除红杏出墙的可能！"易天雄反驳孙向东道："如果说舒胖娃当年管不住自己的'小弟弟'，我嗝都不打一个就相信。但说胡丽萍不忠，阎王得了嗝死病——鬼都不相信！"他突然想起往事，挖苦孙向东说："你当初追求胡丽萍竹篮打水，是不是没有吃到葡萄嫌葡萄酸？"孙向东瞟了易天雄一眼，恨不得将他一口吞下："你这张臭嘴，不咬人就不好受是不是？"易天雄实话实说："你男子汉大豆腐（男子汉大丈夫），不要不承认嘛！"章懿华岔开话题说："天雄，你回家告诉袁圆，请她给胡丽萍打一个电话，问她们母女俩在哪里。"

　　舒娟娟确诊得了白血病后，很快就感觉双腿疼痛，而且是抽筋一样的疼痛。医生说这是慢性白血病转变成急性白血病的反应，尽管她有医疗保险，国家也上调了重大疾病的报销比例，但治疗白血病的药许多都是进口药，价格昂贵，不在报销之列。比如抗生素卡泊芬静一支 50 毫克就达 1980 元，每天要注射一支，起码要连续注射十天半月，这还不算每天的其他费用。因此，民间有一个说法，白血病是烧钱的病。为了给女儿治病，胡丽萍白天在医院照顾女儿，晚上就到夜总会唱歌，但依然入不敷出。出租房收回来后，她立即委托房屋中介公司出售，由于最近几年房地产市场日益萎缩，她只好廉价将它卖了，租了一个便宜的旧房栖身。

　　舒中胜将胡丽萍赶走后并未消停，他打电话跟她提出离婚。胡丽萍说："隔一段时间再说吧！我现在忙不过来。"舒中胜问她忙啥，她本来想不告诉他，但还是忍不住说了出来："娟娟得了白血病，我在医院照顾她。"舒中胜一听，顿时愣住了，但他的理智已经被恶魔控制而失去了人性，转瞬毫不留情地说："她是你的野种，跟我没有关系。你之前答应过我，只要孩子不是我的，任凭我咋个处置。现在事实证明是你作风不好，我再也不想与你在一起！"胡丽萍听他说话如此恶毒，也就不再留恋与他的感情。

　　胡丽萍随即与舒中胜办理了离婚手续。办理手续的时候，她表现出了少有的坚强，用冷漠对待他的绝情，没有流露出一丝卑微。但离婚后她却十分痛苦，甚至对生活失去了信心，被他莫名其妙地戴上作风不好这顶帽子，她很想不通。她一直洁身自好，从来没有做过有违道德的丑行，女儿怎么就不是他舒胖娃的嫡血之亲呢？她百思不得其解，认为一定是亲子鉴定出了问题，但从网上查阅的资料来看，亲子鉴定的技术十分成熟，即便发生错误，问题也只可能出现在鉴定之前的环节。

于是，她开始回忆，从自己身上去找原因。她冥思苦想了几个不眠之夜，唯一有可能的是 1992 年底应邀去重庆举办个人演唱会，那次演出非常成功，演出结束后承办方赚了一个盆满钵满，设宴并热情邀请社会各界名流为她庆贺。一个刚上任不久的官员对她十分仰慕，频频向她敬酒，她盛情难却，仅仅象征性地饮了半杯，之后便昏昏欲睡。等她清醒过来时，已经是第二天早晨，她独自躺在承办方为她安排的豪华套房里，没有发现任何被玷污的蛛丝马迹。后来疯传这个官员是"采花大盗"，很多明星都没有逃出他的魔爪……

她认真仔细地回忆，这个官员当时才走马上任一两个月，仅仅是一个副职，在当地还没有形成气候，不至于刚上任就飞扬跋扈、为所欲为。再说这家伙肥头大耳、长相猥琐，见了就令人恶心，即使他趁自己昏睡之际侮辱了自己，他丑陋的外表与娟娟如花似玉的容貌压根儿没有相似性。再说，她记得自己当时不在排卵期，而且就算自己喝了酒昏睡过去，也不该没有一点被占了便宜的知觉。但 DNA 鉴定又像一个狰狞的恶魔摆在那里，这让她十分困惑。

人哪，为什么这样艰难？她真想一死了之，从此不再有烦恼。但自己就这样走了，岂不正好坐实自己就是一个不知廉耻的女人？再说，女儿还躺在医院里，她目前是女儿唯一的亲人和依靠，她如果不在了，谁来照顾被病魔摧残的女儿呢？

她现在别无选择，只有咬紧牙关挺住，不能倒下，不能让舒中胜这个死胖子看笑话。她安慰和鼓励自己，既然命运这样无情，就不能再受命运摆布了，尤其是被他人践踏的时候，更应该看重自己。都说女人是花，即使不再被别人欣赏，你也要坚强地绽放，不是为别人绽放，而是为自己绽放。不做别人的赏物，只做绚丽的自己。有这样的精神支撑和思想垫底，她也就慢慢走出阴影，回归到了正常的生活之中。

她开始挺起胸膛做人，挺起胸膛去演出，挺起胸膛赚钱救治女儿。

这天晚上，她演出结束后回家时已经是夜深人静了，为了节约钱来给女儿治病，她选择步行回家。两个流氓见她身材曼妙，以为她是青春少女，尾随其后，见四周无人，将她拖入街边绿化带，没等她来得及呼救，流氓就用毛巾捂住她的嘴，随即意图对她实施奸淫。就在流氓即将得逞之际，幸被巡逻警察经过发现，她才免遭不幸。此后，她再也不敢深更半夜步行回家。

与舒中胜离婚后，胡丽萍尽管坚信自己是清白无辜的，但拿不出为自己辩驳的证据，也就羞于见熟人。因此，她对袁圆和殷笑英两个好姐妹都守口如瓶，直到袁圆打电话反复追问她，她才哇的一声哭了出来，将事情的前因后果，一五一十告诉了自己的老姐妹。

袁圆将胡丽萍的不幸告诉了殷笑英，殷笑英虽然早有耳闻，但不知道他们已经离婚，一听就大骂舒胖娃不是人，说："这老小子当初与那个女秘书乱搞被送进班房关了几年，丽萍都没有嫌弃他，现在他倒好，仅凭一张检验报告就跟老婆离婚，太没良心了！"她叫袁圆陪她一起去找舒中胜评理，但她给舒中胜打电话，打了一遍又一遍他都不接。她拉着袁圆气愤地去家里找他，跟章懿华他们一样，也吃了闭门羹。气得性格本来就急躁的殷笑英直跺脚，忍不住骂了一句："千刀万剐的死胖子！"

殷笑英和袁圆只好暂时放过他，然后结伴去医院看望舒娟娟。

易天雄从老婆嘴里得到舒娟娟患上白血病的消息，就赶紧告诉了章懿华。章懿华以为自己的耳朵听错了，叫易天雄再说一遍，说慢一点，当他确信娟娟得了白血病之后，忍不住长叹了一声："唉——"随即给舒中胜打电话，接连拨了几次都占线。

茶楼开业那天，舒娟娟来现场做主持时，还是那样的活泼可爱，像一个快乐的天使，转眼之间咋个就遇上了这个病魔？对章懿华来说，几乎没有谁比他对这个恶魔更恐惧的了！三十年前，为了驱赶缠绕在白琳娜身上的这个恶魔，他既采取科学治疗，又搜集各种民间偏方，几乎想尽了一切办法，才挽救了爱妻的性命，结果女儿晓白出世后不久，她还是被这个恶魔夺走了年轻的生命……

章懿华和易天雄买了一箱苹果和一束花到医院来看望舒娟娟时，袁圆和殷笑英已经拎着牛奶和糕点先一步到了病房。见之前面若桃花、活力四射的舒娟娟如今脸色苍白、气若游丝，袁圆和殷笑英忍不住潸然泪下，章懿华和易天雄两位大老爷们儿也禁不住鼻子发酸、眼眶湿润。但他们都异口同声地安慰她，说现在医疗技术和条件都好，不久就能痊愈，希望她一定要坚强，要坚定战胜疾病的决心。

离开病房前，章懿华诚恳地告诉胡丽萍："有啥子困难，就打电话给我。"说着拿出一个厚厚的信封递给她："这是我的一点点心意！"胡丽萍摆手拒绝："心意我领了，钱不能收。"章懿华将信封硬塞到她手上，不容推托地说："娟娟现在急需用钱，我这只是杯水车薪，请不要客气。"并对她说："我已经通知晓白，叫她下班后就来医院，与你轮流照顾娟娟。"胡丽萍感动地说："晓白要上班，就不要来了。"殷笑英受到章懿华的感染，也从包里拿出一沓钱交给胡丽萍："老九说得对，你现在急需用钱，请你收下。"胡丽萍摇着头说："笑英，你咋个也这样啊？要不得！"易天雄急忙给袁圆使眼色，袁圆会意丈夫的意思，也拉开挎包，拿出一摞钱塞到胡丽萍手里，并说："我们也叫德璋下班后直接来医院，与你换着照顾娟娟，你千万不能累倒了。"胡丽萍手里拿着哥们儿姐们儿资助的人民币，感动地说："我真不晓得该咋个谢谢你们！"殷笑英快人快语："咱们姐妹之间，用不着客气！等一会儿我也通知阳光，叫他来医院照顾娟娟。"章懿华接过话说："就是，咱们几家人的字典里，没有'客气'这两个字！"易天雄也表示："对头，咱哥们儿姐们儿，不要客气！"

　　章懿华和易天雄从医院出来没有回家，而是直接去了茶楼，刚好碰见蒲大侠往外走。章懿华问他见到舒中胜没有，蒲大侠说舒中胜在办公室坐了一天，不知现在还在不在。章懿华便将他们去医院看望舒娟娟和胡丽萍的情况告诉了蒲大侠，蒲大侠听说娟娟得了白血病，也难过得直摇头。

　　章懿华和易天雄去敲舒中胜的办公室，敲了半天也没有反应，易天雄趴在窗户上往里看，确认他不在屋里，不由得骂骂咧咧地说："这老小子，躲得过初一，躲得过十五吗？"章懿华给舒中胜打电话，听筒里说对方已关机，他接着又拨孙向东的手机，也是关机状态。没想到两个人的手机都处于关机状态，章懿华心里想："向东关机还可以理解，他一定是在给学生上课，怕来电影响课堂秩序。舒胖娃关机则解释不通，因为他是老板，是生意人，手机一旦关闭就会影响业务往来，关闭手机不是简单地拒绝接收电话，而是拒绝真金白银。他一定是将哥们的电话号码做了拉黑处理。"

　　章懿华分析得没错！

　　此时天色渐暗，夕阳不知什么时候已经坠落到西边的高楼背后，并在一步一步被黑暗吞噬。这些日子，舒中胜发现自己就像一个木偶，头上除了戴着一顶绿帽子，还有一根摆布他的线，这根线就是命运。

　　他感到万分耻辱，这个耻辱还不能对人说，他将它埋藏在心里，默默承受像潮水般涌来的痛苦。他想一个人清净，不被任何人打扰，他确实将章懿华等几个铁哥们儿的电话号码打进了"冷宫"，设置成了阻止状态。

　　路灯亮了，像鬼火一样忽明忽暗。他独自来到西郊河畔，混浊的河水与他的心情遥相呼应。他的心情糟糕到了极点，他想找一个人倾诉，但娟娟不是自己亲生女儿一事是丑闻，是老婆给自己戴了绿帽子的奇耻大辱，怎么开口告诉别人呢？

他还不知道章懿华和孙向东去哈尔滨已经回来，他不想在电话里跟他们说自己的不幸。易天雄倒是在，但这家伙是一个小喇叭，也不能跟他讲，他知道了会弄得满城风雨。他突然想到了蒲大侠，大侠言语不多，去找大侠陪自己坐坐应该是最好的选择。于是，他闷闷不乐地来到了蒲大侠家。

蒲大侠正在一个人喝酒，见舒中胜来了赶紧拉他坐下来一起喝。舒中胜也不客气，坐下就埋头喝酒，嘴巴就像贴了胶带一样一句话也不说。蒲大侠知道他遇到了痛心的事，但又不好点破，见到他喝到半醉时，才提醒他说："老九和向东回来了，给你打了很多电话，都是忙音。"舒中胜眼睛里突然露出一丝惊异之色："他们是啥时候回来的？"蒲大侠一边给他斟酒，一边告诉他："今天下午，没有找到你，他们就去医院了。"舒中胜问他："他们去医院干啥？"蒲大侠见他神色慌张，问道："莫非你还不知道？娟娟住院了，得了白血病。"舒中胜的手在颤抖，差点将酒杯碰倒，他假装不知，反问道："你说娟娟得了白血病？"蒲大侠扶住酒杯，低下头说："对头，老九和易莽娃去医院回来跟我说的。"舒中胜脸上假装露出惊愕的神色，既像是在问，又像是自言自语："咋个会得这个病？咋个会得这个病呢？"蒲大侠不知他复杂的心情，肯定地说："老九为人处世那么把细，不会有错！"舒中胜来回踱了几步，似乎平息了心中的惊愕，坐下来冷漠地说："也许是天意吧，谁叫胡丽萍对不起我呢？"

正说着，章懿华和易天雄跨进屋来，见到舒中胜也在，顿时喜出望外。章懿华见舒中胜心事重重的样子，没有直接问他，故意取笑说："真是来得早不如来得巧，正好赶上喝酒！不瞒你们说，虽然哈尔滨之行口福不少，但就是不对我的胃口。"蒲大侠急忙让座，招呼两位哥们儿坐下，然后给他们斟满酒说："你们喝着，我再去炒两个菜。"章懿华拦住蒲大侠，说："不用，这不是有一大盘花生米吗？"易天雄也不客气，端起酒杯一饮而尽，盯着舒中胜瞧了半天，忍不住问道："舒大老板，给你打了一万多个电话都不接，啥子意思嘛？"舒中胜知道没法回避了，痛苦地摇着头说："一言难尽啊！"章懿华虽然对他将自己电话拉黑大为不满，但还是体谅地说："咱们是铁哥们儿，有苦不要憋在肚子里！把它倒出来，说不定会好受一些！"易天雄接过话说："就是，孙猴子之前心里也结了一大坨疙瘩，愁得要死，他把它说出来后，不就没事了吗？"蒲大侠也劝他说："对头，咱们是几十年的铁哥们儿，你就把憋在心里的不快发泄出来吧！"舒中胜终于憋不住了，突然像孩子一样哇哇哇地哭了起来，半晌才止住哭声，将自己的耻辱和痛苦一股脑儿倒了出来。

大家听完后都沉默了。

章懿华为了打破沉默，端起酒杯招呼大家："来，咱们先干一杯！"说是干杯，他实际上仅仅用酒湿润了一下嘴皮，然后打开了话匣子："中胜的心情我们理解，但我相信丽萍不是那种人！中胜可能做得太绝情了一点。娟娟查出这个疾病，胡丽萍已经够难受了，你又与她把婚离了，你叫她多难呀！想当初你倒霉那几年，她对你不离不弃，也没有传出任何绯闻，我觉得胡丽萍对你是忠诚的。俗话说，路遥知马力，日久见人心，在那关键时期，最能检验感情的真假。你说娟娟长得不像你，做亲子鉴定也与你没有关系。我在想，现在不少食物都是转基因产品，食用了大量转基因食品，人体基因会不会产生变异呢？"接着，他从科学的角度分析说，"前不久，我看到一条新闻，说按血型做亲子鉴定并不科学，虽然有一定的可信度，但不一定就十分准确。据说，血型有时会在一生中短暂改变，尤其是白血病和再生障碍性贫血患者，血型的改变不是没有可能。娟娟恰好得了这种疾病，血型的不符就难以排除。因此，依靠血型进行亲子鉴定并不十分科学。我们不能凭一纸鉴定就认死理。现在你把她们母女俩赶出家门，让她们无家可归，是不是显得有些残忍？据说为了给娟娟治病，胡丽萍去唱歌，晚上回来险些遭遇不测，难道你没有一点怜悯之心？"易天雄也婉言劝道："对头，你舒大老板的心情，我们大家都晓得，但问题是现在娟娟得了这么一个不治之症，你们在一起生活了几十年，没有亲情也有感情吧？我劝你不要做得太绝了，狗咬皮影——没一点人味！其他不说，你还是应该到医院去看看她，这孩子怪可怜的，她现在最需要的是你的安慰！"蒲大侠若有所思地说："不管咋个说，娟娟这孩子是无辜的，又那么可爱，你要三思而后行。"

"说得轻巧，拿根灯草！你们都是站着说话腰不疼！"

中国男人，包括世界上绝大多数男人，最不能容忍的就是老婆给自己戴绿帽子，一旦被戴了绿帽子，哪怕是武大郎这样的卑微之人，明知自己与西门庆不在一个量级，他都要与其以死相拼，捍卫男人的尊严，彰显自己的骨气。舒中胜腰缠万贯，财大气粗，当然不能容忍被扣上比屎盆子更具侮辱性的绿帽子。他根本听不进哥们儿的劝告，咬牙切齿地说："你们别说了，我没有弄死胡丽萍都算是对她开恩了！辛辛苦苦养了几十年的女儿，现在证明是别人的种，你们谁能容忍谁容忍，反正我是容忍不了！"他又自斟自酌了一杯，不容置疑地说，"老九刚才说的是血型鉴定，血型鉴定确实有不准的情况。可是，我做的是 DNA 鉴定，这个鉴定的准确度，等于是板上钉钉！"说完，他丢下大家，抬腿就走了。

见他这个态度，大家面面相觑，不欢而散。

第三十一章

　　舒中胜根本听不进去哥们儿的劝告，他对胡丽萍和女儿的遭遇依然不理不睬。但章懿华对胡丽萍却不能不理，他与胡丽萍从小是同班同学，直到中学毕业，后来又下乡在一个生产队，如果没有白琳娜的出现，他们之间说不定还会擦出感情的火花。这仅仅是假设。实际情况是白琳娜在军区歌舞团担任主持人和舞蹈演员，胡丽萍在省歌舞团任歌唱演员，两人同在专业文艺团体工作，有共同的爱好和谈不完的话题，两家人的关系十分亲密。章晓白与胡丽萍还有一层特殊的关系，那就是章晓白是吃胡丽萍奶水长大的。章晓白出生不久就失去了母亲，没有母乳吃，好在她与舒娟娟同年同月同日生，章舒两家关系又好，胡丽萍奶水也充足，完全可以喂两个奶娃，因此，章晓白从小就尊称胡丽萍为丽萍妈妈，章懿华和女儿对胡丽萍有一种发自内心的感激之情。再说，章晓白与舒娟娟从小在一块儿长大，形影不离，关系好得犹如亲姐妹。

　　第二天，章懿华就陪着章晓白一起来到医院看望舒娟娟，见到她的痛苦状，十分心疼。白血病治疗费用昂贵，舒中胜现在对舒娟娟不闻不问，所有的压力全落在了胡丽萍一个人肩上。

　　护士来到病房，将胡丽萍叫到走廊上，告诉她："您女儿账户上的钱已经用完，请您及时充值，否则就只能停药。"胡丽萍为难地说："我把房子都卖了，现在又把女儿的私家车也卖了，但女儿住院不能去过户，公证处的公证还没有下来，买家钱还未到账，你们能不能宽限几天？先不要停药，款我随后就补交。"护士摇摇头，为难地说："不行，钱未到账，我们取不出药。"

章晓白跟随在护士身后，赶紧上前对她说："你们不能停药，我现在就去充值。"说完就要去缴费处。胡丽萍赶忙拦住章晓白，告诉她："晓白，不能让你破费。"章晓白推开她的手说："丽萍妈妈，您不要跟我客气！"

章懿华从医院回来，急忙打电话跟孙向东商量，说钱老板又来电催问，承诺重金聘请他俩去当顾问。为了给舒娟娟筹集治疗费用，章懿华提议答应钱老板，去他公司当顾问。孙向东此时正在阶梯教室给学生讲微积分的常用公式，说改天再说。

章懿华没有再等孙向东，决定自己先去摸摸底，一个人走进了钱老板金碧辉煌的宏府大厦。钱老板见章懿华来了，十分高兴，满脸堆笑地说："我天天都在盼你这位'大神'，现在终于盼来了！"他一边递烟给章懿华，一边示意风情万种的女秘书端茶递水。

女秘书给章懿华沏好了茶，又殷勤地端来点心，并削好水果，插上牙签，请他慢用。一句话，钱老板和他的女秘书把章懿华当作贵宾一样伺候，让他享受十足的五星级服务。

这天晚上，钱老板和女秘书还有另外两个身着黑色运动服的保镖，由两位专职驾驶员开着两辆轿车驶离市区，左转右转，七拐八拐，像走迷宫一样地将章懿华带到远郊一个湖边。等他们下车后，两位司机便掉转车头回去了。

在这难辨方向的荒郊野岭，章懿华顿时有一种不祥的预感。趁钱老板没注意，他用手机给易天雄发了一个定位，准备再输几个字，告诉他自己来这里的目的，没想到那个满脸横肉的保镖走过来警告："章先生，请不要使用手机！"章懿华反驳道："为啥不能使用手机？"另一个左脸长着一颗黑痣的保镖解释说："为了您的安全！"说罢，推着章懿华向停靠在湖边的一条渡轮走去。

上船坐定后，钱老板给章懿华进一步解释："章老师，我们没有其他意思。不使用手机，主要是为了保证您不被外界干扰。今天晚上，您就要参加一场麻将比赛，对手都是很有实力的高手，请您务必拿出您的绝技，让他们见识见识您的水平！酬金嘛，我绝不会亏待您。"

来到这么偏僻、这么神秘的地方，还不准与外界联系，谁会相信他们的鬼话！章懿华心里有了戒备，也就对周围环境开始进行观察。他发现这是一个呈葫芦状的湖泊，水很深，没有水草，但岸边有芦苇。上船那个地方是葫芦底，两侧相对较窄，但最窄处也有几百米。他收回目光，半开玩笑半认真地问钱老板："你把我带到这么一个远离市区的陌生地方，不会是把我当枪使，参加赌博吧？"钱老板爽朗地笑道："章老师想到哪里去了！我钱某人姓钱不爱钱，是一个正儿八经的生意人！一会儿您会看到，牌桌上不会有一分钱现金，跟你参加的麻将锦标赛一样，纯粹是娱乐，是圈子内的高级娱乐！"听钱老板这样解释，章懿华绷紧的神经并没有松弛，他郑重地声明："钱总，我有言在先，如果让我赌博，即使刀架在脖子上，我也不会参与！"钱老板打着哈哈说："章老师尽管把心放在肚子里，我钱某是遵纪守法的人，决不让你参与违法乱纪的事。"

在他们说话间，渡轮平稳地驶到了小岛东侧的码头。

岛上清风雅静，路灯撒一地碎银。一行人拾级而上，只见瞻彼淇奥，绿竹猗猗，宛如《诗经·国风》中描绘的美丽风景，除了偶尔有一声鸟鸣，静谧得仿佛与世隔绝。钱老板在前面带路，绕过一段曲径通幽的小路，来到一座安装有电网的四合院门前。进门处设置了与机场和地铁一样的安检通道，几个保安对章懿华进行了全身检查，紧跟在钱老板身后那两个保镖手中沉甸甸的皮箱，也通过传送带进行了安全扫描，保安确认他们没有携带违禁物品才让其进入。对钱老板和他那位女秘书，保安似乎很熟悉，即使戴着口罩，还热情地与其打着招呼。章懿华感到不可思议，到这个孤岛上来打麻将居然做如此严格的安全检查，一定有什么不可告人的秘密。但他现在已经身不由己，也就装作若无其事的样子跟着他们往前走。章懿华毕竟是侦察兵出身，不仅善于察言观色，而且善于观察、熟记陌生环境。在1979年那场震惊中外的边境战争打响之前，他还是一个普通侦察兵，在全师军事大比武中，他和易天雄、蒲大侠名列前茅，被师首长亲点到尖刀侦察班，由侦察科科长带队到敌后侦察。在敌人蛛网般严密的警戒下，他们巧妙躲过敌人的巡逻和检查，经过九死一生的考验，顺利掌握了敌军的火力配置和兵力部署，为赢得那场战争建立了卓越功勋。2006年，他又被解放军总部派遣到联合国驻黎巴嫩临时部队，在那个危险与挑战如影随形，被称为"中东火药桶"的危险之地，他每天听着枪声睡去，闻着硝烟醒来，在异国他乡练就了一身过硬的本领，所在部队全体官兵荣获了联合国维和部队的最高荣耀——"和平荣誉勋章"。也就是说，他转业到地方之前在军队获得的荣誉不是靠嘴皮子吹出来的，而是用生命和智慧赢得的。换句话来说，他曾经是一个在刀尖上行走、在血盆里抓饭吃的军人。当然，那都是过去的事情了，他现在仅仅是一位喜欢麻将娱乐的退休老汉。

这是一个坐北朝南的庄园，通过安检后迎面是一个照壁，顺时针绕过照壁通往正厅笔直的青石板路足足有100多米长，奇怪的是路灯却不明亮，就像一双双狡黠的眼睛，对来人带着一种提防和审视。东西厢房都有门窗，被隔成10平方米左右的单间，可能是麻将室吧。靠西北角落那间屋门上有"闪电"标识，透过玻璃能看见像豌豆一般忽闪忽闪的红绿灯。不用说，那是配电房。每一间房都有灯光，但不明亮，犹如鬼火一样忽明忽暗。房间里乍一看没有人，但东南和西南两间屋的门窗上微弱出现的光告诉他另有玄机。走进堂屋，也就是正厅，灯光骤然明亮，亮得让人有些不适应。墙上挂着古色古香的中国画和书法作品，其中那幅临摹王羲之《兰亭序》的书法字迹还欠一点火候，连舒中胜的功夫都不如，看来主人附庸风雅的水平不怎么高。

这时，一位身着中山装、两鬓斑白的老人手握两个健身球从西侧走了过来。他面容清瘦，眉毛又粗又长，两只比例过大的眼睛镶嵌在颧骨凸起的脸颊上方，露出一丝深不可测的浅笑，一看就是一个精神矍铄、精力旺盛的古稀老人。

他和钱老板打着招呼，两人寒暄几句之后，钱老板向章懿华介绍说："这位是水先生。"章懿华礼貌性地点头表示问候："水先生好！"钱老板随即给水先生推荐："这是章先生。"水先生将健身球递给旁边一个随从，伸出手来与章懿华握手："久仰！久仰！"

这时，两位小姐端着茶水走来递给大家，那个随从立即招呼众人坐下。钱老板则示意章懿华跟着水先生走，于是，章懿华跟在水先生、钱老板和女秘书身后，横穿大厅向东侧走去。

四人来到一间宽敞的书房，水先生从书架上取出一本马克思的《资本论》，按住隐藏在那里的开关，书柜随即缓缓下沉，水先生示意钱老板和章懿华先走。他们跨进屋里，书柜立即自动升了起来，恢复了原状，将他们与外面完全隔绝。章懿华十分震惊，影视剧中地下党或特务从事秘密活动的机关，竟然在这里出现，甚至比影视剧中的更具隐蔽性和科技感。他顿时有一种莫名其妙的紧张。钱老板和女秘书之前对他那么殷勤，诱骗他到这里来，岂会是普通的麻将娱乐？！他们如此绞尽脑汁，这里又机关重重，一定隐藏着什么见不得人的东西。他顿时后悔不该答应钱老板做什么麻将顾问，更不该稀里糊涂地跟着他们到这个鬼地方来。但他现在已无法脱身，只有随机应变，走一步看一步。

在他思考之时，脚下的地面开始平缓地往下滑行，原来这是一个像运送集装箱一样的平板电梯。电梯停稳之后，眼前灯火辉煌，别有洞天，一个有着半个篮球场大小的房间出现在眼前，中间放着一张孤零零的麻将桌。在离它五米，不，应该是五米五的地方放着一层金属围栏，在这层金属围栏外两米处又放着一层金属围栏，在围栏外，四周靠墙的每张桌面上均摆着手提电脑和矿泉水。见到水先生进来，早已安静坐在四周的看客立即起身向他行注目礼。水先生向大家挥手打招呼，示意大家坐下之后，正面墙上巨大的电子屏幕立即显示出屋子中央麻将桌的画面。钱先生再一次悄悄提醒章懿华："好好发挥牌技，务必让他们见识您的水平。"

章懿华和另外三位选手随即被安排到麻将桌就座。

这时，裁判开始宣布比赛规则。规则宣布之后，他们打开按钮定庄，以骰子数字大小确定东、南、西、北四个方位，章懿华按出的数字为一个六、一个五，数字领先三方，也就当了庄家。按照东南西北换位坐定下来之后，参赛者也就正式开始比赛。

五个摄像头从不同角度聚焦的画面，立即在电子屏幕上有规律地切换。

正如钱老板之前的承诺，比赛没有出现金钱交易，坐在四周的观众也守规矩，几乎没有任何人发出声音，场内秩序比章懿华想象的安静、有序。章懿华百思不得其解，难道真像钱老板说的那样"纯粹是娱乐，是圈子内的高级娱乐"？他那双退役侦察兵鹰隼般的眼睛在比赛的间歇不动声色地扫视四周那些衣冠楚楚的观众，发现每位观众的桌面上都有一个红色按钮，旁边则端坐着一位穿着统一制服的工作人员。他心里想，他们面前放的电脑是做什么用的？红色按钮又有啥功能？

章懿华手气很好，起牌和摸牌都是得心应手，接连做了几盘大牌，而且有一盘还是自摸和了三家。他自摸和牌之后，也就有充裕的时间扫视南北西三方。钱老板和水先生分别端坐北方电子显示屏两侧的主宾席。只见钱老板神采奕奕，偶尔与女秘书相视一笑，并向章懿华露出了满意的神色。那位水先生的脸色却少有变化，他正襟危坐，气定神闲，像极了不苟言笑的雕像。西南两侧观众的表情也是各不相同，有的神情紧张，有的满脸焦虑，有的志在必得……他发现一张猪腰子脸和一张尿包脸在冲他笑，这两张脸好像在哪里见过。他收回目光，打开记忆的大门，突然想起来了，这不是之前到芙蓉茶楼"踢馆"的那两个家伙吗？他们怎么也在这里？这两个家伙可不是什么好人！钱老板说"纯粹是娱乐，是圈子内的高级娱乐"，既然是娱乐，为什么四周观众面前有电脑和红色按钮，而且表情千差万别？他脑子里忽然跳出世界杯期间球迷赌球的情景，他眼睛一亮，顿时明白了，他们是在像赌球一样"赌牌"押宝，自己可能已经沦为了钱老板赚钱的工具。

怪不得这个地方高墙电网，机关重重，搞得神神秘秘，这里可能就是一个隐蔽的赌窝。

比赛八圈后结果出来了，章懿华以积分最高轻松获得冠军。稍事休息后，又进行第二轮比赛，结果，章懿华仍以最高积分斩获桂冠。

钱老板非常开心，带着形影不离的女秘书陪着章懿华在一个包间品尝丰盛的夜宵，并小酌美酒。之前那两个身着黑色运动服的保镖则在门外像哼哈二将一样肃立着，对钱老板，实际上是对章懿华进行周到而细心的"保护"，因为他们的目光总是自觉不自觉地落在章懿华身上，每时每刻为他的"安全"负责。章懿华若无其事地问钱老板："吃过夜宵，我们可以回去了吗？"钱老板习惯性地打着哈哈说："不急，既来之则安之！"章懿华又问："能不能找一个座机，给家里打一个电话？"钱老板抱歉地告诉他："对不起，章先生，为了保证大家集中精力娱乐，这里没有通信设备。"章懿华知道自己被软禁了，心里一沉，但他身经百战，已经具有处变不惊、临危不乱的定力，决定暂时不跟他们发生正面冲突。在之前安检的时候，他就已经发现，这里手机打不通，也没有 Wi-Fi 信号，信号不知是被人为屏蔽了，还是孤岛上本来就没有通信基站。他问能不能打一个电话回家，仅仅是想验证自己被软禁的判断是否正确。

就寝前，一个媚态十足的小姐推开章懿华房间的门，像一股香风一样飘到他身边，将她手上的坤包随手放在一边，伸出手来搭在他肩上，用饱满的乳房摩擦着他的手臂，挑逗地说："我是钱总叫来的，他让我把您陪好，您想怎么玩就怎么玩。"章懿华推开她的手，不屑地说："我没这个爱好，请你出去！""哎呀！"小姐娇滴滴地笑着，用指尖戳着他的胸膛，枝摇花摆地施展着风情女子的媚功："我还没见过您这样严肃的哥哥，好可爱哟！"章懿华退后一步，用手拂了一下她挨着自己身体的地方，仿佛是要拂去她给他带来的晦气："请你自重一点！"小姐顿时花容失色，像变了一个人似的撇着嘴，从牙缝里挤出话来："凶什么凶？真是一个榆木疙瘩！"说完抓起坤包，扭着屁股骂骂咧咧地向外走去："你不想玩，老娘还不想陪你呢！"章懿华摇了摇头，不仅为这个女人的堕落惋惜，也为世风日下痛心。他将门推来关严，并挂上防盗链，将他的不快不悦和晦气连同杂乱的思绪，全部关在门外。

第三十二章

　　章晓白早晨起来，发现爸爸一夜未归，十分诧异，急忙给他打电话，电话关机。她问外婆知不知道爸爸到哪里去了，外婆说不晓得。她又给爸爸打电话，电话仍然不通。

　　在章晓白的记忆里，爸爸不管多么忙，不管到哪里去，只要在外面留宿，都要打电话说明原因，以免女儿牵挂。也许正是这种严于律己的家风，使章晓白也养成了同样的习惯。整整一天不见爸爸的影子，电话又打不通，章晓白不由得紧张起来，赶紧打电话问易天雄。易天雄说他也不知道，但接着补充说，昨天傍晚接到她爸爸发的一个定位，不知是啥意思。章晓白急忙问他那个定位在哪里。易天雄想想说，很远，是一个陌生的地方。说完，警察的职业素养让他有一种不祥的预感，但又不想让孩子知道，他委婉地说："让我再想想。"

　　易天雄随即打电话给舒中胜，问他见到老九没有。

　　舒中胜正在书房练习《兰亭序》。他右手握住毛笔，左手拿着手机不耐烦地说："我说易莽娃，你清早八晨就惊叫唤干啥呀？老九那么大一个活人，又是鳏夫，一晚上不回家有啥稀奇的？说不准正和哪个相好躺在床上呢！"易天雄没好口气地说："老九不像你这个老不收心的花心大萝卜，脑子里除了想女人就没别的！"说完就将电话挂了，气得舒中胜放下手机气鼓气胀地自言自语："这个跟屁虫，一天不见老九就犯傻！"接着，他又继续临摹王羲之的《兰亭序》。

易天雄挂断电话又拨通孙向东的手机："你见到老九没有？"

孙向东昨天接到谢紫婧的电话，说这样耗着没意思，言下之意要跟他离婚，但她又不明说。他知道，她是在跟他玩心计。

有人说，恋爱是艺术，结婚是技术，离婚是算术。作为教高等数学的教授，他自然要思考如何破解这道算术题。之前，章懿华一直劝他大度一点，要善待谢紫婧，毕竟她年轻，要怜香惜玉，但在去哈尔滨的飞机上，章懿华却改变了态度，说如果要离婚就趁早。他问章懿华是不是看到了什么或听到了什么，章懿华又不说，只是告诉他，听自己的话没有错。

此时，他虽然在阳台上给花草浇水，但心不在焉，听易天雄的口气，章懿华好像失踪了，不由得一惊，反问道："他是不是一夜未归？""对头！"易天雄似乎听出他知道章懿华的行踪，连忙问他："你咋个晓得？"孙向东卖着关子说："你不是说我是小诸葛吗？我猜的。"易天雄顿时像泄气的皮球，叹了一口气："唉——猜顶个屁用！"转念一想，何不把自己的想法告诉他呢？他是数学专家，让他分析分析，听一听他的意见。于是易天雄对孙向东说："昨天傍晚，我收到老九一个莫名其妙的定位，一直没有搞醒豁是啥意思。刚才晓白打电话给我，说她爸爸昨晚没有回家，我才警觉起来，怀疑老九是不是遇到啥子麻烦了。"孙向东不愧是数学教授，他不仅擅长数字的运算，而且善于提取线索、归纳分析，他顿时明白了："老九昨天给我打电话商量去钱老板那儿当顾问的事，我当时不空就没有答应，他会不会到钱老板那里去了？"易天雄认为有这种可能，问道："钱老板公司在哪里？"孙向东回忆道："好像在高新区……什么……大厦。"易天雄抠着脑袋，想起钱老板那天临走前说的话，问他："是不是高新区宏府大厦？"孙向东放下喷水壶，肯定地回答：

"对头，就是宏府大厦。"

易天雄在地图上搜索宏府大厦的地址，驾车行驶二十多分钟后来到了钱老板的公司。易天雄是急性子，跨进公司就问钱老板在不在，员工说不在。问他在哪里，员工说不晓得。问他可能会去哪里，员工说猜不到。真真是一问三不知。

走出宏府大厦来到停车场，坐进车里，易天雄对孙向东说："我分析老九十有八九和钱老板在一起，他们会在哪里呢？他发一个孤零零的定位给我，电话又打不通，会是啥情况？"见孙向东没有回答，易天雄一巴掌拍在他背上："你说话呀！小诸葛咋成闷葫芦了？"孙向东瞪了易天雄一眼，不悦地说："你轻一点，别把我这老骨头拍散架了。"易天雄焦急地说："我心都要急出火来了，你还一声不吭！"孙向东思索了一会儿，自言自语地说："钱老板来找我和老九，请我们去当顾问，教他打麻将，许以重金聘任，我想，他会不会是将我们当枪使，为他去豪赌赚钱？"易天雄摇摇头，不同意孙向东的观点："我了解老九，他一身正气，做事历来稳稳当当、有板有眼，叫他去赌博，刀架在脖子上他也不会干。"孙向东不置可否地说："我们都了解老九！但你不知道，老九之前都没有答应钱老板，听说胡丽萍再不交钱，医院就要给娟娟停药，老九同情这孩子，是不是想赚钱去救她的命？"易天雄想起舒娟娟的可怜状，顿时对舒中胜心生不满，脱口骂道："舒胖娃这个死胖子，自己的娃儿危在旦夕，他不闻不问，真是良心被狗吃了！"孙向东理解舒中胜的苦衷，心平气和地说："舒胖娃现在纠结于娟娟不是他的孩子，也可理解。我们暂时不谈舒胖娃。我在想，智者千虑，必有一失。人在着急的时候，难免考虑不周，老九怕是上了钱老板的贼船，下不来了？"易天雄一拍大腿说："小诸葛就是小诸葛！老九发定位给我，没有吭一声，电话又始终不通，多半是虎嘴上拔毛——危险！"说着便发动汽车说："现在，我们到老九发的位置去看一看。"

汽车刚驶出停车场，章晓白就打来电话，请易天雄将父亲发给他的定位转给她，她想到那里去找一找。易天雄说自己和孙向东正在去那里的路上，叫她安心上班，有什么情况再告诉她。章晓白放心不下地说："那我随时等您的电话，易叔叔！"

俗话说，三个臭皮匠，顶个诸葛亮。孙向东这位小诸葛和易天雄这位退休警察凑在一起分析的结果，与章懿华此时的处境完全吻合。

此时，章懿华正躺在床上捂着肚子，露出满脸痛苦的表情。钱老板闻讯赶紧找到水先生，问这里有没有医生。水先生摇着头说没有。

水先生跟着钱老板来到章懿华床前，疑惑地摸了摸章懿华的额头，感觉体温并不高，但章懿华大汗淋漓，水先生自言自语地说："昨天还是好好的，咋个转眼就变成这个样子了？"章懿华痛苦不堪地说："哎哟……我一直……有冠心病……心绞痛……哎哟……痛死我啦……"

水先生用一双狡黠的眼睛盯着章懿华看了一会儿，突然伸手去使劲掐了一下他的胳膊。水先生心里想，如果他突然尖叫，就证明他的心绞痛有假，因为掐着肌肉的疼痛远不如心绞痛。结果让他失望了，章懿华没有做出他想要的反应。于是，水先生判断章懿华的心绞痛确有其事："看来病得不轻呀！"

钱老板跟着水先生走出房间，悄悄问他："咋个办？"水先生冷冷地说："他可能真有这个毛病，把他送去医院吧。"钱老板跟上他的脚步，很不情愿地摇摇头："我好不容易把他弄来，还指望他为我赚钱呢！"他心事重重地说，"再说，他一旦出去了，难免不暴露我们。""哼！"水先生冷笑一声，反问道，"我们又没有做违法乱纪的事，他告啥？"钱老板一边走一边说出自己的担忧："我原以为他喜欢打麻将，也就喜欢赌博，吃喝嫖赌是一家。我先用重金收买他，再用美人计，以为他会死心塌地跟着我们干，成为我们的摇钱树。

哪知昨晚我给他安排美女，他碰都没碰一下。"水先生问道："色是刮骨钢刀，他年纪不轻了，不好色也正常。比如我，也不好这一口！不能把每一个人都想象成你，见到美女就迈不开腿。只要他没有跟钱过不去，就能控制。"钱老板接过话说："他对钱倒是不反感，对我重金承诺很动心。但是，我总觉得他哪里不对劲，就叫手下连夜查了他的资料，结果这家伙来头不小，不仅在部队当过侦察兵，参加过边境保卫战，还曾是联合国驻黎巴嫩维和部队成员。从部队转业后，因为有文化，爱好写作，被分配到《巴蜀日报》担任总编辑，不是等闲之辈。"水先生听到这里，本来就冷峻的脸上仿佛结了一层冰，责怪道："老钱哪老钱，你咋个把这么一个烫手山芋弄来这里呀？！"钱老板忧心忡忡地说："那您说咋个办？"水先生嘱咐说："你立即用电台给城里发报，派人火速把药送来。"他随即补充道，"对他，要严加看管，绝不能让他离开这里！"钱老板担心地问："如果药未送到，他就领了盒饭咋个办？"水先生双眼眯成一条缝，露出两道寒光："如果是因病死亡，那只能怪他命不好。交给法医验尸，也查不到我们。如果他不听话，那就……"他做了一个杀人灭口的手势，"记住，一定要干净利落，不留痕迹。"钱老板明白了："是，先生，按您的吩咐办！"

　　易天雄和孙向东按照地图定位，从绕城高速下来后行驶了一段省道，然后驶进一条县道，最后又走了一段机耕道来到湖边，也就是道路的尽头。从宏府大厦到这里，足足用了两个小时。易天雄和孙向东从车上下来，活动了一下腰和胳膊，然后举目四望，前方湖水烟波浩渺、水天一色，左右和身后是一片丘陵，山坡上的庄稼已经被收割，临水的浅洼处是一片果林，不知是果树还未成材，还是果实已经被果农摘走，果树几乎光秃秃的，呈现出秋天萧瑟的景象。附近没有村落，不见人家，仿佛是一个世外桃源，如果舍得投资打造成旅游景点，说不定还能吸引城里人来这里拾撷野趣。

易天雄仔细察看车轮留在地上的痕迹，发现车辆到了这里都是掉头回去。既有轿车，又有货车，但更多的是越野车。这些车到这里来干什么？谁会将车辆开进这么坑坑洼洼的机耕道？从荒凉的景象来看，这里目前还没有观光旅游的价值和魅力。

那么章懿华在这里发出定位之后，去了哪里呢？

易天雄和孙向东都认为，应该找一个人来询问一下，可是，任凭他们望穿双眼，也不见一个人影。一阵秋风吹过，孙向东打了一个寒噤，不由得产生一种恐惧感："你说，老九是不是在这里……"他指着一望无垠的湖水，不敢往下说。易天雄摇摇头，分析说："不会！按照我过去断案的经验，如果有人想在这里对老九下毒手，他们早就将他控制了，不会给老九发出定位的机会。"他捡起一块石子扔到湖中，望着溅起的波浪，估算湖水的深度。他面对湖面极力将目光向前延伸，发现远方好像有一片朦朦胧胧的树林，他招呼孙向东说："你看，那里是啥子？"孙向东扶了扶眼镜，盯着看了半天也看不见，叹了一口气说："我视力不好，看不清楚。"易天雄遗憾地说："之前没想到，如果带一个望远镜来，就能看得一清二楚了！"他说完，又给孙向东交代："你在这里等我，我转到山那边去看看。"他刚走出几步，见到一辆越野车向这里驶来，顿时喜出望外，急忙返了回来。

来人就是之前送钱老板和章懿华的那个司机。他将车停下不久，湖面上驶来一艘渡轮，司机走到湖边，向渡轮招手，那个左脸长着黑痣的保镖也同样向他招手。船靠岸后，司机将一个盒子交给保镖，保镖就招呼船老板返回。易天雄跨上前对船老板说："老大，您的船到哪里去？能不能捎一下我们？"保镖打量着眼前这两个不速之客，警惕地问道："你们是什么人？"孙向东赔着笑脸回答："我们是旅游观光的，想到对面去看看。"保镖没好气地说："这里没啥好看的！我们是私家船，不接待外人。"易天雄恳求道："兄弟，您就捎我们一下嘛，我们给钱！"船老板动了心，跟保镖商量："我们就捎他们一下？"保镖抖了抖脸上那颗黑痣，凶巴巴地说："不行，老板有交代，不能让外人上岛。"易天雄心里想："你蝙蝠身上插鸡毛——你算什么鸟？这么凶！"但他没有说出口，依然赔着笑脸恳求他："兄弟，您就行行好嘛。""说了不行就不行！"保镖说着就催船老板，"快走，别误了正事！"说着，渡轮就向湖心驶去。

易天雄望着渡轮远去的影子，对孙向东说："我看他们脸装进裤裆里——见不得人，必定有鬼！"孙向东点点头，同意他的判断："那个家伙凶神恶煞的，像是一个打手，老九说不定就在他们手上。你说，怎么办？"易天雄虽然得了一个"莽娃"的绰号，但每到关键时刻，他都异常冷静，就像张飞穿针——粗中有细，不会有勇无谋，不计后果。他思考了一会儿说："心急吃不了热豆腐！我们现在回去，跟德璋商量一下，看他有啥办法！"孙向东乐了："有儿子做警察就是好，关键时候用得上。"易天雄不乐意了："你这个话，好像有点不对味呢！"孙向东戏谑道："我给你脸上抹粉呢！"他们正要离去，易天雄看见湖面上有一条小船，对孙向东说："咱们暂时不走，你瞧，来了一条船。"

这是一条小木船，船家来到近处却向那片果林驶去，易天雄急忙用双手做成喇叭状对他喊道："老乡，请您过来一下。"船家听到有人向他打招呼，改变航向驶了过来："有啥事？"易天雄见对方满脸皱纹，也就尊称他说："大哥，我想租您的船到对面去瞧瞧。"船家将船划到岸边说："您是想到湖心岛上去嗦？"孙向东接过话说："对头，我们想到岛上去走一走。"船家摇着头说："岛上不能去。"易天雄不解地问他："为啥呢？"船家回答说："岛早就被人租了，上面盖了庄园和别墅，连我们本地人都不准上岸。"易天雄试探性地问道："搞那么神秘干啥子呢？"船家也不解："谁晓得他们在搞啥哟，反正神秘兮兮的。"孙向东问他："能不能带我们去围着岛转一圈？"船家热情地说："这倒没问题。"易天雄说："多少钱？"船家大方地告诉他："你们看着给吧，坐稳点啊！"

易天雄跟船家套近乎，问道："大哥，您贵姓呢？"船家一边划着桨，一边回答："免贵姓王，方圆十里八里都叫我王老头。"易天雄知道他客气，没有称他王老头，而是以兄长相称："王大哥，今年收成咋个样？"王老头很健谈，答道："还将就。我在湖的南边搞了几亩网箱鱼，这些鱼今年很争气，让我的投资全都赚回来了。只是这片果林还没有收入。"他指着湖畔说："我承包的这片梨子林，今年刚开始挂果，可能是雨水太多，加上湖上的湿气，果子又少又小，没啥搞头。"易天雄跟王老头热络起来后，就开始直奔主题，问他："王大哥，这个湖心岛上住的都是些啥子人喃？"王老头不满地说："我们也不晓得，只是听村长说，岛上的人非富即贵，出手很大方，土地租赁费从不拖欠。"孙向东饶有兴趣地问他："咋个看得出他们非富即贵呢？"王老头如数家珍地说："您没瞅到，他们专门买了一艘渡轮来拉人，停在湖边的车都不便宜。尤其是晚上，来的车更多，都是豪车。"易天雄故作漫不经心地问道："为啥晚上来的车比白天还多呢？其中有啥蹊跷？"王老头晃了一下脑袋，一脸的茫然："搞不懂，他们都是夜猫子吧？喜欢晚上捕食！"易天雄心里想，喜欢在黑暗中捕食的蝙蝠、老鼠、狐狸、豺狼、豹猫、蝎子、蟒蛇等，都是人类的天敌，这个岛上的人如果没有见不得人的勾当，又岂会在黑暗中过日子？他进一步做出判断：老九十有八九被他们绑架到这里了。

闲聊中，小船已经划到距湖心岛只有二三十米的地方，孙向东建议向码头驶去，试试能不能上岛去看看。王老头赶紧说："使不得，岛上的保安很凶，碰一鼻子灰没来头，惹恼了他们会用警棍打人。之前村里有几个莽子硬要到岛上去瞧，结果就被他们打得满地找牙。最后闹到村上、乡上和县上，也没讨一个好。""哼！"易天雄看见码头上有保安在巡逻，从鼻腔里发出一声鄙视，心里想，和尚打伞——无发（法）无天了！但为了不打草惊蛇，他丢一个眼神给孙向东，装作了无兴趣地说："私人住宅，没啥稀奇，咱们没钱赶集——只闲逛。"孙向东在计算方面是天才，让他目测这个湖心岛的面积犹如囊中取物，但在刑侦方面却是擀面杖吹火——一窍不通，他领会了易天雄的意思，改口说："好哩！"

王老头绕着湖心岛慢悠悠地划着小船，转了一圈之后，问两位租客："还想去啥子地方？"易天雄对湖心岛的外部环境已经有了较为全面的了解。这是一个葫芦形的小岛，他目测全岛不到万亩地，孙向东说八九千亩，两人的估算基本一致。岛呈西高东低走向，四周安装有电网。即使是秋天了，岛上依然绿树成荫，生机盎然。岛的边缘陡坡尤其是肥沃的土地边，一丛丛、一簇簇野菊花顽强地绽开，把唐朝末年农民起义军将领黄巢"我花开后百花杀"的霸气渲染得淋漓尽致。易天雄告诉王老头："辛苦您了，王大哥，我们回去吧！请您留一个电话给我，我可能还要来找您租船。"王老头爽快地说："没来头，您随时给我打电话。"

当易天雄和孙向东围绕湖心岛转，实际上是在做"战前"侦察的时候，章懿华正躺在床上忍受着心绞痛的"痛苦"。服用了黑痣保镖带回岛上的硝酸甘油之后，按照医嘱，他半卧在床上，一两分钟后，"疼痛"便有了缓解。由于他扮演心绞痛的症状惟妙惟肖，一众人尤其是水先生这个老奸巨猾的家伙都没有看出一点破绽。

钱老板对章懿华做出一副关怀备至的样子，叮嘱两个保镖："章先生是我们公司的高级顾问，现在身体欠安，你们两个轮流给我照顾好他。"哼哈二将立即异口同声地答道："是，钱总！"钱老板安排两个保镖照顾章懿华是假，叫他们对他进行 24 小时监视才是真。

李尤佳自从在冰城哈尔滨送走章懿华之后，她的心也就跟随他飞到了四川。四川的山川景物、风土人情、风云流转、气候变化……一切的一切，都通过收看四川卫视储存在了她温润的心里。古人说，爱屋及乌，柔远能近，由于心里有了章懿华这个她喜欢的男人，四川，这个她曾经不太熟悉的西部大省，如今也逐渐熟悉起来。因此，她与章懿华每天早晨起床的第一件事就是互发微信，表达彼此的关心和爱意。虽然早已过了血气方刚、一日不见如隔三秋的年龄，但欣赏夕阳无限好的她，仍然不失生命的激情，对未来充满了期待，把每日醒来阅读章懿华的微信作为精神早餐和最美的享受。

然而，她已经接连两天没有章懿华的消息了。给他打电话，一直关机，她便有了一种怅然若失的感觉。尤其是今天一早，她兴致勃勃地给他发出一首七言绝句，希望他能悟出她的深意，等待他唱和的心情也就更加迫切。

> 花前月下我独望，
> 秋虫夜露喜未央。
> 思君念君欢为曲，
> 永不负心你独当。

这是一首藏字诗，她将自己的感情隐藏在字里行间，是她对他的表白。对于一个已经过了不惑之年的女人来说，她现在十分渴望婚姻，虽然婚姻是给自由穿上一件棉衣，活动起来不太方便，但暖和、温馨。结果，剃头挑子一头热，她的热情换来的却是他的不闻不问。刚开始她还为他辩解，认为是他没有看到或收到她的微信，打电话打不通，也许是手机没电了。但整整两天了，她没有接到他一个字的回复，电话也一直处于关机状态，她不得不对他产生怀疑，最大的可能是他对她失去了热情，或许他心中已经另有他人。

　　她清晰地记得，在成都比赛结束后，那个法国金发女郎冲到颁奖台上对他又献花又献吻。她一想起这件事心里就别扭，很不是滋味，仿佛一坛陈醋打翻在了心里，有一种被欺骗、被抛弃的感觉。"唉——"随着一声长长的叹息，她坠落到了失望之中，对他的人品、他对感情的忠诚度，也产生了怀疑。

　　她想把他忘记，想用橡皮擦将他从记忆中擦去，可越是想忘记他，他的脸庞就越清晰。她发现自己有点痴，甚至有些贱，她发誓不再去想他了，可总是不自觉地拿出手机来看，看有没有他的信息，哪怕是只言片语。但结果让她一次又一次失望，使她默默地伤心，眼泪居然禁不住滚出了眼帘。"唉——"她再一次长长地叹了一口气，然后擦干眼泪，给他发了两句诗："我与春风皆过客，你携秋水揽星河。"她也不做解释，让这个四川男人自己去体会吧！

第三十三章

　　当夜色降临，月亮像一个银盘一样浮出云层，将它的清辉洒满大地的时候，章懿华正被软禁在湖心岛上。为了不再参与钱老板设下的赌局，他惟妙惟肖地表演了突发心绞痛。钱老板叫人及时送来硝酸甘油，交给他服用之后，他的"病情"得到了缓解和控制。但是，为了不让钱老板看出破绽，他还要继续上演痛苦的戏码。因此，晚餐的时候，在那个满脸横肉的保镖的搀扶下，他吃力地挪着双脚向餐厅走去。

　　还是那个包间，还是钱老板和女秘书陪章懿华就餐。为了拉拢和控制他，钱老板不仅准备了佳肴，还拿出一瓶好酒要与他畅饮。自古酒色不分家！那些叱咤风云的皇帝，没有哪个不喜欢酒肉与美女，比如商纣王帝辛、汉成帝刘骜、魏武王曹操，对酒肉与美女就十分痴迷。就连李太白、陶渊明、王羲之这些骚人墨客，也对美女和美酒爱得入迷。章懿华不近女色，钱老板认为是一种遗憾，但总该对美酒感兴趣吧？昨天浅酌了几杯，现在病情好转了，总可以多饮几杯了吧？于是，钱老板和女秘书一个劲地劝章懿华，说酒既可养生、延年益寿，又可消毒、杀菌。总之，酒是好东西！禁不住二人的攻势，章懿华也就"抱病"饮了两杯，钱老板再劝他，他就说如果没有喝完，就带回房间慢慢喝。钱老板当然允许。懂得驭人之术和权谋之道的钱老板在心里琢磨，世界上最好控制的两种人就是贪杯、好色之徒，只要你有其中一个爱好，我就能把你牢牢捏在手心里！钱老板把酒瓶递给章懿华，善解人意地说："章先生，您今晚好好休息，等身体恢复了，再参加比赛。"章懿华点着头道："谢谢钱总，我听您的！"

酒足饭饱之后，章懿华将剩下的半瓶酒带回了房间。他说在床上躺了一天了，想到院子里走一走。钱老板叫来满脸横肉的那个保镖，让他负责陪同章懿华，确保章懿华的安全。于是，章懿华在保镖的搀扶下，沐浴着皎洁的月色，在院子里漫不经心地散步，呼吸新鲜的空气。

院子里只有一些低矮植物，缺少高大植物释放的氧气。章懿华试探性地问保镖："难得这么好的夜色，我们到院子外面去转一转？"保镖说："钱总有吩咐，岛上石头多，道路不平，不安全，就不要出去了。"章懿华知道他们是对他不放心，也就在院子里转悠几圈之后，返回了房间。

章懿华进入房间休息，保镖便在门外为他站岗。他关上门反锁之后，也不开灯，用手机在室内搜索了一阵，确认没有摄像头之后，才打开灯，将剩下的半瓶白酒倒进矿泉水瓶里。接着到洗手间取出刮胡刀片，将床单拉起来，裁下两根细条放在枕头下，把手机闹铃设置在两点钟，并插上充电器充电。他想了想，感觉准备妥帖了，才脱去衣服钻进被窝里。不一会儿，他就发出了均匀的鼾声。

天上云追月，地下风吹柳。易天雄和孙向东返回城里将车停下后，穿过街边一行行杨柳树，走进公安局大门，径直来到易德璋办公室。

易德璋正在和同事研究案情，见父亲和孙叔叔进屋，急忙起身相迎，当着众干警的面对两位老人说："谢谢你们提供的线索，完全符合我们掌握的情况。之前苦于没有足够的线索和证据，一直按兵不动。他们现在又涉嫌绑架，为了防止狗急跳墙，我们决定连夜行动！"易天雄自告奋勇地说："我们熟悉那里的情况，请求跟你们一起去！"易德璋摇摇头，表示不同意："赌徒一般都是穷凶极恶的，为了你们的安全，你们还是不要去了。"易天雄无所畏惧地表示："我们这把老骨头没那么金贵。放心吧，不会给你们添麻烦的。"

为了不打草惊蛇，易德璋没有安排警车，而是指挥三辆挂着民用牌照的越野车，带着一队人马荷枪实弹地驶出公安局大门，消失在朦胧的夜色之中……

章懿华的手机闹铃响了，他翻身起床穿好衣服，到卫生间洗了一把脸，将淋浴房的水管拧下来卷成一圈放进塑料袋里，然后又将手机用塑料袋包好，并打燃打火机将塑料袋封口轻轻烤热，折叠后用力将其压紧。他环顾了一下四周，认为一切准备就绪后，拿起不锈钢淋浴头藏在身后，拉开门，招呼站在外面的保镖进屋。保镖问他有什么事，他说："你进来，我跟你说。"保镖进入室内还没有反应过来，脑袋就嗡的一声失去知觉，像沙袋一样软软地倒在了地上。章懿华将淋浴头扔到床上，坚硬的不锈钢淋浴头欢快地在席梦思床垫上跳了两下便默不作声。章懿华脱下保镖那一身黑色运动服穿在身上，用手试了试他的鼻息，怕这健壮的小子迅速苏醒，然后拉起床单将他反绑在床脚上，又将毛巾塞进他嘴里，用之前裁好的一根布条将他的嘴和毛巾捆紧。

接下来，他用剩下的那根布条将装着白酒的矿泉水瓶子和水管拴在腰间，出去将门锁上，像一个黑色的幽灵直奔配电房。

此时已是夜半三更，人们早已进入梦乡。他饭后散步时，已经对环境进行了侦察。他发现庭院四周的房子是仿古设计，雕花门窗古色古香，看起来很美，有历史的沧桑感，但它缝隙较大，恰好给他敲窗户带来了便利。他利用当年在军队练就的那套本领，不费吹灰之力就进入了配电房，将电闸拉下后迅疾将总开关电源线并拢，形成短路。

值守大门的保安见灯光突然熄灭，其中一人叫另一人拿钥匙到配电房看一看。

章懿华站到门后等待保安开门，保安进来用电筒照着配电箱，看见总闸没有合上，自言自语说跳闸了，然后伸手将总闸往上推。

砰的一声，火花四溅，总闸短路瘫痪了。保安吓得大惊失色，电筒掉到了地上："哎呀，我的妈呀！"话音未落，章懿华已闪身到他身后，让他体会侦察兵的手段。保安隐约感觉有个鬼影向自己袭来，他"啊——"的声音才吐出一半，就在魂飞魄散之中被章懿华扭了脖子瘫倒在地。

在大门值守的另一个保安听见配电房电光闪过之后同伴发出的惨叫声，急忙喊他："老赵，你咋个啦？"没有听到回应，他知道情况不妙，打着电筒提心吊胆地向配电房走去。

章懿华早已将门推来虚掩着，保安推门看见同伴躺在地上，以为对方遭到了电击，不敢向前一步，转身就喊："快来人！"不等他话音落地，章懿华以迅雷不及掩耳之势送他一个锁喉动作，他顿时像一只从山巅摔进深谷的绵羊，一动不动地与地面接吻。

"对不起了，小兄弟！"章懿华将保安拖进配电房与另一个保安作伴，然后将门拉来关上，捡起地上的电筒迅速逃离。

他刚奔到照壁处，在西南角房间内休息的保安就已赶到，其中一位大个子一马当先，像箭一样冲向前拦住章懿华，举起电棒喝令道："站住！"

大个子自以为有一身蛮力，低估了眼前这个对手。在他立足未稳之际，章懿华用电筒直射他的眼睛，趁他眼花之际飞起一脚，大个子手中的电棒瞬间不翼而飞，还没等他看清章懿华的面孔，就尝到了一招"老僧推门"、一招"霸王扶犁"的滋味。大个子从未挨过如此疾如旋风的拳脚，转瞬之间就像一扇厚重的木门，砰的一声仰倒在地，"哎哟"直叫。

章懿华撒腿就跑，庭院里随即传来纷乱的脚步声和叫嚷的声音：

"老赵！"

"老刘！"

章懿华不敢逗留，向着院门正前偏西方狂奔，他奔跑的速度，犹如两肋生翅，脚底生风，转瞬之间便来到岛的边缘，听不见追赶他的声音。

他为什么舍近求远，没有奔往院门左侧近在咫尺的码头，而是来到这个近乎死路的地方？

这就是他的过人之处！

实际上，他并不知道这里是岛的边缘。上岛之前，他已经在渡轮上对湖心岛做过观察，虽然不够深入，但凭着多年侦察兵的经验，他知道这个天然湖呈葫芦状，北大南小。现在，钱老板和那个水先生如果发现他逃走，首先想到的肯定就是码头，追赶他的人就会蜂拥而至，即使他有三头六臂也寡不敌众。再说，从码头下水，湖面宽阔无边，他们乘坐渡轮追赶，自己不被逮个正着，也会溺水而亡。

章懿华并不知道这里是陡坡，怪石嶙峋，野草丛生。在他的想象中，这个湖呈葫芦状，西南方向是湖区的凹口，从这里游上岸距离最近，可以节省体力，但下到湖里的难度也最大。世上很多事情都是有利有弊、祸福相依的，因此，他没有为自己的选择而后悔，相反流露出破釜沉舟的坚毅神色。

他向着逃来的方向望去，除了淡淡的月华和忽闪忽闪的星星，一点灯光都没有，也就是说，他精心设计的让保安推闸造成短路的电路还未恢复，眼前的电网仅仅是摆设，但他也没有大意地用手去触摸电网，而是搬起一块石头向电网砸去，然后找来一根木棍将电网破坏，之后才钻出去，跳进水里。

此时已是秋天，又是深夜，一天中气温最低的时候，深不见底的湖水虽然还不冰凉，但他毕竟不是年轻人，身体机能在逐渐减退，在水中待久了依然会体力不支。他取出身上的矿泉水瓶，拧开盖子咕噜咕噜喝了几口酒取暖，然后又将它放回原处备用。

原来他之前把剩下的酒带回房间，不是为了喝，而是为横渡湖面做准备！

钱老板和水先生听说有人打伤保安逃走，顿时大惊失色，不约而同想到了章懿华，这个被他们软禁在此的"赌神"。但他有病在身，又有两个人高马大的保镖24小时对他轮流监视，还有众多经过精心挑选、严格培训的保安值守大门，他能赤手空拳逃走岂不是天方夜谭？然而，当他们打开章懿华房间，看到那个满脸横肉、曾夺得过某市散打冠军的保镖被结结实实地捆绑在床脚不能动弹时，他们傻眼了。钱老板取下堵在保镖嘴里的毛巾，问他姓章的是怎么跑掉的。保镖说那老小子出手太快了，自己还没有反应过来就被他打昏了，他是咋个跑掉的，自己完全不知道。钱老板一听，气得脸色铁青，骂他饭桶，狠狠地踢了他一脚，喝令黑痣保镖赶紧给他解开布条，然后去叫醒船老板，他们随后就到。

两个保镖灰溜溜地跑出去后，钱老板和水先生来到了院子里。见到三个虽然苏醒过来但耷拉着脑袋"哎哟哎哟"呻吟的保安，尤其是那个体壮如牛的保安痛得腰都直不起来，他们更是气急败坏，恨得咬牙切齿。水先生将手上的拐杖使劲杵着地面，骂道："白养了你们这群蠢货！"他声嘶力竭地吼着："保安队，全体集合！"

保安们背地里都称水先生"舵爷"，把他视作岛上的最高统帅，虽然他平时面带微笑，也极少骂人，总给人温文尔雅、沉稳内敛的印象，但他不怒自威，大家在他面前就像老鼠见到猫一样俯首帖耳。此时，他丧心病狂、气势汹汹地吼叫，吓得保安们乖乖地来到他面前，大气不敢出一声，就连三个负伤的保安也强撑着挺起身子，不敢正眼看他。

水先生扫了一眼他的打手，如临大敌地告诉他们："此人曾经当过侦察兵，参加过边境战争、曾是联合国驻黎巴嫩维和部队成员，诡计多端，你们切不可掉以轻心！找到他，千万不要心慈手软，务必将他给我抓回来！我生要见人，死要见尸！谁找到他，我给谁重奖！听见没有？"众喽啰齐声回答："是，老板！"水先生已经恼羞成怒，接着补充说："你们都把家伙带上，兵分三路，一组上渡轮到湖上搜寻，二组、三组在岛上左右包抄，哪怕翻一个底朝天，也要把他给我找出来！"

他说的"家伙"，是指枪支和砍刀。他的保安队不仅盗买了警棍，还违法私藏了 AK47 和 79 式冲锋枪以及砍刀，平时只用警棍，只有对付那些来砸场子的黑道和防备警方突袭时才使用刀枪。自从水先生在这里秘密开办赌场以来，仅仅使用过一次枪支，那就是一年前经同道介绍来此参赌的几个外地人输红了眼，拒不付款，还掏出凶器大打出手，他们才亮出"家伙"，将其彻底制服。水先生是黑道上老谋深算的狐狸，长期在刀尖上行走，熟悉黑白两道，他深谙对付白道上的人只能投其所好、腐蚀拉拢，不到万不得已切不可冒犯。从那以后，他就设置了安全检查通道，防止来人携带凶器，哪知他的结拜兄弟钱老板带来一个手无寸铁的"赌神"，居然给他造成这么大的"动静"，他担心一旦章懿华将消息通报给警方，自己苦心经营的赌场就会毁于一旦。所以，老奸巨猾的水先生才如此重视，亲自调兵遣将，不抓到章懿华誓不罢休。

水先生布下天罗地网之后，冷若冰霜的脸上才露出了诡异的浅笑，他认为即使这个"赌神"有天大的本事，也逃不出他的手掌心。他认为"赌神"滞留在岛上的可能性极小，谅他也不会傻到待在岛上束手就擒，但也不能完全排除躲藏在岛上伺机潜逃的可能性。因此，他派了两个组的保安在岛上搜捕，以防万一。他把重点放在湖里，根据他的经验，"赌神"十有八九要泅渡上岸，但湖面宽阔，水深不见底，泅渡并非易事，他们开着渡轮在湖上进行拉网式的搜寻，就等于瓮中捉鳖。所以，他志在必得地与钱老板直奔码头，准备生擒活捉"赌神"。

第三十四章

　　夜色深沉，月光如银，一缕缕清辉洒在渡轮上，隐隐约约露出狰狞的面孔。湖面上柔波轻浪，不见水鸟翩跹，不闻渔歌夜唱，只有那月光似水，貌似静谧安详，实际上却危机四伏，充满了杀气。

　　水先生、钱老板带着一群喽啰来到码头，两个保镖和船老板已经准备就绪，他们上船后，水先生一挥手，渡轮便离开了码头。

　　水先生与钱老板伫立船头，吩咐船老板驶出100米后绕岛行驶，并令喽啰们睁大眼睛，不要放过湖面上的任何疑点。

　　黑痣保镖立功心切，眼睛瞪得像两颗龙眼一样滚圆，即使是一片树叶，他都疑神疑鬼，恨不得在茫茫水面立即逮住章懿华。无奈月色朦胧，渡轮的灯光射程有限，并没有让他如愿。

　　章懿华早就料到他们要开着渡轮来追自己，为了不被发现，他将已经准备好的水管从身上取下来，见到渡轮灯光即将照射过来的时候，用嘴含住水管急忙潜入湖底，等渡轮离开才浮出水面。由于泡在水里的时间较久，身体有了一些寒意，他将剩下的酒喝尽，奋力向湖西游去，终于游上了岸。

　　章懿华的机智和勇敢令人佩服，但毕竟年纪不饶人，他上岸后气喘吁吁，躺在草丛中休息了一阵，才从身上取出手机，将包裹得密不透风的塑料袋撕开，打电话求救。

易天雄跟着易德璋正在赶来的路上，接到章懿华的电话又惊又喜，但手机信号较弱，说了好一阵双方才听清楚。章懿华听说他们正在向这里赶来，一会儿就到，顿时喜出望外。但他还没有摆脱危险，他告诉易天雄自己太累了，需要休息，就把电话挂了。

　　他休息了一会儿，振作精神后一路向北行走，准备去码头附近藏起来，等候易天雄他们的救援。

　　章懿华实施逃离的方案和步骤，都是那样的周密细致、滴水不漏，难怪他当年能在那血雨腥风的环境中幸存。

　　同样，水先生的老谋深算也令人叹服。他指挥渡轮在水上搜索了几圈后，连章懿华的影子都没有见到，便立即改变战术，将喽啰们两人一组送上岸，采取地毯式的搜捕，用他的话来说，挖地三尺也要把"赌神"找出来。

　　他那双狡黠的眼睛首先投向的就是章懿华上岸的那个方向，他与章懿华的想法如出一辙，此处离岛最近，在没有工具全靠泅渡的情况下，这里必是首选。因此，他判断章懿华从这里上岸的可能性较大，钱老板那两个保镖一听，自告奋勇在这里上岸。

　　别看满脸横肉这个保镖长得五大三粗，跟《水浒传》中强霸快活林的蒋门神颇为相似，但他思维的缜密性却在蒋门神之上。刚上岸，他就发现地上有踩踏的痕迹，用激光电筒查看，果然是新鲜的脚印。他顿时紧张起来，握紧手中的警棍，悄悄对搭档说："他刚离开这里。"黑痣保镖没有领教过章懿华的厉害，兴奋地说："逮到他，老子就发财了！"满脸横肉的保镖想起自己惨遭他暗算，还有那三个保安都不是他的对手，尽管自己报仇心切，但对这个老小子，也不敢小觑，于是心有余悸地说："这家伙是个练家子，我们莫要大意。"黑痣保镖不以为意地说："他一大把年纪了，又没有三头六臂，怕他个锤子！"满脸横肉的保镖提醒他："小心驶得万年船。"

　　章懿华上岸后并没有放松警惕，但他还是没有想到追兵会如此迅速。当他看见渡轮停靠在他上岸的方向，随即下来两个黑影之后，他顿时将心提到了嗓子眼，一边加快脚步，一边想如何才能不留痕迹地甩掉他们。

　　他将衣服撕烂，绑在鞋上，尽量不走有草的地方，也不去碰挡路的草木，但还是避免不了留下蛛丝马迹。眼看两条黑影紧追不舍，越来越近，他不由得高度紧张起来。他知道对手有备而来，手上必有凶器，自己孤身一人只能智取。但在这荒山野岭，要想摆脱他们的追击谈何容易！走着走着，眼前偏偏出现一座峭壁挡住了去路，让他顿时暗暗叫苦。如果再不想出办法，这里就会成为他的华容道，不，华容道还有义薄云天的关云长为曹孟德让道，追赶他的这些人都是穷凶极恶的歹徒，他们必将置他于死地。那么，这里有可能就是乌江，楚霸王项羽一世英名，不愿束手被擒，就只能被迫自刎。想到这里，他不由得心惊肉跳，心都快急出火来了！情急之下，他认为只有先拼尽全力爬到崖上再说。

　　崖壁很陡，仿佛是拔地而起，存心要考验他的本领。由于心急，他不小心踩垮一块岩石，连人带石往下滑，就在这千钧一发之际，他眼疾手快，抓住一把葛藤，攀缘而上才没有坠落下去。但石头坠落的声音立即传到两个保镖的耳朵里，他们本来向着偏西几十米的地方追，闻声随即往这边奔来。"倒霉！"章懿华在心里暗暗叫了一声，迅速爬上崖去。来到崖边，怕被对方发现，他不敢站起来观望，只能趴在地上俯视。

　　两个保镖来到崖下，望着头上黑不溜秋的崖石，满脸横肉那个保镖不由得发起怵来，拉着搭档想绕道走。黑痣保镖望了望左右，见无路可走，不想舍近求远，将警棍别在腰上就往上爬。爬到半腰，正好有一块凸起的岩石给他提供缓冲，他站在此处一边歇息一边跟搭档招手，因为越往上爬难度越小，他示意搭档可以上来。满脸横肉的保镖见搭档已经安然无恙到山腰，并没有遇到任何危险，心想他们的死对头可能已经逃之夭夭，不会在这里坐以待毙，也就照葫芦画瓢，放松警惕往上爬。

章懿华在上面将他们的一举一动都看在眼里，也就屏息观察等待最佳出击时机。他潜伏的位置与对方的略有错位，为了确保一跃而起不费吹灰之力将其击倒，不给他们反扑的机会，他屏住呼吸移动自己的身体，尽量不发出任何声音。这种战术是军队匍匐训练中最基础的科目，他自然手到擒来。哪知峭壁上的蝙蝠偏偏要来制造紧张气氛，突然扇动翅膀扑棱棱地飞出来，吓得两个保镖以为是遭到了"赌神"的袭击，顿时如临大敌，绷紧神经。黑痣保镖条件反射地抽出警棍贼头贼脑地向上张望，满脸横肉的保镖吓出一身冷汗，不敢再往上爬。当他们看清是蝙蝠后，不知是谁骂了一句脏话："操！你他妈凑啥子热闹！"

两人虚惊一场之后继续往上爬，殊不知一场厄运正在向他们悄悄走近。因为他们低估了章懿华，低估了这个身经百战，曾在军队荣立过一等功的对手！凡是有过当兵经历的人都知道，在军队荣立过一等功的人绝非等闲之辈！

黑痣保镖刚爬上崖顶还没来得及喘一口气，章懿华突然一跃而起，犹如猛虎捕食一般将他推倒，黑痣保镖猝不及防，发出"啊——"的一声惨叫，像遭到雷击一样没有任何还手之力就滚落山崖，他仰倒时恰好碰着正在往上爬行的搭档，两个保镖也就结伴往下坠落，崖下顿时传来他们撕心裂肺的哀号："哎哟，我的妈呀！""天哪，痛死我啦！"

章懿华鄙视地扫了崖下一眼，什么也看不见，自言自语地骂道："谁叫你们正道不走走邪道，活该！"说完迈开大步、如释重负地往前走。

章懿华手机响了，是易天雄打来的，问他在什么位置。章懿华举目向前，看见几束汽车灯光穿破黑暗从远方射来，兴奋地告诉易天雄："我看见你们车的灯光了。"易天雄关切地问他："你咋个样，没事吧？"他反问道："能没事吗？"易天雄急了："咋了？快说，是不是挂彩了？"章懿华哈哈一笑：

"逗你的！我好着呢！"易天雄哭笑不得，嗔怒道："你这个臭老九！"

俗话说，狐狸再狡猾，也斗不过好猎手。尽管水先生和钱老板阴险狡诈、能掐会算，但他们还是没有算到章懿华能成功逃走，更没有算到人民警察会突然从天而降，正在给他们布下天罗地网。

章懿华赶到湖坝上时，易德璋带着13名干警和父亲、孙叔叔已经先一步到达。听了章懿华被诱骗上岛，被迫参与他们设的赌局，然后假装心绞痛发作，继而设法逃脱出来，被他们疯狂追杀的经过，易德璋握住他的手说："辛苦您了，章叔叔！您介绍的情况，与我们之前掌握和分析的情况高度吻合，现在是收网的时候了！"他转身对干警们胸有成竹地说，"我们有章先生带路，对赌场的机关和密室也就一清二楚，现在证据确凿，他们在劫难逃！"说罢，他回头问父亲："联系的渡船什么时候到？"易天雄抬起手腕看了一眼夜光表："应该快了。"

载着水先生、钱老板等的渡轮正向这边驶来，当他们看清站在码头上的是一群荷枪实弹的便衣警察时，顿感情况不妙，急忙掉转船头而去。

"我们是警察，将船驶过来！听见没有？我们是警察！"任凭易德璋怎么喊话，渡轮上的人都假装听不见。

不一会儿，三条小船沐浴着月光缓缓驶来，驶在前面那条船的主人自然就是王老头。易天雄热情地跟他打招呼："王大哥，给您添麻烦啦！"王老头见到这么多威风凛凛的警察，犹豫地问道："你们深更半夜把我们叫来，是要干啥呀？"易天雄反问他："您说呢，王大哥？"王老头指着湖心岛说："你们莫非要跟岛上的人动家伙？"他胆怯地说，"他们凶得很，我可不敢上岛去。"易德璋鼓励他说："有我们在，您不用担心！"另一条船上掌桨的是一位小伙子，他毫不畏惧地说："有警察在，他们还敢翻天？"

小伙子说得没错，自古邪不压正！在易德璋的带领下，警察们脱去便衣，荷枪实弹地直奔湖心岛，以闪电般的速度冲进庄园。那些本来想负隅顽抗的打手，见到一个个佩戴警徽和臂章的人民警察威风凛凛地从天而降，犹如小鬼见到大神，顿时吓得面如土色，乖乖地缴械投降。但是，搜遍了整个庄园，也不见水先生和钱老板的影子。易德璋审问打手，他们都说没有见到舵爷。易德璋立即叫背着报话机的警察通知早已潜伏在外围的武警分队。

水先生和钱老板没有返回湖心岛。

水先生行走江湖几十年，深谙警察不会无缘无故出现，一定是哪个环节出了问题，如果负隅顽抗必定是死路一条。三十六计，走为上计，他决定先躲起来再说。他命令船长径直向湖的南方驶去。虽然对苦心经营的湖心岛恋恋不舍，但留得青山在，不怕没柴烧。他再一次回过头来，不舍地望了一眼湖心岛方向，然后一咬牙，从船头走到岸上，鄙夷地说："想抓我，你们做梦吧！"

实际上是水先生自己在梦中。他们刚踏上岸，一个个乌黑的枪口已经对准了他和钱老板及喽啰们的脑袋，早已埋伏在湖畔的武警战士立即一拥而上，不费吹灰之力就将他们一个不漏地缉拿归案。水先生顿时像泄气的皮球，耷拉着脑袋，没想到这里就是他们的"滑铁卢"。他不解地问带队的武警干部："你们怎么知道我要来这里？"武警干部幽默地说："你以为我们都是吃干饭的吗？自古魔高一尺道高一丈！上车吧！"武警干部示意战士们将他们押上警车。水先生垂头丧气地说："大意失荆州了。"

易德璋接到武警报告，脸上露出了胜利的笑容，兴奋地告诉大家："水、钱两个魔头已经归案！"大家顿时开心地笑了。

钱老板女秘书听说老板已经被抓，哭哭啼啼地来拉章懿华的手："章先生，您帮我说句公道话，我可没有参与犯罪！"章懿华甩开她的手说："你是否有罪，法律自有公论！"说完在前面带路，领着易德璋和警察来到书房，从书柜里取出《资本论》，按动后面的机关，走进赌场。易德璋等警察办案经验十分丰富，但进入这样大型、隐蔽且充满了高科技的赌场还是第一次。

如果没有敏锐的观察力，没有认真负责的精神，你发现不了这里有一个赌场。它的赌博方式与计算方法都是现代化的，表面上看不出任何破绽，倘若不是章懿华从中发现了猫腻和蹊跷，别说是破案，一般人置身于此也难以察觉。根据章懿华提供的线索，易德璋带领警察们顺藤摸瓜，打开电脑，恢复硬盘中被清除的数据，一项项赌博记录赫然出现，金额之大、数量之多，实属罕见。开设赌场的水先生、钱老板已经在押，警察们也在此地搜缴出了可以装备三十余人的管制枪支和刀具，人赃俱获，数罪并罚，要让这些以身试法的犯罪嫌疑人付出应有的代价。

返回的路上，东方的天空渐渐吐出一片鱼肚白，转瞬之间，像淡淡胭脂一样的云朵露出头来，给人间带来一片祥和的氛围。章懿华摇下车窗，呼吸着清晨新鲜的空气，劫后余生的他这才有时间看手机。不看不知道，一看吓一跳。女儿章晓白给他发了许多短信和微信，说没有爸爸的消息，她坐立不安、担心得要死，昨天晚上和外婆一起到派出所报了案……

他想立即就给女儿打电话，但看时间还不到六点钟，不忍打扰她休息，想等一会儿再跟她联系。此时还有一个人在深深挂念着他，这就是远在哈尔滨的心上人李尤佳，她在微信中给他写的那首诗虽然只有短短四行，却意味深长。他认真读了两遍，惊喜地发现这是一首藏字诗，隐藏着"我喜欢你"四个热烈的字，这是她第一次对他的表白。但没有接到他的回复，她给他发了三个马耳朵符号，之后，她又写了那两句流行的诗："我与春风皆过客，你携秋水揽星河。"

这两句诗的意思是我和春风在你的世界里，只不过是过客，而你的眼里却只有天上无尽的星河。我仅仅是你人生旅途中的一个过客而已，不知谁才是这个世界上与我相濡以沫、白头偕老的人。章懿华知道，李尤佳是借这两句诗，抒发她对他没有反应的质疑和不满。

事不宜迟，他立即给她回复："实在对不起！这几天去了一个没有通信信号的孤岛，无法与外界联系，直到此时坐在返程的车上，才看到你的微信。但对你的思念，从未停止！我现在急切地告诉你，与其说你喜欢我，倒不如说我更喜欢你！"微信发出之后，他觉得意犹未尽，也想给她写一首藏头诗，但他从来没有写过，也就试着写了一首诗发给她：

我居芙蓉金牛区，

永记冰城夕照时。

远涉千里弹心曲，

爱向仲秋题长诗。

你恋幽林寄相思，

李白桃红不为迟。

尤喜窗前明月夜，

佳人同为连理枝。

接下来，他觉得还应该说点什么，又针对她后面那两句网络诗，思考如何作答。他想找两句古诗词，可一时间脑海里又想不起哪位先贤的诗意能吻合自己的心情，他只好随意吟了一句"今朝与君心相同，来日聚首情更浓"发给她，以此解除她心中的疑团和误会。

此时李尤佳刚走进南岗区湘江路窗明几净的办公室。她一收到章懿华的微信，就急不可待地阅读起来，心还怦怦怦地跳着停不下来，几天来坏极了的心情，终于被喜悦和甜蜜代替。"与其说你喜欢我，倒不如说我更喜欢你！"她忍不住念出声来，然后又将他写的诗看了几遍，她发现他写的是藏头诗，每一行的第一个字连起来就是"我永远爱你李尤佳"！她开心极了！接着，她又细细品读他随后发来的那两句诗，她的心被甜蜜填得满满的，几天来对他的怀疑与不满顿时烟消云散。她抑制不住内心的狂喜，一个人在办公室跳了几圈"欢乐圆舞曲"，然后用她修长的兰花指在手机上迅速输了一行字："我也永远爱你，章懿华！"

有人说过，容易得到的幸福，不是幸福，仅仅是短暂的停留。只有真正与相思之苦同行过的恋人，才能拥有幸福大门的钥匙。对于热恋之中的女人来说，再黑的夜有人陪，也觉得光明；再冷的冬有人想，也会感到温暖。心灵的伙伴，是温暖的源泉；贴心的情感，是生命的春天。四季交替，有人惦念冷暖；心情多变，有人一直包容。这就是她梦寐以求的生活。换一句话来说，不外乎就是有人疼、有人懂。眼中有笑，心中有暖，于人生就是最大的幸福！

李尤佳消除了对章懿华的误会，她的心也就与他贴得更紧、更热烈了。她知道他在车上，旁边还有其他人，要不然她早已拨通他的手机，直接用声音来表达她的爱慕。她问他为什么去了一个没有通信信号的孤岛。章懿华轻描淡写地告诉她前因后果之后，她接连发了几个惊骇的表情，提醒他今后千万要小心、千万要谨慎！章懿华为了宽她的心，若无其事地回复她说，没你想象的那么危险，反过来安慰她，让她不要担心。

章懿华与李尤佳互发微信倾诉思念之后，心里就像喝了蜜一样甜，直到李尤佳告诉他编辑部要开编前会了，两人才依依不舍说再见。

结束聊天后，章懿华赶紧拨通了女儿的号码。为了不让她担心，他早就想好了一个善意的谎言，说自己到洪雅瓦屋山参加政协的一个会议，本想到了就告诉她，结果山上没有信号，他也十分着急。怪只怪自己考虑不周，他主动认错，向女儿赔礼道歉。不管章晓白在电话里如何对他发脾气，指责他，他都始终赔着笑脸，一概不反驳。章晓白严厉地警告父亲："上次您去茶楼手机没有电，我急得要死，这次您变本加厉，两三天没有消息，我担惊受怕得要命，今后再这样，我就不理您了！"他第一次像做错事的孩子，低眉顺眼地接受女儿的批评："好，我错了！晓白，今后一定提前告诉你！"章晓白仍然怒气未消，得寸进尺地提出要求："口说无凭，回家后写一份检查给我！"他回答得十分干脆："好，写检查。"

章懿华回到家里时，章晓白已经到单位上班去了。白婆婆见女婿回来，连忙迎上前对他说："这几天不见你，我和晓白担心死了！"章懿华抱歉地对老人说："对不起，妈，今后，我一定提前给你们打招呼。"

他几天没有去茶楼了，跟岳母拉了一会儿家常，便给孙向东打电话，约他一起去茶楼看看。孙向东说他正郁闷着呢，也想出去走走。于是，二人便一起向茶楼走去。章懿华这次去钱老板公司应聘顾问，是因为看到舒娟娟病重急需用钱，结果落入了他们的圈套，不仅没有得到应有的报酬，还差点把命丢了。但娟娟化疗等钱用，他想不出其他找钱的办法，只有给女儿打电话，与她商量。

此时，章晓白正在工地上巡查，与吴远征一起给工人讲解技术问题，看到父亲的来电，她赶紧对大家说："对不起，我接一个电话。"说着走到一边，低声问父亲："爸爸，您有什么事？"章懿华小心翼翼地说："你也知道，现在娟娟得了白血病，急需用钱，你丽萍妈妈为了给娟娟治病，已经山穷水尽……"章晓白不等父亲说完就打断他的话："爸爸，您要说什么，就直说吧！我在工地上正忙呢！"章懿华也就开门见山地说："我想将单位分给我那套福利房卖了，资助娟娟治病。"章晓白爽快地说："没问题，我支持！爸爸，我不跟你说了，我正在给工人讲解技术问题。下班后，我就将房产证拿回来交给您。"

章懿华本以为女儿会舍不得卖这套房子，没想到她毫不犹豫就答应了，心里一热，对她说："乖女儿，你去忙吧！"孙向东陪在章懿华身边，他们父女俩的对话，他听得一清二楚，不由得称赞道："你们父女俩真是好人！"

章懿华见孙向东脸上有一道巴掌印，好生奇怪，问他："你这是怎么了？"
孙向东难为情地说："被我妈打的。"章懿华不解，惊讶地望着他："伯母
咋个打你了？"孙向东苦笑道："她怪我不该抛弃殷笑英，跟谢紫婧结婚。
我申辩了两句，她伸手就给我一巴掌。你说嘛，我妈那么大的年纪了，下手
还这么重。"章懿华一听，忍不住哈哈大笑："你真幸福啊，向东！"轮到
孙向东不解了，哭笑不得地骂道："你这个臭老九！我挨了打你不但不安慰，
还讽刺挖苦我！"章懿华羡慕地说："有妈在，家就在！到了我们这把年纪，
还能得到妈妈的教育，享受妈妈的打骂，你说，这是不是幸福！"孙向东恍
然大悟，笑道："是呀，妈妈打我，也是为了我好。她说她走过的桥，比我
走过的路还多。她说第一次见到谢紫婧，就感觉不对劲。"章懿华取笑道："所
以呀，伯母给你这一巴掌，是叫你早点清醒过来！"他顿了一下，问道，"你
和谢紫婧现在究竟咋个样了？"孙向东有苦难言，叹了一口气说："还能怎
么样？拖呗！"

第三十五章

　　月季皇后酒吧的霓虹灯随着音乐的节奏闪烁，整个酒吧弥漫着暧昧的气氛。

　　谢紫婧身着性感的紫罗兰长裙，进来后选了角落上一个隐蔽的卡座，要了一杯普通的果酒，悠闲地坐在那里细品慢咽，尽显美丽与高贵。

　　不一会儿，一个国字脸的中年男人风度翩翩地向她走来。

　　谢紫婧优雅地站起来，伸出柔软光滑的右手："卓总，晚上好！"男人握住谢紫婧的手，含情脉脉地望着她："紫婧，你太漂亮了！简直就是我心中的月季皇后！"谢紫婧莞尔一笑，抛给他一个媚眼："谢谢卓总欣赏！您也是气宇轩昂、帅气逼人，令人敬仰啊！"男人轻轻摆着五指，盯着眼前这个人间尤物，谦虚地说："过奖啦，过奖啦！紫婧，请不要叫我卓总，就叫我文轩，好吗？"

　　谢紫婧妩媚地一笑，乖巧地说："恭敬不如从命！我今后就叫您文轩啦！"男人向吧台招手，对走过来的服务生潇洒地打了一个响指，吩咐道："请将我存放的红酒送来，再来一盘酱汁排骨、凤尾鱼干、西藏牦牛、花生坚果。"谢紫婧受宠若惊地说："文轩，太奢侈了吧！就我们俩，用不着点这么多。"男人将目光从谢紫婧隆起的胸部移到她脸上，讨好地笑了笑："明月清风伴良宵，美酒佳肴陪美人，这是必须的！"谢紫婧嫣然一笑："好有诗意呀！

每一次和你在一起，我都满满地开心！"男人很会揣摩女人的心思，满嘴的甜言蜜语："在我眼里，你就是一首美丽、婉约、动人的诗。"谢紫婧故作羞涩，把自己装成一个小女人，用食指轻轻点着男人的手背，柔声柔气地说："文轩真会说话。"

这个叫卓文轩的男人把男女之间的关系拿捏得很准，他轻抚着谢紫婧娇嫩的手臂，目不转睛地望着她："今晚，我们开怀畅饮！"谢紫婧轻启朱唇，奉承地说："好，我一定陪文轩喝个高兴！"卓文轩眉飞色舞，总有那么多甜言蜜语送给女人："世上美女不少，但像紫婧这样善解人意的美女却不多见。"谢紫婧很享受这样的赞美，一张俏脸笑得像花儿一样灿烂："都说酒不醉人人自醉，与您在一起，酒还没有上来，我都醉了！"

卓文轩从服务生手里接过一杯酒递给谢紫婧，然后端起另一杯酒，轻轻相碰："品酒，尤其是红酒，实际上是品心情！让美好的心情在舌尖流动，然后沁入心脾，沉入心底，点亮人生的梦想，激发前进的动力。"谢紫婧眼波流转，不忘恭维："文轩太浪漫、太有情趣了，如果不知道您是信托投资公司的大佬、商界精英，还以为您是一位充满激情、充满梦想的诗人呢！"卓文轩侃侃而谈，极尽卖弄的本领："人，如果没有激情，就会缺少前进的动力；如果没有梦想，那么人生就没有方向。梦想，是人生前行的指路明灯；梦想，是对美好未来的憧憬。我们这一辈子，应该为自己的梦想拼搏一次。如果风帆不挂在桅杆上，不过是一块无用的布；桅杆不挂上风帆，也仅仅是一根平常的木头。"

谢紫婧忍不住轻拍玉掌，情意绵绵地说："文轩太有才华了，随便说几句都像一首诗，跟您在一起，我觉得诗在远方，也在眼前。"卓文轩"借题"发挥，尽显"儒雅"之风："生活中可以没有诗歌，但不能没有诗意；行进中可以没有道路，但不能没有前进的脚步；工作中可以没有经验，但不能没有学习；人的一生可以没有闪光，但不能有颓废和污迹。"谢紫婧对眼前这个巧舌如簧的男人佩服得五体投地："文轩不仅是一位诗人，还是一位充满诗意的哲学家。"

卓文轩故作谦虚："紫婧过奖了，我不过是有感而发。"他举起酒杯，再一次与她相碰，眼睛依然火辣辣地与她对视。谢紫婧也没有回避她的目光，柔情蜜意地望着他："和您在一起，我感觉自己顿时年轻了十岁。"卓文轩冲她笑着，一往情深地说："你本来就年轻、漂亮，举手投足都散发着魅力，是我苦苦寻觅的梦中情人，与你相处，我更像是回到了青春年代，浑身都充满了活力！"他话音刚落，手机响了，见到来电显示后，他彬彬有礼对谢紫婧说："这里有点吵，我去外边接个电话，好吗？"谢紫婧善解人意地说："您去吧！"

卓文轩风度翩翩地向外走去，边走边接通电话说："请您放心！——不用着急。——对，资金正在运作之中。——放心吧，到期后，我们保证以高于银行的利息兑付给您。——好吧，我现在正忙呢，再见！"

谢紫婧见卓文轩神采奕奕地回来，欣赏地望着他："是客户打来的？"卓文轩笑盈盈地答道："对，生意上的伙伴。"他端起酒杯，迎着她欣赏的目光："来，咱们接着喝。"谢紫婧开心地冲他笑着："喝！"卓文轩盯着她的脸，挑逗地说："我发现，你喝了酒，笑起来太美了。说美若天仙，俗！说笑靥如花，也俗！我真不知道该用什么语言来形容！"谢紫婧浑身感到酥软，醉意朦胧地说："文轩，你真是太会说话了！"

俗话说，酒壮色胆，他们互相欣赏、互相恭维，有着说不完的情话。

荷尔蒙在酒精的刺激下迅速飙升。谢紫婧一只手轻抚面庞，另一只手伸给卓文轩，陶醉地说："我醉了，你扶住我好吗？"

卓文轩之前的精心表演，要的就是这个结果。他接过她的手，将她轻轻揽入怀里说："我也醉了，我带你去休息，好吗？"谢紫婧紧紧握住他的手，深情款款地说："好，我听你的……"

　　殷笑英与儿媳妇乔翠莲那天争吵之后，两人心里都憋着一股气，一天都没有说话，好像两个陌生人，孙阳光看在眼里急在心上。乔翠莲不在旁边的时候，他耐心地劝妈妈，说乔翠莲除了习惯带点东西回娘家外，每天下了班就回家，从不在外闲逛，平时也不喜欢逛街、买奢侈品之类的东西，勤俭节约，很顾这个家。他尽挑妻子的优点来说，竭力消除母亲的不满。晚上和乔翠莲躺在床上，他又给妻子讲妈妈在家如何如何的好，说她带着退休金来帮他们，每天起早贪黑地忙碌，把家收拾得干干净净、一尘不染，把豆豆照顾得巴巴适适的，让他们每天回家就吃现成的。她辛辛苦苦、任劳任怨，没有一句怨言……他竭力让妻子增加对母亲的好感。经过他的从中调和，婆媳之间的隔阂逐渐减少了。

　　法国作家莫泊桑有一句名言："生活不可能像你想象的那么好，但也不会像你想象的那么糟。"当你在生活中缺乏理解和宽容时，各种问题不但得不到有效解决，还会因此变得更糟糕，这时候你就会感觉身心疲惫。所以，婆媳之间有了矛盾的时候，一定要学会宽容和理解。婆媳关系处得好不好，还在于他——婆婆的儿子、媳妇的老公——会不会处理三人之间的关系。殷笑英和乔翠莲这一对婆媳，都应该庆幸有孙阳光这个识大体、顾大局的好儿子、好丈夫，他就像一个婆媳之船的舵手，每一次遇到波峰浪谷，他都能校正航向，及时化解危机。

　　在孙阳光的示范和耐心劝说下，乔翠莲现在每天起床的时间比过去早了一些。她匆匆吃过早餐，就急忙带着豆豆离开了家。她驾车来到菜市场，叫豆豆在车上等着。她自己到菜市场买了几样菜，来到了旁边一个小区。敲门没有回应，她又叫了几声："妈，开门。"屋里还是没有回应。她掏出钥匙打开门，将菜拿进屋里，自言自语地说："这么早就锻炼身体去了啊。"

她返回车上，开车来到幼儿园，将豆豆送进园区交给老师，然后与豆豆挥手再见。

殷笑英拎着一大包菜从超市出来，恰好看见乔翠莲驾车驶去，慈祥地笑了笑，然后哼着小调回到了家里。

她现在不再担心买回家的菜被儿媳妇"顺手牵羊"，打乱她一日三餐的计划了。她将菜有序地放在灶台上或冰箱里，系上围裙，又开始一天的家务劳动。也许是心情好，她又情不自禁地哼起了快乐的小调。

章晓白在父亲和外婆的一再催促下，终于将吴远征带回家接受他们的考察。在章晓白心里，吴远征仅仅是她聘请的临时演员，她对他没有心动的感觉。而吴远征却不然，他很认真、很投入。来章晓白家之前，他专门去挑选了一大包礼物。章晓白十分惊讶，问他："你买这么多东西干吗？"吴远征回答："见面礼呀！"章晓白带着歉意地说："我请你来帮忙，咋个好意思让你破费呢？"吴远征半认真半开玩笑地反问道："女婿第一次去见老丈人，总不能两手空空吧？"章晓白嗔怪他说："你还当真了嗦？"吴远征憨厚地笑道："既然是演戏，就要不露痕迹。你都说了你爸是一位智商和情商都很高的文化人，你不能让我一演就演砸了嘛！"章晓白讥笑他说："你蛮有经验的嘛，是不是有过相亲的经历呀？"吴远征赶紧举手发誓："我向党保证，绝对是第一次！"章晓白忍不住咯咯咯地笑了："没想到，你还这么逗！不当演员，真是可惜了！"吴远征也笑了："不瞒你说，小时候我还真做过当演员的梦。"

吴远征一直在暗恋章晓白，他不仅倾慕她美丽的容貌，而且欣赏她的业务能力，但章晓白过去对他不冷不热，使他一直没有勇气向她表白。自从章晓白请他在缘来茶房扮演男朋友之后，他仿佛看见了一线希望。上次那个请章懿华劝说章晓白出国，不要放弃升迁机会的电话就是他打的。今天章晓白请他再次扮演男朋友去家里，他喜出望外，决定假戏真做，借此机会给晓白父亲和外婆留下好印象。因此，小伙子跨进章晓白家，见到两位老人后，彬彬有礼，站有站姿，坐有坐相，极力地表现自己。

经过交谈和接触，章晓白父亲和外婆对吴远征的印象都不错。临近中午，章懿华开心地说："晓白，你陪吴远征聊，我现在下厨，招待吴远征在家里吃饭。"吴远征连忙说："伯父，不用麻烦了，我请你们去下馆子。"章懿华摇摇头，告诉他："不，今天就在家里吃，让你尝尝我的手艺。"吴远征见他态度坚决，也就客随主便，不再坚持。但吴远征并没有老老实实地坐在客厅与章晓白闲聊，而是主动提出到厨房打下手。

章懿华见小伙子手脚勤快，对厨房这一套也不陌生，还听他说在家里也喜欢下厨、做家务，不由得暗自高兴。如果他们今后成家了，家务就不会落到女儿一人头上，女儿就会轻松很多。所以，吴远征与两位老人第一次见面，就在他们心中留下了不错的印象。

然而没隔两天，章懿华在从茶楼回来的路上，无意间发现吴远征在缘来茶房与一个女娃儿有说有笑，仿佛一对情侣，他不由得勃然大怒，恨不得冲进去将这个朝三暮四之徒痛骂一顿。但他毕竟是有文化、有涵养的老人，最后还是忍住了。回到家里，他的脾气就没有在外面好了，他把章晓白叫到跟前，劈头盖脸地教训她说："从今以后不许再与那个姓吴的来往！"章晓白不解："您前几天还说小吴不错，对他很满意，咋个一转眼，你翻脸比翻书还快？"章懿华怒气未消地说："这家伙是一个脚踏两只船的混蛋，我不能让我的女儿成为他玩弄的对象。"章晓白问道："您凭什么说他脚踏两只船？"章懿华愤愤地说："我在茶房亲眼看见，他与一个女娃儿在一起卿卿我我。"章晓白疑惑地说："不会吧？他在我印象中一直是循规蹈矩的人，咋个可能是拈花惹草的花心大萝卜呢？"章懿华生气了："你怀疑你爸爸无中生有、添油加醋地拆散你们？"章晓白真有云里雾里的感觉，为了宽慰父亲，她顺从地说："爸爸，您让我亲自问问他，如果他真是一个花心大萝卜，我叫他要有多远滚多远，好吗？"女儿最后的表态，犹如一个熨斗，熨平了章懿华因愤怒而激动的情绪。

舒中胜自从将妻子赶出家门并很快解除婚姻关系后，他的家便乱套了，犹如一团乱麻。他习惯了被胡丽萍伺候，养尊处优，现在不仅要自己动手买菜做饭，还要照顾年迈且听力不好的父亲，没有办法，他托人雇了一个保姆。哪知这个保姆做事很不认真，做的饭菜更是完全不对他的胃口，与胡丽萍做的饭相比，简直是天壤之别。没过几天他就忍不住了，叫保姆卷铺盖走人。

但生活还要继续，他既没有时间操持家务，也不擅长、不喜欢家务劳动，他只好每天给父亲叫外卖，或带着父亲下馆子，与那些陌生的面孔在喧闹声中各自低头进食。曾经温暖如春的家变成了一个冰冷的地窖，没有一点家庭的温馨与幸福可言。

这期间，他将自己被戴绿帽子的事当作一项保密工程，除了被章懿华几个铁哥们撬开嘴知道外，他没有向任何人透露一句。但世上没有不透风的墙，有人不知从哪里得知了他的遭遇，向他表示安慰和同情，并张罗给他找对象，说他这么大一个企业家，身边不能没有一个伴侣。他也确有这个想法，可接触了几个女人，都很不满意。那些半老徐娘无论是形象气质，还是情调品位，都远不如前妻胡丽萍。可这些女人的"嗅觉"却很灵敏，对他的财产特别关心，几乎没有一个不是冲着他的家产而来的。在这个物欲横流的年代，这也可以理解，但让他不能接受的是，当他说自己父亲年老多病，听力不行，已经有老年痴呆症前兆时，这些女人似乎跟商量过的一样，都说对照顾老人不感兴趣，甚至说与老人在一起生活不方便、不习惯，言语中明显透露出对老人的嫌弃，这与前妻任劳任怨照顾老人根本没法比，使他不是愤然离去，就是话未说完就下逐客令。

　　也有朋友给他引荐了一位商界女强人，说她身家过亿，与他十分般配，可与他在商界比翼齐飞。结果对方是一个工作狂，一天到晚东奔西走，脚不挨地，别说指望她来照顾他和父亲，恐怕还等着他去伺候她的后半生。

　　还有一位生意场上的朋友，也给他介绍了一位风韵犹存的中年妇女。这个女人说话做事都很有亲和力，他一见就有些着迷。但这个女人在向他施展媚功的时候，却对他的商业机密颇感兴趣。当他与一位生意场上的竞争对手谈判的时候，他发现对方居然对他的底牌了如指掌，这个"底牌"除了他知道外，只在无意间透露给了这个女人，他这才恍然大悟，她是商业间谍，是竞争对手安放在他身边的窃听器，他顿时吓出一身冷汗。

　　都说有钱的老男人与年轻女人处对象不存在年龄差距，只要你有钱，再年轻貌美的姑娘都会爱上你，这话似乎一点不假。在这期间，就有一个比舒娟娟还小的女娃儿主动向他示爱，甚至开门见山地对他说，她负责貌美如花，他负责赚钱养家。但仅仅接触几天，他就发现这个女娃儿好吃懒做，花钱如流水。她每天除了热衷于用五花八门的化妆品对着镜子将脸面进行"艺术加工"外，只会叫外卖，根本不知道如何操持家务，更不会照顾他和身体每况愈下的父亲，使他非常失望。他问她："你为啥一点都不晓得节约？"她理直气壮地告诉他："你的金钱，乃我的身外之物，我为什么要节约？"弄得他哭笑不得！

　　接下来，又有一个女大学生慕名而来要与他牵手。这个女娃儿倒是会做家务，还会照着菜谱炒菜做饭，但她总以自己为中心，自私得出奇，只做她喜欢的饭菜，根本不知道体贴、照顾他和他父亲。他给再多的钱，她也不够用，不仅总是找他要钱，而且放在家里的钱也会隔三岔五地不翼而飞，好像家里有一个贼一样，让他提心吊胆，防不胜防。

舒中胜毕竟是活了大半辈子的老男人，出现这些问题，他还是懂得去找背后真正的原因。人家那么年轻委身于你，不就是图你有几个臭钱吗？人家趁年轻多积攒一点，让自己悄悄富起来，等你两脚一伸走了，她不至于喝西北风！再说，一树梨花压海棠，人家还想鸳鸯被里成富婆呢！你贪她年轻美貌，她贪你有地位有钞票，这是公平交易，各取所需。说老夫少妻有爱情的都是骗人的鬼话！

接触了这两个女娃儿之后，他再也不敢有"老牛吃嫩草"的想法了。他这才明白孙向东说的那些话，别看老牛吃嫩草表面风光，背地里却是有苦难言。

他又恢复了往日的生活，获得了平静与安宁，但平静与安宁的同时也时常感到寂寞和冷清。

第三十六章

　　这是一个月上柳梢头的黄昏，舒中胜心不在焉地拿起笔，刚临摹好王羲之《兰亭序》的"永和九年"四个字，手机便响了，当年那个女秘书不知从哪里得到他被戴绿帽子的消息，打电话来安慰他，并约他去月朦胧酒吧相见。他没有忘记当初她举报自己侵吞国有资产，使自己银铛入狱的惨痛教训。但女秘书说她当时年轻，舍不得他的爱，舍不得那段精彩的感情，才因爱生恨，她后悔了很多年，为了他，至今未婚。

　　听说她为了自己仍然单身一人，他不由得动了恻隐之心，加上自己头上戴着那顶比紧箍还难受的绿帽子，心里有苦难言，也就鬼使神差答应了她的邀请。

　　他来到月朦胧酒吧，酒吧里充满了男女之间的暧昧气息。当年这个年轻美丽的女秘书已经被岁月褪去了芳容，但她毕竟比他小一二十岁，加上精心化了妆，又穿得时髦得体，依然颇有几分姿色。如果是饥渴难耐的一般男人，说不准见面就想钻进她的石榴裙里，但舒中胜毕竟阅人无数，尤其是年轻貌美的女人没有少接触，他虽然处于失意之中，但还是控制住了自己。

　　女秘书很会揣摩男人的心，尤其是舒中胜的心。这个曾经她爱得死去活来的男人的脾气和性情，甚至他的每一个毛孔，她都了如指掌。她见到他就掩面而泣，哭得梨花带雨，说自己如何日夜思念他，至今还戴着他当年送给她的手表和项链，并展示给他看，借此勾起他对昔日的怀念。她一边回忆往事，一边关心眼前这个男人，为他的不幸愤愤不平。说她早就看出他老婆不是一个好女人，满脸骚气像一个狐狸精，并说他辛辛苦苦养育了几十年的女儿竟然是别人的种，她真为他难过。说着说着又嘤嘤哭泣，好像她是这个世界上最关心、最体贴、最懂他的女人。

见她花容失色、梨花带雨，舒中胜反倒安慰她不要伤心。他突然想起一个问题："你是怎么知道我的隐私的？你是从哪里得到的消息？"女秘书说："好事不出门，坏事传千里。你这么有名的企业家，要想瞒住所有人，恐怕没有那么容易。"舒中胜知道她与医院秃头副院长熟悉，猜她是从他那里得到的消息，自言自语地说："我知道了，秃头真他妈不是个东西，竟然把我卖了。"女秘书岔开话说："是谁告诉我的不要紧，要紧的是得到这个消息后，我为你难过，为你鸣不平！"他外强中干地自我安慰："天要下雨娘要嫁人，谁叫我摊上这么倒霉的事情呢？"女秘书关切地问道："中胜，你现在有何打算？"他实话实说："我最近脑子里乱得像一锅粥，啥打算都没有！"女秘书体贴入微地说："中胜，我知道，你现在最需要有人来安慰你、心疼你，照顾你的起居，陪伴你摆脱阴影，重振生活的信心。看在我们过去恩爱的分上，我愿与你重归于好。"

她以为自己是来拯救他的，凭着残存的几分姿色，就能抚慰舒中胜那颗伤痕累累的心。哪知舒中胜早已不是昔日那个涉世不深、贪恋女色的年轻商人，他领教过她的蛇蝎心肠，知道她并不是一盏省油的灯。换言之，她是他风流人生的掘墓人，他对她不可能不提防。他今天之所以没有拒绝与她见面，是因为他实在太孤独、太苦闷了，想借此安顿一会儿痛苦的心。但当听到她想与他再续前缘时，他瞬间清醒了。他抬起手腕看了一眼手表，借口与客户还有约会，便到收银台结了账，匆匆离开了酒吧。

　　章懿华与易天雄在河边散步，恰好遇到舒中胜走来。易天雄问他："一个人在外闲逛，是不是染坊拜师傅——好色去了？"舒中胜苦笑一声，隐瞒了与老相好的约会，撒谎道："我现在是树叶落下来都怕打破头的人，哪还敢有杂念哟！我刚与外商谈成一笔生意，现在赶回去为老爸做饭，不像你易大处长，一日三餐都有保健医生照顾，过着饭来张口、衣来伸手的神仙日子。"易天雄责怪他说："谁叫你疑神疑鬼，强行把胡丽萍撵走嘛！现在没人伺候，后悔了吧？"舒中胜一听"胡丽萍"三个字就来气，愤懑地说："易莽娃，你别哪壶不开提哪壶！你再提她，我跟你翻脸！"易天雄也识趣，赶紧打住说："好，好，你跟她有仇，怪我舌头上长葛针——说话带刺，不说她了。"章懿华赶紧打圆场说："中胜，你赶紧回家吧，别让伯父一个人在家挨饿。"舒中胜怒气消了，拍拍易天雄的肩膀说："好，我先走了，你们两个慢慢吹。"

　　易天雄突然问章懿华："你见到孙猴子没有？"章懿华回答说："我们昨天还在一起呢！"易天雄叹了一口气，关心地说："我们是不是该劝劝他，要么赶紧把谢紫婧请回来，自我检讨一番，求得小女子的谅解；要么与她快刀斩乱麻，一刀两断，好说好散。像这样耗着不是办法！"他掏出一支烟递给章懿华，章懿华摆手表示不抽，他便自己叼上点燃，深深吸了一口道："你看嘛，舒胖娃家里现在弄得一塌糊涂，孙猴子又搞得家不成家，看着哥们儿退休后不得安宁，我心里就像十五个吊桶打水——七上八下的！"章懿华也痛心地说："对头！没想到向东和中胜两家人搞成现在这个样，想起来就揪心！中胜现在正在气头上，光劝解决不了问题。胡丽萍一直洁身自好，我想她不会做出对不起中胜的事。我跟中胜说过，亲子鉴定也不是百分百准确，但又拿不出强有力的证据，要想说服他，可能还要假以时日。"说到这里，他深为两位哥们儿难过，又伸出手来，示意易天雄给他一支烟。

　　章懿华抽着烟，舒缓了一下心情，接着说："上次酒后，向东就透露出老夫少妻的弊端，他已经表示要与谢紫婧结束这段孽情，我也劝他要离就趁早，姓谢这个女人不是一盏省油的灯。"他想说在东城根街街口，亲眼看见谢紫婧与一个中年男人在车上卿卿我我，欺骗了向东的感情，但话到嘴边还是咽回了肚里。

此时，孙向东正站在讲台上给学生授课，口若悬河地讲解《空间解析几何与向量代数》的知识点。

孙阳光的汽车今天限行，他下班乘地铁回家时，恰好在车上与父亲相遇。见到父亲一脸倦容，他体贴地对父亲说："爸，我看您最近老了一大截，咋个搞的嘛！"孙向东不以为然地说："没有啊，我感觉自己还很年轻啊！"孙阳光说："前两年，我看您一根白发都没得，现在鬓角已经白花花一片了。"孙向东用手梳理了一下头发，自鸣得意地说："你是啥子眼睛哟，我这不全是黑发吗？"孙阳光伸手摸了摸父亲的鬓角说："您呵得了别人，呵不了我。您耳朵边上的白发尽管染了，但泛黄的颜色是掩盖不住的。"孙向东无法反驳，只好岔开话说："现在年轻人都在焗油染发，上了一点年纪的人，让白发变黑发也不奇怪！"孙阳光紧追不舍地说："您已经过了花甲之年，本该拉伸享清福了，结果招来一个狐狸精，既不照顾您，更不照顾奶奶，反过来还要您去将就她、伺候她，把她像先人板板一样供着，让您又受苦来又受累，比猫儿抓糍粑还难脱爪爪！何苦呢？"孙向东虽然已对谢紫婧感到厌恶，但在儿子面前，他还是装作若无其事："你不能没大没小的！她现在毕竟是你爸的老伴，你应该称她阿姨！"孙阳光坚持自己的观点，愤懑地说："她就是狐狸精嘛！我们一家人本来过得好好的，她突然横插一杠子，将您和妈妈拆散，您没觉得她就是吃人不吐骨头的妖精吗？"孙向东教训儿子道："你不能这样刻薄地说她！"孙阳光理直气壮地说："她破坏了您和妈妈的感情，拆散了我们好端端的家，我没有当着您的面撕她的嘴，已经算是客气的了！

您以为我不晓得吗？你和她在一起不是安心过日子的，根本没意思。我看得出，您现在对麻将热情，是因为内心空落落的，没有着落。为啥就不能跟她拜拜，与妈妈重归于好呢？您看我妈多好，里里外外一把手，尤其是一门心思扑在家里，把家操持得干干净净、亮亮堂堂的，之前把您照顾得巴巴适适、舒舒服服的，哪一点不比那个狐狸精强？"孙向东叹了一口气，有苦难言地说："谁叫你妈当初那么强势，在家里指手画脚、一手遮天，让我一点尊严都没有！"孙阳光解释道："妈是热心肠、急性子，对谁都没有恶意。自从你们离婚后，妈已经改了很多了，她的为人、她的品性、她的能力，您是知道的，她是有口无心的贤妻良母！您不能因为我妈性格强、性子急，就一抹布将她的优点都擦掉。"

　　孙向东与前妻殷笑英是在上山下乡的患难中认识的，还是他苦苦追求的她，他们之间的感情是很深的，只因为性格不合，恰好被谢紫婧插了一脚，才分道扬镳的。哪知与谢紫婧激情过后，他才发现谢紫婧除了外貌之外，根本不是他喜欢的类型，他现在已经打算与谢紫婧分道扬镳了，但在儿子面前他还是强装没事儿。现在儿子把话挑明了，他也没有暴露自己内心的痛苦，只是忍不住问道："你妈最近好吗？"孙阳光见父亲主动问起母亲，知道父亲已经开始倾斜内心的天平，便故意说："妈妈好着呢！她还不时跟我说，您有慢性胃病，叫我提醒您每天按时吃药、按时就餐，米饭不要太硬了，尽量吃热的和软的。"孙向东听说孩子他妈如此惦记自己，不由得心头一热，对儿子说："转告你妈妈，说我谢谢她的关心。对了，你妈妈在部队时落下了风湿病，你提醒她要注意。还有，她腰椎间盘膨出，骨质增生，不能久坐，要时不时起来走动一下。"他不想再说了，怕说多了控制不了自己的感情，赶紧打住说："到站了，你赶紧回家去吧！"

　　孙阳光回到家里，殷笑英问他为啥这么晚才回家。他兴奋地对母亲说："我在地铁上碰见爸爸了。"殷笑英问儿子："你也坐地铁了？"孙阳光告诉母亲："我的车今天限行。爸让我转告您，说您在部队患了风湿病，请您注意，要保重身体。"殷笑英脸上露出了一丝不易察觉的笑容，说道："难得他还有一点良心。"孙阳光安慰母亲说："实际上爸爸心里一直有你，在我面前说了您不少的好话。听奶奶说，那个狐狸精被爸爸一巴掌打走后，除了偷偷摸摸回去拿了一次东西，再也没有回去过，爸爸也没有去找过她。据我分析，爸和那个下三滥的女人，要不了多久就会散伙。"殷笑英可能被孙向东伤透了心，不想再听儿子讲下去了，她制止他说："你别说了，我不想听他们那些陈芝麻烂谷子的事。"

这是一个雨后初晴的上午，一架客机掠过南海观音巨大塑像的上空，平稳地降落在三亚凤凰机场。

谢紫婧与卓文轩乘坐一辆出租车从机场直奔亚龙湾。二人有说有笑地拎着旅行箱进入喜来登度假酒店，在收银台办好入住手续后，俨然一对热恋的情侣，手牵手进入一套高级海景房。

二人关上门，立即相拥而吻。过了一会儿，换上泳装出了门，踩着细腻松软的海沙，向浅蓝色的海水走去。

两人在浅水区游泳，尽情地享受清波细浪的抚摸。在阳光躲藏到一片乌云背后时，他们互相撩拨海水，亲昵地嬉戏。

两人走上岸，来到沙滩椅上躺下。谢紫婧深情地说："跟你在一起，真有趣！"

乌云散去之后，天空又露出一片诡异的光斑。卓文轩望着无垠的大海，感慨地说："面朝大海，春暖花开！与心爱的人在一起看云飞浪卷，人生最大的幸福莫过于此。"谢紫婧幸福地说："跟你在一起，太浪漫了！我想和你就这样在一起，一直到地老天荒。文轩，你和老婆离婚的事进展得怎么样了？"卓文轩回答她："正在办理之中，应该快了吧！"谢紫婧动情地说："我原想等那个老不死的自己提出离婚，这样我就可以多分一点财产，但自从与你在一起后，他那点小钱根本不值一提。现在我一天都不愿意再等了，回去后就跟他离婚，我想和你天天在一起，一时一刻也不分离！"她像蛇一样将白嫩光滑的身体扭着靠在男人的胸膛上，并小鸟依人地望着他。卓文轩的手不老实地在她身体的敏感处游动，笑道："我跟你的心情一样，对未来充满了期待。"

谢紫婧陶醉地说："等我们结婚之后，我就给你生一个胖儿子，像你一样聪明，像我一样漂亮！"卓文轩把她的头揽过来，在她脸上吻了一下，仿佛是送给她一个奖励。

两人躺在沙滩椅上，就这样聊着、旁若无人地亲昵着。他们自以为找到了真爱，实际上是毫无道德底线、龌龊到底的鬼混。夕阳似乎已经看不下去了，羞怯地躲了起来，将夜幕坠落到大地，这对偷情的男女这才裹着浴巾离开沙滩，恬不知耻地手挽着手向酒店走去……

大城市的三甲医院，往往是这个城市人流量最多的地方，就连那些繁华的闹市区也望尘莫及。尤其是在医院门诊挂号处和收费窗口，人挨人，人挤人，有的因插队而争吵，有的因不小心踩着他人而推搡，熙熙攘攘、人声鼎沸，目的都只有一个，到这里治病。人群像潮水一样涌进医院的各个角落，使你不得不相信人吃五谷生百病这个道理，并坚信任何人都有坠入疾病旋涡的那一天。幸运的人或许只需一次就跳到了岸上，不幸的人经常在旋涡之中挣扎，最不幸的人则被卷进旋涡，永远地离开了这个世界。

舒娟娟接受治疗的血液科相对来说要清静得多，这里就像一个死寂的港湾，入住的患者要么已经没有精力去排队、去争吵，要么正在与死神搏斗，身心都不得空闲。舒娟娟躺在病床上，每天除了输液、打针、化疗，再也看不到外面的世界，闻不到鸟语花香，见不到风云流转，白色的天花板已经成为她夜以继日仰望的风景。

白血病在我国乃至全球发达国家，都是最难治愈的疾病之一，它与渐冻人症、癌症、艾滋病、类风湿一起被世界卫生组织列为最难医治的五大疾病。有幸的是，在五大疾病中，唯有白血病是可以通过骨髓移植治愈的疾病。但骨髓配型成功的概率十分低，且移植费用高昂，很多患者都因此失去了宝贵的生命。

这天，章懿华和房屋中介公司一个女娃儿，一早就来到了成都市房产交易中心。与等候在大厅的买家见面后，三人就准备去办过户手续。买家是一位胖乎乎的中年妇女，尽管买卖合同早已签订，但她还想砍价，对章懿华说："章老师，现在房价天天在跌，能不能再相因一点？"章懿华无可奈何地苦笑道："周大姐，我卖给您这个价钱，已经是通市最便宜的了，如果不是急着用钱，我还舍不得卖呢！"周大姐摇着本来就宽大肉厚的肩膀，表现出很不情愿的样子："我不呵您，如果不是我家娃儿要结婚，我真不想现在买房子。"中介连忙插话说："周阿姨，合同早就签订了，网签也做了，就别再说了，咱们赶紧去办理过户吧！"

章懿华从包里取出房产证和土地证交给中介。

中介来到总服务台排队，将证件提交给交易中心工作人员查验，取号。之后，买卖双方先到银行柜台办理资金监管，然后按照交易程序到有关窗口签字、按手印，办理产权过户的烦琐手续。当把产权证递交给工作人员入库存档，缴纳税费，获得取件单后，交易也就基本完成了。章懿华终于如释重负，随即离开了交易中心。

舒娟娟所在航空公司的领导对她的病情十分重视，为了帮助她治病，挽救这个年年被评为优秀员工的年轻人的生命，在政工例会上，领导做出决定，全员提前体检，他们带头并动员员工给医院提供血样。这天，恰逢那个英俊的机长休息，他自然最积极、最热心，一早就带着机组全体人员来抽血，直到同事们都走了，他还在病房陪着舒娟娟，给她讲最近飞行中的趣闻逸事，使舒娟娟煞白的脸上露出了难得的笑容。

舒娟娟的亲朋好友更是积极主动地到医院抽血，增加骨髓配型成功的概率。在这关键时刻，所有人的帮助都展现出了人性的温暖和可贵，为舒娟娟的康复带来了希望。

孙阳光和乔翠莲接受采血后见舒娟娟睡着了，给胡丽萍打过招呼，便轻手轻脚地离开了病房。易天雄、易德璋和蒲大侠、郑倩倩、蒲琪玫接受完采血，安慰了胡丽萍一会儿之后，也蹑手蹑脚地走了。章懿华和女儿从采血处回到病房，见舒娟娟苏醒过来了，除了安慰胡丽萍，就是鼓励舒娟娟好好配合医生治疗，祝她早日康复。

易天雄和孙向东虽然离开了病房，但并没有走远，一直站在病房外等章懿华，因为病房内不许滞留太多探视人员，他们只能在外面等他。章懿华离开病房之前，将一张银行卡交给了胡丽萍，胡丽萍知道这是他出售住宅的所得，坚决不收。看着爸爸和丽萍妈妈相持不下，章晓白从父亲手里要过银行卡，硬塞到胡丽萍手上，诚恳地对她说："丽萍妈妈，为了娟娟，请您务必收下。"

在某些人爱财如命，甚至把钱看得比生命还重的今天，章懿华和章晓白如此慷慨解囊，胡丽萍禁不住热泪盈眶。常言说大恩不言谢，她动情地说："那说好，就当我向你们暂借的，有了钱我一定还。"章懿华告诉她："先不说这个，给娟娟治病要紧！"说完向舒娟娟做了一个再见的手势，独自离开了病房。

这一幕，舒娟娟全看在了眼里，她心里十分感动，但由于身体极度虚弱，她无力撑起来表示感谢，扬起手说了一声："谢谢章叔叔！谢谢娟娟！"说完泪水便忍不住流了出来。章晓白连忙俯身为她擦去眼泪，一边拉着她的手安慰她，一边与胡丽萍闲聊。

殷笑英、袁圆接受采血后也来到了病房，见章晓白与胡丽萍亲热得像一对母女，殷笑英随口说道："晓白，你和丽萍阿姨好亲热啊，都让我嫉妒了！"章晓白毫不掩饰她与胡丽萍的亲密，回答道："阿姨，你们都知道，我妈妈生下我后就去世了，我是和娟娟一起吃丽萍妈妈奶水长大的，难怪很多人都说我长得也像丽萍妈妈。"章晓白紧握着胡丽萍的手，亲昵地问她："您说是不是，丽萍妈妈？"胡丽萍深情地抚摸着晓白的手，俨然像母亲爱怜自己的女儿一般，用点头作为回答。这一老一少的表情，让站立一旁的袁圆突然有了一个大胆的想法，但她没有说出来。

骨髓配型的结果不理想，很不理想！没有一个人的骨髓合适。这对娟娟来说，无疑是沉重的打击。刚露出的生命之光，又被病魔熄灭了。

第三十七章

最近几天一直秋雨绵绵，天空仿佛出现了一个巨大的窟窿，雨水宛如断线的珠子坠落，湿透了大地，湿透了人的心情。傍晚时分，天空又突然刮起一阵大风，风儿拍打着窗户，穿过窗户的缝隙发出呜呜的嘶鸣，加剧了秋天肃杀的气氛。舒娟娟似乎意识到了生命即将走到尽头，她心灰意冷，神情恍惚，开始对自己短暂的一生进行回顾与总结，让那些熟悉和不熟悉的人走进自己的脑海里。

这些日子，几乎所有的亲朋好友都来医院看望了她，给她以安慰和鼓励，让她感受到了真诚和温暖。然而，她亲爱的父亲，这个与她相处了几十年的亲人，却没有露过一次面，没有给她带来只言片语的安慰。她知道父亲恨妈妈，也恨自己，但他们毕竟一起生活了几十年啊！他从小疼爱自己，把自己当作他的心肝宝贝，因为一纸所谓的亲子鉴定，她就遭到他无情的抛弃……她不知道是该恨他，还是该原谅他。她突然想，在离开这个世界之前，应该把心中的想法告诉他。于是，她请护士将床摇起来，躺在床上用尽所有力气在微信里给父亲写了一封信。

亲爱的爸爸：

这是我给您写的最后一封信，也是最后一次这样称呼您。尽管您不愿承认我是您的女儿，甚至认为我亵渎了您的感情，但我坚持认为，您就是我的爸爸！是养育了我三十年，至深至爱的亲人！

得知亲子鉴定说我不是您的女儿，妈妈犹如五雷轰顶，她去医院找做鉴定的人理论，居然被当作医闹送进了派出所，还被一些脑子进水的人气得昏死过去，如果不是医生抢救及时，她可能已经离开了我们。她苏醒过来后，我认真严肃地问了妈妈，我的爸爸是谁。她斩钉截铁地说，是您！她没有做对不起您的事情。我相信妈妈，因为她从没有撒过一次谎！

我出生前，您曾经背叛过妈妈，走过一段弯路。那时妈妈年轻貌美，是四川当红歌星，还出了个人专辑，一首《执着如初》不仅红遍了大江南北，还反映了她对爱情的坚贞与执着。她在你最困难、最无助的年月，依然对您不离不弃，也没有过任何绯闻。直到您刑满释放归来一年之后，才有了我，这说明她是一个冰清玉洁、仁慈善良的女性。这样一位女性，难道不应该值得您一生去尊敬和珍惜吗？可是，你却残忍地抛弃了她……

我相信科学，但我与您的亲情，您和妈妈患难与共、生死相依的夫妻感情，难道就被一纸亲子鉴定扼杀了吗？

我得了不治之症，随时都有可能离开这个世界，但我对这个世界依然充满热爱，因为我有幸成为您的女儿。即使您不愿承认，但我依然想对您说：谢谢您，亲爱的爸爸！谢谢您对我几十年的养育之恩！谢谢您从小到大对我无微不至的爱！谢谢您给我童年的幸福、少年的快乐、成年后的鼓励！如果有来世，我再做您的女儿，报答您的养育之恩！即使在九泉之下，我依然铭记您的父爱，为您祈祷和祝福！

别了，亲爱的爸爸！

您的女儿舒娟娟　绝笔

2025 年 2 月 18 日

舒娟娟将这封信发给父亲后，悲痛欲绝，万念俱灰。

她知道白血病是不治之症，能够治愈的唯一希望就是骨髓移植，可那么多亲朋好友和同事来献血，都不适合，等于宣告了她的死刑。妈妈为了筹集给她治病的钱，不仅卖了房子，而且去娱乐场所献唱，深夜归来还遭到流氓侮辱，不仅如此，就连章叔叔也把房子卖了资助自己……

她知道治疗白血病是一个无底洞，很多人为了治这个病债台高筑，结果是人财两空。与其这样等死，还不如……她深感绝望，深感愧疚。死亡的阴影在她的脑海里弥漫，求生的欲望已经荡然无存。她不想再拖累妈妈，一咬牙，将水杯摔碎，用玻璃片割破自己的手腕……

值班护士听见水杯掉在地上的声音，进入病房查看，见她手腕血流如注，一边呼喊医生，一边用止血纱布为她包扎。

值班医生奔来，立即和护士一起为她止血。由于抢救及时，舒娟娟总算暂时脱离了生命危险。

胡丽萍在夜总会唱完歌，拖着疲惫的身体来到医院，见到医生和护士正在抢救女儿。听说女儿割腕自杀，她顿时心如刀绞、痛不欲生，深感老天爷对女儿不公。她知道女儿之所以想走绝路，是因为治疗白血病唯一的途径已经被堵死了，治愈的可能性几乎等于零。望着女儿惨白的面孔，虚弱的身体，她仿佛看见天已经塌下来，地已经陷下去。女儿都不想活了，自己活着还有什么意义？她目光呆滞地望着奄奄一息的女儿，已然失去了生活的勇气，像一片被秋风秋雨刮落的枯叶，悄无声息地离开了医院。

她神情恍惚地来到锦江边上，风雨虽然小了一些，但依然将她淋得像落汤鸡。她感觉不到一丝寒意，因为她的心已经冷漠如冰。她既像被注射了麻醉药一样麻木，又像心被掏空了一样茫然若失。

人，一旦对生活失去了信心，对这个世界就不再有留恋，不再有牵挂，仿佛悬崖上突然坠落的一块巨石，谁也阻挡不住它掉进深渊。

她神情迷茫地站在江边，望着阴沉沉的天空，望着黑茫茫的江水，绝望至极："我一生没有做过任何亏心事，老天爷，你为什么要这样惩罚我的女儿？如果你要索命，那就索我的命！"

说完，她就向江堤缺口走去，眼睛一闭，跳进了江里……

公安机关接到医院职工举报，说秃头副院长涉嫌职务侵占犯罪。易德璋受领侦查任务后一下午都在医院财务处取证，直到基本掌握秃头副院长的犯罪事实之后，他才和另一位警察在医院门口分手，各自回家。

途经锦江，他隐约看见前方一位妇女有轻生的迹象，职业习惯使他紧跟了上来。不出所料，对方果然朝着没有护栏的缺口走去，他暗道一声："不好！"说时迟那时快！他用百米冲刺的速度跑上前去，毫不犹豫地纵身跃入江里。

易德璋从小喜欢游泳，对《水浒传》中的浪里白条张顺十分崇拜，小时候暑假跟随父亲回老家富顺，别人喜欢去逛文庙和西湖，他却钟爱到沱江关刀堤练习跳水。母亲在陆军军医大学进修那两年，他每次去重庆，都把长江和嘉陵江作为打卡地，还用一代枭雄曹操的"东临碣石，以观沧海"抒发豪气。长大参加工作之后，几次警察系统的游泳比赛，他都夺得冠军。因此，他水性很好，小小锦江，不在话下。他迅速游到溺水者身边，从后面托起她的身体，让她的头露出水面，不一会儿就将她救上了岸。

岸上有灯光，他看清是胡丽萍后，顿时惊呆了："阿姨，您咋个想不开呀？"胡丽萍呛了两口水，慢慢缓过气来，见是易天雄的儿子，有气无力地说："德璋，我不想活了。"易德璋安慰她说："阿姨，你千万不要这样说！"见她已经脱离了危险，他把她背到公路上，招来一辆出租车，将她送回了家。

胡丽萍的家是一个陈旧的出租房，室内破败不堪，让易德璋目不忍睹。他怕她再轻生，提出将她接到自己家去住，可她坚决不同意。正在这时，章晓白打来电话，听易德璋说胡丽萍跳水轻生，她十分着急，一边安慰胡丽萍，一边问易德璋，丽萍妈妈住在哪里。

舒中胜半夜收到舒娟娟发的微信，这个在生意场上打拼多年，很少流泪的男人，看了一半眼泪就像断线的珠子，根本不听他使唤。

他再也睡不着了，一大早就跑到医院，恨不得去抱住舒娟娟痛哭一场。但是，到了医院，他又放不下自己的面子。

他在舒娟娟的病房外徘徊，直到医生上班了，他也没进去。他想想，转头去了血液科找到舒娟娟的主治医师，拿出银行卡，说自愿捐款 100 万元用于舒娟娟的治疗，同时提醒医生不要透露是他捐的。

眼看医院就要断供自己的自费药了，突然收到一位好心人的捐款，舒娟娟心里十分感激。她打电话告诉妈妈，胡丽萍喜出望外，急忙赶到医院。胡丽萍到医院缴费处去查询，希望知道对方姓名以便感恩，但财务负责人告诉她，对方不愿透露自己的姓名，医院就不能说。胡丽萍只好虔诚地对着天空说："好心人，谢谢您了！"

在色彩缤纷的 T 台上，蒲琪玫出众的容颜、婀娜的身姿、轻盈的步履、顾盼生辉的神态，越来越受到观众的追捧。她成为许多年轻小伙子的梦中情人，追求她的人也越来越多。先是郝林追求她，每次蒲琪玫上台表演，他都争取到场观看，给她鼓掌献花。但是，郝林是一个时事新闻记者，平时工作繁忙，家境一般，经济收入也有限，也就不可能每次都去为蒲琪玫捧场，他对蒲琪玫的殷勤基本上停留在精神层面。在这个物欲横流的年代，他的付出就显得有些寒碜了。所以，郝林一直没有公开向蒲琪玫表达自己的感情，他对蒲琪玫还处于暗恋阶段。暗恋往往是成功的哑剧，说出来就成了悲剧。他深谙这个道理。

接下来，便是贾德旺向蒲琪玫发起爱情攻势。贾德旺与郝林不同，他不仅长得高大帅气，风度翩翩，比热播电视剧中的许多男一号还耐看，很符合当今年轻女子的审美标准，而且他显得颇有经济实力，能自由支配自己的时间。蒲琪玫的走秀活动，他一场不落地出现在观众席上，从各个角度拍摄她的倩影。他先是冲洗出精美的照片送给蒲琪玫，熟悉之后，他与蒲琪玫成了微信好友，就用像素与分辨率很高的苹果手机拍照，随时发给蒲琪玫。慢慢地，蒲琪玫就开始疏远郝林，对他不理不睬，与贾德旺成了无话不说的知心朋友。

　　贾德旺穿着时髦，经常带着蒲琪玫出入高档消费场所，仁和春天、IFS、太古里、万象城、环球中心等等，都留下了他俩手挽手、肩并肩，形影不离的身影。他出手阔绰，擅长投其所好，不时给蒲琪玫买一些礼物。女娃儿往往都有虚荣心，能得到男人的宠爱，见对方舍得为自己花钱，她就认为对方是真心爱自己的。于是，蒲琪玫把贾德旺当作心中的白马王子，视其为理想中的另一半，将自己的初吻献给了他。

　　一天晚上，贾德旺邀请蒲琪玫共进晚餐，餐后又去 KTV 唱歌，在半醉半醒间，贾德旺将蒲琪玫带回了自己的别墅。蒲琪玫从来没有见过这么豪华的私人住宅，尤其是坐到仿制俄国女皇叶卡捷琳娜曾用过的梳妆台前，面对镜中与贾德旺依偎在一起天造地设般的身影，蒲琪玫十分惬意。再看那张巨大的圆形水床，在暖昧的灯光的映照下，犹如人间仙境，她更是如痴如醉了。贾德旺给她介绍说，这是进口恒温系统加温的水床，你躺在上面感受一下吧！

　　蒲琪玫的心早已被他征服，也就开心地躺下了。躺在水床上的感觉就像浮在水里，又似飘在空中，人动水动，人不动水也在动。蒲琪玫不由得闭上了眼睛，感觉自己飘飘欲仙。贾德旺期待的就是这个时刻，急忙宽衣解带，像饿狼一样扑在他垂涎已久的身体上……

　　血液科的病房安静得掉一根针在地上都能听见，输液瓶的液体犹如游丝一样缓缓流入舒娟娟瘦弱的身体，维持着她脆弱的生命。她脸色苍白，美丽的面庞因为病魔的侵袭日渐消瘦，隐约可见凸起的颧骨，那双曾经灵动的眼睛也因为身体的虚弱变得无神。可以想象，这个如花似玉的姑娘在与死神进行搏斗的过程中经历了多少痛苦。

　　人，哪怕是生命力旺盛的年轻人，一旦遭遇恶魔一样的不治之症的摧残，也毫无还手之力。生命的脆弱，也就在这个时候暴露无遗。

　　章懿华和章晓白又来医院病房看望舒娟娟，除了安慰神情黯然的胡丽萍，鼓励舒娟娟树立战胜病魔的勇气，他们似乎也不知道该如何帮助这母女俩。章晓白握住舒娟娟的一只手，恨不得将自己的温暖和健康通过这种方式传递给自己的姐妹。从舒娟娟竭力露出的笑容中，章晓白仿佛听到了舒娟娟的内心在哭泣。如果不是担心加重她的病情，章晓白真想抱着舒娟娟痛哭一场，释放积压已久的情绪。

　　章懿华犹如重睹了爱妻白琳娜临走前的情景，重新体会了那种痛心疾首却又无能为力的痛苦。他怕自己控制不住奔涌而来的情绪，便来到了护士站，恰好主治医生也在，他问医生还有没有其他办法能找到合适的骨髓。他深知只有骨髓配型成功，才能挽救舒娟娟的生命。医生苦笑了一声，告诉他，已经和中国造血干细胞捐献者资料库，也就是中华骨髓库取得了联系，但现在这个骨髓库仅仅掌握了几万名捐献者的资料，刚传回来消息，很遗憾，没有找到合适的骨髓。现在能做到的就是邀请更多的人来抽血化验，或者到没有加入数据库的其他医院去寻找。

　　章懿华是军人出身，军人的秉性是永不言弃。他请医生将舒娟娟的骨髓数据写给他，他打算去试一试。

　　殷笑英和袁圆也结伴来探视舒娟娟。殷笑英眼前不由得浮现出当年白琳娜病倒时的情景，她也是这样日渐消瘦，也是没有任何药物能治愈，唯一的办法就是骨髓配型成功，进行手术移植。袁圆退休前是西部战区总医院的主任医师，她治愈过无数身患绝症的病人，但对白血病，除了移植匹配的骨髓，她也无能为力。娟娟是如何患上这个病的，她不得而知，如何才能寻找相同的骨髓，她也束手无策。但她脑子里有一个大胆的想法，今天，她开始将这个想法付诸实践。她在与胡丽萍的闲聊中，对舒娟娟出生时的体重和身高做了全面的了解，包括用什么颜色的浴巾来包裹她幼小的生命。胡丽萍说："你问这些干吗？"她说随便问问。实际上，她这个看似不经意的询问，却即将为改变娟娟的命运起到决定性的作用。

　　蒲琪玫早就想来探视舒娟娟，但因为近期演出任务重，加上与贾德旺处于热恋之中，耽误了时间。殷笑英和袁圆刚离开医院，蒲琪玫就捧着鲜花、拎着水果和闺蜜林秋兰走进了病房。两个女娃儿简直不敢相信自己的眼睛，躺在病床上奄奄一息的舒娟娟与之前那个宛若天仙一样的空乘小姐，完全判若两人。她俩不停地安慰舒娟娟，还双手合十虔诚地祈祷，希望老天爷保佑她早日康复。她俩的单纯和可爱状，使舒娟娟露出了难得的笑容。接下来，蒲琪玫和林秋兰都说自己很健康，是 O 型血，说不准她俩的骨髓能与舒娟娟的相匹配，请胡丽萍带她们去抽血。结果，就像众多献血者一样，两个姑娘虽然是万能供血者，但她们的骨髓并不与舒娟娟的匹配。据专家介绍，非亲缘人群骨髓配型成功率仅为四万分之一至十万分之一，配型成功难于上青天。

第三十八章

　　这天晚上夜黑风高，风儿吹着芙蓉花园小区中庭的树叶发出沙沙的声响，传递着一场大雨即将降临的信号。谢紫婧突然回到家里，向孙向东正式提出离婚。

　　人总会舍不得，舍不得一段感情，舍不得一份虚荣，舍不得一片掌声。但对已经名存实亡的婚姻，孙向东再也不想留恋，毫不犹豫就答应了她。虽然两人在感情问题上达成了一致，但在财产分割上，却产生了严重分歧。谢紫婧说："房子我不要，但你要赔偿我的精神损失费。"孙向东哭笑不得地告诉她："我们好聚好散，不存在谁欠谁的精神损失费。如果我的心情好，可以给你一二十万安慰。"谢紫婧对此不屑一顾，她说："仅这套房子就价值几百万，你一二十万就想把我打发了，当我是要饭的叫花子吗？"孙向东理直气壮地说："这套房子是我婚前购买的，属于我的个人财产。"谢紫婧也不嘴软，气势汹汹地指出："你别忘了，这是贷款购买的房子，我们结婚后，每个月都在还贷，其中有我一份！"听了谢紫婧的话，孙向东对这段感情彻底死了心，告诉她："你别忘了，贷款是我一个人在还，你没有出一分钱！"

　　谢紫婧不傻，更不是善茬，她咨询过律师，夫妻关系存续期间还贷的住房，离异时有一部分属于共同财产。但她的要求超出了孙向东的心理预期，二人无法达成协议。最后，谢紫婧抛出一句话："法庭上见！"随即冲进她与他曾经的爱巢，如今的感情废墟，像风卷残云般拿走她的全部细软，怒气冲冲地破门而出，丢下孙向东愤懑地跌坐在沙发上，半天说不出一句话。

章懿华几天不见孙向东，临睡前给他打电话，问他这几天在忙啥。孙向东将谢紫婧正式向他提出离婚的消息告诉了他。章懿华鼓励他说："既然她无情无义，你也用不着再折磨自己。离婚是纠正感情失误的最佳途径，我支持你！只可惜该为你两肋插刀的时候，我却只有一把刀，帮不上你啥大忙。"孙向东理解老哥们儿的心情，感动地说："有你这句话，我的心就好受多了。"章懿华停了片刻，对他说："我早就想告诉你，谢紫婧已经出轨了，与一个开奔驰的中年人关系非同一般。"接下来，他将这辆奔驰车的车牌号告诉了孙向东，请孙向东托人查一查。

"老九，你这把刀太及时了！说不准能斩断她分割财产的美梦。"孙向东接着说，"我马上就找人搜集她出轨的证据。"

此时夜已深沉，孙向东却毫无睡意，他一个又一个地拨打电话，终于查清这辆奔驰轿车的所有人是卓文轩，一家信托投资公司的总经理。

蒲琪玫将自己的初夜献给贾德旺之后，她就把这个男人当作自己的痴心爱人，对他言听计从、百依百顺。贾德旺也说她是他第一个动心的姑娘，一定把她当作公主一样来宠爱。虽然他没有隐瞒自己有过一次恋爱经历，但说那都是逢场作戏，绝不是发自内心。蒲琪玫死心塌地地爱他，对他的每一句话都深信不疑。从这以后，蒲琪玫与贾德旺便沉浸在男欢女爱之中。把爱情看得高于一切的蒲琪玫，恨不得每时每刻都和她的白马王子在一起，如果哪天没有见到他，她就像中了邪一样，心神不定、坐立不安。

这天傍晚，蒲琪玫从绵阳表演结束回到成都，也就是刚好三天没有见到贾德旺，她对他的思念，真可以说像度过了三个漫长的秋天。她专门去

花店买了一束他喜欢的蓝色妖姬，兴冲冲地来到贾德旺的别墅——他们的
爱情乐园。

她本来可以输入密码开门进去，但她想给他一个惊喜，制造一点浪漫情
趣，就按了门铃等白马王子来为公主开门。结果铃声响了半天里面也没有反应，
她只好输入开锁密码，哪知反复输入了几次都提示密码不对，她正纳闷，门
却从里面往外推开了。她正要扑上去与心上人拥抱，却突然愣住了，站在面
前的不是贾德旺，而是一位年过半百、仪表不俗的中年男人。她以为是心上
人的父亲，顿时羞得满面通红，镇定片刻才礼貌地叫了一声："伯父，您好！"
然后自信满满地做自我介绍，"我是贾德旺的女朋友，蒲琪玫。"

她本以为这位身家过亿、未来的公公会将她让进屋去，对她热情款待，
结果对方却堵在门口，不冷不热地告诉她："你说的贾德旺，我不认识！你
可能走错门了！"蒲琪玫退后一步，抬头看了一眼门牌号码，肯定地说："叔叔，
我没走错，我来过无数次！"对方惋惜地说："听口气，你是又一个上当受
骗的女娃儿。"蒲琪玫有些莫名其妙："您说啥？叔叔，这是您的房子吗？"
对方点头回答："是啊，这是我的家！"蒲琪玫反问道："之前住在这里的
那位高高大大、英俊帅气的小伙子，您不认识？"对方冷笑一声，对她说："你
说那个金玉其外、败絮其中的贾仁厚啊！他是我的租客，长期拖欠房租不说，
还把我家挂在墙上的字画盗走了，我已经报案！"蒲琪玫乍一听满头雾水，
但想到贾德旺与她在一起出手阔绰的情景，认为一定是这位叔叔搞错了，纠
正道："他不叫贾仁厚，他姓贾名德旺，我核对过他的身份证。"对方摇摇头，
提醒她："孩子，你太天真了！他给你看的身份证是假的，伪造的！我还担
心贾仁厚这个名字也是假的，骗人的！"

世界上最不能自拔的，就是深深投入的感情。蒲琪玫根本不相信她的心
爱之人是骗子，她为他辩解说："他不是那种人，我相信他！"对方遗憾地

说："他是一个骗子，骗钱又骗色。今天，我已经接待过了一个像你这样的女娃儿！"蒲琪玫坚信自己的直觉和感受："叔叔，您不了解他！我了解他，他是一个言而有信的人！"对方叹了一口气，自言自语说："我没长眼睛，年轻人也没有脑子呀！"说完就将蒲琪玫关在了门外。

蒲琪玫被泼了一瓢冷水，虽然不爽，但并没有凉着心。她急忙给贾德旺打电话，手机处于关机状态，她不厌其烦地拨他的手机号码，希望能早点找到他。

她清楚地记得，自己仔细检查过他的身份证，还在百度上搜索过他父亲实力雄厚的集团公司，她不信他是骗子。与他相处的这些日子，她从来没有发现他骗过谁，也没有听说谁被他骗过。他对她一往情深，让她尝到了爱情的甜蜜，享受到了人生的美好。她在心里想，世上哪有这么风度翩翩、善解人意、富有情趣、对她宠爱有加的骗子呢？如果骗子都像他这样英俊帅气、浪漫有趣，她心甘情愿被他骗。对了，刚才这位叔叔说他已经接待过一个像我这样的女娃儿，这能说明啥子呢？不是正好说明他优秀，说明他喜欢我而遭到了另一个女娃儿的报复吗？

有人这样说过，你宠爱一个姑娘，她的智商就为零；你若惹怒她，她的智商就满分。女人是典型的感性动物，热恋中的女人更是接近疯狂，在她们眼里，除了自己喜欢的人，其他都视而不见。有些姑娘，甚至为了给她的心上人买他喜欢的东西，整整一个月吃馒头咸菜或方便面对付。这些在恋爱中的女人很傻，傻得让人难以理解。

从认识到现在，贾德旺展现给蒲琪玫的都是美好的一面，浪漫、温柔、多情、体贴，让她深深感受到了被爱、被宠的甜蜜。蒲琪玫恰恰又是一个对爱情充满幻想的女娃儿，总喜欢一些不切实际的东西，缺乏对浪漫与温情的抵抗力。常人一看就一清二楚的事情，在她眼里却是一片混沌。

没有联系上贾德旺，蒲琪玫像丢了魂一样往回走，但她没有回家，而是独自来到锦江边上，来到曾经与贾德旺相依相偎过的一条长凳上坐下，失神地望着潺潺东流的江水发呆，脑子里全是他和她在一起的画面：一起逛街，一起到商场，一起走进电影院，一起耳鬓厮磨、相拥而眠……她现在是多么想见到他，想听他给自己解释为啥将手机关机，至于他是不是骗子，对她来说似乎并不重要，因为她压根儿不相信他会骗人。

正当蒲琪玫心烦意乱、浮想联翩的时候，手机突然响了，她以为是贾德旺打来的，激动得差点没拿稳手机，结果发现是闺蜜林秋兰的电话，不由得有些失望。她无精打采地接听道："有事吗，秋兰？"林秋兰听她低沉的声音，反问道："没事就不能给你打电话吗？"蒲琪玫唉声叹气地说："我现在没心情。"林秋兰问她："咋个了，是不是没有见到你的白马王子？"蒲琪玫也不隐瞒闺蜜，雨泣云愁地说："还王子呢，白马都不晓得跑哪儿去了！"林秋兰对她说："你给他打电话嘛！"蒲琪玫回答："手机都打爆了，还是关机。"林秋兰担心地问："不会出啥事了吧？"蒲琪玫怅然若失地自言自语："谁知道啊。"林秋兰想了想，鼓起勇气说："我早就提醒过你，这个人水很深，你小心被他淹死。"蒲琪玫不高兴了："不要说他坏话！"林秋兰赶紧打住："好，不说他！"话音刚落，她突然想起什么，补充道："对了，那个记者给我打电话，打听你的消息。"蒲琪玫问："你是说郝林？"林秋兰回答："对，就是他！他让我转告你，请你抽空看一本书。"蒲琪玫不屑一顾地说："看一本书？牙齿都给我酸倒了。"想想，还是忍不住好奇地问道："看啥子书呀？"林秋兰告诉她："王尔德的小说《道林·格雷的画像》。"蒲琪玫问："有啥好看的？"林秋兰答道："他说，'好看的皮囊千篇一律，有趣的灵魂万里挑一'。"蒲琪玫轻蔑地笑着，鄙夷地说："他还算有点自知之明，晓得自己长得没有德旺好看，拿看不见摸不着的灵魂来自我安慰。

秋兰，你甭理他！"林秋兰说："理不理他是你的事，但腹有诗书气自华，最是书香能致远。有时间读一点书，并不错。"蒲琪玫自嘲道："你是知道的，对我来说，世界上最远的距离不是天涯海角，而是与书本的距离。当初老师在讲下一节，你都在学下一章了，我还在看目录。"林秋兰谦虚地说："你读书的速度虽然比我慢一点点，但你的情商比我高得多呀！"她知道蒲琪玫现在不开心，没有心情去读书，也就转移话题问道："你现在在哪里？我过去陪你。"蒲琪玫表示同意："你来吧，我在百花潭锦江边上。"

　　章懿华躺在椅子上读《周易》，读到有趣处，会心地笑了，习惯性地拿起笔做笔记。厚厚的本子上，密密麻麻地写满了他对这本博大精深的古籍的心得体会。

　　章晓白回家见爸爸在读书，外婆在看电视，知道他们在等自己用晚餐，抱歉地说："下班后，董事长召集开会，让爸爸和外婆等久了！"

　　"不久。"父亲和蔼地说着，赶紧起身直奔厨房，"开饭啦！"他边说边将准备好的晚餐端上桌子。

　　章晓白径直走到缓缓从沙发上站起来的外婆跟前，从包里拿出两包精美的糕点递到老人手上，亲昵地对她说："外婆，这是您喜欢的雪花酥。"老人嗔怪地望着外孙女："又去买这么贵的东西！"章晓白不以为然地说："不贵。"随即扶着外婆向餐厅走去。

　　一家人边吃边聊，其乐融融，充满了家庭的温馨和人间烟火的味道。

　　章晓白一边用公筷给外婆夹菜，一边对父亲说："爸爸，我问过小吴了，您那天在茶房看到的那个女娃儿，您猜是谁？"章懿华也用公筷给女儿碗里夹菜，又给岳母夹菜。老人见女婿和外孙女都在孝敬她，脸上笑得像开花馒头，赶紧说："你们甭把好吃的都往我碗里夹，你们快吃呀！"

　　"我们在吃呀！"章懿华回答完岳母，转头对女儿说："晓白，你说，我看到的那个女娃儿是谁。"章晓白神秘地笑着，没有急于回应。章懿华心里一直有一个疙瘩等着女儿解开，见她表情坦然自若，猜想不会是坏消息，笑道："别卖关子了，快说！"章晓白这才调皮地说："是小吴的妹妹。"章懿华如释重负，表示自责："是我错怪他了！"章晓白调皮地说："看来耳听为虚、眼见为实这句话，也不能随便用了，是吧，爸爸？"章懿华主动自我检讨："对不起，女儿！我那天说的话，全部收回！"章晓白戏谑道："好，我接受爸爸的道歉。"章懿华瞟了女儿一眼，不悦之中充满怜爱："你呀，从小就是有理不饶人！不知从哪里学来的。"章晓白狡黠地笑道："有其父必有其女，都是您言传身教的嘛！"章懿华做出一副生气的样子："刁蛮公主！"

　　正说着，章懿华的手机响了，是易天雄打来的，他的大嗓门旁人都听得见："吃过饭没有？"章懿华回答："正在吃呢！"易天雄的声音："吃完饭河边散步啊，我有事找你帮忙！"章懿华问他："啥子事？你先告诉我。"易天雄欲言又止："嗯——见面再说吧！"章懿华也不追问，答应说："那好吧！"

　　吃过晚饭，章懿华开始收拾碗筷，章晓白抢着到厨房洗碗，对父亲说："爸，您去散步吧，易叔叔在等您呢！"章懿华体贴地说："你上了一天的班，累着了，去休息吧！"章晓白已经系好围裙，从父亲手里夺过筷子就熟练地搓洗起来。

　　儿子离婚后，易天雄才体会到了给儿子找对象不是一件容易的事情。他现在最大的心愿就是易德璋早点将媳妇娶回家，其他事情都可以放一放，这个事情必须提前。古话说，不孝有三，无后为大，这是他们家当前最大的事情。因此，他托了许多同事和熟人给儿子牵线搭桥，结果，没有一个女娃儿能让他满意。船上人不努力，岸上人累断腰。他催儿子抓紧，不能懒鸟不搭窝——

得过且过。但易德璋不是以工作忙敷衍，就是用没有碰到合适的进行推辞，一句话，严重缺乏"革命"积极性。身为父亲的易天雄却很积极，到处为儿子张罗，恨不得马上就将儿子送到民政局。他甚至拿自己给儿子现身说法，说当初他追求易德璋妈妈，那是一鼓作气，穷追不舍，叫他必须有这种气势和胆量！树怕摇，女怕撩，鸡怕撵，狗怕舔，见到中意的就要勇敢一点，不能抱着树子等兔子，让别人自己送上门来。一句话，要主动出击！然而，尽管他说破了嘴皮子，也没见到儿子带一个女朋友回家。所以，他不想再等了。他心里突然有一个想法，急着想见章懿华，请他来帮忙。

章懿华来到河边，见易天雄正搓着一双粗糙的大手在那里东张西望。相见寒暄之后，章懿华开门见山地问他："你说有事找我帮忙，啥子事？搞得神神秘秘的！"易天雄考虑着措辞，慢悠悠地说："嗯……是这样的，你知道，我们家德璋与周婉蓉离婚后，一直单身，我催他，他给我稀泥抹墙——敷衍了事。我和袁圆急得不行，又没有其他啥子办法，我想来想去，觉得还是需要推他一把，想请你……"章懿华不耐烦了："你说话一向直爽，今天咋个拖泥带水了？有话直说嘛！"易天雄这才说："我想让晓白——"章懿华似乎听明白了，没等他说下去就打断他的话："德璋是一个好孩子，跟晓白从小在一块儿长大，但你咋个不早说呢？"章懿华误以为易天雄是想让章晓白跟易德璋处朋友，赶紧解释说："很遗憾，晓白现在已经有男朋友了。"易天雄知道章懿华误会了，连忙说："我不是这个意思，我是想请晓白来牵线，问一问大侠的女儿，琪玫这女娃儿有没有男朋友。"章懿华恍然大悟，爽快地说："你是这个意思呀！这有何难，我给晓白说，叫她去问问琪玫不就得了吗？"

章懿华回到家里，立即将易天雄的想法转告女儿。章晓白也是一个雷厉风行的女娃儿，她随即就去找蒲琪玫。蒲琪玫和林秋兰刚从锦江边回到家，见章晓白突然来找自己，她将林秋兰介绍给章晓白认识之后，主动问章晓白："姐姐，您是不是有事找我？"章晓白看了一眼林秋兰，话到嘴边又咽了回去："改天再说吧！"林秋兰是一个很会察言观色的女娃儿，她知道章晓白有话要对蒲琪玫说，也就十分知趣地说道："琪玫，你跟晓白姐姐聊吧，把你送回了家，我也该走了。"蒲琪玫拉住林秋兰的手，不舍地说："你再陪我坐一会儿嘛！"她又回头告诉章晓白："姐姐，秋兰是我最好的闺蜜，您有啥话，可以随便说。"章晓白听蒲琪玫说她与林秋兰是这种关系，也就不再回避，将易天雄的意思告诉了她，说完还没忘对易德璋进行一番恰如其分的夸奖。蒲琪玫听了忍不住哑然失笑："姐姐不用介绍我都晓得德璋哥哥很优秀，遗憾的是，我没有这个福气。"她轻舒了一口气，"唉，不瞒姐姐，我已经有男朋友了。"林秋兰一直认为那个贾德旺不靠谱，她又不能当着章晓白的面说他的不足，于是意味深长地提醒闺蜜："琪玫，晓白姐姐的好心，你不妨考虑考虑。"

蒲琪玫看着林秋兰，突然眼睛一亮，有了主意："秋兰，我倒有一个想法，你正好没有男朋友，我把你介绍给德璋哥哥，咋个样？"

蒲琪玫突如其来的建议，让一点思想准备都没有的林秋兰把头摇得像拨浪鼓："不不不，说你呢，咋个往我身上扯哟！"蒲琪玫兴奋地拉住章晓白的手，问她："姐姐，你说呢？我看秋兰和德璋哥哥很般配。"章晓白见到林秋兰第一眼时就觉得她很阳光很贤淑，既充满了青春的活力，又有传统女子的矜持，但没有仔细看她。蒲琪玫提出这个建议，她不由得对她端详起来。林秋兰约莫二十五岁，瓜子脸，长长的睫毛，大大的眼睛，皮肤白润，双颊晕红，小嘴边带着机灵而俏皮的微笑，灯光照在她像黑葡萄一样水汪汪的眼睛之中，宛如两点明星，她既有一种古代仕女的典雅之美，又有当代女孩的机智与灵气。

章晓白对林秋兰的形象和气质颇为欣赏，心里想："德璋哥哥见到她应该也会中意。"真是千里姻缘一线牵，无缘对面不相逢。于是，章晓白含笑点头说："秋兰妹妹要形象有形象，要身材有身材，长得跟名模张梦瑶好相似呀，德璋哥哥见到你一定会喜欢的。"林秋兰腼腆地说："姐姐过奖了，我哪里能和人家张梦瑶媲美哟！"蒲琪玫告诉章晓白："姐姐，你还别说，好多人都误以为秋兰就是张梦瑶呢！"接下来，蒲琪玫和章晓白同时给林秋兰做思想工作，轮番向她灌输易德璋如何英俊魁伟、踏实能干，最后章晓白还从手机里翻出易德璋的照片给她看。林秋兰见易德璋果然仪表堂堂、英气逼人，马上就动了心，说可以和他认识一下。章晓白为了让易德璋对林秋兰有直观的印象，提出三人合一个影，实际上她按下视频键，重点录下了林秋兰温婉美丽的形象。

　　章晓白趁热打铁，离开蒲琪玫家后就将视频直接发给了易德璋，过了几分钟，她就急不可待地给他打电话："德璋哥哥，看了我发给你的视频没有？"易德璋正在电视机前看欧洲足球联赛，收到章晓白发来的视频，见到三位女娃儿灿若霓虹的笑容、曼妙的身姿，不知是何意，回答说："正在欣赏呢！想让我为你们的青春喝彩吗？"章晓白咯咯咯地笑了几声，直截了当地说："哥哥现在单身，妹妹为你着急，给你物色了一个林妹妹。"对于易德璋来说，真是"天上掉下个林妹妹"，让他喜出望外，但他故作惊讶地说："你也不征求一下我的意见，怎么就自作主张啊！"章晓白故作生气地对他说："易叔叔说了，不推你一把，不知你要拖到猴年马月！"易德璋明白了，这是父亲在幕后操盘，他装出一副委屈的样子："是我爸想和你们联手制造'冤假错案'呀。"章晓白不干了："哥哥，你甭狗咬吕洞宾，不识好人心！为了你的事，朋友请我去欣赏音乐会我都放弃了。"易德璋对视频中林秋兰的感觉不错，已有几分喜欢，但嘴上却没有表现出来："你对自己的事情不着急，对哥哥的事却这么上心。"章晓白心直口快地说：

"谁叫你是我哥哥呢！就这么定了啊！"易德璋满心欢喜，似怒非怒地说："真是我的任性妹妹！"

这天晚上，易德璋捧着手机反复欣赏林秋兰的视频，似乎越看越喜欢，对她有一种一见钟情的感觉。林秋兰躺在床上，也在不断地回忆章晓白给她看的易德璋的照片，对这个素未谋面的警官产生了强烈的信任感，认为将自己托付于他能获得极大的安全保障。她像是烙烧饼一样在床上翻来覆去，遐想着与这个男人牵手的温暖。

第三十九章

　　注定这是一个不眠之夜。当易德璋与林秋兰陶醉在对彼此的欣赏之中而一夜难眠的时候，蒲琪玫却独自陷入了失意的旋涡里，任由她如何挣扎，都爬不上岸来。她躺在床上辗转反侧，几乎一夜未眠。明明知道贾德旺的手机已关机，即使手指头都按痛了，手机都发烫了，她还是不停地拨着他的电话号码，直到黎明到来，她才迷迷糊糊地睡了一会儿。

　　母亲受聘做月嫂晚上没有回家，父亲啃着馒头一早就去了茶楼。当阳光洒落到窗户上，左邻右舍砰砰砰的关门声将她惊醒，她才从床上爬起来，匆匆洗漱之后，也没有心思吃早点，又去了那栋别墅找贾德旺。

　　给她开门的那个中年男人很不耐烦地埋怨说："是你呀，咋个又来了？"蒲琪玫赔着笑脸向他解释："我打不通男朋友的电话，想从您这里获得他更多的信息，希望叔叔理解。"对方见她一副可怜状，缓和了一下口气说："我对他的情况也缺乏更多的了解。我不是跟你说过吗，他不仅欠了我几万块钱房租，还将我家里的字画盗走了，我已经报了案。"他停了一下补充道："对了，你昨天走后，警察又来找了我，说他涉嫌多起经济诈骗，正在对他实施通缉呢！"蒲琪玫依然固执己见，为他辩解说："警察一定是搞错了，他不是违法乱纪的人。"对方见她如此执迷不悟，不想与她费口舌了："你走吧！"说着砰的一声将她关在门外。

　　蒲琪玫想起贾德旺给她说过，他曾在星汉影视公司上班，于是她打开手机地图查找，果然有这家公司，她随即招来一辆出租车，来到了这家影视公司。结果，公司上上下下没有一个人知道贾德旺。她找到人力资源部经理，经理从一叠厚厚的人事档案中，终于瞅见了贾德旺的名字。经理告诉她，这个人三年前就被公司辞退了。蒲琪玫问辞退的原因，经理低头扫了一眼人事档案，抱歉地说："没有详细记录。"

　　蒲琪玫魂不守舍地走出影视公司，犹如一片随风飘落的秋叶，不知道飘向何方。手机突然响了，她漫不经心地拿起手机，看也不看就问："你找谁？"听到对方的声音顿时又惊又喜，好像被打了鸡血一样兴奋："亲爱的，我想死你啦！你咋个才给我打电话呀？"贾德旺小心翼翼地告诉她："琪玫，我遭人绑架了！"蒲琪玫顿时惊恐万分，影视剧中那些凶暴残忍的绑架画面立即浮现在眼前，她语无伦次地说："你……你……现在……在哪里？"贾德旺捂住手机，惊魂未定地说："我刚逃出来，还不知道这是什么地方。"蒲琪玫终于松了一口气，但依然忧心忡忡："你看一看，自己究竟是在啥子地方？我请德璋哥哥去救你，他是警察！"贾德旺连忙制止说："你千万不能惊动警察，绑匪正在追杀我，如果发现有警察，我就会暴露，绑匪就会找到我。"蒲琪玫仿佛置身于恐怖的影视剧情节中，不知如何是好："那你说，咋个办？"贾德旺像是怕被人听见，压低声音说："我想见你。"蒲琪玫听他说想见自己，在惊恐中获得了一丝慰藉："我也很想见你，我有好多好多话要给你说。"

　　"我也是。"贾德旺突然难为情地说，"我的钱被绑匪抢了，你能不能给我准备一点钱？"蒲琪玫大方地说："多少？"贾德旺不假思索地说："越多越好。"蒲琪玫为难地说："我卡上最多可能只有十万。"贾德旺诚恳地说："十万就十万吧，过了这个坎我就还给你。"蒲琪玫慷慨地表示："不说还不还这个话。"贾德旺感动地说："你真好，琪玫！对了，为了你的安全，请你不要告诉任何人，晚上八点钟见。"蒲琪玫点点头说："好，我听你的，在啥地方见？"贾德旺告诉她："老地方。"

　　蒲琪玫终于熬到了与贾德旺在百花潭锦江边见面的时间。过去每次约会都是他提前到这里等蒲琪玫，今天蒲琪玫已经坐在椅子上等了一会儿，才见他东张西望地向自己走来。蒲琪玫顾不了那么多，冲上前一把将他抱住，一边捶打他的背一边嘤嘤哭泣："亲爱的，你让我想得好苦呀！见不到你，我都急疯啦……"她喋喋不休地说，恨不得将心中所有的委屈都倒给他。

　　"亲爱的，你小声点！"贾德旺警惕地扫视四周，确认没有埋伏和跟踪后，用手擦去她脸上的眼泪，扶她到椅子上坐下，也不说话，低头吻了上去，用嘴堵住她不停翻动的嘴，直到她的身躯融化在自己怀里，他才对她说："你去绵阳表演的第一天，我就被人绑架了。"蒲琪玫不解地问他："他们为啥绑架你？"

　　"唉——"贾德旺长长地叹了一口气，"就因为我爸是亿万富翁，他们想找我爸索要高额赎金。"蒲琪玫关心地说："那你爸知道你被绑架了吗？"贾德旺威武不屈地说："男子汉大丈夫，肩膀上扛的是自己的脑袋，咋个能牵连老爸呢？"蒲琪玫露出敬佩的神情："好样的，不愧是我的男人！"贾德旺反过来称赞她："你这么优秀，我如果是孬种，怎么配得上你呢？"蒲琪玫担心地问他："对了，你失踪之后，我去别墅找你，一个中年大叔说你是租客。"贾德旺掩饰不住内心的慌张，问道："他还对你说了什么？"蒲琪玫实话实说："他说你是一个骗子，欠他房租不给，还盗走了他家的字画，他已经报了警。还有，说你涉嫌诈骗，警察正在通缉你。"贾德旺一动不动地盯着蒲琪玫的眼睛，小心翼翼地问她："你说，我像诈骗犯吗？"蒲琪玫摇着头，自信满满地回答："当然不是啰！"贾德旺放心了，又问她："他还给你说了什么？"蒲琪玫想了想，接着说："他说，还有一个女娃儿到别墅去找你，说你是骗子。"

"哼！"贾德旺从鼻孔里发出一声冷笑，以退为进地问她："你信吗？"蒲琪玫对他深信不疑，当然不信，设身处地为他着想："你跟我说过，有个女的追求你不成，就到处卖你烂药，他说的那个女娃儿，我猜就是你跟我讲的那个女人。"贾德旺松了一口气："就是嘛，吃不到葡萄说葡萄酸，这是典型的因爱生恨！"蒲琪玫又想起了什么，问他："我还差点忘了，那个大叔还说你这个名字是假的，贾仁厚那个名字也可能是假的。"她顿时异常严肃地指出，"你告诉我，不许说假话，你究竟叫啥名字？"贾德旺信誓旦旦地说："这两个名字都不假，都是真的。"蒲琪玫不由得警觉起来："一个人咋个有两个名字呢？你骗我嗦！"贾德旺解释道："我原来叫贾仁厚，老爸说算命先生对他讲，这个名字憨厚有余、财力不足，就给我改成了贾德旺。"蒲琪玫信以为真，但还有一点疑虑，又问他："既然名字都改了，咋个还用原来的身份证呢？"贾德旺撒谎滴水不漏，告诉她："别墅是爸爸帮我租的，他手上只有我原来的身份证，所以就用了贾仁厚那个名字签订租房协议。拖欠房东的租金纯粹是误会。爸爸签的合同，我以为他在为我交房租，哪知他老人家日理万机，根本没时间考虑这些芝麻大的小事。说我盗窃他家的字画，更是无稽之谈。对了，你钱带来没有？我随后就将房租补交给房东，免得他说三道四。"蒲琪玫从包里拿出银行卡递给他："密码是你和我的生日。"贾德旺收起银行卡，亲昵地给她一个吻："谢谢你，亲爱的！"他接着提醒她说，"记住，我们今天见面的事，暂时不要告诉任何人！"蒲琪玫大惑不解："为啥呢？"贾德旺体贴地说："为了你的安全。"

他警惕地扫视着四周，确认没有危险后对她说："我该走了。"蒲琪玫对他放心不下，拉住他的手关切地问道："你到哪里去？"贾德旺轻轻挪开她的手："我是逃出来的，绑匪正在四处找我，我需要暂时躲藏几天。"蒲琪玫认为他这样躲躲藏藏不是个办法，便问他："你为啥不报警，让警察将他们抓起来？"贾德旺忧虑地告诉她："这些绑匪白道黑道都有人，报警反而容易落入他们之手。我已经联络了几个道上的朋友，他们不仁，就别怪我不义，等干掉了这帮坏人，警察就会还我清白！"蒲琪玫大惊失色："天哪，你们这样打打杀杀好危险呀！我可不想你有三长两短，你知道吗？我可能有了。"

蒲琪玫用手摸着自己的腹部，提醒他自己怀孕了。贾德旺先是一怔，转瞬安慰她说："你放心，我会保护好自己的！"他提醒她说，"你也要保护好自己。现在是特殊时期，我建议你先去把孩子做掉。"蒲琪玫面露难色："据说第一个孩子最聪明，我想把他生出来！"贾德旺捧着她的脸，深情地告诉她："我们都还年轻，留得青山在，不愁没柴烧！等过了这道坎，咱们再要孩子，好吗？"蒲琪玫含着眼泪，依依不舍地问他："我们啥子时候见？"贾德旺对她说："我会打电话给你。"说完匆匆离去，留下蒲琪玫凄然地站在茫茫夜色之中，一脸的无助……

第四十章

　　大家期待已久的四川省第一届麻将运动会如期在成都隆重开幕。

　　这次比赛比上次预选赛规模大了很多，参赛选手也多了很多，不仅吸引了国内各地麻将运动爱好者，也引起了国外麻将运动员的高度重视。成都，作为本次比赛的主办城市，在这个金色的深秋、大地丰收的季节，张开臂膀迎来了世界各国运动员。

　　赛场上，不仅有来自中国、日本、韩国、新加坡等地的黄皮肤黑眼睛的亚洲选手，组成声势浩大的主力军，还有来自法国、英国、德国等地的高鼻梁、金发碧眼的欧洲运动员，他们也把休闲之都当作自己的主场，准备大展身手。

　　来自世界各国的选手齐聚一堂，盛况空前。尤其是来自法国的"老将"露易丝，她曾全程观摩四川省首届健康麻将邀请赛，比赛结束后，又向章懿华和孙向东两位高手讨教过，对四川麻将特别是成都麻将的打法已经较为熟悉。她回国后潜心钻研、苦练巧练，就盼着来成都与当今世界顶尖麻将运动员上场过招，一决高下。

　　于是，精英荟萃、高手云集的四川省第一届麻将运动会在四川省体育馆拉开了战幕。

　　小小四方麻将桌貌似风平浪静，没有硝烟，不见战火，但实际上风云诡谲，险象环生，危机四伏。

章懿华十分重视这场比赛，他把它当作中国麻将运动员走向世界的热身赛，也想借此机会正面宣传麻将这一运动项目，让人人都能感受到麻将运动的神奇魅力。为此，他和孙向东在赛前做了不少功课。

　　比赛一开始，章懿华就像一位久经沙场、骁勇善战的将军。他杀出重围、闯关夺隘、勇冠三军。经过 16 轮角逐，他以 275 分的成绩刷新了自己在首届四川麻将邀请赛获得的 268 分战绩，也打破了英国运动员艾伦·希伯来之前创下的 270 分的世界纪录，荣获冠军。露易丝这次有备而来，实力确实不可小觑，她开局就高歌猛进，一路领先，最终以 259 分的成绩勇夺亚军；李尤佳不负"南章北李"的美名，一直与露易丝在赛场上齐头并进，互相紧追不舍，结果与露易丝平分秋色，同获亚军。日本选手福田吉子外柔内刚，在成绩落后的情况下沉着冷静，不言放弃，最后力挽狂澜，以 242 分成绩斩获第三名。孙向东开局势如破竹、气势如虹，原以为进入前三不在话下，但后几圈却连点几炮。不知是手气欠佳，还是因为忙于与谢紫婧打官司离婚，没有做到全力以赴，终场被淘汰出局。之前被观众看好的浙江年轻选手萧珊珊在赛场上表现平平，止步终场。另一位四川选手陈杰此番也是时运不济，同样与决赛失之交臂。尤其值得一提的是上届世界麻将锦标赛冠军得主，英国名将艾伦·希伯来，由于他严重低估了中国选手的实力，结果马失前蹄、频频失手，虽后调整策略赶上，但已错失最佳时机，最终爆冷出局，这让他深刻体会到了中国麻将的博大精深。

　　本次赛事作为中国麻将联盟试点的重点赛事，显示了麻将这一运动正向着竞技化迅猛发展的趋势。中国麻将联盟执行主席、中国智力运动网董事长陈红卫出席了闭幕式，他表示中国麻将联盟应抓住发展机遇，响应国家体育总局"趣味棋牌竞技化"的发展战略，推动竞技麻将创新发展，推动麻将项目更平衡、更充分、更绿色地发展，从而满足人民群众日益增长的美好生活需求。

国际智力运动联盟（IMSA）首席执行官博格应邀参加了这届麻将运动会。他在闭幕式的讲话中指出，四川省第一届麻将运动会使用复式赛制和三大竞技规则，符合智力运动的特征。近年来，全球麻将运动发展迅速，国际麻将联盟已拥有 40 个会员国（地区）和 8 个观察员组织。他兴致勃勃地回顾说，首届世界麻将运动会于 2015 年 10 月在中国海南三亚举办，包括国标麻将团体赛、个人赛两个主项目和四川麻将、日式麻将等 11 个表演项目，全面采用科学、公平的竞技麻将复式赛制，使选手的真正实力得到体现，因此被国际智力运动界誉为"麻将界的奥运会"。今天，四川省第一届麻将运动会在成都落下帷幕，取得了骄人的成绩，我们将借成都举办这场赛事的契机，积极推动其他智力运动项目与竞技麻将项目的协同推广，共同传播智力运动理念。

本届赛事，四川各大报纸与电视台，以及各种网络平台都做了专题报道，中央电视台体育频道更是买断了直播权，对赛事进行了现场直播。四川麻将的美名和中国麻将运动员的风采从此名扬世界，将吸引更多人到麻将体育运动中来。

章懿华手捧奖杯，站在胜利的光环之中。露易丝再一次感受到了中国麻将的博大精深，领教了成都选手章懿华出神入化的竞技技巧。她改变不了法国姑娘的热情和浪漫，要求与章懿华合影留念，竖着大拇指说，她要把与世界顶级麻将高手的合影带回巴黎，让爸爸妈妈欣赏。于是，她把自己像蒙娜丽莎一样默默含笑的脸庞靠在章懿华肩上，叫助手为她拍照。

日本福田吉子看着露易丝与冠军章懿华亲密合影，莫名其妙地吃起了露易斯的醋，用不屑一顾的神情无声地表达着自己内心的不满。福田吉子虽然输给了李尤佳，但并不影响她对李尤佳产生好感。她与李尤佳合影之后，见围观的人少了，便礼貌地来到章懿华身旁，希望章懿华给她留下联系方式，她今后要向他请教。她这种温婉、含蓄的表达感情的方式，与露易斯形成鲜明的对比。

章晓白与吴远征本来只是去麻将比赛现场随便看一看的，没想到参赛选手中有那么多金发碧眼的外国人，其中不乏年轻美貌的女子。参赛选手一个个精神饱满、活力十足，就像是在参加一场没有硝烟的战斗，完全没有章晓白心目中一帮老头老嬢混日子、打发时光的颓废与慵懒。她在惊叹麻将神奇魅力的同时，不知不觉观看了爸爸决赛的全过程，终于理解了爸爸为什么对打麻将如此热爱。

比赛结束后，李尤佳对章懿华说虽然这是她第二次来成都，但因为第一次没有在成都逗留，对成都还不熟悉，如果章懿华有时间，她希望他带她去杜甫草堂、武侯祠和青城山走一走、看一看。

他俩之前在北国冰城分手后，虽然没有再见过面，但在电话、微信聊天中已经有了深入的了解。尤其是那一来一往的两首藏字诗，和章懿华热烈的表白，早已拉近了彼此的距离，使他们成了心心相印的恋人。李尤佳欣赏章懿华的儒雅、睿智、风度，领略到了他成熟男人的魅力；章懿华赞赏李尤佳的美丽、温润、气质，重温到了已故妻子白琳娜的贤淑和高贵。

一个伟大灵魂在草堂沉吟的声音，一代巨人逐鹿中原后在武侯祠的归隐，使两颗已不再年轻的心焕发出了激情与活力，让他们对过往有了深刻的理解，对未来有了美丽的憧憬。

那天，他们游览完杜甫草堂和武侯祠回来时，已经是月上柳梢头。两人徜徉在华灯初上的锦江之滨，李尤佳面对章懿华的赞美，没有陶醉，而是充满哲理地说："当智商和情商都高于常人，颜值就是一个赠品；当灵魂有了深度和温度，美貌只是附加值。"章懿华十分赞同，深情地对她说："不管我们生于何时何地，都会如约变老，这是人生的规律。但花重锦官城，今宵月未央，只有才华和气质，才能让生命永远保值。"李尤佳拉着章懿华的手，含情脉脉地告诉他："那就让我们十指相扣，如约变老！"章懿华也动情地回应："对，十指相扣，如约变老！"

　　有意思的是，第二天是周末，章懿华与李尤佳在青城山"云中三百步"向上攀登的时候，看见了章晓白与吴远征，两人既像两只快乐的青鸟在天空自由飞行，又如一对并蒂莲花在湖中争先盛开。章懿华没有打扰他们，而是期待他们早日抒写出绚丽夺目的人生。章晓白也在无意间瞅见了那个容貌酷似妈妈的女人与爸爸谈笑风生地行进在自己身后。她虽然对这个女人充满了好奇，但也不想打扰他们，因为这正是她希望的结果。所以，她佯装未见。两对男女就像两条平行线，互不干扰，各自精彩。

第四十一章

　　易天雄从章懿华那里看到了章晓白转发的视频，对林秋兰这个女娃儿很满意，巴不得儿子即刻就将她娶回家来。他和妻子袁圆都敦促易德璋抓紧和林秋兰联系，他甚至提醒儿子："这么好的女娃儿，你如果不抓紧，被其他男娃儿捷足先登，那时你后悔都来不及。"易德璋却笑而不语，一副按兵不动的样子，把易天雄急得跺脚。

　　易天雄来到章懿华家，正好章晓白也在家休息。易天雄对章晓白说了一番感激的话，然后请她与林秋兰联系，约一个时间，让易德璋和林秋兰见一面。哪知易德璋将感情的事情隐藏得很深，实际上他已经和林秋兰有过几次约会了，只是没有告诉他人而已。

　　章晓白也被蒙在鼓里，见到易天雄着急的模样，她赶紧给林秋兰打电话，问她和易德璋见过面没有。林秋兰说他们昨天晚上才在六本木喝了咖啡。章晓白问她对易德璋印象如何，林秋兰咯咯咯地笑着说："很好啊！"章晓白一听就知道有戏，说了声"你们抓紧，我等着吃你们的喜糖"，随即结束了通话。易天雄一直竖起耳朵在一旁听，尽管他听见了通话的内容，还是迫不及待地问章晓白："情况咋个样？"章晓白莞尔一笑说："易叔叔，看把您急的，放心吧，他们正向着您要的方向发展，您和袁圆阿姨就等着抱孙子吧！"

　　"这就对啦！"易天雄兴奋地一拍大腿，手舞足蹈地说："电线杆上挂邮箱——高信（兴）！今天我办招待，请你们去吃自贡盐帮菜！"章懿华忍不住笑了："瞧你，高兴得都快笑掉牙了。"易天雄抑制不住内心的喜悦："能不高兴吗？德璋之前那个媳妇崇洋媚外，以为我们儿子离开了她就只能打光棍，结果咋样？现在找到了一个比她更漂亮、更年轻的女娃儿！老天对咱们易家，不薄啊！"章懿华也高兴地说："祝贺祝贺！把向东、中胜和大侠都叫上，狠狠宰你一刀！"易天雄仍然沉浸在快乐之中，拍着自己结实的胸膛表示："这个月的退休金刚到卡上，我的肉厚实着呢，随你们宰！"

　　蒲琪玫那天晚上将怀孕的消息告诉贾德旺后，他并没有表现出惊喜，相反还叫她去做掉，她心里越想越不是滋味，总觉得有点不对劲，但又说不出个所以然。她这两天吃什么都没有胃口，还想呕吐，她知道这是妊娠反应。她本来不想告诉任何人，但这样继续下去迟早会露馅。她左思右想，决定到林秋兰的住处征求一下闺密的意见。

　　但是，蒲琪玫见到林秋兰后，话到嘴边又咽了回去。林秋兰见她心神不定、欲言又止，问她咋个了，她也不说。林秋兰发现她在抹眼泪，顿时急了，反复追问她，她才哇的一声哭出来，眼泪止不住地往下流。林秋兰十分担心，猜她这么伤心一定跟贾德旺有关，林秋兰问她跟他联系上没有，她知道林秋兰说的"他"是指贾德旺，点了点头，又摇头。林秋兰觉得其中一定大有文章，就让她跟自己说实话。蒲琪玫答应过贾德旺不将他的事告诉任何人，但她把银行卡交给他后，给他打电话又是关机，好像他又蒸发了一样，她心里十分失落、慌乱，急于找个人倾诉、商量。最后，蒲琪玫想到了林秋兰这个闺中密友，她有什么事情都掏心掏肺讲给自己听，包括她跟易德璋约会了几次，连接过吻的隐私都告诉了自己，她如果再不说出来，就要被憋疯了。于是，她便将与林秋兰到绵阳演出回来后直到现在的所有遭遇，全部告诉了林秋兰。

　　林秋兰不听则已，一听就知道蒲琪玫被骗了，忍不住狠狠骂了她一通：

"你咋个这么糊涂呀！姓贾的就是一个不折不扣的骗子，骗钱骗色的渣男！你想，他都被绑架了，也不报警，还一天到晚东躲西藏，连手机都不敢开。他如果没有犯法，警方凭啥通缉他？你比我还不懂法，简直就是一个法盲！"说到这里，她叹了一口气，接着说："你想过没有？他父亲如果是亿万富翁，为啥连住房都没有一间？再说，租人家的房子还欠租金，要来找你拿钱去交房租，这不是明摆着把你当冤大头吗？何况已经有女娃儿指控他骗钱骗色，你咋个就不去问问那个女娃儿？"林秋兰越说越义愤填膺，恨不得剥下贾德旺身上的皮，"这个渣男就是欺负你痴情，他之前讨你欢心，是为了骗取你的信任，欺骗你的感情不说，还要拿你的钱去挥霍！人家说热恋中的女生最好骗，说的就是你这种人！"蒲琪玫听了林秋兰的一番话，不由得目瞪口呆，她也想过贾德旺是不是在骗自己，在玩弄她的感情，但想到他之前对她那么好、那么用心，自己又怀上了他的孩子，也就放下了戒备，尽量不把他往坏处想。现在，林秋兰这番话显然点醒了她，让她对他开始产生怀疑，但她还是抱着一线希望说："秋兰，请你陪我出去走一走，好吗？"林秋兰问她："去哪里？"蒲琪玫说："你去了就知道了！"

蒲琪玫带着林秋兰来到了别墅区。

这个别墅区毗邻著名的历史文化风景区，占据了得天独厚的绝佳条件。它是成都市的高档别墅区，以通透式设计使周边秀美景色充分延伸到区内，让天然的溪畔半岛与区内的湖畔半岛自然融合，融合了现代园林、中式园林及热带雨林的精髓，将中国古典艺术的细腻与大气完美融入，处处彰显出府邸的恢宏气度和精巧风格。

这里已经成为蒲琪玫的伤心地，小区景色再美对她都没有吸引力。林秋兰是第一次来，眼前的一切在她眼里都充满了新奇：天然小溪、喷泉水景、荷花池、瀑布叠水等等，在绿荫中蜿蜒穿插、巧妙点缀，让她目不暇接、叹为观止；流水有声，花草无语，又给她"居闹市而心清净，身不显而意高远"的感受。难怪这里被誉为有钱人的家园、成功人士的归宿。林秋兰禁不住在心里想：琪玫之所以对贾德旺执迷不悟，被他带到这里来居住，应该也是被这虚荣蒙住了眼睛，与这样一个进出豪华商厦、入住高档别墅的男人在一起厮守久了，再强的意志力也会被瓦解。

林秋兰正在遐想之中，蒲琪玫已经走到一栋设计典雅的别墅前，她轻轻按下门铃，不一会儿，那位大叔就从里面推开了厚重的大门。蒲琪玫赔着笑脸给他打招呼："叔叔，您好！"主人不耐烦地盯着她："怎么又是你啊？"蒲琪玫强颜欢笑说："打扰您一下，叔叔！请问，贾——仁厚，他来给您交房租没有？"她想起对方将贾德旺叫作贾仁厚，也就按他的称谓来说。大叔眼睛一亮，望着她说："怎么，他告诉你要来补交房租？"蒲琪玫欲言又止："这……"林秋兰上前一步，告诉大叔："对，他从我闺密手里拿走了一笔钱，说来交房租。"大叔摇了摇头，叹了一口气说："他是张天师画符——玩的骗人术，你们也相信？"大叔顿了一顿，想起了什么，对蒲琪玫说："不过，你来得正好，请你跟我到派出所去一趟！"蒲琪玫不明白他的意思："去派出所干吗？"大叔说："你不是他的女朋友吗？去协助调查。"

来到派出所，听了办案警察对贾德旺涉嫌诈骗的案情介绍，蒲琪玫并不完全相信，还为他辩解，说他父亲是一个亿万富翁，手下有几家上市公司，他不缺钱，用不着去诈骗。警察告诉她："这都是他为了骗取你的信任，瞎编的，这小子是货真价实的假打！他父亲是一个老实巴交的农民，大字不识几个，如果他家那么有钱，还用得着骗你的钱吗？他不仅骗了你，还骗了李某某、王某某等女娃儿。"接下来，警察又将贾德旺涉嫌诈骗的一个又一个犯罪事实讲给她听，蒲琪玫听得心惊肉跳、面如土色，终于幡然醒悟。想到自己被这个畜生糟蹋了青春、糟蹋了爱情、糟蹋了身体，她气得血往上涌，羞愧难当，当即昏倒在椅子上。

等她苏醒过来时，已经是夕阳西下、鸟儿归巢的时候了，她的心像被掏走了一样，空荡荡的，半天说不出一句话。突然，她放声哭了起来。林秋兰在一旁劝她，她也不答话，一直哭，好像除了哭泣别无选择。林秋兰太了解自己的闺蜜了，蒲琪玫就是这样单纯，笑的时候没心没肺，哭的时候撕心裂肺。"那好，你哭吧！只有眼泪哭干了，你才知道噩梦醒来是早晨！"

蒲琪玫终于止住了哭声。

办案警察耐心地劝告她："只有丢掉对贾德旺的一切幻想，积极配合警方，才能将犯罪嫌疑人绳之以法。"警察对蒲琪玫说："根据现在掌握的情况，贾德旺还会给你打电话索要钱财，他如果再打电话给你，切记不要慌张，要跟之前一样稳住他，不管他提出什么要求都答应，然后迅速通知我们。"

林秋兰将蒲琪玫送回家里后，蒲琪玫就像患了一场大病，浑身无力，倒床就睡。蒲大侠下班回来见女儿目光呆滞、满脸憔悴，问她咋个了。她咬着嘴唇什么也不说。林秋兰只好对伯父撒谎，说蒲琪玫病了。蒲大侠问得了啥子病，林秋兰支支吾吾说不出个所以然，恰好易德璋打电话来约她去看电影，她安慰蒲琪玫一番之后，不得不离开了。

蒲大侠见女儿好端端地突然变成这副模样，提出送她去医院看看，蒲琪玫摇着头依然一言不发。他搓着一双老茧叠老茧的手在屋子里走来走去，不知如何是好，最终忍不住咆哮起来："你这个娃儿，究竟咋个了，跟你老汉说嘛！"蒲琪玫被父亲这一吼，眼泪忍不住像决堤一样哗哗涌了出来，急得蒲大侠更是像热锅上的蚂蚁——团团转。无奈之下，蒲大侠只好给妻子打电话。

郑倩倩在电话里听说女儿病了，而且病得不轻，连忙给雇主请假赶回家来。蒲琪玫见到妈妈，忍不住抱着妈妈号啕大哭。郑倩倩问女儿怎么了，蒲琪玫也不说。郑倩倩生气了，推开她说："有天大的事，你给妈妈说呀！"蒲琪玫突然干咳两声想呕吐，郑倩倩赶紧端来一个盆子让她吐在里面。

郑倩倩是过来人，她似乎看出了什么，问女儿是不是怀孕了。蒲琪玫开始羞于启齿，但母亲已经发现了端倪，不停地追问，蒲琪玫想隐瞒也隐瞒不了。于是，她便将自己如何被贾德旺骗钱骗色直至怀孕，一股脑儿告诉了母亲。

母亲一听，顿时气得捶胸顿足，眼泪直流，差点昏倒在地。她喘着粗气，骂道："我咋个养了你这么一个糊涂虫啊！你脑袋是被门挤了，还是进水了？我真想揍你一顿。"但见蒲琪玫哭得像一个泪人儿，她又下不了手，抹了一把眼泪，强忍住痛苦和愤怒告诉她说："你给我抓紧去医院把那个孽种做掉，不能让外人晓得，否则，我的老脸没地方搁！"

舒中胜自从收到舒娟娟那封"绝笔信"之后，他的思想也有了一些变化，加上章懿华语重心长、不厌其烦地开导，他开始认识到了娟娟是无辜的，也算"受害者"。因此，他今天在章懿华、易天雄的陪同下，终于走进病房看望自己从小养大的女儿。舒娟娟虽然脸色苍白、浑身乏力，但见到父亲和章叔叔、易叔叔拎着水果、捧着鲜花来看自己，她激动得掉下了眼泪。自从她病倒到现在，几乎所有亲朋好友都来看过自己，而自己最亲的父亲，却是第一次来到自己面前。她内心清楚，如果父亲早点来看望自己，那天晚上她就不会绝望地将水杯打碎，用玻璃割破自己的血管，妈妈也不会去投江。今天见到了父亲，知道他并没有将她抛弃，她心里别说有多高兴，她紧紧握住父亲的手，喜极而泣，让舒中胜这个老汉也跟着眼泪汪汪。当然，他对胡丽萍的仇恨依然根深蒂固，没有减少一分一毫，即使胡丽萍一直在旁边赔着笑脸，他也没有看她一眼，好像她根本不存在。

离开病房后，章懿华趁热打铁提醒舒中胜："娟娟现在虽然死里逃生，但仍然在死亡线上挣扎。你我是患难相交几十年的哥们儿，娟娟又跟晓白从小在一块儿长大，她俩情同亲生姐妹，我们不能眼睁睁看着娟娟等死。我认识资阳市一家医院的党委书记和自贡市一家医院的院长，天雄也跟泸州市人民医院的领导熟悉，我与天雄已经商量好了，准备开车去请他们提供帮助，寻找能与娟娟配型的骨髓。"易天雄接过话说："你是大老板，又长期在做房地产和医疗设备买卖，路子一定比我和老九多，如果你跟资阳、泸州、宜宾医院的领导有交往，我们就顺道一块儿去跑一圈。"章懿华补充道："虽然骨髓配型希望渺茫，但我们不能放弃。"舒中胜见哥们儿都如此热心，他如果还把自己当局外人，别说哥们儿瞧不起，自己良心上也过不去。他答应说："正好我与这几个地方的医院有业务联系，咱们就死马当活马医吧！"

　　章懿华脸上露出了欣慰的笑容："还是你有面子，咱们就去碰碰运气吧！"舒中胜补充说："就坐我的车吧，虽然旧一点，但坐着宽敞。"易天雄自然乐意极了："能坐你的奥迪 A8，那是西施坐飞机——美上天了，我们巴不得！"舒中胜不想途中寂寞，建议说："把孙猴子叫上吧，晚上没事，咱哥几个可以搓几盘。"易天雄抬手就在舒中胜厚实的肩膀上拍一巴掌："对头，麻将不能三缺一！"章懿华遗憾地告诉他们："我问过向东，他在忙着与谢紫婧打脱离，去不了。"

　　此时，孙向东与谢紫婧正一前一后走进金牛区人民法院民事审判庭。

　　旁听席上，双方的亲朋好友均在座。双方都没有聘请诉讼代理人。法官宣布开庭后，谢紫婧宣读了离婚诉讼状。诉讼内容一是申请离婚，二是分割财产。孙向东进行了答辩，他说他与谢紫婧的夫妻感情已经破裂，同意离婚，但现有住房系婚前财产，属自己个人所有。

　　离婚案件重点有三：一是夫妻感情是否真正破裂，二是财产如何分配及债务如何承担，三是子女的抚养权问题。

　　二人婚后没有子女，孙向东与谢紫婧的离婚案件也就主要围绕财产分配进行质证和辩论。当旁听席上孙向东的亲朋好友听到谢紫婧的主要诉求是想分割孙向东的住房时，大家都发出了耻笑之声。

不知是谁鄙夷道："蝙蝠身上插鸡毛——你算什么鸟？"

有人附和："她是吊死鬼拍胭脂——死不要脸！"

声音传到了审判长耳朵里，他敲了一下法槌："肃静！"

接下来，控辩双方就有争议的事实和法律问题进行辩驳和论证。由于双方对财产的分割有较大分歧，法庭调解无效，审判长宣布休庭，改日再审。

成都每天上下班高峰期都是车辆如织、络绎不绝，为了避开堵车高峰，章懿华、易天雄乘坐舒中胜的轿车天不亮就出城，一路南下直奔宜宾，计划由远而近去寻找与舒娟娟匹配的骨髓。虽然是大海捞针，但为了挽救舒娟娟的生命，章懿华和易天雄毫无怨言，醒悟后的舒中胜更是责无旁贷。

三个铁哥们儿披着星星走，顶着月亮归，先后到了宜宾、自贡、泸州、内江和资阳几个市的重点医院，找到了他们熟悉或有联系的医院负责人，恳请他们给予支持和帮助。

救人一命胜造七级浮屠！这些医院领导见他们从省城专门赶来，也十分感动，接过舒娟娟的诊断报告，立即交给骨髓数据库专家比对。结果，还是无功而返，让他们再一次感受到了骨髓配型的艰难。

章懿华历来做事认真负责，有坚韧不拔的性格和锲而不舍的精神，他不知从哪里打听到荷兰有一个世界骨髓库，那里存放着全球最多的非血缘关系骨髓资料，这无异于敞开了一道希望的大门。他建议舒中胜将舒娟娟的数据资料传给国外的商业伙伴，请他们协助查找。同时，他也给巴黎的露易丝小姐发去微信，请求她给予帮助。他想这样多方寻找，说不定能有意外的收获。章懿华为朋友两肋插刀的热情和担当，让舒中胜十分感动，舒中胜说："老九处处为哥们儿着想，有你这样的哥们儿，是我今生之大幸！"易天雄挖苦他说："你这老家伙，蜈蚣吃萤火虫——心里明白，咋不请老九到银杏酒楼撮一顿呢？我也跟着沾一点光。"舒中胜豪爽地说："撮一顿就撮一顿！不过，现在给娟娟治病开销大，腐败不起，还是去吃自贡盐帮菜吧！"易天雄赶紧解释："我是给你开玩笑，你还拿着棒槌穿毛线——当针（真）了。"

这天早晨，薄雾笼罩，整个城市犹如披上了一层轻纱，朦胧而神秘莫测。蒲琪玫在母亲的陪同下来到医院，悄悄做了人工流产手术。虽然这个手术的危险性不是很大，但这是蒲琪玫被欺骗造成的痛，她心里的包袱格外沉重。她从手术室出来，心力交瘁，萎靡不振，仿佛大病一场。郑倩倩之所以带女儿跑这么远来做人流，那是因为她不想碰见熟人，不想女儿一次失足就影响她今后的婚姻，毕竟她还年轻，今后的路还很长。

蒲琪玫做了手术在家休息，正如警察预料，没过两天贾德旺就给她打来了电话，说想见她，蒲琪玫一听差点没臭骂他一顿，但想到警察的叮嘱，她强压住怒火没有表现出来，问他在哪里。贾德旺很狡猾，谎称自己也不知道这是什么地方，不愿暴露自己所在的位置。他一口一个亲爱的、一口一个宝贝地叫她，说他想死她了，没有她的日子暗无天日，度日如年……

识破他之前，蒲琪玫很享受他的甜言蜜语，现在知道他是一个骗钱骗色的臭男人了，再听这些肉麻的称呼蒲琪玫浑身起鸡皮疙瘩，恶心得想吐。贾德旺是情场高手，年纪不大却老奸巨猾，他感觉蒲琪玫不像上次那样激动，也没有原来那么热情，担心自己已被她识破而去报了警，试探着问她是不是看见他落难了，想疏远他了。蒲琪玫为了稳住他，也就假装热情起来，违心地说她也想他，只是刚做了人流，心里很难过，身体也很虚弱，问他啥子时候能见面。贾德旺听了蒲琪玫的解释也就放了心，以为她单纯，把爱情看得高于一切，对自己是真心投入，已经按照他的意思将孩子做掉了。他装腔作势地安慰了她几句，就直奔主题，叫她准备一点钱，他要带她回老家去见父母，商量跟她结婚的事。蒲琪玫一听顿时"开心"地说："好耶好耶，我早就盼着这一天了，啥子时候？在哪里相见？"贾德旺看鱼儿上钩了，顿时喜不自禁，告诉她今晚八点半在火车东站地铁出口见，并叫她把行李带上。

通话结束前，贾德旺故作漫不经心地说："老爸已经答应给我一笔巨款，让我去收购一家娱乐公司，到时你来当老板，我们今后的日子就好过了。"蒲琪玫心里想：还巨款呢，你这些话拿去哄鬼吧！但她说出的话还是显得很开心："好啊！我们有了自己的公司，将来就不愁吃不愁穿了！你爸真好！"贾德旺认为抛出这样一个诱饵，蒲琪玫就更容易听他使唤，他顺水推舟说："为了让老爸老妈开心，我们给他们买一点贵重的礼物回去。你把钱多准备一点，好吗？"蒲琪玫真想说，你做梦吧，渣男！但她没有说出口，而是爽快地答应："我听你的，尽量多准备一点钱。"

蒲琪玫与贾德旺通完电话，立即拨通了警察的电话……

第四十二章

夜幕低垂，华灯初上，贾德旺与蒲琪玫约定见面的时间到了。蒲琪玫拖着行李箱来到火车东站地铁站出口，贾德旺却没有准时出现。她焦急地四处张望，仍然不见他的影子。她以为他不会来了，正想离开，一个戴着口罩、满头银发的老人拖着行李箱步履蹒跚地朝她走来，直到走到她身边才对她说："亲爱的，让你等久了！"蒲琪玫这才发现老人是贾德旺乔装打扮的，如果他不说话，她根本认不出是他。

贾德旺警惕地扫视了周围一眼，附近除了一个推着车子卖水果的老汉和一个卖旅游纪念品的妇女，只有匆匆而过的行人，没有对他构成威胁的其他人。他问她："钱带来了吗？"蒲琪玫将一张银行卡递给他说："钱都在里面。"他接过银行卡，为了让蒲琪玫对他放心，将沉重的行李箱交给她说："你看好它，我去给老爸老妈买点礼物，马上就回来。"他自以为这样就可以金蝉脱壳了，哪知他刚转身，那个卖水果的老汉和卖旅游纪念品的女人就冲上去对他实施前后夹击，他想夺路而逃，老汉腿一伸，他就被绊了一个狗吃屎，没容他挣扎，一双锃亮的手铐已经锁住他的手腕。

蒲琪玫拖着两个行李箱走过来，贾德旺那个行李箱太重，她一用力，箱子顿时裂开了，掉出来几块砖头。她扔下他的破箱子，伸出手猛抽他一记耳光："你这个人渣！"她将愤怒、羞愧、委屈都集中在这一瞬间发泄了出来。

贾德旺脸上顿时出现了几根手指印，他想去抚摸，但戴着手铐不能如愿，斜视着蒲琪玫恶狠狠地问道："你早就报了警？"蒲琪玫愤怒地说："再不将你这个畜生绳之以法，你还会害更多人！"

在蒲琪玫的协助下，自以为聪明过人又有一副漂亮皮囊的贾德旺终于落网了，这是一切以身试法者的必然结局，正好应了《红楼梦》中那句"机关算尽太聪明，反误了卿卿性命"。

深受其害的蒲琪玫终于从这场噩梦中彻底醒来。但当这个涉世不深、饱受痛苦的姑娘见到贾德旺被带上警车绝尘而去之后，她并不轻松。她对爱情的憧憬、对感情的无私付出，换来的却是被欺骗和利用。她既像一个在情感的博弈场上输得精光的失败者，被命运抛弃，坠入了黑暗的深渊；又如一个作茧自缚的蚕子，包裹在一层层羞于见人的痛苦之中，躲在家里足不出户。

林秋兰几天不见蒲琪玫，打电话才知道她卧病在床。听说贾德旺已经被抓了，她为闺密感到庆幸，说这个畜生罪有应得！蒲琪玫却开心不起来，她说自己一点精神都没有，活着真没意思，不如一死了之。林秋兰说："你可不能说这样的傻话，不就是跌了一跤嘛，爬起来就是了！"她知道蒲琪玫得了心病，心病的最好处方就是安慰，让新的生活将往事淡去。林秋兰说："我来陪你。"放下电话就直奔蒲琪玫家。

林秋兰走在路上，接到易德璋打来的电话，问她在干啥。她说："琪玫失恋了，我去安慰她。"自从章晓白将林秋兰介绍给易德璋认识后，两人好像特别投契，先是微信联系，很快便互生好感，接着就一起喝茶或品尝咖啡，一起看电影或欣赏音乐会。他们谈人生、谈理想、谈未来，相见恨晚。天真烂漫的林秋兰时不时睁着一双明亮的大眼睛，扑闪着长长的睫毛，请易德璋讲他办案中的经历。作为一名职业警察，易德璋自然有许多惊心动魄、扣人心弦的故事。不知是纪律约束还是他谦虚自律，他从不讲自己。当他给林秋兰谈起章晓白的父亲章懿华叔叔前不久意外成为卧底，配合警方一举捣毁了一个赌博集团的壮举时，林秋兰忍不住对年逾花甲的章懿华啧啧称奇，对他佩服得五体投地。当然，喜欢足球的易德璋也没有忘记给林秋兰讲足球的乐趣。渐渐地，之前对足球漠不关心的林秋兰居然喜欢上了足球，对欧洲杯、世界杯产生了浓厚的兴趣，两人经常相约一起看球。

林秋兰是模特儿，她也时不时地向易德璋普及走台知识。她说，T型台上走步俗称"猫步"。模特儿走台时双脚要在一条直线上行走，身体要挺直，要感觉头顶有一根线在向上拉动，身体不能发硬；脖子要直，头部要正，不能僵；下巴要平，肩要打开，双手要自然下垂，要挺胸收腹提臀，不能挺腹翘臀。迈步时，出胯带动大腿，然后提膝，以小腿带动脚，走出直线；摆臂要自然，以肩关节为轴，两臂自然伸直，前后交替摆动，做到挺而不僵、柔而不懈……

易德璋听了林秋兰对T台走秀的介绍，才知道模特儿走台并不是人们想象的那么容易，也是需要学习专业知识的。真是隔行如隔山！不同的职业有不同的要求，都需要被尊重。

易德璋问林秋兰："目前，活跃在国际T台上的中国模特，你知道有哪些？"林秋兰说："有吕燕、杜鹃、姜培琳、刘雯、谢东娜、春晓、熊黛林、裴蓓等。"易德璋故作惊讶地说："这些名字，我咋个都没有听说过呢？"林秋兰问他："那你晓得哪些？"易德璋"搜肠刮肚"之后告诉她："我只晓得两个人最有名。"林秋兰问他："哪两个？看我晓不晓得。"易德璋一本正经地说："林秋兰、蒲琪玫！"林秋兰一听，忍不住扑哧一笑："你真逗！"

由于二人正在热恋之中，只要不影响工作，他们每天都要互通电话，共同培育刚冒出花骨朵的感情。易德璋之前就从林秋兰嘴里断断续续得知蒲琪玫被骗的遭遇，只是林秋兰隐瞒了蒲琪玫怀孕的事情，那是她要为闺密烂在肚子里的秘密。易德璋憎恨那个姓贾的骗子，对蒲琪玫十分理解和同情。但哥哥与妹妹毕竟男女有别，有些事情不好问，所以，易德璋请林秋兰告诉蒲琪玫，他有空再去看她，请她多多保重身体。

蒲琪玫见闺密来看望自己，爬起来给她斟茶。林秋兰却按住她，对她说："你别动，我不渴，渴了我自己会找水喝。"蒲琪玫躺在床上无精打采地说："小时候，我以为长大后可以拯救银河系，等长大后才发现，我连自己都拯救不了。"林秋兰劝导她说："你不能这样悲观！"蒲琪玫悔恨地告诉林秋兰："这几天，我想了很多，人活在世上咋个这样难呀！我真是瞎了眼，那个渣男早就露出了很多破绽，我咋个就没有看出来呢？你说，我是不是很傻？"林秋兰安慰她说："你从小就是鬼精灵！哪里傻呀？"她接着自嘲道，"要说傻嘛，我才算得上是极品！"蒲琪玫摇着头，对她说："你说我不傻，咋个受伤的是我呢？作为被骗的典型，我真是太成功了！"林秋兰耐心地对她说："是你太痴情了！你没听说吗？对一个男人太痴情，女生智商就等于零。"

蒲琪玫与贾德旺这段没有结果的所谓的爱情，实际上是孽情。贾德旺是蒲琪玫的初恋，所以她一开始就全身心地投入，加上她在农村长大，经济上拮据，又有很强的虚荣心，对金钱的诱惑也就缺少强大的免疫力。贾德旺冒充富二代，住在蒲琪玫只有在电视上见过的豪华别墅里，又是情场高手，深谙如何可以俘获女人的心。因此，这个经验丰富的男人对付起蒲琪玫来就易如反掌、游刃有余。

这样一来，就可怜了我们这位涉世未深的女娃儿。她一时走不出感情的阴影，也就不难理解了。

蒲琪玫被人骗了，躺在床上不吃不喝，痛苦不堪，郑倩倩和蒲大侠咋个劝都没有用。袁园和殷笑英听说后心里也犯嘀咕：这么聪明的一个女娃儿，咋个犯这样低级的错误呢？她们赶紧来到蒲家，一边对蒲琪玫嘘寒问暖，一边安慰她、开导她，鼓励她振作精神，不要伤了身体。也许是有代沟，她们说破了嘴皮子，也没有打动蒲琪玫的心。

蒲琪玫心不在焉地送走两位阿姨，章懿华和女儿章晓白闻讯后又来到了蒲家。

蒲琪玫躺在沙发上目光迟钝、无精打采，蒲大侠和郑倩倩分别坐在女儿两边，仿佛是她的两位守护神。见章懿华父女俩拎着水果进屋，郑倩倩急忙起身端茶递水，蒲大侠也拄起拐杖，给章懿华让座。

章懿华没有坐，章晓白坐到了蒲琪玫身边，将手搭在她肩上，亲昵地与她攀谈。章懿华在一旁鼓励蒲琪玫说："一埂田坎三节烂，三穷三富不到老；甘蔗没有两头甜，是药都是双刃剑。遇到挫折很正常，没有挫折的人生，反而不正常。这是每个人在成长中必须走的一步，给成长一个受挫折的机会，未来的道路就会少一些挫折。"他进一步鼓励她说，"天上下雨地上滑，从哪里跌倒就从哪里爬起来！千万不要在哪里跌倒，就在哪里趴下。"他这些话虽然是老生常谈，但作为长辈，除了这样的安慰与鼓励，能言善辩的章总编，好像也找不到更多可说的话来。

接下来，章懿华便与蒲大侠和郑倩倩走到一边去寒暄，不影响章晓白与蒲琪玫在一起私语。章晓白与蒲琪玫谈得很投机。可能同龄人的心是相通的，价值观也比较一致，章晓白的话蒲琪玫听起来也就比较顺耳。章晓白对她说："我爸说得没错，漫漫人生路，总会错几步。你不要为一个不值得的人伤心，否则，你就成了一个除了伤心没有灵魂的人。"蒲琪玫伤感地说："晓白姐，你不知道，我把心交给那个渣男的时候，他却在欺骗我，我所有的付出，换来的却是一场噩梦。我从不敢说一句假话，说了假话心就慌、发痛，那个渣男从没说一句真话，却从不脸红，他的心被狗吃了！我的心就像被他给掏空了，后悔都找不到药。"章晓白安慰她说："世界上本来就没有后悔药！对某些人来说，他除了骗人是真的，其他都是假的。你现在想开一点，或者换一个角度去想，凡事皆有代价，快乐的代价便是痛苦。这个痛苦就是醒悟，而不是深陷其中。只要自己开心了，世界瞬间就美好了。"章晓白停了一下，继续开导她，"他欺骗了你的感情，你还巴心巴肝为他操心，你当自己是拯救他的外星人？千万不要这么傻！过去的事情，就翻篇了，决不要自己折磨自己。我的体会是，作为我们这个年龄段的人，绝不能匍匐在地上仰视别人，只有站起来向前走，生活才会充满自由，才能畅饮成功的美酒！换一句话来说，现在经历的所有磨难，都是将来成功的阶梯。"听了章晓白这一席话，蒲琪玫愁云密布的眼睛逐渐恢复了光泽，她拉着章晓白的手感动地说："晓白姐姐，你说得真好！听了你这番话，我的心情一下就好多了！我之前曾发疯地想他，现在就想拼命地将他忘记。"

章晓白在父亲眼里，似乎还是一个未成熟的女娃儿，尚需不断努力。但在蒲琪玫的心中，她却是成功的女强人，是她们这一代人的佼佼者。她要相貌有相貌，要学历有学历，三十出头已经是国有大型企业的中层干部，对很多同龄人来说都是望尘莫及的。所以，蒲琪玫对章晓白打心眼里佩服，她的一番话就犹如指路明灯，使蒲琪玫在黑暗中看到了光明，在沉沦中获得了振奋。

过了一会儿，蒲琪玫干脆请章晓白到她的房间去，她说还有好多好多知心话要告诉姐姐，章晓白也就与蒲琪玫手牵着手，像同胞姐妹一样走进了蒲琪玫的闺房，留下三个老人在客厅交谈。

三个老人见蒲琪玫脸上渐渐散去了乌云，脸上也露出了阳光。这时，章懿华的手机响了，是郝林打来的。郝林告诉老师，他正在芙蓉花园小区大门外，他来还钱给老师。

章懿华挂断电话，抱歉地告诉蒲大侠和郑倩倩有人找他，改天再来看望他们。然后，他走到蒲琪玫闺房外问章晓白走不走。章晓白在屋里与蒲琪玫谈得正欢，说等一会儿再回去。于是，章懿华就先一步离开了蒲家。

郝林老远见到恩师走来，急忙迎上前，说他愧对恩师，请恩师原谅，之前承诺借款一个月，结果合伙人突然抽走资金，搞得他措手不及，延误了还款时间，十分惭愧。

章懿华久经世故，涵养极好，对此并不介意，反而夸他来得及时，说之前他宣传报道的舒娟娟现在身患白血病，急需用钱，自己这就将钱给她送去。

郝林听说舒娟娟患了绝症，顿时瞪大了眼睛，说他想跟恩师一起去医院看望舒娟娟。章懿华说："好啊，她现在急需骨髓配型。"说着二人便迈开大步向着医院的方向走去。

路上见到一家银行，章懿华请郝林稍等片刻，他到银行终端机上转了二十万元给舒中胜，并注明还款。前不久卖了房子之后，他本想将钱还给老哥们儿，但当时舒娟娟处于再不交款就要停药的危急时刻，他就没有兑现，心里一直为此忐忑不安。清朝孙锦标有一句名言："有借有还，再借不难。"一收到爱徒的还款，他首先想到的是将钱赶紧还给舒中胜。

章懿华带着郝林来到医院，胡丽萍一眼就认出了郝林。身为记者的郝林在交流了几分钟之后就对舒娟娟的病情有了全面的了解，然后在护士的带领下，去了采血站。

胡丽萍十分感动，对章懿华说："为了娟娟的病，你付出得太多了，我真不知道该如何报答你的恩情。"章懿华连忙摆手说："你说这个话就见外了！当初琳娜病重的时候，你们不是一样跑前跑后，操碎了心吗？"胡丽萍诚恳地说："我们做得比你差远了。"章懿华谦虚地说："我们几家人都是毛根朋友，真的不用客气！"胡丽萍动情地说："有你这位老同学老朋友，我真是三生有幸！"章懿华客气地回答说："你把我抬这么高，我会摔跤的！"这时，郝林抽血回来了，章懿华认为可以走了，就拿出银行卡递给胡丽萍，告诉她："卡里有三十万元，你拿去付药费。"

胡丽萍顿时将头摇得像拨浪鼓，坚决不收，她说："你卖房子的钱都交给了我们，咋个好意思再收你的钱呢！"章懿华热忱地说："别人不知道，我知道，每天的药费是一笔高昂的费用。护士告诉我，为了给娟娟治病，你每天节俭得不能再节俭了，她们都为你感到心痛。千万不能娟娟的病还没治好，你就病倒了。"他请她务必收下，郝林也劝她收下，胡丽萍见章懿华态度是那样的诚恳、坚决，感动得眼泪夺眶而出："还是那句话，算我向你借的，今后一定还你。"

郝林为了号召更多的人给舒娟娟献爱心，又写了一篇报道《昨日英雄见义勇为，今朝患病急需爱心》。这篇文章在省报发表后，引起了社会各界广泛关注，到医院捐款和献血的热心人络绎不绝。医生和护士都感动地说："舒娟娟的亲朋好友太给力了，我们收治了那么多患者，从来没有见到这么多人自告奋勇来献血。"

但遗憾的是，至今没有找到与舒娟娟匹配的骨髓。甚至巴黎露易丝返回的消息和舒中胜国外商业伙伴通过荷兰世界骨髓库查找的结果，也令人失望。

第四十三章

四川省第一届麻将运动会在成都成功举办之后，越来越多的市民感受到了健康麻将对增进老年人身心健康、提高生活品质的作用，特别是它对辅助预防或减缓老年痴呆症的发生还有一定的效果。就像媒体宣传的那样，这是一项能够让大众"保持身心健康、增进社会交际"的有益活动，并且如果有效开展，还有可能让老年人通过参加这项活动实现社会回归，使"老有所为"的理念深入人心。

章懿华与孙向东、易天雄、舒中胜、蒲大侠商议，决定趁热打铁，在茶楼采取现代竞技比赛的模式举办"花重锦官城麻将娱乐活动"。章懿华和孙向东为此专门比照老年人身心特点打造了一套称为"活力麻将"的新模式，为老年人搭建一个旨在"让老年保持活力，给家庭增添活力，为社会注入活力"的全新动态康养平台。

与此同时，茶楼举办了棋牌大赛、书画大赛、歌咏大赛、器乐大赛等文娱活动，还可以邀请家庭成员参与，激发老年朋友的活力，加深家庭成员之间的感情。

易天雄今天特别高兴，比听说补发了退休金还喜形于色，脸上的表情也因嘴角上扬而丰富了起来。这是因为，易德璋的女朋友林秋兰一早就拎着五粮液、中华香烟和香奈儿化妆品来见未来的公公和婆婆。易天雄接过林秋兰送给他的名贵烟酒，仿佛接过了未来儿媳妇的一颗孝心。袁圆笑逐颜开地接过精美的化妆品礼盒后，拉着林秋兰的手嘘寒问暖，将爱怜的神色全部写在了脸上。

林秋兰听说易德璋外公一早就去了茶楼，叔叔和阿姨为了迎接她的到来放弃了去打麻将，觉得有点过意不去，挽着袁圆的手说"不能因为我影响了叔叔和阿姨的计划"，并乖巧地说她想陪叔叔阿姨去茶楼搓几把。易天雄听说林秋兰也会打麻将，更是开心得合不拢嘴，仿佛感受到了家庭从未有过的快乐。

一家四口来到了茶楼。易德璋首先领着林秋兰来到外公面前，做了介绍，同时将同桌的舒大爷、白婆婆和孙婆婆介绍给林秋兰认识，接着又将林秋兰带到坐在另一桌的章懿华、孙向东、舒中胜和蒲大侠旁边，让林秋兰与几位叔叔相见。林秋兰很有礼貌地向几位老人问好之后，没忘称赞章懿华两句，她说："我早就听德璋说章叔叔很了不起，只身打进赌窝，帮助德璋他们成功除掉了毒瘤。今日一见，章叔叔果然精神矍铄、气宇轩昂，让晚辈敬仰。"章懿华乐得眉开眼笑，谦虚地答道："秋兰过奖了！晓白说你容貌出众、口齿伶俐，果然百闻不如一见。"林秋兰笑容可掬地说："与晓白姐姐相比，我不过是一只丑小鸭，让长辈们见笑了。"孙向东也忍不住对林秋兰称赞道："德璋好福气，找到这样一位好姑娘。我家阳光如果见到，一定会嫉妒得要命！"林秋兰连忙说："孙叔叔真会说笑！听德璋说，阳光哥哥是一位大孝子，翠莲嫂子也是才貌双全，有机会再去拜望哥哥和嫂子！"蒲大侠是看着林秋兰长大的，他憨厚地望着林秋兰笑而不语，目光中全是真诚的祝福。

舒中胜原本很健谈，但家中最近发生的一起又一起的不幸让他很苦恼、很郁闷、很不开心，虽然收到舒娟娟那封感人肺腑的短信后愤怒的情绪降了温，但他还是难以摆脱妻子给他造成的痛苦。所以，他现在的话少了许多，甚至有时候一整天都不说一句。今天他被章懿华叫出来散心，见易德璋带来了女朋友，打心里替小伙子感到高兴。过去都是易莽娃敲他的竹杠，把他当作"冤大头"，今天他也想过一下嘴瘾，狠宰易天雄一刀，弥补一下自己平时的损失，也就恢复了说笑的本性："易大处长，你昨天涨了退休工资，今天德璋又将这么漂亮的女朋友带回了家，双喜临门，你可不能只顾开心，没有一点实际表现啊！"易天雄没想到舒中胜突然横插一杠子，趁机向自己"敲诈勒索"，但他高兴，是发自内心深处的高兴，也就哈哈一笑，爽快地说："我早就料到你这老小子会宰我一刀，我今天心甘情愿伸出脖子等你宰。哥们儿，你们说，今天中午去哪里喝酒？"他用目光扫了一圈，逐一征求意见。

章懿华和孙向东已经另有安排，中午要去陪张俭秘书长接待省外来宾，加上易德璋的女朋友是第一次上门，他们一帮大老爷们儿挤上前凑热闹，有可能影响两个年轻人的心情，他俩也就相视一笑，没有表态。易天雄见章懿华和孙向东不语，便将目光落在舒中胜脸上："哪家馆子，你来定！"舒中胜仅仅是想在嘴上"敲诈"一下易莽娃，见章懿华和孙向东都不开腔，他本人中午也另有应酬，于是摆摆手说："算啦算啦，等我把刀儿磨快了再说吧！我一会儿还要去陪深圳来的客户呢！"易天雄发现舒中胜是拿他寻开心，顿时对他横眉怒目，像是给他下达最后通牒一样："过了这个村，就没有这个店了啊！"易天雄见章懿华和孙向东仍不发表意见，就望着他俩说："今天喝酒就跟舒大老板没关系了，老九和向东，咱们照喝不误！"章懿华赶紧表态说："天雄，你们一家人团聚，我们就不凑热闹了。"

易天雄见哥们儿客气，也就不再勉强，招呼老婆孩子到旁边一桌坐下，大家一边娱乐，一边拉家常，其乐融融。他很满意林秋兰刚才与才高八斗的章懿华和儒雅睿智的孙向东的那番对话，对她的容貌和谈吐很是满意，不由得想起了周婉蓉，易德璋的前妻，那个"假洋鬼子"。小两口在没离婚前从来没有陪他和袁圆逛过一次街，没有带他们去旅游过一次，甚至连带他们出去吃饭的次数也很少，好像小两口与父母是两个迥然不同的世界，只能各自生活在自己的空间里。

林秋兰之所以能得到易天雄和袁圆的交口称赞，那是因为她尊敬老人，孝顺长辈，懂得乌鸦反哺、羔羊跪乳、行孝要早的道理。所以，第一次与易德璋父母相见，林秋兰就交了一份满意的答卷。

请客下馆子的计划被迫取消后，易天雄想，既然不到馆子就餐，那就玩一会儿麻将回家做饭吧，那样更能体现长辈的热情和家的温暖！于是，易天雄征求林秋兰的意见："你喜欢吃啥？叔叔今天亲自下厨。"林秋兰是从偏远小镇来到大都市的女娃儿，在没有父母呵护、没有亲朋好友照顾的情况下，能只身一人在竞争激烈的T台上崭露头角而没有发生像蒲琪玫那样的失误，肯定有她的过人之处。她笑眯眯地说："谢谢叔叔，我不挑食，吃什么都香！"袁圆慈祥地望着她，接过话说："秋兰，你不用客气，德璋爸爸退休在家闲着没事，除了喜欢钻研歇后语，就是对菜谱感兴趣。"易德璋补充说："就是，我爸的厨艺现在与特级厨师有得一拼！秋兰，你不是喜欢古蔺麻辣鸡吗？"林秋兰惊喜地说："叔叔会做我们家乡的名菜？"易天雄也不谦虚，拍着胸膛说："不是叔叔对着牛嘴打喷嚏——吹牛，我做的古蔺麻辣鸡，可以挑战《舌尖上的中国》。"林秋兰开心地说："好耶好耶，叔叔有这么好的厨艺，我不仅有口福，今后还可以好好向叔叔学习。"袁圆不想让丈夫得意忘形，故意打击他："说你胖，你还真喘上了。"

"哈哈哈！"易天雄开怀大笑，反驳道，"毛主席说，过分的谦虚是骄傲！我是实话实说嘛！"

袁圆不再搭理丈夫，岔开话题问道："秋兰、德璋，你们俩有啥打算？"她的话很含蓄，想试探两个年轻人的内心想法。

林秋兰向易德璋会心地一笑，意思是"你来回答吧"，易德璋领会了林秋兰的意思，对母亲说："我和秋兰已经商量好了，准备明年八九月举办婚礼！"易天雄一听，开心地一拍桌子，敞开嗓门嚷道："太好了！我早就盼着这一天了！"袁圆用责怪的眼神瞪了丈夫一下："你小声一点嘛！"

　　易德璋的手机突然响了，显示的是远在大洋彼岸的前妻周婉蓉的号码。他怕林秋兰产生误会，扫一眼就挂了。可周婉蓉又打了过来，他不耐烦地对她说："我现在很忙，没时间。"

　　最近，前妻频频给他打电话，说她与他离婚后才感觉到他的好，想回来与他再续前缘。易德璋说自己已经有了心仪的姑娘，请她不要再来打扰他。她却说只要他们还没有结婚，自己就有悔过的机会。易德璋劝他，既然她找了一个美国人做丈夫，就好好过日子。她痛哭流涕地说，那个美国人并不真心爱她，她已经与他分道扬镳了，求他看在过去的感情上，答应她的请求。易德璋明确地让她死了这条心吧！没想到她并未死心，又打来电话。他不想再与她费口舌，影响自己的好心情，干脆将她拉入黑名单，与她彻底断绝联系。

　　章懿华和孙向东坐在临近易天雄的那一桌，他俩的牌技与舒中胜和蒲大侠不在一个量级，因此打得轻松又随意。章懿华听到易天雄兴高采烈地在那里感叹，知道他说的是什么意思，明知故问道："天雄，你高兴啥呀？"孙向东耳朵也尖，对易天雄一家人其乐融融的交谈也照单收进了耳朵里。他见老九装聋作哑，也跟着装作啥也不知道地问道："天雄，你在盼啥子哟？"易天雄的脸像花儿一样灿烂，他迫不及待地把好消息分享给哥们儿："德璋和秋兰明年秋天请你们喝喜酒！"章懿华脱口而出："太好了，恭喜恭喜！"舒中胜赶紧表态说："敢情好！明年这个时候，咱哥几个敞开肚子喝！"

　　时令已经是深冬，寒风像一匹脱缰的野马卷着树叶在空中肆虐，然后喘着粗气坠落下来，给大地铺上一片枯黄。寒冷也就乘虚而入，让人类感觉到了四季的变化莫测，不得不翻箱倒柜找出厚厚的棉衣，抵御日渐寒冷的天气。但章懿华、孙向东、李尤佳、萧珊珊和陈杰等却没有感觉到寒冷，应国际智力运动联盟邀请，他们组团代表中国麻将运动员，远赴法国参加欧洲麻将锦标赛，为国争光的信念使他们心里像揣着一团熊熊燃烧的火焰。飞机降落到巴黎戴高乐机场的时候，当地气温与我国齐齐哈尔的气温相似，大街上的姑娘已经用厚厚的羽绒服或裘皮大衣包裹住曼妙的身躯，中国运动员似乎耐得住严寒的考验，他们的穿着明显没有当地人臃肿。

章懿华穿的是黑色绒布内衣，绛红色抓绒运动外套，看起来单薄，实则很保暖。这身装备是章晓白精心帮父亲挑选的，不仅御寒效果好，而且看起来很精神，也显得年轻。孙向东的装束就有些草率和随意了，黑色的防寒服可能刚从箱子里拿出来，前胸与后背都有多处皱褶，像是被岁月挤压出来的一道道伤痕。也许是他被离婚官司搞得心烦意乱，没有心情和时间来顾及自己的仪表，加上五官不如章懿华，体形也单薄，他也就成了章懿华的陪衬。

李尤佳也是有备而来。她本来就会打扮，又是与心上人章懿华结伴而行，所以在穿着上更加讲究了。都说女人在寒冷的冬日也渴望春天的妩媚，最大的特点是抛开低温选择美丽"冻人"。李尤佳早已不是二八年华，她大可不必美丽"冻人"，但擅长打扮的她深知在保暖基础上如何时尚。因此，她选择富有质感的皮革给自己增加高贵气质，而大一号的皮革外套则增添时髦感。脚部要既保温又要与整体装扮搭配，一双靴子完美解决。皮衣与皮手套的经典搭配使她的气质与众不同，名牌香水与女表让她颇具氛围。谁说严寒的冬天时髦与保温不能并存？李尤佳从头到脚，从里到外，都为爱美女士递交了一份完美的冬季美丽保暖指南。

东道主露易丝在机场见到李尤佳第一眼，就惊讶得眼睛发亮，夸奖道："你是我见到的最美的东方女人！"当然，今天的露易丝小姐也是做了精心打扮的。她穿着雪白的貂皮大衣，并配搭了一条价格不菲的白狐围巾，给人一种女王驾临的气场。李尤佳也没有吝啬褒扬的词汇，赞美她说："露易丝小姐不愧生活在时尚之都，举手投足都是如此惊艳！仿佛让我们一睹了电影明星的风采。"

面对两个相互夸赞的女人，章懿华、孙向东、陈杰、萧珊珊等仿佛在欣赏一场时装展览。

这是一场世界级的麻将竞赛，云集了全世界顶尖的麻将竞技运动员，各国运动员跃跃欲试，都想摘下比赛的桂冠。出人意料的是，李尤佳参赛当天突然上吐下泻，出现严重的食物中毒症状，上场比赛前被紧急送去医院救治。章懿华担心她的安危，比赛中一直心神不定，加上手气极度不好，居然未能进入前三，让很多人大跌眼镜。孙向东虽然受离婚案件影响几度失守，但看到李尤佳病倒，章懿华又牌运不济，在为国争光的精神激励之下，他凭着高超的技艺，力挽狂澜，最终拔得头筹，荣获冠军。露易丝占尽天时地利人和，势如破竹，一举斩获亚军。不过总分与冠军仅差两分，使她瞪着一双杏眼，频频扇动着像小刷子一样的睫毛，露出无奈的神情。日本女将福田吉子步步为营、稳中求胜，稳坐季军宝座。团体冠军则被东道主法国队轻松囊括。

颁奖仪式刚结束，章懿华就离开现场准备去医院看望李尤佳，露易丝神采奕奕地来到他面前，拿出自己之前在四川第一届麻将运动会上与章懿华的合影，含情脉脉地对他说："我爸爸妈妈也是麻将爱好者，知道章先生您是世界顶尖的麻将竞技运动员，对您十分仰慕，希望有幸与您见上一面。"章懿华从她带电的眼神中不难发现她内心的秘密，知道她醉翁之意不在酒。为了打消她刚刚萌芽的念头，他委婉地对露易丝说："我的队友在医院治疗，我要去照顾她。请转告你爸爸妈妈，我深表歉意。"说完，他便转身离开了，留下露易丝望着他的背影怅然若失。

众所周知，法国女郎是美丽、浪漫的代名词。她们热情、高贵、优雅，长期以来都是世界各国男性追逐的对象。没想到，年轻貌美的露易丝打破年龄、国籍的限制，勇敢地向章懿华表达爱意，却遭到了这个并不年轻的男人的拒绝。这让露易丝很想不通。

露易丝聪明、漂亮、年轻，无论走到哪里，她都是一道亮丽的风景，让众多男士为之倾倒。她自信地认为自己主动向章懿华表达爱意，他即使是一潭死水，也会为她沸腾。然而，出乎露易丝意料的是，章懿华就像一个绝缘体，她对他居然没有吸引力。即便她将爸爸妈妈搬出来，说他们对他的牌技十分欣赏，想邀请他去家里，以此拉近与他的距离，这个男人还是不领情。她顿时感到莫名的失望，恨不得将他彻底忘记。但不知为什么，即使他走远了，消失在了茫茫人海之中，她还是站在原地不愿离开，甚至很不争气地流出了泪水。

其实，露易丝是一个聪明的巴黎姑娘，她从章懿华看李尤佳的眼神里知道了他喜欢这个女人。李尤佳已经四五十岁，早已过了妙龄时期，可这个聪明智慧的东方男人为什么这样死心眼，偏偏对李尤佳情有独钟，不把自己放进心里？她很想去告诉李尤佳，她喜欢这个男人，她要和李尤佳公开竞争。

但是，李尤佳病了，听说病得还不轻，来巴黎连赛场都没有进就与大赛失之交臂。同为运动员，她为李尤佳感到惋惜；同为女性，她欣赏李尤佳。她独自站在街头进行思想上的斗争。最终，理智战胜了情感，她决定放弃跟李尤佳竞争这个男人。

露易丝望着章懿华逐渐消失的背影，两手一摊，露出一脸遗憾的神色。她决定忍痛割爱，只把章懿华当作自己的"蓝颜知己"，不再奢望与他共渡爱河、成为知心爱人。

孙向东接到法院通知，他与谢紫婧的离婚案件三天后恢复庭审，比赛一结束，他就先行回国与谢紫婧继续上演离婚大战。

陈杰和萧珊珊等选手则按照组委会预订的机票，第二天离开了巴黎。

李尤佳还在医院被病痛折磨。她宛如一只远行的大雁，被一支莫名其妙的利箭击中了翅膀，不仅没有抵达理想的春天，还被寒流滞留在了冬季。幸好有章懿华陪伴在她身边，她不仅没有孤立无援的感觉，反而感觉到了无比的温暖。

章懿华本就是一个细心、周到的男人，在照顾自己心爱的女人的时候，那种无微不至的爱更是渗透到每一个细节：饭送到她手里，洗脸毛巾递到她手上，计算好时间伺候她服药。由于李尤佳身体虚弱、体力不支，他甚至给她洗脚，这让医生护士大为惊讶，都说没有见过对女人如此关怀备至的男人。李尤佳更是从这些不经意的生活细节中，认定章懿华就是她可以托付终身的男人。

露易丝是一位热情豁达的巴黎姑娘，章懿华对她的婉言拒绝并没有影响她对他的好感，相反，她觉得这是一位品德高尚、值得深交的朋友。同时，开朗健谈的性格也没有将她引入狭隘的感情空间，她像一只自由飞翔的鸟，对世界始终充满美好的向往。她不仅没有把李尤佳当作情敌嫉妒，还夸奖李尤佳美丽漂亮，她希望与她成为好姐妹。她捧着鲜花来到医院看望李尤佳，向她表示真挚的问候。

经过医生的精心治疗和章懿华体贴入微的照顾，李尤佳终于康复出院了。

章懿华和李尤佳都是第一次来巴黎，对这个久负盛名的西方大都市早就心驰神往。露易丝热爱东方文化，对东方人热情好客、尽地主之谊的处世哲学大加赞赏，也就热情地充当免费导游，带领二人参观巴黎的名胜古迹。

巴黎是一座爱情之城，被誉为世界浪漫之都。作为巴黎著名建筑物，埃菲尔铁塔每年都会吸引无数游客前来参观。

　　据说，埃菲尔铁塔有一段凄美的故事。以著名建筑设计师埃菲尔名字命名的这座铁塔，不仅融入了他的奇思妙想，而且融入了他对亡妻的深情。他将爱妻的名字嵌入了这座建筑的每一个铆钉、每一块钢板中。埃菲尔想通过自己花费了十年心血建造的这座塔，向爱人告白：无论何地，无论何时，假若你愿意回望，我一直在这里守候。埃菲尔铁塔因此受到情侣的追捧。露易丝对章懿华和李尤佳这对情侣十分羡慕，虽然也有一些嫉妒，但并不嫉恨。她带着他们来到埃菲尔铁塔前合影留念，并对两人的感情表示祝福。章懿华和李尤佳对露易丝的气度深为感动，不仅把她当作好妹妹，而且热情邀请她到中国旅游。露易丝很开心，答应有机会一定再去中国，去拜访哥哥姐姐，去品尝世界上最可口的美食。

第四十四章

孙向东与谢紫婧的离婚案件在法院恢复庭审。

经过审理，法庭认为，被告举证原告出轨卓某某证据确凿，夫妻感情已经破裂。审判长当庭宣判，原告与被告的夫妻关系无法调解，准予离婚。鉴于原告有出轨行为，根据《中华人民共和国民法典》，一方违反夫妻忠实义务，作为认定感情破裂与责任的法定情形之一，驳回谢紫婧的其他诉讼请求。案件审理费由原告承担。如不服本判决，可在判决书送达之日起十五日内，向本院提出上诉。

本案终于尘埃落定，谢紫婧偷鸡不成反蚀一把米。

孙向东保住了自己的房产，如释重负。他向审判法庭外走去，一阵清风扑面而来，使他有一种神清气爽的感觉。他自言自语地说："一场噩梦，终于结束了！"孙阳光紧跟在父亲身边，开心地说："爸，我送你回家！"孙向东轻松地说："好，我们回家！"

谢紫婧分割房产的诉求虽然没有得到法院的支持，但她结束了一段早已失去激情的婚姻，且有年轻浪漫的卓文轩做备胎，她并没有感觉到失落和遗憾，更不会因此而感到羞耻。

这个女人的内心是强大的。在庭审现场，她睥睨一切。她不时骄傲地甩一下茂密的秀发，仿佛甩掉了与那个竹竿一样的老男人在一起的那些凄惶的日子。她用余光瞟了一眼从另一个通道向外走的孙氏父子，露出只有高贵者对卑贱者才有的那种鄙夷的神色，从鼻孔里轻轻哼了一声，然后不屑一顾地走出审判法庭，趾高气扬地钻进自己的轿车，猛地将车门关上，急忙给情夫报喜。但卓文轩手机关机了，她再打，还是忙音。她将手机扔在副驾驶座上，伸出纤细的食指按动点火键，轿车随即发出蓄势待发的嗡嗡声。

她那张俏丽的脸上浮现出一丝苦笑，但并没有影响她获得身心自由，即将奔向美好未来的心情。她踩下汽车油门，轿车立即配合她内心的激动，直奔卓文轩与她的"爱巢"而去。她设想，今晚一定要与心爱的人点起红蜡烛，颠鸾倒凤，共赴巫山云雨，欢度自由的时光……

然而，令她做梦都没有想到的是，"爱巢"门上居然贴着公安机关的封条。血红的印章在阳光下十分显眼，既有执法机关的庄严与威仪，又有一种张开大嘴要吞噬她的恐怖。她仿佛当即被泼了一瓢冷水，红润的脸上顿时一片煞白，看清封条落款是锦江区公安分局后，她急忙掉转车头，疾驶而去。

她将车停靠在路边，心急火燎地跨进锦江区公安分局的大门，见到一个长得五大三粗的中年妇女带着一个小女孩在那里哭哭啼啼地问警察："我丈夫究竟犯了啥子法，你们要把他从我家里抓走？"警察郑重地告诉她："你丈夫卓文轩涉嫌非法集资和诈骗，已经被批捕，你不要胡搅蛮缠了！"

谢紫婧一听，傻眼了！之前看到封条的那一刻，她仿佛被泼了一瓢冷水，打了一个寒噤，现在则像是当头挨了一棒，直接痛到了心里。她没有想到，自己爱得如痴似醉、准备托付终身的这个男人，竟然涉嫌非法集资和诈骗。他不仅与妻子没有解除婚姻关系，而且还有一个孩子，她顿时羞愧万分，有一种来这里是自投罗网、自讨苦吃的感觉。她连忙低头转身准备离开，不料却被警察叫住："你就是谢紫婧吧！来得正好，请你协助我们调查。"卓文轩老婆一听，立即像疯了一样冲过来抓住她的头发就打，骂道："就是你害了我丈夫！我打死你这个臭不要脸的妖精！"警察知道谢紫婧是第三者，见她只有招架之功毫无还手之力，被卓文轩老婆打得满地找牙，这才拉住卓文轩老婆粗壮的胳膊，呵斥道："别打啦！这里是公安机关，请你们配合调查！"

谢紫婧被卓文轩老婆打得披头散发，狼狈不堪，像是做贼被抓了一个现行，立即颜面尽失，无地自容，只得乖乖地跟着警察走进了旁边那间贴着"坦白从宽、抗拒从严"横幅的屋子里。

孙阳光很久没有这样开心了，他那张年轻的脸笑得跟花儿一样灿烂，一对酒窝好像盛满了喜悦要溢出来。他坐进驾驶室，打开收音机旋钮，电台正在播放歌曲《春天的故事》，往日听到董文华这首与他年龄几乎相当的老歌他早就换了台，但此时他觉得歌曲高昂的调子与自己的心情非常契合，也就任由她敞开歌喉尽情发挥。

孙阳光开车将父亲送回芙蓉花园家里后，奶奶立即迎上前问道："解决了吗？"孙阳光不等父亲回话，抢着答道："解决了，那个狐狸精滚蛋了！"奶奶放心地说："这就好，那个女人就不是过日子的人，自从她来咱们家，咱们家就没有安宁过。"孙阳光附和道："对头，她本来就不是一盏省油的灯，自从摊上她后，爸都老了一大截。"孙向东打断儿子的话说："过去的事就不要再提了，好吗？"孙阳光斟上一杯热茶，恭敬地递给父亲，顺从地说："好，不提她了！"他坐在父亲身边，问道："爸，您的骨质增生最近咋个样？"孙向东喝了一口茶，放下杯子，说："几十年的老毛病了，能好到哪里去？"孙阳光关心地说："爸，您身体又不好，年纪也越来越大，今后没有必要再去上课了，好好在家颐养天年吧！"孙向东想想说："做事不能半途而废，等上完这个学期的课再说！"孙阳光体谅地说："这个事情您自己把握吧！"接着，他又关心起父亲的生活起居，对父亲说："您每天学校家里两头跑，忙里又忙外，挺累的，千万不能累倒了啊！"他考虑了一下措辞，婉转地建议道："现在，您孙子豆豆也慢慢大了，我和翠莲也不能太自私，啥子都赖着妈妈来做。您现在既要到学校给学生上课，又要照顾奶奶，急需一个帮手。"他见父亲不语，趁热打铁说："我想把妈妈接回来，给您减轻一点负担，好吗？"孙向东认为儿子操之过急，摇了摇头："过一段时间再说吧！我还不知道你妈妈是怎么想的呢。"孙阳光知道父亲有顾虑，也就不再勉强，准备回去征求一下母亲的意见再说，于是改口道："那好吧！我回去问问妈妈，看她是啥意见。"

孙阳光回到自己家里，兴奋地将父亲与谢紫婧离婚的消息告诉了母亲。

"他们离婚了？"

"对头，彻底离婚了！"

殷笑英嘴上没有再说什么，但内心却五味杂陈。

为了促成父母重归于好，孙阳光可谓费尽心机。从大闹婚礼现场到鼓励父亲与谢紫婧分道扬镳，他付出了各种努力，现在机会终于来了，他为了说服母亲，故意添油加醋地说："妈，爸现在特别后悔之前与您离婚，都是他的错，他希望您能原谅他，想请您回去，跟您恢复关系。"母亲迟疑地问道："他真是这么说的？"接着苦笑了一声，肯定地说："他是一个犟颈子，我还不了解他？多半是你编的。"孙阳光一个钉子一个眼地说："爸真是这样说的，您如果不相信，可以打电话去问他嘛！"他知道母亲不可能打电话给父亲，态度特别坚决。

殷笑英并不是那么好糊弄的人，她对儿子说："我不是听用，你爸想咋个就咋个！他如果不主动来给我赔不是，给我做出保证，即使用八人大轿来抬，我也不会踏进他那个门！"孙阳光耐心地劝导母亲说："妈，您又何必这么认真呢！您和爸毕竟风雨同舟几十年，现在爸爸已经认识到自己错了，你就大人大量，高抬贵手嘛！"

一个女人彻悟的程度，往往等于她所受痛苦的深度。殷笑英已经被丈夫的离弃伤透了心，没有领儿子这个情，她扫了他一眼："说得轻巧，捏根灯草！黄土都埋到脖子的人了，如果不给他一点颜色看看，他不知道篮球是圆的、胶水是黏的、炒菜是要放盐的。哪天再遇到一个小妖精，他花花肠子又犯，他不怕丢人，我可丢不起这张老脸！"孙阳光的想法与母亲不一样，他恳求道："妈，我知道您还在气头上，说的都是气话，您就听我劝，消消气嘛！"殷笑英与儿子站的角度不同，思考的角度也不一样，她似有所悟地说："如果你嫌我住在你家，给你们带来不便，我现在就搬回自己的老房子去住，好不好？"孙阳光连忙摆手，改口道："妈，您说些啥呀！儿子的家就是您的家！有您在，我和翠莲省了很多事，我们咋个舍得您走呢！"殷笑英见儿子一脸真诚，眼里有泪光在闪，不由得心软起来，退让一步说："暂时不提我和你爸的事，好吗？"孙阳光只好点头顺从："好，暂时不说。"

　　蒲琪玫的眼睛终于没有再下雨。她曾以为女人一生就该喜欢两朵花：一是有钱花，二是随便花。现在终于明白，花了别人的钱，迟早是要还的，不是还钱，就是付出青春的代价。她之前把贾德旺看成一棵大树，从被他骗钱骗色中醒悟过来后，她发现他不过是人海中的一粒残渣。当这粒残渣给她心灵造成的创伤终于被时间老人治愈，她的眼泪便开始逆向而流，流进了心里，使她懂得了有些情绪只能自己默默消化，有些痛苦只能独自承受，有些道理只能自己慢慢去悟。在亲朋好友，尤其是林秋兰和章晓白两个闺密的陪伴和劝告下，她总算走出了感情的阴影，回到了正常的生活之中。

　　这天，成都大地红文化公司请大客户吃饭，郑总，不，郑姐邀请蒲琪玫去作陪。席间，服装公司的魏老板频频向蒲琪玫敬酒，夸她不仅形象好，气质也好，是他见过的最优秀的模特儿，不愧是郑总麾下的台柱子。蒲琪玫见郑姐对魏老板很客气，想到郑姐对自己有知遇之恩，也就欣然接受了对方的赞美。散席时，魏老板向蒲琪玫要电话号码，蒲琪玫也没多想就告诉了他。没想到过了两天，这位魏老板打来电话请蒲琪玫帮他一个忙，说事成之后绝不会亏待她。蒲琪玫问帮什么忙，魏老板说见面再告诉她。

到了下班时间，魏老板开着一辆豪华轿车来公司楼下接她，蒲琪玫没有急着上他的车，而是问有啥事。魏老板说也不是什么大事，他们公司与外资企业老总有一个饭局，想请她赏光。蒲琪玫听说是去陪酒，她不胜酒力，更担心魏老板醉翁之意不在酒，当即就婉言谢绝了他。

魏老板并不死心，继续满脸堆笑地邀请她，但蒲琪玫不为所动，谎称家里今晚有事，抬起手就与他再见。魏老板只好无奈地耸耸肩膀，遗憾地驾车离去。这个时候，林秋兰刚巧从公司大楼出来，见到一辆豪华轿车从蒲琪玫身边开走，冲着蒲琪玫神秘地笑道："酷，真是太酷了，是谁呀，开着顶级轿车来接你？"蒲琪玫不以为然地说："酷啥呀，明明就是一个陷阱！"林秋兰不解地问她："为啥说是陷阱呢？"蒲琪玫叹了一口气说："那是一辆上个世纪出厂的劳斯莱斯，问题是他人比车子还老！"林秋兰明白了："是啊，有些人自以为有几个臭钱，就癞疙宝想吃天鹅肉，自讨没趣，活该！"

蒲琪玫见车子开走了，随即转移话题问道："对了，你和德璋哥哥的喜糖，啥子时候请我吃？"林秋兰见蒲琪玫故意岔开话题，赶紧纠正说："说你呢，咋个扯到我身上来了？"蒲琪玫咯咯咯地笑着："你们甭搞得跟地下党一样神秘嘛，快向党和人民交代吧！"林秋兰反击道："我和德璋是早已公开的秘密，你和那个记者的关系，啥时候公开呀？"蒲琪玫诡秘地笑道："你听好了——"林秋兰说："我在听呢！"蒲琪玫扑哧一声笑道："就不告诉你！"说完转身就跑，林秋兰知道上当了，追着嚷道："好啊，你欺负我老人家，看我咋个收拾你！"

风雨过后，蒲琪玫依然是一位美丽的天使，浑身散发着她这个年龄段的活力。她与林秋兰依旧在 T 台上尽情地展示青春的靓丽和风采，依旧是万人瞩目的焦点。

郝林暗恋蒲琪玫，几乎是朋友圈公开的秘密，可忙于工作的他不知蒲琪玫最近在感情上遇到了挫折，心灵和肉体遭到了惨痛的打击，对她仍一如既往地大献殷勤。

第四十五章

通过仔细观察，蒲琪玫发现郝林还是很有特点的。他双眉似剑，两眼炯炯有神，鼻子精巧，嘴唇轮廓分明，笑起来的时候还很有亲和力。身材也匀称，身高大概在 1.76 米，虽然说不上特别高大，但也帅气挺拔，基本符合当下女孩子的择偶标准。当然，如果他能再长几厘米，迈过 1.8 米，高于穿着高跟鞋的蒲琪玫，他的外形条件就更能吸引蒲琪玫的眼球了。

郝林虽然不像贾德旺那样巧舌如簧，喜欢对女娃儿甜言蜜语，但他作为记者，语言表达能力还是颇为出色的。只是在不是特别熟悉的女娃儿面前，他不是很健谈，怕给人留下喜欢卖弄、不稳重，也就是四川人说的"搞刨了"的"弹绷子"印象。

林秋兰独具慧眼，她一直看好郝林，认为郝林比那个贾德旺有内涵。自从那个姓贾的彻底淡出蒲琪玫的生活后，林秋兰见她孑然一身，感情没有依托，就鼓励她与郝林尝试交往。

蒲琪玫在林秋兰的鼓励下，开始与郝林有了更多的接触。

她逐渐发现，郝林身上果然有很多优点，他不仅待人接物稳重、老练，有大局观，充满正义感，还不乏幽默和情趣。蒲琪玫称赞郝林说："你的好，超出了我的想象。"郝林也夸奖她说："我也没想到，你既刚毅果断又小家碧玉。"男女之间只有这样互相倾慕、彼此欣赏，感情才会长久。

他们一起去旅游，荡舟西湖，浏览"西湖美景三月三，春雨如酒柳如烟"的人间仙境；他们去攀登泰山，观赏天下第一山"会当凌绝顶，一览众山小"的雄奇；他们行走在剑门关的鸟道上，体验蜀道上最险、最难、最陡、最窄、最悬的路段，亲身体验"蜀道难，难于上青天"的艰险。望着千峰竞秀、万壑争流的壮阔，蒲琪玫不禁触景生情地问道："在茫茫人海之中，你为啥偏偏喜欢我？"郝林伸出五指，故作神秘地回答："在你的五行中，有金木水火，我掐指一算，发现你命里缺我。"蒲琪玫乐得哈哈大笑："你真逗，如果有下辈子，我一定做你的心脏。"郝林饶有兴趣地问她："这是为啥子？"蒲琪玫开心地说："我想和你同呼吸、共命运。"郝林借题发挥道："人生就像呼吸，呼是为了出一口气，吸是为了争一口气。我们一起为生活而努力，一个人的力量就变成了两个人的力量！"蒲琪玫若有所思地说："过去，我总是自我感觉良好，现在才发现，自我感觉太好的时候，恰恰是别人对我感觉最不好的时候。今后，我要多向你学习，我要跟上你学习的步伐。"

这是一个"星垂平野阔，月涌大江流"的夜晚，他们依偎在锦江边上的草坪上，一边数着天上的星星，一边看江水缓缓流动。突然，蒲琪玫感到有什么在叮自己的脸，她随手一拍，是一只蚊子，她告诉他："我的血液可能是甜的，最逗蚊子了。"郝林幽默地说："应该说，是你太可爱了，蚊子都想亲你一口。"

"你真会说话！"蒲琪玫很享受他对自己的称赞。过了片刻，她柔声细语地问他："在认识我之前，你有过感情的经历吗？"郝林一脸真诚地答道："如果说没有，肯定是假的。在我读大学的时候，与一个老板的女儿相处了不到三个月的时间……"蒲琪玫问他："为啥这么短时间就分手了呢？"郝林意味深长地答道："我仅仅是她转身就忘的一位过客，何必与她蹉跎到天涯！"蒲琪玫嫣然一笑说："这就是你的初恋？"郝林苦笑了一声，回答："也算吧！"他说完，捡起一块小石头投入江心，好像已将所谓的初恋彻底遗忘。

蒲琪玫也学着郝林拾起一颗石子扔进水中，倾听它掉入水中的声音。见他不语，蒲琪玫主动问道："你咋个不问我呢？"郝林狡黠地笑着说："有人说过，男娃儿不能主动打听女娃儿的秘密。如果你要告诉我，我不问，你也会说。"蒲琪玫扑哧一声笑了："没看出来，你还这么狡猾！"郝林拉住她的手说："信任就像一朵娇嫩的鲜花，需要用心去呵护。"蒲琪玫深情地望着他，鼓起勇气说："如果我告诉你，我有过一段痛苦的感情，你介意吗？"郝林也望着她，摇摇头说："如果我介意，就不会和你在一起了。"蒲琪玫是一个坦率的姑娘，她不想对心爱之人隐瞒感情上的经历，打算告诉他："你就不想知道？"郝林没有正面回答，而是告诉她："过去的事就让它过去吧！不要把自己的伤口揭开给别人看，世界上多的不是医师，多的是撒盐的人。"蒲琪玫没想到他会说这样暖心的话，动情地说："你真好！我过去最灿烂的笑容，都奉献给了手机和平板电脑。今后，我要好好向你学习，用知识来武装自己！"

从表面上来看，郝林不想蒲琪玫去揭她的伤疤，陷入昨日的伤痛，实际上正如蒲琪玫所言，他很狡猾，也会揣摩女娃儿的心。元杂剧《西厢记》中有句名言："有情人终成眷属。"但不知从什么时候起，这句名言已经被改为"有钱人终成眷属"了。郝林作为一个在传统媒体任职的记者，在新媒体气势如虹的今天，他的职业前景和经济收入都大不如前，像蒲琪玫这样貌美如花的女娃儿，追求她的人犹如过江之鲫，他既无钱又无势，如果不在她面前表现出睿智和胸襟，又如何能俘获她的心呢？

其实，郝林对蒲琪玫与贾德旺的这段感情早有耳闻。他之所以表现出如此的大度，一方面是想让这位年轻漂亮的女娃儿加深对自己的好感，让她知道他是一个极其宽容的男人，另一方面随着社会的进步和发展，有过情感经历已不是减分项。所以，蒲琪玫那一段感情经历，郝林并不在意，他认为只要两人今后情投意合、心心相印，就能执子之手、共度一生。

有了以上出游和倾心的交谈，蒲琪玫和郝林的感情迅速升温，逐渐上升为暖手暖心的爱情。临别前，郝林对蒲琪玫说："我心里装着一个人，从前、现在、今后——都是你！"蒲琪玫也随即向他保证："我心里也只有一个人的位置，那就是你！"郝林幸福地笑了，充满向往地告诉她："我们孩子的名字，我都已经想好了。"蒲琪玫撒着娇在他背上捶了一拳："你真坏！"然后忍不住好奇地问道，"叫啥子呢？"郝林说："如果是男孩，就叫郝帅。"蒲琪玫嫣然一笑："不错！"接着又问他："如果是女孩呢？"郝林回答："如果是女孩，那就叫郝靓。"蒲琪玫露出一脸的笑容，表示满意："挺好的！"郝林狡黠地笑了："更好的是，我今后去开家长会，老师就会说，郝帅的爸爸！或许说，郝靓的爸爸！"蒲琪玫顿时恍然大悟："好啊！这才是你的狐狸尾巴呀！"说着就亲昵地去追打他。郝林一边躲一边大笑不止，蒲琪玫也乐得笑靥如花，他们的笑声在空中飞扬，飘得很远很远……

不久，蒲琪玫就将郝林带回家去见父母，蒲大侠和郑倩倩见这个男娃儿五官端正，又是新闻记者，有文化，女儿恰恰读书不多，两人在一起能够互补，也就乐得眉开眼笑。当得知小郝是章懿华的得意门生后，他们就去找章懿华打听，章懿华对这个男娃儿大加肯定，蒲大侠和郑倩倩更是喜不自禁，对两个年轻人的交往大开绿灯，蒲琪玫与郝林的感情也就一帆风顺，朝着两颗心想要的方向前进。

现在蒲大侠和郑倩倩已经有了较为稳定的工作和收入，女儿蒲琪玫也彻底从痛苦中走出来，并有了新的感情归宿。他们一家两代通过自己的不懈努力，已经融入了都市的生活之中。

这些日子，章懿华也很开心、很惬意。他像是通过时光隧道回到了初恋一样，充满了生命的活力，仿佛他不是退休老人，而是一个对生活有着强烈期待的年轻人。他感觉每天的阳光都是新鲜的，泥土是芬芳的，风儿是和煦的。岁月没有带走他的激情，时光苍老的不过是他的容颜，阅历不仅成熟了他的心智，而且为他沉淀下了一副快乐的心境。

　　他和李尤佳从巴黎回来之后，又进一步加深了了解，不仅每天互发微信问候，还隔三岔五打电话表达爱意。两个人的感情在不断升温，虽然没有像干柴烈火那样热烈，但两颗心牢牢地拴在了一起。尤其是远在北国的李尤佳，她在巴黎住院治疗期间深切感受到了章懿华对她的深情，对他的爱已经不能自拔，期待与他在一起朝夕相处、永不分离的心情更为迫切。她在微信中对他说："我想看一场盛大的流星陨落，我要一直不停地许愿，直到靠近你微笑淡定的脸……"如此温馨浪漫的语言，似乎都难以表达她对他的思念，干脆用诗这种既浪漫又凝练的文字来传递内心的期盼：

> 多情总被思念伤，
> 相隔千里愁断肠。
> 有缘常想与君见，
> 共剪窗花对烛光。

　　之前，李尤佳还用藏头诗来抒发她的爱意，从巴黎回来后，羞怯含蓄的面纱已被揭开，她期待与他步入婚姻殿堂、共度美好时光的心情已无法隐藏。章懿华读了她的诗亦十分感动，随即写道：

> 明月不解离别愁，
> 长夜相思几时休？

眸中万物皆是你，

总想与汝同渡舟。

两人的思念既温馨浪漫，又热烈执着。

还有一件让章懿华开心的事，那就是女儿章晓白在工作上的突出表现最近也有了回报，公司正式任命她为技术部部长，取消了"代理"两个字，使她在工作上更如鱼得水，有了更多的发展空间。工程部吴远征之前受邀假扮她的男朋友，到她家里拜见了她父亲和外婆后，更有信心了。他假戏真做，不仅逐渐拉近了与章晓白之间的距离，也同时让两位长辈对他给予了认可。

之后，吴远征在工作上总是找各种理由去接近章晓白，与她套近乎，节假日更是主动邀请她去看文艺演出和郊游，特别是他们一起去游览青城山之后，彼此有了进一步的了解。但两人始终没有将窗户纸捅破。

不久后的一天，章晓白和吴远征被万钢董事长派到北京公司总部汇报业务。他们在飞机上开始没有什么交流，气氛显得有些尴尬，但吴远征能坐上这家国有大公司工程部主管的位置，也不是浪得虚名，必然有过人之处。他主动打破沉默，自嘲说："如果我早知道自己在别人心中没那么重要，我就会快乐很多。"章晓白觉得他这话不乏幽默感，也就诙谐地安慰他："你也不要难过，虽然你没有潘安之貌，但也不至于与巴黎圣母院的敲钟人卡西莫多为伍。我相信你总有一天会遇到一个好女娃儿，她既不要你的房，也不要你的车，更不要你的钻石和钞票，当然，她也不要你！"

吴远征觉得章晓白的话绵里藏针，有挖苦他的意思，但他有足够的耐力和信心来软化她的心。他说："我虽然没有潘安那么帅气，但你应该看到，我的帅只是不明显而已。再说，我还有一颗比卡西莫多更仁慈的心，身边也不缺女娃儿。"章晓白狠狠地鼓励他，简直想给他点响一串鞭炮："你真应该为自己加冕和庆贺！不像我，总是那么孤独，总是羡慕那些能跟自己喜欢的人在一起的人，因为我发现，自己整天被喜欢我的人围得水泄不通。"吴远征也饶有兴趣地说："我也发现一个问题，自己喜欢和长得好看的人讲话，怪不得我总是自言自语。人生很短暂，既要珍惜自己，也不忘珍惜他人，只有对世界充满爱心，再苦的日子里也会品尝到甜蜜。"章晓白表示赞同："没错！生活不仅有诗和远方，还有苟且。诗不能当饭吃，苟且却能让人活下去！你如果行进在我的航线上，我就与你风雨同舟；如果你不是我的菜，我就不可能给你添加调料。"吴远征鼓起勇气说："我那么喜欢你，你就不能喜欢我一次吗？"章晓白心里开始有了一丝暖意："其实，我也喜欢你。"吴远征乐了，见机会到了，赶忙追问道："你喜欢我哪一点？"章晓白咯咯咯地笑着，故意将身子挪开："喜欢你离我远一点！"吴远征知道她这是欲擒故纵，便迎难而上，将手伸过去，一把将她揽入怀里："世界上最远的距离，就是抱着你，心还没有在一起！"章晓白也不反抗，反过来问他："你知道我小时候的愿望吗？"吴远征含情脉脉地说："请讲！"章晓白直言不讳地告诉他："长大后要嫁，就嫁给唐僧，能就在一起，不能在一起就将他吃掉，然后长生不老！"吴远征故作惊讶地说："你这么残忍？"章晓白嬉皮笑脸地解释："不是残忍，这是丛林法则！"她想了想说，"不过，我现在的想法变了。最浪漫的事，就是看你慢慢变老，而我依旧美丽动人！"吴远征学着某个小品演员的话说："这个可以有。"章晓白觉得有趣，于是换了口气说："两人若是久长时，大眼瞪小眼也是开心事。"

他们两个表面上是在互相调侃，实际上是在斗智斗勇。

芙蓉茶楼开业以来，几个老哥们儿齐心协力，经营有方，顾客一天比一天多，盈利一天比一天好，不仅给客人提供了舒适的娱乐场所，也让几个老哥们儿和他们的家人有了自己的休闲空间。

最让章懿华和岳母喜出望外的是，章晓白的男朋友吴远征不仅喜欢打麻将，而且天赋很高。章懿华认为他是可塑之才，就教他如何利用易经进行麻将运动布局。章晓白也不知不觉参与其中，一个曾经对麻将恨得要死的女娃儿，终于改变了认识，体会到了麻将的博大精深和妙趣横生。

芙蓉茶楼随着客人的增多，收益也逐渐增多，实现了章懿华和几个老哥们儿开办茶楼的初衷。但还有一项没有兑现，那就是有了盈利之后，几个老哥们儿结伴出去旅游，让退休后的生活更加丰富多彩。

随着冬去春来，气温逐渐上升，到了春游的好时节，章懿华和几个哥们儿在茶楼一边打着麻将，一边商量到哪里去旅游。舒中胜提出去张家界，他说张家界是"中国山水画的原本"，他虽然去过，但还想去深度领略张家界的奇观；孙向东建议去阳朔，去重温阳朔山水甲桂林的秀美；易天雄说他想去云南，云南是他奉献青春的地方，他想去大板桥和甘海子看看曾经住过的营房，到麻栗坡烈士陵园去悼念牺牲的战友；坐在孙向东旁边观战的蒲大侠也赞成易天雄的提议，说做梦都想去他的第二故乡，去看看曾经战斗过的地方。这下就轮到章懿华表态了，大家的眼睛都望着他，他历来就是这几个哥们儿的主心骨，他的想法，往往能起决定性作用。只见他呷了一口茶，扫视了大家一眼，不慌不忙地说："哥儿们说的都在理，我对张家界也早已神往，对她的奇山异石、云海奇观情深意笃；我也偏爱阳朔的山清水秀，对荡舟漓江心驰神往。我们今年先去一个地方，明年、后年再依次去另外的地方，好不好？"大家异口同声说："要得！"章懿华接着说："我赞成天雄和大侠的意见，首选云南，云南不仅是天雄、大侠和我的第二故乡，也是袁圆、殷笑英挥洒青春与汗水的地方。今年我们先去云南，到大板桥、甘海子去看看我们梦魂萦绕的营房；到大理洱海去欣赏云南的云，感受天蓝水阔的壮观；去麻栗坡烈士陵园祭奠我们为国捐躯的战友。同时，我建议邀请袁圆、笑英和倩倩一起去。如果笑英不想去，天雄务必要请你夫人给她做工作，不能让她落下。"他知道舒中胜与胡丽萍现在水火不容，胡丽萍又要照顾病中的娟娟，也就没有提及她。

章懿华话音刚落，易天雄立即答道："好，我一定照办，我叫袁圆，拉也要把'倒起喊'拉去！"舒中胜随即表示响应："我没意见，就按老九说的办，到云南边疆走一走，让我这个没当过兵的老百姓也去感受一下军旅生活，找一点叱咤疆场的感觉。"易天雄跟他开玩笑说："我说舒大老板，贵人多忘事，你不是也当过几天红小兵吗？咋个给忘了？"舒中胜瞟他一眼，苦笑道："易莽娃，你别踏屑我！那是啥子兵哟，纯粹就是懵懂少年！"易天雄戏谑道："你这个觉悟就不对了！老师从小教导我们，我们是共产主义事业的接班人，要随时准备着。"舒中胜反唇相讥说："你等了几十年，胡子都等白了，也没人来通知你吧？"易天雄嬉笑道："你别急，快了，再等等吧！"

"你们别说风凉话了！"孙向东打断二人的话，转移话题说，"老九就是老九，考虑问题全面周到。我建议呀，老九把你那个北方佳人也带上，一路上你就不孤单了。"孙向东有他自己的算盘，他表面上是在为老九考虑，实则为自己铺路。他知道老九是想通过这次旅游，促成他与殷笑英重归于好。但他知道殷笑英性格刚烈，是那种认死理的人，如果她不原谅他，有李尤佳这个"单身"女人陪伴，一路上就会减少许多尴尬。所以，他提出了这个建议。

易天雄呵呵一笑，立即支持："对头，老九光棍了几十年,现在剖鱼得珠——喜出望外，迎来北方佳人，而且她跟白琳娜就像一个模子刻出来的一样，也不枉老九苦熬了几十年。趁这个机会，抓紧时间把她拿下。"舒中胜接过话来，尖酸刻薄地说："我就没弄明白，老九为什么总有那么好的女人缘。年轻的时候，漂亮的女娃儿都跟着你转，现在年纪一大把了，还魅力不减。上次颁奖的时候，那个法国女郎露易丝给你又献鲜花又献吻，让台下众人眼馋，如果不是在众目睽睽之下，不知还会发生啥子令人嫉妒的事来。"章懿华连忙谦虚地解释："舒大老板，别这么夸张，那仅仅是人家欧洲人的礼仪和习惯，跟魅力没有一毛钱的关系！"舒中胜不这样认为，他有理有据地说："咋没关系？当时孙大教授就站在你旁边，他咋个没有享受被吻的待遇？"孙向东自嘲道："我瘦得像一根竹竿，风都吹得倒，老九一表人才、风度翩翩，人家闭着眼睛也不会来找我嘛！"易天雄坏坏地笑道："我说孙大教授，你也用不着谦虚！瘦是瘦，精神够！谢紫婧不是就很喜欢爬你这根竹竿，让你吃了一段时间嫩草吗？"舒中胜也落井下石："对头，易大处长第一次见你和谢紫婧牵手，他的哈喇子就掉地上了！"孙向东赶紧摆手道："你俩咋个哪壶不开提哪壶，又来挤对我啊！"易天雄不满舒中胜讥笑孙向东，捎带扫他一竿子，抓住他进行攻击说："你舒大老板也不是坐怀不乱的柳下惠，你当老板这么多年，也没有少干违反八项注意第七条的事！不像我易某人，一根藤上吊死，从来没有绯闻！"舒中胜不听他自我标榜，随即就给他当头一棒："你别往自己脸上贴金，你跟《杜鹃山》的温其久一样，隐藏得深，只是你的花花肠子还没暴露出来。"

　　章懿华见几个哥们儿扯闲篇没完了，笑着打住说："看来哥几个还真是年轻，抬起杠来没完没了，何不去从事第二职业——到工地打工去？"易天雄认为并无不好："如果还有兴趣抬杠，那说明我们并没有老，如果抬杠的兴趣没了，离见马克思也就不远了。"章懿华哈哈笑道："看来咱们易大处长确实越活越年轻，抬杠的兴趣依然不减当年，说你三十多岁一点不假。"他突然话锋一转，正色道，"请暂时把杠子收一收，先把到云南的时间和交通工具定下来。"

　　于是，几个哥们儿七嘴八舌嚷开了，有的说这周去，有的说下个礼拜走，有的说哪天都可以。最后确定下周一出发。至于使用什么交通工具，开始大家倾向于自驾游，但章懿华认为他们都是退了休的老人，长途驾车不仅易疲劳，而且难以确保安全，坚持乘坐公共交通。大家见他在这个问题上态度坚决，也就达成一致：直飞昆明，然后再分段包车或乘坐大巴车去其他地方。

第四十六章

　　章懿华早就想与李尤佳一起去旅游，去领略祖国的大好河山，共度美好时光。他拨通她的手机，说准备下周与几个哥们儿携带家属去云南一游，李尤佳听说他们携带家眷去旅游，他已将她当作家属来邀请，顿时乐得眉开眼笑，打完电话就兴冲冲地去找主编请假。结果主编说刚接到宣传部通知，下周他要去北京参加全国期刊工作会议，他不在期间，她这个副主编责无旁贷要在"家"主持工作，她瞬间就像被霜打了一样，垂头丧气地将情况反馈给章懿华。虽然相隔3000多千米，章懿华仍然能感觉到她情绪的低落，连忙安慰她不要难过，下个月他们俩就要赴日本参加麻将锦标赛了，到时又能在东京相聚。李尤佳听到这，才"阴转晴"，对他说："好的，我们在东京见！"

　　易天雄回家不见妻子，打电话问她去哪里了。袁圆说与殷笑英刚从妇产医院回来，一会儿就到家。易天雄问她去妇产医院干啥，袁圆回家后给他解释说，她和笑英对舒中胜与女儿娟娟的亲子鉴定结果很是不解，想查一下娟娟的出生档案。易天雄瞪着眼睛问妻子："这有啥可疑之处？"袁圆郑重其事地说："根据我和笑英对丽萍的了解，以及丽萍推心置腹的陈述，娟娟百分之百是舒胖娃的骨肉。但亲子鉴定却证明娟娟与舒胖娃没有血缘关系，我们想去查究竟是哪一个环节出了问题。"易天雄问她："找到证据了吗？"袁圆摇摇头说："管理档案的人不让查，又没有找到我熟悉的那个院长，白跑了一趟。"易天雄若有所思，突然受到启发："你想过没有？白琳娜是得白血病走的，娟娟又患了白血病，娟娟与白琳娜会不会有啥关系？"袁圆点着头答道："我们就是这样想的。"易天雄皱着眉头，突然脑洞大开地说："我发现娟娟眼睛和鼻子跟老九长得有点像，可不可以让老九和娟娟做一下亲子鉴定呢？说不定娟娟是老九的亲生女儿。"袁圆忧心忡忡地说："我和笑英也有这个想法，又怕娟娟与老九的 DNA 恰好吻合，最终查出老九与丽萍……那岂不是越搅越乱？"易天雄也感到不妥，担心地说："胡丽萍曾经追求过老九，如果真查出他俩有这一层关系，那就真的乱成一锅粥了。"袁圆冷静地说："我和笑英反复考虑，还是想通过熟人去查一查娟娟的出生档案。今天没查到，我们下周再去查。"易天雄对妻子说："下周不行，我们已经商量好了，下周去云南旅游。你通知笑英，下周一走。老九说了，请你务必要动员笑英一起去。"袁圆听说要去自己曾经战斗过的地方，激动地说："太好了！我现在就通知笑英。"

　　殷笑英听说结伴去云南旅游，想都没想就答应说："好啊！我早就盼着回第二故乡去看看了，啥子时候走？"袁圆告诉她："下周一。"殷笑英突然想起什么，问道："他去不去？"袁圆明知故问："哪个他呀？"殷笑英愠怒道："你装啥子装，还有哪个他？"袁圆笑了："哦——你是说孙向东呀！"殷笑英郑重地问："他去不去？"袁圆想了想说："他可能要去。"殷笑英迟疑了片刻："他去，那我就不去了。"袁圆对她采取激将法："你莫非怕他？"殷笑英一听就跳了起来："我会怕他？笑话！"袁圆进一步刺激她说："既然不怕他，好不容易回一趟第二故乡，你还犹豫啥？"殷笑英对孙向东故作鄙夷地说："他已经是过去时了，我才不把他放在心里呢！去就去，谁怕谁呀！"袁圆放心了："这就对了嘛！"殷笑英似乎有被老姐妹牵着走的感觉："对你个头！"

　　这是几个老哥们儿带着家属第一次集体出游，也是章懿华等人离开昆明之后首次回去，所以他们的心情格外激动。那种对青春时光的怀想使章懿华、易天雄、蒲大侠和袁圆、殷笑英刚下飞机，就不约而同地仰天长啸："昆明——我回来啦！"

　　他们的声音浑厚有力，犹如《黄河大合唱》一样充满了穿透力。这就是激情，是对曾经熟稔的土地的深情眷恋，是从心灵深处发出的强烈呼唤！

　　孙向东见他们如此开心，忍不住戏谑道："谁是胡汉三呀？"舒中胜也被他们的情绪感染了："还能有谁，老九呗！"章懿华笑着轻轻给了他一拳，舒中胜急忙闪开："胡汉三打人啦！"顿时引来一片欢笑之声。

　　昆明地处低纬度高原，天气常如二三月，花开不断，四季如春，人称"春城"。他们早晨离开成都的时候天空飘着小雨，冰凉的雨丝落在脸上还有一些寒意，而此时的昆明郊区天高云淡、和风习习，随便吸一口空气都是清新的，甚至有淡淡的花香直达心底。

　　章懿华他们年轻时从成都去昆明都是乘坐绿皮火车。这条全长约1100千米的铁路上修建了427座隧道和991座桥梁，桥梁隧道长度约占总长的40%，是我国地质结构最为复杂的铁路之一。在章懿华的印象中，坐这条线的列车有穿不完的隧道，呼吸不完的煤烟，几乎每一次往返成都和昆明都是一次痛苦的经历。后来有条件乘坐飞机了，他就尽可能地从双流机场飞抵巫家坝机场。不知巫家坝机场何时已经完成使命关闭，他们今天乘坐的飞机的降落地是长水机场，这个机场远离昆明市区，但却与他们当年在部队时春耕秋收的嵩明杨林农场近在咫尺。如果不是已经预订好了昆明市中心的酒店，也许，他们会从机场直接去农场瞧一瞧，去回味一下当年农忙时节的艰辛。尽管他们所在部队驻防在大板桥马家冲，距离这里有60多千米，但没有作战任务的时候，每年农忙时节还是要到这里来发扬我军的光荣传统，使每一位官兵铭记自己是人民子弟兵!

他们走出航空港,没想到在接机处却意外碰见举着"欢迎老战友章懿华一行"纸牌的戴常全、张永益两位转业后在昆明工作的老战友。久别重逢,双方十分激动,先来了一个"熊抱",然后才互相打量,说彼此都没有变,还是那副"熊样"。之后,章懿华便逐一介绍大家认识。

其实,易天雄、蒲大侠与戴常全、张永益早就认识,只是当年在部队时交往不多,不是十分熟悉。而对师医院的两位美女殷笑英和袁圆,戴常全、张永益也不陌生,由于无缘深入了解和接触,才印象不深。

章懿华与戴常全、张永益在部队时就是亲密无间的好战友,只不过转业后天各一方,才没有经常往来,但逢年过节还是会互发短信问候,友情依然深厚。章懿华如果只身一人来昆明,他肯定要提前给他们打招呼,但此行是"大部队"出动,他就不想打扰他们,结果反而遭到两位战友的"声讨",责怪他来昆明也不吭一声。章懿华只好赔着笑脸自我批评:"都是我的错,我的错。我想知道,你们是咋个晓得我们要来昆明的?"戴常全反问道:"你以为我们都是憨的嗦?你们脚指头动,我们就知道你们整哪样了!"张永益也神秘地说:"都是当过兵的,这点侦察能力还没有?"章懿华见他们故意卖关子,恍然大悟道:"我知道了,昨天钟世远约我今天去都江堰耍,我给他说今天要来昆明,多半是他告诉你们的。"

戴常全还没有搭话,张永益接过话就直接做了安排:"我想你们来昆明,最想去的是大板桥和甘海子,该是?去市区正好顺路,我们就先带你们回老营房瞧瞧。"

章懿华、舒中胜、易天雄和袁圆跨进了戴常全的轿车,张永益请蒲大侠、郑倩倩、孙向东和殷笑英乘坐他的轿车。

为了减少蒲大侠出行的不便,他未来的女婿郝林在他出发前为他专门挑选了一辆轻便的轮椅，蒲大侠对小伙子的孝心和贴心十分感动。

张永益将大侠的轮椅折叠起来放进后备箱后，孙向东已经搀扶蒲大侠坐进副驾驶座。郑倩倩有意安排孙向东和殷笑英挨着坐，她请殷笑英上车，殷笑英却推她先上。郑倩倩上车后故意坐到后排左边，将中间位置和右座留给殷笑英和孙向东。殷笑英见状迟迟不肯上车，等到孙向东上车后，她才从车后绕到左侧，打开车门，请郑倩倩往中间坐，然后钻进车里紧挨着她，让郑倩倩成为她与孙向东之间不可逾越的屏障。郑倩倩想起乘坐飞机时，殷笑英与孙向东的座位本来是紧邻，她也执意要跟章懿华换座位，跑去挨着袁圆坐，与孙向东拉开距离，以此表明她的态度。想到这里，郑倩倩禁不住哑然失笑，悄悄对殷笑英耳语："你呀，就是倔！"殷笑英得意地说："江山易改，本性难移嘛！"

两辆轿车在高速路上疾驶。

大家久别重逢，有说不完的话，尤其是章懿华他们看到公路四通八达，道路两旁高楼林立，不时发出惊叹之声。戴常全本来就十分健谈，他一边开车一边给他们热情介绍昆明日新月异的变化。另一辆车上，望着道路两旁陌生的景象，蒲大侠也是感慨万千，说昆明的发展真是不得了，如果不是张永益做向导，他和殷笑英根本不知道自己身在何方。

汽车很快开进了大板桥营房。

眼前的景象让章懿华大跌眼镜：20世纪80年代初由他和战友们开山劈石、一砖一瓦改建出来的营房，如今人去楼空，野草丛生，破败不堪。除了偶尔有一只燕子飞过头顶传来孤鸣声，周围了无人烟，不知道的还以为这里是年久失修的民居。不见了鲜艳夺目的五星红旗，没有了猎猎飘扬的军旗，甚至那些参天大树也不复存在，这里仿佛是一个被荒凉主宰的世界，除了他们曾经住过的营房墙壁上还残留着"不畏艰难险阻，苦练杀敌本领""宝剑锋从磨砺出，精兵都是苦练来"等斑驳的字迹，隐约透露出军人的精神、干劲与胆魄，似乎很难找到他们青春留下的痕迹和踪影。

章懿华感到一阵心凉，仿佛被无形的鞭子抽打着身躯，两滴眼泪不知什么时候夺眶而出。他擦去泪水，紧咬着嘴唇，望着没有一丝活力、宛如奄奄一息的耄耋老人一样的建筑，他内心在哭泣，痛苦得说不出一句话来。

舒中胜挺着大腹便便的肚子，吊儿郎当地说："我还以为你们的军营威武雄壮，让我一见就壮怀激烈、热血沸腾呢，结果如此荒凉破败，惨不忍睹。"

孙向东见章懿华神色严峻、目光犀利得像两道寒光，知道他正在被一种复杂的情绪折磨着，伸手捅了舒中胜一下："舒胖娃，你别张起嘴巴乱说！"

章懿华沉吟片刻，仿佛他那深邃的目光已经穿过历史的长河回到了现实之中。他回过头来面对舒中胜，转忧为喜地说："看到当年铁马金戈、青春似火的营房一片萧条，从个人感情上来说，确实让我心酸，让我难过。但你想过没有，营房空置，军营减少，铸剑为犁，化干戈为玉帛，和平鸽的哨音响彻云霄，世界充满爱，难道不是好事？如果世界上军营越来越少，枪声越来越少，杀戮越来越少，岂不更好？历史已经成为过去，昨天终将成为记忆。"他抬头望着天上一朵朵白云，换了一个思维接着说，"别看我们的营房已经废弃，这恰恰证明它和我们已经完成了历史使命，没有辜负祖国和人民的重托，我们的青春没有虚度！"

易天雄看到昔日的营区一片凄惨的景象，同样早已喉咙发痒，有一种不吐不快的感受，但听了章懿华这番话，他感到了温暖，想到了当年从军的义务和责任，深有感触地说："老九的话，道出了我们的心声，营房虽然荒凉了，但这正说明我们国家正处于和平与安宁，我们的青春和汗水并没有白流。"蒲大侠在郑倩倩的搀扶下，早已从轮椅上站立起来，他与易天雄的心情一样，本来对废弃的营区感到心痛，想说出心中的惋惜，但听了老九这番感叹，他立即将惋惜咽回了肚里，动情地说："我们当兵的目的，就是给老百姓创造一个和平的环境，别说营房废了，就是让我再献上一条腿，我也无怨无悔！"

人都是感性动物，何况是在军队服役多年的热血男儿。当他们昔日的营区被屏蔽在历史的深处，勾起他们内心的眷恋和伤痛之时，他们不仅没有怨言，反而说出了如此识大体、顾大局的肺腑之言，即使喜欢说风凉话的舒中胜也感到了一种震撼。他转了转眼珠子，羞愧地说："我收回刚才说的话，打心眼里佩服几个老哥们儿，你们真是好样的！"他难得竖起大拇指说出这种敬佩的话。

袁圆和殷笑英心里也不好受，这里毕竟是章懿华他们战斗与生活过的地方，如今破败成这个样子，她俩完全理解他们的心情，也难免有些伤感，但听了几个大老爷们儿从另一个角度发出的感叹，尤其是老九那番既有感情又有理性的话，她们从心里受到感染和启发。袁圆念起了普希金的一句名言："一切都是瞬息，一切都会过去；而那过去的，就会成为亲切的怀念。"殷笑英也豪迈地说："伤感是懦夫的表现！向前，向前，我们的队伍向太阳，这才是我们应有的情怀！"

张永益更是大受感动，敬佩地说："我接待了那么多回来缅怀过去、寻找记忆的战友，他们往往只是伤感和落泪，从来没有见过像你们这样撑得起的。"戴常全也对章懿华他们的胸襟刮目相看："你们硬是整得成，让我看到了什么是气度和情怀！"

章懿华走到当年由他们一块石头一捧土垒建的花坛前，捧起一把泥土，装进一个塑料袋里，准备将它带回去做纪念。他忘不了为建设这个营房，他和战友们洒下的鲜血和汗水，因为打地基的时候，他和战友们上山开采石头，不少战友手上打起了血泡，他还负了轻伤，这些泥土里有他和战友们殷红的血液。

离开大板桥后，他们驱车朝甘海子方向驶去。昔日岸柳成行、鱼虾满河，曾承载过他们的欢声笑语和美丽梦境，也见证了章懿华和白琳娜爱情的宝象河，不知是改了道还是其他原因，直至汽车驶到师部大门前，也不见潺潺流动的影子。

张永益热情地给大家介绍，他们这个师在军队精简整编中已经降为旅，曾经的师机关也就缩编为旅机关，由战区统领改属某集团军直辖。戴常全是一位有心人，他提前与部队取得了联系，他们才得以进入营区，否则，"军事重地、闲人免进"八个字将把他们拒之门外。

　　昔日的军营已焕然一新，四层高的机关大楼和营房的外墙贴上了洁白的瓷砖，草坪绿色如茵，乔木和灌木苍翠欲滴，呈现出勃勃生机。一支步伐整齐的队伍与他们擦肩而过，这些战士的精神面貌不输他们当年，使他们从内心感到欣喜和安慰。原来的后勤部机关宿舍小院已被铲平建起了庄严的荣誉室，集中展现了他们这个英雄部队的光荣历史。荣誉室对面的原政治部干部宿舍则不复存在，成了一片开阔的绿化地。章懿华当年工作过的地方几乎没有任何变化，依然保留着它壮观而大气的风采。文艺宣传队的营房，那个见证了章懿华和白琳娜感情之路的四合院，已被夷为平地，再也没有百灵鸟般的歌声和翩翩起舞的影子。还有章懿华、易天雄、蒲大侠刚入伍时所在的侦察连、通信连、特务连等营房也不知搬迁到了哪里。由于离开了几十年，偌大一个营区见不到一张熟悉的面孔，更别说亲切的故人，他们在获得些许安慰的同时，也深深感到了岁月的无情。

　　离开机关大院后，他们驱车直奔坐落在小石坝山顶之上的原师部医院，即袁圆和殷笑英曾工作与生活多年的营区，结果医院早就改作他用，别说见不到白衣天使们忙碌的影子，就连医院的痕迹也荡然无存。唯一让她们欣慰的是院区草丛中有一些野花在迎风摇曳，仿佛要向故人吐露久违的心语。袁圆和殷笑英折了几朵捧在手心与它们无声地对话，然后将它们悄悄装进自己的行囊，她们装进行囊的不仅仅是野趣，还有那些青春的记忆。她俩本想找一个地方留下一张合影，可没有一个背景能看到她们昔日从军的影子，他们只好在一声声叹息之中默然离去。那些难忘的记忆只能留在个人的脑海里，成为抹不去的回忆。

第四十七章

　　他们回到昆明市区时已经是薄暮时分，当年那条宽敞的柏油路由于年久失修已经面目全非，成了坑坑洼洼、尘土飞扬的土路，那些被重型货车碾出的泥块龇牙咧嘴地啃食着轿车的轮胎和底盘，使他们乘坐的轿车不时发出痛苦的颤抖。章懿华问小心翼翼驾车的戴常全："记忆中，这条路宽敞又平坦，现在咋个如此破败不堪？"戴常全回答说："由于改建高速公路，不知他们憨眯日眼（昆明方言，意为傻乎乎）整哪样，就将这条公路丢二莫噻（昆明方言，意为忘记）了，附近又没有拐进高速公路的趔趔（昆明方言，意为小路），只有走这条老路了，请各位老战友系好安全带，小心碰着脑壳。"

　　章懿华他们提前订好了市中心的酒店，一行人也就直奔酒店而去。

　　到了酒店，大家掏出身份证领取房卡的时候，殷笑英发现她被安排与孙向东住一个房间，尽管孙向东讨好地向他赔着笑脸，意思是"你就原谅我吧，笑英，我向你认错了"。结果殷笑英瞅都不瞅他一眼，好像他压根儿不存在，立马就变了脸质问章懿华："老九，你咋个搞的？我跟他半毛钱的关系都没有了，你把我跟他安排在一个房间，这不是欺负人吗？"章懿华满脸堆笑地向她解释："俗话说，唯宽可以容人，唯厚可以载物。你们是老夫老妻，中间出了那么一个小小的插曲，现在曲散人去了，向东的心早就回到了你的身边，该是重归于好的时候了！"殷笑英从鼻孔里"哼"了一声，一脸严肃地说：

"你当我是什么人？以为我好忽悠、好欺负，是他的备胎吗？对不起，心早就被他刺破了！"舒中胜走上前劝道："将军额头跑得马，宰相肚里能撑船。笑英，你历来就是心胸开阔、耿直豪爽的女中豪杰，你就大人大量，不计前嫌，原谅向东嘛！"易天雄也帮腔说："就是，笑英是咱们的好姐妹，度量大着呢！你就当孙教授失足掉进狐狸窝——惹了一身骚，走了一段弯路，你原谅他吧！不要再吹胡子瞪眼睛，互相折磨了！"蒲大侠接过话说："对头，向东肠子都悔青了，洗脑壳头发都掉光了，说他对不住你，都是他的错，念在你们多年夫妻感情上，还有儿子阳光眼巴巴望着你们和好，你就不要再扯筋角逆了嘛！"殷笑英依然不为所动地说："对不起，我现在额头上跑不得马，肚里也撑不下船，你们劝我也没有用！"说完转身就将身份证交给前台服务员："小姐姐，给我单独开一个房间！"章懿华见她一时还没有转过弯来，赶紧对服务员说："小姑，给我们再开一个单人间。""小姑"在昆明话中是对姑娘的昵称，就跟四川话的"幺妹"一样。

"让我来！"袁圆是他们公选的旅游期间的"财政部部长"，她连忙挤上前将银行卡递给服务员："多少钱？请从卡上下账。"

大家入住之后，戴常全和张永益在酒店餐厅订了一个雅间，设宴给他们接风洗尘。面对两位老战友的热情，章懿华代表大家一再向他俩表示由衷的感谢。易天雄、舒中胜和蒲大侠都是"酒精考验"之人，自然挺身而出向戴常全和张永益频频敬酒致谢。但戴常全和张永益不胜酒力，哪里抵挡得住三位"酒仙"的轮番进攻，章懿华只好站出来与戴常全和张永益结成临时统一战线，劝阻大家点到为止。尽管如此，大家举杯碰盏、畅叙友情，还是喝了不少，尤其是易天雄、舒中胜和蒲大侠，喝得舌头都有些大了才偃旗息鼓。当然，趁敬酒的机会，章懿华没忘借花献佛劝告殷笑英与孙向东重归于好。孙向东与殷笑英的座位紧挨在一起，孙向东不时用公筷给殷笑英夹菜献殷勤，并悄悄向她做了忏悔。易天雄故意逗趣说："你们瞧，孺子可教也！孙教授在悔过自新了。"舒中胜坐在殷笑英的身边，也凑热闹说："亡羊补牢，为时不晚。孙教授从哪里跌倒就从哪里爬起来，你说是不是，倒起喊？"殷笑英抓起舒中胜的筷子夹了一块他盘中的菜，塞进他嘴里，似怒非怒地说："给你堵上，看你还说不说！"于是，引来大家一片欢声笑语。

按照计划，他们第二天去登西山龙门眺望滇池，游览大观楼欣赏清代孙髯翁那副天下第一长联。刚吃过早餐，戴常全和张永益就驱车来到酒店接他们，章懿华握住两位老战友的手说："昨天已经耽搁了你们整整一天时间，今天不能再麻烦你们了。"戴常全不容置疑地说："这些话莫挨我讲（云南方言，意为别跟我讲）！能陪你们一块儿玩，我太吃得成伙食了（云南方言，意为太厉害，太能干，很赞叹）！"他这个话的意思是很荣幸。张永益也说："我们这个关系，你还啰里八唆啥呢！"

两位老战友这样热情主动，话又说到这个份上，章懿华只好恭敬不如从命。于是，他们一行十人又乘坐戴常全和张永益的车，愉快地游览了风景秀丽的西山，在吴三桂一怒为红颜的陈圆圆塑像前留了影，欣赏了美丽如画的滇池，看到了难得一见的红嘴鸥，领略了"五百里滇池，奔来眼底，披襟岸帻，喜茫茫空阔无边"的壮阔。

第三天，戴常全和张永益又带着他们去石林彝族自治县，参观了被誉为"天下第一奇观"和"阿诗玛故乡"的国家重点风景名胜区石林。之后，戴常全和张永益还想陪同他们去大理古城，但章懿华坚决给予谢绝，易天雄也诚恳地说，已经让两位老战友忙活了整整三天时间，不好意思再麻烦他们了。其他人也感动地说，真的太谢谢他俩了！两位老战友见他们执意不让他们再陪同，也就只好作罢。

他们一行在昆明这三天玩得十分开心，大家都称赞戴常全和张永益太热情、太给力了，异口同声邀请他俩抽时间到成都走一走，品尝一下四川的美食，他俩说有机会一定去成都拜会各位老战友。在登上开往大理的动车时，戴常全和张永益在站台上与章懿华他们恋恋不舍，直到动车已经驶出站台，他俩还在向他们挥手致意。

舒中胜感慨地说："老九，你这两个战友对你真好！"孙向东深有体会地说："这就是老九的人格魅力！"章懿华连忙朝他摆手："向东过奖了！对朋友，我只是以诚相交、肝胆相照而已！"

这时，章懿华的手机突然响了，是李尤佳打来的。他们每天都要通一次电话，她关心他的行程，他关切她的生活，他们互致问候，用生活的细节培养和积累感情。他告诉她，他们已经离开昆明，乘坐高铁去大理古城了。李尤佳提醒他出门在外，一是路上要注意安全，二是饮食要讲卫生，三是要注意休息。总之，她对他关怀备至，他也对她体贴入微。在即将结束通话的时候，他对她说："在云南，饮食普遍比较咸。"李尤佳提醒他："你可要注意，咸了会伤肝。"章懿华若无其事地答道："我喜欢。"李尤佳很不理解："喜欢？"章懿华扑哧一笑："闲（咸）了就想你！"李尤佳知道上当了："好啊，你是在逗我！"说完就想举起手隔空去打他，可惜动车驶出站台后通信信号越来越弱，通话的声音逐渐被淹没，她的手只能定格在空中，化作会心的微笑……

两个小时之后，动车安全抵达了大理站。

大理站离大理古城还有 18 千米。他们预订的客栈是风花雪月大酒店，有公交车可以抵达，但要步行一段路，考虑到蒲大侠行走不方便，用打车软件叫车也才 40 元左右，袁圆就用手机熟练地叫了两辆出租车。

大理是历史文化名城，它的历史可以追溯到唐朝天宝年间，我国许多文学作品都是以这里为背景。尤其是新派武侠小说宗师金庸对这里情有独钟，他笔下不少武林高手都与大理有很深的渊源。

他们乘坐出租车来到酒店，章懿华悄悄跟袁圆说："按既定计划办。"袁圆会意地点点头，径直去服务台办理入住手续。章懿华把经理请到旁边与他攀谈，并请易天雄给他递上一支香烟。

经理是一个面容和蔼的中年汉子。他一身白族打扮，头戴白色包头，搭配白色对襟衣和黑色褂子，裤子也是白色的。他婉拒了易天雄递给他的烟，客气地对章懿华说："老板有哪样吩咐？"懿华对他耳语说："我想请您……"他的声音越来越小，只有经理能听清楚。经理开始有点为难，章懿华又跟他说了几句，他脸上顿时露出了笑容："该是吧？可以可以！"说完走进服务台内，对收银员说："你给厨房说，准备八位客人的伙食，除了蔬菜，全部用洱海花。如果不够，赶紧点去买，我来接待客人。"他说的"洱海花"是洱海独有的特产——肉嫩味美的弓鱼，因为这种鱼常以嘴衔尾成串跃出水面，宛如弯弓，故称"弓鱼"。

袁圆办完入住手续就将房卡交给大家，殷笑英发现又是将她安排与孙向东住一个房间，立即板着面孔对袁圆说："你咋个搞的？"袁圆赔着笑脸说："笑英，你听我解释嘛！我也想给你单独安排一个房间，但没有床位了呀！"

"这么大一个酒店，咋个会没有床位？"殷笑英不相信，直接问经理："老板，你们没有房间了吗？"经理毕恭毕敬地答道："是啦，现在是旅游旺季，我们做生意的又不是憨包，认不得钱嗦？有房间何消说没有，该是嘎！"

殷笑英转过身来，退而求其次地对袁圆说："要不，我们两个在一起挤，叫易莽娃和他去住一个房间？"易天雄走过来故意正色道："倒起喊，你安啥子心？想把我们老两口拆散嗦！"袁圆找了一个拒绝的理由："你不知道，笑英！我现在鼾声很大，会吵得你睡不着。"殷笑英才不相信呢，她反驳说："我们上下铺睡了那么多年，从来没听你打过鼾。"袁圆只好给她进行科普：

"其实，你比我还清楚，年轻时身体好、疾病少，到了现在这个年龄，黏膜和肌肉变得松弛，气道被压迫到了，打呼噜也是常见现象。"章懿华赶紧站出来劝道："笑英，你就想开点嘛！春风有信，花开有期。向东这几天一直在向你认错、赔不是，所有的美好都在向你走来，你就不要再纠结了，赶紧和他重归于好吧！"易天雄趁热打铁说："向东，你男子汉大丈夫，主动一点，再给笑英赔个不是，认个错，好不好？"袁圆提醒孙向东："你说呀，向东！"舒中胜忍不住拿他来开涮，嬉皮笑脸地说："孙教授，你在讲台上口若悬河，咋个现在变成哑巴了？"蒲大侠也期待地望着孙向东："你就说嘛，向东！"郑情情也催促他："向东，你还愣着干啥？赶紧给你老婆赔礼道歉嘛！"大家的目光齐刷刷地射向孙向东，等着他求得殷笑英的谅解。

只见孙向东想说又不好意思开口，羞得面红耳赤，口笨嘴拙地说："我……"大家忍不住异口同声地催他："你说嘛！"孙向东终于鼓起勇气，怯怯地承认："笑英，我错了！"殷笑英听他的声音小得如同蚊子，哪里肯买他的账，故意将声音提到高八度："你错了，错在哪里？当着大家的面，说清楚呀！"孙向东愧疚地望着前妻咄咄逼人的眼睛，鼓起勇气说："我不该见异思迁，不该……"殷笑英不依不饶地追问："不该干啥？你说！"孙向东羞愧地低下头，为难地说："不该喜新厌旧……"殷笑英仿佛站在了道德的制高点上，始终掌握着主动权，理直气壮地说："瞧，吞吞吐吐，羞羞答答，一脚踢不出一个屁来，我相信今后如果再遇到一个小妖精，你的花花肠子还会生出来。你不怕丢老脸，我可怕别人指着脊梁骨骂，说我咋个与一个老不要脸的在一起！"孙向东知道她的性格，如果再不做出承诺，就再没机会挽回了，为了能稳住她的情绪早点收场，只好信誓旦旦地表示："我一定痛改前非，今后决不再做对不起你的事情！"

章懿华在旁边打电话，听到孙向东话音一落，就走过来将手机递给殷笑英，对她说："阳光打来的电话。"殷笑英接过电话说道："儿子，你咋个想起给妈打电话了？——是啊。——妈知道，知道。——你们这是合起伙来，让妈往里面跳嘛。——嗯，好，好，好，不说了，妈听你的！"说完将手机还给章懿华，无可奈何地摇了摇头，长叹一声："唉——老九呀，你真是板眼多！"章懿华听殷笑英这个口气，知道已经水到渠成，赶紧画上一个句号："好！向东的态度非常好！笑英也是一个拿得起放得下的好姐妹。现在，我们用热烈的掌声，祝贺向东和笑英重归于好！"说完带头鼓起掌来，大家闻声而动，一起将巴掌拍得震山响。章懿华接着说："今天是个好日子，等会儿咱们品尝大理的特产——肉嫩刺少的弓鱼，清代白族大诗人师范曾为它写下'嫩腹含琼膏，圆脊媚春酒'的诗句。弓鱼味道十分鲜美，咱们好好饱一下口福，同时喝上一杯，向笑英和向东表示祝福！"

在章懿华的精心安排下，这对中途拆散的夫妻，终于回心转意、破镜重圆，在大家的簇拥下，提着行李箱走进了同一个房间，结束了分居的日子。章懿华握住经理的手，感激地说："谢谢你的配合！"随即摸出一张 100 元钞票递给他。

"您这是整哪样？"经理是一个耿直的白族汉子，他推开章懿华的手，扶了扶眼镜，善解人意地说："能促成一对老人重归于好，这是应该的，哪需要这个呢？！"

孙向东与殷笑英和好如初之后，大家都很开心，再也不用担心出现之前的那些尴尬。这天中午，除章懿华之外，其他人都是第一次品尝大理美味弓鱼，厨师手艺也堪称一流，蒸、煮、炸、炖、煎、烧、烤、爆互不雷同，色香味俱佳，让大家吃得满嘴飘香，赞不绝口。特别是殷笑英和孙向东接受大家的敬酒和祝福，笑逐颜开。

就餐之后，他们在古街上拾撷历史的踪迹，在苍山洱海看云卷云舒，读天空的高远，听浪花的呢喃，沉浸在大自然质朴纯美的意境之中，感受生活的美好与恬淡，纷纷摆出各种造型，留下了一个又一个快乐的瞬间。

结束苍山洱海之行，他们下一个目标是去文山壮族苗族自治州麻栗坡烈士陵园悼念在边境作战中牺牲的战友。大理市与麻栗坡县城的距离是700多千米，没有直达列车和长途汽车，为了减少转车的疲劳和节约时间，他们包了一辆中巴车前往。

麻栗坡烈士陵园坐落在县城北磨山的苍松翠柏之中，背靠青山，山势巍峨，建筑雄伟，是全国重点烈士纪念建筑物保护单位。园内安葬着1979年至1989年在保卫边疆作战和侦察防御作战中牺牲的959位烈士的忠骨，整座陵园占地50余亩，自下而上由32台挡墙、32道石阶、800多米围墙组成。

在云南和广西沿线的十几处烈士陵园中，麻栗坡烈士陵园不算最大，但它是建得最早，也是最著名的烈士陵园。30多年来，烈士陵园不断完善翻新，烈士墓和陵园设施不断升级，苍松翠柏环绕，庄严肃穆、宁静安详，每年都要接待数以万计的国人前来凭吊。

不知老天爷是不是感受到了章懿华他们沉重的心情，当章懿华他们提着花篮，抬着花圈，拾级而上的时候，天空低沉，细雨霏霏，不动声色地增添了肃穆的气氛。

陵园大门上书"麻栗坡烈士陵园"7个大字，陵园的正面耸立着用花岗岩装饰的革命烈士纪念碑，碑的正面是毛泽东同志的题词"人民英雄永垂不朽"，碑身背面是邓小平同志的题词"为保卫祖国边疆英勇牺牲的烈士永垂不朽"，碑两侧的纪念碑坊为汉白玉制作，镌刻着老山、八里河东山、扣林山作战简介及烈士的英雄事迹。纪念碑前面特制的12座陵墓被称为"英雄台"，安葬着被中央军委或原昆明军区授予"战斗英雄"光荣称号的烈士。所有烈士墓碑已全部改用大理石制作，与战后章懿华等人第一次到陵园来参加悼念活动时已大不相同。

每一个墓碑的上方都镌刻着两颗红色五角星和一对飞翔的和平鸽，下方刻有烈士姓名、所属部队、烈士籍贯及其英雄事迹。整座陵园烈士墓在山坡呈梯次整齐排列，远远望去，乳白色的墓碑上鲜红的五角星与翠绿的苍松相互映衬，成为边陲一道靓丽的风景。

章懿华和易天雄抬着一个大花圈来到高耸入云的纪念碑前，将它靠在碑的底座，然后大家低头肃立，默哀三分钟。

礼毕，章懿华带着大家拾级而上，在陵园侧后，找到了罗班长和金佑鄞的陵墓，也就是他们此行重点祭奠的对象。

罗班长和金佑鄞是他们一起到敌后侦察归来时遭遇敌人伏击，在敌众我寡的危急关头，为了掩护他们不幸牺牲的。章懿华、易天雄、蒲大侠与他俩的感情可想而知。他们已经30多年没有来看望两位战友了，心中有着深深的愧疚。因此，见到两人的墓碑，他们鼻子一酸，不约而同地哽咽着说："罗班长、金佑鄞，我们来看望你们了！"

青山埋忠骨，热血照千秋。没有经历过战争，没有在刀尖上行走，没有与豺狼一样凶残的敌人激战过的人，包括那些没有参战经历的普通军人，很难体会到他们之间的这种感情，这是生与死、血与火凝结的深情，它比金子更珍贵，比山岳更厚重！

三个五尺男儿，同时扑上前抱着墓碑号啕大哭。

他们眼前立即浮现出当年那惊心动魄的一幕：在电闪雷鸣般激烈的枪炮声中，敌人像潮水般汹涌而来，侦察小分队腹背受敌。带队的杨科长身先士卒冲锋在前，打开一个缺口，无奈敌人人多势众，死死咬住他们不放。金佑鄞中弹倒下了，蒲大侠奋不顾身掩护战友，也被子弹击中，从高高的山崖跌进了深谷，章懿华和易天雄顿时杀红了眼，端着机关枪对着敌人拼命狂射。

杨科长知道如果势均力敌，发扬我军英勇不屈的精神必将把敌人斩尽杀绝，但与数倍于己的敌人血拼，等于是以卵击石，自寻死路，不仅不能完成任务，而且会全军覆没。他命令章懿华和易天雄立即撤离，罗班长自告奋勇留下断后，结果寡不敌众……

罗班长为了掩护章懿华他们撤退壮烈牺牲，蒲大侠身负重伤，直到战后才捡回一条生命。没有罗班长、金佑鄯和蒲大侠英勇杀敌，整个侦察小分队都将死在敌人的枪口之下。因此，罗班长、金佑鄯和蒲大侠是他们的救命恩人，他们对他俩和蒲大侠永怀感恩之心。

章懿华、易天雄和蒲大侠的哭声仿佛能撕裂天空、入地三尺，即使再冷漠与刚强的人，都会受到震撼、受到感染，就连舒中胜、孙向东和郑倩倩也禁不住哽咽起来。殷笑英和袁圆当年是战地护士，对前线战士的感情不亚于章懿华他们，她俩早已抱头而哭，泣不成声。

良久，章懿华和易天雄才止住哭声，从舒中胜和孙向东手里接过花篮和花圈，将它们摆放在两位战友的碑前，蒲大侠也在郑倩倩的搀扶下颤抖地从挎包里拿出水果和香烟摆在面前。接着，易天雄从袁圆手中接过一瓶老酒倒在地上。这些仪式完成之后，大家一字排开肃立，向长眠地下的罗班长和金佑鄯一鞠躬、二鞠躬、三鞠躬……

第四十八章

　　窗外起风了，越来越大。风吹着柳丝翩翩起舞，扬起花絮漫天飘扬，花絮宛若一个又一个快乐的精灵，传递着春天美丽的讯息，也昭示着大自然将进入百花盛开的季节。

　　从云南归来，特别是到麻栗坡烈士陵园悼念之后，一行人仿佛经历了一场涤荡心灵的洗礼，对生活的认识、人生的价值有了更深的理解，对退休后居家养老的幸福与快乐更加珍惜。尤其是孙向东和殷笑英两人，他们不仅游览了云南的大好河山，深切感受到了和平的来之不易，而且收获了爱情，让孤寂的心重新获得了温暖和依靠。

　　返回成都的第二天一早，他俩就去婚姻登记中心办理了复婚手续，两颗心重新合在一起，共同去享受人生后半程的幸福和甜蜜。

　　殷笑英从婚姻登记中心回来后就搬回了原来的家，与孙向东和婆婆住在一起，重新开启了心甘情愿的忙碌生活。她不仅要买菜做饭，精心伺候丈夫和婆婆，而且要一如既往地去儿子家为小两口操心，为他们准备晚餐，去幼儿园接小孙子，直到孙阳光或乔翠莲下班回家后，她才赶回自己的家。假若孙向东去讲课还没有回来，她就马不停蹄地开始做晚饭；假若孙向东在家，她则让他去休息或做帮手，她在厨房唱主角。丈夫和儿子都劝她不要这样累，但她说自己就这个命，闲不住，闲下来就要生病。

没有对比就无法鉴别。过去孙向东被殷笑英伺候惯了，以为她大包大揽、一手遮天，对她颇为不满，碰到谢紫婧便有了新鲜感。但是，在跟谢紫婧相处的那段时间里，他完全转换了角色，从长期被人伺候变成每天伺候别人。他这才发现在家里大包大揽、一手遮天实际上是默默无闻干苦活、累活、脏活，牺牲自己的兴趣爱好，为亲人遮风挡雨。他这才深刻体会到了殷笑英是一个好女人、好妻子，她是巴心巴肝对他和这个家好，是家中最伟大的奉献者！他开始懂得疼爱妻子，开始抢着做家务劳动了，想用自己的真诚换取妻子的真心。殷笑英见丈夫变了，变得比原来更心疼她了，对他也就更加体贴入微。

　　孙阳光十分爱自己的父母，尤其是母亲，他深知爸爸妈妈的复婚经历了一个并不容易的过程，提出举行一个仪式。章懿华告诉孙阳光，他们准备在芙蓉茶楼筹办集体婚礼，孙阳光说这个设想好，也很有意义。孙向东和殷笑英也表示乐意。但孙阳光说他已经在泸天化大酒店订了一个大包间，那就先预热一下，也借此机会答谢各位叔叔阿姨。于是，孙阳光邀请爸爸妈妈的几位老哥们儿、老姐妹及其家人到酒店一聚，就连在医院照顾舒娟娟的胡丽萍阿姨，他也亲自给她打电话，而且请章晓白去说服她务必出席，说不会耽搁她照顾舒娟娟的时间。

　　这是几家人难得的一次聚会，上次聚会还是蒲大侠一家从古蔺桂花场来成都的时候。大家在一起相聚，欢声笑语弥漫了整个餐厅。但在这美好的时刻，章懿华发现胡丽萍一直在强颜欢笑。虽然她对殷笑英和孙向东的重归于好给予了发自内心的祝福，可她与舒中胜同时出现在这里，她无法做出若无其事的样子。舒中胜也对她不理不睬，竭力保持沉稳或淡定，但内心的愤懑总是自觉不自觉地出现在眉宇之间。章懿华暗自为这对仍在苦海中挣扎的夫妻感到惋惜。他在心里想，接下来，解开他俩心中的疙瘩，将是他面临的另一个难题。

要解开舒中胜与胡丽萍之间的这道难题，远比消除孙向东和殷笑英之间的隔阂困难得多。舒中胜认死理，男人可以容得下世界，但绝不能容忍自己的妻子与另一个男人发生关系并生下孩子，自己还被蒙在鼓里几十年。对男人来说，这是最大的耻辱和痛。

将心比心，换作章懿华本人，尽管他与白琳娜情深义重、恩爱无比，如果章晓白不是他的亲生女儿，他也一样痛不欲生，会毫不留情地将白琳娜全盘否定。

这就是人性！

但是，胡丽萍在明知女儿与丈夫没有血缘关系的情况下，依然面不改色心不跳地发誓舒娟娟就是他舒中胜的骨肉，她没有做对不起他的事情，否则愿遭天打五雷轰，足见她在这件事上的自信。

章懿华是一个善良的人，他不忍看见这对夫妻成为生冤家死对头，也不忍看见可爱得像天使一样的娟娟既要忍受疾病的折磨，还要遭受父母互相仇视带来的痛苦。

章懿华在回家的路上，悄悄把袁圆和殷笑英叫到一边，对她俩说出了自己的想法。两位老姐妹说她们正在着手这件事情，并将她们准备去医院查找娟娟的出生档案，想以此为突破口揭开娟娟的身世之谜，从而还胡丽萍清白的设想告诉了他。袁圆甚至还想对章懿华讲，她和易天雄已怀疑他与舒娟娟有某种关系，想提议他去与舒娟娟做一个 DNA 鉴定，但又担心他与胡丽萍之间真有什么特殊关系，那事情就越发不可收拾了，可是话到嘴边又咽了回去。章懿华是一个极其聪明的人，他突然受到启发，提出一个大胆的建议："你们继续去医院查找娟娟的出生档案，包括晓白的出生档案，我抽空去和晓白做一个亲子鉴定。"袁圆小心翼翼地问他："老九，你是不是有啥子想法？"章懿华若有所思地说："晓白与娟娟在一个医院同一天出生，我曾怀疑是阴差阳错将两个孩子抱错了。可从血型上来说，我是 O 型血，晓白也是 O 型血，与我高度吻合，而娟娟的血型却是 AB 型，与我一点关系都没有。所以，我又推翻了这个想法。但我也知道，仅仅依靠血型就推定亲子关系是不科学的。如果要确定关系，就要做亲子鉴定。最直接的办法就是我与娟娟做一个亲子鉴定，但这样又显得唐突，怕哪个环节出一点问题，我跳进黄河都洗不清。"

殷笑英告诉他："我们也是这样想的，但又怕影响你的名声。因为大家都知道，在农村插队的时候，胡丽萍公开说过她喜欢你。"袁圆接着说："对头，丽萍一再咬死说娟娟是她的亲生女儿，万一查出你与娟娟有血缘关系，那岂不火上浇油、乱上添乱？"殷笑英补充说："我们也想过请你和晓白去做一个亲子鉴定，如果晓白与你血缘相同也就罢了，假若跟你没有骨肉关系，琳娜又不在了，那不雪上加霜，搞得鸡犬不宁？所以，我们一直不敢给你讲。"

章懿华推心置腹地说："请你们相信，我与胡丽萍绝对没有不干不净的关系。"袁圆语气坚定地说："老九，你是我们哥们儿姐们儿中最受尊敬的人，我们相信你的为人、你的人品。"章懿华想想说："好吧，就按你们的计划办，我明天与向东去日本参加一场麻将比赛，等我回来就与晓白去做亲子鉴定。"

瓦蓝色的天空上，一只银雁从远方飞来，近了，是一架空中客车。

机舱内，章懿华和李尤佳并排坐在一起。也许是从巴黎别后就没再见过面，两人见面后便抑制不住内心的欣喜，虽然没有在大庭广众之下拥抱、接吻，但他们却有自己的爱的表达方式——十指相扣。他们不时眉目传情，用相互欣赏的眼神传递内心的思念和甜蜜。

飞机缓缓俯冲，进入跑道，机翼上清晰可见国泰航空的标志，不一会儿，飞机就稳稳停靠在了日本成田国际机场。

章懿华、李尤佳、孙向东、萧珊珊、陈杰、易天雄等中国麻将运动员气宇轩昂、风度翩翩地走下旋梯。

他们本次代表中国队应邀参加在东京举办的亚洲麻将锦标赛。

这是国际智力运动联盟自欧洲麻将锦标赛之后举办的又一盛大比赛，它和奥运会一样，是这个领域最高级别的赛事，云集了全球最顶尖的麻将运动员。法国名将露易丝、英国魁首詹姆斯、韩国高手朴振凯等也参加了本次比赛。

高手角逐，群雄争霸。经过三天两夜的激烈竞争，章懿华、孙向东斩获冠军，李尤佳荣获亚军，福田吉子获得季军，中国队拿下团体冠军。

露易丝、詹姆斯、朴振凯等世界名将纷纷落马；萧珊珊、陈杰、易天雄兵败如山倒，在第一轮和第二轮比赛中就被淘汰出局。萧珊珊后悔不已："都怪我求胜心切，结果欲速则不达。"陈杰倒是释然，说："贵在参与，输了就输了，不能人穷怪地基，牌技不好怪手气。能与世界顶尖麻将高手对决，我虽输尤赢。"易天雄更有意思，他对输赢不以为然，乐呵呵地说："我知道自己几斤几两，何况失败是成功他妈，输了，就当是漂洋过海来日本耍了一次。"他的幽默和诙谐让章懿华忍不住哑然失笑。欧洲麻将锦标赛冠军露易丝则自嘲运气不佳，说日本东京是她的伤心之地，只有中国成都才是她的幸运之都。但快乐的天性并没有影响她美好的心情，她用半生不熟的汉语与李尤佳、章懿华交流，向中国朋友和中国人民表示由衷的祝贺，并说她再一次见证了中国选手的实力。

福田吉子还是那么优雅含蓄，说话柔声细气。经过几次与章懿华在赛场上的博弈，她对章懿华出神入化的牌技、笑里含威的气质佩服得五体投地。作为本届比赛的东道主，她不失东道主的身份，热忱邀请章懿华等中国运动员去参观她的麻雀咖啡馆。

在这个东方岛国，麻将普遍称为"麻雀"，麻将选手统称"雀士"。福田吉子不仅热爱麻将运动，她还联合年轻人的偶像中田花奈对麻将馆进行改革，推出可爱风格的麻将咖啡馆，开办新手麻将教研室、女子麻将研习室，培养更多日本女生学习打麻将。

福田吉子温婉地对章懿华说，想聘请他担任麻将教练，培训麻将爱好者，并在不经意间透露她一个人经营了三家麻将咖啡馆，压力很大。言下之意她是单身，希望有一个男人来帮她，有肩膀能够让她靠一靠，眉目之间流露出款款深情和期许。章懿华看出她对自己既有敬仰之情，又有爱慕之意。为了把他留在日本，她还说已有多位中国人在东京受聘训练年轻人。她接着说，中日两国一衣带水，文化习俗有很多相通之处，中国是麻将的发源国，日本是自动麻将桌的开发地，希望章懿华考虑她的建议。

章懿华与李尤佳正在热恋之中，两人已经在商议去哪儿定居的事宜，他自然不会对福田吉子动心。他很绅士地告诉她，自己和朋友在成都开有茶楼走不开，又不适应日本的饮食和气候，婉言谢绝了福田吉子的盛情邀请。

此时正是"草长莺飞二月天，拂堤杨柳醉春烟"的时节，到了日本不去富士山、不去一睹樱花的风采，等于没有来日本。章懿华他们一行人都是第一次来这个岛国，借此机会去领略一下富士山的壮美、樱花的浪漫，也就成了他们共同的心愿。

樱花不愧是日本的国花，在这樱花盛开的季节，哪怕是走在路上，都常常会被繁盛的樱花所包围。当然，如果要选最负盛名的地方，非富士山莫属。白雪皑皑的富士山，与娇嫩的粉色樱花形成强烈的视觉冲击，无论是从哪个角度望去，都宛如一幅精美的浮世绘。而在富士山看樱花的最佳景点，就是宁静如镜的河口湖。

河口湖在富士五湖中拥有最长的湖岸线，它是富士山人气最旺的樱花景点。在河口湖湖畔一边赏樱一边品茗或用餐，再顺道一游富士山周遭的赏樱名所忍野八海、新仓山浅间公园，是游人的第一选择。

易天雄喜欢热闹，陈杰爱看稀奇，两人脾气相投，自然不会放过这些地方。易天雄坏笑着跟章懿华耳语："冠军抱得美人归，喜上加喜！你就陪你的美人去过二人世界吧！但别忘了亲嘴的声音小一点，不要被逮到了，给你戴上伤风败俗的帽子！"章懿华猛推他一掌："老不正经，去你的！"易天雄哈哈大笑，拉着陈杰就往人堆里挤。李尤佳见易天雄神秘兮兮地跟章懿华咬耳朵，便问他："你这个哥们儿跟你说什么呀？"章懿华当然不能如实转述，对她撒谎说："他说你美得像西施，叫我好好珍惜！"女人都喜欢被人称赞，李尤佳听说易天雄将她比作西施，自然满心欢喜，但嘴上却谦虚地说："我哪敢和西施相比呀！羞煞我也！"

不喜欢凑热闹的孙向东见章懿华和李尤佳形影不离，也就知趣地与他俩拉开距离，尽量给他们创造私密空间。他走到一边，远远地跟在易天雄和陈杰后面。

喜欢静谧的萧珊珊对儒雅稳重的孙向东颇有好感，一路上没话找话地与他攀谈。孙向东才和殷笑英重归于好，他不想节外生枝，因此对萧珊珊心存戒备，处处谨小慎微，不敢有任何暧昧的言谈举止。明知跟易天雄和陈杰这两人在审美上不合拍，他还是跟在他俩身后钻进游人堆里。

章懿华知道两位老哥们儿在有意"疏远"自己，也就落得一个清静。他和李尤佳想避开人群，于是另辟蹊径，将目光投向了相对幽静的音乐盒森林美术馆附近的长崎公园。

这里没有著名的景点可供游览，也没有大片的樱花可观赏，但能看见一望无际的河口湖与远方白雪皑皑的富士山巅，再搭配湖畔那些粉色樱花的点缀，虽无壮观的樱花美景，却颇具文艺气息，正好契合他们两个文化人的心。置身在这如诗如画的美景之中，他俩如痴如醉，一颦一笑、一举一动都充满着深情。他们开始商讨什么时候结婚、今后在哪里定居。李尤佳说她喜欢成都的气候、成都的美食、成都的慢节奏生活，最后两人达成一致意见：今年秋天举办婚礼，在成都相守一生。李尤佳还没有到退休年龄，还要为文学事业奉献绵薄之力。章懿华说他在四川文学界有许多朋友，他回去后就帮她联系工作调动，并说已经给两家大型文学期刊老总吹过风，他们对李尤佳的大名也早有耳闻，欢迎她去工作。

李尤佳听说章懿华早就在默默为她的工作调动操心，感动得心里发热，踮起脚尖就去吻他，然后故意逗他说："好啊，你早就把我卖了，我还被蒙在鼓里！"章懿华盯着她的眼睛，故作委屈地说："谁叫你把我的心摘走了。睁开眼睛是你，闭着眼睛还是你，离不开你了嘛！"李尤佳又给他一个吻，然后张开双臂像一只振翅欲飞的鸟儿，开心地唱道："天上云追月，地下风吹柳，月亮走，我也走，我和阿哥手牵手……"章懿华知道，她唱的是20世纪80年代瞿琮作词、胡积英谱曲的一首流行歌曲，她将歌词略做了修改，让内容与自己的心情更加贴近。

他们沉醉在真挚纯洁的爱情之中，行走在湖畔的樱花树下，醉看花开花落、笑览云卷云舒，直到晚霞像一团团燃烧的火焰弥漫在西方的天际，他们才恋恋不舍地离开河口湖返回酒店。

在即将回国之前，章懿华想起日本的医疗技术长期处于世界领先地位，孙中山、鲁迅、郭沫若和郁达夫等都有留学日本学医的经历，后因各种原因才弃医从政从文。他从资料上获悉，日本红十字中央血液中心脐血库保存有2500多份脐血。脐血是孩子出生后留在脐带中残留的血液，以前都废弃不用，现代医学发现脐血中具有造血干细胞，可以用于人体免疫系统和造血系统疾病的治疗，还可以用于治疗遗传代谢性疾病和先天性疾病。现在脐血作为造血干细胞的一种主要来源，在临床上得到了广泛的使用。日本血液专家利用非血缘间脐血干细胞进行移植的病例数已超过90例，从移植例数和效果来说，都走在了世界前列。

章懿华抱着试一试的心态打电话给福田吉子，请她帮忙到该脐血库寻找与舒娟娟适配的血液。福田吉子听说是为了挽救一个年轻的生命，表示一定支持，但她抱歉地说她母亲突然病了，她正在赶往家乡北海道的路上，等返回东京后再帮他联系。东京到北海道有 900 多千米，章懿华他们回国的时间是后天，等她办完事返回东京再联系显然来不及，他谢过她之后，放弃了与易天雄和孙向东去银座逛街的打算，在李尤佳的陪同下，直接去了日本红十字中央血液中心脐血库。

接待章懿华的专家是一位中国通，很热情，他立即按照舒娟娟的血液数据进行了匹配，结果很遗憾，还是没有找到合适的骨髓。

这期间，舒中胜也没有闲着，他到英国出差时，脑子里又闪现出娟娟信中写的那些催人泪下的话语。他找到伦敦红十字会输血服务中心，恳求该中心查验有无与舒娟娟匹配的骨髓，尽管也是无功而返，但他还是尽了自己的责任。

袁圆和殷笑英更是没有闲下来，她俩来到舒娟娟出生的那家医院，找到转业到该医院的一位战友。这位战友是医院党委书记，由他签字批准，袁圆和殷笑英获得了查阅婴儿档案的许可。档案管理员说时间久远，资料不全，找到的希望不大。但袁圆和殷笑英坚持要查，说她俩可以帮忙一起找。于是，三人在堆积如山的资料中逐个翻阅。终于，他们找到了舒娟娟的出生档案：体重 3.4 公斤，身长 49 厘米，与胡丽萍所说的体重 3.8 公斤、身长 51 厘米有明显出入。再找章晓白的档案，却怎么也找不到。当殷笑英都有点想放弃时，袁圆惊喜地说："找到了！"殷笑英急忙凑过去看，章晓白档案上的数据与胡丽萍所说的刚好对应上，也就是说，两个孩子出生后，抱错了！章晓白是胡丽萍所生，舒娟娟应该是白琳娜的女儿。

第四十九章

胡丽萍得到两个孩子抱错的消息顿时悲喜交集，搂着舒娟娟泣不成声，但很快便破涕为笑，抑制不住内心的喜悦："我有两个女儿，两个都是我的亲生闺女！"舒娟娟惊异地问胡丽萍："妈妈，您说我是章叔叔和白阿姨的女儿？"胡丽萍点着头说："是的，怪不得都说你长得比我和你爸爸漂亮。你不知道你的亲生母亲白琳娜有多美丽，她生前是军区歌舞团的主持人，是万人迷！"

章懿华他们从东京凯旋刚下飞机，袁圆就打电话将这个消息告诉了丈夫，易天雄连忙转告章懿华。

"太好了！我早就对娟娟的身世感到怀疑，但没有证据，又不敢信口开河！"章懿华还有点不明白的地方，他要过电话问袁圆："我想请教一下你这个专家，我是 O 型血，娟娟是 AB 型血，血型咋个相差这么大呢？"袁圆解释说："这说明琳娜是 AB 型血。"章懿华还是觉得有点奇怪："你说过，中胜是 A 型血，胡丽萍是 B 型血，为啥晓白是 O 型血呢？"袁圆又解释道："A 型血和 B 型血的后代，既可是 A 型、B 型、AB 型，还有可能是 O 型。"章懿华明白了，兴奋地说："太奇妙了！感谢老天爷，赐了我两个可爱的女儿。"

与此同时，殷笑英将这个消息通过电话告诉了舒中胜。舒中胜一听，比他在伦敦谈成大买卖还欣喜，因为他知道胡丽萍没有给他戴绿帽子，他心中的耻辱立即消失，他从此可以昂起头、挺起胸膛做人了。同时，他也感到愧疚，错怪了妻子胡丽萍，伤了她的感情，他赶紧拨通她的电话，十分悔恨地说："丽萍，我对不起你，错怪你了，我恳请你原谅我！"

"你这个死鬼！"胡丽萍忍不住骂了他一句，接着，被积压在心中的委屈像火山爆发般喷涌而出，"你这个没有良心的家伙，千刀万剐的东西！别人肩膀上长的是脑袋，你却顶一个屙尿的夜壶！之前，我摸着胸口告诉你，没有做对不起你的事，你偏偏不信，自己把屎盆子扣在自己的头上，侮辱我，践踏我，把我往死里推，逼得我伤心欲绝，投河自尽，若没易德璋救我，我早已冤死。你知道我有多恨你吗？你这个没有脑子的东西！"舒中胜十分愧疚地说："你骂得好！是我没长脑子，轻信他人，都是我的错，是我对不起你，错怪了你，你原谅我吧，丽萍！"胡丽萍眼泪像断线的珠子往下掉，哽咽着说："一年多来，我受到的委屈、受到的折磨，你三言两语，就能让我原谅吗？"舒中胜诚恳地表示："你就骂我、打我吧！我保证骂不还口，打不还手。""唉——"胡丽萍长长地叹了一口气，骂道，"你这个冤家！"她放下电话又叹了一声，然后掩面而泣。随着丈夫那一声悔过，她所有的委屈都随着抽泣声一点点释放出来。

从机场回家的路上，章懿华突然灵机一动：娟娟是琳娜的骨肉，岳母与娟娟有血缘关系，可以请她老人家试一试，或许还有一线希望。

他回到家立即将自己的想法告诉了岳母，岳母得知舒娟娟是自己的亲外孙女，患了与女儿白琳娜当初一样的疾病，不等女婿开口，便主动提出进行血样检查。大家都担心老人家年迈体弱，抽取她的骨髓怕影响健康，老人却说："为了我孙女，甭说是抽骨髓，就算是赴汤蹈火，我都在所不辞。"老人的话令在场的人无不动容。结果，老人的骨髓与舒娟娟的并不匹配。

但章懿华并不死心，他突然想起舅子白琳军，他与白琳娜是骨肉同胞，不妨找他一试。于是，他立即给白琳军打电话，将舒娟娟和章晓白的来龙去脉一股脑告诉了他。白琳军一听，二话不说，立马就乘坐动车直奔成都而来。

舒中胜很久没有这样笑逐颜开了！他拎着水果、鲜花和补品，嘴里哼着欢快的歌曲从停车场向医院住院大楼走去，恰好与白琳军同向而行。由于两人彼此不认识，谁也没有注意到谁。突然，舒中胜看见易德璋和两位警察押着手戴铁铐的秃头副院长迎面走来，他早就知道这个索贿成瘾、贪得无厌的家伙会有这么一天，但没想到这一天来得这么快。他鄙夷地扫了他一眼，在心里骂道："活该！"易德璋见是舒中胜，连忙跟他打招呼："叔叔好！我都听说了，等忙完这个案子，我再去看望娟娟。"舒中胜冲他笑着说："工作要紧，先忙你的！"

白琳军刚走进住院大楼，章懿华就迎了上来。舒中胜得知他是白琳娜的弟弟，是为了给娟娟骨髓配型专程从岷江市赶来的，连忙向他表示感谢。

白琳军接受抽血后，大家都焦急地等待化验结果。躺在病床上的舒娟娟听说刚接受抽血的白琳军是自己的舅舅，感激地对他说："谢谢舅舅，辛苦您了！"白琳军知道这位面色苍白、气若游丝的女娃儿是姐姐的亲生女儿，忍不住哽咽起来，拉着她的手鼓励道："娟娟坚强一点啊！"

第二天，化验结果就出来了，从护士那惊喜的神色，大家不约而同地问道："匹配上了？"

"骨髓配对 10 个点，9 个符合！"护士扬着化验单兴奋地向大家宣布。

现场顿时欢呼雀跃，胡丽萍、舒中胜、章懿华、章晓白、白琳军、袁圆和殷笑英等人都激动得热泪盈眶，就连易天雄、孙向东也禁不住抹起了眼泪。

舒娟娟得救了！她终于从鬼门关逃了出来，重新回到了亲人中间！两个孩子得到了两个家庭的宠爱。

舒中胜来到胡丽萍租住的这个老小区，敲开她的门，半跪着将一束红玫瑰递给胡丽萍，请求她原谅，请求与她复婚，请求她跟他一起回去，他发誓今后一定当一个好丈夫、好爸爸！

胡丽萍没有接受他送的鲜花，她咬着嘴唇一句话也不说。良久，她才心如死灰地告诉他："之前，你让我滚，我滚了；现在，你让我回去，对不起，我滚远了。我宁愿披袈裟，也没有心情为你披婚纱。因为我的心已经死了，只想哪天去与青灯古佛相伴余生，再也不想涉足红尘半步。"舒中胜依然跪着不起来，诚恳地说："你就原谅我吧，丽萍！这已经是我第三次来求你了。"胡丽萍绝情地告诉他："我叫胡丽萍，丽萍不是你可以叫的！从我与你离婚那一天起，我就与你没有了关系，你走吧！"说完就把门砰的一声关上，将这个不信任她、冤枉她的男人关在门外。

舒中胜敲门，胡丽萍背靠着门默不作声，眼泪像断线的珠子往下滴。她强压住自己的感情，一任眼泪模糊自己的眼睛。

舒中胜见她如此绝情，只好将鲜花放在门前，像被抛弃的孩子一样垂头丧气地走下楼去，拖着沉重的脚步消失在夜色之中。

胡丽萍知道他走远了，打开门捡起地上的鲜花，准备将它扔了，连同前夫廉价的感情。舒娟娟从屋里出来，要过鲜花，对妈妈说："是爸爸又来了吗？"胡丽萍擦了一下眼泪想回答又止住了，轻轻地点了一下头。舒娟娟劝她说："妈妈，您真的就不再原谅爸爸了吗？"胡丽萍仍然没有搭话，突然哇的一声哭着回到屋里，躺在床上嘤嘤哭泣不止。舒娟娟手足无措地站在母亲身边，不知道该如何安慰她，只好端来一杯水放在床头，然后把她扶起来坐着，将水递给她，鼓起勇气劝道："妈妈，您就原谅爸爸吧！他诚心诚意，已经反复悔过，我知道您内心还是爱他的，就不要再自己折磨自己了。"胡丽萍痛心地说："路遥知马力，日久见人心，在我们最需要他的时候，他却抛弃了我们母女俩，我咽不下这口气！"舒娟娟深明大义地说："这也不能全怪爸爸，我说呀，这笔账应该算在医院管理失误上，如果不是将我与晓白抱错了，您就不会背这个黑锅！要说，爸爸也是受害者，他承受的痛苦和压力并不比我们小。"

胡丽萍听了娟娟这句话犹如醍醐灌顶，她惊异地望着女儿："你父亲——章懿华也这样劝过我，可我就是咽不下这口气。"舒娟娟实话实说："这个话就是父亲告诉我的，他叫我劝您放下包袱，不要再纠结。"自从知道自己被抱错，舒娟娟和章晓白便做了商量，如果两位老人同时出现，就称亲生父亲为"父亲"，以示区别。

此时，外面传来有节奏的敲门声，舒娟娟急忙去开门，见是章懿华和章晓白，她高兴地跳了起来："啊，爸爸，您来啦！晓白，快进屋！"章懿华望着心爱的女儿，亲热地问道："吃过晚饭了吗，女儿？"舒娟娟赶紧甜甜地回答："吃过了，爸爸！"章晓白问舒娟娟："我妈妈呢？"舒娟娟答道："妈妈在屋子里呢！"接着喊道："妈妈，我父亲来了，晓白也来了！"章晓白将拎在手上的水果和糕点放在茶几上，跑过去紧紧抱着胡丽萍，撒娇道："妈妈，我想死您啦！"胡丽萍也抑制不住内心的喜悦："我也想你呀，女儿！"

舒娟娟一边招呼章懿华到沙发上坐，一边去给他倒水，体贴地说："爸爸，晚上就不给您沏茶了，喝白开水，好吗？"章懿华开心地说："好的，晚上喝了茶睡不着觉。"

章懿华也请胡丽萍就座："你也坐下呀，丽萍！"胡丽萍拉来一把椅子隔着茶几坐在他对面，拿起茶几上的苹果准备削皮，章懿华连忙制止说："我们刚吃过饭，不要削水果了。"见她放下水果和刀子后，接着对她说："在来的路上，我们碰见中胜了，晓白请他一起来，他说刚来过，但他神色很不好，是不是你又拒绝他了？"胡丽萍的脸色顿时晴转阴："你不是不晓得，他之前对我和娟娟太绝情了。"章懿华轻叹了一口气,劝她说:"我还是那句话,不能全怪他,如果护士不把孩子抱错,就不会出现这个误会,要怪就怪医院管理上的失误。在这个问题上,女人可能不太理解男人的心,他可以承受天大的压力,唯独不能面对这种……"他考虑着措辞,说,"这种尴尬的遭遇。我希望你能和中胜冰释前嫌、再续前缘,不仅是为你,也是为了孩子。"舒娟娟和章晓白也在一旁劝道:"妈妈,父亲说得没错!""妈妈,你就听我爸爸的劝嘛!我不想刚回到妈妈身边,就看见父亲一个人孤苦伶仃。"章懿华继续开导说:"开始,他虽然对你有些绝情,但娟娟给他写了那封信后,他触动非常大,尽管知道自己的骨髓与娟娟匹配的可能性极小,他还是悄悄到医院献了血,而且还捐了 100 万块钱为娟娟治疗,并特意嘱咐收款处不要透露是他捐的。"胡丽萍有点动情了:"是他呀,我还一直在寻找这位好心人呢!"舒娟娟也感动地说:"爸爸虽然有一些缺点,但总体还是一个重情重义的人。"章晓白也竭力相劝:"妈妈,你就接受我父亲吧!"

心总是在最痛时复苏,爱也常常是在最深处拉开帷幕。见章懿华三番五次、苦口婆心地劝她,两个女儿也不停地替舒中胜说好话,胡丽萍陷入沉思。仔细想来,他们离婚后,他没有去找其他女人,还依然把她放在心里,她对他紧闭着的心扉也就有了松动。况且,在知道娟娟不是自己亲生女儿的情况下,依然匿名为娟娟捐款 100 万元,可见这个胖子还是有她值得珍惜的地方。虽然她一度对他恨之入骨,觉得他不尊重她,发誓决不再理他,但经过这些日子激烈的思想斗争,她终于打开了心门,不再公开表示反对。

章晓白和舒娟娟非常聪明,随即悄悄将胡丽萍的态度告诉了舒中胜,请他抓紧时间去见母亲。有两个女儿和章懿华不遗余力的劝和,舒中胜认为此次胜券在握,出差归来,一下飞机就马不停蹄地捧着鲜艳的红玫瑰敲开了胡丽萍家的门。

胡丽萍接过舒中胜忏悔的鲜花，不由得心里一热，两眼湿润，终于表示原谅了他。一个几乎破碎的家，重新迎来了幸福美好的时光。

有趣的是，第二天，胡丽萍悄悄来到文殊院，给大慈大悲的文殊菩萨烧了一炷香，她认为如果没有文殊菩萨暗中护佑，她和她的家人不会有今天的平安。

舒娟娟见到爸爸妈妈重归于好，别提有多高兴了。她像一只快乐的百灵鸟，不管是在蓝天翱翔，还是返航回到家里，每天都欢歌笑语。

章晓白从小失去母爱，现在多了亲生母亲与父亲的疼爱，心里也是乐开了花，同时感觉到了肩上多的那份责任，一夜之间仿佛变得更成熟、更稳重了。

章懿华见章晓白进步这么快，舒娟娟又恢复了健康，恢复了快乐的天性，他也整天高兴得合不拢嘴。加上心上人李尤佳顺利从哈尔滨调来《巴蜀作家》杂志社上班，李尤佳与章晓白、白婆婆也相处融洽，并与舒娟娟相见后情同母女，本来就喜欢唱歌的他，嘴上随时都流淌着幸福快乐的歌声。

章懿华、李尤佳和孙向东从东京载誉归来之前，他们就萌发了把麻将向全世界推广的念头，想让全世界领略麻将运动的魅力。他们向张俭秘书长汇报，张秘书长表示大力支持，他们希望汇聚社会力量，把最能代表四川成都地方特色的群体活动"活力麻将"推向世界，让世界聆听基于东方文化的乐章……

这天晚上，章懿华和李尤佳邀请张俭秘书长来到茶楼，并叫上孙向东、易天雄、舒中胜和蒲大侠一起来商议向成都市、四川省及国家体育总局起草报告的事宜。报告建议将广大群众喜闻乐见的麻将列入国家体育比赛项目，从而推动麻将竞技运动健康发展。

金秋八月是成都最美的季节，秋风送爽、阳光和煦，丹桂飘香、芙蓉花开，就连风中都弥漫着浓郁的花香，令人悠然自得、心旷神怡。中秋节是万家团圆的日子，也是芙蓉茶楼开业以来最喜庆、最热闹的一天。茶楼内外张灯结彩，充满了欢声笑语———一场集体婚礼在这里隆重举行。

舒娟娟身着白色礼服，在飞行员高天翔的陪同下神采奕奕、笑靥如花地来到婚礼现场，与亲朋好友逐一打招呼，感谢大家对她的爱护和关心，并将高天翔介绍给大家认识。她之前对这个离异的同事较为排斥，曾告诉章晓白，她不会喜欢他。但她身患疾病后，发现他是一个对感情极其负责的男人，即使她奄奄一息，处于生命垂危之际，他都一如既往地陪伴在她身边，使她深切感受到了他的执着之爱、不渝之情。

住院期间，舒娟娟不仅感受到了生命的脆弱、人生的不易，也改变了过去一些肤浅、幼稚的认知。是的，一般说来，未婚女娃儿不要去接受离异的男人，因为他们身上有故事，有难以愈合的伤痕。但也不是绝对的！很多时候，离异是两个没有共同兴趣爱好、"三观"不相同的男女幡然醒悟后的毅然决定，并不是心血来潮的草率之举。与其让两条永不相交的平行线凑在一起度日，倒不如各奔东西去寻觅心灵之许。所以，经过长时间的思想斗争和考验，舒娟娟终于接受了高天翔的感情。但她并不急于与他走进婚姻，她还要给他一段考验期。今天让他陪着自己来主持这个集体婚礼，一是想将他介绍给亲朋好友认识，二是想与他共同见证婚姻的来之不易。

在动人心弦的婚礼进行曲中，舒娟娟步态轻盈、莲步生花地走到临时搭建的舞台中央，用清脆甜美的声音宣布："各位领导、各位嘉宾、各位亲朋好友以及新闻媒体朋友们，芙蓉茶楼首次集体婚礼庆典，现在开始，请新郎新娘入场！"

话音未落，五颜六色的气球噼里啪啦地炸响，犹如喜庆的鞭炮瞬间点燃。章晓白与吴远征、易德璋与林秋兰、蒲琪玫与郝林三对新郎新娘身着漂亮的礼服，手挽手缓缓登上婚礼台。接着，章懿华和李尤佳、舒中胜和胡丽萍、孙向东和殷笑英三对老人也春风满面地紧跟其后。

新人和老人喜气洋洋、幸福满满地登上舞台，顿时引来易天雄和袁圆、蒲大侠和郑倩倩、孙阳光和乔翠莲，万钢董事长、张俭秘书长、大地红文化公司郑总、航空公司领导和员工代表，以及白婆婆、白琳军、孙婆婆、袁大爷、舒大爷等嘉宾的热烈掌声和欢呼声。

　　易天雄开心地对蒲大侠说："你瞧，老九这模样，活生生的姜子牙娶媳妇——老来喜！"蒲大侠喜笑颜开地说："你们家也是过节娶媳妇——双喜临门。"袁圆也向郑倩倩表示祝贺："你们家也是绿豆换米——各有一喜。"袁圆长期受丈夫影响，也时不时喜欢说歇后语。易天雄接着说："我看哪，咱们哥几个是久旱逢甘霖——人人欢喜！"蒲大侠乐得眉毛眼睛都连在了一起："没错，我今天特别高兴！当然，最快乐的还是老九，一个女儿结婚，一个女儿在台上做主持，他也终于找到了自己的梦中情人，圆了自己几十年的梦。"易天雄说："你看，舒胖娃也是电线杆上挂邮箱——高信（兴），已经笑得合不拢嘴了。他跟老九一样，也是三喜临门。不过，你说得对，最让人羡慕的还是非老九莫属！老九真是八十岁奶奶搽胭脂——老来俏啊！"袁圆走过来拧住丈夫的耳朵说："是不是见到老九娶了俏佳人，你心里发痒了？"易天雄推开老婆的手解释："我哪敢呀，我只是替老九开心而已！"袁圆才不相信他的话呢，一针见血地指出："谁不知道你们男人的心，只要还有一口气，都有喜新厌旧这个毛病。"易天雄拍着胸膛说："夫人明察，在下绝没有这个毛病！"袁圆有理有据地说："当初向东多老实的一个人，结果还不是走了一段弯路。"易天雄一本正经地反问道："你看我和大侠，包括老九，啥子时候传过绯闻？"袁圆乐了，用兰花指戳着丈夫的胸膛："谅你也不敢！"

　　礼仪小姐招呼新郎新娘各就各位之后，舒娟娟宣布："让我们用热烈的掌声，有请证婚人——四川省健康麻将协会张俭秘书长致辞！"

张秘书长气宇轩昂地登上舞台，热情洋溢地说：

"女士们、先生们，上午好！

"金秋送爽，丹桂飘香。在这喜庆祥和的日子里，六对新郎新娘在这里举行隆重的婚礼。六六大顺福气多，永远高唱幸福歌。我应邀为他们做证婚人，同他们的亲朋好友共同见证这神圣的时刻，感到十分荣幸。

"国家大力倡导婚事新办，弘扬文明新风，勤俭办婚礼，今天举行集体婚礼的朋友率先垂范，转变婚俗观念，改革陈旧婚俗，以婚事新办为荣，以大操大办为耻，为移风易俗开了先河，走在了时代的前列，为自己的人生写下了精彩的一笔。

"今天喜结良缘的六对夫妻，有三对是年轻貌美的青年男女，他们犹如早晨灿烂的阳光，洋溢着青春的活力；有三对是年过半百的老年朋友，他们像夕阳一样美丽，象征着生命的成熟。将青年人的婚礼与老年人的婚礼安排在一起隆重举行，这在我市乃至全中国、全世界都不多见，这是移风易俗的一个创举。

"从今天开始，你们将携手并肩，开启生命的浪漫之旅。要珍惜这不可替代的爱，建设今天属于你们、明天属于子孙后代的家。在漫长而坚实的人生旅途中，要有福同享、有难同当，既要享受婚姻的甜蜜，更要创造人生的价值。当初，爱情使你们走向婚姻；今后，伴有亲情的婚姻会使爱情更加完美。

"白首齐眉鸳鸯比翼，青阳启瑞桃李同心。让我们祈祷，让我们祝福，共同祝愿六对新人婚姻幸福、白头偕老！

"谢谢大家！"

舒娟娟对张俭秘书长的讲话表示感谢，她说："张秘书长的讲话，高屋建瓴地对集体婚礼的意义做了深刻的诠释，对喜结良缘的新人给予了由衷的祝福，让我们再一次用热烈的掌声，感谢张秘书长的精彩致辞！"

掌声平息之后，舒娟娟接着宣布："现在，请新郎新娘进行爱的宣誓。"

"我们自愿结为夫妻，从今天开始，我们将共同肩负起婚姻赋予我们的责任和义务：互敬互爱，互相勉励，相濡以沫，钟爱一生！今后，无论顺境还是逆境，无论富有还是贫穷，无论健康还是疾病，无论青春还是年老，我们都风雨同舟、患难与共，直到最后！"

　　集体宣誓之后，舒娟娟说："下面，请新郎易德璋先生和新娘林秋兰女士，各用一句话发表感言。"

　　易德璋说："红梅吐芳喜成连理。"林秋兰说："绿柳含笑永结同心。"

　　舒娟娟接着说："请新郎章懿华先生与新娘李尤佳女士，同样用一句话发表感言。"

　　章懿华说："与君长相守。"李尤佳说："今夜月未央。"

　　他们跋过山，涉过水，迈过人间万物，从未慌乱，但承诺相伴一生的这一瞬间，他们的心犹如小兔在跳、花在震颤。今天丹桂飘香、花好月圆，所有的幸福都如期而来，所有的美好都如约而至。他们醉了，醉倒在花丛中，醉倒在心与心相拥的方寸之间，直到地老天荒，海枯石烂……

牌如人生，人生如牌

/ 后记 /

　　中国人尤其是四川人，喜欢打麻将，打麻将已成为国内普及率极高的娱乐活动与运动项目。一位外省朋友跟我开玩笑说："到你们成都，在天上都能听到打麻将的声音。"此话虽然带有调侃和夸张，但不难发现，在外省人心中，成都早已是名副其实的麻将之城。为此，成都时代出版社和成都书点文化公司邀请我创作了一部老年人热爱麻将运动与年轻人励志创业的长篇小说。如何将二者有机地结合在一起，描绘一幅"都市养老群像"和年轻人"竭尽全力打拼"的励志宏图，是一件很考手艺的事。经过一段时间的思考，我决定以"健康麻将"为主线，选择几个极具代表性的家庭作为切片，进行文学剖析。

　　美国作家马克·吐温说："一部小说成功与否在于它的人物塑造：人物塑造得好就是一部成功的作品，人物塑造得不好就是一部失败的作品。"许多经典文学作品生命常青的秘密就在于塑造出了性格鲜明的人物。提到多愁善感的女子，大家会想到林黛玉；提到脱离实际、耽于幻想的骑士，就会想到堂吉诃德；提到性格坚强的女性，我们会想起简·爱……这些人物之所以能让读者过目不忘，就在于他们有与众不同的个性特征，从而闪烁在文学世界的天空，给予读者悠远绵长的精神馈赠。

成都书点文化公司找来几位从事影视创作的导演和制片人，大家聚在一起探讨后向我建议："您之前创作的长篇小说《沉默的天空》内容深刻厚重，人物栩栩如生，出版发行后荣获'2016 中国文艺年度图书'，在读者中产生了很大的影响，何不以书中五个职业、性格、思想、趣味各不相同的人物作为创作的雏形？"

这是一个很好的建议！

我立即遵循这个建议，将《今夜月未央》作为长篇小说《沉默的天空》现实版来续写。鉴于书中人物的外貌形态、语言风格早已镌刻在我心灵深处，在创作《今夜月未央》时，我也就轻车熟路、得心应手。

但是，在文学创作的长途上，我始终坚守一条原则：不重复已有的作品！要做到这一点，必须创新，即使是已经塑造成功的人物，也要赋予他新的内容与色彩。要实现这个愿景，必须解决两个问题。

一是经过几十年的社会发展、时代变迁，人物的个性和语言既要承前启后，又要有变化或升华。为了吻合人物性格与语言发展的逻辑，我将几个主要人物进行了全新的设计与定位：从报社总编辑岗位上卸任的章懿华性格沉稳、处世练达，大学教授孙向东术业有专攻、风流儒雅，由缉毒处处长退休的易天雄幽默风趣，仍在民营企业担任总裁的舒中胜财运亨通，晚年仍在打工的蒲大侠敦厚朴实、沉默寡言。他们的子女则忙于寻找工作或与时俱进，不同的家庭背景与学历给他们带来了各不相同的人生境遇。但有一个共同特点：受现代生活方式与网络语言的影响，他们这一代人的处世方式和语言风格、节奏与父辈的大相径庭，完全不在一个维度。

如果说人物个性刻画是通往小说创作成功的捷径，那么，情节与细节的描写则是小说的魅力所在。

为此，我着力构架一波三折、险象环生的故事情节。父女之间、夫妻之间、母子之间、朋友之间，矛盾错综复杂，冲突此起彼伏，意在通过故事的发展牢牢撷住读者的心。

侧重生活细节的描写，凸显日常家庭生活的真实，构筑新颖、丰富、有温度、有质感的生活气息，是运用细节渲染故事、烘托人物的另一种手段。通过各种鲜活的细节描写，展现刚退休的老人肌体还未完全老化，精神更未衰败，他们认为自己还年轻，应该活出另一番精彩，让读者在感受温暖与诙谐的同时也有一番思考。

我主张作家要有博大的悲悯情怀和人间大爱的精神，对孤独无助的老人与求职无门的年轻人，用我们的文字给予他们帮助，使每一个弱者都能沐浴到温暖的阳光；用我们塑造的人物陪伴每一位追求美好晚年生活的老人走过漫长的旅途，唤起年轻人对老年人的关注与陪伴；用跌宕的情节展示老年人对年轻人打拼的理解和支持，从而让两代人经历各种矛盾、纠葛与严峻考验之后，互相包容、亲密相处，以此凸显人性的善良和可爱！

二是以健康麻将为主线，就需要为麻将正名。

在很长一段时间里，人们只看到极少数人将麻将作为赌博工具，而忽视了麻将带给绝大多数人的精神享受。国家体育总局制定的《中国麻将竞赛规则》郑重指出："麻将运动不仅具有独特的游戏特点，而且具有益智性、趣味性、博弈性于一体的运动魅力及内涵丰富、底蕴悠长的东方文化特征，因而成为中国传统文化宝库中的一个重要组成部分。"儒家思想自不待言，道家、兵家、阴阳家等的中国传统文化思想都能在麻将中找到影子。尤其是麻将与《易经》有很多相通之处，像数理同构、法于阴阳、和于术数等，因此，麻将又有"游戏版《易经》"的雅号。

打麻将只要不赌博，不沉迷其中，以娱乐为目的，就是一项很好的体育运动，在国外，甚至有不少国家已将它纳入体育比赛项目。

实践证明，麻将确实具有智力竞技的运动魅力和内涵丰富、底蕴悠长的文化特征。最重要的是，对许多退休老人来说，打麻将，动脑动手，能防止或减缓老年痴呆，有益于身心健康；对年轻人来说，在一起打麻将也是联络感情和释放压力的一种有效途径。

一些麻将爱好者深有体会地说，打麻将能悟透世间万物，了解风云人生。成都人之所以喜欢麻将，是因为成都人有一颗博大而包容的心。麻将之境，不是执念于一手好牌，而是懂得如何将平凡之牌打出智慧、打出风采；麻将之道，在于观察与判断，细节决定成败。

儿时，娱乐活动少，闲来无聊，我曾与毛根儿朋友一起用黄泥巴自制麻将牌，还煞有介事地与几个伙伴一起尝试麻将的乐趣。那时懵懵懂懂，根本不知道麻将博大精深，更不懂得牌如人生、人生如牌的哲理。

成年后，我经常听到热爱麻将的朋友戏谑：世界上最漂亮的花，是杠上花；最美丽的湖，是碰碰胡；最漂亮的颜色，是清一色。这些在麻将桌上鏖战多年的人，对麻将的见解真是别开生面！

泰戈尔有一句名言："经历过地狱般的磨砺，才能炼就创造天堂的力量；只有流过血的手指，才能弹出世间的绝响。"

我虽然儿时就会打麻将，但参加工作后忙于写作，很少时间参与这项既需要智慧又需要耐心的娱乐活动。为了完成这部约稿，我按下了其他创作的暂停键，开始对麻将的前世今生进行梳理。

麻将具有广泛的群众参与度。麻将虽不比围棋和象棋等经典棋类运动，但在世界范围内的影响力却不容小觑。对西方人来说，麻将、茶文化、武术都是源于东方人的"神秘力量"。今天，在国外实用英语词典中，我国的围棋都没有入选，麻将却名列其中，可见麻将在国外的影响力之大，几乎与中国功夫并驾齐驱。

　　《今夜月未央》是一部以健康麻将为主线的长篇小说，创作的初衷，是想让更多人感受到健康麻将的魅力。

　　在创作期间，得到了原成都军区战旗报社社长刘春光兄的大力支持，获得了四川省健康麻将协会秘书长张俭先生的技术指导，我衷心感谢他们给予的无私帮助！著名作家、茅盾文学奖得主、八一电影制片厂原厂长柳建伟战友的倾情推荐，为本书增色不少，我感激不尽！

　　我还要感谢成都时代出版社的各级领导与成都书点文化公司总经理余鑫和策划人余笙，特别是蒋雪梅等编辑为本书做出的巨大努力，在纸质书受到网络冲击，图书市场日渐疲软的当下，他们将此书隆重推出，需要对市场的准确预测，这是多么难能可贵的勇气与市场把控能力。它使我又一次想起天上的云朵使干枯的河床有了歌声，她却保持沉默的精神。在此，我再一次向所有帮助我创作与出版《今夜月未央》的朋友表示由衷的感谢！如果没有你们的鼎力相助、倾情合作，本书就不会这么顺畅地与广大读者见面，也就难以聆听到读者朋友批评的声音。

章　勇

2025 年 3 月 16 日于西安外事学院七方书院